영문학의 이해와 글쓰기

Writing about Literature 9th edition

에드가 V. 로버츠(Edgar V. Roberts) 지음
강자모, 이동춘, 임성균 옮김

Writing About Literature, Ninth Edition
by Edgar V. Roberts

역자 서문

대학에서 영문학을 가르치면서 겪는 가장 당혹스러운 경우 중의 하나는 문학을 전공하는 많은 학생들이 과제물로 제출하는 글을 읽을 때이다. 학부 학생들은 말할 것도 없고 심지어 대학원 학생들까지도 논리적으로 잘 정리된 글을 써내는 경우가 희박하다. 외국어로 쓰는 경우라면 또 모르겠거니와, 어려서부터 익혀온 우리 글로 자신의 느낌이나 생각을 표현하지 못한다면 도대체 무엇 때문에 문학을 공부하는지 알 수 없게 된다. 그런데 더더욱 문제가 되는 것은 그러한 글을 쓰는 학생들이 자신의 글에 무엇이 문제인지조차 모르고 있다는 점이다. 구성이나 내용은 말할 것도 없고 초점이 무엇인지도 찾을 수 없는 그러한 글을 과제물로 제출하고는 자신이 며칠 밤을 새웠노라고 강변하는 (그것이 사실인지도 확실치는 않지만) 학생들을 대하면 측은한 마음에 앞서 우선 그들이 소비한 시간이 너무도 아까운 것이 사실이다.

그러나 그러한 학생들을 탓하기에는 우리의 글쓰기 교육의 현실이 너무 열악하다. 아무도 어떻게 글을 쓰라고 가르쳐주지 않는데 학생들이 어떻게 좋은 글을 쓸 수 있을 것인가? 문학을 전공하는 많은 학생들은 무엇을 주제로 선택하고, 어떻게 글을 시작하며, 글의 전개는 어떠해야 하고, 어떻게 끝맺어야 하는지 알지 못한 채, 시간에 맞추어 과제물을 제출해야 하며 좋은 점수를 얻어야 한다는 생각만으로 글 쓰는 시늉을 하기 때문에 많은 글이 대체로 개인적인 감상문의 수준에 머무르는 것이다. 자연과학과 달리 인문학은 특정한 대상에 대해서 다양하게 사고하고 그러한 사고를 공유하는 것을 목적으로 하는 학문이다. 특히 영문학을 포함한 모든 문학분야에서는 작품을 읽고 그에 대한 자신의 느낌과 생각을 꾸며 가는 것이 가장 중요한 과제이다. 그렇기 때문에 글로 표현되지 않은 사고란, 그것이 아무리 독창적이고 좋은 생각이라 할지라도 무가치한 것이 된다. 글은 그 자체로 곧 사고이기 때문이다.

우리가 에드가 V. 로버츠(Edgar V. Roberts)의 『영문학의 이해와 글쓰기』(*Writing about Literature*)를 번역하기로 한 것은 영문학의 여러 가지 주제에 대한 글쓰기의 중요성에 비해서 그러한 글쓰기를 지도하는 텍스트가 없다는 안타까운 현실 때문이다. 이 책은 1964년에 초판이 발행된 이후, 1999년에 9판이 나오기까지 영미권 대학의 문학강의실에서 노튼(*Norton Anthology of English Literature*) 다음으로 가장 많이 사용된 글쓰기 교재이다. 처음에는 160여 쪽의 작은 분량이었으나, 문학의 새로운 비평이론과 다양한 요구를 반영하여 개정을 거듭하여 현재 약 400쪽의 분량을 가지게 되었다. 이 책은 초보적인 문학도를 위하여 각 주제별로 별도의 장을 꾸며, 글쓰기를 어떻게 시작하고 어떻게 전개하며, 어떻게 마무리해야 하는지 구체적으로 가르치고 있다. 특히 매 장마다 모범 논문을 제시하고 이에 대한 평가까지 곁들이고 있기 때문에 누구나 자신에게 필요한 장을 찾아서 읽고 그에 따라 스스로 과제물이나 논문을 쓸 수 있도록 안내하고 있다. 따라서 수업에서 사용하는 교재가 아닌 한, 처음부터 끝까지 모두 읽을 필요는 없다. 자신에게 필요한 주제를 선택하여 읽어가면서 글을 쓰는 것이 좋은 방법이 될 것이다.

역자들은 모두 학창시절에 이 책으로 글쓰기를 배웠고, 이 책으로 영문학 수업을 진행했던 경험을 가지고 있다. 물론 영어로 쓰여진 텍스트에 대하여 영어로 글을 쓴다는 전제로 쓰여진 책이기 때문에 우리 글로 쓰는 경우와는 조금 다를 수 있다는 것을 인지하고 있다. 그러나 표현 방법은 다를지 몰라도 논리적인 체계나 아이디어의 전개 방식은 영어나 우리 글이 다르지 않다는 데 공감하고 번역을 시작하였다. 번역에 사용한 텍스트는 1999년도 판을 사용했으며, 세 사람이 각자 자신이 가장 관심이 있는 부분을 선택하여 번역하고 다시 함께 서로 상이한 표현이 있는 부분을 조정하였다. 원서에 있는 몇 개의 장은 현재 우리나라 대학생들의 필요에 부응하지 못한다고 판단하여 누락시켰지만, 현재 번역한 부분만으로 영문학 수업에서 요구하는 모든 종류의 글쓰기 과제를 충족시키리라고 생각한다.

이 책은 전문적인 문학 연구서가 아니며, 문학을 처음 공부하는 학생들이 문학에 관한 다양한 주제에 대하여 글을 쓸 때 도움을 주기 위한 교재이다. 특히 중요한 시, 소설, 희곡 등의 원문이 부록으로 실려 있다는 점에서 강사나 학생 모두에게 유용한 서적이기도 하다.* 따라서 역자들도 학자로서가 아니라, 대학에서 문학을 가르치는 선생의 입장에서 이 책을 번역하였다. 번역을 하면서 누구나 느끼는 것이지만, 우리말과 영어의 상이함 때문에 어려움을 겪었다. 다만 문학을 이해하고 그에 대한 글쓰기를 훈련하는 교재라는 취지를 상기하고 번역 자체의 문제점에 크게 얽매이지 않으려 노력했다. 앞으로 대학에서 영문학을 가르치시는 많은 선생님들의 도움과 조언을 받아 부족한 부분을 고쳐가려 한다. 다만 현재로서는 영문학도뿐만 아니라 문학을 공부하는 많은 학생들에게 이 번역서가 도움이 되기를 바라는 마음이 간절할 뿐이다.

2001년 7월
옮긴이 일동

---

* 원서에 포함된 작품 중 Frank O'connor의 "First Confession"만은 한국어판에 게재할 저작권을 확보할 시간적 여유가 충분하지 못하였기에 부록에 넣지 못하였다. 독자 여러분의 양해를 구한다.

영문학의 이해와 글쓰기

□

차례

POEMS:

PLAYS:

제1장
서언: 문학 작품을 읽고, 반응하고, 글쓰는 과정

이 책은 문학 작품을 연구하는 데 꼭 필요한 여러 가지 접근방법과 이러한 방법을 적용하여 내용이 풍부하고 초점이 명확한 글 혹은 논문을 쓰는 방법을 제시한다. 따라서 이 책은 영작이나 영문학 과목의 두 가지 목표, 즉 훌륭한 논문을 작성하거나 위대한 문학 작품을 이해하고 자기 것으로 만든다는 목표를 달성하는 데 유용한 길잡이가 될 것이다.

이 책의 대전제는 어떤 교육과정도 배운 것을 실제로 응용하지 않고는 완성될 수 없다는 점이다. 즉 학생들이 배운 것에 대해 이야기하거나 쓰지 못할 때 진정으로 배웠다고 할 수 없다는 말이다. 읽은 이야기를 그대로 반복해서 말하거나, 잘 정리되지 않은 의견을 발표하거나, 작가의 인생에 대해 설명하는 것은 별 의미가 없다. 중요한 것은 작품을 읽고 난 후 그 작품의 주제나 작품과 관련된 예술적 문제들에 대해 논할 수 있어야 한다는 점이다. 글을 쓰기 위해서 우리는 공부한 내용 중 잘 이해되지 않은 부분들을 밝혀내고 이를 중심으로 이해와 지식을 보강해야 한다. 관점에 대한 장인 제5장을 읽거나 앰브로스 비어스(Ambrose Bierce)의 단편인 「아울 강 다리에서 생긴 일」("An Occurrence at Owl Creek Bridge") 등을 읽는 것은 쉽다. 그러나 작품의 기법에 대한 글을 직접 쓰기 전까지는 관점이라는 개념이나 작품에서 사용된 기법의 예술적 효과에 대해 완전히 이해했다고 할 수 없다. 논문을 쓰기 전 여러분은 작품을 꼼꼼히 다시 읽거나 정리한 노트를 연구하고 이렇게 얻은 지식을 논문의 주제와 연관시켜가며 논리적으로 생각을 정리해야 한다. 중요한 것은 사실과 관계에 대해 확실하게 이해함은 물론, 예리한 통찰력으로 작품을 분석하면서 가능한 한 확실하고 정확하게 자신의 의견을 표현해야 한다는 것이다.

이 책의 일차적 목적은 문학 작품에 대한 분석적 논문을 쓰는 방법을 익힘으로써 문학 연구논문은 물론 일반적인 글쓰기 기법까지도 향상시키는 데 있다. 책을 마칠 때쯤이면 여러분은 어떤 문학 작품을 대하더라도 그것을 이해하고 그것에 대해 논문을 쓸 수 있다는 확신을 갖게 될 것이다.

1. 문학이란 무엇이며 우리는 왜 문학을 공부해야 하는가?

우리가 말하는 광의의 문학은 이야기나 극적 상황이 있으며 감정을 표현하고 어떤 아이디어를 분석하며 옹호하는 모든 글을 포함한다. 수천 년 전 글자가 발명되기 전 문학 작품은 말로 이야기되거나 노래로 불리어졌으며 살아 있는 사람들이 그것을 반복하는 한에서만 보존되었다. 몇몇 사회에서는 아직도 문학 작품의 구전 전통이 남아 있는데 이러한 곳에서 시나 이야기는 구전에 알맞게 창작된다. 글쓰기와 인쇄술이 발달한 현대사회에서도 여전히 사람들은 문학 작품을 조용히 눈으로 읽는 것이 아니라 소리로 듣는 것을 좋아할 때가 많이 있다. 부모들은 이야기나 시를 자녀들에게 읽어주고 시인과 작가들은 그들의 작품을 청중들 앞에서 직접 낭독하고 싶어한다. 수많은 관객을 위해 연극 각본이나 영화 대본을 무대 위나 영화 카메라 앞에서 해설하는 경우도 흔하다.

문학 작품을 어떻게 읽고 이해하든지 간에 우리는 거기에서 많은 것을 얻는다. 사실 표현의 한계를 지닌 독자들이 어떤 특정 작품을 읽을 때 왜 즐거운지 명확하게 설명하는 것은 어려운 일이다. 그러나 체계적이고 광범위한 독서의 가치와 중요성에 대해서는 반론의 여지가 없을 것이다.

문학은 우리를 인격적으로나 지적으로 성장하게 한다. 문학은 지식이나 지적 능력의 객관적인 토대를 마련해주며 우리가 속해 있는 문화적, 철학적, 종교적 세계와 우리 자신을 연결시켜준다. 또한 문학은 우리에게 우리와 다른 장소와 시대에 일어난 인간의 꿈과 노력에 대한 이야기를 들려줄 뿐 아니라, 인간과 동식물을 포함한 모든 살아 있는 존재들에 대한 이해를 돕고 깊은 동정심을 불러일으킨다. 문학은 잘 구성된 노래와 아름답게 채색된 그림처럼 질서와 배열의 아름다움을 감상할 수 있는 안목과 능력을 우리에게 제공한다. 문학은 모든 사람들이 설정한 목표의 가치를 인식할 수 있는 비교 근거를 제공해줌으로써 우리로 하여금 주변 세상의 아름다움을 볼 수 있도록 해준다. 문학은 또 흥미, 관심, 동정, 긴장, 흥분, 회한, 두려움, 웃음, 희망 등을 통하여 우리의 감정을 훈련시킨다. 문학은 우리의 인정과 후원을 필요로 하는 창조적이고 재능 있는 사람들을 도와주도록 격려한다. 문학은 독서를 통하여 축적된 경험을 통하여 우리 자신에게 뚜렷한 정체성을 부여하고 우리의 목표와 가치관을 형성해주는데, 이러한 과정은 존경할 만한 사람들을 받아들이는 적극적인 행위와 사악한 자들을 거부하는 소극적인 행위를 통하여 이루어진다. 문학은 지역적 혹은 전세계적으로 일어나는 사건을 바라보는 관점을 계발시켜줌으로써 우리의 이해력을 향상시키고 문제를 해결하는 길을 제시한다. 문학은 인생에 지대한 영향을 끼치는 요소들 중 하나이다. 문학은 우리를 사람으로 만들어주는 것이다.

2. 문학의 유형: 장르

문학은 산문, 시, 희곡, 논픽션 등 네 가지 범주 혹은 장르로 분류되는데 보통 창작 문학 작품은 앞의 세 가지 범주에 속한 작품을 일컫는다.

창작 문학의 장르들은 많은 공통점을 가지고 있으나 동시에 서로 구별되는 특징을 지니기도 한다. 산문 혹은 허구적 이야기는 신화, 우화, 로맨스, 그리고 단편소설을 포함한다. 원래 허구는 인위적으로 만들어지거나 형태가 주어진 모든 것을 의미하는 말이지만 요즈음은 작가가 상상력을 발휘하여 창의적으로 지어낸 산문체의 이야기를 뜻하는 말로 변하였다. 허구의 요체는 이야기하기, 즉 일련의 사건이나 행위들을 서로 연관시켜가며 상세하게 이야기하는 것이다. 일반적으로 허구적 작품은 한 명 혹은 소수의 주요 등장인물들이 다른 등장인물들과의 관계를 통하여 혹은 그들의 문제를 해결하기 위해 노력하는 과정을 통하여, 결정하는 능력, 인식이나 통찰력, 타인에 대한 태도, 감수성, 도덕적 능력 등에 있어서 어떻게 변하고 성장하는가에 대해 초점을 맞춘다. 모든 창작 문학과 마찬가지로 허구도 실제로 일어난 역사적 사건을 소재로 사용할 수 있으나 그것을 실제 역사로 간주해서는 안된다. 왜냐하면

이러한 글의 주된 목적은 정확한 역사적 기록을 위한 것이 아니라 독자의 흥미를 유발시키거나 독자에게 자극과 교훈 그리고 즐거움을 주기 위함이기 때문이다.

시는 인간의 가장 심오한 경험을 독백이나 대화체로 표현한 것이다. 시는 간결한 하이쿠(Haiku)로부터 장편 서사시까지 다양하며 정형화된 형식을 지키는 시와 그렇지 않은 시 등으로 구분된다. 산문 작품보다 언어의 사용이 절제되는 시에서는 이미저리(imagery)나 수사학적 언어(figurative language) 그리고 소리 등이 중요한 역할을 한다.

희곡은 배우의 연기를 통해 청중에게 무언가 전달하고 그들을 기쁘게 해주기 위해 쓰여진 문학이다. 소설과 마찬가지로 희곡은 한 명 또는 소수의 등장인물에 초점을 맞추며 허구적 사건을 마치 현재 일어나는 것처럼 꾸며 무대에 올린다. 따라서 청중은 무대에서 실제로 일어나는 사건을 처음부터 끝까지 직접 눈으로 보게된다. 대부분의 현대 연극에서는 연극언어가 가능한 한 일상 언어와 비슷해야 한다는 원칙 하에 산문으로 된 대화체가 사용되지만 고대 그리스나 르네상스 시대의 영국의 연극에서 보는 것처럼 과거의 연극은 시의 형태로 되어 있는 경우가 많다.

논픽션은 뉴스보도, 특별기사, 교재, 역사적, 전기적 작품 등과 같은 작품을 일컫는데 이러한 작품은 모두 사실을 묘사하고 해석하며 판단이나 의견을 개진한다. 논픽션의 목적은 역사나 과학 그리고 현재의 사건 등 현실세계에 대한 진실과 논리적 결론을 제시하는 것이다. 창작 문학은 비록 그것이 사실에 근거하고 있다 하더라도 사실적 기록보다는 인간의 본성과 삶의 진실을 밝히려는 것에 비중을 두고 있다.

3. 적극적으로 반응하며 문학 작품 읽기

유감스럽게도 우리는 책을 한 번 읽고서 그 내용을 완전히 이해할 수 없다. 작품을 읽고 난 후 예리한 질문에 답하거나 작품에 대해 무언가 의미 있는 한 마디를 한다는 것은 얼마나 어려운 일인가! 그러나 좀더 적극적이고 사려 깊은 독서는 작품의 이해도를 높이고 문제에 대한 논리적 설명을 할 수 있도록 해준다. 우리가 작품을 읽을 때 그 세부 내용을 정확하게 이해하는 것이 중요함은 두말할 필요조차 없지만, 이 이외에도 작품에 사용된 단어와 그 의미를 주의 깊게 살피고 반응하면서 진행중인 사건들에 함축된 의미를 잡으려고 노력하는 일이 매우 중요하다. 우리는 우리 자신의 축적된 지식과 경험을 바탕으로 작품 속에 등장하는 상황과 사건들이 얼마나 정확하게 그려지고 있는지를 측정하고 등장인물들과 그들의 문제들에 대한 우리 자신의 감정적 반응들을 자신의 말로 표현하려고 노력한다.

다음에는 이렇게 적극적인 독서에 대한 예를 설명하기 위해 프랑스 작가인 기드 모파상(Guy de Maupassant)*의 「목걸이」("The Necklace")라는 작품이 실려 있는데 본문의 여백에는 실제 여러분이 책을 반복해서 읽을 때처럼 설명이나 평이 적혀 있다. 독자의 이러한 관찰 내용은 작품을 이해하기 위해서 이야기의 세부사항을 기록하는 정도에 그치는 경우가 많다. 특히 작품을 처음 읽을 때 이러한 현상은 심하게 나타난다. 그러나 이야기가 진전됨에 따라 평은 서서히 이야기의 의미를 찾아내기 위한 것으로 변하기 시작한다. 끝 무렵에 가서 평은 단상이 아니라 그 나름대로 형태를 갖춘 완전한 것이 된다. 이러한 평들은 독서를 통해 얻는 일차적 반응으로부터뿐 아니라 내용을 심사숙고한 뒤에 얻어지는 결과이다. 자, 이제 모파상의 「목걸이」를 읽어보자.

---

* 구스타브 플로베르(Gustave Flaubert)의 추종자인 모파상은 19세기 프랑스 자연주의를 대표하는 작가이다. 그는 현실과 절제된 묘사를 중시한다. 그의 작품은 「목걸이」의 경우처럼 파리의 중산층뿐 아니라 농부나 상류층의 삶 속에 내재한 존재의 어려움과 아이러니에 초점을 맞춘다. 그의 장편소설 중 비교적 널리 알려진 것으로는 『인생』(A Life)과 『좋은 친구』(A Good Friend)를 들 수 있다. 이외에도 그의 유명한 단편소설로는 「랑데부」("Rendez-vous")와 「우산」("The Umbrella")이 있다. 「목걸이」는 결론 부분의 반전 때문에 특별히 더 유명해진 작품이다.

기 드 모파상(1850~1893) 원작
「목걸이」(1884)
에드가 로버츠(Edgar Roberts) 영역

She was one of those pretty and charming women, born, as if by an error of destiny, into a family of clerks and copyists. She had no dowry, no prospects, no way of getting known, courted, loved, married by a rich and distinguished man. She finally settled for a marriage with a minor clerk in the Ministry of Education.

She was a simple person, without the money to dress well, but she was as unhappy as if she had gone through bankruptcy, for women have neither rank nor race. In place of high birth or important family connections, they can rely only on their beauty, their grace, and their charm. Their inborn finesse, their elegant taste, their engaging personalities, which are their only power, make working-class women the equals of the grandest ladies.

She suffered constantly, feeling herself destined for all delicacies and luxuries. She suffered because of her grim apartment with its drab walls, threadbare furniture, ugly curtains. All such things, which most other women in her situation would not even have noticed, tortured her and filled her with despair. The sight of the young country girl who did her simple housework awakened in her only a sense of desolation and lost hopes. She daydreamed of large, silent anterooms, decorated with oriental tapestries and lighted by high bronze floor lamps, with two elegant valets in short culottes dozing in large armchairs under the effects of forced-air heaters. She imagined large drawing rooms draped in the most expensive silks, with fine end tables on which were placed knickknacks of inestimable value. She dreamed of the perfume of dainty private room, which were designed only for intimate tête-à-têtes with the closest friends, who because of their achievements and fame would make her the envy of all other women.

When she sat down to dinner at her round little table covered with a cloth that had not been washed for three days, in front of her husband who opened the kettle while declaring

"그녀"는 예쁘지만 가난하다. 결혼생활 이외의 다른 생활은 없는 듯하다. 배경이 없는 그녀로서는 상류사회와 접촉할 기회가 없었고 결국 평범한 회사원과 결혼한 것이다.

그녀는 불행하다고 느낀다.

사회에서 이렇다 할 경력을 쌓을 수 없는 여성의 위치에 대한 고찰. 1884년경 여성들이 성공할 수 있는 수단이라고는 자신의 성품밖에는 없었다.

그녀는 자신이 가진 싸구려 물건들 때문에 괴로워하며 좀더 비싼 것들을 가지기를 원한다. 그녀는 부자인 자신의 모습과 자신이 소유한 값비싼 것들을 보며 부러워하는 다른 여자들을 상상한다. 그러나 그녀에게 이러한 화려함은 비현실적인 것이며 그런 것들을 얻을 수 있는 방법도 없다.

남편은 평범한 것에 만족하는 취향이지만 그녀는 값비싼 고급 음식을 꿈꾼다. 그는 자신의

ecstatically, "Ah, good old boiled beef! I don't know anything better," she dreamed of expensive banquets with shining placesettings, and wall hangings portraying ancient heroes and exotic birds in an enchanted forest. She imagined a gourmet-prepared main course carried on the most exquisite trays and served on the most beautiful dishes, with whispered gallantries which she would hear with a sphinxlike smile as she dined on the pink meat of a trout or the delicate wing of a quail.

처지에 순응해왔지만 그녀는 그렇지 않다.

She had no decent dresses, no jewels, nothing. And she loved nothing but these, she believed herself born only for these. She burned with the desire to please, to be envied, to be attractive and sought after.

그녀는 비현실적인 꿈으로 유지되는데 이는 그녀의 절망감을 부추길 뿐이다. 5

She had a rich friend, a comrade from convent days, whom she did not want to see anymore because she suffered so much when she returned home. She would weep for the entire day afterward with sorrow, regret, despair, and misery.

그녀는 부자 친구를 방문한 후에 느끼는 자신에 대한 실망감 때문에 그녀와 결별할 것까지 생각한다.

Well, one evening, her husband came home glowing and carrying a large envelope.

"Here," he said, "This is something for you."

She quickly tore open the envelope and took out a card engraved with these words:

새로운 국면의 시작

The Chancellor of Education and Mrs. Goerge Ramponneau request that Mr. and Mrs. Loisel do them the honor of coming to dinner at the Ministry of Education on the evening of January 8.

교육부 주최 만찬 초청장. 좋은 기회.

Instead of being delighted, as her husband had hoped, she threw the invitation spitefully on the table, muttering:

초청장은 그녀의 심기를 불편하게 할 뿐이다. 10

"What do you expect me to do with this?"

"But honey, I thought you'd be glad. You never got to go out, and this is a special occasion! I had a lot of trouble getting the invitation. Everyone wants one. The demand is high and not many clerks get invited. Everyone important will be there."

She looked at him angrily and stated impatiently:

"What do you want me to wear to go there?"

그녀는 입을 옷이 하나도 없다고 말한다.

15   He had not thought of that. He stammered.

    "But your theater dress. That seems nice to me . . ."

    He stopped, amazed, and bewildered, as his wife began to cry. Large tears fell slowly from the corners of her eyes to her mouth. He said falteringly:

    "What's wrong? What's the matter?"

    But with strong efforts she had recovered, and she answered calmly as she wiped her damp cheeks:

20   "Nothing, except that I have nothing to wear and therefore can't go to the party. Give your invitation to someone else at the office whose wife will have nicer dress than mine."

    Distressed, he responded:

    "Well, all right, Mathilde. How much would a new dress cost, something you could use at other times, but not anything fancy?"

    She thought for a few minutes, adding things up and thinking also of an amount that she could ask without getting an immediate refusal and a frightened outcry from the frugal clerk.

    Finally she responded tentatively:

25   "I don't know exactly, but it seems to me that I could get by on four hundred francs."

    He blanched slightly at this, because he had to set aside just that amount to buy a shotgun for Sunday lark-hunts the next summer with a few friends in the Plain of Nanterre.

    However, he said:

    "All right, you've got four hundred francs, but make it a pretty dress."

    As the day of the party drew near, Mrs. Loisel seemed sad, uneasy, anxious, even though her gown was all ready. One evening her husband said to her:

30   "What's the matter? You've been acting funny for several days."

    She answered:

    "It's awful, but I don't have jewels to wear, not a single gem, nothing to dress up my outfit. I'll look like a begger. I'd almost rather not go to the party."

그는 극장용 예복을 입고 파티에 가면 될 것이라며 아내를 설득하려고 노력한다.

그녀의 이름은 마틸드이다. 그는 새 옷을 사주겠다고 말한다.

그녀는 남편이 거부하지 못하도록 교묘하게 옷값을 정해 말한다.

옷을 사려면 그가 계획한 내년 여름 휴가비를 몽땅 써야 한다. (그는 휴가계획에 아내를 포함시키지 않은 것 같다.)

이야기의 세 번째 국면. 파티 날짜가 가까워진다.

이제 그녀는 착용하고 갈 훌륭한 보석이 없다고 불평한다. 그녀는 다시 한번 남편의 심리를 교묘하게 이용한다.

He responded:

"You can wear a corsage of cut flowers. This year it's all the rage. For only ten francs you get two or three gorgeous roses."

She was not convinced.

"No . . . there's nothing more humiliating than looking shabby in the company of rich women."

But her husband exclaimed:

"God, but you're silly! Go to your friend Mrs. Forrestier, and ask her to lend you some jewelry. You know her well enough to do that."

She uttered a cry of joy:

"That's right. I hadn't thought of that."

The next day she went to her friend's house and described her problem.

Mrs. Forrestier went to her mirrored wardrobe, took out a large jewel box, opened it, and said to Mrs. Loisel.

"Choose, my dear."

She saw bracelets, then a pearl necklace, then a Venetian cross of finely worked gold and gems. She tried on the jewelry in front of a mirror, and hesitated, unable to make up her mind about each one. She kept asking:

"Do you have anything else?"

"Certainly. Look to your heart's content. I don't know what you'd like best."

Suddenly she found a superb diamond necklace in a black satin box, and her heart throbbed with desire for it. Her hands shook as she picked it up. She fastened it around her neck, watched it gleam at her throat, and looked at herself ecstatically.

Then she asked, haltingly and anxiously:

"Could you lend me this, nothing but this?"

"Why yes, certainly."

She jumped up, hugged her friend joyfully, then hurried away with her treasure.

The day of the party came. Mrs. Loisel was a success. She was prettier than anyone else, stylish, graceful, smiling and wild with joy. All the men saw her, asked her name, sought to be

35

그녀의 말에도 일리가 있지만 어쩔 도리가 없는 듯하다.

그가 해법을 제시하는데 그것 은 앞서 언급된 마틸드의 부자 친구인 포레스티에 부인으로부 터 보석을 빌리는 것이다.

40

보석을 고르는 마틸드.

45

"최상급" 다이아몬드 목걸이

그녀가 원하는 것은 바로 이것 이다.

50

그녀는 "보물"을 들고 친구의 집을 나선다.

새로운 국면

파티. 마틸드의 등장은 매우 성

introduced. All the important administrators stood in line to waltz with her. The Chancellor himself eyed her.

She danced joyfully, passionately, intoxicated with pleasure, thinking of nothing but the moment, in the triumph of her beauty, in the glory of her success, on cloud nine with happiness made up of all the admiration, of all the aroused desire, of this victory so complete and so sweet to the heart of any woman.

She did not leave until four o'clock in the morning. Her husband, since midnight, had been sleeping in a little empty room with three other men whose wives had also been enjoying themselves.

55 He threw, over her shoulders, the shawl that he had brought for the trip home—a modest everyday wrap, the poverty of which contrasted sharply with the elegance of her evening gown. She felt it and hurried away to avoid being noticed by the other women who luxuriated in rich furs.

Loisel tried to hold her back:

"Wait a minute. You'll catch cold outdoors. I'll call a cab."

But she paid no attention and hurried down the stairs. when they reached the street they found no carriages. They began to look for one, shouting at cabmen passing by at a distance.

They walked toward the Seine, desperate, shivering. Finally, on a quay, they found one of those old night-going buggies that are seen in Paris only after dark, as if they were ashamed of their wretched appearance in daylight.

60 It took them to their door, on the Street of Martyrs, and they sadly climbed the stairs to their flat. For her, it was finished. As for him, he could think only that he had to begin work at the Ministry of Education at ten o'clock.

She took the shawl of her shoulders, in front of the mirror, to see herself once more in her glory. But suddenly she cried out. The necklace was no longer around her neck!

Her husband, already half undressed, asked:

"What's wrong?"

She turned toward him frantically:

65 "I . . . I . . . I no longer have Mrs. Forrestier's necklace."

공적인 것이었다.

여성들에 대한 또 다른 판단. 작가는 여성들만이 부러움과 존경을 받기를 원한다고 생각하는가? 이 점에서는 남성들도 마찬가지가 아닌가?

아내들이 춤을 추는 동안 루아젤을 포함한 일부 남편들은 지루해한다.

남루한 숄을 걸친 자신의 모습을 보여주지 않기 위해 그녀는 서둘러 집으로 향한다.

화려한 저녁시간에 뒤이은 초라한 현실. 그들은 형편없어 보이는 마차를 타고 집으로 간다.

마르티르 가. 이 길 이름에는 특별한 뜻이 있는가?
현실적인 루아젤의 모습

목걸이를 분실한 그녀!

He stood up, bewildered:

"What! . . . How! . . . It's not possible!"

And they looked in the folds of the gown, in the folds of the shawl, in the pockets, everywhere. They found nothing.

He asked:

"You're sure you still had it when you left the party?"

"Yes. I checked it in the vestibule of the Ministry."

"But if you'd lost it in the street, we would've heard it fall. It must be in the cab."

"Yes, probably. Did you notice the number?"

"No. Did you see it?"

"No."

Overwhelmed, they looked at each other. Finally, Loisel got dressed again:

"I'm going out to retrace all our steps," he said, "to see if I can find the necklace that way."

And he went out. She stayed in her evening dress, without the energy to get ready for bed, stretched out in a chair, drained of strength and thought.

Her husband came back at about seven o'clock. He had found nothing.

He went to Police Headquarters and to the newspapers to announce a reward. He went to the small cab companies, and finally he followed up even the slightest hopeful lead.

She waited the entire day in the same enervated state, in the face of this frightful disaster.

Loisel came back in the evening, his face pale and haggard. He had found nothing.

"You'll have to write to your friend," he said, "that you broke a clasp on her necklace and that you're having it fixed.

That'll give us time to look around."

She wrote as he dictated.

By the end of the week they had lost all hope.

And Loisel, looking five years older, declared.

"We'll have to see about replacing the jewels."

The next day they took the case which had contained the necklace and went to the jeweler whose name was inside. He looked at his books:

그들은 목걸이를 찾지 못한다.

70

75

그는 목걸이를 찾으러 나간다.

그러나 찾지 못한다.

그는 최선을 다해 열심히 찾아   80
본다.

루아젤은 목걸이를 늦게 돌려
줄 수밖에 없는 이유를 만들어
친구에게 이야기하자고 제안한
다. 그는 기지를 발휘해 문제
해결의 주도권을 잡는다.   85
희망이 없다.

그들은 똑같은 보석을 사서 친
구에게 돌려주기로 한다.

"I wasn't the one, Madam, who sold the necklace. I only made the case."

90   Then they went from jeweler to jeweler, searching for a necklace like the other one, racking their memories, both of them sick with worry and anguish.

In a shop in the Palais-Royal, they found a necklace of diamonds that seemed to them exactly like the one they were looking for. It was priced at forty thousand francs. They could buy it for thirty-six thousand.

They got the jeweler to promise not to sell it for three days. And they made an agreement that he would buy it back for thirty-four thousand francs if the original was recovered before the end of February.

Loisel had saved eighteen thousand francs that his father had left him. He would have to borrow the rest.

He borrowed, asking a thousand francs from one, five hundred from another, five louis* here, three louis there. He wrote promissory notes, undertook ruinous obligations, did business with finance companies and the whole tribe of loan sharks. He compromised himself for the remainder of his days, risked his signature without knowing wherher he would be able to honor it; and, terrified by anguish over the future, by the black misery that was about to descend on him, by the prospect of all kinds of physical deprivations and moral tortures, he went to get the new necklace, and put down thirty-six thousand francs on the jeweler's counter.

95   Mrs. Loisel took the necklace back to Mrs. Forrestier, who said with an offended tone:

"You should have brought it back sooner; I might have needed it."

She did not open the case, as her friend feared she might. If she had noticed the substitution, what would she have thought? What would she have said? Would she not have taken her for a thief?

Mrs. Loisel soon discovered the horrible life of the needy. She did her share, however, completely, heroically. That horrifying debt had to be paid. She would pay. They dismissed

*louis: a gold coin worth twenty frances.

새 다이아몬드 목걸이를 사는 데는 36,000프랑이 드는데 그들에게 이는 어마어마한 돈이다.

그들은 조건부로 목걸이를 사기로 결정한다. (모파상은 모든 일이 잘될 것이라는 점을 암시하는 것일까?)

목걸이를 사려면 루아젤은 받은 유산을 모두 써야 하며… 유산 외에도 18,000프랑을 높은 이자로 빌려야만 한다.

포레스티에 부인은 목걸이를 늦게 돌려주는 것에 불평한다.

이것이 사실대로 말하지 않아도 되는 충분한 이유가 될까? 루아젤 부부는 그렇게 생각하는 것 같다.

이야기의 다섯 번째 국면

the maid, they changed their address; they rented an attic flat.

She learned to do the heavy housework, dirty kitchen jobs. She washed the dishes, wearing away her manicured fingernails on greasy pots and encrusted baking dishes. She handwashed dirty linen, shirts, and dish towels that she hung out on line to dry. Each morning, she took the garbage down to the street, and she carried up water, stopping at each floor to catch her breath. And, dressed in cheap house dresses, she went to the fruit dealer, the grocer, the butchers, with her basket under her arms, haggling, insulting, defending her measly cash penny by penny.

They had to make installment payments every month, and, to buy more time, to refinance loans.

The husband worked evenings to make fair copies of tradesmen's accounts, and late into the night he made copies at five cents a page.

And this life lasted ten years.

At the end of ten years, they had paid everything— everything—including the extra charges imposed by loan sharks and the accumulation of compound interest.

Mrs. Loisel looked old now. She had become the strong, hard, and rude woman of poor households. Her hair unkempt, with uneven skirts and rough, red hands, she spoke loudly, washed floors with large buckets of water. But sometimes, when her husband was at work, she sat down near the window, and she dreamed of that evening so long ago, of that party, where she had been so beautiful and so admired.

What would life have been like if she had not lost that necklace? Who knows? Who knows? Life is so peculiar, so uncertain. How little a thing it takes to destroy you or to save you!

Well, one Sunday, when she had gone for a stroll along the Champs-Elysée to relax from the cares of the week, she suddenly noticed a woman walking with a child. It was Mrs. Forrestier, still youthful, still beautiful, still attractive.

Mrs. Loisel felt moved. Would she speak to her? Yes, certainly. And now that she had paid, she could tell all. Why

그들은 빚을 갚기 위해 고생한다. 루아젤은 밤늦게까지 일한다. 마틸드는 싸구려 다락방에서 살아야 하는 현실을 수용하고 절약하기 위해 힘든 집안일을 모두 혼자 힘으로 한다.

한푼이 아쉬운 그녀는 상인들과 흥정하며 물건값을 깎으려 애쓴다.

그들은 제때에 돈을 내기 위해   100
안간힘을 쓴다.

루아젤은 돈을 더 벌기 위해 야간 작업을 마다하지 않는다.

그들은 10년 동안 노력하며 잘 참아낸다.

그들은 결국 빚을 모두 갚는 데 성공한다.

루아젤 부인(화자는 왜 "마틸드"라고 하지 않았을까?)은 일 때문에 거칠어지고 늙어버린다. 그러나 그녀는 "영웅적"(문단 [98])으로 행동했으며 자신 속에 내재한 열정을 보여주었다.

도덕적 교훈? 우리의 삶은 사   105
소하고 불확실한 어떤 것에 의
해 좌우된다. 우리의 삶은 풍전
등화와 같은 것이 아닐까?

샹젤리제 거리 장면. 그녀는 10년 만에 잔 포레스티에를 본다.

not?

She walked closer.

"Hello, Jeanne?"

110　　The other gave no sign of recognition and was astonished to be addressed so familiarly by this working-class woman. She stammered:

"But . . . Madam! I don't know . . . You must have made a mistake."

"No. I'm Mathilde Loisel."

Her friend cried out:

"Oh! . . . My poor Mathilde, you've changed so much."

115　　"Yes. I've had so tough times since I saw you last; in fact hardships . . . and all because of you! . . ."

"Of me . . . how so?"

"You remember the diamond necklace that you lent me to go to the party at the Ministry of Education?"

"Yes. What then?"

"Well, I lost it."

120　　"How, since you gave it back to me?"

"I returned another exactly like it. And for ten years we've been paying for it. You understand this wasn't easy for us, who have nothing. . . . Finally it's over, and I'm damned glad."

Mrs. Forrestier stopped her.

"You say that you bought a diamond necklace to replace mine?"

"Yes, you didn't notice it, eh? It was exactly like yours."

125　　And she smiled with proud and childish joy.

Mrs. Forrestier, deeply moved, took both her hands.

"Oh, my poor Mathilde! But mine was only costume jewelry. At most, it was worth only five hundred francs! . . ."

잔은 마틸드의 외모가 많이 변했다는 사실을 알게 된다.

마틸드는 잔에게 모든 것을 사실대로 말한다.

뜻밖의 결말! 분실한 목걸이는 진짜 다이아몬드가 아니었으며 따라서 루아젤 부부가 겪은 고통의 세월은 불필요한 것이었다. 그러나 힘든 일과 희생이 아니었더라면 마틸드의 훌륭한 성품이 드러날 수 없었을 것이다. 이것이 이 작품이 내포하고 있는 도덕적 교훈인가?

4. 작품을 읽어가면서 저널(journal)에 생각이나 느낌을 적어놓자

작품의 여백에 기록한 평들은 적극적인 글읽기와 반응하기의 예로서 어떤 작품을 읽든지 꼭 실천해야 할 사항이다. 책의 여백을 이용하여 평이나 의문사항들을 적어 놓는 것이 바람직하나 상대적으로 긴 평을 위해서는 이에 덧붙여 저널을 작성하는 것이 좋다. 저널은 노트북, 독서 카드, 낱장의 종이, 혹은 컴퓨터 파일 등 여러 가지 방법으로 작성할 수 있는데 이것은 첫인상에서 벗어나 좀더 자세하고 깊이 있는 사고를 할 때 매우 유용하게 사용될 수 있다.

저널을 작성하는 목적은 작품을 속속들이 파악한 다음 그것에 대해 예리한 평을 할 수 있게 하려는 것이다. 이러한 목적을 달성하기 위해서는 우선 작품을 한 번 이상 읽어야 한다. 저널을 작성하는 좋은 방법을 고안하여 실행함으로써 작품을 읽어나감에 따라 생기는 작품에 대한 지식을 "기억의 은행"에 효과적으로 저장시킬 수 있다. 이러한 생각의 저장고를 잘 이용할 때 훌륭한 논문이 나온다. 여러분 나름 대로 독서하면서 떠오르는 생각을 기록에 남기는 방법을 고안할 때 도움이 될 만한 몇 가지 "독서지침"을 보면 다음과 같다. 물론 다음에 제시되는 내용은 여러분이 독서 경험이 풍부한 훈련된 독자로 성장함에 따라 수정되거나 덧붙여질 수 있다.

1) 독서를 위한 길잡이

(1) 기초적인 이해를 위한 몇 가지 제안
- 단어나 상황 혹은 개념들에 대하여 설명하라. 새롭거나 금방 뜻이 떠오르지 않는 단어를 적어둔다. 만일 책을 읽다가 어떤 부분이 명확하게 이해되지 않으면 그러한 문제가 생소한 단어에서 비롯된 것인지 먼저 판단해보는 것이 좋다. 사전을 찾아 알맞은 의미를 저널에 적어놓는데 이때 중요한 점은 사전에서 찾은 의미가 그 부분을 이해하는 데 도움이 되어야 한다는 것이다. 해결하기 어려운 문제는 기록해놓았다가 후에 담당 교수에게 질문하도록 한다.
- 무슨 일이 일어나고 있는지 정확하게 이해하라. 소설이나 희곡의 경우 다음과 같은 사항을 파악해야 한다. 어디에서 사건이 일어나는가? 그것은 무엇을 보여주는가? 누가 관련되어 있는가? 주인공은 누구인가? 왜 그 사람이 주인공인가? 등장인물들간에는 어떤 관계가 있는가? 그들의 주요 관심사는 무엇인가? 그들의 직업은 무엇인가? 누가 누구에게 무슨 말을 하는가? 대화가 사건을 진행시키고 등장인물의 성격을 드

러내는 데 어떻게 기여하는가? 시의 경우에는 다음과 같은 물음이 중요하다. 누가 누구에게 이야기하는가? 화자는 시적 상황에 대해 무엇이라고 말하는가? 시는 어디에서 어떻게 끝나는가?

(2) 첫인상에 대한 노트 작성

- 여백에 적혀 있는 노트를 참고하며 자신의 의견이나 반응을 기록해둔다. 어떤 부분을 중요하거나 주목해야 할 가치가 있다고 생각했으며, 또 어떤 부분을 우스꽝스럽거나 충격적이라고 생각했는가? 책을 읽으면서 걱정을 하거나 무서워했는지, 큰소리로 웃거나 미소를 지었는지, 스릴을 느끼거나 많은 것을 배웠는지, 자긍심을 느끼거나 생각할 거리를 많이 발견했는지 생각해보라. 저널에 이러한 자신의 반응을 적은 다음 좀더 충분하게 설명해보자.
- 재미있는 성격이나 사건 그리고 기법이나 사상을 적어놓는다. 만일 여러분이 어떤 인물이나 사상을 좋아하거나 싫어한다면 각각 왜 그런지에 대해 써놓는 것이 좋다. 이외에도 작품 중에 특별히 좋아하거나 싫어하는 것이 있다면 그것들도 적어둔다. 어떤 부분들이 이해하기 쉽고 어떤 부분들이 어려우며, 그 이유는 무엇인가? 어떤 뜻밖의 사건이 벌어지는가? 이것에 대한 여러분의 반응은 어떤가? 설명할 때 중요한 점은 자신의 말로 해야 한다는 것이다.

(3) 생각의 진전과 반응의 확대

- 작품의 내용상 일정한 패턴이 있다면 그것에 주목하라. 요점을 정리하고 개요를 작성한다. 어떤 갈등이 드러나는가? 이러한 갈등이 사람 사이의 문제인지, 그룹간의 문제인지, 혹은 사상들 사이에 존재하는 것인지 파악한다. 작가는 이러한 갈등을 어떻게 해결하는가? 어느 한 세력, 사상, 혹은 한 편이 승리하는가? 만일 그렇다면 그 이유는 무엇인가? 승리자 혹은 패배자에 대한 여러분의 반응은 어떠한가?
- 인물, 상황, 그리고 사건에 대해 좀더 자세하게 요점을 적어둔다. 인물에 대해 어떤 설명이 필요한가? 해설이 필요한 사건, 장면, 상황에는 어떤 것들이 있는가? 등장인물이나 화자가 삶이나 인간성에 대해 기본전제로 삼고 있는 것은 무엇인가? 그들 자신, 그들의 주변 사람들, 그들의 가족과 친구, 그들의 일, 경제, 종교, 정치, 철학, 그리고 세계와 우주에 대한 생각은 또한 어떠한가? 그들은 어떤 풍습이나 관습을 가지고 있는가? 그들은 어떤 언어를 사용하는가? 작품에 사용된 문학적 전통이나 기법은 무엇이며 그것들이 사건과 이야기에 내포된 사상을 드러내는 데 어떻게 기여하는가?
- 여러분의 반응과 생각을 한 문단 혹은 그 이상으로 써보라. 이렇게 써놓은 생각들은 논문을 쓸 때 초고로 활용할 수 있다. 단순히 일반적인 예습을 할 때에도 항상 여러분 스스로의 생각을 써놓는 것이 좋다.
- 재미있거나 잘 쓰여진 문장 혹은 중요한 구절들을 암기한다. 독서 카드에 그 구절을 써서 주머니나 손가방에 넣어 가지고 다닌다. 이렇게 하면 특별히 시간을 내지 않고

도 교실로 걸어가는 도중이나 대중교통을 이용하는 시간을 활용하여 그것들을 외울 수 있을 것이다.
• 작품을 읽어가면서 생기는 의문사항은 반드시 적어놓고 수업 시간에 질문하는 것이 좋다. 이런 과정은 그 자체로도 공부에 도움이 된다.

2) 저널 작성의 실례

다음에 예시된 저널은 지금까지 설명한 지침에 근거하여 작성된 것이다. 차후에 연구과제를 수행할 때나 논문을 작성할 때 효과적으로 저널을 이용하기 위해서는 가능한 한 자세하게 여러분 스스로의 생각이나 반응을 적어놓아야 한다. 저널에는 해설뿐 아니라 의문사항도 기록해야 한다는 점을 명심해야 한다.

모파상의 「목걸이」에 관한 저널

이야기의 초반에서 마틸드는 미숙한 상태에 있는 것 같다. 그녀는 가난한 중하류 계층에 속한 여성이지만 자신이 처한 상황을 인정하지 못한다.

그녀는 천진한 몽상가이다. 하지만 온통 값비싼 물건으로 가득한 환상적인 집에 대한 그녀의 꿈이 유별나다고 할 수만은 없다. 사람들은 누구나 부유하게 되는 꿈을 꾼다.

그 여자는 소박한 음식을 좋아하는 남편의 취향에 당혹해한다. 작품 속에서 송어와 메추라기를 좋아하는 그녀의 취향과 싸구려 음식을 선호하는 루아젤의 취향이 대조된다.

루아젤이 초대장을 받자 마틸드는 더욱 힘들어한다. 문제는 그녀가 값비싼 드레스(루아젤의 여름 휴가 비용을 다 써야 할 만큼 비싼)와 보석을 갖고 싶어한다는 것이다.

성공적인 파티는 화자가 두 번째 문단에서 이야기하는 매력을 그녀가 지니고 있다는 사실을 보여주는 예이다. 그녀가 자신의 힘을 발휘할 수 있는 다른 기회는 없는 것 같다.

그녀의 성격 중 가장 나쁜 부분은 평범한 숄을 부끄러워한 나머지 연회장을 서둘러 떠날 때 드러난다. 루아젤 부부의 재정파탄은 적은 수입에 맞춰 생활하기를 거부하며 자신을 불행하다고 생각하는 마틸드에게 그 일차적 원인이 있다. 이러한 재앙은 그녀의 잘못으로 인한 것이다.

잃어버린 목걸이를 대신할 목걸이를 사기 위해 돈을 빌린다는 사실은 루아젤과 마틸드 모두 자존심이 강한 사람들이라는 점을 말해준다. 재정 파탄을 감수하면서까지 자신들이 잃어버린 것에 대한 책임을 지는 태도는 바람직하다.

재미있는 표현이 눈에 띈다. 루아젤이 5년은 더 늙어버린 것 같다는 부분(문단 86)과 그가 파티를 즐기는 아내들과 떨어져 있는 다른 남편들과 함께 시간을 보낸다는 부분(문단 54)이 그것이다. 이 부분은 잘 된 것 같다.

루아젤과 마틸드가 잔에게 보석을 잃어버렸다고 말하지 않은 것은 유감이다. 아마 명예 때문이었으리라. 아니면 도둑 누명을 쓸까 봐 두려워했는지도 모른다.

노예처럼 일만 한 10년의 세월(문단 98부터 102까지)은 그들이 몰락해가는 과정을 보여준다. 마틸드는 정말 열심히 여러 가지 육체 노동을 하였는데 화자가 말하듯 그 모습은 가히 영웅적이라고 할 수 있다.

다락방에서 생활하면서 마틸드는 초라해지고 품위를 잃게 되지만(문단 99) 강인함을 얻는다. 그녀는 할 일을 할 뿐이다. 처음에 살던 아파트와 그녀의 상상 속 방이 지닌 우아함은 그녀의 한계를 잘 드러내준다.

샹젤리제 거리라는 배경도 마틸드의 성격을 드러낸다. 왜냐하면 그곳에서 마틸드는 잔에게 목걸이의 분실이라는 비극적 사건과 그로 인한 희생(문단 121)에 대하여 거리낌없이 말할 수 있기 때문인데 이것이 충격적 결말을 초래한다.

"얼마나 보잘것없는 것이 당신을 파멸시키거나 구원할 수 있는가"(문단 105)라는 화자의 생각은 오랜 사색의 결과이다. 목걸이는 작은 것이지만 그것이 커다란 문제를 일으킬 수 있다. 바로 이 점이 작품에 내포된 아이러니이다.

질문. 이 이야기는 충격적 종말에 관한 것인가 아니면 마틸드의 성격에 관한 것인가? 그녀는 비난받아 마땅한가 아니면 존경받아야 하는가? 그 이유는 무엇인가? 이야기의 결말은 화자가 암시하듯이 우리를 성공이나 파멸로 이끄는 작은 것 때문인가, 혹은 현실 세계에서와 마찬가지로 경제적 신분상승이 어렵기 때문인가, 아니면 두 가지 모두가 다 이유인가? 이 작품이 1884년에 발표되었다는 점을 고려할 때 여성들의 지위에 대한 화자의 진술은 어떤 의미가 있는가? 이것은 별로 관계가 없을지도 모르지만, 목걸이가 바뀌었다는 이야기를 나중에 들은 잔이 자신이 받은 진짜 목걸이의 값을 루아젤 부부에게 치르지 않았을까? 그렇게 되면 루아젤 부부는 잘살게 되었을 것이다.

위의 저널은 「목걸이」에 대한 고찰이나 의견을 비교적 자세하고 조리 있게 정리해놓은 예이다. 과제로 주어진 작품을 읽을 때 항상 이와 같은 방법으로 저널을 만들어 기록해놓는 것이 좋다. 만일 과제가 단순히 한 작품을 잘 이해하는 정도를 요청하는 것이라면 위와 같이 일반적인 생각이나 소견을 적어놓는 것으로 충분하다. 만일 시험을 준비하기 위한 것이라면 수업 시간에 공부한 방향에 맞추어 작품을 분석한 내용을 기록해 놓고 예상 질문을 스스로 만든 다음 그것에 대해 자신이 생각한 답을 적어놓는 것이 좋다. 논문을 써야 할 경우 이러한 기록을 잘 이용하면 인물, 사상, 혹은 배경과 같이 정해진 논문의 주제에 좀더 정확하게 초점을 맞추어 논문을 작성할 수 있다. 목적이 무엇이든지 책을 읽을 때는 항상 저널을 작성하고 가능한 한 자세한 의견과 관찰의 결과, 반응들을 많이 기록하는 것이 바람직하다.

5. 문학적 주제에 관한 글쓰기

글쓰기란 우리의 생각이나 연구 내용을 초점에 맞추어 정확하게 표현하는 작업이다. 글쓰기는 말하고자 하는 것, 즉 하나의 아이디어를 찾는 것으로부터 시작된다. 모든 아이디어가 다 똑같은 것은 아니다. 어떤 아이디어가 다른 아이디어보다 좋을 수 있다. 좋은 아이디어를 찾는 것은 많이 생각하고 많이 글을 씀으로써 얻어지는 능력이다. 아이디어를 발견하고 이를 표현하는 과정을 거치면서 여러분의 감각과 비평 능력은 향상될 것이다.

　　문학은 비록 체계적이지는 않더라도 그 자체로 이미 철학, 종교, 심리학, 사회학, 정치학 등 많은 소재를 다루고 있기 때문에 작품을 분석하고 그것에 대한 논문을 쓰는 방법을 배운다는 것은 곧 이들 영역을 포함한 많은 학문 영역에 접근할 수 있는 능력을 배양하는 일이나 다름없다.

1) 글쓰기는 결코 쉬운 일이 아니다. 그러나 걱정하지 말고 일단 써보자

　　무엇보다 중요한 점은, 글쓰기는 불확실한 상태에서 시작한다는 사실을 깨닫는 것이다. 우리는 완전하고 매끈하며 잘 구성된 글을 읽을 때, 글쓴이가 단 한번에 완벽한 원고를 써놓은 다음 전혀 고치지 않았을 것이라고 믿는 수가 흔히 있다. 그러나 현실은 이와 전혀 다르다. 글은 오직 끊임없는 사고와 고된 작업 끝에야 비로소 남에게 내놓을 수 있게 되는 것이기 때문이다.

만일 여러분이 훌륭하다고 생각한 글의 초고를 본다면 매우 놀라고 또 한편으로는 용기를 갖게 될 것이다. 훌륭한 필자도 여러분과 똑같은 사람으로, 그들이 작성한 초고는 지저분하고 불확실하며, 모호하고 일관성이 없고, 애매하며 불완전하기 때문이다. 보통은 그들 자신도 스스로 작성한 초고를 못마땅해하지만 어쨌든 그것을 기반으로 해서 고쳐나가는 노력을 기울인다. 필자는 초고의 일부를 버리고 일부는 첨가하며, 문단을 반으로 나누고 문단의 위치를 옮기는가 하면, 많은 부분을 잘라냈다가 다시 붙이고, 문장을 고치거나 새롭게 다시 쓰고, 단어를 바꾸며 철자를 고치고, 새로운 부분을 추가하여 글 전체를 유기적으로 연결시키고 매끄럽게 되도록 작업한다.

2) 생각과 글쓰기에는 세 가지 중요한 단계가 있다

훌륭한 필자의 경우든 그렇지 않은 경우든 모든 글쓰기 작업은 세 가지 기본 단계를 거친다. 첫 번째인 아이디어 찾기 단계는 일상의 평범한 대화가 지니는 속성과 유사하다. 일반적으로 대화는 일정한 법칙 없이 행해진다. 대화는 흔히 특별한 이유 없이 이 주제에서 저 주제로 옮겨가기도 하고 반복되기도 한다. 글의 아이디어를 찾는 과정도 이와 매우 비슷하다. 우리는 이런 저런 아이디어에 관해 두서없이 생각하게 되는데 이러한 단계에서 이들 간의 논리적 관계가 특별히 전제되어야 할 필요는 없다. 그러나 두 번째 단계, 즉 아직 다듬어지지 않은 학술 논문의 초고 작성 단계에 이르러서는 우리의 생각이 일상의 대화 수준에서 벗어나 수업 중에 행해지는 토론과 유사한 수준에 좀더 근접해야 한다. 수업 중 토론은 자유분방하고 주제를 벗어나기 쉽지만 보통 한 가지 주제에 초점을 맞추어 진행된다. 세 번째 단계인 논문의 완성을 준비하는 단계에 이르면 사고에는 분명한 초점이 있어야 하고, 글은 체계적이고 명확해야 할 뿐 아니라 간결해야 하며, 각 부분들이 서로 연결되어야 한다.

만일 논문을 쓰려고 하다가 시작부터 잘못되거나, 막다른 골목에 갇힌 것처럼 더 이상 생각도 안 나고, 주제를 벗어나 주변을 맴돌기만 하는가 하면 절망감만 커지는 경우가 생기면 어쨌든 시작이 중요하다는 것만 기억하도록 하라. 아무리 마음에 들지 않을 것이라는 생각이 들어도 일단 무엇이든지 써놓은 다음 그것과 정면으로 맞서 씨름하라. 글을 쓰기 시작했다는 이유만으로 처음 아이디어를 그대로 유지해야 한다고 생각할 필요는 없다. 초기의 아이디어들이 논문의 초고나 컴퓨터 스크린에 담겨 있다고 해서 더 이상 수정할 수 없는 신성한 것이 될 수는 없다. 새로운 아이디어를 위해 그것들은 언제든지 폐기될 수 있다. 또 여러분 마음대로 문장들을 지워버릴 수도 있고 이리 저리 옮겨볼 수도 있다. 그러나 만일 처음에 가졌던 아이디어에만 몰두하여 생각의 유연성을 상실하면 더 이상 논문이 진전될 수 없는 경우도 있다. 글쓰기 과정에서 불확실성은 필연적인 것이다. 따라서 이러한 불확실성을 솔직하게 받아들임으로써 그것이 불리하게 작용하는 것이 아니라 유리하게 작용하도록 만드는 것이 매우 중요하다.

6. 아이디어 찾기

우리가 아무리 무엇에 관해 안다고 생각할지라도 그것을 글로 쓰기 전까지는 안다고 할 수 없다. 따라서 글쓰기 과정에서 무엇보다 먼저 할 일은 마음속을 깊이 성찰하여 작품에 대해 우리가 가지고 있는 모든 반응과 생각을 끄집어내는 것이다. 마음속에 떠오르는 모든 것을 하나도 남김없이 다 적도록 하라. 처음에 보잘것없이 보인다고 해서 실망할 필요는 없다. 중요한 것은 그것을 끊임없이 발전시키도록 노력해야 한다는 것이다. 만일 해결할 수 없는 의문점이 생기면 일단 적어놓고 나중에 답을 생각해 보도록 하자. 아이디어를 찾을 때는 다음과 같은 글쓰기 전 단계를 밟는 것이 도움이 될 것이다.

1) 브레인스토밍(brainstorming) 혹은 자유로운 글쓰기

브레인스토밍 혹은 자유로운 글쓰기는 글로 쓰는 우리 자신과의 은밀하고도 무제한적 대화를 지칭하는 구어체적 표현이다. 이것이 글쓰기의 첫 번째 단계이다. 자유로운 글쓰기를 시작할 때 우리는 무엇이 어떻게 될지 모르기 때문에 작품이나 작품의 특정 요소들 혹은 작품에 대한 반응 등에 관한 모든 것을 하나도 빠짐없이 마음속에서 되새겨보아야 한다. 실제로 우리는 스스로에게 질문해보고 자신의 생각을 적어놓는데 이때 그것들이 일관성을 유지하는가 아니면 서로 상반되는가, 혹은 요점에서 벗어나 있는가 아니면 시시하게 보이는가 하는 것 등은 별로 중요하지 않다. 이 단계에서 자신의 생각을 체계화하거나 비판하려하는 것은 현명하지 않다. 어떤 아이디어를 보존하고 어떤 아이디어를 버릴지는 나중에 결정해도 늦지 않다. 이 시점에서 우리의 목표는 우리의 생각 모두를 종이나 컴퓨터에 담아놓는 것이다. 후에 논문을 고치면서 언제든지 필요에 따라 브레인스토밍 혹은 자유로운 글쓰기 과정을 통해 새로운 아이디어를 발전시킬 수 있다.

2) 구체적 주제에 초점 맞추기

(1) 요점정리나 브레인스토밍을 할 때 주어진 주제들을 발전시켜라

비록 브레인스토밍의 목표가 아무런 제한 없이 자유롭게 여러 가지 주제에 접근하는 것이지만 한 가지 지켜야 할 점은 창조적으로 생각하도록 노력하는 것이다. 이를 위해서는 점차적으로 우리의 마음을 구체적인 몇 가지 방향을 향해 나아가도록 통제할 필요가 있다. 일단 특정 주제들에 관해 초점을 맞추기 시작하면 앞에서 지적한 바와 같이 우리의 생각은 교실에서의 토론과 흡사하게 된다. 자유로운 글쓰기에서 특별히 흥미를 느끼는 주제를 발견했다고 가정해보자. 그러면 글쓰는 이는 이 주제에 초점을 맞추어 가능한 한 많은 것을 쓰기 시작할 것이다. 다음에 예로 나오는 모파상의 「목걸이」에 관한 초기 단상들은 글쓰는 이가 "명예"와 같은, 자유로운 글쓰기에서 튀어나온 특정한 주제를 겨냥하여 어떻게 글을 써나가는 가를 보여준다.

마틸드는 친구에게 가서 자신이 목걸이를 분실했다고 말할 수도 있었으나 그렇게 하지 않았다. 창피한 마음이 그녀를 압도했을까? 목걸이를 분실한 사실을 고백한다면 자신의 명예가 손상될 것이라고 느꼈을까?

명예란 무엇인가? 원하지 않더라도 혹은 어렵더라도 우리가 해야 할 일을 하는 것이 아닌가? 아니면 명예는 교만함인가? 마틸드는 너무도 명예에 집착하여 혹은 너무도 교만하여 친구에게 이야기할 수 없었던 것인가? 명예를 지키는 것은 가능한 방법들 중에서 더 어려운 쪽을 택하는 것을 뜻하는가? 명예를 지키는 것은 필연적으로 고통을 수반하는가? 자존심이나 명예를 위해서는 고통스러운 선택을 해야 하는가?

마틸드는 다른 사람들이 자신을 매력적인 여성으로 보며 부러워하기를 원한다. 후에 그녀는 루아젤에게 만일 자신이 보석을 착용하지 않으면 부유한 여인들과 함께하는 파티에서 굴욕감을 느낄 것이라고 말한다. 아마도 그 여자는 목걸이보다 다른 사람들이 자신에 대해 감탄하는 것을 더 원했을지도 모른다. 높은 자부심은 명예와도 관련이 있겠지만 그보다는 자존심과 더 관계가 있을 것이다.

의무감. 그것은 명예와 동일한 것인가? 마틸드는 의무감에서 그렇게 열심히 일했는가? 물론 그 여자가 자신의 의무를 다하고 명예롭게 행동한 것은 자존심 때문이다. 따라서 자존심은 명예를 향해 나가는 첫걸음이다.

나는 명예가 삶에서 중요한 부분을 차지한다고 생각한다. 그것은 삶이나 한 개인보다 더 큰 어떤 것처럼 보인다. 명예는 하나의 관념 혹은 느낌에 불과하다. 명예라는 관념이 삶보다 우선할 수 있을까? 그래야만 하는가?

위의 글은 완성된 것이 아니다. 그러나 이 글을 통하여 우리는 어떻게 글쓴이가 하나의 용어를 정의하기 위해, 또 그것을 중요한 등장인물 혹은 상황에 어느 정도까지 적용시켜야 하는가를 결정하기 위해 노력하는가를 볼 수 있다. 마지막 문단은 작품의 내용과 별로 관계가 없는 것이지만 이러한 여담도 얼마든지 용인될 수 있다. 왜냐하면 자유로운 글쓰기 단계에서 글쓰는 이는 머리에 떠오르는 모든 생각을 일단 써놓아야 하기 때문이다. 만일 아이디어가 의미있는 어떤 것으로 발전한다면 논문을 쓸 때 이용해야겠지만 그렇지 않으면 언제든지 폐기해도 된다. 브레인스토밍 과정에서 가장 중요한 원칙은 모든 아이디어를 기록하는 것이다. 이 단계에서 독자들이 아이디어에 대해 어떻게 생각할까 고민할 필요는 없다. 자유로운 글쓰기는 오직 글쓰는 사람만을 위한 것이다. (언젠가 어떤 학생이 커다란 그릇에 가득 담긴 아이스크림을 먹고 싶다는 말로 자유로운 글쓰기를 시작한 적이 있다. 이러한 욕망은 주제와 아무런 관련이 없었지만 어쨌든 그것으로 인해 학생은 글을 쓰기 시작할 수 있었고 후에 좀더 관련이 있는 아이디어들을 만들어낼 수 있었다. 물론 그의 처음 욕망에 관한 이야기는 완성된 논문에 들어 있지 않았다.)

(2) 처음 작성한 노트에 기초하여 생각을 발전시켜라

생각의 초점을 맞추기 위해 가장 중요한 작업은 저널을 자세하게 훑어가며 관련된 주제들을 찾아내는 것이다. 예를 들어 여러분이 「목걸이」를 연구하면서 마틸드와 그녀의 남편이 잃어버린 목걸이 대신 산 목걸이 값을 다 치른 다음 살게 된 다락방의 중요성에 관해 저널에 적어 놓았다고 가정하자. 이 노트를 시작으로 해서 우리는 다음에 보는 바와 같이 여러 가지 아이디어를 만들어낼 수 있다.

> 다락방은 중요하다. 전에 살던 아파트에서 마틸드는 몽상을 했고 현실과는 거리가 먼 생활을 하였다. 그녀는 까다롭고 연약한 여인이었으나 목걸이를 분실한 후에는 그럴 수 없었다. 다락방에 살며 그녀는 영락없는 노동자가 된다. 그녀는 이제 훨씬 더 많은 것을 할 수 있다.

> 마틸드는 하녀를 내보낸 다음 물통을 들고 계단을 오르며 기름기 묻은 접시를 닦고 마루를 닦기 위해 물을 뿌리며 빨래도 모두 손수 한다.

> 그녀는 강해지면서 한편으로는 시끄럽고 지저분하게 변하고 물건값을 깎기 위해 가게 주인과 흥정을 하기도 한다. 그녀는 자신을 돌보지 않는다. 여기에 반전이 있다. 그녀는 무능력하고 깔끔한 상태에서 거칠지만 능력 있는 상태가 되기 때문이다. 이 모든 변화는 다락방에서 일어난다.

위의 예는 처음에 작성한 짧은 노트를 근거로 하여 애초에 우리에게 없었던 여러 가지 생각을 만들어낼 수 있다는 것을 보여준다. 이러한 생각의 확장을 통하여 우리는 작품의 여러 가지 요소들을 종합할 수 있게 되는데 이것은 곧 좋은 논문의 근본인 아이디어를 뒷받침하는 중요한 수단이 된다. "다락방은 중요하다"라는 주장은 매우 기본적인 것에 불과하지만, 중요한 것은 이러한 과정 그 자체가 우리를 창조적으로 이끌어 나간다는 사실이다.

(3) 스스로 질문하고 답하라

작품에 대한 아이디어를 발견하는 주된 방법은 작품을 읽어가면서 질문하고 답하는 것이다. "독서를 위한 길잡이"는 여러분이 스스로 질문을 만드는 데 도움이 될 것이다(29쪽). 그러나 문학 작품을 읽는다고 가정할 때 다음과 같은 구체적인 질문들을 해보는 것도 좋을 것이다.

- 등장인물에 대해 어떤 설명이 필요한가? 어떤 행동이나 장면 혹은 상황이 해설을 필요로 하며 그 이유는 무엇인가?
- 등장인물이나 화자는 인간과 삶에 관해 대체적으로 어떻게 생각하는가? 그들은 자신과 주변 사람들에 대해서, 가족과 친구에 관해서, 일과 경제, 종교, 정치, 세태에 대해 어떻게 생각하고 있는가?

- 그들의 관습이나 풍습은 어떠한가?
- 그들은 어떤 말을 사용하는가? 격식을 차린 말인가 아니면 일상적인 말인가? 사투리 인가 아니면 모욕적인 말인가?
- 어떤 문학적 관행과 장치가 사용되었으며 작품에 어떤 영향을 주는가? (예를 들어 작 가가 독자에게 직접 이야기할 때 그것은 관행이며 비유가 사용된 경우 그것은 일종 의 장치인데 은유나 직유가 그 예이다.)

물론 작품을 다시 읽어감에 따라 다른 질문이 생길 수도 있고 계속 연구해볼 만큼 중요한 한두 가지 의문점만 남을 수도 있다.

(4) 플러스―마이너스, 찬반, 양자택일 등의 방법을 이용하여 아이디어들을 묶는다

아이디어를 발견하는데 일반적으로 사용되는 방법은 플러스―마이너스, 찬반 양론, 양자택일 등과 같이 대조되는 한 쌍의 아이디어를 나란히 정리하는 것이다. 「목걸이」의 주인공인 마틸드의 성격을 플러스―마이너스 방법에 따라 정리해보자. 그녀는 "존경받을만한가"(플러스) 혹은 "비난받아 마땅한가?"(마이너스)

플러스: 존경받을 만한 점	마이너스: 비난받아 마땅한 점
초대장을 받은 후 한바탕 울고 난 그녀는 "있는 힘을 다해" 정상을 회복한다.―아마 도 그녀는 남편의 기분이 상하는 것을 원하 지 않는 것 같다.	그녀는 더 중요한 다른 좋은 점 때문이 아 니라 오로지 매력적이 됨으로써 남의 부러 움을 사고 존경을 받고 싶어한다(첫째 부분 의 끝). 그녀는 그녀가 가질 수 없는 것들 에 대해 몽상을 하면서 시간을 보내고 스 스로 불행하다고 불평을 늘어놓는다.
그녀는 무도회에서 대단한 성공을 거두었 다. 그녀는 사람들의 마음을 사로잡는 매혹 적인 면이 있다.	그녀는 가난하게 살지만 남편을 설득하여 아름다운 연회복을 살 돈을 받아낸다.
목걸이를 분실한 후 그녀와 남편은 가난하 게 된다. 그러나 그녀는 손실을 보충하기 위해 "그녀 자신의 몫을 완벽하게 영웅적 으로"(문단 98) 다한다.	
가난하게 사는 동안에도 그녀는 멋있고 화	그녀는 만일 친구가 다른 목걸이를 돌려받

려한 순간에 대해 꿈을 꾼다. 그녀가 치른 대가는 좀 심한 것 같다.

마지막에 가서야 그녀는 분실 사실을 친구에게 고백한다.

는다면 자신을 도둑으로 여길 것이라고 생각한다.

그녀는 친구를 좀더 신뢰해야되지 않았을까?

그녀는 시끄럽고 거칠게 되며 얼마 되지 않는 물건값을 깎기 위하여 상인과 언쟁을 하기도 하는데 이를 통하여 그녀의 성격이 보잘것없이 되어간다는 것을 알 수 있다.

위의 예처럼 대조되는 생각들을 일단 옆에 나란히 정리해놓으면 여러분은 새로운 생각을 얻게 된다. 칸을 채우다 보면 가능한 한 많은 대조적 내용들을 열거하게 되고 작품 내의 내용들이 어떻게 각각의 입장을 지원하는지 생각하게 된다. 진실하고 참된 사고는 이런 방법을 통해 이루어진다.

따라서 노트는 최종적으로 논문을 어떻게 쓰든지 간에 매우 유용한 것이다. 한쪽 칸에 있는 아이디어들을 종합해 논문을 쓸 수도 있고 양쪽 칸의 내용을 모두 이용하여 마틸드의 성격이 너무도 복잡하기 때문에 전적으로 존경받거나 전적으로 비난받을 수 없는 인물이라고 논문을 전개해나갈 수도 있다. 또는 마틸드는 비난받거나 존경받기보다는 동정을 받아 마땅하다는 등, 전혀 새로운 생각을 도출해낼 수도 있다. 간단히 말해서 자료들을 플러스―마이너스 형태로 정리해놓으면 그 어떤 다른 방법보다 효과적으로 아이디어들을 찾아내서 체계적으로 발전시킬 수 있다.

(5) 발전의 유형을 추적하라

주된 아이디어나 이야기의 개요 혹은 리스트를 작성함으로써 여러 아이디어들을 얻을 수도 있다. 어떤 갈등이 일어나는가? 갈등은 어디에서 일어나는가? 사람들 사이인가, 그룹들 사이인가, 아니면 아이디어들 사이인가? 작가는 이것들을 어떻게 해결하는가? 하나의 세력, 아이디어, 혹은 한쪽 편이 승리하는가? 왜 그런가? 승리자나 패배자에 대한 여러분의 반응은 어떠한가?

이러한 방법을 사용해서 아래와 유사한 목록을 만들어보자.

도입. 마틸드는 물 밖으로 나온 물고기이다. 그녀는 부유한 삶을 꿈꾸지만 실제 삶은 초라하고 남편 또한 매우 평범한 사람이다.

부유한 생활에 대한 몽상은 그녀를 더욱 불만에 가득 차게 하고 고통스럽게 만든다.

그녀의 성격은 마르티르 가, 만찬장 장면, 다락방 등 이야기 속의 장소와 관련된다. 그녀가 꿈꾸는 장소들도 마찬가지. 그녀는 자신이 생각할 수 있는 가장 비싼 것들로 그곳을 채운다.

그들은 초대장을 받는다. 그녀는 뾰로통한 얼굴로 푸념을 늘어놓는다. 그녀의 남편은 심기가 불편해지지만 그녀가 그의 기분을 실제로 상하게 하는 것은 아니다. 하지만 그녀는 남편을 설득하여 비싼 연회복을 구입한다.

그녀는 부유함을 향한 욕망 때문에 목걸이를 빌리는데 그 순간 그녀의 꿈의 세계는 현실 세계에 해를 끼치게 된다. 목걸이의 분실은 단지 불운한 사건일 뿐이다.

다락방은 그녀 안에 잠재한 거친 면모를 드러낸다. 그러나 그녀는 희생과 협동정신을 배우기도 한다. 그녀는 패배하지만 사실상 승리자라고 할 수 있다.

이 모든 관찰은 마틸드의 성격에 초점을 맞춘 것이다. 그러나 이것말고도 이야기의 다른 발전 유형을 추적할 수도 있다. 하지만 이 경우에도 중요한 것은 논제와 관련된 액션과 장면들을 모두 설명해야 한다는 것이다. 이를 소홀히 할 경우 전혀 다른 결론을 유추해낼 수 있는 증거를 간과할 수도 있다.

(6) 글쓰기를 통해 생각을 발전시켜라

아이디어를 발견하기 위해 여러 가지 방법을 채택할 수 있지만, 중요한 것은 글로 쓰여지지 않은 생각은 불완전하다는 점이다. 여러분의 반응이나 책을 읽으면서 생기는 질문들을 써놓는 연습을 해야 한다. 이를 통하여 작품을 이해하는 결정적인 열쇠를 얻을 수 있다.

7. 논문 초고 작성하기

아이디어를 찾아내기 위해 브레인스토밍과 초점 맞추기 기법을 사용한다는 것은 곧 여러분이 논문의 초고를 이미 쓰기 시작했음을 의미한다. 아이디어 사이의 관계가 좀더 분명해지고, 전개할 아이디어를 뒷받침하기 위해 작품을 다시 분석하면서 기존에 가지고 있던 생각을 수정할 필요가 생길 수도 있지만, 여러분은 이미 특정 주제에 대한 논의를 전개하기 위해 필요한 자료를 많이 확보하고 있다.

1) 중심 아이디어를 만든다

논문은 중심 아이디어를 발전, 확장시키기 위해 충분하게 논의되고 잘 구성된 문단들의 집합으로 정의할 수 있다. 논문의 모든 세부적 내용은 이 중심 아이디어에 대한 독자의 이해를 도울 수 있어야 한다. 일관성과 완전성을 달성하기 위해 각각의 문단은 중심 아이디어에 관한 것이어야 하며 선택된 세부 사항들이 그것과 어떤 관련이 있으며   그것을 어떻게 뒷받침하는가를 보여주어야 한다. 중심 아이디어는 논문을 통제하고 그것에 형태를 부여하며 독자를 위한 지침을 제공한다.

잘 쓰여진 문학 논문은 문학 작품을 인물, 관점, 혹은 상징주의 등과 같이 특정한 주제의 측면에서 간결하지만 철저하게 조사한 글이라고 할 수 있다. 중심 아이디어의 전형들을 보면 다음과 같다. (1) 인물이 강인하고 고집불통이다. (2) 관점으로 인해 사건이 "멀리서 일어나는 객관적인 것"처럼 보인다. (3) 한 가지 중요한 상징이 중요한 등장인물들의 생각과 행동을 지배한다. 이러한 주제에 대한 논문에서 모든 세부 사항은 중심 아이디어와 밀접하게 연관되어 있어야 한다. 「목걸이」에서 마틸드 루아젤이 10년 동안 노예처럼 일하며 희생한다는 것은 단지 사실일 뿐이다. 만일 여러분이 이러한 사실이 그녀의 주요 특징 중 하나(이 경우엔 힘과 인내심의 증가)를 어떻게 예시하는가를 보여줌으로써 주제와 연결시키지 않는 한, 성격에 관한 논문과 이러한 사실은 아무런 관계가 없다.

여러분이 가진 아이디어들 중 논문으로 발전시킬 수 있는 한두 가지 아이디어를 찾아내도록 노력하라. 만일 여러분이 앞에서 논의된 논문 작성 준비단계의 지침에 따라 연구를 진행해왔다면 다른 아이디어에 비해 좀더 도전적이거나 중요하다고 생각되는 몇몇 아이디어를 이미 찾아내었을 것이다.

논문의 주제로 삼을 수 있다고 결정한 아이디어가 있다면 일단 그것을 완전한 문장으로 써보는 것이 좋다. 여기서 중요한 것은 완전한 문장으로 써야 한다는 점이다. "배경과 인물"처럼 단순한 문구에는 문장에서와 같은 초점이 없다. 문장은 주제를 진전시켜 무엇인가를 더 캐내고 발견할 수 있도록 해준다. 예를 들어 "「목걸이」의 배경은 마틸드의 성격을 나타낸다"라는 주제문에서 보는 바와 같이 문장으로 된 진술은 연구의 결과와 목표를 구체적으로 정해주기 때문이다. 여기서 한 걸음 더 나아가 "마틸드의 강점과 약점은 「목걸이」에 나오는 실제와 상상 속의 장소에 반영되어 있다"와 같이 더욱 구체적인 문장으로 논문의 의도를 표현할 수 있다면 좋을 것이다.

하나의 중심 아이디어는 논문에서 지금까지 발전시켜온 여러 아이디어들을 채택하거나 거부하고 재정리하거나 고칠 수 있는 잣대의 역할을 한다. 이제 여러분은 자신의 생각이 좋은 것인지 알아보기 위해 시험적으로 글을 좀 써볼 수도 있다. 그러나 글을 쓰면서 자신의 생각을 증명하려고 노력하기 전에 논문의 윤곽을 작성해보는 것이 더 효과적이라고 판단되면 그렇게 해도 좋다. 어느 경우든 자신이 기록해놓은 것을 중심 아이디어에 대한 증거로 사용하는 것이 바람직하다. 만일 필요하다면 브레인스토밍과 같은 예비 기법을 사용하여 좀더 많은 아이디어를 발견하도록 노력해야 하고 좀더 많은 세부적 증거가 필요하다면 작품을 다시 읽을 때 그것들을 찾아 적어 놓아야 할 것이다.

작품 배경의 변화가 마틸드의 성격을 드러낸다는 중심 아이디어를 이용하면 다음과 같은 글이 나올 수 있는데 이 글에서는 그녀의 부정적인 성격이 강조되고 있다.

> 마르티르 가에 위치한 원래 아파트와 부유한 지역에 대한 몽상의 세계는 그녀의 성격에 내재한 부정적인 측면을 보여준다. 비록 사는 데 지장은 없지만 실제 아파트는 초라하기 그지없다. 가구들도 그녀의 불만을 더 깊게 만들 뿐이다. 초라한 생활을 하는 그녀는 오직 화려함에 대해서만 생각하며, 한 명의 가정부에 만족하지 않고 여러 명의 가정부가 있는 집을 꿈꾼다. 화려한 꿈의 세계는 현재 그녀의 처지를 더욱 불행하게 만든다.

이러한 발견 단계에서 초고의 목적은 중심 아이디어에 대한 초기의 생각들을 기록해놓는 것이지만 이때부터 중심 아이디어를 뒷받침할 수 있는 세부 내용들을 가능한 한 많이 작품으로부터 찾아내는 것이 좋다. 논문의 최종 단계에 이르면 이러한 작업이 매우 중요한 역할을 한다.

2) 주제문을 만든다

이제 여러분은 중심 아이디어를 근거로 하여 처음 관찰한 결과나 아이디어들 중 어떤 것을 좀더 발전시킬 수 있는지 결정할 수 있다. 앞으로의 목표는 중심 아이디어를 뒷받침할 수 있는 다수의 논제를 만들고 그것들을 주제문, 즉 논문에서 다룰 주요 내용을 설계 혹은 예보하며 논문의 구조를 보여주는 문장의 형태로 표현하는 것이다. 발견 단계에서 세 가지 중심 아이디어를 선택했다고 가정하자. 중심 아이디어를 왼쪽 난에 그리고 논제를 오른쪽 난에 정리하면 그것이 주제문의 기초가 된다. 처음 두 가지 논제는 발견 단계의 글에서 취했다는 것에 주목하자.

중심 아이디어	논제
「목걸이」의 배경은 마틸드의 성격을 드러낸다.	1. 실제 아파트 2. 몽상 속의 환경 3. 다락방

이를 기초로 하여 다음과 같은 주제문을 만들 수 있다:

마틸드 성격의 발전은 그녀의 첫 번째 아파트, 꿈속의 호화로운 방, 그리고 다락방과 밀접하게 관련되어 있다.

만일 논문을 쓰는 도중에 주제문을 증명하기 위한 증거가 충분하지 않으면 언제라도 그것을 수정할 수 있다. 혹시 새로운 논제가 떠오를 경우도 있을 터인데 그럴 경우에는 그것을 적절하게 주제문에 포함시켜도 좋다.

지금까지 본 바와 같이 중심 아이디어는 논문의 접착제이다. 주제문은 한데 묶여져야 할 부분들, 즉 중심 아이디어를 예시하거나 논증하는데 필요한 논제들을 나열한 것이다. 독자들이 논문의 구조에 주목하도록 하기 위해 주제문은 보통 서론의 마지막 문단, 즉 본문이 시작되기 직전에 위치한다.

8. 초고 작성하기

초고를 작성할 때 중요한 점은 노트나 아이디어 발견 단계에서 써놓은 자료를 중심으로 주제문의 요점을 뒷받침하는 것이다. 이 단계에서 여러분은 원하는 대로 아이디어나 세부 사항들을 변경, 폐기, 혹은 재구성할 수 있는데 물론 이렇게 수정된 내용은 주제문에 반영되어야만 한다. 대부분의 필자들이 서론을 마지막에 쓰는 주된 이유 중 하나는 바로 이것이다. 앞에서 본 주제문에는 세 가지 논제가 들어 있는데 (논제는 두 개, 네 개 혹은 그 이상이 될 수도 있다) 이것들이 논문의 본문을 구성하는 요소가 된다.

(1) 핵심 문장(topic sentence)으로 각 문단을 시작하라

전체 논문의 구성이 주제에 기초한 것처럼 각 문단의 구성은 주제문의 요소인 핵심 문장을 기초로 한다. 핵심 문장은 주제문에 나타난 하나의 논제가 어떻게 중심 아이디어를 뒷받침하는가를 말해준다. 우리가 본 예문의 첫 번째 논제는 마틸드의 성격과 그녀의 첫 번째 아파트의 관계이며 이에 관한 문단은 바로 이러한 관계를 강조해야만 한다. 만일 10년이라는 고통의 세월 동안 그녀의 성격이 얼마나 거칠어졌는지에 관해 논문을 쓸 경우 성격과 장소를 연결시켜주는 다음과 같은 핵심 문장을 만들어낼 수 있다.

다락방은 거칠어지는 마틸드의 성격을 보여준다.

이러한 문장으로 시작한 문단은 어떻게 거칠고 힘든 집안 일이 그녀의 행동, 외양, 그리고 전반적인 견해에 직접적인 영향을 끼치는가를 독자에게 보여준다.

(2) 하나의 문단은 오직 하나의 논제만을 다루어야 한다

일반적으로 하나의 문단은 하나의 논제로 구성된다. 그러나 만일 하나의 논제가 너무 어렵거나 길고 다루어야 할 세부사항이 너무 많을 경우 논제를 두 개 혹은 그 이상의 부논제로 나누고 그것들을 각각 하나의 독립된 문단에서 논해도 좋다. 이 경우 논제는 하나의 절이 되는 것이나 마찬가지이며 절을 구성하는 각각의 문단에는 핵심 문장이 있어야 한다.

(3) 문단은 핵심 문장의 내용을 벗어나서 작성되어서는 안된다

일단 주제문이 결정되면 결론을 포함한 논문의 모든 내용은 주제문에 초점이 맞추어져야 한다. 다락방에 관한 핵심 문장을 이용하여 어떻게 문단을 쓸 수 있는지 예를 들어보자.

다락방은 거칠어지는 마틸드의 성격을 보여준다. 모파상은 돈을 모으기 위해 그녀가 해야만 하는 어려운 고난의 짐, 즉 마루청소, 기름이 묻고 빵 껍질이 달라붙은 팬의 세척, 쓰레기 처리, 그리고 빨래와 설거지 등을 강조한다. 이러한 일이 그녀를 거칠게 만드는데 그 효과는 손과 머리 손질을 포기하고, 될 수 있는 대로 싼 옷을 걸치며, 이웃 상인에게 몇 푼 안되는 돈을 깎아달라고 소리치는 그녀의 모습을 통하여 강화된다. 소설의 도입부에서 섬세하고 매력적인 모습이던 그녀는 소설의 종결부에서는 거부감을 주는 거친 여인으로 변한다.

이야기의 세부 사항들이 핵심 문장을 뒷받침하는 자료로 사용되었다는 사실에 주목하자. 어려운 일을 하고, 자신을 돌보지 않으며, 싸구려 옷을 입고 가게주인들과 흥정을 한다는 내용은 모두 이야기의 줄거리를 요약하기 위함이 아니라 마틸드의 성격에 대한 필자의 주장을 예를 들어가며 설명하기 위함이다.

1) 윤곽(outline)을 정하라.

지금까지 우리는 윤곽, 즉 논문의 구성을 위한 기본계획을 세워보았다. 어떤 이들은 정식으로 윤곽을 정하지 않고 아이디어들을 격식에 구애받지 않고 그저 적어놓는 것을 선호하기도 하며, 어떤 이들은 윤곽을 정해놓고 그것을 적극적으로 활용하기도 한다. 또 어떤 사람들은 논문을 끝낼 때까지는 윤곽을 정할 수 없다고 주장하기도 한다. 어떤 방식을 선호하든 중요한 것은 완성된 논문의 구조가 잘 짜여져 있어야 한다는 점이다. 이를 위해서는 논문의 방향과 형태를 결정하는 중요한 역할을 하는 윤곽을 미리 정해두는 것이 좋을 것이다.

우리가 지금까지 발전시켜온 윤곽은 분석적 문장 윤곽(analytical sentence outline)이다. 이러한 형태의 윤곽을 만들어내는 것은 생각보다 어렵지 않다. 그것은 중심 아이디어와 주제문을 포함하는 서론, 본문의 문단에서 사용될 핵심 문장들, 그리고 결론으로 이루어진다.

지금까지 논의한 주제와 관련된 논문의 윤곽을 만들면 다음과 같을 것이다.

제목. 「목걸이」의 배경은 마틸드의 성격과 어떤 관계에 있는가?

1. 서론
   - 중심 아이디어. 모파상은 배경을 이용하여 마틸드의 성격을 드러낸다.
   - 주제문. 그녀의 성격의 발전은 그녀의 첫 번째 아파트, 저택에 있는 우아한 방에 대한 몽상, 그리고 다락방과 연관되어 있다.
2. **본론**—핵심문장(필요하면 계속 추가할 수 있음)
   - 첫 번째 아파트에 대한 세부적 묘사는 그녀의 불만과 우울함에 대해 설명해준다.
   - 저택의 방에 대한 몽상은 그녀를 불행하게 한다는 점에서 아파트와 같다.
   - 다락방은 거칠어지는 성격을 보여준다.
3. **결론**—핵심문장
   - 이야기의 모든 세부 내용, 특히 배경은 마틸드의 성격을 드러내는 데 초점을 맞추고 있다.

결론은 본문의 요약이어도 좋다. 결론에서 필자는 중심 아이디어를 평가하거나 차후에 논의되어야 할 사항에 대해 간략하게 언급하거나, 본문의 세부 내용에 대해 생각해볼 수 있다.

2) 논문을 작성할 때 윤곽을 활용한다

이 책에 예시된 모든 모범 논문들은 모두 분석적 문장 윤곽이라는 원칙에 의해 작성된 것이다. 논문을 구성하는데 이러한 윤곽이 어떤 효과가 있는지 나타내기 위해 모든 중심 아이디어와 주제문 그리고 핵심 문장에는 밑줄이 쳐져 있다. 여러분도 논문을 쓰면서 논문의 구성을 확인하기 위한 수단으로 뼈대를 구성하는 이러한 문장에 밑줄을 긋거나 문장 자체를 이탤릭체로 쓰는 것이 효과적일 수 있다. 그러나 담당교수가 그러한 표시를 원하지 않는다면 일단 원고를 완성한 후 지워야 한다.

9. 초고의 실례

다음에 예로 든 모범 논문은 지금까지 우리가 발전시켜온 논제에 대한 초고이다. 논문은 앞서 예시한 윤곽을 따른 것이며 이야기의 세부적 내용을 인용하며 여러 가지 논제를 증명한다. 그러나 이 초고는 잘 짜여진 완성된 원고와는 거리가 멀다. 이 초고에는 한 가지 논제가 빠져 있으며 61-63쪽에 예시된 완성된 원고에는 초고에 없던 몇몇 세부사항과 새롭게 발견된 내용이 포함되어 있다. 이는 일단 원고가 작성되었다고 할지라도 추가적인 브레인스토밍과 발견을 위한 글쓰기 기술 등을 통하여 끊임없이 개선되어야 한다는 점을 일깨워주는 예이다.

「목걸이」의 배경은 마틸드의 성격과 어떤 관계에 있는가?

[1] 「목걸이」("Necklace")에서 기 드 모파상(Guy de Maupassant)은 배경을 그다지 자세하게 취급하지 않는다. 그는 이야기의 중심에 있는 물건인 잃어버린 목걸이에 대해서조차 자세하게 묘사하지 않고 단순히 "최상급"(문단 47)이었다고 말할 뿐이다. 그는 중심 인물인 마틸드 루아젤(Mathilde Loisel)의 성격을 보여주기 위해 배경을 이용한다.* 모든 세부내용은 그녀의 특징을 드러내기 위함이다. 그녀 성격의 발전은 그녀의 첫 번째 아파트, 저택의 방에 대한 그녀의 몽상, 그리고 그녀의 다락방과 관련되어 있다.**

[2] 첫 번째 아파트에 대한 세부묘사는 그녀의 불만과 우울함을 말해준다. 벽은 "충충하고" 가구는 "낡았으며" 커튼은 "보기 흉하다"(문단 3). 그저 평범한 시골 여자 아이 한 명이 집안 일을 돌보아줄 뿐이다. 식탁보를 매일 바꾸는 것은 생각조차 할 수 없으며 가장 훌륭한 저녁식사라고 해봐야 삶은 쇠고기가 고작이다. 마틸드는 야회복이 없으며 있는 것이라고는 별로 좋아하지도 않는 극장용 예복뿐이다. 이러한 세부묘사는 월급이 적은 남편에 대한 그녀의 불만을 드러내기 위함이다.

[3] 그녀가 꿈속에서 그리는 부유한 삶은 그녀를 불행하게 만든다는 점에서 아파트와 마찬가지이다. 대저택에 대한 몽상에 등장하는 방들은 모두 클 뿐 아니라 값비싼 가구와 골동품들로 가득 차 있으며 비단으로 장식되어 있다. 그녀는 개인적 대화를 나눌 수 있는 독립된 방과 송어와 메추라기 등 맛있는 음식이 차려진 만찬 등을 상상한다. 화려한 집을 동경하면 할수록 그녀는 파리의 마르티르 가에 위치

* 중심 아이디어
** 주제문

한 초라한 아파트에 대한 실망감이 더욱 심해진다.

[4] 다락방은 거칠어진 마틸드의 성격을 반영한다. 모파상은 돈을 모으기 위해 그녀가 해야만 하는 어려운 고난의 짐, 즉 마루청소, 기름이 묻고 빵껍질이 달라붙은 팬의 세척, 쓰레기 처리, 그리고 빨래와 설거지 등을 강조한다. 이러한 일이 그녀를 거칠게 만드는데 그 효과는 손과 머리 손질을 포기하고, 될 수 있는 대로 싼 옷을 걸치며, 이웃 상인에게 몇 푼 안되는 돈을 깎아달라고 소리치는 그녀의 모습을 통하여 강화된다. 소설의 도입부에서 섬세하고 매력적인 모습이던 그녀는 소설의 종결부에서 거부감을 주는 거친 여인으로 변한다.

[5] 요약하면 모파상은 배경을 포함한 이야기의 모든 세부 내용의 초점을 마틸드의 성격에 맞춘다. 그외의 모든 것은 필요하지도 않으며 이야기에 포함시키지도 않는다. 따라서 그는 성대한 파티장면에 대해서는 별로 이야기하지 않지만 마틸드가 크게 "성공"했다(문단 52)는 것과 같이 꼭 필요한 내용은 강조한다. 바로 이러한 부분이 처음에 묘사된 그녀의 아름다움과 매력을 분명하게 드러낸다(그 어느 때보다도 불행하다고 느끼고 있음에도 불구하고). 이렇게 볼 때 모파상은 「목걸이」에서 마틸드와 그녀의 불필요한 불행이라는 그의 글쓰기 목적을 달성하기 위한 수단으로 배경을 이용한다고 할 수 있다.

10. 논문을 수정하면서 발전, 강화시킨다

앞에 예시된 것과 같이 초고를 완성한 다음 여러분은 이제 무엇을 더 어떻게 해야 하는지 의문이 들것이다. 여러분은 작품을 여러 번 읽었고 브레인스토밍 기법을 통해 논문의 아이디어를 찾아냈으며, 이를 바탕으로 논문의 윤곽을 정하고 초고를 쓴 것이다. 어떻게 더 잘할 수 있겠는가?

이러한 문제에 접근하는 가장 좋은 방법은 우선 문학 작품에 대해 글을 쓰는 사람들이 저지를 수 있는 가장 큰 잘못은 작품의 줄거리를 요약하거나 하나의 아이디어를 되풀이하여 말하는 것이라는 점을 인식하는 일이다. 줄거리를 요약하여 다시 말하는 것은 여러분이 작품을 읽었다는 사실을 보여줄 뿐 작품에 대해 생각해보았다는 것을 보여주지는 못한다. 좋은 논문을 쓴다는 것은 우리가 지닌 아이디어들을 지각력을 갖춘 독자가 이해할 수 있도록 일정한 논리적 양식에 따라 정리하는 것을 뜻한다.

1) 스스로 순서를 정해 작품을 인용하며 분석하라

이야기를 요약하지 않고 논문을 작성하는 방법은 많다. 그중 하나는 작품의 내용을 언급할 때 여러분 스스로 정한 순서에 따라 하는 것이다. 작품 속에 배열된 순서대로 내용을 차례차례 인용해가며 논문을 쓰는 것은 피해야 한다. 논문의 주제를 가장 효과적으로 드러낼 수 있도록 작품의 내용을 재정리해야 한다. 작품 첫 부분부터 이야기하며 논문을 시작하는 것은 바람직하지 않다. 결론이나 중간 부분에 대해 먼저 이야기하는 것이 더 좋다. 초고를 검토할 때 만일 여러분 나름대로 정한 순서에 의해서가 아니라 연대순으로 작품의 내용을 인용하며 분석했다는 사실을 발견하면 글쓰기 전 기법을 이용하여 논문 내용을 새롭게 구성할 수 있는 방법을 찾아내야 한다. 참고 자료의 내용을 본문에 인용할 때 지켜야 할 원칙은 그 내용이 반드시 여러분이 주장하고자 하는 바, 혹은 논지를 증명하는 것이어야만 한다는 점이다.

2) 작품의 내용을 증거로 사용하면서 논하라

무슨 글을 쓰든지 글쓰는 이의 입장은 마치 증거를 수집하며 사건을 해결하는 형사나 증거를 인용해가며 논쟁을 벌이는 변호사와 같다. 따라서 목적은 여러분의 지식과 여러분이 내린 결론이 얼마나 합리적인가를 독자에게 확신시켜주는 것이다.

이때 중요한 것은 독자들이 여러분의 아이디어를 이해할 수 있도록 설득력 있게 증거를 활용하여야 한다는 점이다. 작품의 세부 내용을 효과적으로 활용하면 글이 얼마나 좋아질 수 있는지 다음에 예시된 두 문단을 통하여 보도록 하자. 이 두 문단은 마틸드의 성격에 관한 논문의 초고이다.

이 두 개의 문단을 비교해보면 처음 문단이 두 번째 문단보다 길지만 완성된 원고와는 거리가 멀고 오히려 초고 쪽에 더 가깝다고 할 수 있다. 왜냐하면 첫 번째 글의 필자는 이야기의 줄거리를 반복하여 우리에게 들려줄 뿐이기 때문이다. 이 첫 번째 글은 결론과는 상관없는 세부 내용으로 가득하다.

반면에 두 번째 문단의 세부 내용은 모두 정해진 논제를 뒷받침한다. "예를 들어", "그러한", 혹은 "이러한 결함" 등의 표현은 독자들이 논의되는 작품의 내용을 이미 알고 있으며 이제 그들이 원하는 것은 그 의미를 파악하는 것이라는 전제하에서 글이 쓰여졌다는 사실을 암시한다. 그러므로 두 번째 문단은 세부적 내용을 논

1	2
마틸드에 대하여 정상 참작의 여지가 있다면 그것은 그녀가 다른 사람들로부터 고립되어 있고 단절되어 있다는 사실에서 비롯된다. 그녀와 남편은 외형적인 삶에 대한 것을 제외하고는 서로 거의 이야기를 하지 않는다. 그는 삶은 고기를 좋아한다고 말하고 그녀는 좋은 옷이 없기 때문에 중요한 초대에 응할 수 없다고 말한다. 옷을 구하자 그녀는 이제 보석이 없다고 불평한다. 잔으로부터 목걸이를 빌린 다음에도 그녀는 별로 말을 많이 하지 않는다. 그녀와 남편이 목걸이를 분실했다는 사실을 발견했을 때 그들은 그저 분실 경위를 잠시 살펴본 뒤 루아젤이 그 내용을 불러주고 마틸드가 그것을 직접 받아 적는다. 그녀가 샹젤리제 거리에서 잔과 만날 때에도 자신의 삶에 대해서 많이 이야기하지 않고 그저 목걸이를 분실하여 대신 산 것에 대한 최소한의 이야기만 하여 10년간의 희생이 불필요했다는 잔의 탄식이 나오도록 한다.	마틸드 성격의 주된 결함은 대화기피와 폐쇄적 마음이다. 그녀는 친밀한 관계를 원하지도 않고 그럴 능력도 없다. 예를 들어 그녀와 남편 사이의 대화는 삶은 고기를 좋아하는 남편의 취향이라던가 야회복과 보석이 없는 것에 대한 그녀의 불평 등 외형적인 삶에 관한 것을 제외하고는 거의 이루어지지 않는다. 이렇듯 대화가 결여된 결혼 생활을 보며 우리는 마틸드가 자신의 친한 친구인 잔에게 더 마음을 열어놓을 것이라고 예측할 수도 있으나 사실 그녀는 그 친구와도 많은 이야기를 나누지 않는다. 이러한 결함은 그녀에게 큰 상처를 준다. 왜냐하면 만일 그녀가 좀더 개방적이어서 목걸이 분실에 대해 말했더라면 그 끔찍한 희생을 치르지 않아도 될 것이었기 때문이다. 이러한 개방성의 결여는 고질적인 몽상 습관과 함께 그녀의 가장 큰 결점이다.

제와 연결시켜 설명하면서 독자들의 작품 이해를 돕고 있다고 할 수 있다. 이 글에서 세부 내용은 줄거리를 다시 이야기하기 위함이 아니라 증거의 역할을 하기 위함이다. 이와는 대조적으로 첫 번째 문단은 논제와 관련된 여러 가지 내용을 이야기하고는 있지만 그것이 논제와 구체적으로 연결되어 있지는 않다. 두 번째 문단에 좀 더 많은 세부 내용이 첨가될 수도 있겠으나 이미 예시된 세부내용만으로도 논지가 증명되기 때문에 그러한 작업은 사실상 불필요하다. 좋은 글을 만드는 조건은 많이 있겠지만 위의 두 예문을 통해서 드러난 가장 중요한 조건은 좋은 글에는 필자 자신의 생각을 뒷받침하고 증명하는 목적 이외의 세부 내용이 들어가서는 안된다는 점이다.

3) 스스로 정한 중심 아이디어에 충실하라

첫 번째와 두 번째 원고의 또 다른 차이점을 알아보기 위해 세 번째 예에 대해 생각해보자. 다음 글은 「'목걸이'에 나타난 경제적 결정주의」라는 논문에서 발췌한 것인데 이 글에서 필자는 독자들이 문학과 정치, 경제의 관계에 대해 관심이 있으리라고 전제하고 있다. 이 글에서 필자는 경제적 요소가 작품에 등장하는 여러 사건과 어떻게 관련되어 있는가를 보여준다. 중심 아이디어는 마틸드의 곤경이 성격에서 비롯된 것이 아니라 재정적 어려움에서 비롯된다는 것이다.

> 삶을 지배하는 데 우연보다 더 중요한 것은 사람들이 경제적 환경에 의해 통제된다는 생각이다. 작품의 도입부에서 보는 바와 같이 마틸드는 가난하게 태어난다. 따라서 그녀는 정당한 기회를 상실한 채 말단 사무원과 결혼한다. 오직 부유한 삶을 위해 태어난 듯 화려한 생활에 대한 강렬한 욕망과 상상으로 가득한 그녀에게 가난한 살림살이는 고급스러운 환경에 대한 몽상을 유발할 뿐이다. 그녀는 자신의 남편인 루아젤이 중요한 초대장을 들고 들어왔을 때 격에 어울리는("비싼"이라는 의미) 옷이 없다며 면박을 준다. 옷이 마련되자 이번에는 보석이 필요하게 된다. 그녀는 보석을 빌리지만 곧 잃어버린다. 목걸이의 분실은 큰 재난이다. 왜냐하면 그것으로 인해 루아젤 부부는 많은 빚을 지고 10년 동안 극도로 빈곤한 생활을 하게 되기 때문이다.

이 글은 매우 구체적인 핵심 문장으로 시작하는데 이는 필자가 치밀한 계획 하에 글을 쓰기 시작했다는 것을 의미한다. 그러나 이 글의 나머지 부분을 보면 필자가 얼마나 쉽게 원래의 목표로부터 멀어지면서 다른 방향으로 갈 수 있는가를 알 수 있다. 문제는 글의 내용이 정확한 것이기는 하나 논제와 연결되어 있지 않다는 점이다. 두 번째 문장부터 이 글은 사건들을 다시 이야기하면서 핵심 문장으로부터 벗어나 방향을 잃고 표류하기 시작한다. 따라서 이 글은 작품의 세부 내용이 그 자체만으로 필자가 의도한 바를 명확하게 나타낸다고 가정할 수는 없다는 사실을 보여준다고 하겠다. 필자 스스로 이야기의 세부 내용과 논제를 연결시키고 모든 관계들이 분명하게 드러나도록 확인하며 글을 써야 한다. 이것은 글을 쓰는 데 지켜야할 매우 중요한 원칙이다.

이 문제에 대해 좀더 자세히 살펴보기로 하자. 만일 이상적인 글이 선으로 표시될 수 있다면 다음과 같은 그림이 그려질 것이다. 글의 논제는 어떤 구체적인 목표, 즉 분명한 의미를 향해 가는 직선이다. 이 직선은 증거를 제시하기 위해 잠깐씩

옆으로 이탈하는 예시선을 동반하지만 이 예시선은 곧 직선과 합류한다. 이는 증거로 도입된 새로운 사실과 논제와의 관계를 보여주어야만 한다는 것을 뜻한다. 따라서 이상적인 글의 구성은 파상의 곡선과 여러 번 만나는 하나의 직선으로 그려질 수 있다.

실례나 기타 참고 사항들이 어떻게 사용되었는가를 보여주며 파상을 그리는 예시선은 항상 논제선으로 되돌아간다는 점에 유의해야 한다. 「목걸이」에 대한 잘못된 글은 다음의 그림에서와 같이 돌아오지 않고 저 멀리 공중으로 날아가 버리는 선으로 표시될 수 있다.

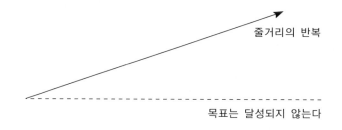

잘못된 글을 수정하는 방법은 끊임없이 독자들에게 논제를 상기시켜주면서 본문으로부터 예를 골라 증거로 사용하는 것이다.

　위에서 예로 든 파상선의 도표가 보여주듯이 논제가 언급될 때마다 파상선은 직선 혹은 논제선과 합류한다. 이러한 논제와 그것을 설명하는 예의 관계는 어떤 주제에 관해 글을 쓰든지 반드시 지켜져야만 한다. 예를 들어 만일 관점에 관한 글을 쓴다면 글의 내용은 항상 화자 혹은 이야기하는 사람과 관련되어야 한다. 이러한 원칙은 인물, 주제, 혹은 배경 등 어떤 논제에 대해 글을 쓸 때도 적용된다. 이러한 원칙에 근거하여 「목걸이」에 나타난 경제적 결정주의에 대한 앞의 글을 수정하면 다음과 같다. 예와 논제와의 관계를 강조하는 부분에는 밑줄이 쳐져 있다.

삶을 지배하는 데 우연보다 더 중요한 것은 사람들이 경제적 환경에 의해 통제된다는 생각이다. 예를 들어 화자는 주인공인 마틸드가 가난하게 태어났다는 점을 강조하면서 이야기를 시작한다. 따라서 그녀는 정당한 기회를 상실한 채 말단 사무원과 결혼한다. 이러한 생각을 강조하듯 화려한 생활에 대한 강렬한 욕망과 상상은 (그녀는 마치 오직 부유한 삶을 위해 태어난 듯 하다) 고급스러운 환경에 대한 몽상과 실제로 자신이 살고 있는 가난한 집 사이의 괴리감 때문에 극도로 불행해 하며 절망을 느끼는 그녀의 성격상 약점을 더욱 자극할 뿐이다. 이렇듯 경제적으로 궁핍한 상황은 남편과 그녀의 관계를 나쁘게 만드는데 그녀는 남편이 중요한 초대장을 들고 들어왔을 때 격에 어울리는("비싼"이라는 의미) 옷이 없다며 면박을 준다. 비현실적인 꿈의 세계를 실현시키기 위해 그녀가 목걸이를 빌린다는 사실은 경제적 제한을 이겨내는 것이 사실상 불가능하다는 점을 암시한다. 이러한 맥락에서 볼 때 잃어버린 목걸이 때문에 치른 10년 동안의 희생은 가난이 사람들의 꿈과 좀더 나은 생활에 대한 희망을 짓밟으면서 얼마나 인생을 초라하게 만들 수 있는가를 보여준다고 하겠다.

이 글은 이제야 비로소 주제를 나타내는 핵심 문장이 목표한 바를 달성하였다. 처음 글에 비해 다소 길이가 길어졌으나 그것은 불필요한 세부사항 때문이 아니라 글에 방향과 형태를 부여하는 문장이나 표현들이 늘어났기 때문이다. 이렇게 문단을 늘일 경우 전체적으로 논문이 너무 길어지지나 않을까 걱정할 수도 있다. 이에 대한 해답은 논제나 문단의 수를 줄이는 데 있다. 많은 논제에 대해 중언부언하는 것보다 몇몇 논제를 설정하고 그것들에 대해 철저하고도 예리하게 논하는 것이 더 좋기 때문이다. 중심 아이디어 혹은 논제를 강화하는 방향으로 원고를 수정하기 위해서는 일부 논제를 과감하게 버리거나 중요 논제를 증명하기 위한 보조 논제로 만들어 버리는 것이다. 이런 방법을 효과적으로 활용하면 논문은 당연히 크게 향상될 것이다.

11. 아이디어의 구성과 전개방식을 검토한다

계속 강조하지만 좋은 논문의 첫째 조건은 하나의 요점이나 중심 아이디어를 도입한 후 그것에 초점을 맞추는 것이다. 훌륭한 논문을 쓰는 또 하나의 중요한 단계는 중심 아이디어가 확장되고 성장하도록 하는 것이다. 성장(growth)이라는 단어는 하나의 은유로서 새로운 통찰력의 제공, 처음에는 볼 수 없었던 아이디어의 발견, 그리고 독창적이고 신선하며 새로운 해설 등을 의미한다.

1) 독창적이 되도록 노력하라

무슨 글을 쓰든지 항상 독창적이 되려고 노력하는 것이 중요하다. 여러분은 다른 사람의 작품에 대해 글을 쓰면서 어떻게 독창적이 될 수 있는가라고 의문을 가지거나, "작가가 모든 것을 이미 말해버린 상황에서 이야기를 반복하는 것 외에 무엇을 더 할 수 있겠는가"라고 생각할 수도 있다. 이러한 생각은 여러분이 스스로 글의 소재를 선택할 수 없으며 개인적 사고나 독창적인 공헌을 할 기회도 없다는 전제하에서만 가능한 것이다.

그러나 글을 쓰는 이에게는 선택권과 독창성을 발휘할 기회가 있다. 여러분이 스스로 중심 아이디어를 만들고 발전시킬 때 독창성은 실현될 수 있다. 예를 들어 「목걸이」를 읽으면서 자연스럽게 처음 떠오르는 반응은, "이 작품은 빌린 목걸이를 분실한 후 그것을 보상하기 위해 고난의 세월을 견디는 한 여인에 관한 이야기"라는 것이다. 그러나 이러한 반응은 이야기 속의 사건에 관해 말하는 것일 뿐, 어떤 아이디어에 관한 것이라고는 할 수 없다. 하지만 만일 그러한 고난이 "불필요한 것"이라고 말한다면 그것은 곧 참신한 아이디어의 탄생과 직결된다. 이 간단한 단어 하나는 필요한 고난과 불필요한 고난 사이의 차이점에 관해 설명할 것을 요구하는데 이러한 차이점을 여주인공의 고난과 연결시키면 그것이 바로 독창적인 논문의 시작인 것이다. 만일 논문의 구상 단계에서 설정한 논제가 주인공의 몽상적, 고립적 특징이 그녀의 불행 혹은 일반적인 불행과 어떻게 관련되는가 하는 것이라면 앞서 예시한 경우보다 한 단계 더 높은 독창적 통찰력이 담긴 글이 나올 수 있을 것이다. 이를 좀더 구체화하면 중심 아이디어는 아마도 "사람들은 스스로 자신의 고난을 만든다"가 될 것이다. 이러한 아이디어를 논제로 삼을 경우 여러분은 마틸드의 경험을 그녀 개인적 차원 뿐 아니라 인간 전체를 대표하는 보편적 경험으로 간주될 수 있도록 논문을 끌어 가야 할 것이며 이렇게 될 때 「목걸이」에 대한 신선하고 독창적인 글쓰기는 시작된다.

참신하면서 독창적인 글쓰기 능력은 글을 쓰는 이가 가장 중요하고 예리하다고 생각하는 아이디어에 이를 수 있도록 계획을 세워 단계적으로 본문의 내용을 발전시킬 때 향상될 수 있다. 다음에 나오는 이러한 계획의 간단한 예는 어떻게 중심 아이디어를 발전, 확장시킬 수 있는가를 보여준다.

주제: 성장하는 인물로서의 마틸드

 1. 마틸드는 좀더 나은 삶에 대해 몽상한다.
 2. 그녀는 자신의 몽상을 실현시키기 위한 과정에서 대담하게 시도하지만 실패한다.
 3. 그녀는 자신의 실수를 인정하고 그것을 만회하기 위해 열심히 일한다.

위의 예는 만일 여러분이 논제를 점점 더 심도 있게 발전시켜 나가면 논문의 주제가 얼마나 확장될 수 있는가를 보여준다. 위의 경우에 논제는 마틸드의 몽상 습관으로부터 발전하여 성격적 강점에까지 도달한다. 이 예를 통하여 우리는 어떻게 하면 훌륭한 글쓰기의 두 가지 근본 조건인 조직과 발전을 동시에 충족시킬 수 있는가를 알 수 있다.

　　분명한 것은 항상 중심 아이디어를 발전시키려고 노력해야 한다는 점이다. 언제나 논제에 충실하며 항상 그것을 발전시키려고 해라. 논제에 영양분을 주어 그것이 성장하도록 해야 한다. 짧은 글에서 하나의 아이디어를 크게 발전시킬 수 없는 것은 당연한 일이겠으나 그렇다고 초기의 아이디어가 발전하지 않고 같은 모습으로 제자리에 그대로 있는 것을 보고 만족해서는 안될 것이다. 독창적 글쓰기는 아이디어를 발전시키는 방법을 얼마나 잘 습득하고 실천하느냐 하는 것과 정비례한다.

2) 독자를 염두에 두고 글을 써라

　　글을 쓸 때는 항상 어느 정도까지 세부적으로 논의할 것인가를 결정해야 한다. 일반적으로 이러한 결정은 독자가 누구인가에 따라 달라진다. 예를 들어 만일 독자들이 논의될 작품을 읽지 않았을 것이라고 판단되면 배경 설명의 차원에서 짧게 작품의 내용을 요약하는 것이 좋을 것이다. 그렇지 않으면 독자들은 논문의 요지를 이해하지 못할 것이기 때문이다.

　　아울러 독자들이 특별한 흥미나 관심을 가지고 있는지 생각해보아야 한다. 예를 들어 만일 그들이 특별히 정치, 사회, 종교 혹은 심리학 등에 관심이 있다면 그에 따라 적절하게 내용을 선별하여 글을 전개해나가는 것이 좋을 것이다.

　　여러분의 독자가 누구인지는 담당 교수가 알려줄 것이다. 일반적으로 독자는 교수 자신이거나 동료 학생들일 경우가 많다. 작품에 관해 잘 알고 있는 이들은 필자가 작품의 내용을 반복하거나 줄거리를 요약해주기를 기대하지 않는다. 이들 독자들은 여러분이 설명자 혹은 해설자로서 역할하기를 바랄 것이다. 따라서 중심 아이디어를 뒷받침하지 않거나 예로서 적절하지 못한 내용은 그것이 아무리 작품 내에서 중요한 부분이라 할지라도 과감하게 생략되어야 한다. 논문은 독자의 수준에 대한 정확한 이해와 주제의 논리적 전개라는 두 가지 원칙에 충실해야 한다.

3) 정확하고 내포적이며 강한 언어를 사용하라

독창적이며 잘 구성되고 발전적 아이디어를 갖추는 것 이외에도 훌륭한 논문이 되는 조건은 정확하고 내포적이며 강한 언어를 사용하는 것이다. 글을 쓰는 사람들은 논문을 쓰는 동안 내내 이전에 쓴 문장이나 문단에 대해 다시 생각하며 문장을 수정하고 더 효과적으로 배열하면서 고치려고 노력해야 한다.

(1) 문장을 의미 있게 쓰려고 노력하라

우선 여러분이 쓴 문장이 여러분의 의도를 정확하게 드러내는 것인지 혹은 좀더 정확하고 강한 문장으로 만들 수는 없는지 생각해보아야 한다. 「목걸이」에 관한 논문에 나오는 다음 두 문장을 비교해보자.

> 화려함에 대한 주인공의 꿈이 그녀로 하여금 이야기에서와 같이 반응하도록 만든 것 같다.
> 사소하거나 별로 중요하지 않아 보이는 이 사건은 이야기의 구성에 중대한 영향을 끼친다. 이것은 곧 이 사건이 소설의 핵심이라는 뜻이다.

이 문장들은 정확하지도, 분명하지도 않으며 따라서 별로 도움이 되지 않는다. 도대체 무엇을 의미하고자 한 것인지 분명하지 않다. 첫 번째 문장에서 "만든 것 같다"는 말 자체는 괜찮지만 문제는 반응하도록 했다고 했을 뿐 어떤 반응인지를 명시하지 않았다는 데 있다. 이를 좀더 정확하게 만들면 다음과 같이 될 수 있을 것이다.

> 화려함에 대한 꿈 때문에 마틸드는 자신의 재력의 한계를 인정할 수 없었으며, 이 때문에 파티에 가기 위해 분에 넘치는 행동을 한다.

이렇게 수정하면 소설 전반부를 분석한 내용과 소설 후반부에 함축된 아이디어를 서로 비교, 대조할 수 있게 된다. 수정 전의 문장에는 방향성이 결여되어 있다.

두 번째 문장도 모호한데 그 이유는 전과 마찬가지로 필자가 핵심 문제에 대한 명확한 인식을 하고 있지 않기 때문이다. 그러나 정확하게 쓰려고 노력해야 한다는 원칙을 적용하여 수정하면 이 문장은 살아 있는 문장으로 변할 것이다.

「목걸이」가 비록 큰 대가를 치르기는 하지만 목걸이의 분실이라는 비교적 사소한 사건에 얽힌 이야기라는 사실은 인생의 중요한 전환점은 거창한 것보다는 사소한 것으로 결정된다는 화자의 주장을 뒷받침한다.

(2) 문장은 완전하고도 함축적이 되도록 노력하라.

정확하게 쓰는 것에 이어 두 번째로 중요한 것은 모든 문장, 특히 주제문이나 핵심 문장을 완전하고도 내포적으로 쓰는 것이다. 예를 들어 「목걸이」에 관한 다음 문장을 보자.

「목걸이」의 아이디어는 마틸드와 그녀의 남편이 잃어버린 목걸이를 보상하기 위해 열심히 일한다는 것이다.

이 문장에는 작품에 대한 생각이 전혀 담겨 있지 않다. 좀더 완전하게 되기 위해서는 다시 한번 생각하며 다음과 같이 수정하는 것이 필요하다.

「목걸이」에서 모파상은 근면함과 책임이 인생의 근본적이고도 필수적인 요소라는 점을 보여준다.

「목걸이」의 의외의 종말은 항상 정직해야 할 필요가 있다는 점을 상징한다.

이렇게 수정을 거친 문장은 "마틸드와 그녀의 남편이 잃어버린 목걸이를 보상하기 위해 열심히 일한다"는 원래의 문장이 묘사하는 행위와 관련되어 있지만 그것이 목표로 하는 바는 조금 다르다. 첫 번째 문장은 루아젤 부부의 희생에 함축된 덕목에 관한 것이다. 두 번째 문장은 이 논문이 루아젤 부부가 목걸이의 분실 사실을 고백하지 않은 실수를 강조할 것이라는 점을 암시한다. 루아젤 부부의 실패에 대한 상징적 의미를 다루는 논문을 쓸 때 두 번째 주제문을 기초로 하면 그들의 성격 중 부정적 측면에 초점을 맞추게 될 것이고 첫 번째 주제문을 기초로 하면 긍정적 측면을 강조하게 될 것이다. 어떤 쪽을 택하든 수정된 문장이 원래의 문장보다 좀더 완벽하게 쓰여져 있으며 이러한 주제문은 정확하고도 사려깊은 논문을 쓸 수 있는 길잡이가 된다.

물론 훌륭한 문장을 쓰는 것은 결코 쉬운 일이 아니다. 그러나 글을 잘 쓰기 위해 스스로 시험해볼 수 있는 방법을 개발하면 큰 도움이 될 것이다.

- 작품의 세부 내용을 다룰 때. 작품의 세부 내용은 항상 아이디어나 필자의 의도와 연결시키도록 하라. 그저 "마틸드는 빚을 갚기 위해 10년 동안 열심히 일한다"라고 말하지 말아야 한다. 예문처럼 항상 내용과 아이디어를 연결시켜야 한다. "마틸드의 10년간의 노력은 부채의 공포를 보여준다" 혹은 "마틸드의 10년간의 노력은 그녀가 얼마나 강인한 성격의 소유자인가를 보여준다."
- 반응이나 인상에 관해 쓸 때. 그저 "이야기의 종말이 내게 강렬한 인상을 주었다"라고 쓰지 말고 "이야기의 종말은 나에게 충격과 주인공에 대한 연민의 정을 자아내게 하였다"에서 보는 바와 같이 그 인상이 어떤 것인지에 관해 말해야 한다.
- 아이디어에 관해 쓸 때. 아이디어는 가능한 한 분명하고도 직접적이 되도록 글을 써야 한다. "마틸드는 가난하게 산다"라고 하지 말고 "마틸드의 이야기는 가난이 삶의 질을 떨어뜨린다는 것을 보여준다"의 경우처럼 어떤 아이디어를 담도록 해야 한다.
- 비평을 할 때. "「목걸이」는 재미있었다"라고 쓰지 말고 무엇이 재미있었으며 왜 재미있었는지 묘사하도록 노력해야 한다. "내게 「목걸이」는 재미있었는데 그 이유는 이 작품이 우연과 불운이 어떻게 사람들의 삶을 흥하게 혹은 망하게 하는지 보여주었기 때문이다"와 같이 쓰는 것이 바람직하다.

훌륭한 글쓰기는 문장 하나 하나가 진정으로 필자가 의도하는 바를 표현하도록 하기 위해 고치고 또 고치는 노력으로 이루어진다. 아무리 어렵더라도 설명이나 반응 혹은 판단을 구체적이면서도 자세하게 묘사하기 위해 노력한다면 훌륭한 논문의 기본 요소인 정확한 문장을 쓸 수 있게 될 것이다.

12. 모범 논문의 두 번째 원고

모파상은 마틸드의 성격을 드러내기 위해 어떻게 배경을 이용하였는가에 대한 논문의 첫 번째 원고(48쪽)를 다시 읽어보면 여러 가지 면에서 크게 고칠 부분이 있다는 사실을 발견할 것이다. 예를 들어 두 번째 문단에는 짧고 서로 연결되지 않은 일련

문학 논문을 쓸 때 작가명을 표기하는 방법

논문의 첫 번째 문장에는 작가의 성명이 나타나는 것이 보통이다. 모범적인 첫째 문장의 예를 보면 다음과 같다.

　　엠브로스 비어스의 「아울강 다리에서 생긴 일」은 비애와 불안감의 문제를 다룬다.

이 이후부터 작가를 언급할 때는 비어스, 체호프, 혹은 하디처럼 성만 쓰면 된다. 그러나 셰익스피어나 밀튼과 같은 거장일 경우에는 윌리엄이나 존과 같은 이름은 생략해도 좋다.

오늘날처럼 약식을 좋아하는 경우에도 "엠브로스는 「아울강 다리에서 생긴 일」에서 비애와 불안을 능숙하게 만들어낸다"에서처럼 작가의 이름(first name)을 사용하는 것은 바람직하지 않다. 또한 "비어스씨의 「아울강 다리에서 생긴 일」은 비애와 불안감을 자아내는 이야기이다"의 경우에서처럼 죽은 작가의 이름 뒤에 호칭을 붙이는 것은 어색하다. 성만을 이용하는 것이 좋다.

모든 규칙이 그렇듯이 물론 예외는 있다. 작가의 어린 시절 작품에 관해 언급할 때에는 이름을 쓰는 것이 적절하다. 그러나 작가가 성인이 되었을 때 쓴 작품을 언급할 때에는 다시 성을 사용해야 한다. 만일 작가의 이름 앞에 "오코너 판사"(Judge O'Connor), "크로스 주지사"(Governor Cross), "바이런 경"(Lord Byron) 혹은 "윈철시 부인"(Lady Winchelsea)과 같이 직업이나 작위를 나타내는 호칭이 있을 경우 그러한 호칭을 사용해도 무방하다. 그러나 그러한 경우에도 남성 작가의 경우에는 호칭이 생략되는 것이 보통이다. 따라서 바이런 경 혹은 테니슨 경은 그저 "바이런"과 "테니슨"으로 표기해야 한다.

현존하는 작가를 언급하는 경우 약간의 문제가 발생한다. ≪뉴욕 타임스≫(New York Times)와 같은 신문이나 잡지는 기사를 작성할 때 "미스터"와 같은 존칭을 사용한다. 그러나 오랜 기간 동안 도서관의 서가에 소장될 학술잡지의 경우에는 처음에는 성명을 그 다음부터는 성만을 사용하는 일반적 원칙을 따르는 것이 보통이다.

의 논평들이 포함되어 있으며 같은 문단의 마지막 문장은 마틸드의 불만이 그녀를 둘러싸고 있는 일반적 상황보다는 주로 그녀의 남편 때문이라는 점을 암시한다. 문단 4는 마틸드의 거친 모습에 지나칠 정도로 초점을 맞춘 나머지 그녀의 희생이나 협력적 태도는 소홀히 취급하고 있다. 이외에도 첫 번째 원고는 이야기가 샹젤리제 거리에서 끝나고 있다는 사실을 간과하고 있는데 모파상은 그 거리를 이용하여 계속하여 마틸드의 성격을 드러내고 있다. 마지막으로 이 논문에는 문단 5에 나오는 글쓴이의 주장, 즉 이야기의 모든 부분이 마틸드의 성격과 연결되어 있다는 주장을 뒷받침하기에는 그 내용이 빈약하다.

　　이러한 문제들이 어떻게 논문에 반영될 수 있는지 보기 위해 다음에 나오는 두 번째 원고에는 한 문단을 추가하여 서론 부분을 보강하였고 중심 아이디어와 핵심 문장사이의 관계를 강조하기 위해 각 문단을 수정하였다. 짧은 분량의 과제라는 한계에도 불구하고 다음에 실린 모범 논문은 우리가 논의해온 구성과 통일성의 모든 원칙이 구체적으로 적용된 예이다.

「목걸이」에서 마틸드의 성격을 드러내기 위한 모파상의 배경 이용

[1]　「목걸이」("The Necklace")에서 기 드 모파상(Guy de Maupassant)은 주인공 마틸드 루아젤(Mathilde Loisel)의 성격과 발전을 보여주기 위해 배경을 이용한다.* 따라서 그가 묘사한 배경에는 생동감이나 세부적인 묘사가 결여되어 있다. 그는 이야기의 중심에 있는 물건인 잃어버린 목걸이에 대해서조차 자세하게 묘사하지 않고 단순히 "최상급"(문단 47)이었다고 말할 뿐이다. 그러나 그는 마틸드의 성격을 드러내는 데 도움을 줄 수 있다고 판단되면 배경에 대해 묘사한다. 그녀의 성격의 변화는 첫 번째 아파트, 몽상 속에 있는 저택의 방, 다락방, 그리고 거리와 관련지어 생각할 수 있다.**

[2]　마르티르 가(the Street of Martyrs)에 위치한 루아젤 부부의 수수한 아파트에 관한 세부묘사는 불평에 가득한 마틸드가 삶에 적응하지 못하고 있음을 드러낸다. 모든 것이 그런대로 쓸만 한데도 그녀는 "충충한" 벽지, "낡은" 가구, 그리고 "보기 흉한" 커튼을 못마땅해한다(문단 3). 집에는 가사를 돌보는 사람이 있었지만 그녀는 아파트에서 집안 허드렛일을 하는 평범한 시골 소녀 한 명에 만족하지 못하고 좀 더 많은 하인을 원한다. 그녀의 낭패감과 불만은 제때 세탁되지 않는 테이블보, 그녀의 남편이 좋아하는 수수하고 평범한 음식인 삶은 쇠고기에 대한 세부묘사에서 드러난다. 그녀가 갖고 있는 가장 좋은 극장용 예복도 아파트 생활에는 어울리지만 좀더 부유한 환경에서 입기에는 부적절하다는 이유 때문에 그녀에겐 불만거리이다. 아파트에 대한 모든 세부묘사는 이야기의 도입부에서 마틸드 성격의 주된 특징은 부적응성이라는 점을 보여준다. 따라서 그녀는 불행하고 인정이 결여된 사람인 것처럼 보인다.

[3]　그녀가 꿈꾸는, 상상을 초월할 정도로 화려한 대저택에서의 삶도 현실의 아파트처럼 그녀의 불행과 현실도피를 강화해줄 뿐이다. 그녀의 상상 속의 방은 모두 크고

---

* 중심 아이디어
** 주제문

화려하며 비단이 드리워져 있고 최고의 가구와 골동품들로 가득하다. 모파상은 그녀의 꿈의 세계에 대해 다음과 같이 묘사한다.

> 그녀는 가장 고급스러운 쟁반에 담겨 나와 가장 아름다운 접시에 놓인 미식가용 음식과 사람들이 속삭이는 정사에 대해 속삭이는 소리를 신비스러운 미소를 지으며 듣는 자신의 모습을 상상했다.(문단 4)

이처럼 불가능한 꿈을 꾸면서 절망은 깊어만 간다. 아이러니컬하게도 이러한 절망은 현실에 적응하지 못하는 그녀의 결함과 합해지면서 파멸을 초래한다. 이러한 꿈은 그녀로 하여금 (부유한 삶에 대한 몽상만큼이나 실체가 없는) 목걸이를 빌리게 만들고 목걸이의 분실은 그녀에게 아파트를 포기하고 다락방으로 이사를 가도록 만드는 등 현실 속으로 그녀를 몰고 간다.

[4] 다락방이 마틸드의 거칠어지는 성격과 관련이 있으면서 동시에 협력적 태도와 정직이라는 그녀의 가장 훌륭한 성격을 끌어낸다는 사실 또한 아이러니컬하다. 모파상은 마틸드가 다락방을 유지하기 위해 참고해야 할 일들, 예를 들어 높은 계단을 오른다거나 큰 양동이에 물을 담아 마루를 청소한다거나, 기름이 묻고 빵 껍질이 달라붙은 냄비와 접시의 세척, 쓰레기 처리, 손빨래, 마을 상인들과 큰 소리로 흥정하기 등 힘들고 지루한 일 등을 강조한다. 이 모든 것은 그녀가 섬세함을 상실하며 거칠어진다는 사실을 보여준다. 이러한 점은 그녀가 손과 머리 손질을 포기하고 될 수 있는 대로 싼 옷을 입는다는 사실에서도 나타난다. 그러나 그녀가 하는 일은 그녀 자신을 영웅적으로 만든다(문단 98). 남편을 도와 빌린 돈을 갚아나가면서 저택에 대한 그녀의 꿈은 희미해지고 오직 교육부 장관의 파티에서 의기양양했던 그녀의 모습만이 기억 속에 자리잡고 있다. 따라서 다락방은 그녀에게 육체적 쇠퇴와 심리적, 도덕적 성장을 함께 가져왔다고 할 수 있다.

[5] 샹젤리제 거리를 걷는 그녀의 모습은 자기도취와 솔직함이라는 양면성을 다시 한번 드러낸다. 샹젤리제 거리가 파리에서 가장 화려한 거리라는 점을 고려할 때 그녀의 이러한 모습은 전반부에서 보여준 상류사회의 부에 대한 그녀의 몽상과 유사하다. 그러나 그녀가 잔을 만난 곳이 바로 이 거리이며 목걸이의 분실과 새것을 사서 돌려준 사실을 고백하는 그녀의 솔직함과 정직성이 발휘되는 곳도 이 거리이다. 따라서 마틸드의 산책은 이야기의 충격적 종말을 준비하는 예비 장소로서도 역할 하지만 마틸드가 그곳에 갔다는 사실은 전반부에서 보았던 화려함에 대한 그녀의 환상과 궤를 같이하는 것으로 그녀의 성격상 필연적인 것이다.

[6] 작품의 다른 세부사항도 마틸드의 성격을 드러내는 데 일조한다. 예를 들어 이야기 속에는 파티에 대한 세부적 묘사가 없고 단지 마틸드의 참석이 매우 "성공적"(문단 52)이었다고만 되어 있는데 이러한 판단은 기회만 주어진다면 그녀가 남보다 뛰어날 수 있는 능력이 있다는 사실을 말해준다. 그녀와 루아젤이 이제 더 이상 목걸이를 찾을 수 없다는 사실을 인정한 다음에 모파상은 파리의 거리, 고리대

금 업자에게 돈을 빌리러 가는 모습, 그리고 보석상에 관한 세부적으로 묘사하는 데 이는 그녀가 새롭게 다가온 가난한 삶을 살기 위해 "영웅적으로" 준비하는 과정을 보여줌으로써 정직과 긍지를 귀중하게 여기는 그녀의 모습을 부각시키기 위함이다. 따라서 「목걸이」에서 모파상은 배경을 이용하여 마틸드의 부적응, 불필요한 불행, 젊음과 아름다움의 상실, 그리고 마지막으로 책임감 있는 한 인간으로의 성장을 강조한다.

13. 논평

이 논문과 첫 번째 원고를 비교해 볼 때 여러 군데에서 수정되었음을 알 수 있다. 문단 2에 사용된 언어는 마틸드의 불만을 좀 더 분명하게 보여주는 쪽으로 수정되었다. 문단 3에서는 이야기에 내포된 아이러니가 부각되었고 세부 사항과 중심 아이디어가 좀더 분명하게 연결되면서 마틸드의 절망감과 그것의 결과가 확연하게 드러나도록 쓰여졌다. 새로 추가된 문단 5에서는 마틸드가 샹젤리제 거리를 산보하는 것이 어떻게 그녀의 성격과 관련이 있는지 밝히려고 노력하였다. 문단 6에서는 마틸드가 파티에서 돋보였다는 사실을 중심 아이디어와 연관시켜 해설하였다. 마지막으로 결론 부분에서 필자는 배경이 그녀의 "불필요한 불행"을 보여준다고만 말하지 않고 마틸드의 성격의 변화를 요약함으로써 전에 비해 훨씬 더 구체적인 결론을 도출하였다. 요약하면 두 번째 원고는 첫 번째 원고에 비해 「목걸이」의 복잡성을 더 잘 보여주는 것이다. 작품에 관해 필자가 가졌던 초고 수준의 생각이 수정되며 작성된 두 번째 원고는 구조적으로 탄탄하며 예리한 통찰력과 힘이 들어 있다.

14. 논평에 관해 일러두기

이 책에는 모범 논문 바로 뒤마다 해당 장에서 공부한 내용과 여러 가지 지침이 어떻게 그 논문에 반영되어 있는지를 설명하는 논평이 실려 있다. 논평에는 여러 가지 접근방법들 중 어떤 방법이 적용되었는지 기술된다. 모범 논문에 두 개 혹은 그 이상의 접근방법이 사용되었다면 그러한 사실이 논평에 명시될 것이다. 이외에도 논평에는 한 문단의 예를 통한 필자의 전략이나 세부사항 이용에 관한 상세한 분석이 포함되어 있다. 이 책에 실린 논평이 여러분이 실제로 연구하고 글을 쓰는 데 지침이 되기를 바라는 마음 간절하다.

요약하면 소설을 포함한 모든 종류의 문학 작품에 관한 글을 쓸 때 다음과 같은 지침을 염두에 두는 것이 좋다.

- 이야기를 단순히 반복하지 않는다. 중심 아이디어나 주장을 뒷받침하는 한에서 작품의 세부 내용을 이용한다.
- 논문 전체를 통하여 항상 독자에게 중심 아이디어를 상기시켜주자. 항상 여러분이 주장하는 바로 돌아간다.
- 각각의 문단에서 핵심 아이디어를 강조했는지 확인한다.
- 핵심 문장을 발전시킨다. 시작할 때 보다 더욱 크게 만든다.
- 항상 여러분의 진술을 정확하고 내포적이며 강하게 한다.
- 절대로 이야기를 반복하지 않는다.

15. 추가 논제

① 특별히 재미있거나 좋다고 생각한 문학 작품에 관해 어떤 주제라도 좋으니 브레인스토밍 방법에 의해 한 문단 정도 써보라. 생각나는 대로 일단 써보는 것이 중요하다. 처음부터 완벽하게 쓰려고 노력하지 말라. 다듬고 고치는 작업은 후에 해도 충분하다.

② 여백이나 저널의 기록, 그리고 나중에 떠오른 생각 등을 종합하여 특정 작품의 작가가 어떻게 특별히 중요한 생각이나 난관을 풀어나가는지 묘사해보라.

③ 작품의 등장인물이나 아이디어에 관한 반응을 적은 플러스—마이너스 표를 만들어보라.

④ 작품의 소재가 되는 사회의 다양한 관습이나 풍습을 규명할 수 있도록 소설이나 희곡에 등장하는 인물들의 행동에 관한 질문을 만들어보라.

⑤ 소설이나 희곡 속의 갈등이 어떻게 발전하는지 분석하고 설명하라. 어떤 일정한 형식이 나타나는가? 어떻게 갈등으로부터 작품이 발전해나가는가?

⑥ 여백에 써놓은 것이나 저널의 기록에 근거하여 하나의 아이디어를 선택하고 그것을 바탕으로 주제문을 만들어보라. 이때 여러 가지 아이디어나 논문을 쓰는데 사용할 수 있는 주제를 나열한 목록을 이용하면 효과적이다.

⑦ 추가논제 ⑥번 연습문제에서 만든 주제문을 이용하여 핵심 문장들을 만들고 이를 바탕으로 논문의 윤곽을 간단하게 정해보라.

⑧ 루아젤이나 잔과 같은 「목걸이」의 주변인물들이 마틸드에 대한 여러분의 반응에 어떤 영향을 끼치는가?

⑨ 어떤 비평가는 마틸드와 루아젤의 불행은 목걸이의 분실이라는 사건이기보다는 그러한 사실을 장에게 말하지 않았다는데서 기인한다고 말한 바 있다. 이러한 진술이 옳다고 생각하는가? 이에 대한 답을 하기 위해서 그들이 만일 스스로 장에게 목걸이의 분실 사실을 고백했다면 어떤 일이 일어났을 것이라고 생각하는지 꼭 되짚어보아야만 할 것이다.

⑩ 우연적 사건이 등장인물의 삶에 중요한 영향을 끼친다는 점을 보여주는 짧은 이야기를 써보라. 여러분이 만들어 낸 우연적 사건은 마틸드가 겪는 사건과 유사한가 아니면 상이한가? 어떤 면에서 그러한가? 우연적 사건의 결과는 삶이나 현실에 대한 어떤 관점을 제공한다고 생각하는가?

제2장

등장인물에 대한 글쓰기: 문학 속의 인물들

소설가들은 인간과 인간의 삶에 대한 우리의 이해를 심오하게 만들며 향상시키는 내러티브를 만들어낸다. 오늘날에 있어, 프로이트, 융 그리고 스키너(Skinner)와 같은 선구자들의 영향하에 심리에 관한 과학적인 접근이 문학 작품의 생성과 연구에 영향을 주어왔다. 프로이트가 자신의 심리학 이론들을 문학 작품들, 특히 셰익스피어의 극들에 적용시켜 자신의 심리학의 일부 결론들을 입증해 보였다는 사실은 잘 알려져 있는 바이다. <신들린 사람>(*Spellbound*), <뱀굴>(*The Snake Pit*), 그리고 <최종 분석>(*Final Analysis*) 등과 같이 잘 알려진 영화들도 문학의 등장인물과 심리학 사이의 관련들을 널리 알리는데 기여하였다. 등장인물을 제시하고 이를 이해하는 것이 문학의 주요 목적임에 틀림없다.

문학에서 등장인물이란 언어를 통하여 표현된 인간으로 정의될 수 있다. 비록 독자가 비웃고, 싫어하고 심지어 증오하는 등장인물이 있을지라도, 작가는 행동, 대사, 묘사, 그리고 설명을 통하여 독자가 관심을 가질만한 가치가 있으며, 동조하고 싶고, 심지어 사랑마저 느낄만한 가치를 지닌 등장인물들을 그려낸다.

주요 등장인물을 강조하는 이야기나 극에서, 아무리 작은 것일지라도, 등장인물 각자의 행동과 언어는 인간을 구성하는 복잡한 내부와 외부를 총체적으로 묘사하는 데 일부를 차지하고 있다는 사실을 독자는 기대할 것이다. 삶에서는 모든 것이

"단순히 일어날 수" 있을지 모르지만, 문학에서 모든 행동과 상호 작용, 대사, 그리고 관찰은 의도된 것이다. 그러한 이유 때문에 모파상(Maupassant)의 「목걸이」("The Necklace")에서 오랜 기간의 노력과 희생을, 키츠(Keats)의 「채프먼의 호머를 처음 읽고서」("On First Looking Into Chapman's Homer")에서는 전에 잘 알려져 있지 않은 문학 작품을 발견한 흥분을, 포(Poe)의 「아몬틸라도의 술통」("The Cask of Amontillado")에서는 복수하는 행동을, 혹은 비어스(Bierce)의 「아울강 다리에서 생긴 일」("An Occurrence at Owl Creek Bridge")에서는 환상적이나 가슴에 사무칠 정도로 한 젊은이가 갈망해온 자유와 같은 등장인물들의 중요한 행동에 관하여 읽게 된다. 그러한 행동들을 재미있게 만듦으로써 작가는 작품의 주요 인물들뿐만 아니라 삶 자체를 독자가 이해하고 감상할 수 있도록 도와준다.

1. 등장인물의 특성

문학 작품의 등장인물을 공부하는데 있어서, 등장인물에게서 두드러지게 눈에 띄는 특징을 규명하도록 해보자. 특성(traits)이란 심리적인 본성 혹은 빌린 돈을 절대 갚지 않는다든지, 남과 눈이 마주치는 것을 피한다든지, 혹은 항상 자신을 관심의 중심으로 생각하는 것과 같은 습관적인 행동양식을 말한다. 물론 가끔은 우리들이 접하게 되는 특성들이 대단하지 않아 무시하는 경우도 있다. 그러나 종종 특성은 소설뿐만 아니라 삶에서 한 개인의 주요한 특징일지도 모른다. 그래서 등장인물들은 야망으로 가득 차 있거나 게으른, 엄숙하거나 노심초사하는, 공격적이거나 두려움에 가득 차 있는, 사려 깊거나 인정미가 없는, 개방적이거나 비밀스런, 자신감 있거나 자신을 의심하는, 친절하거나 잔인한, 조용하거나 소란스런, 몽상적이거나 현실적인, 신중하거나 경솔한, 공정하거나 편견을 지닌, 직설적이거나 부정한, "승리자들"이거나 "패배자들" 등으로 특징지어진다.

　　마음 내키는 대로 첨가하는 이런 종류의 분류를 가지고 독자는 등장인물에 대하여 분석 그리고 이에 대한 결론을 발전시킬 수 있다. 예를 들면, 모파상의 「목걸이」에 등장하는 마틸드(Mathilde)는 이룰 수 없는 부와 안락함에 대한 꿈에 젖어 있다. 그런 꿈에 너무 휩쓸려 있기 때문에 그녀는 믿음직하긴 하지만 둔한 남편과의 비교적 괜찮은 삶을 비웃는다. 현실에 대한 이러한 혐오가 그녀의 주된 특성이라고 말하는 것이 올바를 듯 싶다. 그것은 또한 그녀의 주된 결점이기도 하다. 왜냐하면 모파상은 마틸드의 몽상적인 삶이 현실 삶에 어떻게 해를 끼치고 있는가를 보여주기 때문이다. 이와는 대조적으로 로웰(Lowell)은 자신의 시 「패턴」("Patterns")에서 한 여자가 자신의 약혼자가 전사했다는 소식 때문에 행복에 대한 모든 희망을 철저히 잃어버리고 있음을 보여주고 있다. 그러나 그녀는 자신의 어려운 문제들을 직시하고 있기 때문에 강인하게 살아 갈 수 있는 것이다. 이처럼 독자가 접하는 등장인물의 행동, 말, 그리고 생각을 분석함으로써 독자는 등장인물의 특징들과 장점들에 관한 결론들을 이끌어낼 수 있다.

상황과 등장인물의 특성 구분하기

소설 속의 인물을 공부할 때, 우리는 상황과 등장인물을 구분할 수 있어야 한다. 상황이란 중요한 특성을 보여줄 수 있을 때만 그 가치를 가지게 된다. 한 예로써, '우리 친구 샘이 복권에 당첨되었으니, 다 함께 그의 행운을 축하해줍시다' 라는 표현이 있다고 하자. 여기서 복권이 당첨된 상황은 샘에 관하여 많은 것을 말해주지는 않는다. 다시 말해서 복권 덕분에 매주 그가 수백 달러를 지출해왔다는 사실을 우리가 알지 못하는 한, 복권 당첨이라는 상황 자체가 샘이라는 등장인물에 대해 많은 것을 말해주지는 않는다는 것이다. 복권에 당첨되려는 그의 노력은 곧 등장인물의 특성이 될 수 있다. 그러나 복권 당첨의 결과는 등장인물의 특성이 될 수 없는 것이다.

또 다른 예로서, 어떤 작가가 어떤 한 등장인물의 단정함과 또 다른 등장인물의 너저분함을 강조하고 있다고 가정해보자. 일반적으로 사람들이 자기 외모를 자기가 선택하여 꾸민다고 가정하고, 그러한 선택이 등장인물에 의해 이루어진다는 가정을 독자가 받아들인다고 하자. 그렇다면 이러한 내용을 이용하여 독자는 한 개인이 자존심에 가득 차 있거나 자존심을 결여하고 있다는 결론을 이끌어낼 수 있다. 간단히 말해서 문학에 등장하는 인물들을 공부할 때, 단순히 상황, 행동, 그리고 외모를 넘어서 이러한 것들이 등장인물에 대하여 무엇을 보여주는가를 파악해야 한다. 항상 등장인물의 외부에서 내부까지를 얻고자 노력해야 한다. 외부로 나타나는 행동을 결정하는 요소는 다름 아닌 등장인물의 내적인 특징이기 때문이다.

2. 문학 작품에서 작가는 등장인물을 어떻게 표출하는가

자신이 창조해낸 등장인물이 살아 있는 듯이 보이도록 하기 위해 작가는 다섯 가지 방법을 사용한다. 표출되는 등장인물의 특징이 무엇인지 판단하기 위해 독자는 자신의 지식과 경험을 사용해야 한다는 것을 기억해두자.

① 등장인물의 행동이 그의 본질을 드러낸다. 등장인물의 행동은 그가 어떤 사람인가를 이해하는데 최고의 단서가 된다. 예를 들면, 비어스의 「아울강 다리에서 생긴 일」에서 등장인물 파르쿠아(Farquhar)는 자신의 시골농장 가까이 위치한 연합군대의 철도시설의 파괴를 시도한다. 결국 그가 체포되기는 하지만 이러한 행동은 남부연합군의 대의명분에 대한 그의 충성심과 함께 개인적인 용감성을 보여주고 있다. 행동은 또한 순수함, 허약함, 거짓, 그리고 평계와 같은 등장인물의 특징을 알려준다. 아울러 행동은 등장인물이 새롭게 무언가를 인식하고 있다거나 혹은 성격상 어떤 특별한 강점이 발전, 전개되고 있음을 보여주기도 한다. 종종 등장인물은 그의 행동이 무엇을 의미하며 어떠한 암시를 지니고 있는지 인식하지 못한다. 체호프(Chekhov)의 『곰』(The Bear)에서 자신을 결투용 권총으로 죽이려 했던 포포프 부인(Mrs. Popov)에게 권총을 사용하는 방법을 가르치려는 스미르노프(Smirnov)는 바보일지도 모른다. 그의 이러한 변화는 자신이 그녀를 사랑한다는 사실을 갑자기 깨달았기 때문에 가능하다. 또한 협조적이며 잠재적으로 자신을 파괴시키는 그의 코믹한 행동은 그녀를 사랑하는 자신의 본능이 자신을 보전하려는 본능을 압도하였다는 것을 보여주고 있다. 이와 유사하게, 글라스펠(Glaspell)의 『사소한 것들』(Trifles)에서 우리는 두 여인의 내면에서 일어나는 강한 내적 갈등을 엿볼 수 있다. 두 여인은 이론적으로 법에 대한 의무감을 갖고 있다. 그러나 남편을 살해하여 기소된 미니(Minnie)에 대하여 개인적으로 강한 의무감을 인식한다. 그 결과 그들은 미니의 범법사실에 대한 증거를 발견하고도, 침묵한다. 이러한 행동은 그들 성격의 입체성 (roundness)과 역동성을 보여준다.

② 개인적인 혹은 주위와 관련된 작가의 묘사는 등장인물에 관하여 말한다. 외모나 주위 환경은 등장인물의 사회적 그리고 경제적인 상태에 관해 많은 사실을 보여준다. 아울러 이러한 것은 독자들에게 등장인물의 특성을 말해주기도 한다. 모파상의 「목걸이」에서 마틸드는 부와 물건을 한없이 사고 싶어하는 꿈을 꾼다. 실현 불가능한 이러한 욕망이 궁극적으로 그녀의 삶을 파괴시키기는 하나, 이는 성격상 그녀의 장점이 나타날 수 있는 계기를 제공해준다. 하디(Hardy)의 「세 명의 낯선 사람들」("The Three Strangers")에서 시골 민속에 대한 묘사는 그 자체만으로도 재미있고 독특한 것이다. 그러나 이는 시골 농부들의 개인적인 충성심과 함께 그들의 사회적 안정과 결속력을 명백히 말해주고 있다.

③ 등장인물이 말하는 것, 다시 말해서 극적인 진술이나 생각은 그들이 어떤 사람인가를

말해준다. 등장인물의 대사는 대부분 기능적이긴 하나, 다시 말해서 행동을 진행시키는 데 필수적인 것이지만, 이러한 대사는 독자가 이들에 대한 결론을 이끌어내는 데 필요한 자료를 제공해준다. 예를 들면, 「젊은 굿맨 브라운」("Young Goodman Brown")에서 두 번째 여행객이 말할 때, 비록 외형적으로는 친근하게 보일지라도 그는 사악하고 거짓에 가득 찬 본성을 드러내고 있다. 『사소한 것들』에서 변호사들은 직설적이고 직접적으로 말하는데, 이는 그들의 성격이 그들의 대사처럼 올바름을 보여준다. 그러나 두 여인을 계속 조롱함으로써 자신들의 한계를 보여주기도 한다.

가끔 등장인물은 자신들의 동기를 감추기 위해 대사를 사용하는데, 우리 독자는 그러한 술수를 간파해야만 할 때가 있다. 포의 「아몬틸라도의 술통」에서 화자인 몬트레소 (Montressor)는 복수심으로 가득 차 있는 음모이다. 불쾌감을 느끼긴 하나 쉽게 속아넘어가는 포츄나토(Fortunato)를 향한 그의 우회적이며 술수로 가득 찬 언어에서 이러한 사실을 이끌어낼 수 있다. 몬트레소가 포츄나토에게 친절하고 사교적인 사람으로 보일지라도, 독자들에게 그는 무섭고 악마적인 존재이다.

④ 등장인물에 관하여 다른 사람들이 말하는 내용으로부터 독자는 배우게 된다. 서로 서로에 관하여 등장인물이 말하는 것을 살펴봄으로써 종종 독자는 토론되는 등장인물에 대한 이해를 넓힐 수 있다. 이 점에 있어, 글라스펠의 『사소한 것들』은 독특한 작품이다. 왜냐하면 극에 전혀 모습을 나타내고 있지 않으나, 주인공 미니는 극에서 관심과 토론의 중심이 되고 있기 때문이다. 그녀에 관한 모든 것은 실제 무대에 등장하는 다른 등장인물들의 대사와 행동을 통하여 얻어진다.

아이러니컬하게도, 편견, 우둔함 혹은 어리석음으로 인하여 대사는 가끔 화자가 의도한 바가 아닌 다른 어떤 것을 보여주기도 한다. 예를 들면, 오코너(O'Connor)의 「첫 고해성사」("First Confession")에서 누이는 자신의 할머니에게 남동생이 폭력적으로 화를 터뜨렸다고 말한다. 그러나 이를 통하여 실제로 그녀는 남동생의 개성을 묘사하는 동시에 그녀 자신의 악의에 찬 감정을 드러내고 있는 것이다.

⑤ 이야기의 화자로서 혹은 목격자로서 작가는 등장인물에 관하여 독자들에게 말할 수도 있다. 작품에서 작가가 자신의 목소리를 가지고 등장인물에 대하여 말하는 내용은 정확한 것이며, 작가의 목소리는 사실로 받아들여질 수 있다. 그러나 작가의 목소리가 어떤 행동이나 특징을 해석할 때, 예를 들면 호손의 「젊은 굿맨 브라운」의 경우에 작가 자신이 독자 혹은 비평가의 역할을 취하게 된다. 이러한 경우 작가의 어떠한 견해도 의심받을 수 있다. 이러한 이유 때문에 작가들은 종종 해석하는 것을 피하고 단지 독자들이 자신들의 결론을 이끌어낼 수 있을 정도의 사건이나 대사를 배열하는 데 자신의 능력을 발휘한다.

3. 등장인물의 종류: 입체형(Round)과 평면형(Flat)

어느 작가도 한 사람의 주인공이 걸어온 삶 전체를 그릴 수는 없으며, 이야기 안에서 각각의 등장인물 또한 자신의 성격을 전개, 발전을 위하여 다른 등장인물에게 할당된 "동등한 시간"을 가질 수도 없다. 따라서, 일부 등장인물은 완전하며 살아있는 모습으로 성장, 발전하는 반면, 다른 등장인물은 그림자처럼 어슴푸레한 모습으로 머물러 있게 된다. 영국의 소설가이며 비평가인 포스터(E. M. Forster)는 자신의 비평서인 『소설의 양상』(*Aspects of the Novel*)에서 이러한 두 개의 주요 형태를 "입체형"과 "평면형"으로 부르고 있다.

1) 입체형 등장인물은 변화를 겪는다

입체형 등장인물의 기본적인 특성은 작가가 그들에 대하여 충분할 만큼 자세하게 묘사하여 그들을 완전하며, 살아 있는 것처럼 그리고 기억될 수 있도록 만든다는 사실이다. 그들의 입체적인 성격은 개성과 예측불가능으로 특징지어진다. 따라서 입체형 등장인물에 대한 보완적 특징으로 역동성을 들 수 있다. 다시 말해서, 그들은 상황을 인식하고 상황에 따라 변화하거나 상황에 적응하기도 한다. 그러한 변화들은 (1) 하나의 행동이나 여러 행동들에서, 혹은 (2) 새로운 힘을 깨달아 예전의 결심들을 확인하는 과정에서, 혹은 (3) 새로운 조건을 받아들여 변화의 필요성을 느낄 때, 혹은 (4) 인식되지 않았던 진리를 발견하는 과정에서 나타난다. 예를 들면, 글라스펠의 『사소한 것들』에서 미니 라이트는 역동적이다. 젊은 여자로서 그녀는 한때 행복했고 음악적 재능 또한 풍부하였으나, 삼십 년간의 결혼생활로 인하여 가난해졌고 희망마저 잃어버렸다는 것을 독자들은 알게 된다. 그런데 그녀는 특별히 남편의 잔인한 행동에 격분하게 되며 결국 순종적인 역할을 벗어 던지고 폭력적인 행동을 범하게 된다. 간단히 말해서 그녀의 행동은 그녀가 급격한 변화를 일으킬 수 있는 역동적인 등장인물임을 보여준다.

입체형 등장인물은 이야기에서 주요 역할을 수행하기 때문에 남성의 경우는 남주인공(hero)으로 여성의 경우 여주인공(heroine)으로 칭해진다. 그러나 일부 입체형 등장인물들은 특별하게 영웅적이지 않기 때문에 보다 중성적인 단어인 주인공(protagonist, 혹은 '제1의 등장인물')이라는 표현을 쓰는 것이 바람직하기도 하다. 주인공은 행동의 중심에 있으며 자신의 적대자(antagonist 혹은 '반대하는 등장인물')에 대항하여 움직이며 새로운 환경에 적응하는 능력을 보여준다.

2) 평면형 등장인물은 변함없이 그대로 머물러 있다

입체형 등장인물과는 다르게 평면형 등장인물은 성장하지 않는다. 그들은 처음처럼 변함없이 그대로 머물러 있다. 왜냐하면 그들은 어리석거나 무감각하기 때문이며 혹은 지식이나 통찰력이 부족하기 때문이다. 그들은 시작한 곳에서 끝나기 때문에 정적이며 역동성이 없다. 이러한 평면형 등장인물이 가치가 없는 것만은 아니다. 글라스펠의 『사소한 것들』에 나오는 변호사들처럼, 그들은 입체형 등장인물의 발전을 돋보이게 하는 역할을 한다. 모든 주변인물들이 평면적인 것만은 아니지만, 일반적으로 평면형 등장인물은 예를 들어 친척, 지인, 혹은 기능적 직원과 같은 미미한 역할을 수행한다.

때로는 특별한 종류의 문학 작품, 예를 들면, 카우보이, 경찰, 그리고 탐정이 나오는 이야기들에서 평면형 등장인물이 돋보이기도 한다. 이러한 작품의 초점은 등장인물에 있기보다는 사건의 실행(진행)에 있기 때문이다. 비록 그러한 등장인물은 성격이 발전하거나 변화하지는 않지만 작품 안에서 생동감이 있고 매력적이기도 하다. 범죄를 해결한다든지, 악한을 제거한다든지 혹은 보물을 발견하는 등의 반복적인 일을 수행하기에 충분할 만큼 그들은 힘이 세고, 거칠고 또한 영리하기도 하다. 상투적인 등장인물(stock character)이라는 용어는 바로 이렇게 반복적인 상황 속에 있는 등장인물을 말한다. 상투적인 등장인물은 많은 공통의 특성을 지니고 있기 때문에, 그들은 자신이 속한 계층 혹은 집단을 대표한다. 이름, 나이 그리고 성별에 있어서 조금의 차이는 있었으나 고대 그리스 문학 작품 이래로 그러한 등장인물들은 문학 안에서 지속적으로 등장하여 왔다. 규칙적으로 등장하는 상투적인 등장인물들의 예로서 무정한 아버지, 간섭하는 어머니, 건방진 여동생 혹은 남동생, 탐욕스런 정치인, 기략이 풍부한 카우보이 혹은 탐정, 거만하거나 엄처시하의 남편, 복종적이거나 잔소리가 심한 부인, 분노한 경찰서장, 귀여운 주정꾼, 그리고 공상적인 도시 계량가 등을 들 수 있다.

상투적인 등장인물이 자신의 역할과 개성이 없는 일상적인 특성을 보이는 한, 그러한 등장인물은 평면적인 상태로 머물러 있다. 그들이 자신들이 속한 계층의 태도를 제외한 어떠한 다른 어떠한 태도를 가지고 있지 않을 경우, 그러한 등장인물들은 정형화된 등장인물(stereotype character)이라 불려진다. 그 이유는 그들 모두가 똑같은 틀 안에서 만들어진 것처럼 보이기 때문이다.

그러나 작가가 등장인물에 초점을 맞출 경우, 어떠한 역할을 그들이 수행할 지라도, 이들 등장인물은 평면적인 상태에서 벗어나 입체적인 상태(roundness)로 변화하게 된다. 예를 들면, 맨스필드(Mansfield)의 「미스 브릴」("Miss Brill")에서 주인공은 처음에 다소 활기가 없고 둔하게 보인다. 문학적으로 그녀는 거의 생명력이 없어 보이며, 등장인물로서도 평이한 상태이다. 그러나 이야기는 그녀가 놀라울 정도의 상상력과 창의력을 가지고 자신을 보호하는 것을 보여준다. 이를 통하여 그녀는 결국 입체형 등장인물이 되는 것이다. 『사소한 것들』에서 삼십 년간의 결혼생활 동안 평범하고, 단조로우며, 평면적인 생활을 영위해온 미니 라이트는 자신의 그러한 역할에서 역동적으로 벗어나게 된다. 정리해보면, 성장하고 발전하며 상황에 따라 변화되는 능력이 등장인물을 입체적이자 역동적으로 만들며, 이러한 특성이 없는 경우 등장인물들은 평면적이며 정적인 상태에 머물게 된다.

4. 현실성과 개연성

소설 속의 등장인물은 삶에 충실해야 한다. 다시 말해서, 그들의 행동, 표현, 생각 모두가 문학 작품 안에 설정된 조건 아래서 이루어지고 있으나 현실 속의 실제 인간이 행동하고, 말하고 생각하는 것처럼 보여야 한다는 것이다. 이것이 바로 '현실적으로 가능함'(verisimilitude), '그럴 수 있을 법함'(probability) 혹은 '그럴듯함'(plausibility)의 기본이 된다. 우리 생활 속에서 어렵고 보기에 불가능한 일들, 예를 들면 팀을 항상 승리로 이끈다든지, 항상 모든 시험에서 A$^+$를 받는다든지, 혹은 항상 명랑하게 남을 도와준다든지, 혹은 남의 어려움을 항상 이해한다든지 등의 행동을 하거나 이러한 특성을 지닌 사람들이 있을지 모른다. 그러나, 소설 속에서 그러한 등장인물은 정상적이거나 일상적인 행동에 어긋나기 때문에 이들이 현실적으로 보인다고 말할 수는 없다.

그렇기 때문에 독자는 등장인물이 할 수 있는 가능성이 있는 것과 그들이 종종 혹은 매우 빈번히 하는 것과는 구분할 수 있어야 한다. 「목걸이」에서 마틸드는 목걸이를 분실했다는 사실에 관하여 자신의 친구인 잔 포레스티에(Jeanne Forrestier)에게 진실되게 말할 수 있음직도 하다. 그러나 그녀와 남편의 자만과 자존심에 비추어볼 때 자신의 친구에게 목걸이를 분실했다는 사실을 숨기고 이를 변상하기 위해 돈을 빌리며, 아울러 이를 위해 십 년간의 모든 결과들을 참아내는 것이 그녀의 성격상 보다 더욱 그럴듯한 것이다. 자기 희생 혹은 자기 과실의 인정이든 간에 이야기의 가능성들을 고려해볼 때, 자신의 남편과 더불어 그녀가 내리는 결정은 보다 현실적으로 가능성이 큰 것이다.

그럼에도 불구하고, 그럴 수 있을 법함에서 놀라움 혹은 심지어 과장됨이 배제되는 것은 아니다. 예를 들면,『곰』에서 갑작스럽고 보기에 불가능한 변화들이 있을 수 없는 것만은 아니다. 왜냐하면 극의 초반에서 체호프는 포포프 부인과 스미르노프 두 사람 모두가 감정적이며, 다소 어리석고, 심지어 충동적이라는 사실을 보여주고 있기 때문이다. 심지어 극의 마지막 장면에서 예측할 수 없었던 두 사람의 포옹에서 등장인물의 이러한 특징들이 그들 두 사람의 삶을 지배하고 있다. 그러한 개인에게 있어서 놀라움이란 살아가는 데 있을 수 있는 조건으로 받아들여질 수 있다.

등장인물을 그럴 수 있을 법하게 만드는 여러 가지 방법이 있다. 하디의「세 명의 낯선 사람들」과 같이 현실적이며 사실적인 이야기들, 혹은 삶의 일부를 다루고 있는 이야기들처럼 삶을 비추고자하는 작품들은 일상에서 있음직한 일련의 일들을 제시한다. 이보다 덜 현실적인 조건들은 그럴 수 있을 법하게 보이기 위하여 다른 구성을 제시하기도 한다. 이러한 경우에 등장인물은 일상적으로 보이지 않게 된다. 이러한 예를 우리는 호손의「젊은 굿맨 브라운」에서 찾아볼 수 있다. 이런 이야기를 설명하는 주요 방법은 브라운이 악몽 같은 정신적인 혼수상태에 있기 때문에, 그의 이상하고 자연스럽지 않은 반응들이 독자들에게 그럴 듯하게 보이는 것이다. 이와 유사하게「한 시간의 이야기」("The Story of an Hour")에서 잘난 체하는 의사들의 진단이 전적으로 그리고 코믹하게도 잘못된 것임에도 불구하고 이들이 루이즈 말라드(Louise Mallard)의 갑작스런 죽음을 작품의 마지막에서 설명하는 방법은 있을 수 있는 일처럼 보이게 한다.

「젊은 굿맨 브라운」에 나오는 두 번째 여행자처럼 독자는 초자연적인 존재들을 포함하고 있는 작품을 접하게 될 수도 있다. 그러한 등장인물이 현실적으로 가능한 것인지 혹은 불가능한지 의문을 품을 수 있다. 일반적으로, 모든 남녀 신들은 최상의 그리고 가장 도덕적인 인간의 특징들을 구현하는 반면, 호손의 작품에서 안내자로 등장하는 악마는 최악의 속성들을 구현한다. 그러나 악마에게는 죄지은 사람들을 쉽게 속여 지옥으로 이끌 정도로 화려하고 매력적인 특징들이 부여되어 있다는 사실을 독자는 기억해야 한다. 그렇기 때문에 브라운의 안내자가 보여주는 친절한 태도가 현실적으로 납득이 안되는 특성은 아니다. 이런 종류뿐만 아니라 다른 어떠한 종류의 등장인물을 판단하는 데 있어 독자가 가져야 하는 최상의 판단기준은 있을 수 있음직함, 일관성, 그리고 믿을 수 있을 만함이다.

5. 등장인물에 대한 글쓰기

한 사람 혹은 몇 사람의 주변인물에 대하여 연구하는 경우도 있지만, 일반적으로 논문의 주제는 이야기나 드라마에 등장하는 주요 인물이다. 먼저 개괄적으로 작품을 읽은 후, 기록, 정리하는 작업을 시작한다. 될 수 있는 한 많은 등장인물의 특성들을 기록하도록 한다. 아울러 행동, 외모, 표현, 다른 등장인물에 의한 논평 혹은 작가 자신의 설명을 통하여 여러분이 연구하려는 등장인물에 관한 세부 내용들을 작가가 어떻게 제시하고 있는지를 판단해본다. 눈에 띄는 특성을 발견하는 경우, 그 특성이 보여주려는 바가 무엇인지 판단한다. 다음 제시와 설명은 글을 쓰기 시작하는 데 도움을 주기 위한 것들이다.

1) 아이디어를 찾기 위한 질문

- 작품의 주요인물은 누구인가? 등장인물 자신의 행동과 표현을 통하여 여러분은 등장인물에 관하여 무엇을 알 수 있는가? 다른 등장인물들의 행동과 표현으로부터는? 이외에 어떠한 방법으로 등장인물에 관하여 알게 되는가? 작품의 주된 행동에 있어서 등장인물은 얼마나 중요한가? 어떤 등장인물이 주된 등장인물의 상대역(적)으로 나타나고 있는가? 주된 등장인물과 이에 상대되는 등장인물들은 어떠한 방식으로 대립하고 있는가? 이러한 대립이 만들어내는 효과는 무엇인가?
- 어떠한 행동들을 통하여 작품의 주된 등장인물은 중요한 자신의 특성을 나타내 보이는가? 등장인물은 어느 정도로 사건들을 만들어가며, 어느 정도로 발생하는 사건들에 대하여 반응하는가?
- 주된 등장인물이 보이는 행동의 특징을 파악해보라. 예를 들어, 착한 사람인가 아니면 나쁜 사람인가, 지적인 사람인가, 어리석은 사람인가, 신중한 사람인가 아니면 즉흥적

인 사람인가? 이러한 행동들이 주인공을 이해하는 데 어떠한 도움을 주는가?

- 여러분이 논하고자 하는 등장인물이 주된 등장인물이든지 아니면 주변인물이든지 간에 그들의 특성을 기술하고 설명하라. 그러한 특성이 등장인물을 판단하는데 어느 정도 도움을 주는가? 그러한 판단의 결과는 무엇인가?
- 이야기 안에서 등장인물은 어떻게 묘사되고 있는가? 외면에 관한 묘사는 등장인물에 관하여 무엇을 말해주고 있는가?
- 어느 측면에서 등장인물의 주요 특성이 장점 혹은 단점이 되는가? 이야기가 전개되는 동안 등장인물의 특성이 어느 정도로 더욱 더, 혹은 조금 덜 두드러지게 나타나는가?
- 등장인물은 입체적이며 역동적인가? 등장인물은 어떻게 상황을 인식하고, 상황에 따라 변화하며, 혹은 상황에 적응하는가?
- 여러분이 분석한 등장인물이 평면적이거나 정적인 모습이라면, 그러한 등장인물(남성이나 여성)은 이야기에서 어떠한 기능을 행하는가(예를 들면, 하나의 임무를 수행한다거나 주요인물의 특징들을 나타내 보임으로써)?
- 등장인물이 정형화된 모습을 지니고 있다면, 등장인물은 어떠한 형태에 해당하는가? 어느 정도로 정형화된 역할 속에 머물러 있는가, 혹은 어느 정도로 그러한 틀을 넘어서고 있는가? 어떠한 방법으로 그러한 틀을 넘어서고 있는가?
- 분석하고 있는 등장인물에 대한 통찰력을 주기 위하여 여타의 다른 등장인물들은 어떻게 행동하며, 무엇을 말하며, 혹은 무엇을 생각하는가? 등장인물은 자신에 관하여 무엇을 말하며 생각하는가? 이야기 전달자나 화자는 무엇을 말하는가? 그들의 평이나 통찰력이 얼마나 신빙성이 있는가? 이러한 것들이 등장인물에 대한 통찰력을 여러분에게 부여하는 데 얼마나 도움이 되는가?
- 등장인물은 현실적으로 보이는가 아니면 비현실적으로 보이는가? 일관되게 보이는가 아니면 그 반대인가? 있음직한가 아니면 그 반대인가?

2) 등장인물에 대한 논문의 구성

서론

연구 대상이 되는 등장인물이 어떠한 사람인가 설명하라. 그리고 등장인물의 특징들을 규명하는데 눈에 띄게 드러나는 문제들을 언급하라. 중심 아이디어와 주제문을 사용하여 논문의 본문 부분을 구성하도록 하라.

본론

주제와 관련된 생각을 정리하기 위해 다음 접근방법들 가운데 하나를 선택, 숙고하여, 글쓰기를 위한 기초를 세워보라.

① 중심 특성 혹은 주요 특징을 전개시킬 준비를 한다. 그 예로서 「아몬틸라도의 술통」에서 몬트레소가 보여주는 "복수를 위한 외골수적 집념"이라든지 「미스 브릴」에서 미스 브릴이 보여주는 "오직 자신이 바라는 조건으로 세상을 보는 습관"을 들 수 있다. 이러한 종류의 구조는 작품이 어떻게 등장인물의 특성을 구체화시키고 있는 가를 보여준다. 예를 들어, 맨스필드의 「미스 브릴」의 마지막 부분의 경우, 주요 등장인물에 대한 일부 특성이 다른 등장인물들의 대사에서 드러나기도 한다. 이외에 다른 특성들 또한 등장인물 자신의 대사나 행동을 통하여 드러난다. 이러한 이유 때문에 특성을 연구하기 위해서는 등장인물을 그려내는 작가의 다양한 방법에 뿐만 아니라 작품의 다른 부분에까지도 독자의 초점이 미치게 된다.

② 등장인물의 성장 혹은 변화를 설명할 준비를 한다. 이러한 형태의 글쓰기는 등장인물의 특성들을 작업을 시작할 때 먼저 기술한 다음 등장인물의 변화 혹은 발달을 분석하게 된다. 등장인물에게 변화가 나타날 때 실제 변화들을 강조하는 것이 중요하다. 그러나 동시에 작품 안에 나타나는 등장인물의 주요 행동들을 반복하여 다시 말하는 것을 피해야 한다. 게다가 독자는 등장인물의 변화하여가는 특성을 기술해야 할 뿐만 아니라, 굿맨 브라운의 꿈이나 미니 라이트의 오랜 시련에서처럼 그러한 특성들이 작품에서 어떻게 나타나는가를 분석해야 한다.

③ 등장인물의 주요 특징들을 보여주는 중심 행동, 물체, 혹은 인용구를 중심으로 글쓰기를 정리할 준비를 한다. 분석 대상이 되는 등장인물과 밀접하게 관련이 있는 물체들과 함께 핵심이 되는 사건들은 눈에 띄게 마련이다. 작품에서 누군가 혹은 등장인물 자신이 말한 중요한 인용문들이 있을 것이다. 그러한 요소들이 등장인물을 이해하는 데 표시나 안내로서 어떠한 역할을 하고 있는가 보이라. (이러한 형태의 전개를 통한 좋은 글쓰기의 예로서 "모범 논문의 예시"를 볼 것)

④ 평면형 등장인물 혹은 등장인물들의 특징들을 전개시킬 준비를 한다. 『사소한 것들』에서의 남자들이나 『곰』에서의 하인의 경우에서처럼 등장인물이 평면적 모습을 보인다면, 작품 안에서 등장인물의 기능 그리고 상대적인 중요성, 등장인물이 대표하는 집단, 입체형 등장인물과 평면형 등장인물과의 관계, 이러한 관계의 중요성, 그리고 여타의 특징 혹은 특성들과 같은 논제들을 발전시켜야 한다. 평면형 등장인물의 경우, 등장인물이 입체형의 모습을 띠지 못하게 만드는 상황들과 등장인물의 결점들뿐만 아니라 작가가 제시하는 등장인물이 지니는 이러한 결점들의 중요성 또한 설명되어야 한다.

결론

결론 부분에서 등장인물의 특성들이 작품과 전체적으로 어떻게 연결되는가를 보여준다. 한 개인이 착하지만 불행한 결과를 맞게 된다면 이러한 불행 때문에 그 사람이 특별히 훌륭하게 보이는가? 만일 한 개인이 고통을 겪게 된다면 이러한 사실이 그 사람이 소속되어 있는 계층이나 유형에 대한 어떠한 태도들을 암시하는가? 혹은 그것이 작가의 인간적 삶에 대한 일반적인 관점을 설명하는 것인가? 아니면 두 가지 모두를 말하고 있는 것인가? 분석을 통해 얻어진 특징들을 통하여 한 개인이 다른 등장인물들을 돕거나 방해하는 이유가 설명될 수 있는가? 여러분의 글쓰기가 처음 작품을 읽었을 때의 오해들을 해결하는 데 어떠한 도움을 주었는가?

모범 논문의 예시
글라스펠의 『사소한 것들』에서 등장인물, 미니 라이트

[1] 미니 라이트는 수잔 글라스펠의 『사소한 것들』에 등장하는 주요 인물이다. 그러나 그녀를 보고 그녀가 말하는 것을 들음으로써 우리가 그녀에 관하여 알게 되는 것은 아니다. 왜냐하면 극 안에서 그녀가 직접 말하거나 행동하는 등장인물이 아니기 때문이다. 오히려 우리 독자는 실제 극에 등장하는 인물들이 제공하는 간접적인 증거를 통하여 그녀를 알게 된다. 미니의 남편이 교살된 상태로 발견된 후, 이웃집 농부인 루이스 헤일(Lewis Hale)은 미니의 행동에 관하여 말한다. 헤일 부인은 미니의 젊은 시절 여성다움과, 남편인 존의 인색하고 악의적인 방법들 때문에 미니가 가장 가까운 이웃들과 어떻게 멀어지게 되었는가 말한다. 헤일 부인과 보안관 피터스(Peters)의 부인은 미니의 부엌 상태를 근거로 미니를 관찰한다. 이러한 정보를 통하여 우리는 수동적인 모습에서 파괴적이며 독단적인 모습으로 변하게 되는 미니에 관한 완전한 묘사를 얻을 수 있게 된다.* 그녀의 성격 변화는 그녀의 옷들, 그녀의 죽은 카나리아(새), 그리고 그녀가 완성하지 못한 퀼트 조각보에서 나타난다.**

[2] 과거 그리고 현재 미니가 입었던 옷들은 무시와 모욕으로 인하여 사라져버린 매력적인 여성으로서 미니의 성격을 보여준다. 마사(Martha)는 "파란 리본에 하얀 드레스"(대사 134)를 입은 미니를 회상하면서, 젊은 날 미니가 입었던 매력적이며 화려한 복장들을 언급한다. 마사는 또한 젊은 시절 미니가 "매력적이고 예뻤으며, 조금은 소심하고 불안정했다"(대사 107)고 회상한다. 이러한 회상에 비추어 볼때, 미니가 변했으며, "뼈 속까지 스미는 찬바람 같은 성격"(대사 104)을 지닌 존 라이트와의 이십 년 결혼생활 동안 극한 모습으로까지 미니가 변하였다는 것을 마사는 알게 된다. 보잘것없고 단조로운 삶을 미니 자신이 수용하고 있음을 보다 명백하게 보여주는 증거로써, 피터스 부인은 미니가 보안관의 집에서 체포될 당시 그녀가 단지 앞치마와 숄만을 부탁했다는 사실을 말한다. 젊은 시절 미니의 화려한 복장과는 대조적인 이러한 수수한 옷은 그녀가 당한 정신적인 압박을 의미한다.

[3] 이러한 정신적 압박의 결과로 인한 미니의 분노는 죽은 카나리아를 발견함으로

* 중심 아이디어
** 주제문

써 **폭발하게 된다**. 젊은 날 음악을 사랑했던 미니가 재미없는 농장 집에서 삼십 년 간 견디어왔다는 사실을 우리는 알게 된다. 이 기간 동안 남편의 모욕은 그녀의 삶을 외롭고, 우울하고, 음악 없이 그리고 울적할 정도로 가난하게 만들었다. 그러나 그녀가 카나리아를 샀다는 사실은 노래에 대한 사랑이 다시 나타나고 있음을 암시한다. 아울러 이는 그녀의 자기 주장이 성장하고 있음을 암시하기도 한다. 그녀의 남편이 새의 목을 비틀어 버리는 것이 ("예쁜 상자 안에 놓여 있는 죽은 새에 나타나 있는 것처럼" 대사 109) 아마도 그녀를 슬프게 하는 직접적인 이유인 동시에 그녀를 전형적인 순종적 아내에서, 사람을 죽일 만큼 분노에 찬 사람으로 변화시키는 원인이 된다.

[4] 그녀가 노래를 사랑하는 것처럼, 끝맺지 못한 그녀의 퀼트 조각보는 그녀의 **창의성을 보여준다**. 농장에서 삼십 년간 아기도 낳지 않고 그녀가 할 수 있는 창의적인 일이라곤 오직 퀼트 조각보를 만드는 바느질이었다. 헤일 부인은 미니가 만든 통나무집 장식의 아름다움에 대하여 언급하는데(대사 72), 작품의 지문 또한 독자의 관심을 반짇고리 안에 있는 조그만 작품들로 이끈다. 이러한 사실에서 우리는 비록 미니의 삶이 황량하였을지언정, 그녀가 천성적으로 색깔과 형태를 사랑했으며, 또한 퀼트 조각보를 만들던 목적을 생각해볼 때, 따뜻함을 사랑할 줄 알았다는 사실을 추론할 수 있다.

[5] 아이러니컬하게도, **퀼트 수예는 미니가 자신의 남편을 살해하는 데 창의성을 발휘했다는 사실 또한 보여준다**. 헤일 부인과 피터스 부인 두 사람은, 미니가 퀼트 조각보를 만드는 도중 바느질을 망치게 되는 사실을, 죽은 카나리아에 대한 정신적 고통 속에서 복수를 계획할 때 나타난 초조함이 표현된 것으로 해석한다. 극의 어느 부분에서도 존이 퀼트용 매듭으로 교살되었다는 직접적인 표현은 나타나 있지 않으나, 이외에 다른 결론은 가능하지 않다. 아마도 미니가 퀼트에 바늘 작업을 하기보다는 천 장식으로 매듭을 만들려고 했다는 사실에 헤일 부인과 피터스 부인 둘 다 뜻을 같이 한다. 이런 사실을 사람들이 비웃고 무시할지라도, 글라스펠 또한 사람들로 하여금 이러한 자세한 사실들을 알도록 강력하게 유도한다. 다시 말해서, 창조성을 발휘하기 위한 미니의 유일한 탈출구는 다름아닌 바느질 작업이며, 이로 인하여 그녀는 자신이 할 수 있는 유일한 방법으로서 미끄러짐이 없는 퀼트 천으로 만든 매듭을 가지고 남편의 목을 졸라 살인을 실행하게 된다. 줄의 준비가 "교묘하게" 이루어져 있었다(대사 65)는 헤일 부인의 보고에 비추어볼 때, 살인이 의도적이긴 하나 미니가 냉정하거나 뉘우침이 없는 사람이라고 할 수는 없다. 살인 후 그녀가 보여주는 수동적인 자세는 자신의 죄를 단순히 부인하는 것을 넘어서 죄를 피하려는 의도가 본성은 아니라는 사실을 보여준다. 자신의 남편이 새의 목을 비틀어 죽였기 때문에 남편을 목 졸라 죽이는 아이러니를 계획하거나 이해할 정도로 악마적인 창의성을 지닌 여자는 아니다. 그러나 글라스펠은 이러한 아이러니를 명백하게 드러내고 있다.

[6] 우리는 미니에 관하여 타인들을 통하여 알게 된다는 사실을 다시 한번 강조하

는 것이 중요하다. 그럼에도 불구하고 미니는 완전하게 사실적이며 날카롭게 묘사된 입체적인 등장인물이다. 어른이 된 후 대부분의 삶 동안, 비록 젊은 날 자신의 기대와는 잔혹할 정도로 차이가 있을지라도, 그녀는 따분하고 재미없는 결혼생활을 참고 받아들인다. 라이트 목장의 황량한 환경에서, 자신의 아름다움, 화려함 그리고 창의성을 억제하듯이 그녀는 자신의 원한들을 억누른다. 간단히 말해서 그녀는 평면형 등장인물에 불과했었다. 그러나 카나리아의 죽음으로 인하여 그녀는 변하게 되며 복종을 감내하는 부인으로서 정형화된 자신의 역할을 강력히 거부하고 자신의 남편을 파괴시킨다. 결국에는 자신의 인내심이 한계점에 도달하기는 하지만 그녀가 인내심 많은 여인인 것은 사실이다.

6. 논평

이러한 글쓰기 전략은 미니 라이트가 입체적이며 발전하는 등장인물이라는 중심 아이디어를 입증하기 위하여 극에서 자세한 내용을 찾아 사용하는 것이다. 따라서 글쓰기는 78쪽에 기술되어 있는 세 번째 접근방식에 있는 형식들 가운데 하나를 예시하고 있다. 글을 정리, 유기적으로 조직하는 데 다른 계획들을 선택할 수 있는데, 그러한 예로서 묵종, 꿋꿋함, 분노에 대한 잠재성 등의 특징(첫 번째 접근방법), 복종에서 복수심으로 불타는 미니의 성격변화(두 번째 접근방법) 혹은 타인에 의해 독자가 알게 되는 미니의 행동 즉, 노래하고, 퀼트 조각보를 만들고, 살해 후 아침에 부엌에 앉아 있는 등의 행동들(세 번째 접근방법의 형식)을 들 수 있다.

미니가 극에서 직접적으로 등장하지 않고 다른 주요 등장인물들의 대사를 통하여 묘사되기 때문에 모범 논문의 서론은 그녀에 관하여 우리가 어떻게 알게 되는가를 다루고 있다. 따라서 글쓰기는 글라스펠이 이야기의 주요 등장인물을 묘사하는 방법으로 방법 1번, 3번 그리고 5번을 제외한 방법인 2번과 4번을 어떻게 사용하고 있는가 강조한다.

본론 부분은 극에 나타난 자세한 내용들, 예를 들면 미니의 옷(두 번째 문단), 그녀의 카나리아(세 번째 문단), 그리고 그녀의 퀼트 조각보(네 번째와 다섯 번째 문단)등에서 추론하는 방식으로 발전된다. 마지막 문단은 이렇게 구체적이고 많은 내용들을 요약 정리하게 된다. 아울러 마지막 문단은 또한 미니가 농장 부인으로서의 정형화된 특징들을 어떻게 넘어서게 되는지, 이러한 탈출의 결과로써 그녀가 어떻게 입체형 모습을 띄게 되는지를 고려한다.

작문을 위한 조사로서 세 번째 문단은 특정한 개인의 특성이 연관된 세부내용들과 함께 글쓰기의 중심 아이디어에 어떻게 기여하는지를 보여준다. 카나리아는 미니가 음악을 좋아한다는 특성을 가리킨다. 이와 관련된 세부 내용들을 조사 자료로 얻을 수 있는데, 음악의 상실, 고독, 아름다운 옷이 없는 것, 남편의 모욕, 그리고 죽은 새를 상자에 넣을 때 그녀가 느끼는 슬픔 등을 들 수 있다. 간단히 말해서 세 번째 문단은 음악을 사랑하는 미니의 특성과 그녀 안에서 커가는 분노의 위기, 다시 말해서 그녀를 입체형 등장인물로 만드는 변화 사이의 관계를 보여주는 충분한 자료들을 구성한다.

7. 추가 논제

① 「아울강 다리에서 생긴 일」에서 파르쿠아의 행동과 대사 그리고 「아몬틸라도의 술통」의 몬트레소의 행동과 대사가 그들의 특성들을 보여주기 위하여 어떻게 사용되고 있는가 비교하라.

② 이 책 부록에 포함되어 있은 극이나 이야기에 등장하는 두 명의 주요 인물들 혹은 입체형 등장인물들을 선택하여 그들의 변화 혹은 발전을 비교하는 간단한 작문을 하라. 이런 과정에서 등장인물들이 작품의 시작 부분에서는 어떠한 모습이었으며, 시간이 지나면서 어떠한 갈등과 직면하게 되고, 이러한 갈등들을 어떻게 해결해가는지, 혹은 피해나가게 되는지가 다루어질 것이다. 이외에도 그들의 변화 혹은 발전을 보여주는 어떠한 특징들이 작품에 나타난다 사실 또한 글을 쓰는 데 다루게 될 것이다.

③ 『사소한 것들』에 등장하는 남자들 혹은 「한 시간의 이야기」에 등장하는 보조적인 인물들의 경우처럼 두 명 혹은 그 이상의 평면형 등장인물들의 특징과 기능을 비교하라. 이들 등장인물들이 주요 등장인물들의 특징을 어떻게 부각시키고 있는가? 그들 자신의 성격상 특성에 관하여 무엇이 발견되는가?

④ 「미스 브릴」에서 브릴, 『사소한 것들』에서 미니 라이트, 그리고 「아울강 다리에서 생긴 일」에서 파르쿠아를 예로 삼아, 환경이 등장인물에게 주는 영향에 관하여 기술하라. "환경"이라는 제목 아래, 교육, 가족, 경제적 사회적 위치, 전쟁 상황, 지리적 고립 등의 요소들을 생각해야 될 것이다.

⑤ 예를 들면, 학교를 선택한다거나, 직장을 시작 혹은 떠난다거나, 전공을 선택한다거나, 혹은 친구관계를 끝내는 등 여러분이 선택한 중요한 결정에 관하여 간단한 작문을 하라. 자신이 알고 있는 자기의 성격상 특징들이 자신의 경험과 함께 어떻게 실제 결정으로 이끌어지는가를 보이라. 여러분 자신이 다른 이름이나 제삼자의 입장에서 자신의 행동을 기술한다면 보다 편안한 상태로 글을 쓸 수 있을 것이다.

⑥ 몇 문단 혹은 짧은 분량의 글쓰기를 위한 논제들

• 로웰의 「패턴」에서 화자의 어떠한 특징들이 나타나는가? 화자를 분류하는 데 있어서 "입체형" 그리고 "평면형"과 같은 범주를 적용하는 것이 가능한가?

• 「도버 해협」의 화자는 어두움과 가까이서 들리는 찰싹거리는 파도에 관하여 왜 철학적으로 사색하고 있는가? 화자의 생각은 그가 가지고 있는 어떤 특징들을 보여주고 있는가?

• 다음과 같은 상황을 가정해보자. 오랫동안 보지 못한 친구들에게 우리는 입체형의 모습으로 보이나, 우리 자신과 대부분의 다른 사람들에게는 평면적인 모습으로 비춰진다.

⑦ 도서관에서 카드 목록이나 컴퓨터 목록을 사용하여 대학 출판사에서 간행된 호손에 관한 비평적 연구를 둘 정도 찾아보자. 이러한 연구가 호손의 인물들을 얼마나 제대로 묘사, 설명하고 있는가? 이러한 연구를 언급해가면서, 호손의 단편소설 속 등장인물들에 관한 연구를 바탕으로 하는 짧은 분량의 글쓰기를 해보라.

제3장
배경에 관한 글쓰기:
문학에 나타난 장소, 사물, 문화를 포함한 배경

모든 인간과 마찬가지로 작품 속의 등장인물도 혼자 존재하는 것이 아니다. 작품 속의 인물들은 다른 인물과의 관계 속에서 존재하며 그들의 정체성은 그들의 재산, 직장, 가정, 문화적, 정치적 신조 등에 의해 부여된다. 따라서 희곡이나 소설, 설화시 (narrative poem)에는 필연적으로 사물, 장소, 문화와 같은 배경에 대한 묘사가 있게 마련이다.

1. 배경(setting)이란 무엇인가?

배경이란 작품에 나타난 자연적, 인위적, 정치적, 문화적, 시간적 환경으로 등장인물들이 알거나 소유하고 있는 모든 것을 포함한다. 인물들은 그들의 주변 환경에 의해 도움을 받거나 상처를 입으며 소유나 목적을 위해 투쟁할 수도 있다. 한 걸음 더 나아가 인물들간의 대화는 그들이 동시대의 관습이나 생각을 얼마나 공유하고 있는가를 드러낸다.

1) 배경의 세 가지 기본 형태

(1) 작품 속에서 자연과 야외 풍경은 장소로서 중요한 역할을 한다

대부분의 소설과 희곡 그리고 설화시에서 이야기가 진행되는 곳이 자연계라는 점은 더 말할 필요가 없다. 따라서 배경이 되는 주변의 자연 모습(언덕, 해안선, 계곡, 산, 초원, 들, 나무, 호수, 개울), 살아 있는 생명체(새, 개, 말, 뱀), 사건이 일어나는 시간, 계절, 자연조건(낮이나 밤, 여름이나 겨울, 햇빛이나 어둠, 바람 불거나 잔잔함, 비나 눈, 안개가 끼거나 맑은 날씨, 건조하거나 습한 상태, 폭풍우나 고요함) 등은 모두 인물과 그들의 행위에 영향을 끼치는 요소들이다.

(2) 작품 속에서 인위적으로 만든 물건과 건축물은 중요한 역할을 한다

인물의 성격을 드러내거나 강조하고 이야기를 실제처럼 보이게 하기 위해 작가는 인간이 만든 물건이나 건축물에 대해 자세하게 묘사한다. 작품 속에는 집의 내부와 외부는 물론 식탁, 공원의 벤치, 멀리 보이는 등불, 목걸이, 머리 리본, 흔들의자와 같은 등장인물의 소유물에 대한 묘사가 자주 등장한다. 모파상(Maupassant)의 「목걸이」("The Necklace")에서 편안한 집을 포기한 마틸드는 경제적 어려움에 직면하여 그 것에 적응하는 방법을 배우게 되고 궁극적으로는 잠재하고 있던 긍정적인 성격을 끌어내게 된다. 포(Poe)의 「아몬틸라도의 술통」("The Cask of Amontillado")에서 울적한 분위기의 지하 저장소는 그와 비슷하게 울적하고 사악한 화자의 성격을 드러낸다.

사물 또한 문학적 행위와 인물에 직접적으로 연결되어 있다. 『사소한 것들』(The Trifles)에서 부서진 새장은 불완전한 부부관계를 보여준다. 「패턴」("Patterns")에서 해외로부터 배달된 편지는 끝 부분을 장식하는 화자의 분노를 일으킨다. 「한 시간의 이야기」("The Story of an Hour")에서는 전보 한 장이 불길한 분위기를 조성한다. 하디(Hardy)의 시 「해협 사격」("Channel Firing")은 포 사격 연습이 화자의 독백을 불러오는 원인이 된다.

(3) 인물들의 행위와 말에는 문화적 가정과 조건이 비중있게 함축되어 있다

물리적 배경의 경우와 마찬가지로 역사적, 문화적 가정과 조건도 인물들에게 영향을 끼친다. 오코너(O'Connor)의 「첫 고해성사」("First Confession")는 20세기 초 사람들의 삶에서 가톨릭 교회가 어떤 역할을 하는지 독자들이 이해하고 있는 것으로 가정한다. 「도버 해협」("Dover Beach")에서 화자는 19세기에 퍼지기 시작한 종교적 회의주의에 대한 이해를 전제로 한다. 체호프(Chekhov)의 『곰』(The Bear)의 배경은 비교적 외딴 19세기 러시아 지방이며 따라서 인물들이 인생을 보는 시각은 우리와 매우 다를 수밖에 없다. 레이턴(Layton)의 시 「라인강의 보트 여행」("Rhine Boat Trip")의 광범위한 문화적 배경은 독일의 풍경과 신화의 아름다움, 제2차세계대전에서 드러난 잔학한 독일의 부패성과 추함을 부각시킨다.

2. 배경의 역할

화가가 배경과 사물을 이용하여 자신의 생각을 나타내듯이 작가들도 배경을 이용하여 자신의 아이디어를 표현한다. 이러한 경우는 호손(Hawthorne)의 「젊은 굿맨 브라운」("Young Goodman Brown")에서 잘 드러나는데 이 작품에서 중요한 지형적 특징은 수많은 장애물과 분명하지 않은 숲속의 길이다. 물론 이야기가 진행되는 장소, 시대, 그리고 환경 등을 고려할 때 이렇게 험한 지형은 당연한 것으로 별 의미가 없다고 볼 수도 있지만 다른 차원에서 보면 인생 자체가 하나의 고난이며 불확실한 것이라는 작가의 생각을 전달하는 데 매우 효과적인 역할을 하고 있다고 생각할 수 있다. 이와 비슷하게 글라스펠(Glaspell)의 『사소한 것들』에서 라이트(Wright) 농장 부엌에 있는 주방기구와 비품들은 20세기 초 미국 중서부 농장의 황량함과 가혹함을 보여준다.

1) 배경의 중요성

소설이나 희곡에서 배경을 연구하려면 중요한 세부묘사를 찾아내고 그것들이 어떤 역할을 하는지 규명하도록 노력하는 것이 중요하다. 어느 정도까지 자세하게 묘사할지는 작가의 목적에 따라 다를 수 있다. 포는 「아몬틸라도의 술통」에서 수많은 회화적 혹은 인상적인 세부묘사를 제공하고 있기 때문에 우리는 이야기의 끝에 등장하는 괴이한 상황을 거의 눈으로 보는 것처럼 따라갈 수 있다. 하디의 「세 명의 낯선 사람들」("The Three Strangers")에 나오는 시골처럼 일부 작품에서는 배경이 너무도 강력하게 등장하기 때문에 마치 사건에 참여하는 또 하나의 인물처럼 여겨질 때도 있다.

(1) 신뢰할 만한 배경은 작품의 신뢰성을 확보하는 데 도움이 된다

배경의 주요 목적 중 하나는 사실성 혹은 진실성을 확립하는 것이다. 장소나 사물의 묘사가 구체적이고 세부적일 경우 작품 속에서 일어나는 사건들은 좀더 믿을 만한 것이 된다. 「한 시간의 이야기」에서 쇼팽(Chopin)은 말라드(Mallard) 집안 내부, 그중에서도 특히 루이즈(Louise)의 방과 계단의 층계참을 자세하게 묘사하는데 이곳들은 작품 주요 장면을 이루는 배경의 핵심 요소들이다. 미래 이야기, 상징적이고 환상적인 작품, 유령 이야기와 같은 경우도 만일 배경을 현실 세계에서 차용하기만 한다면 믿을 만한 이야기가 될 것이다. 호손의 「젊은 굿맨 브라운」이나 포의 「아몬틸라도의 술통」이 바로 이러한 경우이다. 비록 이들 작가들이 일상생활에서 경험하는 것과 같은 사실적인 내용을 그린다고 주장하고 있지는 않지만 작품의 배경이 매우 사실적이기 때문에 작품의 신뢰도가 증가된다.

(2) 배경은 인물의 강력한 길잡이가 될 수 있다

배경은 작가가 장소나 환경, 시간이 인간의 성장과 변화에 중요한 변수라는 점을 강조하기 위해 사용하는 수단으로서 인물과 서로 영향을 주고받을 수 있다. 글라스펠의 『사소한 것들』의 배경은 외롭고 쓸쓸한 라이트 가의 농장이다. 부엌은 힘든 일과 억압 그리고 지속되는 외로움과 너무도 밀접하게 연관되어 있기 때문에 그 자체로 미니(Minnie)가 지니고 있었던 총명함과 가능성이 사라지고 만 이유를 설명해주고 있으며 분노에 찬 그녀의 행동을 이해하도록 도와준다. (모파상의 「목걸이」에 나타난 배경과 인물의 혼합은 제1장에 예시된 두 편의 모범 논문에서 논의된 바 있다.)

인물이 어떻게 배경에 반응하고 적응하는지를 살펴보면 그들의 강점과 약점을 알아낼 수 있다. 페이턴 파르쿠아(Peyton Farquhar)가 글자 그대로 자신 앞에 매달려 있는 죽음의 고리를 벗어나기 위해 계획을 세운다는 사실은 그의 성격상의 강점을 암시하기에 충분한 것이다(「아울강 다리에서 생긴 일」("An Occurrence at Owl Creek Bridge"). 이와 대조적으로 현실에서가 아니라 그의 악몽 속에서 확인되었을 뿐인 인간은 본질적으로 타락한 존재라는 캘빈주의에 근거한 굿맨 브라운의 종교적 신념은 그의 성격상 약점으로 작용하는데 이 때문에 그는 가족과 공동체로부터 소외되고 만다(「젊은 굿맨 브라운」).

(3) 배경은 작품 내용을 효과적으로 조직하는 수단으로 사용될 수 있다

마틸드와 그녀의 남편이 훌륭한 아파트에서 싸구려 다락방으로 옮겨가게 되는 모파상의 「목걸이」에서 보는 것처럼 작가는 흔히 배경을 사용해서 그림을 그리듯 작품을 구성한다. 작품의 마지막 장면은 믿을 만한데 그 이유는 마틸드가 옛날을 그리며 파리의 가장 화려한 거리인 샹젤리제 거리를 산책하는 것으로 설정되어 있기 때문이다. 이러한 배경의 변화가 전제되지 않으면 그녀가 이제 생활의 영역이 달라진 잔과 재회하는 것은 불가능했을 것이다.

장소나 시간 그리고 사물은 골조(framing) 혹은 울타리 배경(enclosing setting)으로 사용됨으로써 작품을 구성하는 요소로서의 역할을 한다. 즉 한 작품이 똑 같은 장면 묘사로 시작하고 끝나는 경우가 있는데 이때 이러한 장면은 작품의 골조 혹은 울타리 역할을 하는 배경이 되는 것이다. 하디의 「세 명의 낯선 사람들」이 좋은 예이다. 이 작품은 외딴 오두막집이 있는 외로운 영국의 시골 풍경에 대한 묘사로 시작하고 끝난다. 사물을 골조로 사용하는 경우는 맨스필드(Mansfield)의 「미스 브릴」("Miss Brill")에서 볼 수 있는데 이 작품은 여주인공의 남루한 털목도리에 대한 언급으로 시작하고 끝난다. 골조 배경은 형식상 이야기가 완성되었다는 것을 암시하며 인간 조건에 대한 작가의 생각을 강조한다.

(4) 배경은 문학적 상징으로 사용될 수 있다

장면이나 배경의 소재가 강조되거나 돋보이는 경우가 있는데 이는 작가가 자신의 생각을 나타내기 위해 상징으로 사용하는 경우이다. 체호프의 『곰』에 등장하는 말 토비(Toby)는 바로 그러한 상징의 예이다. 포포프 부인(Mrs. Popov)은 죽은 남편이 아끼던 말을 보살피는데 이는 남편에 대한 추모 행위 중 중요한 비중을 차지한다. 포포프 부인이 이 말에게 귀리를 주지 말라고 하인들에게 이야기할 때 체호프는 이 평범한 농가의 가축을 이용하여 이제 새로운 삶이 시작되었다는 점을 암시한다. 아놀드(Arnold)의 시 「도버 해협」에서 영국해협을 가로질러 비추던 번쩍이던 빛이 얼마 안되어 사라지는데 이는 아놀드가 생각하는 19세기의 지적, 종교적 믿음이 이제 사라지고 있다는 상징이라고 할 수 있다.

(5) 배경은 작품의 분위기를 조성하는데 사용될 수 있다

배경은 분위기나 기분, 즉 한 작품을 싸고 있거나 그 속에 퍼져 있는 감정적 결을 만들어내는 데 일조한다. 대부분의 행위나 사건의 배경 묘사는 일단 기능적인 면만 충족할 정도여도 문제는 없다. 따라서 숲속을 걷는 상황을 묘사할 때 필요한 것은 나무가 있다라는 진술 정도일 것이다. 그러나 만일 호손의 「젊은 굿맨 브라운」의 경우처럼 숲의 형태, 빛과 어두움, 동물들, 바람, 소리 등에 관한 묘사가 등장한다면 이는 작가가 어떤 행위나 사건의 바탕에 깔려 있는 분위기를 만들어내려고 노력한다는 것을 의미한다. 분위기를 만들어내는 방법에는 여러 가지가 있다. 밝은 색(붉은색, 오렌지색, 노란색)에 대한 묘사는 행복한 분위기를 조성하는 데 도움이 된다. 포의 「아몬틸라도의 술통」의 경우처럼 밝은 색과 어두움 혹은 어두운 색과의 대조는 우울함을 불러일으키거나 병적 흥분을 증가시킨다. 냄새와 소리에 관한 언급은 독자들의 감각적 반응을 자극하게 되는데 이를 통해 배경은 좀더 생생하게 현실처럼 우리에게 나타난다. 작은 마을이나 큰 도시, 초원이나 설원, 중류 혹은 하류 계층의 거주지 등과 같은 특정 배경은 독자들에게 각각 다른 반응을 일으키면서 작품의 분위기 조성에 중요한 역할을 한다.

(6) 일부 작가들은 배경을 반어적 방법으로 사용한다

배경이 인물과 주제를 강화시켜 줄 수도 있지만 동시에 로웰(Lowell)의 시 「패턴」에 묘사된 화려하고 질서정연한 정원은 화자의 깊은 슬픔과 고민을 돋보이게 하기 위해 반어적으로 사용된 배경의 예이다. 「해협 사격」에서 하디는 바다에 떠 있는 커다란 배에서 들려오는 포 소리가 영국 교회의 마당에 묻혀 있는 해골을 깨운다고 묘사하는데 이것은 기괴한 아이러니를 보여주는 좋은 예이다. 이 경우 아이러니는 만일 전쟁이 더욱 심해진다면 포 사격 연습에 참여한 사람들도 곧 그 해골의 무리에 낄 것이라는 점에 있다. 포의 「아몬틸라도의 술통」에도 아이러니컬한 상황이 묘사되는데 특히 몬트레소(Montresor)가 포츄나토(Fortunato)의 살아 있는 무덤에 마지막 벽돌을 쌓으면서 "하느님의 사랑을 위하여"라는 기원을 반복할 때 그 절정을 이룬다.

3. 배경에 대한 글쓰기

배경에 관한 글을 쓰기 전 먼저 작품에 장소나 사물, 관습 등이 얼마나 많이 나오며 중요성은 어떤지 살펴보아야 한다. 다음과 같은 질문이 도움이 될 것이다.

1) 아이디어를 발견하기 위한 질문

- 사물이 얼마나 세밀하게 묘사되어 있는가? 그 사물들은 사건에 얼마나 중요한가? 플롯이나 아이디어가 발전하는 데 그것들은 얼마나 중요한가? 그것들이 인물들의 정신상태에 어떻게 관련되어 있는가?
- 장소와 인물들 사이에 어떤 관계가 있는가? 장소가 인물들을 한곳으로 모이게 하는가 아니면 서로 떨어지게 하는가, 그들의 사생활을 용이하게 하는가 아니면 친밀함과 대화를 어렵게 만드는가?
- 시각적 묘사가 얼마나 잘 되어 있는가? 작가가 환경에 대해 매우 생생하고 자세하게 묘사하고 있기 때문에 독자들이 그것을 지도나 도면으로 그릴 수 있을 정도인가? 아니면 장면 묘사가 희미하고 불분명하여 상상하기도 힘들 정도인가?
- 형태, 색, 시간, 구름, 폭풍, 빛과 태양, 계절, 그리고 식물의 상태가 플롯이나 인물들에게 중요한가?
- 인물들이 가난한가, 보통인가, 아니면 부자인가? 그들의 경제적 운명이 그들에게 일어나는 일을 결정하는가? 그들의 경제적 상태가 그들의 행동이나 태도에 어떤 영향을 끼치는가?
- 작품 속에 어떤 문화적, 종교적, 정치적 상황이 묘사되고 있으며 인물들에게 어떤 영향을 끼치는가? 인물들이 그러한 상황을 어떻게 받아들이며 적응하는가? 그러한 상황이 인물의 판단과 행위에 어떤 영향을 주는가?
- 집이나 가구 혹은 그외의 물건들의 상태는 어떠한가? 번쩍거리는 새 것인가 아니면 낡고 헌 것인가? 이러한 상태는 인물들의 태도나 행동과 어떤 관련이 있는가?
- 소리와 침묵은 어떤 면에서 중요하게 작용하는가? 인물과 사건의 발전에 음악이나 다른 소리가 어느 정도로 중요한가?
- 인물들은 환경을 소중하게 여기는가 아니면 경시하는가? 만일 환경과 연관성이 있다면 그것은 작품에서 얼마나 중요한가?
- 작가는 작품에 등장하는 이웃, 문화 그리고 좀더 큰 세계와 관련하여 독자들이 어떤 결론을 도출해내기를 원한다고 생각하는가?

2) 배경에 관한 논문의 구성

서론

서론에는 작품에 나오는 배경이나 장면들에 대한 간단한 묘사와 함께 세부묘사가 얼마나 나오는지 그리고 얼마나 중요한지에 대한 설명이 있어야 한다.

본론

다음에는 배경에 관한 논문의 본론에 적합한 다섯 가지 접근 방법이 제시되어 있다. 이들 중 적당한 것을 하나 선택하는데, 이때 중요한 것은 작품마다 그것을 분석하는 효과적인 방법이 다르다는 점이다. 그러나 논문을 써나가면서 한 가지 혹은 그 이상의 다른 접근방법을 도입하는 것이 필요할 수도 있다. 어떤 접근방법을 사용하든지 반드시 기억해야 할 것은 배경은 그 자체로 목적이 아니라 예시나 증거라는 점이다.

① 배경과 사건. 작품에 나오는 배경의 중요성에 대해 탐구하라. 배경이 얼마나 상세하게 묘사되어 있는가? 장소가 사건의 핵심으로 작용하는가 아니면 우연에 불과한가? 배경이 사건의 한 부분인가 (예를 들어, 탈출이나 은닉 장소 —사람들이 공개적으로 만나는 공공장소나 비밀리에 만나는 은밀한 장소., 자연 혹은 환경조건—찌는 듯한 더위이거나 살을 에는 듯한 추위 등 계절적 조건, 관습과 관례)? 어떤 사물이 영감이나 어려움이나 갈등을 유발하는가(예를 들어, 다리, 지하실, 모피, 지팡이, 목걸이, 상자, 머리 리본, 빵칼, 죽은 새)?

② 배경과 구성. 작품의 여러 부분과 배경은 서로 어떻게 연관되어 있는가? 사건이 발전하면서 배경도 변화하는가? 왜 어떤 부분의 배경이 다른 부분의 배경보다 더 중요한가? 배경이 작품의 구조적 골조로서 사용되는가 아니면 울타리로서 사용되는가? 돈이나 재산 같은 물체가 인물들의 행동에 어떤 영향을 끼치는가? 작품의 도입부에 묘사된 배경이 종결부에서 중요한 의미를 가지게 되는가?

③ 배경과 인물. (이러한 접근방법의 예는 제1장에 실린 모범 논문을 보라.) 배경이 인물에 얼마나 영향을 주는지 혹은 상호작용하는지에 대해 분석해보라. 인물들이 그들이 사는 장소에 대해 만족하고 있는가 혹은 불만스러워 하는가? 인물들이 그들의 가정 환경에 대해 거론하거나 논쟁한 적이 있는가? 그들은 집에 머물고 싶어하는가 아니면 떠나고 싶어하는가? 배경이 내포하고 있는 경제적, 철학적, 종교적, 인종적 요소들 때문에 인물들이 변화를 경험하는가? 그들의 생활방식과 직업은 어떤 관계에 있는가? 이러한 직업 때문에 인물들은 자유를 느끼는가 아니면 구속을 느끼는가? 그들의 결정, 여행수단, 말하는 습관, 먹는 습관, 사랑과 명예에 대한 태도, 일반적 행동에 배경이 어떠한 영향을

끼치는가?

④ 배경과 분위기. 배경이 작품의 분위기에 끼치는 영향은 어느 정도인가? 배경이 사건이나 인물을 위해 필요한 최소한의 양을 넘는가? 색, 모양, 소리, 냄새, 맛 등과 관련된 서술적 단어들이 어떻게 언어적 그림을 그려나가고 있으며 어떤 분위기를 연출하고 있는가? 배경이 어떤 느낌, 예를 들어 환희나 절망, 풍요와 결핍 등의 느낌을 느끼게 하는가? 사건들이 밤에 일어나는가 아니면 낮에 일어나는가? 인물들의 행동이나 그들이 있는 장소가 연속성과 불연속성 중 어느 쪽을 암시하는가 (예를 들어 어두운 방으로 돌아온다거나, 벽돌로 된 벽을 만들거나, 혹은 부서지기 쉬운 장난감을 사는 것 등)? 물건들이 따뜻하고 보기에 좋은가 아니면 차갑고 눈에 거슬리는가? 작품의 분위기와 존재에 관한 작가의 겉으로 드러난 생각 사이에 어떤 관계가 있는가?

⑤ 배경과 그 외의 요소들. 배경이 작품의 신뢰성과 의미를 강화하는가? 배경이 작품의 상황과 아이디어에 대해 아이러니컬하게 작용하는가? 만일 이러한 접근방법을 선택한다면 이 장의 전반부에서 논의된 "배경의 역할"이라는 절을 참조하라. 만일 배경의 상징적 의미에 대해 논문을 쓰고자 한다면 제9장에 나오는 상징주의에 대한 논의를 참고하라.

결론

결론에서는 주된 논점을 요약 정리하거나 미처 다루지 못한 배경의 다른 면에 대해 기술하라. 따라서 만일 논문이 배경과 사건의 관계에 대한 것이라면 결론에서 배경과 인물 혹은 분위기의 관계를 다루는 것도 좋은 방법이다. 또는 배경에 대한 중심 아이디어가 작품의 다른 주요 부분에도 적용될 수 있는지에 대해서 언급해도 좋을 것이다.

모범 논문의 예시
「아몬틸라도의 술통」에서 공포와 혐오 분위기를 만들어내기 위한
에드가 알렌 포의 배경 이용

[1] 「아몬틸라도의 술통」("The Cask of Amontillado")에서 에드가 알렌 포(Edgar Allan Poe)는 공포와 혐오 분위기를 연출하기 위해 배경의 세부적 내용을 이용한다.* 이 작품에서 포는 사전에 준비된 무시무시한 복수에 대해 자세하게 묘사한다. 포의 작중 인물인 몬트레소(Montresor)는 비뚤어진 살인 행위를 연출하는 장본인인 동시에

* 중심 아이디어

이야기의 화자이다. 그는 자신이 복수를 하고 있다는 사실을 피해자인 포츄나토 (Fortunato)가 인지하기를 바라는데 그렇게 될 때 복수는 더욱 위협적이며 돌이킬 수 없는 확실한 것이 될 수 있다고 믿는다. 이야기의 종결 부분에서 그는 성공을 거두는데 독자들은 이야기에 배어 있는 섬뜩함과 비정함에 매료되면서 동시에 거부감을 느낀다. 이러한 분위기는 지하의 방, 공간, 그리고 소리에 대한 묘사를 통해 연출된다.[**]

[2] 포의 회화적 묘사는 음침하고 위협적인 지하 납골당에 대한 묘사에서 그 절정을 이룬다. 가문의 포도주 저장소이기도 한 지옥과 같은 "몬트레소가의 지하묘지"(문단 25)로 가는 여행은 "인간의 유골이 천장까지 쌓여 있는 방"(문단 68)으로 끝난 다. 이 무시무시한 마지막 방으로 가는 도중에 거치는 방들의 벽은 거무스름하고 습기가 배어 있었으며 지상에 있는 강에서 스며들어온 물이 흐른다. 또한 지하묘지로 깊숙이 들어가면 들어갈수록 점점 더 공기가 희박해지고 숨이 막힌다. 벽과 바닥에 흩어져 있는 뼈들은 지나간 세대의 증거물이다. 더욱이 몬트레소는 처음에 벽돌과 회반죽을 숨기는 데 이 뼈들을 이용하고, 후에 포츄나토를 무덤에 가두기 전 벽을 위장할 때도 사용한다. 이러한 분위기는 지하묘지의 각 방이 점점 더 거미 줄같이 하얗고 희미한 질산칼륨 막으로 덮여 있다는 화자의 관찰에 의해 더욱 강화되는데 이 막은 죽음과 부패의 정도가 심해짐을 암시한다.

[3] 지하묘지 방들 중에서 가장 섬뜩한 곳은 마지막에 등장하는, 포츄나토의 수직무 덤이 될 "벽 쪽으로 깊숙이 들어간 공간"이다. 그것은 불길한 공간으로 포는 "특별 한 목적 없이"(문단 68) 만들어졌다고 지적하지만 그것의 크기를 보면 좋지 않은 징조로 가득하다. 포가 그 방의 치수를 구체적으로 명시한 것은 우연이 아니다. 깊 이가 4피트이고 넓이는 3피트이며 높이가 6내지 7피트인 이 방은 수직으로 서 있 는 커다란 관의 모습과 똑같다. 그곳을 밝히던 횃불이 결국 꺼지고 마는데 이는 공 기와 빛이 없다는 것을 암시한다. 이보다 더 불길하고 무섭고 으스스한 분위기를 연출할 수는 없다.

[4] 방들은 공포심을 자아낼 뿐 아니라 몬트레소의 끔찍한 복수 행위를 더욱 강화시 켜준다. 어둡고 음침한 방에 당도하기 위해서 인물들은 밑으로 내려가야만 한다. 나선형 계단으로 시작되는 이 여행은 첫 번째 두 번째 계단으로 이어지고 이를 내 려가면 지하묘지의 마지막 깊은 곳에 다다르게 된다. 하향 움직임은 무덤을 향해 다가감을 연상시키며 황량하고 차가우며 어둡고 축축한 지옥으로의 여행을 암시한다.

[5] 죽음의 방에 대한 포의 묘사에는 등골이 오싹할 정도로 무시무시한 소리가 포함 되어 있다. 포츄나토는 귀에 거슬릴 정도로 심하게 기침을 하는데 포는 한 문단에 걸쳐 이것에 대해 묘사한다(문단 32). 포츄나토의 카니발 모자에 달린 종소리는 처 음에는 정상적으로 들리지만(문단 26), 그 다음에는 괴이하게 들리고(문단 40), 마

[**] 주제문

94

지막에 가서는 무덤을 연상시키듯 음침하게 들린다(문단 89). 쇠사슬에서 벗어나려는 포츄나토의 노력은 철꺽거리는 절망의 소리로 나타난다(문단 76). 그는 또 신음하며(문단 76), 두려움과 의혹의 웃음을 웃으며(문단 78), 조그맣고 슬프게 말하다가(문단 78), 결국 침묵하고 만다(문단 89). 포가 묘사하는 가장 소름끼치는 소리는 아마도 포츄나토가 지르는 저항의 비명일 것이다. 그런데 몬트레소는 잔인하게도 더 크고 길게 소리를 지름으로써 그의 소리를 덮어버린다(문단 77). 이러한 행위는 영화 『양들의 침묵』(*The Silence of the Lamb*)에서 미친 사람이 그대로 모방한다. 몬트레소의 악마적 행위의 결과인 이러한 소리들은 초조, 불안, 혐오, 그리고 공포를 유발한다.

[6] 이상에서 본 바와 같이 음침한 지하묘지의 내부라는 포의 배경은 사실묘사를 위한 것이기도 하지만 동시에 분위기를 만들어내기 위한 것이기도 하다. 중심 사건은 무덤과 같은 마지막 방에서 일어나는데 어둠과 죽음의 벽인 이 곳에서 이야기는 절정을 이룬다. 이렇듯 포는 마음이 비뚫어지고 타락한 한 사람이 저지르는 잔인하고도 비정한 복수의 끔찍함을 보여주기 위해 배경을 효과적으로 사용한다. 포의 배경은 작품에서 일어나는 사건들, 한결같은 분위기, 그리고 복수의 대한 화자의 강박관념 등 모든 요소를 효과적으로 한데 묶는 역할을 한다.

4. 논평

배경과 분위기의 관계를 다룬 위의 논문은 93쪽에 설명된 네 번째 접근방식의 예를 보여준다. 이 논문은 작품을 위해 필요한 배경의 여러 가지 면을 고찰하면서 포의 세부 묘사가 어떻게 이야기의 지배적 분위기인 공포와 혐오감을 유발시키는가에 초점을 맞추고 있다.

본론에서 죽음의 지하묘지의 외형을 묘사한 문단 2, 3은 포의 세부묘사가 얼마나 정확하며 분위기를 형성하는 데 큰 역할을 하는가를 보여준다. 문단 4는 아래로 향한 움직임에 대한 묘사에 초점을 맞추면서 이것이 포츄나토의 죽음이라는 이야기의 결론을 시각적으로 강화시켜주고 있다는 점을 강조한다.

문단 5는 포가 죽음의 지하묘지에 대한 묘사를 보강해주는 수단으로서 소리를 이용하는 것에 대해 논한다. 이 문단의 핵심 아이디어는 몬트레소의 살인이 가까워짐에 따라 소리가 점진적으로 침묵으로 변해 간다는 점이다. 따라서 소리에 대한 언급은 무섭고 끔찍한 행위를 보강해주는 분위기를 만들기 위한 포의 주된 수단이다.

결론은 포의 배경이 단순히 사건의 무대를 그리기 위한 것이 아니라 그의 이야기가 자아내는 잔인하고도 끔찍한 분위기를 강화하는 수단이라는 점을 다시 한번 강조하면서 중심 아이디어를 요약한다.

5. 추가 논제

① 배경의 세부묘사가 다음 인물들의 특징과 성향을 결정하는 데 어떤 영향을 끼치는지 비교, 대조하라. 『곰』의 포포프 부인, 「미스 브릴」의 미스 브릴, 「패턴」, 「라인강의 보트 여행」의 화자, 혹은 「아몬틸라도의 술통」의 몬트레소.

② 「한 시간의 이야기」와 「아몬틸라도의 술통」이 배경과 어떤 면에서 불가분의 관계에 있다고 말할 수 있는가? 이 질문에 답하기 위해서는 인물과 장소 혹은 환경과의 관계에 대해 생각해보아야 한다. 작품의 사건들이 그것의 배경이 되는 특정 장소 밖에서 일어날 수 있겠는가?

③ 부록 3에 수록된 작품을 한 편 선택하여 한두 쪽 정도의 분량으로 이야기를 다시 써보되 인물은 그대로 두고 배경을 새롭게 설정하거나 여러분이 선택한 다른 이야기의 배경을 차용하여 쓰도록 하라. 그런 후에 다음과 같은 질문을 중심으로 작품을 간단하게 분석해보라. 새로운 배경이 인물들에게 어떤 영향을 끼치는가? 여러분은 그들을 천천히 변하게 했는가 아니면 빠르게 변하게 했는가? 그 이유는 무엇인가? 여러분이 새로 쓴 작품에 근거하여 볼 때 소설에서 배경의 역할에 대해 어떤 결론을 내릴 수 있겠는가?

④ 다음에 나열된 두 가지 중 한 가지를 선택하여 (여러분이 과제로 부여받은) 이야기의 일부를 써보라.

  • 자연 배경이나 날씨와 분위기를 연결하라. 예를 들면 좋은 날은 행복과 만족에, 춥고 구름이 많으며 비오는 날은 슬픔과 연결해보자.

  • 하나의 사물이나 환경이 어떻게 갈등이나 화해의 원인을 제공하는지 알아보라. (「목걸이」의 잃어버린 목걸이, 『사소한 것들』의 죽은 카나리아, 「젊은 굿맨 브라운」에 나오는 숲속을 통한 여행, 「아몬틸라도의 술통」의 포도주 등이 예가 될 것이다.)

⑤ 도서관에 가서 에드가 알렌 포에 관한 책 두 권을 찾아 읽고 거기서 얻은 정보를 바탕으로, 포가 배경과 장소를 이용하여 어떻게 인간의 특징을 보여주고 분위기를 이끌어내고 있는지 간단하게 설명해보라.

제4장
플롯과 구조에 대한 글쓰기:
내러티브와 극의 전개 및 유기적 구성

이야기나 극은 시간적인 순서에 따라 일어나는 행동 혹은 사건으로 대부분 이루어
져 있다. 그러나 일련의 순서 혹은 내러티브 순서를 파악하는 것은 보다 중요한 플
롯 혹은 행동의 전개 및 발전을 통제하는 장치를 고려하기 위하여 맨처음 해야 할
일에 불과하다.

1. 플롯: 소설과 드라마에서 동기부여 및 인과작용

영국의 소설가 포스터(E. M. Forster)는 『소설의 양상들』(*Aspects of the Novel*)에서 플롯에
대한 기억에 남을 만한 설명을 하고 있다. 플롯이 없는 일련의 행동들을 보여주기
위해, 포스터는 다음의 예를 사용하고 있다. "왕은 죽었다, 그런 뒤 여왕도 죽었다."
행동의 이렇게 순차적인 진행에는 동기부여와 인과관계가 부족하기 때문에 이 예문
에서 플롯이 형성되지 않는다고 포스터는 지적하고 있다. 또 다른 예로서 포스터는
다음 문장들을 소개하고 있다. "왕은 죽었다, 그런 뒤 이로 인한 슬픔 때문에 여왕
도 죽었다." "슬픔 때문에"라는 구문이 어느 하나(예를 들면, 슬픔)가 다른 하나(예를
들면 살고 싶은 정상적인 욕망)를 통제 혹은 극복하고 있다는 사실과 함께 동기부여

와 인과관계가 플롯을 형성하는 일련의 행동에 들어가 있음을 보여주고 있다. 잘 구성된 플롯을 갖추고 있는 이야기나 극에서, 하나의 행동(사건)은 또 하나의 다른 행동(사건)을 앞지르거나 뒤따르게 되는데, 이는 단순히 시간이 흐르기 때문이 아니라, 원인이 있어 결과가 뒤따르기 때문이라는 사실이 무엇보다 중요하다. 좋은 작품에서 무엇 하나 우연하거나 관련이 없는 것은 없다. 다시 말해서 모든 것은 인과관계 속에서 상호 관련이 되어 있다.

1) 이야기 혹은 극 속에서 갈등을 규명한다

원인과 결과로 연결된 형태에서 이를 통제하는 추진력이 갈등이다. 갈등이란 하나의 등장인물이 직면하여 극복을 시도하는 사람들이나 상황들과 관련이 있다. 갈등은 인간에게서 극단적인 힘을 이끌어내며, 등장인물이 허구적이며 극적인 문학을 구성하는 데 필요한 결정, 행동, 반응, 그리고 상호 작용에 몰입하도록 이끈다.

가장 기본적인 형태의 갈등은 두 사람 사이의 대결이다. 이러한 갈등은 시기, 증오, 분노, 언쟁, 회피, 험담, 거짓말, 싸움의 모습 이외에 다른 많은 형태나 행동들로서 나타나게 된다. 비록 개인 사이의 갈등이 설명하기 쉬워 이야기에 보다 적합하긴 하나, 집단 사이에도 갈등은 역시 존재한다. 한 개인이 자연적인 대상, 사고, 삶의 방식, 혹은 여론과 같은 보다 큰 힘에 대적하는 경우, 갈등은 또한 추상적일 수 있다. 어렵거나 심지어 불가능한 선택, 다시 말해서 딜레마는 개인의 경우 자연적인 갈등이다. 갈등은 또한 상충되는 생각과 견해에서 나타날 수도 있다. 간단히 말해서, 갈등은 많은 양식으로 나타난다.

(1) 갈등은 의심, 긴장, 관심과 직접 연결되어 있다

갈등은 플롯의 주요 요소이다. 왜냐하면 대립하는 힘들은 독자의 호기심을 유발하며, 의심을 불러일으키고, 긴장을 창출하며, 관심을 이끌어낸다. 이와 같은 반응들이 운동경기가 지닌 활력의 근원이 된다. 다음 두 종류의 운동경기 가운데 어느 것이 보다 재미있는 것인지 생각해보자. (1) 한 팀이 다른 한 팀을 훨씬 앞서서 승자가 누가 될는지 의심할 여지가 없는 경기. (2) 두 팀이 거의 동등한 경기를 치르고 있어 심지어 마지막 몇 초까지 누가 승자가 될지 의문스러운 경기. 엇비슷한 힘을 지닌 두 팀 사이에 경기가 벌어지지 않는 한, 경기는 경기 그 자체로써 흥미가 없는 것이다. 이와 똑같은 원칙이 이야기와 드라마 속의 갈등에도 적용이 된다. 주인공의 성공여부에 대한 불확실성이 있어야 한다. 다시 말해 의심이 없는 한, 긴장이 없으며, 긴장이 없이는 흥미가 없다.

(2) 플롯을 결정하는 갈등(요소)들을 찾는다

플롯의 사용을 알아보기 위해서 포스터의 기술을 근거로 한 예문을 설정해보자. 다음은 간단한 플롯을 가지고 있는 이야기의 경우이다. "존과 제인은 만나서, 서로 사랑에 빠졌고, 결혼했다." 사랑했기 때문에 결혼하게 되었다는 사실에 비추어볼 때 이 예문은 원인과 결과를 보여주고 있으므로 플롯이 존재한다고 말할 수 있다. 그러나 갈등이 존재하지 않기 때문에, 플롯에 재미는 없는 상태이다. 그러나, "소년이 소녀를 만났다"는 보편적인 이야기 안에 갈등의 요소들을 넣어보자:

> 존과 제인은 학교에서 만나 서로 사랑에 빠졌다. 그들은 2년간 함께 다녔고 결혼을 계획하였다. 그러나 문제가 발생하였다. 제인은 먼저 직장을 원했으며, 결혼 후 또한 그녀는 가정에 동등한 기여자가 되기를 원했다. 존은 제인의 이러한 소망을 이해하였으나, 그는 먼저 결혼을 원했고, 아울러 먼저 아이를 낳은 뒤 그녀가 자신의 공부를 마치고 직장을 구하길 원했다. 존의 계획은 결코 빠져나올 수 없는 덫으로 작용하기 때문에 자신을 위한 것이 아니라고 제인은 믿었다. 이러한 갈등이 그들의 계획을 방해했고, 그들은 분노와 후회 속에서 헤어지게 되었다. 비록 그들이 여전히 서로 사랑하고 있었으나, 둘 다 다른 사람과 결혼하여 별개의 직업을 가지고, 별개의 생활을 영위하게 되었다. 그들 각자 자신의 배우자를 좋아하고 존경은 하였으나, 두 사람 모두 행복하지는 않았다. 시간이 지나, 아이와 손자를 얻게 된 후, 제인과 존은 다시 만나게 되었다. 존은 이혼한 상태이며, 제인 또한 미망인이 된 상태였다. 과거의 갈등이 이들에게 더 이상 장애물이 아니기 때문에 그들은 결혼하여 과거의 모든 것을 보충하려고 시도하였다. 그러나 새로운 그들의 행복은 과거 둘 사이의 갈등, 이에 대한 불행한 해결, 지나간 세월, 그리고 점점 나이가 들어가는 자신들의 모습 등의 이유로 후회와 원망으로 점철된다.

실제 원문 "소년이 소녀를 만났다"는 이야기의 기본 윤곽을 보다 발전시킨 위의 이야기는 이제 주요 갈등요소를 포함하고 있으며, 이것으로부터 이와 관련된 많은 다른 갈등의 요소들이 발전되기 때문에 위의 이야기는 진정한 플롯을 가지고 있다고 말할 수 있다. 이러한 갈등의 요소들은 이야기를 흥미롭게 만드는 (등장인물들의) 태도, 선택 그리고 (이것들로 인한) 결과로 이끌게 된다. 아울러 상황은 실제 삶처럼 보이게 될 것이다. 다시 말해서 갈등은 현실적인 목표와 희망에서 나오는 것이며,

그 결과는 현실적인 삶에서 일어날 수 있는 것이다.

2. 이야기나 극의 플롯에 대한 글쓰기

플롯에 관한 글쓰기의 기본은 갈등과 갈등의 발전을 분석하는 일이다. 그러나 글을 쓰는 데 있어서 주요 사건들 혹은 부분 부분을 일어난 순서에 따라 단순히 정리해서는 안된다. 이럴 경우 이야기를 단순히 다시 한번 설명하는 것에 불과하기 때문이다. 대신, 갈등의 중요한 요소들을 발전시키는 방향으로 글쓰기가 이루어져야 한다. 플롯에 대한 생각들을 찾기 위해 다음 질문들을 자신 스스로에게 던져보자.

1) 아이디어를 찾기 위한 질문

- 주인공이 누구이며 주인공의 반대 역은 또한 누구인가? 아울러 그들이 지닌 특징들이 어떻게 그들을 대립시키고 있는가? 이러한 갈등은 어떻게 설명될 수 있는가?
- 갈등으로 인하여 행동들이 어떻게 발전하고 있는가?
- 만일 갈등이 서로 대립되는 생각 혹은 가치로부터 비롯되었다면, 그러한 생각 혹은 가치는 구체적으로 무엇이며, 그러한 생각 혹은 가치가 작품에 어떻게 나타나 있는가?
- 주요 등장인물(들)이 직면하게 되는 문제들은 어떤 것들인가? 등장인물(들)은 이러한 문제들을 어떻게 다루어나가는가?
- 주요 등장인물들은 그들의 목표(들)를 어떻게 달성하게 되는가? 혹은 무엇 때문에 이를 달성하지 못하게 되는가? 그들은 어떠한 장애물(난관)을 극복하는가? 어떠한 장애물(난관)이 그들을 압도하여 그들을 변화시키고 있는가?
- 작품의 마지막에서, 등장인물들은 성공적인가 아니면 그와 반대인가, 행복한가 아니면 그와 반대인가, 만족하는가 아니면 그와 반대인가, 변화하게 되는가 아니면 그와 반대인가, 교화되는가 아니면 그 반대인가? 주요 갈등의 해소가 이러한 결과들을 어떻게 창출해내는가?

2) 플롯에 대한 논문의 구성

서론

글을 간결히 쓰기 위해서는 선별적이어야 한다. 주요 등장인물들, 상황, 플롯과 관련된 내용들에 관하여 간단하게 언급한 뒤, 보다 자세한 전개를 위해 주제문이 논제들을 포함해야 한다는 사실을 유념해야 한다.

본론

작품 안에서 나타나는 갈등 혹은 갈등들의 주요 요소들을 강조한다. 주요 등장 인물이 하는 모든 것을 기술하기보다는, 그의 혹은 그녀의 갈등에 글의 초점을 맞춘다. 오코너(O'Connor)의 「첫 고해성사」("First Confession")의 경우, 자신의 집에서 혹은 자신에게 임박한 고백을 준비하는 과정에서 직면하게 되는 장애물들을 처리해나가는 주인공 재키에 글쓰기의 초점을 맞출 수 있다. 이와 유사하게, 쇼팽(Chopin)의 「한 시간의 이야기」("The Story of an Hour")의 경우, 글의 초점은 죽었다고 추정되는 자신의 남편으로 인한 슬픔과 이로 인하여 처음으로 자신이 하고 싶은 일을 마음대로 할 수 있게 되었다는 사실로부터 그녀가 얻는 마음의 안도감 사이의 갈등을 루이즈가 어떻게 발전시키는가에 맞출 수 있다. 두 명의 주요 등장인물 사이의 갈등이 나타날 경우, 확실한 접근방법은 두 인물에 공통으로 초점을 맞추는 것이다. 그러나 글의 간결함을 위해서는 단지 한 인물에게 글의 중심을 둘 수 있다. 이러한 예로서, 포(Poe)의 「아몬틸라도 술통」("The Cask of Amontillado")의 플롯에 대한 글쓰기의 경우, 작품의 화자인 몬트레소에 관하여 독자가 알게 되는 모든 것에 글의 초점이 놓이게 된다. 왜냐하면 이 모든 것이 몬트레소가 행동을 촉발시키는 역할을 수행하는 데 중요하기 때문이다.

이외에도, 플롯은 충동, 목표, 가치, 논제 그리고 역사적 관점에 맞추어 보다 넓게 분석될 수 있다. 그러한 예로써, 모파상(Maupassant)의 「목걸이」("The Necklace")에서 부에 대한 꿈과는 반대로 마틸드에게 작용하는 우연적 요소들을 강조할 수도 있다. 맨스필드(Mansfield)의 「미스 브릴」의 플롯을 논하는 데 있어 미스 브릴의 은둔적 삶이 글에서 강조되어야 한다. 그녀의 비밀스런 삶을 들추지 않고선 플롯의 전개가 불가능하기 때문이다. 이와 유사한 접근방식으로, 「아몬틸라도의 술통」에 대한 글쓰기의 경우, 몬트레소의 악마적인 속성이 글에서 강조되어야 할 것이다. 왜냐하면 그의 이러한 특징이 포츈나토를 파멸로 이끌려는 그의 계획을 어떻게 만들어내는가에 이 작품의 플롯이 달려 있기 때문이다.

결론

결론에서 지금까지 지적한 모든 것을 간단히 요약, 정리해야 한다. 또한 결론은 갈등으로 인한 충격 혹은 효과를 간단하게나마 고려하기에 적합한 부분이다. 이 외에도, 여러분의 마음을 한쪽 혹은 다른 한쪽으로 이끌리게 하는 행동들과 대사를 작가가 갖추어 놓고 있는지, 플롯이 가능한 것인지 혹은 불가능한 것인지, 심각한지 혹은 코믹한지, 정당한지 혹은 부당한지, 강력한지 혹은 무력한지 등에 관한 추가적 인 생각들이 결론 부분의 초점으로 놓일 수 있다.

모범 논문의 예시
하디의 「세 명의 낯선 사람들」("The Three Strangers")에 나타난
가치의 대립

[1] 토마스 하디의 「세 명의 낯선 사람들」을 읽게 될 때, 플롯의 본질이 즉각적으 로 명료하게 나타나지는 않는다. 작품 안에서 확연히 드러나는 주인공도 없으며, 또한 단독의 어떠한 주요 인물도 나타나 있지 않다. 단지 수많은 등장인물과 눈에 띄지 않는 갈등만이 있을 뿐이다. 먼저 셰퍼드 펜넬(Shepherd Fennel)을 작품의 주인 공으로 생각할 수도 있다. 그러나 그는 단지 친절한 주인으로서 그리고 폭풍이 부 는 밤 자신의 집을 찾는 낯선 사람들에게 문을 열어주는 역할을 수행할 뿐이다. 첫 번째 낯선 사람이 주요 등장인물로 여겨질 수 있다. 이러한 가능성은 조화를 이루 지 못하며 고약한 성격을 지닌 두 번째 낯선 사람 때문에 더욱 높아 보인다. 여기 서 갈등의 시작이 이루어진다. 그러나 이러한 갈등은 단순히 두 등장인물들의 대 조적인 성격으로 인하여 생기는 결과로 보이기 때문에 매우 혼란스러워 보인다. 오두막집에 들어서는 세 번째의 낯선 사람은 주인공으로 여겨질 만큼 그곳에 오래 머물지 않고 들어오자마자 곧 떠나게 된다. 그러나 분명한 것은 일단 모든 등장인 물들이 이야기에 연루가 되면, 하디의 플롯은 각각의 등장인물 사이의 갈등에서 나오는 것이 아니라 법의 정당성과 법 조항 사이의 갈등에서 비롯된다는 사실이 다. 한 쪽에는 정의가 있고 다른 한 쪽에는 부정이 있다.* 이러한 대립은 각 측을 대 표하는 등장인물들에 따라 분석될 수 있다.**

[2] 하디가 플롯의 대립되는 부분을 엮어가는 과정에서 부정한 측, 즉 펜넬 집안 사 람들에 반하는 측은 두 번째의 낯선 사람인 교수형 집행자로 대표된다. 교수형 집행 자의 의무가 말해주는 잔혹함이 그가 지닌 이기심, 독단, 그리고 자만을 통하여 강 조된다. 그는 여러 사람이 공통으로 사용하는 큰 컵에 담겨 있는 벌꿀주를 남들의 몫은 전혀 생각하지도 않고 혼자서 마시기도 한다. 교수형 집행자라는 잔혹한 직

---

* 중심 아이디어
** 주제문

업에 대하여 그는 자랑스레 떠벌이기도 한다. 그는 세 번째 낯선 사람을 추적하도록 손님들에게 명령하는 일까지도 간섭하고 나선다. 심지어 그는 그들을 "어리석은 인간들, 알다시피 어떤 일에든 쉽게 휩쓸린단 말이야"(문단 125)라며 다른 주위의 사람들을 모독하기도 한다. 이 교수형 집행자가 얼마나 잔혹한 사람인지 보다 생생히 드러내기 위하여, 하디는 그를 악마에 비유하고 있다(문단 87). 간단히 말해서, 교수형 집행자는 잔인하며 인정미가 없는 적대자로서, 바로 이 이유 때문에 이야기에 등장하는 것이다. 아울러 이러한 이유 때문에 그는 하디의 플롯에 있어서 부정적인 역할을 수행한다.

[3] 플롯에서 가장 강력한 부분은 바로 긍정적이며 정의로운 측인데, 이는 펜넬 집안의 사람들, 그 집안의 손님들, 그리고 첫 번째와 세 번째의 낯선 사람들로 대표된다. 그들은 그 이상도 이하도 아닌 보통의 선한 사람들이다. 삶에 대한 그들의 감정은 펜넬 집안의 딸의 세례를 축하하는 데서 아마도 가장 잘 나타나 있다고 할 수 있다. 법에 관하여, 그러한 사람들이 (죄에 대한) 엄격한 처벌을 넘어서 공정성과 동정심을 선호하고 있다는 사실을 이야기는 명백히 보여준다. 그러기 때문에 손님들 가운데 한 사람이 티모시 서머스(Timothy Summers, 첫 번째 낯선 사람)가 "그의 가족이 굶주려 죽어갈 때"(문단 80) 양을 훔쳤는데 이로 인하여 교수형을 선고받았다고 말하자, 다른 손님들이 이에 침묵하게 된다. 게다가 교수형 집행자가 추적을 시작하도록 그들을 부추겼을 때, 그들은 미적미적 그리고 마지못해 일을 하게 되며, 실제로 추적에 나섰을 때에는 엉뚱한 사람의 이름을 대기도 한다. 첫 번째 낯선 사람이 실제 도망자 서머스라는 것과 사람들의 눈에 그의 죄가 정당화될 수 있다는 사실을 우리는 알게 된다. 그리고 세 번째 낯선 사람이 도망자와 형제 사이로서 자신이 죄를 지어서가 아니라 서머스로부터의 의심에서 벗어나고 싶었기 때문에 도망치게 되었다는 사실을 우리는 알 수 있다. 이들에 대하여 하디는 우리의 이해, 존경, 그리고 동정을 이끌어내고 있다. 어느 누구를 엄하게 벌하려는 시도는, 법이 서머스에게 그러했던 것처럼, 그들의 저항과 주저함을 불러일으키게 된다.

[4] 하디가 플롯을 구성하는 또 다른 요소로 시골 그 자체를 들 수 있다. 추적하는 동안 이는 교수형 집행자로 대표되는 법의 변덕스러운 측면에 적극적으로 대항하는 반대자가 된다. 하이어 크로우스테어즈 가까이 있는, 돼지 등 높이의 "부싯돌처럼 단단한 능선"을 지니고 있는 위험한 언덕 때문에 추적자들은 비틀거리고, 넘어지고, 실수를 범하게 된다. 서머스에 대한 첫 추적이 실패로 끝난 후, 시골이라는 장소는 그곳 사람들과 함께 인정미 없고 엄격한 법의 실행을 수포로 만들어버리는 공동의 역할을 하게 된다. "높은 경사와 외부에 있는 별채" 와 더불어 "숲과 들판 그리고 작은 길들" (문단 160)은 서머스가 숨을 곳을 제공해주고 있어, 이 사람, 다름 아닌 첫 번째 낯선 사람은 이로 인하여 "결코 잡힐 수가 없는 것이다"(문단 161).

[5] 사람들로 대표되는 이러한 정의의 편은 단지 일시적인 것이 아니라 영원하다는

것을 하디는 보여주고 있다. 하디는 이야기를 "세기의 흐름"(문단 1)이라는 구조 안에 조심스럽게 놓고 있으며, 펜넬 집안 측에서 일어난 일들이 인간의 역사처럼 시대를 초월할 것임을 보여주기라도 하듯이(문단 2) 티몬(Timon)과 네브커드네자르(Nebuchadnezzar) 같은 고대의 인물들에 대한 언급을 이야기 안에 포함시키고 있다. 나아가 하디는 목동들의 활동들을 우주 자체의 움직임에 비유하고 있다. 왜냐하면 역동적인 춤동작이 "앞으로 혹은 뒤로, 그리고 궤도상에서 가장 가까운 지점에서 가장 먼 지점으로 마치 혹성의 궤도를 따르듯"(문단 10) 움직이고 있기 때문이다. 세 번째 낯선 사람이 발견되었을 때, 그는 오십 년 전 지나가는 새가 아마도 뿌려 놓은(문단 131) 물푸레나무 뒤에서 걸어나오게 된다. 하디는 작품의 결론에 해당하는 문단의 전체 이야기를 가상적인 신화의 맥락에 두어 과거에서 현재로의 지속성을 강조하고 있다. 다시 말해서, 목동과 같은 사람들은 아주 오래된 보편적 인간성을 공유하고 있다는 것이다.

[6] 「세 명의 낯선 사람들」의 플롯을 구성하고 있는 주요 갈등에 대한 이처럼 간단한 기술은 이야기가 지니고 있는 강력한 느낌을 설명하지는 못하고 있다. 하디는 있는 그대로의 가혹한 법의 집행이 설자리가 없는, 친절하며 선의와 동정으로 가득한 목동들의 삶의 방식을 숙련된 솜씨로 그려가고 있다. 이와 대조적인 인물인 교수형 집행자가 상징하는 법이 목동의 집에 있는 사람들이 느끼는 정의의 개념을 침해하고 있듯이, 교수형 집행자 또한 개인적으로 목동의 집을 침범하고 있는 셈이다. 분명, 플롯의 완전한 얽힘은 티모시 서머스의 형에 의해 상황이 설명될 때까지는 확실치 않아 보인다. 다시 말해서 그의 설명은 사람들 측의 정의와 교수집행자 측의 정의롭지 못함 사이의 대립을 분명하게 드러내준다. 「세 명의 낯선 사람들」의 플롯은 사실적이며, 작품 안의 사람들 또한 불공정하고 정의롭지 못한 법 적용을 넘어서 공정성과 정의를 위한 집단적인 힘으로 그려져 있다. 이로 인하여 작품의 플롯은 매우 강한 인상을 주고 있다.

3. 논평

글쓰기의 주제가 플롯이기 때문에, 이 글은 하디의 「세 명의 낯선 사람들」에 나타난 갈등의 요소들을 강조한다. 다시 말해서 한쪽에는 인간을 이해하고 동정하는 세력이 있고 다른 한쪽에는 (법의) 잔혹성과 엄격함을 보여주는 세력이 대립하고 있다. 첫 문단은 이러한 갈등이 이야기의 도입부에서 다소 소강 상태를 보인 후 어떻게 이야기 안에서 구체적으로 나타나기 시작하는가를 보여주고 있다. 글의 본론 부분에서, 이러한 갈등은 하디의 플롯을 구성하는 주요 요소로서 강조된다.

이 글은 여러분이 이미 이야기를 알고 있다는 가정하에 쓰여졌음을 유념하라.

따라서 이 글은 단순히 플롯을 "요약 정리"하는 대신 플롯을 구성하는 갈등의 요소들을 분석한 것이다. 여섯 번째 문단에서 많은 요약 정리가 포함되어 있다. 이 문단에서 하디가 작품의 플롯의 모든 양상들을 어떻게 분명히 하고 있는가를 보여주기 위해서 세 번째 낯선 사람의 설명이 인용된다.

　글의 본문에서 두 번째 문단은 반대자, 다름 아닌 교수형 집행자의 특징을 다루고 있다. 그 다음으로, 본문의 많은 부분이 교수형 집행자와 그가 대표하는 엄격한 법에 대응하는 집단적 (혹은 개인이 아닌) 주인공에 대하여 설명하고 있다. 세 번째 문단에 나타나 있듯이 그러한 주인공들은 작품에 등장하는 사람들, 첫 번째 그리고 세 번째 낯선 사람들이다. 이와 함께 네 번째 문단에서는 지리적인(geographical) 주인공으로 언급된 하이어 크로우스테어즈 근처의 시골이, 다섯 번째 문단에서는 역사적인 주인공으로서 시간이 언급되고 있다.

　결론 부분에서 플롯의 갈등요소들이 정리되며, 하디의 작품이 공정성과 정의를 찬양하고 부당함과 부정을 한탄한다는 중심 아이디어를 마지막으로 언급하면서 결론 부분은 끝을 맺는다.

4. 내러티브와 극의 구조

구조란 작품이 독자에게 전달하려는 의도와 목적에 따라 작품에 필요한 재료를 배열하는 방식을 말한다. 갈등(들)과 관련된 플롯과는 달리, 구조는 작품의 배치를 말한다. 다시 말해서, 구조는 이야기, 극, 혹은 시가 구성되는 방법이다. 구조는 위치, 균형, 주제 반복, 진실이 밝혀지거나 오해로 이끌어지는 결론, 서스펜스 등의 방법이기도 하고, 보고서, 편지, 담화 혹은 고백서의 형태나 전형을 모방하는 방식과도 관련이 있다. 하나의 작품은 몇 개의 크고 작은 부분으로 나누어지거나, 시골(혹은 한 지역)에서 작품이 시작되어 다른 한 도시(혹은 다른 지역)에서 결론지어질 수 있다. 때로 어떤 작품은 남녀 두 사람이 처음 서로 알게 된 후 서로 사랑에 빠지기까지 이들 두 사람 사이의 관계를 발전시킬 수도 있다. 간단히 말해서 구조에 대한 연구는 이들 두 사람 사이의 관계가 이루어질 수 있도록 하기 위하여 작품의 필요한 재료나 요소들을 어떻게 배열하고 있으며, 이처럼 형성된 관계의 목적이 무엇인가를 연구하는 것이다.

5. 형태상에 있어서 구조의 요소들

구조의 많은 양상들은 모든 문학장르에 보편적으로 적용된다. 그러나 특별히 이야기와 극의 경우에서 다음의 양상들이 뼈대, 즉 발전의 형식을 구성한다.

1) 발단은 플롯이 진행되는 데 필요한 자료들을 제공한다

발단이란 주요 등장인물들, 이들의 배경, 특징, 관심, 목적, 한계, 가능성, 그리고 기본적인 가정 등과 같은 자료들을 이야기에 배열, 전개시켜놓은 부분이다. 대개는 전개 부분이 작품의 시작 부분에 위치하나, 꼭 그럴 필요는 없으며 작품 어느 곳에나 위치할 수 있다. 따라서, 사건의 얽힘, 꼬임, 반전, 잘못된 실마리, 가망 없는 국면, 놀라움, 그리고 다른 급변의 요소 등이 독자를 즐겁게 하거나 당혹스럽게 하기 위해서, 그리고 호기심을 자극시키거나 만족시키기 위해서 이 부분에 도입될 수 있다. 어느 정도 새로운 것이 일어날 때 그것은 언제나 전개 부분에 위치하게 된다.

2) 전개에서 갈등은 시작하며, 발전한다

전개에서 플롯의 주요 갈등이 시작하며 발전한다. 이 부분에서 주요 등장인물인 주인공과 그에 반대하는 적대자와 함께, 그들이 대표하는 생각과 가치, 예를 들어, 선 혹은 악, 자유 혹은 억압, 자립 혹은 의존, 사랑 혹은 증오, 명석함 혹은 어리석음, 지식 혹은 무지 등이 나타난다.

3) 위기에서는 갈등을 해결하는 결단들이 나타난다

위기(그리스어로 전환점을 의미)는 최고조에 이르는 부분이다. 위기에서 갈등을 해소하는 어떠한 결단이나 행동이 이루어진다. 따라서 위기에서 호기심, 불확실성, 그리고 긴장이 최고조에 이른다. 일반적으로, 위기 부분은 다음 단계인 절정에 바로 연결이 되며, 서로가 긴밀하게 연관되어 있기 때문에 종종 이 둘을 똑같이 보기도 한다.

4) 절정은 갈등이 끝나는 부분이다

절정(그리스어로 사닥다리를 의미)에서 위기가 끝나기 때문에, 이 부분이 이야기의 가장 중요한 초점이 되며, 아울러 이 부분은 결정, 행동, 확인, 혹은 부인, 해명 혹은 인식의 형태를 취하게 된다. 이 부분은 또한 앞서 나타난 모든 행동들이 논리적으로 해결되는 부분으로서 이 부분 이후에 더 이상 새로운 주요 발전들은 나타나지 않는다. 대부분의 이야기에서, 절정은 이야기의 마지막 부분에 위치한다. 예를 들면, 체호프(Chekhov)의 『곰』(The Bear)에서 절정은 스미르노프가 권총을 쥐는 방법을 가르치면서 포포프 부인을 만지고 껴안은 후, 그녀를 사랑한다고 충동적으로 선언하는 부분이다. 그의 선언은 둘 사이의 증오를 기대치 않은 최고조에 이르게 하며 아울러 갑작스런 반전으로 이끈다. 로웰(Lowell)의 「패턴」("Patterns")에서 절정 부분은 시의 마지막 문장이다: "주여, 패턴이란 무엇을 위해 존재하는 것입니까?" 이러한 감정의 폭발은 화자의 마음속에서 진행되어온 슬픔, 좌절 그리고 분노를 요약하고 있다.

5) 해결 혹은 대단원에서 작품은 끝을 맺고, 긴장 또한 해소된다

해결(해소 혹은 풀림을 의미) 혹은 대단원 (풀림을 의미)은 절정 다음에 해당하며 이야기나 극이 종결되는 부분이다. 일단 작품에서 절정에 이르게 되면, 작품의 긴장과 불확실성은 끝나게 된다. 아울러, 대부분의 작가들 또한 독자들의 관심이 사라지지 않게 하기 위해서 서둘러 작품의 결론을 맺는다. 예를 들어 「미스 브릴」에서 대단원 부분은 주인공이 집으로 돌아와 앉아서, 자신의 머프(muff)를 벗어던지는 것들에 관한 짤막한 이야기만을 포함하고 있다. 오십 년을 단 한 줄의 결론문으로 압축하고 있는 포의 「아몬틸라도의 술통」에서의 경우, 이보다 훨씬 짧은 내용을 대단원에서 제공하고 있는 셈이다. 이와 유사한 간결한 방법으로 체호프는 『곰』에서 두 명의 주인공이 놀라 어쩔 줄 몰라 하는 하인들 앞에서 키스하는 것으로 작품의 끝을 맺고 있다.

6. 형식적인 구조와 실제적인 구조

앞서 기술된 구조는 형식적인 것으로, 작품의 시작에서 끝 부분까지 곧바로 진행되는 이상적인 형태를 지니고 있다. 그러나 어떠한 이야기나 드라마도 이러한 형식을 정확히 따르고 있지는 않다. 예를 들어, 미스터리 이야기의 경우, (작품의 목표가 신비스럽게 보이게 하는 것이기 때문에) 전개 부분의 중요한 사실들이 감추어져 있다. 서스펜스 이야기의 경우 또한 주인공은 사건의 전말에 대하여 모르게 되며, 결과에 대한 관심과 긴장을 극대화시키기 위해서 단지 독자들만이 풍부하고 자세한 내용을 알 뿐이다.

보다 실제적이며, 덜 "인위적인" 이야기들의 경우 또한 구조상의 변화를 포함하고 있다. 예를 들면, 하디의 「세 명의 낯선 사람들」에서 작가는 독특한 구조를 통하여 독자들을 깜짝 놀라게 하여 다시 한번 작품을 눈여겨보도록 만든다. 작품의 끝 부분에 이르러, 도망한 죄수가 농가에 들어오는 세 번째의 낯선 사람일 것이라는 독자의 의심을 불러일으킨다. 그러나 결국 도망자는 다름아닌 세 번째 낯선 사람이 농가에 들어가고 나갈 때까지 그곳에 있었던 첫 번째 낯선 사람이라는 사실을 하디는 명확히 하고 있다. 이러한 발단 부분은 첫 번째 낯선 사람이 올바르며 용감한 사람이라는 사실을 독자에게 새롭게 인식시키고 있을 뿐만 아니라 이런 사실을 또한 강조하고 있다. 「세 명의 낯선 사람들」은 구조적인 변화가 작품의 효과를 어떻게 극대화시킬 수 있는가를 보여주는 대표적인 작품이다.

이외에도 구조상 달리 가능한 많은 변화가 존재한다. 이들 가운데 하나가 과거 장면으로의 순간적인 전환, 소위 플래시백(flashback) 혹은 선별적인 과거 회상 (selective recollection)으로 일컬어진다. 이러한 기법에서 현재 상황들은 과거의 일부 사건들을 소개함으로써 설명된다. 플래시백이 이루어지는 순간이 플롯에 있어 해결 부분에 해당될 수 있다. 아울러 이러한 기법은 독자를 절정의 순간으로 이끈 다음 계속해서 세부적 사항들이 발전되는 전개 부분까지 마땅히 끌어간다. 이야기 구조의 한 방법인 플래시백을 사용하여 존과 제인에 관한 간단한 플롯을 다시 한번 생각해 보자.

이제 나이가 든 제인은 밖에서 들려오는 소음 때문에, 존과 헤어진 계기였던 수 년 전의 언쟁을 회상하게 된다. 그들은 깊이 사랑하였으나, 직업을 갖겠다는 그녀의 소망에 대해 서로 의견이 달랐기 때문에 헤어졌었다. 그때 그녀는 존과 결혼 후 함께 보냈던 행복했던 시절을 마음속에 그려본다. 그녀는 지금 자신이 느끼는 행복과 불행했던 예전의 결혼을 서로 비교하게 된다. 그로부터 그녀는 그들이 불행한 파국에 이르기 전 젊은 날에 존이 청혼하던 모습을 떠올리게 된다. 그때 그녀는 의자에 앉아 책을 읽고 있는 존을 바라보며 미소짓는다. 존 또한 미소로 이에 응답하며 서로 껴안게 된다. 그때 제인의 얼굴에는 눈물이 고인다.

위의 구조에서 행동은 현재 상태에서 시작하여 현재 상태에 그대로 머물러 있다. 과거의 중요한 부분들이 비록 일어난 순서대로는 아닐지라도 플래시백을 통하여 주인공의 기억 속에 가득 차게 된다. 구조에 있어서 기억은 다른 방법으로 사용될 수 있다. 한 어머니가 죽은 자신의 아들에게 말하는 내용의 설화시(narrative poem)인 셸리 와그너(Shelly Wagner)의 「상자」("The Boxes")가 이에 대한 좋은 예가 될 수 있다. 시에서 사건들은 화자가 과거를 회상함으로써 드러나기 시작한다. 그러나 시의 결론은 화자의 일시적인 생각(시간이 바뀌어 아들이 죽기 바로 전에 이르게 되며, 그 결과 그녀는 마치 아들이 여전히 살아 있는 것처럼 생각하여 아들에게 말을 건넨다)에 의존하게 된다. 이러한 방법을 통하여 시인은 상황의 날카로움과 결말을 강력하게 보여주고 있다. 간단히 말해서, 부분적인 과거 회상과 같은 기법은 엄격하게 형식적이며 시간의 흐름에 의한 구조적인 형식과는 거리가 먼 독특한 내러티브를 만들어낸다.

각각의 내러티브나 드라마는 나름대로의 독특한 구조를 지니고 있다. 어빙 레이턴(Irving Layton)의 시, 「라인강의 보트 여행」("Rhine Boat Trip")과 같은 작품들의 경우, 지리적 장소 혹은 방의 배열에 따라 작품이 구성되어 있다. 이 시의 경우, 라인 강가에 있는 성들을 보고 한 관광객이 이에 대하여 묵상하게 된다. 이러한 묵상을 통하여 그는 유태인의 대학살이 있을 당시의 유태인을 실어 나르던 가축 차를 연상하게 된다. 혹은 모파상의 「목걸이」의 경우, 보잘것없는 아파트에서 시작하여, 다락방이 있는 공동주택, 그리고 시내의 거리를 배경으로 작품의 구성되어 있다. 포의 「아몬틸라도의 술통」에서 또한 작품의 구성이 도시의 거리에서 시작하여 지하 무덤에 이르게 되는 순서에 따라 이루어져 있다. 글라스펠의 『사소한 것들』의 경우, 등장인물들이 주요 등장인물들에 대하여 새로운 것을 발견하게 됨으로써 그들이 이야기의 결론을 이끌어내게 된다. 이처럼 외견상 우연한 방식에 의하여 작품이 전개되는 경우도 있다. 「젊은 굿맨 브라운」의 경우에서처럼 주인공이 목격하는 의식을 통하여 작품의 부분이나 장면이 진행되기도 한다. 극이나 이야기가 외견상 우연한 방식으로 전개될 수도 있다. 예컨대 글라스펠의 『사소한 것들』에서는 등장인물들이 주요 등장인물들에 관하여 매우 중요한 발견들을 하게 되는 과정을 통하여 이야기가 구성되어 있다. 이외에도, 「첫 고해성사」에서 작품의 부분들이 대화의 일부로 구성되어 있는가 하면, 「젊은 굿맨 브라운」의 경우는 작품의 일부가 의식(ceremony)으로 구성되어 있으며, 「목걸이」에서는 파티를 알리는 내용이 작품의 한 부분을 구성하기도 한다. 이처럼 무궁무진한 변화가 가능한 것이다.

7. 구조에 관하여 글쓰기

구조에 대한 글쓰기는 배열과 형태에 관련되어 있다. 형태적인 측면에서, 내러티브 혹은 주장을 전개하는 데 있어서 작품의 내용을 단순히 반복하거나 요약해서는 안 된다. 글을 쓸 때에는 왜 그것들이 그곳에 놓이게 되는가를 설명해야 한다. 다시 말해서, "이것이 왜 여기에 있고 저기에는 있지 않는가?" 등의 기본적인 질문에 대답할 필요가 있다. 따라서, 작품의 위기 부분을 먼저 고려하는 것이 필요하다. 그런 다음 전개 부분과 발단 부분이 어떻게 위기 부분을 형성해나가는가를 생각해봐야 한다. 예를 들어, 비어스의 「아울강 다리에서 생긴 일」과 하디의 「세 명의 낯선 사람들」의 경우, 중요한 단서가 작품의 발단 부분에서는 감추어져 있다가, 작품의 거의 마지막에 이르러서야 드러나게 된다. 자세한 내용이 작품의 시작에서 드러나게 되면 긴장감이 다소 떨어지기 때문에, 위와 같은 구조를 취하여 위기를 고조시키는 효과를 발휘한다. 이야기의 구조를 연구하는 데 다음 질문들을 고려해본다.

1) 아이디어를 찾기 위한 질문

• 공간 혹은 수(number)가 이야기를 여러 부분으로 나눌 경우, 이러한 부분들은 구조상 어떠한 중요성을 갖게 되는가?
• 눈에 띄는 구분이 없다면, 다른 중요한 구분점을 찾을 수는 없는가? (행동이 일어나는 장소에 따라, 하루 가운데 다양한 시간대에 따라, 날씨의 변화에 따라, 혹은 일어나는 사건들의 중요성에 따라 이야기를 나눌 수 있다.)
• 중요한 측면에서 이야기가 전개, 발단, 위기, 절정, 그리고 해결로 이어지는 형식적인

구조와 거리가 있는 경우, 구조를 이처럼 일반적 형식에서 벗어나게 하는 이유는 무엇인가?

- 이야기 안의 사건들을 시간적 순서에 따라 배열하는 데 있어서 변화가 있다면, 어떠한 것이 있는가 (예를 들면, 시간적 순서에 있어서 공백, 플래시백 혹은 부분적인 과거 회상)? 이러한 변화를 통하여 작가는 어떠한 효과를 기대하고 있는가?
- 작품의 전개 부분에서 중요한 어떤 내용이 드러나지 않고 감추어져 있는가? 그 이유는? 이러한 지연을 통하여 작가가 기대하는 효과는 무엇인가?
- 작품의 중요한 행동 혹은 주요 부분, 예를 들면, 절정이 어디에서 시작하는가? 또한 어디에서 끝나는가? 그것은 형식상 구조의 한 부분인 위기와는 어떻게 연결되어 있는가? 작품의 절정은 행동, 인식 혹은 결정에 해당하는가? 그것은 어느 정도 작품에서 긴장을 완화시키는가? 작품과 관련된 등장인물들을 이해하는 데 절정 부분의 효과는 독자에게 어떠한 영향을 주는가? 이러한 효과는 절정 부분을 배열하는 데 어떻게 연관이 되는가?

2) 구조에 대한 논문의 구성

서론

서론에서 먼저 이야기 전체가 왜 그런 식으로 구성되어 있는가를 설명해야 한다. 예를 들어, 그 이유로서 등장인물이 처한 상황의 본질을 밝히고 놀라움을 만들어내는, 최대한의 웃음을 독자에게 부여하기 위한 것이라는 점을 말할 수 있다. 그러나 이야기의 한 부분, 다시 말해서 절정 부분이나 갈등 부분의 구조를 언급할 필요가 있을 수 있다.

본론

논문은 작품에 포함된 것에 따라 가장 효과적으로 전개될 수 있다. 예를 들어 장면들의 장소는 분명 작품을 유기적으로 묶어주는 요소들 가운데 하나이다. 따라서 호손의 「젊은 굿맨 브라운」과 맨스필드의 「미스 브릴」의 구조에 관해 글을 쓸 때, 두 작품 모두 사건들이 외부에서 일어나고 있다는 사실에 글의 초점이 맞추어질 것이다. 다시 말해서 전자는 사건들이 어두운 숲에서 일어나고 있으며, 후자는 사건들이 햇볕이 비치는 공원에서 일어나고 있다. 이와 유사하게, 모파상의 「목걸이」의 구조를 탐구하는 글쓰기의 경우, 이야기에서 사건들이 일어나는 외부와 내부의 장소들을 대조시킴으로써 글이 전개되어질 수 있다. 글라스펠의『사소한 것들』에서의 경우, 많은 사건들이 아이오와의 한 농가 안에 있는 부엌의 다양한 부분들에서 일어나고 있다. 이럴 경우, 이러한 장소들이 지니고 있는 구조적인 중요성을 추적해나가는 것이 글쓰기의 핵심이 될 수 있다.

이외에도, 구조란 작품에서, 예를 들어 포의 『아몬틸라도의 술통』에서 점점 고조되어 가는 긴장감과 무시무시한 결론 혹은 호손의 「젊은 굿맨 브라운」에서 굿맨 브라운의 아버지와 이웃이 죄로 물들어 있다는 사실에 대한 폭로 등 주목할 만한 양상들로부터 도출될 수 있다는 사실을 고려할 필요가 있다.

결론

결론에서 논문의 중요 부분들을 다시 한번 강조할 필요가 있다. 여기에서 구조와 플롯과의 관계가 또한 간단히 다루어질 수 있다. 분석한 작품이 시간적인 순서와 거리가 있을 경우, 이를 통하여 작가는 어떠한 효과들을 기대하고 있는가를 강조할 필요가 있다. 작가의 선택에 의해 작품이 제대로 전개되었을 때, 논문의 초점을 작품의 성공에 맞추어야 한다.

모범 논문의 예시
하디의 「세 명의 낯선 사람들」에 나타난 갈등과 긴장의 구조

[1] 토마스 하디의 「세 명의 낯선 사람들」은 갈등과 긴장으로 섬세하게 구성된 이야기이다. 긴장감은 갈등에 필수적인 것이며, 이러한 갈등은 범인의 처벌이 옳은지 그른지의 대립에서 비롯된다. 이러한 대립을 발전시켜나가기 위해 하디는 이야기의 구조를 의식적으로 조직하고 있다. 또한 작품 속의 이러한 대립은, 법 조문이란 인간 정신에 비교할 때 중요하지 않다는 사실을 구체적으로 보여주고 있다.* 하디의 이야기에서 법의 엄정한 적용은 잘못인 반면, 비록 형식상으로는 법을 어긴 경우에라도, 용서와 이해가 오히려 올바른 것처럼 보인다. 이러한 관점을 기초로 하디는 주요 사건을 통하여 이야기를 형성해나간다. 하디는 인간에 대한 의무와 법에 대한 의무 사이에서 서로 갈등을 빚는 웨섹스 지방 목동들의 이야기를 제시하면서, 법적으로는 처벌받아 마땅하지만 그 죄의 정상이 참작될 수 있는 경우를 보여준다. 하디는 작품에서 이러한 갈등을 발전시키고 있으며, 아울러 시골 사람들의 삶을 긍정적으로 묘사하는 반면 교수형 집행자를 부정적으로 그림으로써, 또한 법적으로 처벌받아 마땅한 범법자인 첫 번째 낯선 사람에 대한 긴장감을 창출해냄으로써

* 중심 아이디어

자신의 이러한 생각을 보여주고 있다.**

[2] 독자들은 이야기의 초반에는 이러한 사실을 인식하지 못할 수도 있다. 그러나 하디는 옳고 그름에 대한 일반적인 관점을 보여주기 위해서 사건들을 배열하고 있다. 이야기의 첫 6분의 1을 통해서 하디는 따뜻하고 인간적인 하이어 크로우스테어즈(Higher Crowstairs)에 사는 시골 사람들의 생활방식을 소개한다. 그러나 앞서 언급한 자신의 생각을 독자에게 보여주기 위해 하디는 삶과 죽음의 문제에 대한 마을 사람들의 판단을 독자들이 신뢰할 수 있도록 이끈다. 이를 통하여 이들 마을 사람들이 선량한 보통 시골사람들이라는 사실을 하디는 독자들에게 보여주며, 작품 안에서 이들 또한 갈등의 한 측을 실제로 형성하고 있다. 이것이 하디가 작품에서 주장하는 긍정적인 측인 셈이다.

[3] 작품의 중간에서 갈등이 일어나게 되는데, 하디는 두 번째의 낯선 사람을 소개함으로써 이러한 갈등을 유발시키는 양측을 작품에 개입시킨다. 그러나 하디는 자신의 입장을 내세우기 위한 근거를 이미 입증해놓았다. 다시 말해서, 하디는 자신의 주장을 보다 확고히 하기 위해서 이 잔인한 두 번째 인물을 건방지고, 이기적이며, 독살스러운 존재로서 부정적으로 묘사하고 있다. 마을 사람들이 두 번째 등장인물의 신분이 교수형 집행자라는 사실을 알게 되자, 그들은 "말소리를 낮추면서"(문단 79) 놀라워했다. 교수형 집행자와 같은 사람들이 법과 관련되어 있다면, 독자와 함께 마을 주민들의 정서는 명백히 불법적인 행동을 지지하도록 그들을 이끄는 무엇인가가 있을지라도 그것을 선호하리라는 사실이 두 번째 등장인물에 대한 주민들의 목소리에 암시되어 있다. 이는 양 측면의 대립을 외면상 보여주고 있는 것이다. 만약 도망친 범법자가 폭악스런 존재일 경우 그러한 반응은 계속될 수 없을 것이다. 그러나 작품에서 "범죄 행위"는 다름 아닌 굶어죽어 가는 가족을 살리기 위해서 양 한 마리를 훔친 것에 불과한 것이다(문단 80). 하디가 작품에서 범죄를 가볍게 보고 있다고 독자들은 생각할 수 있다. 그러나 작품의 갈등은 그 범죄 사실의 옳고 그름에 있는 것이 아니라, 그 범죄 사실의 잘못을 인정하는 합법성의 측면과 그 범죄 사실이 옳다고 인정하는 불법성 사이에 있는 것이다. 하디가 작품 안에서 사건들을 구성해나갈 때, 작품의 마지막 부분에서 절도범을 교수형에 처할 계획은 "법을 위반한 사실에 비하여 잔혹하리만큼 형평에 어긋난다"(문단 160) 는 마을 사람들의 판단에 동의하지 않을 수 없게 된다. 왜냐하면 비록 독자가 법에 근거하여 하디의 주장에 동의하지 않을 지라도, 이야기가 독자에게 주는 감정적인 압박으로 인하여 범인의 죄에 정상참작을 하게 된다.

[4] 탈옥수 티모시 서머스(Timothy Summers)라는 첫 번째 낯선 사람의 신분을 둘러싸고 만들어지는 긴장감은 범인의 죄에 정상참작을 하는 데에 필수적인 역할을 한다. 작품 내내 독자가 셰퍼드 펜넬과 그의 손님들이 보여주는 삶의 가치와 방식에 수긍해왔기 때문에, 작품의 위기와 절정 부분에서 하디는 독자가 범법사실에 대하여 순수하게 법적인 측면에서 반응하지 않도록 한다. 하디는 서머스를 교수형을 탈출

** 주제문

한 도망자로서가 아닌 용감하고 재치가 넘치는 인간적인 사람으로 시골 마을 사람들과 독자에게 제시하고 있다. 따라서 작품의 마지막 부분에서 서머스의 신분이 탄로날 때 독자는 그를 인간적인 사람으로 여기게 된다. 작품의 내용을 회상해보면, 독자들은 마을 사람들과 함께 첫 번째 낯선 사람의 "놀랄 정도로 냉정함 그리고 교수형 집행자와 가까이 대하는 대담함"(문단 160)에 찬사를 보내게 된다. 이러한 사실 때문에 그러한 사람이 교수형에 처해져야 한다는 사실에 독자들은 결과적으로 분노를 느끼게 된다. 하디는 이와 같은 구체적인 사실을 현명하게 감추거나 폭로함으로써, 독자로 하여금 법이 공정하게 집행되지 않을 때 그 법을 부인하도록 이끈다.

[5] 하디는 내러티브 안에 작지만 매우 중요한 갈등 요소들을 많이 포함시켰는데, 이들은 주요한 갈등과 연관되어 있다. 예를 들어, 몇 가지 중요한 부분에서, 하디는 "하이어 크로우스테어즈 근처 시골"(문단 162)에 살고 있는 마을 사람들이 법에 대하여 불편한 마음과 두려움을 지니고 있음을 제시하고 있다. 두 번째 낯선 사람이 교수형 집행자라는 것을 알게 되자 그들은 "깜짝 놀라며, 그들 가운데 한 명은 부들부들 떨기까지 한다(문단 79)". 마을 주민들이 서머스에 대한 유죄판결을 자신에 대한 위협으로 여기고 있다는 점을 하디는 독자들에게 결론적으로 말해준다. 보다 우습게 보이는 것은 하디가 법을 집행하도록 강요받게 되는 목동들이 이에 적응하지 못하는 모습을 법과 대조시키고 있는 점이다(문단 106-134). 실제로 그들이 세 번째 낯선 사람을 체포하게 될 때, 그들이 사용하는 단어들은 범법자 혹은 신부에게 보다 적합한 것(문단 132-134)일 정도로 법이 그들의 삶과 얼마나 동떨어져 있는가를 하디는 보여주고 있다. 아이러니컬한 작품의 결말로서, 법적으로 자신들에게 고통을 주었던 교수형 집행자와 치안판사를 거부하면서 이들 목동들은 이곳저곳 서머스가 있는 곳을 부지런히 찾게 되는데, 서머스는 이들 목동들이 알고 있는 곳에서 발견된다(문단 160).

[6] 이외에도 하디는 마을 주민들에 대한 독자의 동정을 불러일으키고 자신의 주장을 강화하기 위해서 사소하나 인간적인 여타의 대조적인 요소들을 작품에 포함하고 있다. 펜넬 집안에 이십 명의 손님들이 들게 되지만, 펜넬 부인은 그들에게 먹을 것과 마실 것을 풍부히 제공하는 일에 전전긍긍하게 된다. 교수형 집행자가 그처럼 많은 벌꿀주를 혼자서 다 비우는 것에 대하여 그녀는 언짢아한다. 이러한 많은 수의 손님들 때문에 집안 사람들 사이에 조그마한 의견의 불일치가 일어난다. 펜넬 부인이 악기 연주를 그만 멈추라고 말하나, 연주자들은 사랑에 빠져 있는 목동, 올리버 자일스(Oliver Giles)에게서 돈을 받았기 때문에 계속해서 음악을 연주하게 되는 상황이 벌어지는데, 하디는 이처럼 사소하고 재미있는 갈등의 요소를 작품에 또한 포함시키고 있다. 부부들 사이에 나이로 인한 눈에 띄는 일부 갈등의 요소들 또한 작품에 존재한다. 이야기의 구조에 필수적인 이러한 대조 혹은 대립을 넘어서, 긴장을 창출시키는 기법은 갈등 그 자체이다. 왜냐하면 그것은 독자로 하여금 다시 한번 이야기의 요소들을 생각하고 평가토록 만들기 때문이다. 「세 명

의 낯선 사람들」에서 하디는 정신의 올바름(the right of the spirit)과 법 조문의 잘못됨 (the wrong of the letter) 사이의 주요 갈등을 발전시키기 위하여 여타의 다른 갈등의 요소들을 작품에 사용하고 있다.

8. 논평

첫 번째 문단에 표현되어 있는 것처럼, 논문의 초점은 옳고 그름 사이의 대조를 보이기 위해 하디가 「세 명의 낯선 사람들」에서 등장인물과 행동을 어떻게 구성하고 있는가에 놓여 있다. 사람들이 도망자의 죄를 용서하도록 이끄는 모든 요소들에 대한 논의는 내러티브로서가 아닌 하디의 주장에 기여하는 부분으로서 눈에 띈다. 따라서 이야기의 부분들이 하디가 발전시키고자 하는 측면이기 때문에 그것들이 있어야만 하는 곳에 놓여 있다는 사실이 위의 논문에서 설명되고 있다. 이러한 목적을 강조하기 위하여, 예를 들어, "사건을 배열한다," "갈등을 유발하는 양측을 개입시킨다," "사건들을 구성한다," "긴장의 창출," "제시하고 있다," 그리고 "동정을 불러일으키고"와 같은 단어와 문구들이 사용되고 있다. 이러한 표현들은 글쓰기의 목적이 하디가 어떻게 이야기를 구성하고 있는가를 알아내는 데 있음을 다시 한번 생각하게 해준다.

본론에서 두 번째 문단은 펜넬 집안의 손님들과 마을 주민들의 따뜻한 심성과 인간적인 면모를 보여주기 위해 하디가 이들을 어떻게 작품 안에서 소개하고 있는가를 묘사하고 있다. 세 번째 문단은 두 번째 낯선 사람이 교수형 집행자라는 사실을 시골 사람들이 알게 되었을 때 이들이 갖게 되는 부정적 반응을 강조하고 있다. 두 번째와 세 번째 문단 모두 내러티브 배열의 기초가 되는 이유들을 설명하는 역할을 하고 있다.

네 번째 문단은 하디가 도망자의 신분을 밝히는 일을 지연시키는 대신 시골 마을 사람들과 그들의 가치관에 대한 긍정적인 태도를 밝히고 있다는 내용을 언급하고 있다. 소설 속의 마을 사람들은 자신들 나름대로 무엇이 정의인지 결정을 내리게 되는데, 하디가 구성한 플롯은 독자들로 하여금 마을 사람들에 동조하게 만드는 효과를 발휘한다는 내용도 이 네 번째 문단에서 읽을 수 있다. 다섯 번째 문단은 마을 사람들이 법을 불편해하며 심지어 두려워하고 있다는 점을, 이 작품의 다른 갈등 요소들이 드러내주고 있다고 설명한다. 마을 사람들의 이러한 태도가 첫 번째 낯선 사람을 편애하는 결정을 내리게 하는 역할을 한다는 점이 이 문단에서 보여주는 것이다. 마지막 여섯 번째 문단은 펜넬 집안 사람들과 그들 손님들에 대한 하디의 호의적인 묘사를 강조하기 위해 "인간적인" 대조의 요소들이 작품에 어떻게 덧붙여 나타나고 있는가 설명되고 있다.

9. 추가 논제

① 다른 낯선 사람들이 농가에 들어서기 전에 첫 번째 낯선 사람이 농가에 들어설 때, 그 사람에 대한 이름과 신분이 밝혀졌다면, 구조상 「세 명의 낯선 사람들」은 어떤 종류의 이야기가 되었겠는가?

② 「아울강 다리에서 생긴 일」, 「한 시간의 이야기」, 「목걸이」, 『곰』 그리고 「세 명의 낯선 사람들」에 나타나는 놀라움에 대하여 생각해보라. 이러한 놀라움을 창출하기 위해 얼마나 많은 준비가 이루어지고 있는가? 작품을 다시 읽어볼 때, 놀라움은 놀라운 것이 결코 아니라 오히려 작품의 과정에서 나타나는 필수적인 결과로 볼 수 있는 것은 어느 정도까지일까?

③ 「한 시간의 이야기」, 「첫 고해성사」 그리고 「사소한 것들」에 공통으로 나오는, 내부와 관련된 장면들의 사용과 그 위치를 비교해보라. 이러한 장면들로 인하여 작품 내의 다양한 갈등은 어떻게 일어나고 있는가? 내부에 있는 등장인물들은 플롯의 전개에 어떠한 기여를 하는가? 이러한 등장인물과 작품의 주요 주제와는 어떠한 연관이 있는가?

④ 「한 시간의 이야기」와 「젊은 굿맨 브라운」을 사회적 혹은 종교적인 가치관의 충동에 관한 플롯을 발전시키는 이야기로서 비교하라. 두 작품의 플롯은 어느 측면에서 서로 유사하며 서로 차이가 있는가?

⑤ 글라스펠의 「사소한 것들」과 하디의 「세 명의 낯선 사람들」에서 법에 대한 태도가 어떻게 나타나 있는가 서로 비교해보라. 이러한 작품들에서 법을 대표하는 사람들에 대한 독자의 반응은 어떻게 형성되고 있는가? 아울러 법을 위반한 사람들에 대한 독자의 반응은 어떻게 형성되고 있는가?

⑥ 여러분의 삶에서 의심, 어려움, 갈등을 유발했던 하나의 상황을 선택해보자. 여러분 자신을 익명의 인물로 하여 (가명과 가공의 장소를 사용하라), 이런 경우에 대한 간단한 이야기를 써보자. 이때 여러분의 갈등이 어떻게 시작되었으며, 이것이 어떠한 영향을 주었고, 이러한 갈등을 어떻게 해소했는지를 강조하라. 시간적인 순서에 따라 이야기의 내용을 기술할 수도 있고, 또한 현재 시제로 이야기를 시작한 뒤 플래시백을 사용하여 자세한 내용을 소개할 수도 있을 것이다.

제5장
관점에 대한 글쓰기:
작품의 서술자 또는 화자의 위치 혹은 태도

관점이라는 용어는 이야기를 하고 논점을 보여주거나, 태도 혹은 판단을 내리기 위해 작가가 창조한 화자, 서술자, 인물 혹은 목소리를 뜻한다. 관점은 관찰자와 기록자로서 화자의 물리적 위치뿐 아니라 작품에 영향을 끼치는 화자의 사회적, 정치적, 정신적 상황까지도 의미한다. 이런 이유 때문에 관점은 문학 연구에서 가장 복잡하고 미묘한 분야 중 하나로 간주된다.

작가들은 자신의 작품을 활력에 넘치고 재미있게 만드는 것은 물론 서술 그 자체에도 생명력을 불어넣으려고 노력한다. 서술은 연극의 공연과 비슷하다. 연극에서 특정 역할을 맡아 연기하는 배우는 무대 위에 있는 동안 개인의 모습을 버리고 극중 인물로 변한다. 문학 작품에서 작가는 이야기를 하는 인물의 역할을 할 뿐 아니라 이러한 인물들을 창조하기도 한다. 오코너(O'Connor)의 「첫 고해성사」("First Confession")의 화자인 재키(Jackie)는 바로 이러한 인물에 해당하는데 그는 자신이 어렸을 때 일어났던 사건들에 대해 말한다. 이야기의 주제이자 화자인 그는 성인으로서 그가 어린 시절의 경험을 충분히 소화하여 이야기할 수 없을지도 모른다고 지적하고는 있지만 사건에 대한 직접적 지식을 가지고 있는 것은 확실하다. 이와 유사한 또 다른 인물은 로웰(Lowell)의 시 「패턴」("Patterns")에 나오는 무명의 화자이다. 이화자는 약혼자가 전사했다는 것을 알고 난 후 절망에 빠진 실제 여인으로 명시된다.

따라서 그녀는 시인인 로웰과는 완전히 분리된 독립된 정체성을 지닌, 이야기의 주요 참여자가 되는 것이다. 이외에도 호손(Hawthorne)의 「젊은 굿맨 브라운」("Young Goodman Brown")의 무명의 서술자도 인물 화자의 경우에 해당한다. 이 서술자는 다른 사람에 관한 이야기를 하는데, 사건에는 참여하지 않고 먼 거리에 위치한다. 이러한 거리 때문에 비록 호손이 직접 서술했다면 사용하지 않았을 단어들이 많이 보임에도 불구하고 화자와 작가의 분리는 전처럼 용이해 보이지 않는다. 다시 말해 화자는 작가가 만들어 낸 인물, 즉 우리에게 「젊은 굿맨 브라운」이라는 이야기를 해주는, 작가가 꾸며낸 음성이다.

화자의 입장을 나타내는 관점은 작품의 중심 혹은 길잡이가 되는 지성적 존재, 즉 효과를 극대화하기 위해 허구적 경험을 여과하여 가장 중요한 세부사항만 우리에게 보여주는 일종의 정신이다. 따라서 포(Poe)의 「아몬틸라도의 술통」("The Cask of Amontillado")에서 우리는 계속해서 화자의 목소리를 들으며 그의 화법 뿐 아니라 태도에 의해서도 큰 영향을 받는다. 하디(Hardy)의 「세 명의 낯선 사람들」("The Three Strangers")에 등장하는 무명의 화자의 경우도 이와 유사하다. 이 화자는 분명히 하이어 크로스테어즈(Higher Crowstairs)에 사는 사람들과 그곳에 끼여든 두 번째 낯선 사람 사이의 대립에 대해 확고한 의견을 가지고 있으며 우리로 하여금 그의 견해에 동의하도록 이야기를 편집하여 서술한다. 다시 말해 작품 속에서 현실이 어떻게 그려지고 있는가 하는 것, 즉 관점 혹은 길잡이로서의 지성적 존재는 우리가 어떻게 작품을 읽고, 이해하며, 반응할 것인가를 결정해준다.

1. 실제 예로 본 관점: 사고 보고서

관점이란 실제와 같은 상황에서 파생된 것이라는 점을 알아보기 위해 자동차 사고를 예로 들어보자. 앨리스(Alice)와 빌(Bill)이 운전하던 두 대의 자동차가 서로 충돌하였는데 그림에서 보는 바와 같이 여러 사람들이 그 사고를 목격하였다고 가정하자. 이 사고를 목격한 많은 사람들이 어떻게 이 사고에 대해 이야기하겠는가? 앨리스와 빌은 각각 어떻게 이야기하겠는가?

자, 이제 빌의 가장 친한 친구인 프랭크와, 빌이나 앨리스를 전혀 모르는 메리가 각각 증인이라고 가정해보자. 프랭크는 사고를 누구의 책임이라고 말할 것이며

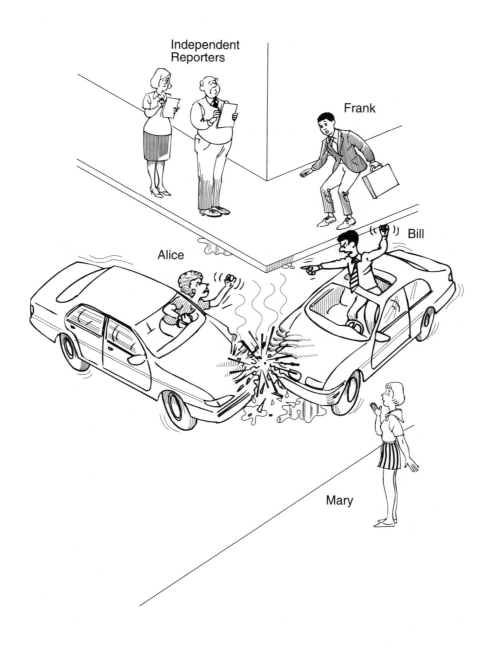

Independent
Reporters

Frank

Alice

Bill

Mary

메리는 또 어떻게 말할 것인가? 이에 덧붙여 사고 당사자들과 전혀 관계가 없는 신문 기자가 현장에 파견되었다고 생각해보자. 이 기자의 보고서는 다른 사람들의 증언과 어떻게 다를 것인가? 마지막으로, 각 보고서의 목적은 전적으로 청자나 독자에게 그 보고서에 묘사된 사고의 세부 상황이나 주장이 옳다는 것을 설득하기 위한 것인가 아니면 다른 목적도 있는가?

여러 보고서의 차이점은 아마도 관점에 의해 설명될 수 있을 것이다. 이 사건에 깊숙이 관여된 사람, 즉 주요 참여자 혹은 당사자인 앨리스와 빌이 자신들의 무고함을 주장하기 위해 보고서를 각색할 것이라는 점은 자명한 사실이다. 빌의 절친한 친구인 프랭크는 빌이 유리하도록 증언할 것이다. 메리는 앨리스와 빌 중 어느 쪽에도 유리하게 증언하려고 하지 않겠지만 만일 그녀가 충돌하는 소리를 듣기 전까지는 사고 자동차를 보고 있지 않았다고 가정해보자. 그녀는 사고 직후의 모습만을 보았을 뿐 사고가 일어나는 순간을 보지는 못한 것이다. 우리는 과연 하나의 사고에 대한 이 모든 편파적 혹은 비편파적 관찰 중 어떤 것을 가장 신뢰해야 하는가?

각각의 보고서에는 숨겨진 목적이 있는데 그것은 스스로를 정직하고 객관적이며 지적이고 공평하며 철저한 증인으로 만들려는 것이다. 앨리스와 빌이 비록 스스로 진실만을 이야기한다고 주장한다고 하더라고 그들의 보고서를 전적으로 신뢰할 수는 없다. 왜냐하면 그들 모두 사고에 대한 책임을 면함으로써 이득을 볼 수 있기 때문이다. 프랭크의 보고서도 믿을 수 없기는 마찬가지이다. 왜냐하면 그 보고서는 분명 빌에게 유리하게 작성되었을 것이기 때문이다. 메리의 경우는 신뢰할 수 있겠으나 문제는 그녀가 사고의 모든 것을 목격하지는 못했다는 점에 있다. 따라서 그녀에게도 신뢰성은 결여되어 있는데 이러한 신뢰성의 결여는 불순한 동기 때문이 아니라 증인으로서 그녀가 있었던 장소 때문이다. 아마도 공평한 기자가 작성한 보고서가 가장 신뢰할만하고 객관적일 수 있는데 그것은 보고서의 목적이 앨리스나 빌의 개인적 관심과는 상관없이 모든 세부상황을 인지하고 진실을 정확하게 알리려는 것이기 때문이다.

이상에서 본 바와 같이 하나의 사건에 대한 묘사는 관점에 따라 다를 수 있으며 여러 가지 이해관계와 상황은 그 자체로 매우 미묘한 차이를 지닌다. 사실 문학의 모든 요소들 중에서 관점이 가장 복잡한데 그것은 관점이 인생 그 자체와 매우 흡사하기 때문이다. 한편으로 관점은 일반적으로 사람들이 지닌 많은 이해관계나 소망과 서로 얽혀있으며 또 다른 한편으로는 진실을 밝혀내고 결정할 때 수반되는 엄청난 어려움과 연결되어 있다.

2. 관점에 영향을 끼치는 요소들

관찰과 그것의 표현에 관한 위의 예시에서 보았듯이 관점은 두 가지 주요 요소에 의존한다. 첫째 요소는 관찰자로서의 서술자 혹은 화자의 물리적 위치이다. 화자는 사건 현장에 얼마나 가까이 있었는가? 화자가 사건의 주요 당사자인가 아니면 멀리서 혹은 가까이서 사건을 본 증인에 불과한가? 그는 사건을 알 수 있는 특권을 어느 정도 부여받았는가? 그의 진술은 어느 정도로 정확하고 완전한가? 화자의 특징이 서술에서 어떻게 드러나는가? 관찰자로서 그의 자격과 한계는 무엇인가? 두 번째 요소는 화자의 지적, 정서적 위치이다. 작품에 등장하는 사건과 화자 사이에는 어떤 이해관계가 있는가? 화자의 관찰이나 단어들이 이러한 이해관계에 의해 각색되는가? 그가 단순히 기록자 혹은 관찰자가 아니라 무엇인가를 설득해야 할 입장에 있는 것은 아닌가? 화자는 사건을 어떻게 평가하는가?

서술형식을 취하는 시를 포함한 많은 문학 작품에서 작가는 이 모든 미묘한 문제들을 고려하여 글을 쓴다. 예를 들어 포의 「아몬틸라도의 술통」에 등장하는 화자인 몬트레소(Montresor)는 서술 시점으로부터 50년 전에 그가 저지른 복수의 살인극을 자세하게 묘사하는 사람이다. 오코너의 「첫 고해성사」("First Confession")의 화자는 어린 시절 겪었던 가정 문제와 첫 고해성사에 관해 이야기하지만 젊은 시절 지녔던 적개심을 완전히 벗어나지는 못한 상태이다. 와그너(Wagner)의 시 「상자」("The Boxes")의 화자는 물에 빠진 아들을 찾는 공포와, 아들이 죽은 후에 느끼는 고뇌에 관해 묘사하는 어머니이다. 이런 저런 이유로 화자들은 그들이 묘사하는 사건에 대한 개입 정도와 관심을 드러낸다. 우리 독자들은 이처럼 상이한 서술 형태가 위에 예시된 작품과 서술 형식을 취하는 시를 포함한 모든 작품에 어떤 영향을 끼치는지 결정할 필요가 있다.

3. 관점의 결정

우리는 작품을 읽을 때 매우 다양한 관점을 경험하게 된다. 논문을 쓰기 위해 작품을 분석할 때 우선 해야 할 일은 작품의 문법상의 목소리를 찾는 것이다. 그런 다음 주제, 인물묘사, 대화, 그리고 형식이 관점과 어떻게 상호작용 하는지 연구하라.

1) 제1인칭 관점: 서술자는 그 자신이 개인적으로 목격한 사건에 관해 이야기한다

만일 작품 속의 목소리가 "나"라면 작가는 제1인칭 관점을 사용하고 있는 것인데 이때 화자나 서술자는 이름을 가질 수도 있고 무명일 수도 있다. 앞에서 본 가상의 사고 보고서에서 앨리스나 빌은 이름을 지닌 제1인칭 화자이다. 포의 「아몬틸라도의 술통」의 화자도 확실한 이름과 정체성을 지닌 인물이다.

제1인칭 화자는 사건의 세부 상황에 대해 여러 가지 방법으로 알아낸 것처럼 가정하며 서술한다.

- 그들 자신이 행하고 말하고 듣고 생각한 것(직접 경험)
- 그들이 목격한 다른 사람들의 행동이나 말한 내용(직접 목격)
- 다른 사람들이 그들에게 말하거나 기타 다른 방법으로 알려준 내용(얻어들은 증언이나

소문)
- 그들이 알아낸 정보로부터 연역하거나 추론한 내용(연역적 정보)
- 주어진 상황에서 인물(들)이 어떻게 생각하고 행동할 것인가에 관해 추측한 내용(추측이나 상상 혹은 직관에 의한 정보)

모든 관점 중에서 제1인칭 관점은 작가로부터 가장 독립된 것이라고 할 수 있는데 그 이유는 제1인칭 화자는 이름, 직업, 사회적, 경제적 지위와 구체적인 정체성을 지닌 인물이기 때문이다. 그러나 작가는 아놀드(Arnold)의 「도버 해협」("Dover Beach")과 로웰의 「패턴」에 나오는 무명의 화자들처럼 이름은 없으나 독립적인 제1인칭 화자를 사용하는 경우가 종종 있다. 또한 '나'라는 1인칭 화자가 다른 인물들을 서술자의 위치에 포함시키며 '우리'라는 복수로 될 때가 있다. 이러한 제1인칭 복수의 관점은 이야기에 신뢰성을 부여할 수 있는데 그 이유는 와그너의 시 「상자」에서처럼 '우리'에 포함된 인물들은 비록 화자에 의해 구체적으로 누구인지 밝혀지지는 않으나 추가적으로 증인의 역할을 할 수 있기 때문이다.

화자의 신뢰도를 결정하라

제1인칭으로 서술되는 소설과 시를 포함한 문학 작품을 읽을 때 화자의 위치와 능력, 편견이나 사리사욕, 독자나 청자에 대한 태도 등을 살펴보아야 한다. 자신의 경험을 묘사하는 대부분의 제1인칭 화자는 신뢰할 수 있을 뿐 아니라 그 권위도 인정할 수 있다. 그러나 때때로 제1인칭 화자는 사리사욕이다 한계 때문에 독자를 현혹시키거나 사실을 왜곡하고 심지어는 거짓말까지 하는 신뢰할 수 없는 경우도 있다. 포의 「아몬틸라도의 술통」의 화자인 몬트레소가 포츄나토(Fortunato)에 대한 적개심에 관해 완전한 진실을 이야기하고 있는지 의심할 여지가 있는데 그것은 포츄나토에 대한 복수 행위가 명예의 문제라기보다 정신병적이고 악마적인 성격의 결과라는 점이 분명하기 때문이다. 그러나 제1인칭 화자에 대한 신뢰성의 문제에도 불구하고 이러한 형태의 화자는 작가들이 그들의 작품에 권위와 실제 같은 분위기를 주기 위해 사용하는 수단 중 하나이다.

2) 제2인칭 관점: 화자는 '당신'이라고 불리는 누군가에게 이야기하는데 이 누군가는 사건과 관련된 주요 인물일 수도 있고 아닐 수도 있다

관점 중에서 가장 사용빈도가 적은 제2인칭 관점은 작가에게 두 가지 중요한 가능성을 준다. 우선 화자(거의 필연적으로 제1인칭 화자인 경우가 대부분이다)는 이야기와 연루된 청자를 바라보며 과거에 청자 자신이 행하였거나 말한 것에 관해 이야기한다. 이야기의 내용은 마치 성인이 된 자식에게 부모가 그 자식이 어렸을 때 했던 것에 관해 말해준다거나 의사가 기억상실증에 걸린 환자에게 사고가 있기 전에 일어났던 사건들에 대해 이야기해주는 것과 마찬가지로 단순히 사건들을 다시 이야기해주는 것일 수도 있다. 이외에도 서술 내용은 마치 검사가 재판 중에 피고의 범죄행위에 대해 설명한다거나 자식의 양육권이나 이혼을 위한 소송에서 배우자가 상대 배우자에게 느끼는 불만을 열거하는 경우에서처럼 논쟁이나 판단을 위한 것일 수도 있다.

두 번째 가능성은 좀더 복잡하다. 일부 화자들은 '나'라는 말 대신에 '당신'이라는 말을 사용함으로써 '당신'으로 지칭되는 사람에게 이야기를 하는 듯 하지만 사실은 주로 그들 자신에게 이야기하며 청자들은 거의 안중에 두지 않는다. 이와 더불어 어떤 화자들은 구어체에서 흔히 그러하듯 부정(不定)의 '당신' 용법을 사용하는 경우가 있다. 이런 서술 형식에서 화자가 사용하는 '당신'이라는 용어는 특정한 청자를 가리키는 것이 아니라 모든 사람들을 의미한다. 이렇게 함으로써 화자는 '사람'(one, a person) 혹은 '사람들'(people)처럼 의례적이고 도식적인 표현을 피할 수 있다. (한가지 덧붙인다면 '당신'은 성(性)과 무관하며 따라서 '그 남자' 혹은 '그 여자'와 같은 대명사로 받을 필요가 없다.)

3) 제3인칭 관점: 화자는 보통 무명이고 이야기에 개입하지 않으며 다른 인물들의 행위나 말을 강조한다

만일 작품 속에서 사건들이 제3인칭(그 남자, 그 여자, 그것, 그들)으로 묘사된다면 작가는 제3인칭 관점을 사용하고 있는 것이다. 이러한 관점을 사용하는 화자의 목소리의 특징을 규정하는 것은 항상 쉬운 일만은 아니다. 이따금 화자는 '나'(휴즈(Hughes)의 「니그로」("Negro")의 경우처럼)를 사용하면서 외견상 작가와 동일시하는 경우가 있다. 그러나 또 다른 경우에는 맨스필드(Mansfield)의 「미스 브릴」("Miss Brill")에서처럼 작가가 분명하게 작가의 목소리를 창조할 수도 있다. 제3인칭 관점에는 세 가지 형태가 있다. 극적 혹은 객관적, 전지적, 제한적인 전지적 관점이 그것이다.

(1) 극적 혹은 객관적 관점은 가장 기본적인 서술 방법이다

사건이나 대화를 가장 직접적으로 전달하는 방법은 극적 혹은 객관적 관점(제3인칭 관점이라고도 불린다)을 이용하는 것이다. 이것은 모든 관점이 공유하는 행위나 대화를 묘사하는 기본적인 수단이다. 극적 관점의 서술자는 공중에 떠서 이리저리 움직이거나 상하좌우로 움직이는 영화 촬영용 카메라 혹은 일부 비평가의 표현대로 "벽이나 나무에 붙어 있는 파리"처럼 현장을 살피며 묘사하는 신원미상의 화자이다. 서술자는 우리에게 현재 일어나고 있는 일이나 진행중인 대화를 말해주기 위해 방, 숲, 마을 광장, 운행중인 자동차, 혹은 우주 공간에 이르기까지 모든 현장에 항상 있다.

희곡에서 묘사되는 것은 오직 말로 표현되거나 실제로 일어나는 사건에만 국한된다. 결론을 내리거나 해설을 하려는 시도는 애초부터 없는데 그것은 극적 관점의 대전제가 독자는 마치 배심원처럼 올바른 증거만 주어진다면 스스로 해설을 할 수 있다는 것이기 때문이다. 따라서 메이스필드(Masefield)의 「뱃짐」("Cargoes")은 각기 다른 시대에 만들어진 세 척의 각기 다른 형태의 배를 객관적으로 묘사한다. 작가는 이러한 설명을 바탕으로 우리 독자들이 지난 300년 동안 문명이 어떻게 변화해왔는가에 대한 여러 가지 결론을 내리도록 청하지만 극적 관점을 사용하고 있기 때문에 우리를 위해 어떤 결론도 말하지 않는다.

(2) 전지적 관점의 화자는 모든 것을 볼 수 있고 모든 것을 밝혀낼 수 있다

제3인칭 관점은 전지적인 것으로 화자는 행위나 대화뿐 아니라 인물들의 마음속에서 일어나는 일에 대해서도 서술한다. 현실에서 이처럼 다른 사람의 마음속에서 일어나는 일에 대해 완전히 안다는 것은 불가능하다. 그러나 우리는 다른 사람들의 생각에 대해 추측하고 이러한 추측이 전지적 관점의 기본이 된다. 작가는 인물들의 발전 단계를 볼 수 있도록 도와주는 그들의 반응, 생각, 감정, 그리고 계획에 대해 설명하기 위해 이러한 관점을 자유롭게 그러나 현명하게 사용한다. 예를 들어 모파상(Maupassant)의 「목걸이」("The Necklace")에서 화자는 주인공인 마틸드와 정도의 차이는 있지만 마틸드의 남편의 반응과 생각을 설명하기 위해 전지적 관점을 견지한다.

(3) 제한적 혹은 제한적인 전지적 관점을 지닌 화자는 주요 인물의 생각과 행위에 초점을 맞춘다

전지적 관점보다 더 일반적인 관점은 제한적 3인칭 혹은 제한적인 전지적 3인칭 관점인데 이 경우 작가는 그의 서술 내용을 주요 인물의 행동이나 생각에 국한한다. 앞에서 본 사고 보고서의 경우를 예로 들면 빌의 친구인 프랭크는 빌에게 동정적일 것이며 따라서 그의 충돌 보고서는 제3인칭 제한적 관점으로 쓰여질 것이고 그의 관심의 중심에는 빌이 있을 것이다. 초점이 행위 혹은 동기 중 어느 쪽에 맞추어져 있는지에 따라 이야기는 인물의 성격을 가볍게 혹은 깊이 있게 다루게 된다. 제3인칭 전지적 관점이 초점을 맞추어 묘사하는 인물을 우리는 관점 인물 (point-of-view character)이라고 부른다. 따라서 「미스 브릴」의 미스 브릴, 「아울강 다리에서 생긴 일」("An Occurrence at Owl Creek Bridge")의 페이턴 파르쿠아(Peyton Farquhar), 「젊은 굿맨 브라운」의 굿맨 브라운 등은 모두 관점 인물들이다. 앞에 열거한 작품에 등장하는 모든 세부 사항은 궁극적으로 이러한 관점 인물들이 그것들을 보거나, 그것들에 대해 듣고 반응하고 생각하고 상상하거나, 그러한 행위를 하거나 거기에 참여하고, 그것들을 통제하려 하거나 그것들에 의해 통제되기 때문에 이야기 속에 등장하는 것이다.

4. 관점의 혼합

작가들은 흔히 현실감을 높이기 위해 여러 관점을 혼합한다. 예를 들어 제1인칭 화자가 서술하는 동안 많은 부분에서 다양한 형태의 제3인칭 관점을 차용하는 경우가 있다. 작가는 또한 흥미를 유지하고 긴장감을 고조시키거나 전적으로 독자에게 판단을 맡기기 위해 관점을 변경해가며 작품을 서술한다. 예를 들어 「미스 브릴」에서 맨스필드는 미스 브릴이 벤치에 앉아 있는 젊은 한 쌍의 남녀에 의해 모욕을 당한 직후 그녀의 생각이나 반응에 초점을 맞추기 위해 그때까지 사용하던 제한적인 전

동사 시제와 관점의 관계

일반적으로 관점은 서술자나 화자가 사건과 대화를 인지하여 기록하는 방법을 뜻한다. 그러나 넓은 의미에서 보면 관점은 진실을 묘사하는 모든 수단으로 간주될 수 있고 이런 면에서 볼 때 화자가 선택한 시제는 중요하다. 대부분의 이야기는 과거시제로 되어 있는데 그것은 사건이 과거에 일어났기 때문이다. 그러나 과거 시제의 이야기에서도 대화는 이야기를 현재로 끌어내는 극적 수단이다. 예를 들어 모파상의 「목걸이」의 마지막을 장식하는 대화는 마틸드가 겪은 고통이 현재 일어나고 있는 듯 실감나게 표현해준다. 또한 과거시제를 사용하는 화자는 이야기를 서술하는 동안 현재시제의 평을 도입할 수 있는데 이는 과거에 일어난 사건의 중요성을 표현하는 강력한 수단이 될 수 있다. 이러한 방식은 하디의 「세 명의 낯선 사람들」에서 찾아볼 수 있는데 이 작품에서 화자는 도입부와 종결부에서 현재시제를 사용한다. 아놀드의 「도버 해협」에서도 화자는 과거 사건을 묘사하면서 또 한편으로는 일반적인 평을 하기 위해 과거시제와 현재시제를 번갈아 사용한다. 이외에도 제9장에서 지적했듯이 우화나 비유담의 화자는 과거시제의 이야기를 통하여 현세 사람들에게 철학적, 종교적인 가르침을 전달한다.

최근에 들어와 작품의 주요 시제로 현재시제를 사용하는 작가들이 많이 생겼다. 현재시제를 사용하면 소설이나 시는 순간마다 펼쳐지는 가상의 드라마로 변한다. 예를 들어 와그녀의 「상자」에서 화자는 그녀의 슬픔을 현실로 실감나게 표현하기 위해 현재시제를 사용한다. 일부 작가들은 시간 그 자체가 어떻게 인간의 의식과 합해질 수 있는가 혹은 인물의 마음속에서 과거와 현재, 그리고 미래가 혼합될 수 있는가를 보여주기 위해 시제를 혼용하기도 한다. 예를 들어 비어스의 「아울강 다리에서 생긴 일」의 마지막 부분에서 과거시제의 서술이 갑자기 현재시제로 변하는데 이는 죽음을 바로 앞에 둔 주인공의 지각력이 얼마나 강렬한가를 보여주기 위함이다(문단 36).

지적 관점을 잠시 중단한다. 마지막 몇 문단은 객관적으로 서술되는데 마지막 문장에 가서 제한적인 전지적 관점이 다시 등장한다. 결과는 미스 브릴이 비탄 속에 고립되어 혼자 갇히는 것으로 나타난다. 독자들은 이제 더 이상 초기에 공원에 있는 인물들에 관한 그녀의 관찰 내용을 공유하듯이 그녀의 슬픔을 공유하지 못한다. 호손의 「젊은 굿맨 브라운」에서 화자는 꿈속에서 악을 경험한 후 침울하고 사랑이 결여된 삶을 살게 된 굿맨 브라운을 객관적이고도 적극적으로 요약하여 묘사하는데 이 부분에서 이와 유사한 관점의 변화가 일어난다.

5. 관점을 위한 지침

다음의 지침은 관점의 종류와 그 특징에 대해 자세하게 요약한 것이다. 이것들을 적절하게 이용하면 소설이나 시에서 사용된 관점의 미묘한 차이와 특징을 구별해내는 데 도움이 될 것이다.

① 제1인칭 (나, 나의, 나를, 우리, 우리의, 우리를)
제1인칭 화자는 적어도 일정 부분 작품의 줄거리에 참여한다. 제1인칭 화자는 이야기의 내용을 (1) 완전하게 이해하고 있거나 (2) 정확하지 않게, 부분적으로 이해하고 있거나 (3) 전혀 이해하지 못하고 있거나 (4) 완전하게 이해하고 있으나 의도적으로 속이거나 거짓말을 할 수도 있다. 위와 같은 화자들은 일반적으로 신뢰할 만하며 진실을 이야기한다고 할 수 있지만, 때로는 신뢰할 수 없는 경우도 있다.
- 주요 참여자
  i. 줄거리를 이끌어나가는 이야기의 주요 원인으로서 자신의 이야기나 생각을 말함.
  ii. 줄거리를 이끌어나가는 이야기의 주요 원인으로서 다른 사람들의 이야기를 하거나 자신의 이야기 혹은 생각을 말함.
  iii. 주로 다른 사람들에 대해 이야기하며 자신에 대해서는 지극히 미미한 정도로만 이야기 함.
- 부차적 참여자.
  자신이 경험하거나 목격한 사건을 이야기함.
- 비참여적이지만 신원 확인 가능한 화자.
  사건에 대해 다른 방법으로 인지함(예를 들어 참여자의 이야기의 청취, 서류 조사, 뉴스 청취, 일어날 수 있는 사건에 대한 상상). 이러한 화자의 이야기는 사실과 추측을 통한 복원으로 이루어짐.

② 제2인칭 (당신)
제2인칭 화자는 (1) 화자(예를 들어 부모나 심리학자)가 인물 자신보다 인물의 행동에 대해 더 많은 것을 알거나 (2) 화자(예를 들어 변호사, 배우자, 친구, 경기의 심판)가 어떤 사람("당신")에게 그 사람의 문제의 행동이나 진술에 관해 설명할 때 많이 사용된다. 제2인칭 서술에서 "당신"은 화자 자신 혹은 그외의 어떤 사람도 될 수 있다.

③ 제3인칭 (그녀, 그, 그것, 그들)
화자는 사건에 참여하지 않고 오직 인물들의 행위나 대화를 독자에게 전하는 사람으로 설정된다. 일부 화자는 비록 구체적인 인물로 설정되어 있지는 않지만 다른 인물과 구별되는 독특한 성격을 지닌 경우가 있다("무명의 제3인칭 화자"). 구체적 인물로 설정되어 있지 않은 제3인칭 화자들 중 이들을 제외한 나머지 화자들은 작가의 말과 견해를 표현한다("작가의 목소리").
- 극적 혹은 제3인칭 객관적 화자.

서술자는 볼 수 있고 들을 수 있는 것만을 묘사하여 전달한다. 인물들의 생각은 그것이 말이나 글로 나타날 때에만 묘사의 대상이 된다(예를 들어 대화, 전해듣거나 엿들은 대화, 편지, 서류 등을 통해서).

- 전지적 화자.

전지적 화자는 모든 것을 보고 모든 것을 묘사하여 전달하고 모든 것을 알고 모든 인물들이 마음속으로 무엇을 생각하고 어떻게 느끼고 있는지 설명한다(물론 필요한 경우에 한한다).

- 제한적, 혹은 제한적인 전지적 화자.

화자는 주인공 한 사람의 행동, 반응, 생각, 그리고 감정 등에 초점을 맞추어 서술한다. 이야기는 주로 주인공의 행동에 대한 묘사나 의식의 깊은 곳을 탐구하는 내용으로 이루어지는 경우가 많다.

6. 관점에 관한 글쓰기

여러분의 목표는 관점이 작품에 어떻게 기여하는가를 설명하는 것이다. 따라서 글을 쓰기 전에 언어, 관찰자의 권위와 기회, 화자의 개입이나 분리의 정도, 세부사항의 선택, 가치 평가, 그리고 이야기의 발전 등을 세밀하게 관찰하여야 한다. 다음의 질문들은 글을 쓰는 데 도움이 될 것이다.

1) 아이디어를 찾아내기 위한 질문

- 이야기를 실제처럼 혹은 있음직한 것으로 보이도록 서술하는 데 어떤 방법이 이용되고 있는가? 행동이나 진술이 마치 실제 일어나는 것을 보고 듣는 것처럼 생동감 있게 묘사되고 있는가? 관찰자로서 화자는 어떤 자격을 가지고 있는가? 이야기가 화자의 상상력과 창조력에 얼마나 의존하고 있는 것처럼 보이는가?
- 화자는 이야기의 시간을 어떻게 인식하고 있는가? 과거 시제가 지배하는 경우 화자는 과거와 현재의 관계를 어떻게 설정하고 있는가(예를 들어 교훈의 습득, 설명의 제공)? 만일 현재 시제가 사용된다면 이러한 시제는 작품에 대한 여러분의 이해에 어떤 영향을 끼치는가?
- 관점이 작품을 재미있게 만들며 이야기의 서술에 긍정적으로 작용하는가 아니면 그 반대인가?

(1) 제1인칭 관점

• 화자는 어떤 배경을 가지고 있는가? 어떤 상황이 그로 하여금 이야기를 하도록 하는가?
• 화자는 독자, 청자, 혹은 그 자신 중 누구에게 이야기하고 있는가? 청중이 그의 이야기에 어떻게 영향을 끼치는가? 언어의 수준이 화자와 상황에 어울리는가? 자신에 대해 화자는 얼마나 이야기하는가?
• 화자는 사건에 어느 정도 개입되어 있는가(즉, 주요 참여자, 부차적 참여자, 혹은 비참여 관찰자)? 화자는 스스로를 유머의 중심으로 만드는가 아니면 존경의 대상으로 만드는가? 어떻게 그렇게 만드는가? 그는 자신이 겪고 있는 변화를 인지하고 있는가?
• 화자는 다른 인물들을 비판하는가? 만일 그렇다면 그 이유는? 다른 인물들이 그에게 한 말을 공평하고도 정확하게 전달하는가?
• 화자는 얼마나 신뢰할 만한가? 화자가 무언가를 숨기고 있는 것 같은가? 화자가 이야기를 이용하여 스스로를 정당화하려고 하는가 아니면 자신에게 면죄부를 주려고 하는가? 이러한 복잡한 상황이 이야기에 어떠한 영향을 끼치는가?

(2) 제2인칭 관점

• 제2인칭 화자를 써야 할 만한 이유가 있는가? 청자에게 무언가를 설명할 수 있는 권위를 화자는 어떻게 획득했는가? 청자는 얼마나 직접 개입되어 있는가? 만일 청자가 불특정 다수라면 왜 화자는 서술의 대상을 지칭하는 말로 '당신'을 선택했는가?

(3) 제3인칭 관점

• 화자는 작가의 목소리로 서술하는 듯이 보이는가 아니면 작가가 작품을 서술하기 위해 특별하지만 무명의 목소리를 사용하는가?
• 화자의 언어 사용 수준은 어느 정도인가? 행동, 담화, 그리고 설명 등이 완전하게 묘사되어 있는가 아니면 빈약하게 되어 있는가?
• 화자는 어떤 유리한 위치에서 사건과 담화들을 묘사하여 전달하는가? 이러한 유리한 화자의 위치는 인물들을 멀리 떨어진 사람들처럼 보이게 만드는가 아니면 그 반대인가? 화자는 인물들과 얼마만큼의 공감대를 형성하고 있는가?
• 여러분은 어떤 인물에게 어느 정도 흥미를 가지고 있는가? 화자는 이 인물의 생각이나 반응들을 여러분에게 말해주고 있는가(제한적 3인칭)?
• 만일 작품이 제3인칭 전지적 관점으로 쓰여 있다면 이 작품의 화자는 얼마나 전지적인가(예를 들어 모든 인물들에 관해 모든 것을 알고 있는가 아니면 일부 인물들에 관해서만 알고 있는가)? 일반적으로 이러한 관점은 어떤 면에서 제한적이고 어떤 면에서 특권과 자유를 누리는 것으로 인식되고 있는가?
• 화자는 청자나 독자가 특정 분야의 지식을 가지고 있다고 상정하고 있는가(예를 들어 예술, 종교, 역사, 항해, 음악)?

2) 관점에 관한 논문의 구성

논문의 목표는 작품의 분석을 통하여 관점이 상황, 형식, 일반적 내용, 언어 등과 같은 요소에 어떤 영향을 끼치는가를 밝히는 것이다. 앞에서 제시한 질문들은 관점이 이러한 요소들과 어떻게 상호작용하는지 알아내는 데 도움을 줄 것이다.

서론
관점이 작품에 미치는 주요 영향에 대해 간단히 설명하는 것으로 시작하라. (예를 들어 "전지적 관점은 우리에게 주요 인물에 관한 통찰력을 제공해준다" 혹은 "제1인칭 관점은 작품을 은밀한 곳에서 이루어지는 정치적 거래의 폭로 기사와 유사한 것으로 만든다.") 관점은 작품을 흥미롭고 메시지를 효과적으로 전달하는 데 도움이 되는가? 논문의 분석이 중심 아이디어를 얼마나 뒷받침하는가?

본론
여러분의 주장을 강화할 수 있는 효과적인 방법은 만일 분석하고자 하는 작품이 기존의 관점이 아닌 다른 관점에 의해 서술되었다면 어떠했을까 하는 것을 생각해보는 것이다. 예를 들어 하디의 시 「해협 사격」("Channel Firing")에는 바다 근처에 위치한 공동묘지에 오랫동안 묻혀 있던 해골이 제1인칭 화자로 등장한다. 이 화자는 근처 군함에서 쏘아대는 대포 소리에 놀라 깨어나는데 이러한 괴기한 상황이 함축하는 반어적 유머는 제3인칭 화자로는 달성될 수 없는 것이다. 하디의 제1인칭 관점은 우리로 하여금 화자의 감정을 직접 경험하도록 하는 데 필수적인 요소이다. 사실 이 시는 화자에 전적으로 의존하고 있다. 이와는 대조적으로 제3인칭 제한적 관점이 사용되는 맨스필드의 「미스 브릴」에서 화자는 주인공에 대한 상세한 그림을 우리에게 보여주지만 그와 동시에 객관적이며 반어적 거리를 유지한다. 만일 미스 브릴이 화자였다면 아마도 우리는 그녀에게 동정을 느꼈을 것이다. 그러나 이럴 경우 그녀와 독자와의 거리가 사라짐으로써 그녀를 객관적으로 볼 수 없게 된다.

이 접근방법은 글쓰는 이의 창조적 상상력을 필요로 한다 왜냐하면 필자는 문제의 작품에서 사용되지 않은 관점에 대해 생각해보아야 하기 때문이다. 이렇듯 사용되지 않은 관점에 대해 고찰하는 것은 글쓰는 사람의 분석적, 비평적 안목을 크게 향상시키는 데 기여할 것이다.

결론

결론에서는 관점의 성공 여부에 대해 판단하라. 관점이 일관되며, 효과적이고 진실한가? 문제의 관점을 사용함으로써 작가는 무엇을 얻었는가? 만일 잃은 것이 있다면 그것은 무엇인가?

모범 논문의 예시

「아울강 다리에서 생긴 일」에 나타난 비어스의 관점 통제

[1] 「아울강 다리에서 생긴 일」("An Occurance at Owl Creek Bridge")에서 앰브로스 비어스(Ambrose Bierce)가 취한 관점은 인간이 극히 짧은 시간에 얼마나 긴 시간과 많은 사건들을 생각하며 반추할 수 있는지 보여줌으로써 인간의 정신적 능력이 얼마나 큰 것인가를 성공적으로 묘사해내는 데 결정적인 역할을 한다.* 이 이야기는 시간에 대한 인식을 지배하는 것은 실제로 지나가는 시간이 아니라 인간의 마음이라는 생각에 기초하고 있다. 일반적으로 시간은 마치 시계가 똑딱거리며 가는 것처럼(작품 문단 5 참조) 변함이 없이 일정하게 흘러가는 것처럼 보인다. 그러나 죽음 직전처럼 지각(知覺)이 고양된 순간이 갑자기 닥치면 인간은 측정할 수 있는 실제 시간보다 훨씬 긴 시간 동안에 경험하는 많은 것들을 상상을 통해 경험한다. 비어스는 극적 관점의 이야기를 제한적인 제3인칭 전지적 관점의 이야기 틀로 사용함으로써 이러한 생각을 생생하게 우리에게 보여준다.**

[2] 이 작품의 도입부와 종결부는 모두 극적/객관적 관점에서 서술된다. 작품은 이야기의 배경 상황에 대한 객관적 설명으로 시작한다. 남북전쟁 당시 남부 출신의 독립반대자인 페이턴 파르쿠아(Peyton Farquhar)는 앨라배마(Alabama) 북부의 아울강(Owl Creek) 철도교량 공사를 계획적으로 방해하려 했다는 혐의로 북군에 의해 교수형에 처해지는 신세가 된다. 비어스는 문단 4에서 객관적 관점을 버리고 제한적인 전지적 관점을 사용하면서 파르쿠아에게 초점을 맞춘다. 파르쿠아를 객관적으로 묘사하는 이야기의 두 번째 부분은 어떻게 해서 파르쿠아가 교수형에 처해질 신세까지 이르게 되었는가에 대해 설명한다. 20개의 설명적 문단으로 이루어진 작품의 세 번째 부분은 거의 전적으로 파르쿠아의 생의 마지막 순간에 초점을 맞춘다. 다리에서 떨어지는 것이 현실로 다가오면서 그는 자신의 목을 맨 밧줄이 끊어지고 물 속으로 떨어진 후 북부군의 총과 대포를 피해 헤엄을 쳐 강가로 올라가 걸어서 집까지 가 아내의 환영을 받는 장면에 대해 상상한다. 이러한 행복한 꿈은 문단 37에서 끝나는데 이 마지막 장면에서 관점은 순식간에 이야기의 도입부에서

* 중심 아이디어
** 주제문

사용된 극적 관점으로 회귀해버린다:

> 페이턴 파르쿠아는 죽었다. 목이 부러진 그의 시신은 아울강 다리의 나무 기둥 밑에서 매달린 채 좌우로 조용히 흔들렸다.

[3] 이 작품에서 가장 돋보이는 부분은 비어스가 제한적인 제3인칭 서술 방법을 이용하여 파르쿠아의 정신적 지각상태를 묘사하는 부분이다. 우리는 이러한 방식을 화자가 파르쿠아에 대해 반어적 진술을 할 때 처음 만난다. "준비(즉 교수형을 위한 장비)는 단순하고 효과적인 것으로 그를 매료시켰다"(문단 4). 비어스는 면밀하게 이야기의 나머지 부분이 어떻게 서술될 것인가에 대해 설명한다. 우선 그는 "여기서는 문자로 표현될 수밖에 없는" 파르쿠아의 "생각은 운명의 순간을 맞이하는 뇌리에 섬광처럼 번졌다"라고 서술한다(문단 7). 그는 또한 교수형에 처해질 이 사람의 고통이 감수성을 고양시킨다고 진술한다. "그의 유기체적 체계가 혼란에 빠지면서 그 무언가가" 그의 육체적 감각을 고양시키고 섬세하게 만들어 "전에는 결코 느낄 수 없던"(문단 20, 필자의 강조) 것들을 받아들이게 만든다. 이러한 서술의 원칙에 바탕을 두고 비어스의 화자는 파르쿠아의 죽어 가는 의식의 깊은 곳을 파헤치며 마지막 순간에 그의 마음속에 섬광처럼 번지는 탈출 이야기를 끄집어낸다.

[4] 작품의 세 번째 부분의 서술을 대부분 차지하는 탈출은 자연스럽게 파르쿠아를 동정하는 독자들이 원하는 대로 그럴듯하게, 사실적으로 진행되는 듯하다. 이 이야기의 힘은 바로 이러한 욕망과 현실 사이의 긴장에서 비롯된다. 비어스의 제한적인 전지적 화자는 셋째 부분의 두 번째 문장에서부터 이야기의 발전에 핵심적 역할을 하는 시간과 지각력이라는 두 가지 요소를 주도면밀하게 한데 혼합한다. "그는 매우 오랜 시간이 흘러가버린 것처럼 느꼈다"(문단 18). 파르쿠아의 탈출에 대한 꿈은 모두 바로 이 두 가지 표현, "매우 오랜 시간"과 "것처럼"에서 비롯된 것이다. 다시 말해 특별한 상황에서 인간의 지각은 찰나에 지나지 않는 짧은 순간에도 오랜 시간에 걸쳐 얻을 수 있는 많은 양의 경험을 포용할 수 있는 것이다.

[5] 따라서 죽어 가는 사람의 지각력은 이 작품의 주요 강조점들 중 하나이다. 우선 화자는 파르쿠아의 지각력이 북부군 병사들 중 한 사람의 눈동자 색을 알아볼 정도로 극도로 예민해져 있다는 사실을 지적한다. 그러나 파르쿠아의 정신은 곧 약해지고 그의 인식은 점점 더 꿈처럼 그리고 인상 위주로 변해간다. 비어스의 화자는 "멀리 지평선의 한 점까지 뻗어가다가 사라지는 양쪽에 일직선으로 세워진 담"을 형성하는 나무들의 "검은 몸뚱이들"이 서 있는 길을 묘사함으로써 희미해지는 파르쿠아의 의식과 그에 따라 점점 더 심해지는 현실의 왜곡 현상을 보여준다(문단 34). 과거시제에서 현재시제로 바뀌는 문단 36에는 찰라와 같은 마지막 순간에 일어나는 파르쿠아의 환상이 묘사된다. 그가 최후로 보는 환상은 그의 아내가 "그를 맞이하기 위해 베란다에서 내려와 서서 (그를) 기다리는" 광경이다. 바로 그때 그는 실제 상황에서 "목 뒤를 내리치는 듯한 강한 충격"을 느끼며 자신의 삶을 영

원히 마감한다.

[6] 그러나 비록 파르쿠아가 상상을 통해 탈출을 생각하며 잠시나마 희망을 갖지만 결국 현실적으로 충격을 느끼며 죽는다는 것은 이 이야기가 독자인 우리에게 그가 겪는 육체적 고통을 끊임없이 상기시켜 주고 있다는 사실을 말해준다. 우리는 여러 차례에 걸쳐 파르쿠아가 "고통"을 느끼며, "숨이 막히고," "손목에 강력한 통증"을 느끼며, "목이 무섭도록 아프고, 머리는 마치 화염에 휩싸인 듯"하다는 표현을 접한다(문단 18, 19, 35). 우리는 또한 그의 "눈에 비친 세상"이 마치 "천천히 원을 그리며"(문단 21) 돌아가는 것 같다는 느낌을 현실처럼 받아들일 수 있는데 그것은 이러한 느낌이 교수형을 당한 채 죽어가는 사람의 느낌과 일치한다고 가정할 수 있기 때문이다. 다시 말해 이 이야기는 파르쿠아가 현실을 어떻게 이해하고 있는 가에 초점을 맞추지만 동시에 그가 마지막 겪는 죽음의 고통이라는 실제와 같은 상황을 우리에게 보여준다.

[7] 비어스가 화자의 목소리와 죽어가는 사람의 의식을 한데 통합했다는 점은 독특하다. 이외의 다른 어떤 방법으로도 주인공의 마음속에서 일어나는 것을 드러내 보여줄 때에만 생기는 작품의 신뢰성과 힘을 달성할 수는 없었을 것이다. 예를 들어 이야기의 도입부와 종결부에서 사용된 극적 관점으로는 인물의 내부에서 일어나는 생각에 접근할 수 없다. 마찬가지로 죽어가는 사람의 무의식에 초점을 맞춘 제1인칭 관점은 실제로 일어나는 일을 묘사하기에는 역부족이다. 따라서 비어스의 제한적인 전지적 관점은 가장 적절한 선택인 것이다. 이러한 방식은 사건을 현실적이고 믿을만한 것으로 만들어 줄 뿐 아니라 파르쿠아의 강렬한 희망과 꿈을 적절하게 묘사해줌으로써 그를 향한 독자들의 동정심을 유발시킨다.

[8] 이상에서 설명한 바와 같이 비어스가 관점을 탁월하게 통제한 것이 「아울강 다리에서 생긴 일」의 주요한 성공 요인이다. 그의 서술 방법은 정상적인 현실과 정상적인 시간의 틀을 만들어주면서, 동시에 주인공이 내적으로 인식하는 현실과 시간을 적절하게 묘사할 수 있도록 해준다. 관점을 통제하고 구사하는 그의 능숙한 솜씨는 처음 작품을 읽는 일반 독자들에게 파르쿠아의 탈출이 정말인 것처럼 생각하게 할 정도이다. 그러나 현실은 사건 그 자체에 있는 것이 아니라 그것에 대한 당사자의 인식 속에 있다. 비어스가 극적 관점과 제한적 관점을 융합하지 않았다면 작품의 성공은 기대하기 어려웠을 것이다.

7. 논평

이 논문의 목적은 비어스의 제한적인 전지적 관점이 감각이 한껏 고양된 순간에 어떻게 시간이 압축될 수 있는가를 보여주는 데 핵심적 역할을 하고 있는가를 설명하는 데 있다. 이 논문에서 필자는 성공, 통제, 적절한, 탁월한 등의 수사를 사용한다.

　　서론 부분의 문단은 논문이 다룰 두 가지 중요한 논제에 대해 언급하는데, 틀로서 사용된 극적 관점과 집중적으로 논의될 제한적인 전지적 관점이 그것이다.

　　논문의 첫째 부분(문단 2)은 비교적 간결하다. 극적/객관적 관점에 대해서는 꼭 필요한 만큼의 설명만이 등장하는데 이것은 비어스가 이러한 관점을 주인공의 마음속에서 일어나고 있는 생각을 심층 조사하기 위해 도입부와 종결부에 일종의 골격으로 사용했다는 사실을 주장하기 위해서이다.

　　본론의 두 번째 부분(문단 3에서 7까지)은 비어스가 어떻게 죽어 가는 주인공의 마음속 깊이 들어가는가를 강조한다. 문단 3에서 5까지의 목표는 어떻게 화자의 관점이 궁극적으로 파르쿠아의 관점과 합해지는지를 보여주는 것이다. 문단 6은 서술방법을 옹호하기 위한 것인데 그 이유는 이야기를 통해 비어스가 항상 파르쿠아의 극심한 고통을 기록하기 때문이다. 다시 말해 이 작품은 고통과 시간의 확장에 대한 주인공의 인식을 사실적으로 충실하게 묘사한다. 문단 7은 지금까지의 논의의 연장선상에서 파르쿠아가 본 것을 표현하는 또 다른 서술 방법의 가능성을 고찰한 후 비어스의 선택이 가장 적절한 것이라고 결론짓는다.

　　결론인 문단 8은 비어스의 성공은 극적 관점과 제한적인 전지적 관점을 적절하게 혼합하여 사용했기 때문이라고 다시 한번 강조한다.

8. 추가 논제

　①　다음 인물들 중 한 사람의 관점에서 짧은 이야기를 써 본다.
　　　• 「목걸이」의 마틸드 루아젤. 진실을 이야기하지 않음으로써 어떻게 나는 내 인생의 10년을 망쳐버렸는가?
　　　• 「미스 브릴」의 빵집 주인. 내가 좋아하는 손님
　　　• 「아몬틸라도의 술통」의 포츄나토. 그런데 왜 그는 내게 이런 짓을 하는가?
　　　• 「젊은 굿맨 브라운」의 페이스(Faith). 도대체 내 남편에게 무슨 일이 일어난 것인가?
　　　• 「첫 고해성사」의 노라(Nora). 무서운 나의 동생
　②　「젊은 굿맨 브라운」이 「세 명의 낯선 사람들」이나 「아울강 다리에서 생긴 일」의 화자들처럼 원래의 화자와 다른 관점을 지닌 화자(지식과 관심 분야뿐 아니라 이야기를 하는 목적도 상이한)에 의해 서술된다면 작품에 어떤 영향을 끼치겠는가?
　③　어린 시절 벌을 받은 일에 관해 생각하며, 그때 벌을 준 어른의 입장에서 그 정당성에

대해 설명해보라. 어린 시절 여러분의 모습을 제3인칭 관점에서 객관적으로 묘사하는 것을 잊지 말라. 어른의 관점에서 모든 것을 서술하면서 어떻게 그 어른이 여러분의 행위를 알게 되고, 판단하였으며, 그러한 벌을 주기로 결정하였는지 알아내도록 노력하라.

④ 사람들이 이야기할 때는 항상 무언가 얻고자 하는 것이 있으며 따라서 다른 사람들이 우리에게 이야기 할 때 비판적인 태도를 취할 필요가 있다는 주장에 대해 논문을 써 보라. 사람들은 우리의 판단이나 의견을 바꾸려고 하는가? 그들은 진실을 이야기하고 있는가? 그들은 혹시 중요한 사항을 빼고 이야기하고 있는 것은 아닌가? 그들은 우리에게 무언가 팔려고 하는가? 논문을 쓰면서 아이디어를 강화하기 위해 자신이 읽은 작품의 예를 들어도 좋다.

⑤ 도서관의 참고문헌부에 가서 문학용어와 개념에 대한 책 두 권을 찾아본다. 이 책에서 관점에 대한 설명이 얼마나 완전하고 분명하게 설명되어 있는가? 이들 참고문헌과 이 장에서 논한 내용을 바탕으로 하여 「첫 고해성사」, 「아울강 다리에서 생긴 일」, 「메아리」("Echo"), 「채프먼의 호머를 처음 읽고서」("On First Looking Into Chapman's Homer"), 혹은 이외의 작품에 등장하는 화자의 관점과 관심사에 대해 설명하라.

제6장
아이디어 또는 주제에 대한 글쓰기:
문학 작품이 지니는 의미와 메시지

아이디어라는 단어는 일반적이거나 특별한, 또는 추상적인 사고의 결과를 일컫는 말이다. 이와 비슷한 단어들로는 개념, 생각, 의견, 원칙 등이 있다. 문학 작품을 공부하는 데에 있어서 아이디어를 다룬다는 것은 의미, 해석, 해설, 의의와 관련이 있다고 할 수 있다. 아이디어는 보통 광범위하고 복잡한 것이기는 하지만, 개별적인 아이디어는 단어 하나로도 표현이 가능하다. 즉, 올바름, 선함, 사랑, 경건함, 원인, 야생 같은 경우가 그러하며, 또한 아이디어 자체를 말하는 경우도 당연히 이에 포함된다.

1. 아이디어와 주장

물론 이처럼 하나의 단어가 아이디어를 가리킬 수도 있겠지만, 아이디어들을 통해서 우리의 이해력을 증진시키려면 반드시 문장 또는 주장의 형태를 가지고 있어야 한다. 아이디어를 잘 전달해주는 문장들은 일상 대화에서 쓰이는 문장들과는 구분이 된다. "오늘 날씨가 좋군요!"와 같은 관찰은 (날씨에 따라) 옳은 것일 수는 있겠지만 어떤 특정한 아이디어를 전달해주지 못하기에 우리의 사고를 자극시킬 수 없다. 오히려 어떤 아이디어를 나타내는 문장은 그 날을 구체적으로 생각하게 만들 수 있어야 한다. "좋은 날씨라면 살랑거리는 바람, 푸른 하늘, 따스한 태양, 그리고 고요함이 있어야 한다." 이 문장은 "좋다"는 말에 대한 구체적인 주장을 밝히고 있기 때문에 우리로 하여금 "좋은 날씨"에 대한 아이디어를 형성하고 발전시킬 수 있도록 해준다.

문학을 공부하는 데에 있어서 아이디어는 항상 주장으로 표현해야 한다. 예를 들어 체호프의 『곰』(The Bear)에 나타나는 아이디어는 "사랑"이라고 말할 수 있겠지만, 이것만으로는 더 이상 토론이 진행되기가 힘들 것이다. "『곰』에서는 사랑을 거역할 수 없고 이성적이지 못한 것으로 표현하고 있다" 정도로 말을 해야 뭔가 얘깃거리가 생겨난다. 비슷하게 셰익스피어의 「소네트 73: That Time of Year Thou Mayest in Me Behold」에 관하여 다음과 같이 주장한다면 생각이 발전할 여지가 만들어진다. "화자는 점점 많아지는 자신의 나이를 설명하면서 사랑이 아주 짧은 기간 안에서만 일어나는 것이라는 아이디어를 보여주고 있다."

지금 우리가 이 두 작품에서 단지 하나의 아이디어를 찾아 살펴보았지만 대부분의 이야기 속에는 많은 아이디어들이 담겨 있다. 이 가운데 가장 중심적으로 보이는 하나의 아이디어를 주제라고 한다. 주제와 주요 아이디어는 사실상 같은 것이다.

2. 아이디어와 가치

문학은 아이디어와 함께 가치를 지니고 있다. 아시다시피 가치는 보통 어떤 것의 가격을 지칭하는 것이지만, 아이디어와 원칙의 영역에 있어서는 무엇인가 바라고, 찾고, 중요시되고, 간직되는 기준을 말하는 것이다. 예를 들어, 민주주의는 흔히 우리의 정치 체계를 가리킨다. 하지만 그것은 우리들이 명예, 협동, 관용, 사랑을 높게 평가하는 것과 마찬가지로, 높이 평가되는 대표적인 정부를 총칭하는 복합적인 아이디어이기도 하다. 매우 중요한 아이디어/가치로서는 정의가 있는데, 이것에 대해 간단히 말하자면 법 앞에서 평등한 것과, 용납할 수 없거나 불법이라고 지명된 행위에 대한 공정한 평가를 포함시키고 있다. 글라스펠의 연극 『사소한 것들』에서는 이러한 정의를 중심적인 화제로 삼고 있다. 글라스펠은 30년간 남편의 위협과 인생의 악조건 속에서 살아가다가, 마침내 자고 있는 남편을 목 졸라 죽이는 한 농장 부인의 이야기를 극화시켰다. 만일 여기서 우리가 정의를 죄-유죄판결-처벌이라는 고정된 개념으로 생각한다면 부인인 미니 라이트는 마땅히 유죄 선고를 받아야 한다. 하지만 아이디어로서의 정의는 그 죄와 관련된 상황과 동기에 대한 총체적이고 공정한 고찰이 필수적이고, 바로 이러한 고찰을 무대 위에서 미니의 부엌을 살펴보는 두 여인이 하게 되는 것이다. 그들의 대화 중 많은 부분에서 미니에 대한 동정심이 나타나는데, 이는 정식 배심원의 신중함과 동등한 가치를 지니는 것으로 평가해야 할 것이다. 그들의 마지막 결정은 마치 평결과도 같은데, 결국에는 미니의 범행을 덮어주면서 그들에게 가장 높은 가치를 갖는 정의의 아이디어가 이해심이라는 것을 보여주고 있다. (물론 미니의 상황에 대한 대사에서 직접적으로 이런 말들을 쓰지는 않았지만.) 간단히 말해서 글라스펠의 작품『사소한 것들』의 바탕에 깔린 정의의 아이디어는 마음속 깊이 느끼게 되는 그 어떤 것과 관련이 있다.

3. 문학 작품에서 아이디어의 위치

일반적으로 시, 연극, 또는 소설을 창작하는 작가들은 체계적인 철학자들이 아니기에 그들의 작품을 마치 아이디어들로만 이루어진 것으로 여기면서 "메시지 사냥"을 한다면 잘못이다. 작품을 그저 있는 그대로 음미하는 것만으로도 대단한 만족을 얻을 수 있으니 말이다. 화자와 갈등의 흐름을 좇는 것, 등장인물들을 좋아하게 되는 것, 작품이 내포하는 의미와 교훈을 이해하는 것, 그리고 작가 고유의 어투를 들어보는 것, 이런 것들은 그 동안 문학을 소중한 것으로 여겨온 이유들 중 다만 몇 가지에 불과하다.

그럼에도 불구하고 문학을 이해하고 작품의 진가를 알기 위해서는 아이디어가 중요한 역할을 한다: 작가들은 아이디어를 가지고 있다가 그것으로 대화하기를 원하기 때문이다. 예를 들어『곰』에서 체호프는 너무나도 황당하게 순식간에 사랑에 빠진 남녀에 웃음의 초점을 맞춘다. 이 연극이 재미있는 것은 그 엉뚱함 때문이기도 하지만, 또한 인간에게는 사랑이 다른 어떤 각오보다 우선한다는 아이디어를 토대로 삼았기 때문이기도 하다. 「호랑이」("The Tyger")에서 블레이크(William Blake)는 "밤의 숲"에서 살고 있는 야생 호랑이의 "두려운 균형미"를 설명하고 있다. 하지만 이 시는 또한 악이 갖는 설명할 수 없는 면들, 인생이라는 거대한 미스터리, 그리고 이 우주에서 절대적인 지향점을 찾기가 불가능함 등의 아이디어를 지니고 있다.

1) 아이디어와 행동의 구분

아이디어를 찾기 위해 작품을 분석할 때 아이디어와 행동을 혼동하는 함정에 빠지지 않도록 조심해야 한다. 오코너(O'Connor)의 「첫 고해성사」("First Confession")에 관한 다음 문장에는 바로 그러한 함정이 있다. "이야기의 주인공인 재키(Jackie)는 집에서 말썽을 피우다가 할머니를 빵칼로 찌르려고 한다." 이 문장은 이야기에 드러난 주요한 행동을 잘 설명해주고 있지만 인물과 사건을 연결시켜주는 아이디어가 없기에 이해에 도움이 안된다. 다음과 같은 문장이라면 연결이 가능할 것도 같다. "「첫 고해성사」는 가정 생활이 때때로 분노와 잠재적인 폭력을 생산한다는 아이디어를 나타내고 있다." 또는 "「첫 고해성사」는 아이들에게 억지로 권위를 수용하게 만드는 것이 어른들의 의도와는 정반대의 효과를 가져올 수 있다는 것을 보여준다." 이렇게 연관되는 서술을 바탕으로 한 연구는 아이디어를 중심으로 전개하면서도 오코너의 이야기를 다시 한번 되풀이하는 수준에 머물지는 않을 것이다.

2) 아이디어와 상황의 구분

아이디어와 상황의 구분 또한 필요하다. 예를 들어 로웰(Lowell)의 「패턴」("Patterns")에서 화자는 약혼자의 죽음으로 인해 자신에게 어떤 일이 일어나는지 서술하고 있다. 그녀가 처한 곤경은 어떤 상황이지, 그 상황에서 창출되는 아이디어가 될 수는 없다. 예를 들어, 이 시의 주요 아이디어 중 하나는 미래의 계획들이 어쩔 수 없는 상황들로 인하여 파괴될 수 있다는 것이다. 이처럼 어떤 작품의 여러 상황들로부터 작가의 주요 아이디어들을 구분해낼 수 있다면, 아이디어에 초점을 맞출 수 있을 것이며, 따라서 자신의 생각을 날카롭게 다듬어갈 수 있을 것이다.

4. 아이디어를 어떻게 찾을 것인가

아이디어는 인물이나 배경처럼 분명하게 보이는 것이 아니다. 아이디어라고 확정짓기 위해서는 자신이 방금 읽은 내용의 의미를 고찰하면서 그것을 설명할 수 있는 포괄적인 주장들을 만들어야 한다. 자신이 생각한 주장이 다른 사람이 생각한 주장과 같을 필요는 없다. 사람들은 각기 다른 것에 주목하며, 개개인의 서술양식은 다를 수도 있다. 예를 들어 쇼펜(Chopin)의 「한 시간의 이야기」("The Story of an Hour")에서 작품의 주제에 대한 첫 인상은 다음 중 어느 것이라도 될 수 있다. (1) 좋은 결혼 생활을 하는 부부들조차도 그 결혼 생활에 대한 생각이 분명치 않을 수 있다. (2) 사고를 당한 여성은 전에 몰랐던 부정적인 생각들을 가질 수 있다. (3) 어떤 사람과 가장 절친한 사람도 그 사람의 가장 솔직한 감정들은 모를 수 있다. 이 세 가지 주장들 중 어느 것이라도 「한 시간의 이야기」를 연구하는 기본 주제로 삼을 수 있겠지만, 셋 다 남편이 죽었다는 소식을 들은 아내가 놀랍게도 해방의 느낌을 가진다는 것을 지적한 점이 같다. 아이디어를 발견하는 데에 있어서는 여러분도 비슷한 과정을 따른다. 아이디어가 될 만한 몇 가지 문장을 만들고, 그중의 하나를 택해서 더욱 발전시키는 것이다.

작품을 읽으면서 작가들이 아이디어를 전달하는 다양한 방법에 주목하자. 어떤 작가는 인물의 대사를 통해서 전달하는 간접적인 방법을 택할 수 있고, 다른 작가는 직접적인 서술을 선호할 수도 있다. 현실적으로 작가들은 다음 방법 중 몇 가지, 혹은 모두를 사용하게 된다.

(1) 작가의 목소리에 담긴 어휘를 연구하라

작가들은 행동, 대화, 그리고 상황을 표현하는 것이 보통이지만, 때로는 우리의 이해를 돕기 위한 길잡이로 어떤 아이디어들을 제시한다. 예를 들어 「목걸이」의 두 번째 문단에서, 모파상의 작가적 목소리는 여성들이 이 세상을 살아가는 데에 필요한 것은 매력과 외적인 아름다움밖에 없다는 점을 이야기하고 있다. 아이러니컬한 것은 모파상이 이 이야기에서 자신의 매력으로 불행을 막지 못하는 주인공 마틸드에게는 외적 아름다움이 아무 소용이 없다는 것을 보여주고 있다는 점이다. 「젊은 굿맨 브라운」에서 호손은 "마귀의 본래 있는 그대로의 모습은 인간의 가슴속에 있을 때보다 그 모습이 덜 끔찍하다"(문단 35)는 강한 주장을 한다. 이 문장은 주인공인 굿맨 브라운이 사탄을 만나기 위해서 "어두운 황무지(benighted wilderness)"로 서둘러 가는 시점에서 등장하는 작가의 목소리이다. 이 아이디어는 복잡하고 긴 토론의 여지를 품고 있는 것이기는 하지만, 그 핵심 사상은 모든 악의 원인이 인간 자신의 내부에 있으며, 그렇기 때문에 선이든지 악이든지 자신의 행동에 책임이 있는 존재는 우리 자신뿐이라는 점이다.

(2) 일인칭 화자의 말과 생각들을 연구하라

일인칭 내레이터 또는 화자는 사건이나 상황에 대한 서술과 함께 아이디어를 표현하는 경우가 많고, 독자가 어떤 아이디어를 유추해낼 수 있는 발언을 하기도 한다(5장을 참조할 것). 그들이 말하는 것은 연극적으로 제시되기 때문에 화자가 누구냐에 따라 맞는 말일 수도 있고 틀린 말일 수도 있으며, 그 말이 사려 깊은 것일 수도 있고 생각 없는 것일 수도 있으며, 선할 수도 악할 수도, 또는 훌륭할 수도 미숙할 수도 있다. 아놀드의 「도버 해협」의 화자는 과거에 중요했던 이념의 가치 하락을 한탄하면서 이러한 손실은 현재 세상에서 확대되는 무지, 의심, 그리고 폭력과 맥을 같이하는 것이라고 결론을 짓는다. 하디의 「해협 사격」에서 근처 해군의 발포 소리에 갑자기 깨어난 해골인 화자는 고대부터 현재까지 전쟁이 인류에게 지속적인 위협이 되어왔음을 암시한다. 「아몬틸라도의 술통」의 몬트레소처럼 화자가 애매한 성격을 가지는 경우라도 우리는 그러한 화자의 아이디어들을 연구하고 평가할 수 있게 된다. 예를 들어, 몬트레소는 사적인 복수에 관한 자신의 의견을 드러내면서 서술을 시작한다. 별로 유쾌하지 않지만 이것도 분명히 아이디어이기는 한 것이다.

(3) 등장인물들이 말하는 극적 진술을 연구하라

소설, 시, 그리고 연극에서는 인물들이 맞든 틀리든, 사고를 자극하든 아니든 간에 그들 자신만의 입장을 표현한다. 이러한 극적인 대사들을 고려할 때 여러분은 스스로 분석하고 평가하는 작업을 수행해야 한다. 예를 들어 체호프의 『곰』에서, 스미르노프와 포포프 부인은 서로 대화를 나누기 시작하면서 바보스런 생각들을 많이 표현하는데, 갑작스러운 사랑을 통해서 자신들의 그러한 생각들이 얼마나 이치에 맞지 않았는지 스스로 깨닫게 된다. 글라스펠의 『사소한 것들』에 등장하는 남성들은 남성이 여성을 지배해야 한다는 인습적인 생각들을 표현한다. ("보안관의 부인은 바로 그 법과 결혼한 것이다." 대사 143) 하지만 연극 그 자체는 그들의 생각이 부족하고 거만하다는 점을 드러내고 있다.

(4) 작품 속의 비유적인 언어를 연구하라

시를 이루는 주요한 부분의 하나는 비유적인 언어이다(8장 참조). 「밝은 별」이라는 소네트에서 키츠는 고정된 별, 즉 북극성에 비추어 항구성의 개념을 상징적으로 표현한다. 더해서 비유적인 언어는 소설과 희곡에서도 찾아볼 수 있다. 따라서 맨스필드의 「미스 브릴」의 서두에서 화자는 해맑은 날을 금빛, 은빛 와인에 비유한다. 이 세상의 아름다움과 행복함을 표현하는 멋진 비유이다. 이러한 아이디어는 미스 브릴이 경험하게 되는 냉담함과 무자비함과 아이러니컬하게 대조되고 있다. 글라스펠의 『사소한 것들』에서 살해된 남편인 존 라이트를 "뼈 속까지 깊이 파고드는 시린 바람"(대사 103)에 비유한다. 이러한 비유적 언어로써 글라스펠은 무뚝뚝함, 냉담함, 그리고 무자비함이 인격에 커다란 손실을 가져올 수 있다는 사실을 전달한다.

(5) 어떤 인물들이 어떤 아이디어를 얼마나 대변하고 있는지 관찰하라

인물과 그들의 행동은 어떤 특정한 아이디어와 가치들을 대변하는 경우가 많다. 「목걸이」에서 마틸드의 이야기가 갖는 위력 때문에 우리는 이루어질 수 없는 꿈들이 현실적인 세계를 침범하고 손상시킬 수 있다는 아이디어를 마틸드가 대변하고 있다고 설명할 수 있다. 서로 다르거나 대립하는 인물인 경우, 예를 들어 쇼팽의 「한 시간의 이야기」에 등장하는 루이즈와 조세핀의 경우에는 각각의 여성이 결혼에 있어서 서로 다른 여성의 역할을 대변하는 역할을 할 수 있다.

요컨대, 아이디어를 대변하는 인물들은 상징적인 지위를 가질 수도 있다. 호손의 「젊은 굿맨 브라운」에서 주인공이 광신에서 오는 소외감을 상징하듯이 말이다. 프로스트의 「황야」에서 화자는 인간의 내부에 존재하는 공허함과 무관심이라는 무서운 성품을 상징하는 것으로 등장한다. 이러한 인물들은 특정한 아이디어와 바로 관련시킬 수도 있고, 그러한 인물들을 이야기하면서 그 아이디어에 대한 이야기를 하는 것과 같은 효과를 낼 수 있다.

(6) 작품 자체가 아이디어의 구현물이라고 여겨라

작가들이 아이디어를 표현하는 가장 중요한 방법 중 하나는 그러한 아이디어들을 작품의 모든 부분과 관점 속에 엮어내는 것이다. 여기서 회화 작품을 비유로 쓰면 효과적인데, 각기 다르게 고려될 수도 있는 색감, 형태, 행동, 그리고 표현의 모든 면들을 한 눈에 알아볼 수 있다는 점 때문이다. 이와 같은 방법으로 한 문학 작품을 총체적으로 바라볼 때, 작품의 각기 다른 부분들이 합쳐져서 주요 아이디어들을 표현하고 있음을 알 수 있다. 예를 들어 크리스티나 로제티는 「메아리」라는 시를 시간의 흐름으로 기억과 사랑의 의미가 사라지지 않는다는 아이디어를 바탕으로 창작했다. 비어스의 「아울강 다리에서 생긴 일」의 세 번째 문단은 긴장이 많은 상황에서는 인간의 머리가 굉장히 빠른 속도로 돌아간다는 아이디어를 바탕으로 전개된다. 대부분의 작품은 아이디어들을 비슷한 방법으로 묘사한다. 표면상으로 직시하고 있는 문제들을 잊도록 해주는 "탈출용 문학"에서조차도 선과 악, 사랑과 증오, 좋은 편과 나쁜 편, 지구인과 외계인 등의 갈등을 보여줄 수 있으며, 따라서 이러한 작품들도 아이디어를 내포한다. 물론, 그들의 의도는 독자들로 하여금 생각하게 만드는 것이 아니라 오히려 잊도록 도와주는 데에 있긴 하다.

5. 문학 작품의 주요 아이디어에 관한 글쓰기

여러분은 주요 아이디어나 테마에 관한 글쓰기를 대부분 하겠지만 이야기에서 나오는 다른 아이디어가 관심을 더 끄는 경우도 있을 것이다. 영감을 떠올리고 초안을 구상하면서 다음과 같은 질문들을 해보자.

1) 아이디어를 찾기 위한 질문들

(1) 일반적인 아이디어

- 작품 속에서 어떤 아이디어들을 찾을 수 있는가? 그리고 그것들을 어떻게(행동으로, 인물을 통하여, 배경으로, 언어로) 찾게 되었는가?
- 그 아이디어들은 인간 개개인, 인간과 사회, 또는 종교적, 사회적, 정치적 정의 중에서 어디에 속하는가?
- 아이디어들이 서로 얼마나 조화를 이루고 있는가? 어떤 특정한 아이디어가 강하게 표현되어 있다면 그에 따르는 조건이나 자격 요건은 무엇인가 (없을 수도 있다)? 그에 반하는 아이디어는 어떤 것이 있나?
- 아이디어들이 인물들로 대변되는 어떤 특정한 집단(나이, 인종, 국적, 사적인 지위)에 국한되어 표현되는가? 그렇지 않으면 아이디어들이 인생의 일반적인 조건들에 적용시킬 수 있나?
- 어떤 인물이 아이디어를 대변하거나 구체화시키고 있나? 그들은 어떻게 행동으로, 또는 말로 이러한 아이디어들을 표현하고 있나?
- 만일 인물들이 아이디어를 직접적으로 표현하고 있다면 그들의 표현력이 얼마나 설득력 있나? 또한 그 말들은 얼마나 이해력 있고 사려 깊은가? 아이디어들은 작품 자체나, 또한 일반적인 조건들과는 얼마나 깊은 관련이 있나?
- 어린이, 청년, 또는 나이 많은 인물들에 있어서 그러한 나이 차이가 어떻게 아이디어를 표현하거나 구체화시키고 있나?

(2) 특정한 아이디어

- 작품에서 특히 중요시되고 있는 아이디어는 어떤 것인가? 왜 그런가? 그 아이디어는 직접적으로, 간접적으로, 극적으로, 또는 모순적으로 주장되고 있나? 이중 어느 한 방식이 특히 지배적인가? 왜 그런가?
- 아이디어가 작품 속에 얼마나 깊이 스며들어 있으며(계속적이거나 단절적이거나), 주된 인물이나 사건과 얼마나 깊이 관련을 맺고 있나? 작품의 구성이 아이디어를 이해하는 데에 어떤 식으로 영향을 주는가?
- 어떤 가치들이 아이디어로 구체화되고 있나? 그 가치들이 작품의 의미에 얼마나 중요한 역할을 하고 있나?
- 아이디어가 얼마나 설득력이 있나? 그 어떤 아이디어도 없이 작품을 감상할 수 있지는 않을까?

144

2) 아이디어 또는 주제에 대한 논문의 구성

잘 쓰여진 소설, 시, 또는 연극에서는 서술적, 극적 요소들이 아이디어에 지대한 영향을 미치고 있다는 사실을 기억하자. 이러한 관점에서 아이디어는 음악에 있어서의 음조와 같거나, 사건, 인물, 서술, 상징, 그리고 대화를 하나로 엮어놓은 긴 실과도 같은 것이다. 독자로서, 여러분은 작품이라는 옷감을 이루는 이러한 실들을 한 올 한 올 살펴볼 수 있다.

아이디어에 관한 글쓰기를 하면서, 여러분은 작가의 직접적인 진술이나 인물과 사건에 대한 나름대로의 해석과 이러한 진술을 합한 것에 가장 크게 의지하게 될 것이다. 또한 1인칭 화자에만 집중하면서 그의 아이디어를 이용하여 작품을 분석할 수도 있을 것이다. 설명하는 과정에서는 언제나 인용문을 분명하게 밝히고, 이러한 인용구를 자신의 논평과 구분하도록 하자.

서론
도입부에서 어떠한 아이디어를 설명하는 일반적인 목표와 작품 안에서 그 아이디어의 중요성을 서술한다. 아이디어에 관한 진술이 논문의 중심 아이디어가 될 것이다.

본론
작품에 따라 다루는 방법이 각각 다르겠지만, 다음과 같은 방법으로 논문을 구성해 본다.

① 인물을 통해 아이디어를 분석한다. 예: "미니 라이트는 잔인함과 무감각 속에서 살게 되면 소외, 불행, 그리고 때로는 폭력까지도 야기한다는 아이디어를 구현하는 인물이다" (글라스펠의 『사소한 것들』)
② 사건을 통해서 아이디어가 어떻게 표출되는지 본다. 예: "포포프 부인과 스미르노프가 서로 갈 길을 가지 않고 사랑에 빠진다는 것은 사랑이 문자 그대로 인간의 삶을 구원한다는 체호프의 아이디어를 보여준다."(『곰』)
③ 대사와 말을 통해서 아이디어가 어떻게 보여지는지 본다. 예: "재키의 자백에 대한 신부의 말은 선함과 이해심이 종교적이고 철학적인 헌신을 부추기는 가장 좋은 방법이라는 아이디어를 담고 있다."(오코너의 「첫 고해성사」)
④ 작품의 구성이 아이디어로 인하여 어떻게 결정되는지 본다. 예: "공포가 한 국가의 미

와 전통을 병들게 한다는 아이디어를 바탕으로 레이턴은 시의 도입과 결말에서 유대인 대학살에 관하여 언급을 한다.“(「라인강의 보트 여행」)

⑤ 아이디어가 변화하거나 다르게 표현되는 것을 다룬다. 예: “열렬한 믿음이 해가 될 수 있다는 아이디어는 현실에 대한 브라운의 악몽과 같은 왜곡, 남에 대한 배타심, 그리고 죽음과도 같은 우울함에 나타나고 있다.”(호손의 「젊은 굿맨 브라운」)

⑥ 이러한 방법들을 (다른 의미 있는 요소들과 함께) 혼합시켜 사용한다. 예:『곰』에서 사랑이 복합적이고 모순적이라는 체호프의 아이디어는 처음에 포포프 부인에 대한 스미르노프의 모욕, 그가 스스로 선언한 독립성, 그리고 마지막 포옹에서 보여지고 있다.“ (여기서 아이디어는 대사, 인물, 그리고 사건을 추적해서 찾게 된다.)

결론

맺음말은 요약과 함께 아이디어의 타당성 또는 강렬함에 대한 평가로 시작할 수 있다. 만일 작가의 아이디어에 설득 당했다면 작가가 아이디어를 강하고 설득력 있게 표현했다고 말할 수도 있을 것이고, 또는 그 아이디어가 오늘날 상황과 관련됨을 보일 수 있다. 만일 그 아이디어에 설득되지 않았다면 그 아이디어의 모자라는 부분이나 한계점들을 서술해야겠다. 만일 방금 읽은 작품이나 어느 다른 작품에서 찾은 이와 관련된 아이디어를 언급하고 싶다면 바로 이 부분에서 소개할 수도 있겠지만, 연관성을 분명히 밝혀야 한다.

모범 논문의 예시
체호프의『곰』에서 보여주는 사랑의 힘

[1]   『곰』이라는 1막 소극에서 안톤 체호프는 아무런 친분이 없었던 한 남자와 한 여자가 만난 지 20분 만에 경험하게 되는 열정적인 사랑을 제시한다. 이렇게 비현실적인 중심 사건을 통해서 이 연극은 비록 사소하게 보일지도 모르지만 몇 가지 분명한 아이디어를 보여준다. 예를 들자면, 삶에 대한 책임이 죽음에 대한 책임보다 크다는 것, 사람들은 아주 바보 같거나 모순적인 행동을 합리화시킬 수 있다는 것, 사랑은 사람으로 하여금 어리석은 짓을 하도록 만든다는 것, 그리고 평생을 바치는 헌신이 거의 아무런 생각 없이 만들어지기도 한다는 것이다. 이 연극의 주요 아이디어 중 하나는 사랑과 욕망이 아주 강한 장애물도 뛰어넘을 수 있는 에너지를 가진다는 것이다.* 이 아이디어는 사랑의 힘이 죽은 자에 대한 헌신이나, 여성에 대

* 중심 아이디어

146

한 무시, 낯설음, 그리고 분노까지도 뛰어넘는다는 것을 보여주고 있다.**

[2] 죽은 남편에 대한 헌신은 포포프 부인의 사랑을 가로막는 장애물이다. 그녀는 남편의 죽음을 애도하는 동안 햇빛을 보지 않으리라고 맹세하면서(대사 4) 독선에 빠져든다. 그녀는 남편에 대한 조문을 하면서, 자신도 이미 죽은 것이라고 주장할 정도로 강렬한 헌신을 보인다:

> 내 인생은 이미 끝났어. 그분은 무덤에 누워 계시고, 나는 이 벽 속에 묻혔으니까…… 우리는 함께 죽은 거야.(대사 2)

체호프는 모든 것을 정복하는 사랑을 그리기 위하여 그녀에게 강한 장애물을 심어 넣었다. 연극의 결말에서 포포프 부인이 스미르노프를 감싸 안는 행위는 바로 이러한 아이디어의 시각적인 예가 되는 것이다.(대사 151, 지문)

[3] 스미르노프에게는 여성에 대한 단념이 장애물의 역할을 한다. 그는 포포프 부인에게 여성이 자신을 냉혹하게 만들었다고 하면서, 이제 자신은 더 이상 "쓰잘데기"(a good goddamn) 없는 존재에 관심을 갖지 않게 되었다고 선언한다(대사 69). 이러한 말에 의하면 그는 도저히 사랑을 할 수 없는 인물로 여겨진다. 하지만 스미르노프는 포포프 부인에 대하여 증오감을 느끼는 절정에서 갑작스럽고 참을 수 없는 사랑을 고백함으로써 체호프의 아이디어를 표현하게 된다. 그의 내면에 사랑의 힘이 너무 강하게 작용하여 포포프 부인의 "벨벳 같은 손"(little velvet hands)이 권총에 맞아도 행복하겠다고까지 주장하게 되는 것이다.(대사 104)

[4] 마치 이렇게 사랑을 막는 개인적인 장애물로는 부족하다는 듯이 존재하는 진짜 장애물이 있는데 바로 이 두 사람은 서로 생면부지라는 점이다. 그들은 전에 한번도 만난 적이 없을 뿐더러 서로에 대해서 들어본 적도 없는 사람들이다. 하지만 작품의 주요 아이디어에 따르면 이러한 생소함은 큰 문제가 되지 않는다. 체호프는 사랑의 힘을 극화시키면서, 친근하지도 못하고 우정을 맺은 사이가 아니라 해도 사랑은 이를 능히 극복할 수 있다는 사실을 보여주고 있다.

[5] 그러나 작품에 등장하는 최악의 장애물은 증오와 폭력의 위협이다. 포포프 부인이 죽은 남편의 빛을 갚아만 한다고 주장하는 스미르노프의 요구에 두 인물은 극심한 짜증을 느끼고, 서로 격렬한 말싸움이 절정에 이르는 시점에서 스미르노프는 여성인 포포프 부인에게 결투를 신청하기에 이른다! 그는 이렇게 소리친다,

> 당신이 그렇게 사랑스럽게 생긴 인간이라고 해서 나를 마음껏 모욕해도 좋을 권리가 있는 줄 아시오? 그래요? 결투를 신청하겠소! (대사 105)

사랑에 대한 그들 스스로의 거부감뿐만 아니라, 서로를 쏘겠다고 협박하는 사건(불

** 주제문

쌍한 루카가 그들을 막을 수 있게 될지는 몰라도)으로 인해서 두 사람은 평생 서로를 증오할 것처럼 보인다. 하지만 사랑의 힘은 홍수와도 같아서 막을 수 없다는 체호프의 아이디어처럼, 그들의 사랑은 이런 모든 장애물들을 뛰어넘는 것이다.

[6] 사랑의 힘에 관한 아이디어는 새롭거나 독특한 것이 아니다. 대중적으로 인기좋은 노래, 소설, 다른 연극, 영화, 그리고 텔레비전 드라마에도 흔히 쓰이는 소재이다. 사랑에 대한 체호프의 아이디어가 놀라운 점은 『곰』에서 사랑이 최대한 가망이 없는 상황을 극복하고 갑자기 승리한다는 점이다. 이러한 상황들은 흥미롭고 서로 깊은 관련이 있는 아이디어를 등장시킨다. 체호프는 강력한 부정적인 감정들이 증오가 아닌 사랑을 낳을 수 있다는 점을 보여주고 있다. 스미르노프와 포포프 부인의 대사는 실망, 후회, 좌절, 짜증, 노여움, 분노, 그리고 잠재적인 파괴력을 지니고 있다. 하지만 이렇게 부정적인 감정들의 절정을 지배하는 것은 사랑이다. 마치 인간의 본성은 미움보다 사랑을 원하는 데 있다는 듯이 결국 적대심이 무너지는 것이다. 『곰』은 사랑의 힘을 해학적으로 극화시킨 작품이며, 인간이 과연 누구인가에 대한 진실한 판단 위에 서 있기 때문에, 더욱 더 훌륭한 작품이 되었다.

6. 논평

이 논문은 연극의 각기 다른 요소들이 모여서 아이디어를 어떻게 효과적으로 표현하고 있는지를 보여주는 여섯 번째 방법(146쪽)을 따르고 있다. 작품 전체를 통해 대사, 상황, 독백, 그리고 사건들이 다양한 결론을 유도하고 있다. 새로운 문단의 첫머리는 "이렇게 사랑을 막는 개인적인 장애물"(문단 4), "최악의 장애물"(문단 5), 그리고 "아이디어는"(문단 6)과 같이 주제의 일관성을 강조하는 어구를 사용하고 있다.

문단 1은 연극이 여러 가지 아이디어를 가지고 있다고 밝히면서 주요 아이디어는 사랑이 가장 큰 장애물도 극복할 수 있는 것임을 말해준다. 주제문은 본문에서 살펴봐야 할 네 가지의 장애물을 나열해주고 있다.

문단 2에서 문단 5는 체호프의 아이디어가 갖는 효과적인 면으로서의 각 장애물의 성격을 묘사해준다. 문단 2에 등장하는 장애물인 남편에 대한 기억에 충실한 포포프 부인의 태도는 강력한 것이다. 문단 3에 나오는 스미르노프의 여성 기피는 겉으로 보기에 사랑을 "불가능"하게 만든다. 서로 완전히 모르는 사이라고 밝히는 문단 4는 "정말로 현실적"인 어려움이다. 문단 5에서는 분노의 장애물이 사랑보다는 "증오"를 낳을 듯싶다.

문단 6은 간단한 요약과 더불어 연관된 또 하나의 중요한 아이디어를 제시해준다. 사람들은 파괴적인 분노를 오래 견디지 못한다는 것이다. 이 두 번째 아이디어는 좀 더 폭넓은 일반화이며, 그 자체만으로도 충분히 논의할 수 있는 아이디어이다. 이 주제가 처음에 나왔으면 더 많은 발전을 필요로 하겠지만, 결말의 일부로는 부족함이 없다. 마지막 문장은 이 두 아이디어를 혼합시켜 주제의 내면을 보여주는 것과 동시에 새로운 아이디어로 향한 실마리를 제공해준다.

7. 추가 논제

① 유사한 사건과 주제를 가진 두 작품을 비교한다.(예, 「도버 해협」과 「해협 사격」, 「밝은 별」과 「소네트 116: Let Me Not to the Marriage of True Minds」, 「황야」와 「젊은 굿맨 브라운」, 「라인강의 보트 여행」과 「아몬틸라도의 술통」, 「한 시간의 이야기」와 『곰』, 「메아리」와 「상자」) 논문을 작성하는 데 도움을 받기 위해서 11장에 있는 비교/대조 기법을 참조하자.

② 「목걸이」라는 작품을 경제결정론의 아이디어 입장에서 살펴본다(부록1 참조). 다시 말해서, 마틸드를 포함한 인물들은 그들의 경제적 지위에 따라 상황과 특성의 제한을 받는가? 그 아이디어에 의하면 그 인물들이 그들의 상황을 넘어설 가능성은 있을까?

③ 이 교재에 수록된 작품 중에서 자신이 싫어하거나 중요하지 않다고 생각하는 작품을 선택하여 그 아이디어를 비판해본다. 작품에 있는 어떤 내용, 또는 어떤 행동이나 인물을 반대하는가? 자신의 어떤 믿음과 가치관 때문에 그 작품의 아이디어가 싫어지는가? 자신이 찬성할 수 있는 아이디어를 표현하기 위해 작품을 어떻게 바꿀 수 있겠는가?

④ 자신이 특별히 흥미롭다고 생각하는 아이디어를 하나 선택하여 인물들이 그 아이디어에 부합되게, 그리고 부합되지 않게 살아가는 모습을 그리는 이야기를 창작해본다. 시 작하기가 힘들다면 다음과 같은 방법을 고려해본다:

- 흥미와 열의는 지속되기 힘들다.
- 사람들은 늘 자신이 가진 것이나 필요한 것 이상을 원한다.
- 어른들의 관심사는 어린이들의 관심사와 다르다.
- 무엇이 불만인지를 가지고 다른 사람과 맞서는 상황은 어색하다.
- 선택을 하는 것은 그 때문에 인생의 방향이 바뀌기 때문에 어려운 것이다.

⑤ 자신의 학교 또는 인근 도서관에서 찾을 수 있는 책으로 다음 주제에 관한 논문을 찾아 간단한 보고서를 쓴다.

- 창조적인 힘으로서의 직관과 상상력을 말하는 존 키츠
- 선하거나 악한 종교의 의미를 말하는 나다니엘 호손
- 국민의 권력과 노동자 계급을 말하는 토마스 하디
- 단편소설이라는 하나의 형태에 대한 에드가 알렌 포의 개념

제7장

이미저리에 대한 글쓰기: 감각과 문학 작품의 연결

문학에서 이미저리란 독자의 상상력을 촉발시켜 이미지들, 다시 말해서, 기억들이나 시각, 청각, 미각, 후각, 촉각, 동작을 통한 정신적 영상(影像)들을 떠올리어 재결합하도록 만드는 단어들과 연관되어 있다. 단어나 표현이 어떤 이미지를 창출할 때, 독자는 자신이 읽고 있는 작품을 이해하기 위하여 자신의 개인적인 삶의 경험과 언어를 사용하기 때문에, 이러한 과정은 활동적이며 심지어 힘있어 보이기까지 하다. 실제로 독자는 자신만의 방식으로 작가가 단어들에 부여해놓은 통제된 자극을 통하여 작품을 재창조하는 것이다. 따라서 이미저리란 독자의 활발한 상상력에 통로를 제공하며, 이 통로를 통하여 작가는 자신의 작품을 직접적으로 독자와 독자의 의식 속으로 가져가기 때문에 이는 문학적 표현을 위한 가장 강력한 방식 가운데 하나인 셈이다.

예를 들어, 호수라는 단어를 읽게 될 때, 독자의 마음 안에 어떤 특정한 호수에 대한 기억이 떠오르게 될 것이다. 멀리서 볼 때 푸른 하늘을 반영하고 있는 조용한 물의 풍경, 가까운 거리에서 볼 때 바람에 살랑거리는 잔잔한 물결의 전경, 보트에서 유심히 내려다볼 때 모래 깔린 호수의 바닥, 혹은 햇살이 내리쬐는 해안의 전망 등의 그림 혹은 이미지가 독자의 머리 속에 떠오를 수 있을 것이다. 이와 유사하게, 장미, 사과, 핫도그, 엿기름 넣은 우유, 피자 등의 단어들은 이러한 물체들을 독자가 연상하도록 만들 뿐만 아니라 이들이 지닌 냄새와 맛 또한 독자의 머리 속에 떠오르도록 할 것이다. 또 다른 예로 노를 젓다, 수영을 하다. 그리고 다이빙을 하다 등 활동적이며 생생한 단어들은 독자를 자극시켜 이러한 행동을 실행하는 누군가의 움직이는 모습을 독자의 머리 속에 떠오르도록 만든다.

1. 독자의 반응과 작가의 세밀한 사용 기법

이미저리를 공부하는 데 있어, 우리 독자들은 작품 속의 이미지가 불러일으키는 인상 그리고 영상이 우리의 상상력 속에서 다시 만들어지는 것을 이해하고 설명하려고 애쓴다. 이를 위해서 우리 독자들은 시인의 단어들이 상상력 안에서 부글부글 끓어올라 여과될 수 있도록 해야 한다. 우리의 상상력이 자극될 수 있도록, 콜리지 (Coleridge)의 「쿠불라 칸」("Kubla Khan")의 한 묘사를 예로 들어보자:

> A damsel with a dulcimer
> In a vision once I saw:
> It was an Abyssinian maid,
> And on her dulcimer she played
> Singing of Mount Abora.(37-41행)

독자는 젊은 여자의 옷 색깔에 관해 알 수 없을 뿐 아니라, 그녀가 현악기의 일종인 덜시머를 연주하고 있다는 사실과 먼 이국의 어떤 산에 관하여 노래하고 있다는 사실 이외에 그녀의 외모에 관한 어떤 내용도 알 수 없다. 그러나 콜리지가 이 시에서 사용하는 이미지만으로도 충분하다. 그 이미지를 통하여 독자는 비록 들을 수도 이해할 수는 없으나 먼 땅에서 사랑스러운 노래와 함께 악기를 연주하는 한 젊은 여자의 생생하고 이국적인 모습을 떠올리게 된다. 이처럼 이미지는 살아 있는 것이다.

2. 이미저리와 사고 및 태도와의 관계

이미지는 인상을 이끌어내는 이상의 역할을 한다. 그 밑바닥에 내재되어 있는 비전과 인식을 입증하는 효과를 통하여 이미지는 독자에게 세상을 보는 새로운 방식과 함께, 세상을 보던 과거의 방식을 강화시켜주기도 한다. 예를 들어,「소네트 116」 ("Let Me Not to the Marriage of True Minds")에서 셰익스피어는 사랑이 인간에게 일관된 삶의 목적을 부여한다는 의미를 펼치고 있다. 이러한 의미를 직접적으로 말하기 보다는 이를 위하여 시인은 독자들에게 익숙한 시각적인 물체들, 다시 말해서 이정표 혹은 등대 그리고 항성의 이미지들을 사용하고 있다.

> . . . it is an ever fixèd mark
> That looks on tempests and is never shaken;
> It is the star to every wandering bark,
> Whose worth's unknown, although his height be taken.

이러한 이미지를 통하여 시인은 명확하며 관찰에 의해 증명될 수 있는 연결 고리를 독자와 형성하고 있다. 아울러 그러한 이미저리의 사용은 문학을 통하여 독자의 사고를 증진시킬 수 있는 가장 강력한 방법들 가운데 하나인 셈이다.

3. 이미저리의 종류

1) 시각적 이미저리는 시각의 언어이다

시각은 우리 감각들 가운데 가장 중요하다. 그 이유는 우리가 다른 인상들을 기억할 수 있도록 만드는 데 시각이 중심 역할을 하기 때문이다. 따라서, 가장 흔히 사용되는 이미저리는 시각적 이미지들로서 우리 독자들이 정확히 혹은 대략적으로 시각화할 수 있는 사물들과 관련이 되어 있다. 이 장에 실린 모범 논문의 예시 (159-160쪽)의 대상인 「뱃짐」("Cargoes")이라는 시에서, 메이스필드(Masefield)는 인간 역사를 세 단계의 시대로 나누어 각 시대에 대양을 항해하는 상선의 그림 혹은 이미지를 독자의 머리 속에 재창조하도록 유도하고 있다. 먼저 시인은 성서의 솔로몬 왕을 연상시키는 고대 근동의 시대 배경 하에 대양을 항해하는 대형 상선인 5단 노예선을 언급하고 있다. 그런 다음 시인은 "웅장한 스페인 대범선"을 언급하고 있으며, 마지막에서 소금으로 두껍게 뒤덮여 있는 채 더러운 싸구려 짐들을 영국해협을 통하여 운송하는 현대의 영국 상선에 대하여 언급하고 있다. 이러한 이미지들은 그 자체만으로 충분하여 더 이상의 부연 설명이 필요치 않다. 성서에 나오는 고대 대륙과 대양을 보지 못했어도 독자는 자신의 상상력 안에서 이러한 이미지를 재생할 수 있으며, 아울러 현대적 모습의 상선에 실려 있는 값싼 물건들을 볼 필요도 다룰 필요도 없는 것이다. 우리의 삶을 통하여 현실 속에서 그리고 그림 속에서 독자들은 이와 같이 상상할 수 있는 충분한 장소들과 대상들은 보아왔기 때문이다. 따라서 자신의 시각적인 이미지들을 독자의 머리 속에 새겨두는 데 메이스필드는 성공한 셈이다.

2) 청각적 이미저리는 소리의 언어이다

청각적 이미지들은 소리와 관련된 우리의 경험을 촉발시킨다. 청각적 이미지의 대상으로 전장에서 병사의 죽음과, 그를 사랑하는 사람들이 겪게 되는 슬픔을 노래하고 있는 윌프래드 오웬(Wilfred Owen)의 「죽은 젊은이를 위한 진혼가」("Anthem for Doomed Youth")를 다루어보도록 하자. "짐승처럼 죽어간 이들을 위하여 조종이 무슨 소용이 있단 말인가?"라는 의문문으로 이 시는 시작한다. 여기에서 오웬의 화자는 교구에 소속된 병사의 안장을 알리기 위해 울리는 전통적인 교회의 종소리를 언급하고 있다. 죽은 이들에게 존경을 표하는 그러한 의식에서 흘러나오는 소리에 대한 언급은 평화와 질서의 시간을 암시하고 있다. 그러나 바로 그때 시인은 전장에서 죽은 사람들을 위한 유일한 소리는 "덜컹거리며 빠르게 내뿜는 소총 소리"뿐이라는 사실을 지적하고 있다. 다시 말해서 이들을 위한 소리는 엄숙하고 근엄한 평화의 소리가 아닌 전쟁의 무시무시한 소음뿐인 것이다. 오웬의 청각적 이미지들은 우리의 상상력 안에서 이에 상응하는 소리를 불러일으킨다. 아울러 이러한 이미지들은 우리 독자가 시를 경험하는 데 도움을 줄 뿐만 아니라 전쟁의 야만적 악행을 증오하도록 만든다.

3), 4), 5) 후각적, 미각적, 촉각적 이미저리는 냄새, 맛, 감촉과 각각 연관되어 있다

시각, 청각 이외에, 독자는 다른 감각과 관련된 이미지들을 발견할 수 있을 것

이다. 후각적 이미지는 냄새와 관련된 것이며, 미각적 이미지는 맛, 그리고 촉각적
이미지는 감촉과 각각 관련되어 있다. 사랑과 관련된 많은 시들의 경우 꽃 향기에
관한 후각적 이미지들을 포함하고 있다.

시각적 그리고 청각적 이미지보다는 덜 쓰이기는 하나 맛과 관련된 미각적 이
미지 또한 문학 작품 안에서 보편적으로 쓰인다. 예를 들면 메이스필드의 「뱃짐」의
5행과 10행에서 시인은 "달콤한 백포도주"와 "계피"를 언급하고 있다. 이 시가 비록
뱃짐에 해당하는 물건들을 다루고 있지만, 그러한 단어들 자체가 우리의 입맛과 관
련된 감각을 자극시키기 때문에 미각적 이미지들로서 우리의 마음에 새겨지게 된
다.

접촉 그리고 감촉과 관련된 촉각적 이미지들은 그 효과의 측면을 제외하곤 묘사
하기 어렵기 때문에 작품에서 보편적으로 쓰이지는 않는다. 그 예로서 로웰의 「패턴」
("Patterns")이라는 시에서 화자가 전장에서 죽은 자신의 약혼자를 더 이상 포옹할 수
없음을 상상하는 장면에서 촉각적인 이미저리를 사용하고 있다. 그녀가 사용하는 이
미저리는 "상처를 내다"는 단어가 말해주듯이 포옹의 효과를 보여주는 반면, 그녀의
내적인 감정은 "고통스럽고, 누그러지게 하는" 등의 단어에 암시되어 있듯이 은유적
으로 표현되어 있다:

> And the bottom of his waistcoat bruised my body as he clasped me,
> Aching, melting, unafraid.(51-52행)

촉각적 이미지들은 감촉과 느낌에 대한 언급이 자연스러운 연애시에서는 특이한 것
이 아니다. 그러나 연애시는 키츠의 「밝은 별」("Bright Star")에서 볼 수 있듯이 성적
인 성취감보다는 갈망과 희망을 다루는 것이 일반적이다.

6) 동적이며 운동감각적인 이미저리는 동작과 연관되어 있다

움직임에 대한 언급들 또한 이미지들이다. 일반적인 동작과 관련된 이미지들
을 동적 이미지라 부르는 반면 영화(motion pictures)를 "시네마"라 부른다는 사실을
기억하라; 아울러 움직임(kine)과 영화(cine)는 동일하다는 것을 유념하라), 운동감각
적이라는 용어는 인간과 동물의 움직임에 적용된다. 움직임과 관련된 이미저리는

시각적 이미지와 밀접하게 연관되어 있다. 왜냐하면 움직임은 매우 자주 눈에 보이기 때문이다. 예를 들어, 메이스필드의 "영국 상선"은 시각적 이미지이다. 그러나 그것이 "영국 해협을 부딪쳐 나갈 때," 그 움직임은 역시 동적인 것이다. 하디의 「해협사격」("Channel Firing")의 시작 부분에서 죽은 시체들이 똑바로 일어나 앉을 때, 그이미지는 운동감각적인 것이다. 아울러 자신의 약혼자가 죽었다는 소식을 전해들은후 정원을 걷는 에미 로웰의 시에 등장하는 화자의 행동 또한 운동감각적 이미지에해당한다.

동적 그리고 운동감각적 이미저리가 도출될 수 있는 영역들은 기술할 수 없을정도로 다양하고 예측 불가능하다. 일반직업, 장사, 전문직업, 사업, 오락활동 등의모든 것이 이미지를 제공할 수 있다. 어떤 시인은 정원을 가꾸는 일로부터 이미지를이끌어 낼 수 있을 것이며, 다른 시인은 돈과 은행 업무, 다른 시인은 현대적인 부동산 개발로부터, 또 다른 시인은 낙엽이 떨어지는 것으로부터, 또 다른 시인은 밀림속의 삶으로부터 이미지를 얻어 낼 수 있을 것이다. 무수한 시들의 신선함, 새로움, 그리고 놀라움은 작가가 이미지를 도출해내는 다양하고 무수한 영역에서 기인한다.

4. 이미저리에 대한 글쓰기

1) 아이디어를 찾기 위한 질문

글쓰기를 준비하는 데 있어, 다음의 문제를 깊이 고려하여 정리해나갈 필요가있다.

- 어떤 종류(들)의 이미지가 작품에 주로 사용되고 있는가? 형태 및 색깔과 관련된 시각적인 이미지인가? 소리와 관련된 청각적인 이미지인가? 냄새와 관련된 후각적인 이미지인가? 접촉 및 감촉과 관련된 촉각적인 이미지인가? 움직임과 관련된 동적 혹은 운동감각적인 이미지인가? 혹은 하나의 이미지가 아닌 두 종류 이상의 이미지들이 결합하여나타나고 있는가?
- 이미지들은 작가의 실제적인 관찰 혹은 과학이나 역사 같은 영역에 대한 작가의 독서와 지식을 어느 정도 반영하고 있는가?
- 이미지들이 얼마나 잘 드러나고 있는가? 얼마나 생생하게 드러나 있는가? 이러한 생생함은 어떻게 얻어지고 있는가?

- 시각 혹은 청각과 관련된 한 부류의 이미지들 안에서 이러한 이미지들은 다른 장소나 영역이 아닌 한 장소 혹은 영역과 관련이 되어 있는가 (예를 들어, 내부보다는 자연적인 장면들, 풀 덮인 장면들보다는 눈이 쌓인 장면들, 조용하고 문명화된 소리들보다는 시끄럽고 거친 소리들)?
- 이미지들에 대한 어떤 설명이 더 필요한가? (이미지들은 고전작품들 혹은 성서, 혁명전쟁 혹은 제2차세계대전, 네발 달린 생명체 혹은 새들의 행동 등에서 도출될 수 있다.)
- 작품 안에 묘사된 상황들(예를 들어, 밝음 혹은 어두움, 따뜻함과 추위 등의 상태)은 이미지에 대한 독자의 반응에 어떠한 효과를 주고 있는가? 이러한 반응들을 통제함으로써 시인은 어떠한 시적 목적을 달성하고 있는가?
- 시에 나타나는 주장 혹은 발전에 이미지들이 얼마나 잘 합치되고 있는가?

이러한 질문들에 대한 대답들은 글쓰기의 본론 부분에 해당하는 준비된 자료를 상당한 분량으로 제공해줄 수 있을 것이다.

2) 이미저리에 대한 논문의 구성

서론

글을 전개시킬 방향, 계획을 간단하게나마 시의 전체적인 개요와 연결시켜보자. 예를 들어 시인이 전쟁, 등장인물, 혹은 사랑에 관하여 자신의 관점을 부각시키기 위하여 이미지들을 사용하고 있다거나 혹은 시인이 시각, 청각, 그리고 행동과 관련된 이미지들에 주로 의지하고 있다는 등의 내용을 언급할 수 있다.

본론

다음 측면들 가운데 하나를 집중적으로 다루든지, 혹은 원하는 대로 조금씩 균등하게 몇 가지 접근 방식을 융합시킬 수 있다.

① 생각 그리고(혹은) 분위기를 연상시키는 이미지들. 그러한 글쓰기에서는 이미저리의 효과가 강조되어야 한다. 어떤 생각 혹은 분위기가 이미지들에 의해 이루어지는가? (예를 들어, 오웬의 「죽은 젊은이를 위한 진혼가」의 시작 부분에 나오는 청각적 이미지들은 전쟁의 잔혹함을 비난하는 방향으로 맞추어져 있다.) 이미지들이 찬성 혹은 반대를 부추기고 있는가? 명랑한 분위기인가? 우울한 분위기인가? 이미지들은 단조로운가, 신나고 재미가 있는가 혹은 생생한가? 어떻게? 왜? 이미지들은 유머와 놀라움을 이끌어내는가? 작가는 이러한 효과를 어떻게 만들어내고 있는가? 이미지들은 일관성이 있는가 혹

은 모호한가? (예를 들어 메이스필드의 「뱃짐」("Cargoes")에 사용된 이미지들은 무엇보다도 독자에게 긍정적인 면과 부정적인 면을 각각 명백하게 보여주고 있다.)

② 이미지의 종류. 이미지의 종류 그 자체에 글의 중심이 놓여야 한다. 시각적 혹은 청각적 이미지 등의 특별한 어떤 한 종류의 이미지가 두드러지게 나타나 있는가? 혹은 몇 종류의 이미지들이 결합되어 나타나 있는가? 시나 소설의 어떤 특별한 부분에 이미지들이 집중적으로 뭉쳐져 있는가? 만일 그렇다면 이유가 뭐라고 생각하는가? 작품이 진행되면서 이미지의 변화가 일어나고 있는가 (예를 들면, 오웬의 「죽은 젊은이를 위한 진혼가」에서 전반부의 경우 청각적 이미지들은 거칠고 소란스러움을 묘사하고 있는 반면, 후반부에서 이미지들은 고요함과 슬픔을 묘사하고 있다)? 작품의 본질과 표면적으로 드러나는 의도를 감안할 때, 이미지의 사용이 적합한가? 이미지들은 작가의 생각을 독자에게 확신시켜주는 데 도움을 주고 있는가? 뭔가 부적합한 것이 있어 보인다면, 그 효과는 무엇인가?

③ 이미지들의 체계. 이런 경우, 글의 중심은 이미지들이 도출되는 영역들에 놓여야 한다. 이것은 이미저리의 적합성을 고려하는 또다른 방법이 되는 셈이다. 예를 들어 포의 「아몬틸라도의 술통」의 경우 어두움과 칙칙함과 유사하거나 혹은 일관되게 연관된 이미지의 형태들이 나타나는가? 혹은 맨스필드의 「미스 브릴」의 경우처럼 밝은 분위기와 관련된 이미지들에서 어두움과 관련된 분위기의 이미지들로 변화가 일어나는가? 예를 들어, 로웰의 「패턴」에 나오는 햇빛 비치는 정원, 콜리지의 「쿠블라 칸」에서 광범위하게 펼쳐져 있는 휴양림과 정원, 하디의 「해협 사격」에서 교회 공동묘지, 메이스필드의 「뱃짐」에서 빛의 다양한 측면에서 본 바닷가, 혹은 블레이크의 「호랑이」에서 어두운 숲 등과 같은 특별한 대상들을 이미지들은 일관적으로 언급하고 있는가? 일련의 이미지들에서 특이하거나 독특한 어떤 것이 있는가? 이러한 이미지들은 기대치 않은 어떤 새로운 반응을 만들어내는가?

결론

지금까지 언급한 주요 논지를 다시 한번 정리, 요약하는 것 이외에, 이미지에 대한 여러분의 추가적인 의견을 첨가할 수 있다. 여기에서 새로운 방향으로 지나치게 진행시키는 것은 옳지 않으며, 본론 부분에서 발전시키지 못한 한두 개의 생각을 간단히 다루는 것이 적합할 듯하다. 간단히 말해서, 작품에 나타난 이미저리에 대한 연구를 통하여 여러분이 무엇을 배웠는가를 결론 부분에서 언급하는 것이 바람직하다.

모범 논문의 예시

메이스필드의 「뱃짐」에 나타난 이미지들

[1] 세 개의 연으로 구성되어 있는 「뱃짐」("Cargoes")에서 존 메이스필드(John Masefield)
는 현대의 상업적인 삶에 대한 부정적인 인상을 이미저리를 통하여 기술적으로 보여
주고 있다.* 첫 두 연과 세 번째 연은 대조를 보이고 있다. 다시 말해서, 첫 두 연
은 낭만적이며, 먼 과거를 이상화시키고 있는 반면 세 번째 연은 현대적이며 더러
운 현재의 모습을 비하시키고 있다. 따라서 메이스필드의 이미지들은 한편으로 긍
정적이며 생기로 가득 차 있는가 하면, 또 다른 한편으로는 부정적이며 황량한 분위
기를 연출하고 있다.**

[2] 시의 분위기를 최고로 환기시키며 가장 기분 좋은 분위기를 연출하는 이미지들
이 첫 연에 사용되고 있다. 성서에 등장하는 솔로몬 왕을 위한 보물들을 가득 실은
많은 노가 달려 있는 "니네베(Nineveh)의 5단 노예선이 먼 오빌로(Ophir)를 출발하
여"(1행) 대양을 항해하는 모습을 독자로 하여금 상상하도록 화자는 요구하고 있
다. 메이스필드가 뱃짐을 열거함에 따라, 풍부하고 낭만적인 시각적 이미지들이
드러난다(3행에서 5행까지):

> With a cargo of ivory,
> And apes and peacocks,
> Sandalwood, cedarwood, and sweet white wine.

상아의 풍부함은 구경거리가 될 만한 이국적인 분위기의 "원숭이들 그리고 공작
들"에 의해 배가되고 있다. "백단, 삼나무, 그리고 달콤한 백포도주"는 자극적인
맛과 향을 일깨운다. 고대 팔레스타인의 "태양 빛"(2행)은 상상적인 장면(시각적)을
비추어주며, 아울러 태양의 따뜻한 감촉(촉각적)을 상상하도록 독자를 이끈다. 동
물들과 새들의 언급 또한 이들이 만들어내는(청각적) 소리를 연상시킨다. 이처럼
풍부하고 싱싱한 분위기로 가득한 첫 번째 연에서, 모든 감각에서 나올 수 있는 이
미지들이 영광스런 과거의 모습을 그려내기 위하여 사용되고 있다.

[3] 두 번째 연에 사용된 이미지들 또한 첫 문단의 이미지들과 마찬가지로 풍부하고
싱싱한 분위기를 연출하는데, 이는 처음 부분을 완성시켜주는 역할을 하고 있다. 여
기에 사용된 시각적 이미저리는 스페인이 상업적으로 전성기를 맞이하던 16세기
높이 솟아오른 돛대를 달고 전 속력으로 달리는 상선(6행)이 주는 황실의 웅장함
을 불러일으킨다. 상선에 실려 있는 짐은 번쩍이는 다이아몬드와 자수정, 그리고
열려져 있는 상자 안에 빛나는 포르투갈 산 "금화"(10행)와 더불어 풍요로움을 연

* 중심 아이디어
** 주제문

상시킨다. 화물 목록에 기록된 계피(10행)와 더불어, 두 번째 연에서 메이스필드는 맛좋은 향신료의 이미지를 포함하고 있다.

[4] 세 번째 연의 부정적인 이미저리는 처음 두 연의 이미저리와는 강한 대조를 보이고 있다. 시각적 이미지로 현대적인 "더러운 영국 연안무역선"이 사용되고 있다. 이는 현대 문명의 더러움과 답답함으로 독자의 관심을 이끈다. 바다 소금에 쩌들어 있고, 물보라를 뒤집어쓴 그 배에는 소음 그리고 연기와 함께 지상을 오염시키는 물건들이 실려져 있다. 무역선의 굴뚝(11행)과 배가 실어 나르는 땔감은 질식시키는 스모그를 연상시킨다. 타인 석탄(Tyne Coal--13행)과 선로들(14행) 또한 소음과 기차가 내뿜는 매연을 연상시킨다. 이것만으로 충분하지 않다는 듯이, 시인은 산업화 과정에 다양하게 사용되는 "납덩어리"(14행)를 통하여 불쾌함은 물론 독성이 있으며 인간에게 치명적인 어떤 것을 나타내고 있다. 풍요롭고 싱싱하며 웅장함을 연상시키는 처음 두 연의 이미지들과는 대조적으로, 세 번째 연에 사용된 이미지들은 "더러운 영국 해안무역선"이 영국 해협을 부딪치며 나갈 때, 당시 사람들이 시각적, 후각적 그리고 청각적인 오염으로 둘러싸여 목숨의 위협을 당하고 있다는 결론으로 독자를 이끈다.

[5] 시인은 시각적, 후각적, 청각적 이미지들을 통하여 낭만적인 과거와 추한 현재의 모습을 형성하고 있다. 움직임과 관련된 이미지들은 또한 다음의 관점을 강조한다. 처음 두 연에서, 5단노예선은 "노를 저어 나가고" 스페인 상선은 "노를 물에 깊이 담그며 나간다." 이러한 동적 이미지들은 위엄과 날렵함을 연상시킨다. 이에 반하여 영국 해안무역선은 물결과 "부딪치며 나가고 있다." 여기에 사용된 움직임의 이미지는 황소 같은 적의와 우둔한 힘을 나타내고 있다. 다른 모든 이미지들과 함께, 이러한 이미지들은 현대 삶의 부정적인 면모를 드러내는 데 그 초점이 맞추어져 있다. 고대 팔레스타인 사람들과 르네상스시대 포르투갈 사람들의 생활이 노예(5단 노예선을 젓는 사람들)와 해적행위(이스무스의 원주민들을 죽이고 약탈한 "탐험가들"의 행동)를 포함하고 있었다는 사실들은, 메이스필드가 이미지를 통하여 보여주려는 효과적인 대조에 역행하는 것이므로, 여기서는 아마도 강조되어서는 안될 것이다. 시인의 마지막 설명은 "싸구려 양철접시들"(15행)이 부딪치는 것으로 여겨질 수 있다. 이는 현대 삶의 많은 부분을 가득 채우고 있는 억압적인 이미지들이 충돌하여 그 절정에 달하고 있음을 보여준다.

5. 논평

위의 논문은 사고와 분위기를 발전시키는 역할을 하는 이미지들에 대한 글쓰기의 몇 가지 방법들 가운데 첫 방법을 예시하고 있다. 시에서 도출된 모든 예들은 메이스필드의 이미지들이 지니고 있는 특성들을 강조하고 있다. 위의 논문에서 사용된 방법은 과거와 현재에 대한 메이스필드의 생각을 보여주기 위해서 인간의 모든 감각과 관련된 이미저리를 소개할 수 있게 해준다. 이러한 방법 외에 다른 접근 방법들을 사용할 경우, 글의 초점이 메이스필드의 시각적 이미지에 놓일 수 있거나 혹은 무역과 상업에서 이끌어낸 메이스필드의 이미지에 글의 초점이 놓일 수 있을 것이다. 메이스필드는 청각적 그리고 미각적 이미지들을 사용하고 있으나 이들을 포괄적으로 사용, 발전시키고 있지 않기 때문에, 소리와 미각에 관한 내용은 간단히 한 문단 정도의 글쓰기에 적합할 듯싶다.

　모범 논문의 시작 문단에서 메이스필드가 이미지들을 사용하여 현대 상업주의에 대한 자신의 부정적인 관점을 최고조로 이끌어내고 있다는 중심 아이디어가 제시되어 있다. 주제문에는 글에서 발전될 논제로서 풍부하고 싱싱함과 황량함이 제시되어 있다.

　첫 문단과 두 번째 문단은 첫 번째 연의 싱싱함과 풍요로움 그리고 이국적인 정취와 더불어 두 번째 연의 풍부함과 화려함을 강조하는 한 묶음이다. 특히, 두 번째 문단에서 사용되고 있는 단어들, 예를 들면, "싱싱한", "일깨우는", "풍부한", "이국적인", "자극적인", 그리고 "낭만적인" 등은 이미지들이 독자의 마음속에 긍정적이며 상쾌한 모습들을 불러일으키고 있다는 사실을 말해준다. 이 문단에서 비록 이미지에 대한 글쓴이의 열광적인 반응이 나타나 있지만, 이는 이미지 자체의 한계를 넘어서고 있지는 않다.

　네 번째 문단에서 처음 두 연의 사용된 이미지들과 세 번째 연의 이미지들과는 대조를 보이고 있다는 사실이 강조되고 있다. 이러한 대조의 이해를 돕기 위하여 상상력 속의 재건이 필요하다는 점도 함께 나타나 있다. 따라서 세 번째 연에서 뱃짐들에 암시적으로 내재되어 있는 불쾌감, 골치아픔, 심지어 위험 등이 이미지들이 보여주는 특징들로서 강조되어 있다.

　마지막 문단에는 움직임과 관련된 이미지들이 많이 강조되어 있지는 않으나, 이들이 보여주는 분위기가 메이스필드 작품 나머지 부분에 사용되는 이미저리의 분위기와 일치하고 있음을 제시하고 있다. 공정한 판단의 필요성을 보여주기 위하여, 필자는 마지막 문단에서 메이스필드가 각 시대에 대하여 완전하지 않은, 부분적이며 편파적인 관점으로 인하여 이미지를 편파적으로 사용하고 있음을 나름대로 제시하고 있다. 따라서, 마지막 문단은 두 번째, 세 번째, 네 번째 문단에서 제시된 분석에 균형감을 더하고 있다.

6. 추가 논제

① 「죽은 젊은이를 위한 진혼가」에서 나타난 집의 이미지와 「아울강 다리에서 생긴 일」에서의 집의 이미지를 비교하라. 이들 이미지들의 효과에 있어서 차이점을 논하라. 이미지들이 어떻게 사용되고 있는가? 이들 이미지들은 각 시에 표현되어 있는 전쟁에 대한 태도를 시인이 발전시키는 데 얼마나 효과적으로 기여하고 있는가? 오웬과 비어스 두 시인이 전쟁에서 죽었다는 사실이 작품을 읽는 데 어떠한 영향을 미치는가?

② 부록 3에 수록되어 있는 아놀드, 블레이크, 콜리지, 프로스트, 레이턴의 시를 기초로 하여, 이들 시에 언급되어 있는 자연세계와 관련된 시적 이미지 사용에 대한 논문을 써보라. 시인들은 자연세계와 관련하여 어떠한 종류의 이미저리를 언급하고 있는가? 자신들이 선택한 이미저리에 관한 세부적인 내용에 관하여 어떠한 태도를 취하고 있는가? 이미지들과 종교적인 관점 사이의 관계는 어떠한가? 이미지들을 통하여 시인이 보여주는 신과 자연에 대한 판단은 어떠한가?

③ 하디의 「해협 사격」, 셰익스피어의 「소네트 73」, 블레이크의 「호랑이」에 사용된 이미저리에 대하여 생각해보라. 그리고 이들 이미저리의 효과에 관한 논문을 써보라. 여러분의 생각을 발전시킬 때, 선택한 시에 사용되고 있는 이미지들의 극적인 본질을 꼭 고려하도록 하라. 아울러, 그러한 이미지들이 만들어내는 분위기와 의미를 설명하라. 아마도 여러분은 자신의 관점과 관련이 있는 다른 시들에 나타난 이미지들을 언급할 수도 있을 것이다.

④ 다음 가운데 하나를 설명하는 시를 써보라.

- 달리기를 마치고 기진맥진해 있는 운동선수들
- 하루 동안 학교에서 벗어난 어린이들
- 개, 고양이, 말, 거북이, 혹은 다른 애완동물로 인하여 자신에게 생겨난 행동들
- 학교 숙제를 할 때 바로 앞에 앉아 있는 고양이
- 최근에 먹은 특별히 좋은 음식
- 지금까지 참석한 최고의 음악회
- 비나 눈이 내리는 날, 일터나 학교에 자동차를 몰고 가는 일

그런 다음 자신이 쓴 시에서 사용되고 있는 이미지들을 분석하여 논문을 써보라. 그리고 자신이 왜 이 이미지들을 선택하게 되었는지를 설명하라. 마음속에 어떤 특별한 것이 두드러지게 그려지는가? 시각, 후각, 청각, 행동과 관련된 것들 가운데 가장 많이 마

음속에 떠오르는 것이 무엇인가? 자신이 사용한 이미지들과, 이들을 통하여 독자에게 설명하려는 생각과의 관계는 무엇인가?

⑤ 콜리지의 「쿠불라 칸」, 키츠의 「채프먼의 호머를 처음 읽고서」 로제티의 「메아리」, 아울러 독자가 포함시키고 싶은 다른 작품들에 나타난 생생하며 회화적인 이미지들의 본질을 논한 뒤, 이에 대한 논문을 써보라. 주제에서, 이미지들을 다루는 면에서, 이들을 배열하는 데 있어서, 이들을 통하여 시인이 보여주려는 생각 등의 측면에서, 이들 작품 사이의 차이점과 유사점을 찾을 수 있는가? 이러한 비교를 기초로 하여, 시각과 관련된 이미저리와 다른 문학적인 이미저리 사이에 어떠한 관계를 알 수 있는가?

⑥ 도서관에 있는 정보검색 시스템, 예를 들어 컴퓨터나 카드 목록을 이용하여 이미저리 혹은 스타일과 이미저리라는 항목을 이용하여 셰익스피어의 이미저리에 관한 논문들을 조사해보라. 얼마나 많은 제목들을 찾을 수 있는가? 이러한 연구논문들이 몇 년에 걸쳐 출판되었는가? 이들 가운데 한 권의 책을 선택, 그 책의 한 장에 관한 간단한 보고서를 작성해보라. 그 장에는 어떤 주제들이 다루어지고 있는가? 어떤 종류의 이미저리가 소개되고 있는가? 작가는 이미저리와 작품의 내용 사이에 어떠한 관계를 형성하고 있는가?

제8장
은유와 직유에 관한 글쓰기: 문학에서 깊이와 폭의 근원

은유와 직유는 문학에서 비교의 방법으로 사용되는데, 이러한 방법은 의미를 보다 명확하게 해주며, 아울러 의미에 폭과 깊이를 더해준다. 일상적으로 사람들이 수사학적 언어, 언어의 수사, 수사학적 용어, 혹은 단순히 수사라고 말할 때, 이는 모두 은유와 직유를 말하는 것이다. 이 중요한 비교수단은 단어, 구, 문장 혹은 전체 구조를 통하여 표현된다. 은유는 두 개의 비교대상을 동등하게 만든다. 예를 들어, "당신의 말은 내 귀에는 음악이다", "행운의 물결이 나에게 닥쳐왔다", 혹은 "나는 다람쥐 우리 안에 있다" 등이 은유에 해당한다. 반면, 직유는 두 개의 대상을 비교하게 된다. 예를 들어 "당신의 말은 나에게 음악과 같다," "행운이 마치 물결처럼 나에게 닥쳐왔다," 혹은 "나는 우리 안에 갇혀 있는 다람쥐 같은 기분이 든다" 등이 직유에 해당한다. 두 개의 대상을 동일시하거나 비교를 함으로써 어떤 대상에 대한 설명이 이루어질 뿐만 아니라, 그 대상을 보고 생각하는 데 있어서 보다 독특하며 새로운 방법이 제공될 수 있다. 따라서 은유와 직유는 작가가 상대적으로 적은 수의 단어들을 사용하면서 자신의 생각을 확대할 수 있게 만들어준다.

1. 은유와 직유: 주요 수사학적 용어

은유적 언어가 불필요하게 장식적이기 때문에 때로는 '화려하다'고 여겨지기도 한다. 그러나 일상대화문에서도 이러한 언어의 사용은 일반적이며, 특히 문학적 생각이나 표현에 있어서 은유적 언어의 사용은 매우 필수적이다. '딱딱한' 사회 과학의 분야의 글과는 다르게, 상상적 문학은 그 취지를 직접적이며 절대적으로 전달하지 않는다. 다시 말해서 이러한 문학에서 단어와 사물은 일대일의 상관관계를 통하여 제공되지 않는다는 말이다. 실제로, 문학은 묘사와 설명을 제공할 뿐만 아니라, 이에 못지 않게, 은유와 직유의 사용을 통하여 암시와 함축을 제시하기도 한다. 상상적 문학, 특히 시의 경우 그러한 언어는 필수조건인 셈이다. 한마디로 최소한의 수사학적 언어를 사용하지 않는 좋은 문학이란 찾을 수 없는 것이다.

1) 은유는 두 개의 비교대상을 동일하게 만든다

은유('변화를 이끌어내는 것')란 하나의 사물이나 행동을 직접적으로 다른 어떤 것과 동일하게 만든다. 예를 들어, 태풍이 심하게 불 때 나무는 바람에 머리를 숙인다(bow)는 표현이 있다고 하자. 이 경우 머리를 숙인다는 표현은 흔히 음악회에서 관객이 보내는 찬사에 대하여 연주자가 감사의 표현으로서 머리를 앞으로 숙이는 행동을 의미하기 때문에, 이 표현은 은유라 할 수 있다. 셰익스피어의 희곡에 사용된 가장 유명한 은유로서 『좋으실 대로』(As You Like It)의 2막 7장에 나오는 재이퀴즈(Jacques)의 대사이다. "온 세상은 하나의 무대요/그리고 모든 남자와 여자는 단순히 연기자에 불과하다." 여기에서 제이퀴즈는 인간의 삶을 무대 인생을 빌어서 설명하고 있다. 다시 말해서 무대 위의 배우들이 말하고 행하는 모든 것이 현실 속에서 살아가는 모든 사람들이 말하고 행하는 것이라는 사실을 제이퀴즈는 말하고 있다. 여기에서 셰익스피어가 세상은 무대와 '같다'(like)고 말하지 않고, 은유적으로 무대'이다'(is)라고 말하고 있다는 사실을 인식하는 것이 중요하다.

2) 직유는 두 개의 비교대상이 유사하다는 것을 보여준다

은유란 두 개의 대상이 동일한 것으로 합치되는 반면, 직유('유사성 혹은 하나임을 보이는 것')는 설명을 하기 위하여 두 대상 사이의 유사성(similarity)을 이용한다. 직유는 명사를 동반하는 '~와 같은'(like)이나 구문을 동반하는 '~처럼'(as, as if, as though)이 따르게 되기 때문에 은유와는 구분이 된다. 17세기 초기 시인인 존 단(John Donne)의 유명한 「고별시: 슬퍼함을 금하며」("A Valediction: Forbidding Mourning")를 생각해보자. 이 작품은 여행을 떠나려는 연인이 화자로 등장하는 극적 시이다. 지금 자신은 떠나나 정신적으로는 그녀와 함께 있을 것이라 말하며, 슬픔에 가득 찬 자신의 여자를 그는 위로하려고 애쓰고 있다. 아래에 인용된 연에 이러한 화자의 의도를 효과적으로 보여주기 위하여 유명한 직유를 사용되고 있다:

> Our two souls therefore, which are one,
> 　Though I must go, endure not yet
> A breach, but an expansion,
> 　Like gold to airy thinness beat.

위에 사용된 직유법을 통하여 화자는 자신과 자신의 여인의 두 영혼을 최대한 늘릴 수 있는 금에 비유하고 있다. 직유법을 통하여, 지금의 떠남은 둘 사이의 이별이 아니라 얇게 늘려지는 것이기 때문에 둘 사이에 거리감은 더욱 있어 보이나 둘은 항상 연결되어 있다고 화자는 주장한다. '……처럼(like)'으로 직유법은 시작되기 때문에, 위에 사용된 직유법의 경우 두 연인의 사랑과 망치로 쳐서 "공기처럼 얇게 늘린" 금 사이의, 동일성(identification)이 아닌 유사성(similarity)에 그 중요성이 놓여 있다. 이와 유사하게 로제티(Rossetti)의 시, 「메아리」("Echo")에서 "Come with . . . eyes as bright/ As sunlight on a stream,"의 경우, 시인은 청자(listener)의 눈을 밝게 빛나는 자연의 모습에 비유하고 있다.

2. 은유적 언어의 특징

제7장에서 우리는 이미저리가 어떻게 상상력을 자극하여 시각, 청각, 미각, 후각, 감촉, 그리고 움직임과 관련된 기억(이미지)을 불러일으키는가를 알아보았다. 연인 사이의 관계를 금에 비교하고 있는 단의 직유에 나타나 있듯이, 은유와 직유는 이러한 문학적 이미저리의 역할을 넘어서, 드물고 예측이 불가능하며 놀라운 깨달음과 비

교를 이끌어낸다. 얼마나 많은 사람들이 금속을 펼쳐서 늘이는 것과 연인들의 사랑의 영속성 사이에 은유적인 비교가 가능하다는 사실을 알고 있었겠는가? 이러한 비교를 통하여 두 연인들 사이의 유대는 강조되며, 금에 대한 언급을 통하여 그 유대 관계가 얼마나 소중한지 또한 드러난다.

이같은 방법으로, 은유적 언어는 다른 방법으로는 드러날 수 없는 지각을 이끌어냄으로써 대상(사물)에 대한 지식과 인식을 확장시켜준다. 그러한 지각을 통하여, 대상, 예를 들어, 사랑의 특징, 나이가 드는 것에 대한 두려움, 심리적 확신에 대한 필요성, 혹은 기대치 않을 것을 발견했을 때의 흥분 등이 직유와 은유라는 수사학적 기법을 통하여 다른 대상과 비교 혹은 동일시됨으로써 독자가 보다 객관화된 새로운 통찰력을 통하여 이것들을 볼 수 있게 한다. 무엇보다도 은유와 직유의 사용은 많은 훌륭한 문학 작품에서 독자가 세상을 보다 새롭고 독창적인 방법으로 볼 수 있도록 이끄는 방법들 가운데 하나이다.

은유적 언어의 사용을 알기 위하여, 누구나 보편적으로 표현하는 '행복'이라는 말을 예로 들어보자. 일상대화에서, 우리는 어떤 특정 인물이 기쁨과 흥분을 경험한 상태를 말할 때 "그녀는 행복하다"는 표현을 쓴다. 물론 이는 옳은 문장이다. 그러나 흥미로운 문장은 아니다. 이러한 상황을 보다 생생하게 말하는 방법은, 예를 들어, "기뻐서 그녀는 펄쩍 뛰었다"와 같이 움직임과 관련된 이미지를 사용하는 것이다. 이러한 이미지는 우리에게 행복감에 젖어 있는 어떤 사람의 모습을 생생하게 보여준다. 그러나 기쁨을 전달하는 이보다 훨씬 좋은 방법은 다음과 같은 직유를 사용하는 것이다: "억만 불의 복권에 당첨된 것처럼 그녀는 기뻐했다." 그러한 사건이 의심, 흥분, 유쾌함, 기쁨을 불러일으킬 것이라는 사실을 독자들은 쉽게 이해할 수 있기 때문에, 독자들 모두는 당사자의 행복이 어느 정도인지 이해하고 느낄 수 있을 것이다. 이같은 인식을 가능케 하는 것이 바로 직유이며, 아울러 독자는 어떠한 다른 묘사로도 한 사람의 감정을 이 정도까지 이해하기 힘든 것이나 직유를 통하여 그러한 경험이 마치 자기 자신 안에서 일어나는 것처럼 이해하게 된다.

이와 유사한 경우로서, 르네상스 시대의 시인 조지 채프먼(George Chapman)이 번역한 호머의 『일리아드』(Illiad)와 『오디세이』(Odyssey)를 처음 읽은 후 키츠가 쓴 소네트, 「채프먼의 호머를 처음 읽고서」("On First Looking into Chapman's Homer")를 예로 들어보자. 이 시에서 키츠는 채프먼이 호머의 작품을 번역했다는 사실 외에 그의 위대함을 독자에게 전달하고 있다.

John Keats (1795–1821)

On First Looking Into Chapman's Homer

Much have I travell'd in the realms of gold,
And many goodly states and kingdoms seen:
Round many western islands have I been
Which bards in fealty Apollo[1] hold.
Oft of one wide expanse had I been told
That deep-brow'd Homer ruled as his demesne;
Yet did I never breathe its pure serene[2]
Till I heard Chapman speak out loud and bold:
Then felt I like some watcher of the skies
When a new planet swims into his ken;
Or like stout Cortez[3] when with eagle eyes
He star'd at the Pacific--and all his men
Look'd at each other with a wild surmise —
Silent, upon a peak in Darien.

----

[1] bards . . . Apollo: 빛, 음악, 계시 그리고 태양의 그리스 신, 아폴로에게 맹세한 시인들.

[2] serene: 청명하고 광활한 하늘. 웅장함, 청명함. 때로는 "폐하"라 일컬어지는 통치자를
의미하기도 한다.

[3] Cortez: 스페인의 장군이면서 멕시코를 정복한 헤르난도 코테즈(1485-1547)를 말한다.
키츠는 데리안(파나마 이쓰무스(Isthmus)의 옛 이름)에서 태평양을 처음 본 최초의 유
럽인, 베스코 데 발보아(Vesco del Balboa, 1475-1519)와 코테스를 혼동하고 있다

은유적 언어가 지니는 강력함을 이해하는 첫 단계로서, 우리는 위 소네트의 내용을
간단히 풀어쓸 필요가 있다:

나는 많은 예술을 즐겼으며, 많은 유럽의 문학 작품들도 읽었다. 그 가운데 호머가 최고
의 작가라는 사실 또한 들었다. 그러나 그리스어를 몰랐기 때문에 채프먼의 "대담하고
우렁찬" 번역을 발견하기 전까지는 호머의 작품들을 실제로 감상할 수 없었다. 이러한
경험은 흥분과 경외감을 불러일으킨다.

만약 키츠가 쓴 모든 것이 위와 같은 문장으로 구성되어 있다면, 우리 가운데 어느

전달수단과 취지

작가의 생각과 이를 객관화시키기 위한 방법인 은유, 직유와의 관계를 설명하기 위하여, 리처즈(I. A. Richards)는 자신의 저서, 『수사학의 철학』(The Philosophy of Rhetoric)에서 두 개의 유용한 용어를 만들어 사용하고 있다. 첫 번째는 취지(tenor)로서 이는 문학 작품에서 화자 혹은 작가가 전달하려는 생각과 태도 전체를 말하는 것이다. 두 번째는 전달수단 (vehicle)으로서, 이는 구체적으로 은유 혹은 직유에 해당한다. 예를 들어, 「고별시: 슬퍼함을 금하며」라는 단의 시에 사용된 직유의 취지는 두 연인 사이의 분리될 수 없는 사랑과 깨지지 않는 관계이다. 아울러 황금을 두드려서 "금박처럼 얇게 늘리는 것"이라는 표현은 이러한 취지를 전달하기 위한 수단에 해당한다. 이와 유사하게, 위에서 언급한 키츠의 소네트의 처음과 마지막 6행에 각각 사용된 직유의 경우, 그 취지는 경외와 놀라움이며, 전달수단은 천문학적 그리고 지리학적 발견에 대한 묘사이다.

누구도 그것에 관심을 가지지 않을 것이다. 그 이유는 그러한 문장들은 우리 마음 안에 어떠한 흥분이나 자극을 일으키지 않기 때문이다. 이에 반하여 소네트의 마지막 6행에는 눈에 띄는 기억할 만한 두 개의 직유("관찰자처럼" 그리고 "강인한 코테즈처럼")가 우리의 상상력의 특별한 작용을 요구하고 있다. 이러한 직유를 심사숙고하게 됨에 따라, 우리는 실제로 전에 발견되지 않은 새로운 행성을 지금 막 발견하는 천문학자가 되며, 태평양을 보게 되는 최초의 탐험가가 된다는 사실을 느낄 수 있다. 우리 자신이 이러한 역할을 하고 있다고 상상해볼 때, 우리는 그러한 발견이 불러오는 기쁨, 기대, 흥분, 놀라움, 경외감을 이해할 수 있게 된다. 그러한 발견과 함께 세상이 넓게는 우주가 우리가 지금까지 꿈꿔온 것보다 훨씬 크고 놀라운 것이라는 사실 또한 우리는 인식하게 된다.

따라서 은유적 언어는 우리의 창조적인 상상력의 작용을 강력하게 불러일으킨다. 은유적 언어는 반복적인 효과를 지니고 있다. 다시 말해서 은유와 직유에 의해 촉발되는 그림을 우리의 마음 안에 그리게 될 때, 우리 자신의 태도와 느낌을 가지고 그러한 그림에 다시 한번 반응하게 된다. 우리로 하여금 찬란히 빛나는 왕국을 생각하고, 아울러 우리를 시뿐만 아니라 모든 문학을 사랑하고 평가하는 데 있어서 시인 키츠의 생각에 동의하도록 이끄는 은유, "황금의 영토"를 다시 한번 생각해보자. 만일 우리가 이런 방법으로써, 다시 말해서 우리의 느낌이 우리의 이해를 배가 그리고 강화시키는 방법으로써 은유적 언어에 긍정적으로 반응하게 되면, 키츠와 같은 작가들의 작품은 과거에 우리에게 숨겨져 있던 정신적 그리고 감정적인 경험을 우리의 마음속에 불러일으킬 것이다. 그러한 경험들은 우리에게 새로운 어떤 것을 계속적으로 줄 뿐만 아니라, 생각하고 지각하는 능력을 증대시켜준다. 아울러 이는 우리의 사고를 넓게 만들어준다.

3. 은유와 직유에 대한 글쓰기

한 줄 한 줄 꼼꼼하게 은유 혹은 직유의 사용을 규명하는 것부터 시작하라. 직유는 '~처럼'("like") 혹은 '~와 같이'('as') 등의 단어를 사용하여 비교를 이끌어내기 때문에, 분명 이는 알아보기에 가장 쉬운 수사법이다. 논제들이 그 자체로서가 아닌 다른 논제들과 동일시되어 논의되기 때문에, 은유 역시 눈에 띄게 된다. 예를 들어, 시의 내용이 잎사귀가 떨어지는 것 혹은 법정에 관한 것이나, 시의 주제가 이런 내용들과 동일시되는 대상으로 기억력 혹은 나이를 먹는 일에 관한 것이라면 이는 은유에 해당한다.

1) 아이디어를 찾기 위한 질문

- 어떤 수사법이 작품에 사용되고 있는가? 작품의 어느 부분에 수사법이 나타나 있는가? 어떤 상황에서? 얼마나 넓은 범위에 걸쳐 있는가?
- 어떻게 수사법을 알 수 있는가? 예를 들어 프로스트의 「황야」("Desert Places")에서의 경우 "황야"(desert places)처럼 한 단어 혹은 구에 나타나 있는가? 아니면 셰익스피어 「소네트 30」("When to the Sessions of Sweet Silent Thought")에서처럼 보다 광범위하게 걸쳐서 자세하게 나타나 있는가?
- 얼마나 생생하게 수사법이 사용되고 있는가? 얼마나 명백하게 나타나 있는가? 얼마나 특이한가? 문맥 안에서 그것을 이해하는 데 어떠한 노력이 필요한가?
- 수사법이 구조상 어떤 식으로 발전되고 있는가? 그러한 수사법은 상황으로부터 어떻게 나오는가? 수사법은 주제를 위한 작품의 발전과 어느 정도 융합되고 있는가? 이는 작품의 다른 측면들과 어떻게 연관이 되어 있는가?
- 어떤 한 종류의 수사법이 특별한 부분에 사용되고 있는 반면, 다른 한 종류의 수사법이 다른 부분에 사용되고 있는가? 그 이유는 뭐라고 생각되는가?

- 여러분은 수사법을 수없이 찾을 수도 있을 것이다. 셰익스피어 「소네트 30」에 나타나는 재판과 금융의 관계처럼 이것들 사이의 어떤 관계를 당신은 찾을 수 있는가?
- 수사법은 작품에서 작가의 생각(의도)을 보다 넓고, 깊게 하여 독자가 이를 이해하는 데 어떻게 도움을 주는가?
- 간단히 말해서, 작품에 사용된 수사법은 얼마나 적합하며 의미가 있는가? 이러한 수사법은 작품을 이해하고 감상하는 데 어떠한 영향을 주는가?

2) 은유와 직유에 대한 논문의 구성

서론

작품에 사용된 수사법의 특징과 작품의 본질을 연관시킨다. 고통과 관련된 은유와 직유는 종교적이며 속죄에 대한 작품에 적합할 것이며, 태양과 환희에 관련된 은유와 직유는 낭만적인 작품에 잘 어울릴 것이다. 만약 작품에 사용된 은유적 언어와 작품의 주제가 대조를 보일 경우, 그러한 대조를 논문의 중심 아이디어로 사용하여도 무관할 것이다. 왜냐하면 이럴 경우, 작가는 은유적 언어를 분명히 아이러니컬한 관점으로 사용하고 있기 때문이다. 예를 들어, 작품의 주제는 사랑인데 작가는 은유적 언어를 통하여 독자를 어둡고 차가운 분위기로 이끈다고 가정해보자. 이럴 경우 작가는 사랑의 본질에 관하여 무엇을 말하려고 하는 것일까? 아울러 여기서 사용된 수사법에 대한 여러분의 주장을 모두 정당화시킬 수 있도록 노력해야 할 것이다. 서론에서 이런 종류의 정당성과, 여러분의 주요 생각들이 나타나야 한다.

본론

수사법을 논하기 위한 다음의 접근방식들은 어느 한 방식이 절대적인 것이 아니기 때문에, 몇 가지 접근방식들을 필요에 따라 얼마든지 결합하여 사용할 수 있다. 아마도 논문을 쓰게 될 때 대부분 다음 분류를 따르게 될 것이다.

① 수사법의 의미와 효과를 해석하라. 여기에서 어떠한 수사법으로 인하여 작품의 해석이 가능하게 되는지 설명하게 될 것이다. 예를 들어, 「쿠블라 칸」의 17행에서 19행까지에서, 콜리지는 다음과 같은 직유를 소개하고 있다:

> And from this chasm, with ceaseless turmoil seething,
> As if this earth in fast thick pants were breathing,
> A mighty fountain momently was forced:

콜리지는 "딱 달라붙는 바지"라는 직유법을 사용하여 대지에 생명력을 불어넣어 살아 움직이는 힘으로 묘사하고 있다. 심지어 협곡에서 터져 나오는 샘물이 보여주듯이 지구가 또한 숨이 찰 정도로 요동치고 있음을 콜리지는 말하고 있다. 이 시에서 시인이 말하려는 점은, 자연현상이 죽어 있는 것이 아니라 왕성하게 살아 있다는 것이다. 그러한 직접적이며 해석적인 접근을 위해서 작품에 사용된 수사법의 출처와 암시 등에 대하여 필요한 설명과 더불어 은유, 직유, 혹은 다른 여타의 수사법이 확장, 해석되어야 할 필요가 있다.

② 수사법의 출처에 대한 분석과 함께 이러한 수사법이 작품의 주제와 어울리는지 분석하라. 여기에서 수사법의 종류와 그 출처를 분류하고 이러한 것들이 작품의 주제와 어울리는지 알아봐야 할 것이다. 이미저리에 대한 연구에서 던졌던 유사한 질문을 다시 한 번 할 필요가 있다: 작가는 광범위하게 자연, 과학, 전쟁, 정치학, 상업, 독서(예를 들어, 셰익스피어는 자신이 사용하고 있는 은유를 통하여 개인적인 몽상과 법정의 절차를 동일시하고 있다)등을 언급하고 있다. 그러한 은유는 얼마나 작품의 주제와 어울리는가? 시를 전개시키는 데 그것이 적합하다고 보는가? 적합하다면 어떠한 면에서 그렇다고 보는가?

③ 작가의 관심과 감수성에 논문의 초점을 맞춘다. 어떤 면에서 이러한 접근방식은 두 번째 접근방식과 매우 유사하다. 그러나 이러한 접근방식의 중심은 작가가 자신의 비전과 관심을 보이기 위하여 어떠한 종류의 수사법을 선택하고 있느냐에 놓여 있다. 시에서 사용되고 있는 수사법을 열거한 다음, 앞서 이미저리의 출처에 대한 논의에서 해보았듯이, 그것들의 출처를 밝힐 필요가 있다. 그런 다음 다음과 같은 질문을 자신에게 해보자. 작가는 예를 들어 시각, 청각, 미각, 후각, 촉각 등과 관련된 하나의 감각에서 도출된 수사법을 사용하고 있는가? 작가는 색깔, 밝음, 그림자. 형태, 깊이, 높이, 수, 크기, 느림, 속도, 텅 빔, 가득함, 풍요로움, 초라함 등을 보여주고 있는가? 예를 들어, 푸른 식물과 나무, 붉은 장미, 혹은 화려한 섬유 등에서 도출된 은유와 직유를 통하여 작가는 삶이 풍부하고 아름답다는 것을 암시하고 있는가? 혹은 촉감과 관련한 언급을 통하여 사랑스럽고 따뜻함을 보여주려고 하는가? 이러한 접근은 작가 혹은 화자의 취향 혹은 감수성에 대한 결론을 이끌어내는 데 도움을 줄 것이다.

④ 하나의 수사법이 다른 수사법에뿐만 아니라 시의 주제에 주는 효과에 대하여 조사하자. 이러한 접근방식은 문학 작품이 유기적으로 연결된 통합체라는 가설에서 시작한다. 다시 말해서, 문학 작품에서 부분과 부분은 밀접하게 연결되어 서로 분리될 수 없다는 것을 말한다. 일반적으로 작품의 도입 부분에 나타나는 수사법을 선택한 다음, 이러한 수사법이 다음에 어떤 내용이 이어질 것인지 독자가 아는 데 어떠한 영향을 미치는가를 규명하는 것이 최상의 방법이다. 부분과 부분이 어떻게 관련되어 있으며, 또 부분이 전체와 어떻게 관련이 되어 있는가 고려하는 것이 이러한 접근방식의 목표이다. 예를 들어,「황야」의 시작 부분에서 프로스트는 "눈이 내리고, 어둠이 내리고"라는 표현을 쓰고 있다. 이러한 시작이 인간 내면의 "황야"라는 시에 사용된 은유적 표현에 어떠한 영향을 주고 있는가? 이러한 질문에 해답을 찾는 데 도움을 주기 위하여 위의 표현을 대신

할 다른 예를 생각해보자. 추위와 어두움의 시작 대신 아름다운 날에 떠오르는 태양 혹은 고양이와 함께 장난치는 모습을 가정해볼 때, 이는 작품의 주제와는 어울리지 않는 것으로써 작가가 왜 그러한 은유적인 표현을 사용하고 있는지 독자가 보다 쉽게 이해하고 설명할 수 있도록 도와준다.

결론

결론 부분에서 지금까지 언급된 요점의 요약과 함께 작품에 대한 감상을 간단히 적어라. 아울러, 수사법의 효과를 기술하고 자신의 개인적인 반응을 보여주거나 지금까지 자신이 전개시킨 흐름에 더 추가할 것이 있는지 보여줄 수도 있다. 만일 비교와 대조가 가능한 수사법을 사용한 다른 작가의 작품이나 똑같은 작가의 다른 작품을 알고 있다면, 이것들과 지금 자신이 진행하고 있는 작품분석과의 관계를 비교, 설명할 필요가 있다.

모범 논문의 예시
「소네트 30」("When to the Sessions of Sweet Silent Thought")에 사용된 셰익스피어의 은유법에 대한 연구

> When to the sessions of sweet silent thought,
> I summon up remembrance of things past,
> I sigh the lack of many a thing I sought,
> And with old woes new wail my dear time's waste:
> Then can I drown an eye (un-used to flow)
> For precious friends hid in death's dateless night,
> And weep afresh love's long since cancelled woe,
> And moan th' expense of many a vanished sight.
> Then can I grieve at grievances foregone,
> And heavily from woe to woe tell o'er
> The sad account of fore-bemoaned moan,
> Which I new pay, as if not paid before.
> But if the while I think on thee (dear friend)
> All losses are restored, and sorrows end.

[1] 위의 소네트에서 셰익스피어의 화자는 과거 경험의 회상으로 인한 슬픔과 회한을 강조하고 있다. 그러나 이러한 감정들을 느끼는 사람도 한 친구의 생각으로 기분이 전환될 수 있다는 것을 작품의 화자는 말하고 있다. 화자는 작품에 사용된 은유법을 통하여 개인적인 삶을 조망하는 데 있어서 새롭고 신선한 방법을 창출하고 있다.* 화자는 법정, 돈, 그리고 은행업 혹은 환전업과 관련된 공공의 사업세계로부터 작품의 은유들을 이끌어내고 있다.**

[2] 처음 4행에 사용되고 있는 법정에 관한 은유를 통하여 화자는 과거의 경험이 지속적으로 자신의 마음에 자리잡고 있어 삶에 영향을 주고 있다는 사실을 보여준다. 피고인들을 법정에 소환하는 판사처럼, 화자는 "지나간 것들"에 대한 자신의 기억을 판단하기 위해 자신 앞에 "소환한다." 이러한 은유를 통하여 화자는 사람들 모두는 자신들 스스로가 판사들이며, 그들의 이상과 도덕은 법과 같아서 이를 통하여 그들 스스로를 판단하게 된다는 것을 암시하고 있다. 화자는 과거에 시간을 허비한 것에 대한 자신의 죄를 발견하게 된다. 그러나 실제 판사들이 요구하는 엄격한 형벌에서 벗어나, 화자는 "소중한 시간을 허비"한 죄 때문에 자신을 책망하기보다는 그로 인하여 슬픔에 젖는다(4행). 화자는 은유를 통하여 개인의 양심이란 긍정적인 성질만큼이나 자기의심과 질책으로 이루어져 있다는 것을 보여주고 있다.

[3] 다음 4행에서 사용되고 있는 돈과 밀접하게 관련된 언급을 통하여, 셰익스피어는 삶이란 평생의 투자이며, 이런 이유로 인하여 삶은 소중하다는 것을 보여준다. 돈에 관련된 은유에 따르면, 삶이란 다른 사람에 대한 감정과 열정의 소비를 필요로 하는 것이다. 친구가 멀리 이사했거나 사랑하는 사람이 죽게 될 때, 이는 마치 지출이 다 이루어지고 마는 것에 비유될 수 있는 것이다. 따라서, 화자의 죽은 친구들은 그가 시간과 사랑을 그들에게 투자했기 때문에 소중할 수밖에 없는 것이다. 그리고 화자의 시야에서 "사라져간" 모든 "모습들" 또한 그가 그것들에 대하여 많은 "지출"을 하였기 때문에 그를 "슬프게 하는 것이다"(8행).

[4] 돈과 관련된 은유법처럼, 다음 4행에 사용되고 있는 은행업 혹은 환전업과 관련한 은유법을 통하여 화자는 기억이란 삶의 경험이 저축되어 있는 은행과 같다는 것을 강조하고 있다. 경험을 둘러싼 모든 감정들은 거기에 기록되어 있고, 예금자가 돈을 인출하듯이, 그러한 감정은 "감미롭고 조용한 사념"의 순간 안에서 끌어내어질 수 있다. 따라서 상인 혹은 은행인이 돈을 세듯이, 화자 또한 자신의 경험에 자리하고 있는 슬픈 부분들을 헤아린다고 말한다: "이 슬픔에서 저 슬픔으로 무거운 마음에 헤아려"(10행). 인간의 어떤 강력한 감정이 자신이 범한 과거의 잘못된 기억들과 여전히 함께 한다는 생각 때문에, 화자는 은유법을 과거에 자신이 빌린 돈과 이에 대한 이자의 지불로까지 확대, 발전시키고 있다. 따라서 과거의 슬픔으로 이미 자신이 지불한 계산을 "새로운" 슬픔을 가지고서 다시 지불해야 한다고 화자는 말하고 있는 것이다. 이러한 은유법을 통하여 화자는 인간은 고통과 회한을 느

* 중심 아이디어
** 주제문

끼는 것을 그만 둘 수 없으며, 이런 점에서 과거란 현재의 많은 부분을 차지하고 있다는 것을 암시하고 있다.

[5] 마지막 2행에서 법률, 금융, 그리고 환전과 관련된 은유법이 결합하여 건강한 현재의 삶이 과거의 회한을 어떻게 극복할 수 있는가를 보여준다. 마지막 2행의 "소중한 친구"가 판사로서 화자가 (법률적으로) 자신에게 불리하게 내린 모든 감정적인 판단들을 해결할 수 있는 (경제적인) 원천이 되고 있다. 친구가 감정적인 파산(법적 그리고 경제적), 그리고 감정적인 고통과 의기소침(법적)에서 기인할 수 있는 운명으로부터 자신을 구해줄 수 있는 부유한 후원자인 것처럼 그려져 있다.

[6] 셰익스피어는 일상 삶에서 흔히 접하게 되는 공적이며 사업과 관련된 행동들로부터 이러한 은유를 이끌어내고 있으나, 이러한 은유의 사용은 창의적이며 특이하다. 특별히 8행의 내용("수없는 한숨의 손실을 애도하노니")에서 셰익스피어는 사람들이 자신의 많은 감정적 에너지를 다른 사람들에게 소비한다는 점을 강조하고 있다. 이는 그러한 개인적 열의 없이 누구도 자신의 소중한 친구와 사랑하는 사람들을 가질 수 없는 것이다. 돈과 투자에 관련된 은유에 비추어볼 때, 삶을 단순히 월 혹은 년으로 평가할 수 있는 것이 아니라 자신이 소비한 감정과 개인적 관계 속에서 자신이 투자한 열의로서 평가할 수 있는 것이다. 셰익스피어는 독자로 하여금 은유법을 통해 자신이 말하고자 하는 삶의 가치를 탐색게 한다. 아울러 이를 통해 삶의 본질과 가치에 대한 새로운 통찰력을 독자에게 부여하고 있다.

4. 논평

「소네트 30」에서 셰익스피어가 사용하고 있는 세 가지 종류의 은유법에 대하여 위의 논문은 설명하고 있다. 이 논문에서 두 번째 접근방식(173쪽)이 사용되고 있는 것처럼 보이나, 논의의 목표는 은유와 소네트에 묘사된 개인적 상황 사이의 비교의 본질과 범위를 알아보는 것이 아니다. 대신 이 논문의 목표는 이러한 은유들이 셰익스피어가 전달하려는 의미를 어떻게 발전, 전개시키고 있는가를 보여주는 데 있다. 이렇게 볼 때, 위 논문은 첫 번째 접근방식(172쪽)을 따르고 있는 셈이다.

작품에 대한 간단한 설명과 함께 논문의 주제에 대한 구체적인 설명을 포함시키는 것이 시작 문단의 목적이다. 보다 특별한 것은 셰익스피어의 이러한 은유가 지나치게 독창적이며 억지스러울 정도여서 적합하지 않다는 문제를 제시하고 있다는 사실이다. 이러한 문제는 반박될 요소로서 제시된다. 은유를 통하여 새롭고 신선한 통찰력을 독자에게 부여하고 있기 때문에, 작품에 사용된 은유는 그 역할을 제대로 하고 있다는 점에서 적합하다는 주장이 곧이어 제시되고 있다. 이러한 주장이 성립됨에 따라, 중심 아이디어와 주제문이 논리적으로 뒤따르게 된다. 따라서 본론에서 논의될, 필요한 모든 논제와 문제들이 시작 문단에서 거론된다.

두 번째 문단에서는 셰익스피어가 사용하고 있는 법정과 관련된 은유법의 의미가 다루어지고 있다. 셰익스피어의 돈과 관련된 은유법이 세 번째 문단에서 설명되고 있다. 네 번째 문단에서는 은행업 혹은 환전업과 관련된 수사법이 고려되고 있다. 다섯 번째 문단에서는 셰익스피어가 마지막 두 줄에서 이러한 세 종류의 은유법을 어떻게 결합시키고 있는지 제시되고 있다. 마지막 부분에서 전체적으로 은유법에 나타난 셰익스피어의 창의성에 대하여 논해지고 있다. 아울러, 이 부분에서 돈과 관련된 은유법이 삶을 보다 깊이 이해하도록 독자를 이끈다는 사실이 부연 설명된다.

전체적으로 볼 때, 논문의 전환은 각 문단의 주제문에 있는 연결단어들에 의하여 이루어지고 있다. 예를 들어, 세 번째 문단에서, "긴밀히 연결된"이라는 단어와 "다음 그룹"이라는 단어로 인하여 독자는 두 번째 문단으로부터 새로운 내용으로 옮겨가게 된다. 네 번째 문단의 경우, 전환에 영향을 주는 단어들로 "돈에 관련한 은유법처럼"과 "다음 네 행"을 들 수 있다. 다섯 번째 문단의 시작 문장은 두 번째, 세 번째 그리고 네 번째 문단의 주제들을 전체적으로 언급하고 있으며, 이로 인하여 그것들의 초점을 다섯 번째 문단의 새로운 논제에 맞추고 있다.

5. 추가 논제

① 부록 3에 수록되어 있는 작품들(시, 소설, 극)에 나타난 일부 은유법과 직유법을 생각해 보라. 다음 질문에 관한 논문을 써보라. 선택한 수사법이 얼마나 효과적이라고 보는가? 수사법이 이들 각각의 시의 문맥 안에서 어떠한 통찰력을 제공하고 있는가? 이들 수사법은 얼마나 적합한가? 이러한 수사법이 보다 더 확대될 수 있다고 생각하는가? 그것이 가능하다면, 그 효과는 무엇이라 생각하는가? 다음 논제 가운데 어느 것을 선택하여도 좋다.
   • 아놀드의 「도버 해협」("Dover Beach")에서의 직유법, "어두워지는 평원"
   • 셰익스피어의 「소네트 116」("Let Me Not to the Marriage of True Minds") 에 사용된, 변치 않음과 관련된 은유법 혹은 그의 「소네트 73」("That Time of Year Thou Mayest in Me Behold")에 사용된 가을과 관련된 은유법

- 글라스펠(Glaspell)의 『사소한 것들』(*Trifles*)에서 매듭이 보여주는 은유적 중요성
- 블레이크의 「호랑이」("The Tyger")에서의 은유법
- 오웬(Owen)의「죽은 젊은이를 위한 진혼가」("Anthem for Doomed Youth") 혹은 콜리지 (Coleridge)의「쿠블라 칸」("Kubla Khan")에 나오는 직유법
- 하디(Hardy)의「해협 사격」("Channel Firing")에 나오는 은유법, "붉은 전쟁"
- 키츠(Keats)의 「채프먼의 호머를 처음 읽고서」("On First Looking Into Chapman's Homer")에 나오는 은유법과 직유법
- 휴즈(Hughes)의 「니그로」("Negro")에서의 직유법의 사용
- 은유적으로 사용된 포(Poe)의 작품제목, 「아몬틸라도의 술통」("The Cask of Amontillado")
- 체호프(Chekhov)의 『곰』(*Bear*)에서 은유적으로 사용된 말 토비(Toby)

② 시를 전체적으로 통제하는 은유법 혹은 직유법을 사용하여 시를 한 편 써 보라. 예를 들어, (a) 나의 남자친구/여자친구는 개화하는 꽃과 같다, (b) 어려운 책과 같다, (c) 풀 수 없는 수학문제와 같다, (d) 지불될 수 없는 계산서와 같다, (e) 천천히 움직이는 체스 게임과 같다. 다른 예를 들면, 누구에게 어떤 특별한 일을 가르치는 것은 (a) 삽으로 많은 눈을 치우는 것과 같다, (b) 산사태가 일어나고 있는 산을 오르는 것과 같다, (c) 숨을 헐떡이고 있는 너를 누군가 강압적으로 물 속으로 들어가게 하는 것과 같다. 다 마친 후, 두 대상 사이의 비교와 여러분이 쓴 시의 전개 및 구조와의 관계를 기술하라.

③ 도서관의 참고문헌 서가에서, 커돈(J. A. Cuddon)의 『문학용어와 이론의 사전』(*A Dictionary of Literary Terms and Literary Theory*, 1991)을, 혹은 문학용어와 관련된 다른 사전을 찾아보라. 그리고 은유법과 직유법에 대한 부분을 공부하라. 그리고 이 부분들에 대하여 간단한 보고서를 작성하라.

제9장
상징과 알레고리에 대한 글쓰기: 확장된 의미 찾는 법

은유나 직유처럼 상징과 알레고리도 의미를 확장시키는 방식이다. 실제 삶에서 사람들은 경험이나 독서를 통해서 자신의 존재와 특정한 대상, 장소, 또는 사건을 연결시킴으로써 상징과 알레고리 같은 문학적 장치를 만들어내는 것이다. 어떤 젊은 이는 노 젓는 보트를 타면서 자신의 도덕적 존재에 대한 아주 중요한 자각을 한 경험을 기억해낼 수도 있을 것이다. 자식을 잃은 어머니는 평범한 포장 상자를 보고서 개인적인 슬픔에 다시 사무칠 수도 있을 것이다. 이처럼 사소한 일들이 갖는 중요성은 그러한 사건들이 발생한 때뿐만 아니라 인생 전체를 통해서 의미를 지닐 수 있다. 그러한 일들을 마음속에 떠올리거나, 말로 표현하는 단순한 행위를 통해서 그러한 일들이 갖는 의미와 암시, 그리고 그 결과들을 모두 드러내는 것이다. 그것은 마치 언급하는 것만으로도 여러 쪽 분량의 설명과 분석에 버금가는 효과를 갖는 것과 같다.

상징과 알레고리는 바로 이러한 원리에서 출발한다. 구체적인 사건들을 상징으로 강조하고, 이야기 전체나 일부를 알레고리로 부각시킴으로써 작가들은 작품의 길이를 적절히 유지하면서도 자신이 의도하는 의미를 확장시키는 것이다.

1. 상징

상징이나 상징주의는 원래 '함께 던져둔다'는 의미의 그리이스 어에서 온 말이다 (syn은 함께라는 의미이고 ballein은 던지다라는 뜻이다). 상징은 특정한 대상, 장면, 인물, 또는 동작을 아이디어, 가치, 또는 삶의 방식과 직접적으로 일치시키는 의미를 창출한다. 마치 국기가 그 국가의 이념을 대변하듯이, 실제로 상징은 그것이 가리키는 대상에 대한 대체물이다.

우리가 시나 연극, 또는 이야기에서 상징을 처음 만나게 될 때, 그 상징은 표면적이거나 분명한 의미 이상의 무게를 가지고 있지 않은 것처럼 보일 수도 있다. 상징은 인물이나 사물, 장소나 사건, 또는 상황에 대한 서술일 수도 있고 또한 그러한 역할로도 완벽하게 제 구실을 할 수 있다. 그러나 상징이 상징적이 되는 것은 그보다는 다른 차원의 의미, 즉 중요한 개념, 단순하거나 복잡한 감정들, 또는 철학적, 종교적 관점이나 가치 따위를 드러내 보이기 때문인 것이다. 상징에는 문화적 상징과 문맥적 상징의 두 종류가 있다.

1) 문화적, 역사적 전승의 일부인 문화적 상징

대체로 상징은 일반적으로 또는 보편적으로 인식되는 것이고, 그렇기 때문에 문화적이다(보편적이라고 할 수도 있겠다). 이러한 상징들은 작가와 독자가 같은 역사적, 문화적 전통의 계승자로서 공유하고 있는 이념과 감정을 내포하고 있다. 문화적 상징을 사용할 때 작가는 독자가 이미 그 상징이 나타내는 것이 무엇인지 알고 있으리라고 가정한다. 그 한 예로 우리는 고대 그리이스 신화의 시지프스라는 인물을 들 수 있다. 한 번도 아니고 두 번씩이나 죽음을 극복하려고 했기 때문에, 시지프스는 지하세계의 신들에게 커다란 바위를 언덕 위로 영원히 굴려 올리는 형벌을 받는다. 그가 바위를 언덕 꼭대기까지 굴려오면 바위는 다시 굴러 내려가고, 그는 그것을 다시, 또다시, 반복해서 굴려 올려야 하는 운명에 처해진다. 바위는 언제나 또다시 굴러 내려오기 때문이다. 시지프스의 이러한 고난은 인간 조건의 상징으로 해석되어 왔다. 아무리 지속적인 노력을 해도 인간은 아무 것도 이룰 수 없다는 것이다. 같은 일을 계속해서 매일매일 반복하고 세대를 이어가며 수행해도, 언제나 인간은 같은 문제와 마주치게 된다. 바로 그러한 무가치한 노력 때문에 인생은 아무런 의미도 없는 것처럼 보인다. 그럼에도 불구하고 희망은 있다. 인간은 시지프스처럼 자신에게 주어진 과제를 직면하고 능동적으로 그 과제를 수행하며, 그러한 행동이 인간의 삶을 의미있게 하는 것이다. 시지프스를 언급하는 작가는 우리 독자들이 이 고대 신화의 인물이 이러한 인간적 상황을 상징하고 있음을 이해하리라고 기대할 것이다.

마찬가지로 물은 보통 생명의 상징으로 여겨진다. 모든 생명체가 물 없이는 살 수 없기 때문이다. 세례를 주는 의식에서 물은 이러한 의미를 띠게 되며, 다양한 문학 작품 안에서 물은 각기 다른 차원의 의미를 전달해줄 수도 있다. 예컨대 뿜어져 오르는 분수는 낙관주의를 상징할 수도 있고(거품을 내며 뿜어져 오르기 때문에), 고여 있는 연못은 오염되고 왜소해진 인생을 상징할 수도 있는 것이다. 물은 또한 섹스의 보편적인 상징이며, 그 상태나 상황에 따라서 여러 가지 연애 관계를 상징하기도 한다. 따라서 이야기 속에서 연인들이 소용돌이치는 강물이나, 웅대한 폭포, 높은 파도치는 해변이나 넓은 강, 천둥치는 바다, 진흙탕, 또는 고요한 호숫가에서 만나는 것은 불분명하거나 차분한 사랑의 관계를 상징적으로 대변한다.

2) 개별적인 작품 안에서만 제 역할을 하는 문맥적 상징

보편적인 상징이 아닌 사물과 서술은 단지 개개의 작품 안에서 상징의 역할을 하도록 구성되어 있는 경우에만 상징이 될 수 있다. 이것이 바로 문맥적, 개인적, 또는 작가적 상징이다. 문화적 상징과는 달리, 개개의 작품이 가지는 글의 흐름과 상황이 문맥적 상징을 상징적으로 만든다. 예컨대, 패턴이라는 단어는 보통 어휘에 지나지 않지만, 에이미 로웰(Amy Lowell)의 「패턴」(Patterns)에서는 같은 단어가 강한 상징적 가치를 지니게 된다. 패턴들과 부합하는 사물들은 한정되고 무의미한 문화적 유산을 상징할 뿐만 아니라, 전쟁이 갖는 조직적 파괴력을 상징하기도 하는 것이다. 이러한 상징을 만들어내는 것은 바로 이 시의 문맥이다. 비슷한 경우로 아놀드 (Matthew Arnold)는 「도버 해협」("Dover Beach")에서 물러가는 파도가 종교적, 철학적 신념의 상실에 대한 화자의 슬픔을 상징하도록 하였다. 그렇기 때문에 로웰의 패턴들처럼 아놀드의 파도는 중요한 문맥적 상징이 되는 것이다.

그러나 문맥적 상징은 다른 작품으로 이월되는 것이 아니다. 다른 작품에서 겹쳐오는 파도나 형식적인 패턴들은 작가가 일부러 거기에 상징적인 의미를 부여하기 전에는 상징이 되지 않는다. 또한 그러한 것들이 다른 작품에서 상징적이라 할지라도, 그것들은 로웰이나 아놀드의 시에서와는 다른 성격의 상징이 될 것이다.

3) 무엇이 상징인가(무엇이 아닌가)에 대한 판단

특정한 사물, 사건, 또는 인물이 상징인지 아닌지를 판단하기 위해서 우리는 작가가 그러한 대상에 부여한 중요성을 결정해야 할 필요가 있다. 만일에 상징적 요소가 분명하고 또한 일정한 의미를 지속적으로 가진다면, 우리는 무리 없이 그것을 상징이라고 해석할 수 있다. 예를 들어서 맨스필드의 「미스 브릴」("Miss Brill")에서 미스 브릴의 털 목도리는 좀이 슬고 낡아서 아무런 가치도 없다. 그러나 맨스필드가 이야기의 시작과 끝 부분에서 그것을 특별히 중요하게 부각시켰기 때문에 털목도리는 문맥적으로 미스 브릴의 가난과 소외를 상징하는 것이다. 와그너(Wagner)의 「상자」("The Boxes")의 첫 부분에서 화자는 신발장, 광주리, 트렁크 같은 "집안의 상자들"(boxes in the house)에 대해 언급하고 있다. 독자들은 그처럼 커다란 상자라면 조그만 소년 정도는 쉽게 숨길 수 있을 것이라는 것을 알게 된다. 그러나 시의 마지막 부분에서 화자는 자신이 아직도 아들이 묻혀 있는 묘지를 찾아간다고 말한다. 결국 그녀가 마지막 부분에 언급하는 상자란 바로 관이며, 이러한 이유 때문에 시의 제목에 등장하는 상자들이란 죽음에 대한 문맥적 상징이라고 해석될 수 있다.

2. 알레고리

알레고리는 의미를 전달하고 확장한다는 의미에서 상징과 비슷한 것이다. 이 용어는 그리이스어 '알레고레인'(Allegorein)에서 온 것인데, 그 의미는 '말하고 있는 것과 다른 것을 암시하는 것'이다. 그렇지만 알레고리는 상징보다는 더 일관성이 있다. 알레고리와 상징과의 관계는 마치 동영상과 정지된 영상과도 같은 것이다. 형태상으로 알레고리는 완전하고 자족적인 서술이지만 그 역시 또 다른 사건이나 상황을 대변한다. 어떤 이야기는 처음부터 끝까지 알레고리이기도 하지만, 그렇지 않는 대부분의 이야기들의 경우에도 알레고리적인 짧은 에피소드를 포함할 수 있는 것이다.

알레고리의 의미와 용도에 대한 이해

알레고리와 알레고리적 방법은 문학적인 훈련 이상의 것이다. 의심할 여지없이 독자와 청취자들은 도덕적인 훈계보다는 이야기와 설화들을 더욱 쉽게 배우고 기억하게 되며, 그렇기 때문에 알레고리는 도덕을 가르치는 데 가장 자주 쓰이는 방법이다. 더구나 사고나 표현양식은 언제나 자유로운 것이 아니다. 검열의 위험과 보복의 두려움 때문에 작가들은 공개적으로 이름을 거론하여 정치적인 보복이나 명예훼손으로 고소당하기보다는 오히려 알레고리라는 방식을 통해서 간접적으로 자신의 견해를 표현하곤 하였다. 따라서 대부분의 알레고리가 가지고 있는 이중적 의미는 그 필요성과 현실성에 바탕을 두고 있는 것이다.

알레고리를 공부할 때는 작품의 전부 혹은 일부가 더욱 확장된, 알레고리적 의미를 가지고 있는지 아닌지 결정하여야 한다. 예컨데, 조지 루카스(George Lucas)의 영화 <스타워즈>와 그 속편의 인기는 적어도 선과 악의 싸움에 대한 알레고리에 기인하는 바가 적지 않다. 지성을 대변하는 오비 완 카노비(Obi Wan Kenobi)는 영웅주의와 과감함을 대변하는 루크 스카이워커(Luke Skywalker)를 협력자로 얻어서, 도덕적 또는 종교적인 믿음을 나타내는 "포스"(force)를 통해 그를 가르친다. 이렇게 훈련받고 무장한 스카이워커는 악을 대변하는 다스베다(Darth Vader)와 대적하여 현대적 기술을 나타내는 최신 우주선과 무기의 도움을 받아, 순수함과 선함을 대변하는 레이아 공주(Princess Leia)를 구출한다. 영화는 극적인 음악과 독창적인 시각적 청각적 효과를 동반하는 흥미로운 모험 이야기이다. 그러나 분명한 알레고리적 분위기 때문에 이 영화는 자아실현을 이루기 위한 개인의 탐구를 대변하고 있다.

알레고리적인 부분을 좀더 구체적으로 찾아보려면 영화에서 사악한 베다가 스카이워커를 한때 감옥에 가두는 장면을 생각해보자. 감옥을 탈출하고 베다를 이기기 위하여 스카이워커는 자신의 모든 기술과 힘을 발휘하여야 한다. 이 에피소드를 알레고리적으로 해석하자면 일시적인 감금상태는 인간이 교육과 일, 자아성취, 우정, 결혼 등을 통해서 더 나은 자신을 이루고자 할 때 경험하게 되는 의심과 낙담, 절망을 나타내는 것이다.

문자로 기록된 문학이 시작되는 시점부터 이와 비슷한 영웅적인 행동들이 알레고리적인 형태로 표현되어왔다. 고대 그리스에서는 알레고리적인 영웅인 제이슨(Jason)은 황금의 양털을 얻기 위해 아르고(Argo)를 타고 먼 나라를 항해하였다 (위험을 무릅쓰는 자에게 수확이 있다). 앵글로 색슨 시대의 영국에서는 영웅 베오울프(Beowulf)가 그렌델(Grendel)과 그의 어머니인 괴물을 죽이고 왕 흐로스가(Hrothgar)의 왕위를 지켜주었다(선한 힘에 의지하는 자에게 승리가 돌아온다). 17세기 영국의 경우 번연의 『천로역정』(The Pilgrim's Progress)에서 영웅인 크리스천이 온갖 어려움과 유혹을 극복하고 이 세상에서 저 세상으로 여행하는 과정을 보여준다(유혹에 대항하는 것, 그리고 신앙심과 인내가 신실한 자들을 구원한다). 여기 예를 든 것처럼 그 상관관계가 긴밀하고 지속적이기만 하다면, 알레고리적인 해설은 유효한 것이 된다.

3. 우화, 비유, 그리고 신화

그 의미가 확장되고 깊어진다는 관점에서 상징이나 알레고리와 밀접한 관련이 있는 세 가지 형태가 있는데, 그것은 우화, 비유, 그리고 신화이다.

(1) 우화

'이야기' 또는 '서술'이라는 의미가 있는 라틴어 파블라(fabula)에서 온 우화는 옛부터 내려오는 간단한 대중적 형태이다. 언제나 그렇지는 않지만 우화는 인간의 특성을 가지고 있는 동물에 대한 것이 대부분이다(그러한 우화를 동물우화라고 부른다). 과거에 우화의 채집자와 편집자들은 간단한 이야기에 '도덕적 교훈' 또는 설명을 덧붙였다. 우화작가 중에서 가장 오랫동안 인기가 있어 온 이솝이 바로 그러한 경우이다. 전통적으로 이솝은 고대 그리스의 노예로서 우화를 만든 것으로 알려져 있다. 그의 「여우와 포도」 우화는 자신이 차지하지 못하는 것을 과소평가하는 인간의 성향을 나타낸다. 우화의 전통에 기여한 최근 작품으로는 월트 디즈니(Walt Disney)의 "미키마우스(Mickey Mouse)", 월트 켈리(Walt Kelly)의 "포고(Pogo)"와 버크 브리테드(Berke Breathed)의 "꽃피는 동네(Bloom County)" 등이 있다. 형용사 fabulous는 종종 애매한 긍정보다 약간 더 좋은 뜻을 가지는 어휘로 사용되기는 하지만, 원래 모든 종류의 우화를 총칭하는 단어이다.

(2) 비유

'곁에 두다', 또는 비교하다는 뜻을 가진 그리스어 parabole에서 온 비유는 도덕적 종교적인 성향을 가진 간단하고 짧은 알레고리를 가리킨다. 비유는 흔히 예수와 연관되곤 하는데, 그가 독특한 종교적 성찰과 진리를 담은 비유를 많이 썼기 때문이다. 예컨대 그의 비유 "선한 사마리아인"과 "탕자의 비유"는 신의 사랑, 관심, 이해심, 그리고 용서를 나타내는 것으로 해석된다.

(3) 신화

'이야기' 또는 '줄거리'의 의미를 가진 그리스어 muthos에서 온 신화는 그것이 만들어진 문명의 종교적, 철학적, 문화적 가치를 포함하고 드러내는 전통적인 이야기를 가리킨다. 보통 신화적 이야기의 중심 인물들은 제우스, 헤라, 프로메테우스, 아테나, 시지프스, 오이디푸스, 그리고 고대 그리스의 아틀란타처럼 영웅이거나, 신이거나, 아니면 반신반인이다. 물론 대개의 신화는 허구이지만 어떤 경우에는 역사적인 사실에 근거한 신화도 있다. 신화는 결코 과거에 속한 이야기만은 아니다. 왜냐하면 신화라는 어휘는 결코 중단되지 않는 경제적 성장의 개념이나 모든 문제를 해결할 수 있는 과학 등과 같이 오늘날 사람들이 공통으로 가지고 있는 개념이나 아이디어를 가리키기도 하기 때문이다. 때로는 신화나 신화적이라는 단어가 '환상적'이거나 '비사실적'이라는 의미로 쓰이기도 하지만, 의미를 그렇게 격하하는 일은 잘못된 것이다. 왜냐하면 신화체계의 진실은 말 그대로 신화 그 자체에서 발견된다기보다는 신화의 상징적이고 알레고리적인 해석에서 찾을 수 있기 때문이다.

4. 상징과 알레고리의 의미 찾기

문화적 또는 보편적 상징과 알레고리는 대체로 성서나 고대역사와 문학, 그리고 영미전통의 작품 따위의 문화적 유산에 언급되어 있는 경우가 많다. 때때로 어떤 이야기를 이해하기 위해서 정치나 시사적인 사건에 대한 지식이 필요한 경우도 있다.

만일 상징의 의미가 즉각적으로 또렷이 떠오르지 않을 때에는 사전이나 다른 참고서적이 필요하다. 대학수준의 사전이 포괄하고 있는 범주에 여러분은 놀라게 될 것이다. 그러나 만일 사전에서 상징의 의미를 찾을 수 없다면, 유명한 백과사전을 찾아보거나 참고열람실의 사서에게 문의하기 바란다. 참고열람실의 사서는 도움이 될 만한 책들로 가득한 서가로 안내해줄 것이다. 탁월한 참고서적을 몇 가지 언급하자면 다음과 같다. *The Oxford Companion to Classical Literature*(Margaret Drabble 편), William Rose Benet의 *The Reader's Encyclopedia*, Thimothy Gantz의 *Early Greek Myth: A Guide to Literary and Artistic Sources*, Richmond Y. Hathorn의 *Greek Mythology*. 성서 인용을 찾는 데 유용한 것으로는 *Cruden's Complete Concordance*가 있는데 1737년 이래로 다양한 판본들이 사용되고 있고, *Strong's Exhaustive Concordance*는 19세기에 처음 출간된 이래로 정기적으로 개정되고 증보되어왔다. 이러한 용어색인집들은 성서에 사용된 모든 주요 어휘를 망라하여 보여주고 있기 때문에, 모든 성서 인용문들이 몇 장 몇 절에 있는지 금방 찾게 해줄 것이다. 이러한 참고문헌을 사용하고서도 여전히 문제가 있다면 교수님을 찾아가기 바란다.

5. 상징과 알레고리에 대한 글쓰기

상징이나 알레고리가 있는지를 판단하기 위하여 대칭될 만한 것을 찾아보려면 다음 질문들을 고려해보기 바란다.

1) 아이디어를 찾기 위한 질문들

(1) 상징

- 작품 안에 있는 이름, 사물, 장소, 상황, 또는 사건에서(예컨대, 「젊은 굿맨 브라운」에서 믿음(Faith)이라는 인물이나 지팡이, 「죽은 젊은이를 위한 진혼가」에서 조종소리, 「황야」에 등장하는 눈, 또는 「젊은 굿맨 브라운」의 숲 등) 어떤 문화적 또는 보편적 상징을 발견할 수 있는가?

- 작품 안에서 어떤 문맥적인 상징을 찾을 수 있는가? 무엇 때문에 그것을 상징으로 여기는가? 상징으로 무엇이 대변되었는가? 상징이 얼마나 분명하고 직접적인가? 그러한 상징이 얼마나 체계적으로 사용되었는가? 그 상징이 작품에 얼마나 필요한가? 그 상징이 작품을 얼마나 감명 깊게 만드는가? 상징을 통해서 읽지 않는다면 작품이 얼마나 그 자체로서 존재할 수 있는가?

- 특정한 상징이 어떤 인물이나 사건과 어떻게 연관되는지 보여주는 대조목록을 만들 수 있는가? 여기 하디(Thomas Hardy)의 시 「세 명의 낯선 사람들」에 등장하는 목동의 집과 목동들에 대한 대조목록의 예가 있다.

목동의 집이 처한 상황	목동들과 그들의 삶에 대한 비교
1. 외딴 곳	1. 외부 세상이나 법에 익숙지 않다
2. 외로움	2. 개인적이며, 외부의 방해에 대해 적대적이다
3. 풍파에 단련됨	3. 적응력이 강하고 자신이 있다
4. 누추함	4. 가난하다
5. 객을 위한 장소 마련	5. 자선적이다

(2) 알레고리

• 작가가 얼마나 분명하게 작품을 알레고리적으로 읽도록 지시하고 있는가(예컨대 이름 이나, 암시, 서술의 일관성, 또는 문학적 맥락을 통해서)?

• 알레고리의 적용이 얼마나 일관성 있는가? 작품 전체, 아니면 작품의 일부가 알레고리 를 내포하고 있는가? 어떤 근거로 이러한 결론에 이르렀는가?

• 알레고리적으로 읽는 것이 얼마나 완전한가? 해당 작품의 알레고리를 가지고 호손의 「젊은 굿맨 브라운」에서 등장인물, 사건, 사물, 또는 아이디어가 어떻게 알레고리적으로 연 관되어 있는지를 보여주고 있는 다음 도표와 같은 형태의 표를 만들 수 있는가?

「젊은 굿맨 브라운」	브라운 자신	마을 주민들	숲의 인물(아 버지), 악마	페이스(신앙)	숲속의 모임	의심과 불신 의 인생으로 되돌아감
도덕성과 신 앙에 적용된 알레고리	선한 가능성	문화적, 종교 적인 보강책	악과 사기의 세력	구원과 사랑, 구출되고 보 존되어야 할 이상	이상에 대한 공격: 환멸을 자극함	신앙심의 파 괴. 의심, 정신 적 태만, 확신 의 상실, 우울 함과 회의의 증가
개인적이고 일반적인 관 심사에 적용 된 알레고리	목표를 추구 하는 개인	개인의 능력 과 성장에 대 한 외부적 지 원	극복하거나 아니면 패배 하는 장애물	개인적 관심, 인내심, 행복, 종교적 확신	사기에 노출 됨, 확신의 부 족, 몰이해, 타 인에 대한 오 해	실패, 우울, 좌 절, 실망, 씁쓸 함

(3) 다른 형태들

- 무엇으로 여러분은 작품을 비유 또는 우화라고 구분할 수 있는가? 어떤 도덕적 교훈이나 지침이 분명하게 또는 암시적으로 내포되어 있는가?
- 작품 안에 어떤 신화적 요소가 내재되어 있는가? 작품의 어디에서(이름이나 상황 등) 신화적 특성이라고 여겨지는 것을 찾을 수 있는가? 그러한 신화는 어떻게 이해될 수 있는가? 그러한 신화는 어떤 상징적 가치를 지니는가? 그러한 신화가 시사적이거나 영원한 것에 적용될 수 있는가?

2) 상징과 알레고리에 대한 논문의 구성

서론

논문의 중심 아이디어를 작품의 주요 상징이나 알레고리적 요소가 갖는 의미와 연관시킨다. 예를 들어서, 호손의 「젊은 굿맨 브라운」에 대한 주요 아이디어는 환상주의가 인간의 영혼을 어둡게 제한한다는 것이다. 이야기의 처음 사건은 이러한 아이디어를 상징적으로 지원하고 있다. 특히 굿맨 브라운이 숲으로 들어갈 때 그는 "악마에 대해 당당히 맞서리라고" 결심하고 "자기 위에 있는 하늘"을 올려다본다. 그러자 "검은 구름 덩어리"가 "반짝이는 별들을" 가리고 있는 것처럼 보인다(문단 45). 중심 아이디어의 범위 내에서 점점 넓어지는 길이나 밤에 걷는 행동 그 자체와 마찬가지로 여기서 구름은 하나의 상징이라고 할 수 있다. 상징을 논하면서 이처럼 확실한 연결고리를 만들 수 있는 방법을 모색해야 한다.

또한 자신이 선택한 상징이나 알레고리적 대칭물을 정당화하는 것이 필요하다. 예를 들어서 만일 포의 「아몬틸라도의 술통」에 나오는 몬트레소의 지하실을 몰락과 죽음의 상징으로 본다면, 거기 있는 해골들과 점점 더 탁해지는 공기에 초점을 맞추는 것이 중요하다. 이러한 나쁜 조건들이 그 지하실을 상징적으로 보는 것을 정당화시켜 줄 것이기 때문이다. 같은 방식으로 「젊은 굿맨 브라운」의 알레고리적 요소를 서술하는 경우에 여러분은 다음과 같은 포괄적인 주제문을 확고히 제시해둘 필요가 있을 것이다. "사람들은 자신이 악하기 때문이 아니라 주위에 있는 사람을 잘못 이해하기 때문에 이상을 상실하고 원칙을 저버리게 되는 것이다."

본론

상징과 알레고리에 대해 논의할 수 있는 방법은 여러 가지다. 하나의 상징이나 알레고리에 집중하거나, 여러 가지를 합해서 사용할 수도 있을 것이다. 만일 상징에 대해 논문을 작성한다면 다음 사항들을 유념하도록 한다.

상징

① 주요 상징의 의미. 상징을 찾아 그것이 무엇을 대변하는지 밝힌다. 그리고 다음과 같은 질문에 답한다. 그것이 문화적 상징인가, 아니면 문맥적 상징인가? 무엇으로 그렇게 결정할 수 있는가? 상징적 의미에 대한 해석에 어떻게 도달하게 되었는가? 의미가 어디까지 확장될 수 있는가? 상징이 반복적으로 등장하면서 다르게 적용되거나 변화를 거치는가? 상징이 이야기를 이해하는 데 어떻게 영향을 주는가? 상징 때문에 아이러니가 생기는가? 상징이 이야기에 깊이와 위력을 더해주는가?

② 상징들 사이의 관계와 발전. 상징이 두 개 이상 있다면 다음과 같은 문제들을 고려한다. 상징들이 어떻게 서로 연관되는가(「젊은 굿맨 브라운」에서 어두운 마음을 상징하는 구름과 밤의 경우처럼)? 상징들이 어떤 의미를 추가적으로 부여하는가? 그러한 의미는 서로 보완적인가, 상치되는가, 아니면 아이러닉한가(와그너의 「상자」에 나오는 상자들처럼)? 상징들이 작품의 형태를 좌우하는가? 어떻게?(예를 들어서 「아몬틸라도의 술통」에서 몬트레소의 지하묘지로 내려가는 것은 황혼에 시작되고, 이야기 안에서 시간의 흐름은 결말 부분이 완전한 어두움 속에서 일어난다는 것을 암시해준다. 「미스 브릴」에서도 이야기의 흐름이 햇빛이 비치는 외부에서부터 주인공의 작고 어두운 방으로 진행되는 것을 볼 수 있다.) 이처럼 비교될 수 있는 사물과 상황이 두 이야기의 진행과 관련하여 상징적인 것으로 여겨질 수 있는가? 상징이 이야기의 문맥에 자연스럽게 어울리는가, 아니면 작가가 일부러 어울리게 하였는가 하는 것과, 작가의 상징이 독특한 특성, 또는 탁월함을 만들어가는지 아닌지, 만일 그렇다면 어떻게 그렇게 되는지 생각해보자.

알레고리

알레고리에 대해 글을 쓸 때 다음 중 하나의 접근방식을 선택할 수 있겠다.

① 알레고리의 의미와 용도. 이야기의 주제는 무엇인가(알레고리, 우화, 비유, 또는 신화)? 어떻게 그 주제가 작품의 시대에 국한되지 않고 우리의 시대에도 통용될 수 있는 아이디어나 인간의 성격에 광범위하게 적용될 수 있는가? 같은 이야기가 다르게 각색된 적이 있는가? 그 주제가 밀접하게, 또는 느슨하게 특정한 철학이나 종교적 견해를 나타내고 있는가? 만일 그렇다면 그러한 견해는 무엇인가? 어떻게 그것을 알 수 있는가?

② 알레고리의 일관성. 알레고리가 이야기 전체를 통해서 일관되게 사용되고 있는가, 아니면 간헐적으로 등장하는가? 이를 구체적으로 밝히고 설명하라. 이야기가 알레고리 그 자체라기보다는 알레고리적이라고 부를 수도 있을까? 어떻게 이야기의 일부분이 알레고리적인 중요성 때문에 등장하는지 밝힐 수 있는가? 그 예로는 「아울강 다리에서 생긴 일」에서 점점 더 어두워지는 길과 「사소한 것들」에서 얼어붙은 통조림을 들 수 있는데, 얼어붙은 통조림은 인생의 파괴적 특성을 나타내는 알레고리적인 것이라고 볼 수 있다.

또한 「목걸이」에 등장하는 파리의 거리는 자신의 처지보다 더 나은 삶을 살려는 유혹과 관련이 있다.

결론

결론을 맺을 때 여러분은 중요한 사안들을 요약하거나, 일반적인 느낌을 서술하거나, 상징적 또는 알레고리적인 방법이 주는 효과를 설명하거나, 개인적인 반응을 설명하거나, 더 깊은 생각이나 적용방법을 제안할 수 있다. 또한 상징이나 알레고리가 어떻게 적절한지 평가해볼 수도 있다(「젊은 굿맨 브라운」은 어두움으로 시작하여 음침함으로 끝나는 경우의 좋은 예이다).

모범 논문의 예시
호손의 「젊은 굿맨 브라운」에 나타난 알레고리와 상징

[1] 나다니엘 호손의 「젊은 굿맨 브라운」의 세 번째 문단 이상을 읽으면 누구나 작품의 알레고리와 상징을 인식하게 된다. 처음 시작 부분은 사실적으로 보인다. 젊은 청교도인 굿맨 브라운은 식민치하의 살렘에 있는 집을 떠나 밤으로 여행을 떠난다. 그런데 "신앙심"(Faith)이라는 그의 아내의 이름은 상징읽기 방식의 독서를 하게 만들며, 브라운이 숲 속에 들어서자마자 그의 평범한 행보는 악을 향한 알레고리적 여행으로 변화된다. 이 여행을 통해서 호손이 보여주고자 하는 아이디어는, 편벽된 믿음은 가장 훌륭한 인간성마저도 파괴한다는 것이다.[*] 작가는 이러한 사상을 특히 석양과 지팡이, 그리고 길 같은 알레고리와 다양한 상징을 통해서 전개하고 있다.[**]

[2] 작품의 알레고리는 사람들이 파괴적인 생각들을 키워가는 방식과 관련이 있다. 이야기는 대부분 꿈과 같고 비사실적이며, 브라운이 취하는 아이디어들도 또한 비사실적인 것이다. 기괴한 "마녀집회"에서 그는 자신이 아는 모든 사람이 죄를 지었다고 결론짓고 나서, 자신이 아내와 이웃에게 처음 품었던 사랑을 불신과 미움으로 왜곡시키게 된다. 그 결과로 그는 남은 일생을 거칠고 우울하게 지내는 것이다. 식민치하의 살렘이라는 작품 배경을 보더라도 호손의 알레고리가 겨냥하는 것이 스스로 죄악 속에 살면서도 사랑을 배척하는 열렬한 종교 신봉자들임을 알 수 있다. 그러나 현대의 독자들이라면 이 작품의 알레고리를 어떤 이상을 무비판적으로 받아들이면서(대체로 정치적인 충성심이거나 인종적, 또는 국가적 편견) 다른

* 중심 아이디어
** 주제문

사람들의 성실성과 권리를 인정하지 않는 사람들의 성향에 적용할 수 있을 것이다. 만일 브라운 같은 사람들이 편협된 원칙을 적용하면서 자신들이 비난하는 사람들을 이해하려 하지 않을 경우에, 그들은 어느 누구든 그들의 경멸 대상이 될 수 있다. 호손의 알레고리는 사랑과 이해와 관용의 중요성을 배척하는 이념과 제도를 속 좁게 받아들이는 어떤 경우에도 적용될 수 있다.

[3] 이렇게 비인간적인 믿음에 대한 호손의 공격은 알레고리에서뿐만 아니라 다양한 상징에서도 발견된다. 예컨대, 작품의 일곱 번째 단어인 "석양"은 상징으로 볼 수 있다. 현실적으로 석양은 단지 하루의 끝 부분을 가리킬 뿐이다. 그러나 작품의 서두에 등장함으로써, 석양은 굿맨 브라운의 정신적 죽음과 다름없는 미움의 긴 밤이 시작된다는 것을 암시한다. 그의 마지막 나날들이 "우울함"으로 점철되어 있기 때문에(문단 72) 그에게 있어서 밤은 결코 끝나지 않을 것이다.

[4] 다음 상징인 안내인의 지팡이는 브라운이 이웃을 판단하는 기준이 일정치 않은 것임을 드러낸다. 호손의 서술은 이 지팡이의 상징적인 특성을 지적하고 있다:

> . . . the only thing about him [the guide] that could be fixed upon as remarkable, was his staff, which bore the likeness of a great black snake, so curiously wrought, that it might almost be seen to twist and wriggle itself like a living serpent. This, of course, must have been an ocular deception, assisted by the uncertain light.(문단 13)

뱀은 상징적으로 창세기(3:1-7)에서 모든 악의 근원으로 등장하는 사탄을 암시하는 것이지만, "시각적인 착각"(ocular deception)이라는 구절이 그러한 상징에 대해서 흥미롭고 현실적인 애매함을 더해주고 있다. 뱀이라고 여겨지는 것이 단지 "불분명한" 빛에 의해서라면, 그 지팡이는 그 자체로서 악의 상징이라기보다는 악이 존재하지 않는 곳에서 악을 찾으려 하는 인간의 태도를 상징한다고 볼 수 있기 때문이다.(그렇다면 불분명한 빛은 인간의 불완전한 이해력을 상징하는 것은 아닐까?)

[5] 같은 맥락에서 숲으로 난 길은 브라운을 사로잡고 있는 파괴적인 정신적 혼란을 대변하는 중요한 상징이다. 그가 걷는 길은 "점점 더 거칠고 삭막해지고, 발자국이 더욱 희미해지다"가 "마침내" 사라져버린다(문단 51). 이것은 마치 성서에서 말하는 "멸망"으로 향하는 "넓은" 길과 같다 (마태복음 7:13). 상징으로서 이 길은 대부분의 인간 행위가 악하며, 생명으로 향하는 "좁은" 길의 경우처럼 선한 사람은 단지 소수에 불과하다는 것을 보여준다. 마치 모든 죄악이 처음에는 두드러지고 특별히 여겨지는 것처럼, 굿맨 브라운이 가는 길도 처음에는 분명하게 보였다. 그러나 곧 그 길은 구분할 수 없을 정도가 되고, 그가 돌아보는 곳에서는 어디에서나 온통 죄악만을 보게 되는 것이다. 이 상징은 사람들이 악을 추종하게 되면 도덕적 안목이 흐려져서 곧 "유한한 인간을 죄악으로 인도하는 본능"에 사로잡히게 된다는 것을 보여주고 있다(문단 51).

[6] 호손의 알레고리와 상징을 통해서 「젊은 굿맨 브라운」은 어떻게 숭고한 믿음

이 실패할 수 있는지를 역설적으로 제시한다. 굿맨 브라운은 자신의 잘못된 시각이 진실이라고 믿고 있기 때문에 우울하게 죽어간다. 이러한 형태의 악은 가장 제지하기 어려운 것이다. 왜냐하면 자신이 선하다는 확신에 차있는 악한이야말로 구제불능이기 때문이다. 이처럼 청교도적인 도덕적 확신으로 포장되어 있거나 다른 맹목적인 종교적 기준에 의한 편협한 죄악에 대해서 (정치적이거나 종교적이거나 간에) 호손은 이렇게 말하고 있다: "악마는 그 자체일 때보다 인간의 가슴에 불을 지를 때가 더욱 가증스럽다"(문단 53). 따라서 젊은 굿맨 브라운은 작품의 중심적 상징이 된다. 그는 자신이 빛 안에서 걷고 있다고 생각하지만 사실상 스스로 어두움을 만들어가고 있는 인간인 것이다.

6. 논평

서론은 호손이 작품의 서두에서 그러한 독서법을 하도록 유도하고 있다는 근거를 들어서 알레고리와 상징의 중요성을 정당화하고 있다. 편협한 믿음이 가장 훌륭한 인간성을 파괴한다는 중심 아이디어는 호손의 서술방식과 밀접한 관련을 갖는다.

문단 2는 고정적인 청교도적 도덕성에 대한 비판으로서 알레고리를 논하고 있다. 이 문단의 중요한 흐름은 브라운이 가지고 있는 것과 같은 외골수적인 견해의 해로움에 집중되어 있다. 문단 3, 4, 5는 각각 세 가지 중요한 상징을 논하고 있는데, 바로 황혼, 지팡이, 길이다. 이러한 논의의 목표는 어떻게 그러한 상징들이 무비판적인 믿음에 대한 호손의 공격을 나타내고 있는가 하는 것이다. 이 문단들 안에서 완고함과 파괴성의 관계라는 중심 아이디어가 강조되고 있다. 호손의 신, 구약 성서에 대한 암시는 문단 4와 5에서 논의되고 있다. 마지막 문단에서 브라운이 상징하고 있는 것은 죄악이 근본적으로 사실과 비사실을 구분하지 못하는 데서 출발한다는 아이디어라고 결론짓고 있다.

만일 여러분이 알레고리만을 가지고 글을 쓴다면, 예시문의 두 번째 문단을 한 문단으로, 또는 확대하여 논문 전체에 대한 길잡이로 사용할 수 있을 것이다. 예를 들어서, 「젊은 굿맨 브라운」의 알레고리가 확대된다면, 추가될 만한 주제는 브라운의 잘 속아넘어가는 성격, 믿음의 의미와 믿음을 유지하는 조건들, 그리고 다른 사람들의 선함보다는 악함을 더 많이 보게 되는 인간의 성향 등이다. 이러한 주제들은 알레고리에 대한 논문 전체를 쓰기에 충분할 만큼 중요한 것들이다.

7. 상징과 알레고리에 대한 추가 논제

① 누가복음에 포함된 다음과 같은 알레고리의 방식에 대해서 논문을 쓴다. "신랑의 비유 (5:34-35)", "의복과 포도주 부대의 비유(5:36-39)", "씨뿌리는 사람의 비유(8:4-15)", "선한 사마리아인의 비유(10:25-37)", "탕자의 비유(15:11-32)", "우물에 빠진 소의 비유(14:5-6)", "안식일에 가축에게 물을 먹이는 비유(13:15-17)", "어리석은 부자의 비유(12:16-21)", "나사로 이야기(16:19-31)", "과부와 재판관(18:1-8)", 그리고 "바리새인과 세리(18:9-14)."

② 도덕이나 철학, 또는 종교에 관심이 있는 작가들이 왜 상징과 알레고리를 사용하는가? 이러한 질문을 논할 때, 다음 작품들을 인용하도록 한다. 「젊은 굿맨 브라운」, 「황야」, 「호랑이」, 「해협 사격」, 「도버 해협」.

③ 쇼펜의 「한 시간의 이야기」와 셰익스피어의 「소네트 116: Let Me Not to the Marriage of True Minds」, 휴즈의 「니그로」에 나타난 상징을 비교/대조하라. 이러한 작품들이 얼마나 문맥적 상징에 의존하고 있는지, 아니면 보편적 상징에 의존하고 있는지 논하라.

④ 「미스 브릴」, 『곰』, 「한 시간의 이야기」에 나타난 상징들은 모두 미혼, 혹은 기혼 여성과 관련이 있다. 이러한 상징에 대해 논하라.

⑤ 깃발 (애국심, 충성심, 특정한 정치적 이념)이나 물 (생명, 섹스, 재생), 또는 인구폭발 (지구상에 있는 인간의 종말)같이 널리 인식되는 문화적 상징을 사용하여 시를 써본다. 아이디어를 순서대로 배치함으로써 상징을 통하여 나타내는 주제를 분명히 하고, 그러한 상징이 지지자들이나 반대자들 사이에서 불러일으킬 수 있는 갈등을 해결하도록 노력한다.

⑥ 자신이 스스로 개발한 문맥적 상징을 사용하여 짧은 이야기를 써본다. 예컨대, 처음에는 잘 보이지 않던 특정한 인물의 강점이 그가 직업을 유지하려 노력하면서 어떻게 드러나는지, 또는 집 안과 밖 일에 대해서 일체 무심한 행동이 어떻게 그 인물의 쇠퇴를 나타내는지 그려본다. 여기서 명심해야 할 사항은 처음에는 평범하고 정상적인 것처럼 보이던 것을 이야기가 진행되면서 상징적인 것으로 만들어가야 한다는 것이다.

⑦ 도서관의 목록이나 컴퓨터 카탈로그를 이용하여 호손에 대한 최근의 비평서, 또는 전기물을 찾아본다. 그러한 책에서 호손이 상징을 어떻게 이용하는지 논한 내용을 설명하라. 그러한 책에서 호손이 사용한 상징과 그의 종교적, 가족적 유산을 얼마나 밀접하게 연관시키고 있는가?

제10장
어조에 관한 글쓰기: 태도와 감정에 대한 작가의 통제

어조(tone)란 작가와 화자가 자신의 태도 혹은 감정을 표출하는 방법을 말한다. 그것이 사랑에 관한 엄숙한 선언이든지, 저녁 음식을 옆으로 전달해주라는 요구이든지, 부모에게 돈을 요청하는 학생의 편지이든지, 혹은 세금과 벌금을 지불하지 않으면 과징금을 물리겠다는 정부기관의 위협적인 고지서든지 간에 어조는 입으로 말해지는 혹은 글로 쓰여지는 모든 언술의 한 양상이다. 어조는 종종 태도와 같은 의미로 사용되긴 하나 태도 그 자체이기보다는 태도를 표출 혹은 창출하는 기법이나 방식에 더욱 가깝다는 것을 인식하는 것이 중요하다.

문학적 개념으로서 어조는 말하는 데 있어서 목소리의 어조라는 용어에서 나온 말이다. 목소리의 어조란 어떤 특별한 대상 혹은 상황, 그리고 화자에 대한 태도를 반영한다. 메리가 하루 종일 걸릴 어려운 과제를 가지고 있다고 가정해보자. 다행히도 일이 잘 풀리어 메리는 그 일을 신속하게 끝마칠 수 있었다. 메리는 자신의 친구인 앤에게 행복한 기분으로 말한다. "난 정말 기뻐. 그 일을 하는 데 두 시간밖에 걸리지 않았거든." 그런 다음 그녀는 인기 있는 연극을 보기 위해 표를 사기로 결심하고 길고도 느린 줄에서 지루하게 기다려야만 했다. 표를 산 후, 메리는 줄의 마지막에서 사람들에게 다음과 같이 말한다. "난 정말 기뻐. 그 일을 하는 데 두 시간밖에 걸리지 않았거든." 메리가 후자에 사용하는 문장은 전자에 사용한 문장과 똑같다. 그러나 강조와 목소리의 굴절의 변화를 통하여, 후자의 경우 메리는 오랜 기다림에 대한 넌더리와 성급함뿐만 아니라, 여전히 줄서 있는 사람들에 대한 자신의 동정심을 나타낸다. 이처럼 언술의 어조를 통제함으로써, 메리는 전자의 경우 만족한 태도를, 후자의 경우 분노와 동정심을 상대방에게 전달한다.

메리의 경우에서 볼 수 있듯이, 태도 그 자체는 한 단어 혹은 구문(예를 들어, 만족 혹은 분노, 사랑 혹은 모욕, 복종 혹은 명령 등등)으로 요약될 수 있다. 그러나 이러한 태도를 이끌어내는 상황, 언어, 행동, 배경 등의 모든 양상을 조사함으로써 어조의 연구는 가능해지는 것이다. 예를 들어, 오웬(Owen)의 시, 「죽은 젊은이를 위한 진혼가」("Anthem for Doomed Youth")의 마지막 두 행에서 화자는 전장에서 죽은 젊은이들에 대한 집에 있는 사람들의 반응을 언급하고 있다:

Their flowers [shall be] the tenderness of patient minds,
And each slow dusk a drawing-down of blinds.

위의 두 행을 통하여 당면한 슬픔의 고통은 지나갔으나, "가리개를 끌어내린다"는 표현에 나타나 있듯이, 집에 남아 있는 사람들은 이보다 더 오래 지속될 평생의 고요한 슬픔을 견뎌야 한다는 것을 시인은 보여주고 있다. 이 표현은 또한 빛을 차단함으로써 삶의 최소한의 한 부분마저도 제거시키는 것을 상징한다.

1. 어조와 태도

대부분의 문학 작품에서, 태도는 많은 다양한 방향을 가리키고 있는 반면, 어조는 고도로 복잡한 문제이다. 다음의 것들은 독자가 문학 작품의 어조를 이해하거나 기술하는 데 도움이 될 것이다.

1) 대상에 대한 작가의 태도를 파악하라

신중하게 작품을 읽어나감으로써, 작품에서 다루어지고 있는 대상에 대한 작가의 태도를 우리는 추론할 수 있다. 예를 들어, 「한 시간의 이야기」("The Story of an

Hour")에서 남자와 여자의 관계에 흔히 나타나는 부지중의 잘난 체하고 점잔 빼는 태도를 작가가 재미있게 보여주고 있듯이, 쇼팽(Chopin)은 자유를 갈망하는 한 젊은 부인의 비밀스러운 소망을 동정적인 태도로써 묘사하고 있다. 로제티(Rossetti)의 시, 「메아리」("Echo")에서 화자는 오래 전에 죽은 자신의 연인에게 말을 건네고 있다. 이러한 이유 때문에 로제티는 슬프게 무언가를 갈망하는 듯한 태도를 시에서 보여주고 있다. 보다 넓은 관점에서, 체호프(Chekhov)는 『곰』(*The Bear*)에서 즐거운 애정을 가지고 인간을 보고 있다. 또한 하디(Hardy)의 「해협 사격」("Channel Firing")의 경우, 시인은 즐거운 태도와 함께 다른 한편으로는 자포자기한 듯한 태도를 가지고 인간을 보고 있다. 이 모든 작품들에는 작가의 어조를 파악하는 데 가장 중요한 양상들 가운데 하나인 다양한 종류의 아이러니가 드러난다.

2) 독자에 대한 작가의 태도를 찾으라

독자가 창조적인 행위에 참여하고 있다는 사실을 작가는 알고 있다. 아울러 작가는 작품의 모든 요소들, 예를 들어 단어 선택, 성격묘사, 암시, 현실의 수준 등에 대한 독자의 반응을 염두에 두어야만 한다. 호손(Hawthorne)의 「젊은 굿맨 브라운」("Young Goodman Brown")에서 숲속의 안내자가 「필립 왕의 전쟁」("King Philip's War")을 암시한다고 볼 때, 호손은 자신의 독자가 이 전쟁이 주는 비인간적이며 탐욕스럽고 잔인한 분위기를 이미 알고 있다고 가정한다. 이러한 가정을 부각시킴으로써, 호손은 자신의 독자가 지니고 있는 지식에 대한 존경을 나타낸다. 아울러 그는 또한 자신의 해석에 독자가 동의할 것이라고 가정한다. 『곰』에서 스미르노프의 대사를 보건대, 체호프는 이 인물이 화를 잘 내며 성미가 까다롭다는 사실을 독자가 이해할 것이라고 가정하고 있다. 그러나 이와는 반대로 스미르노프가 인자롭고 재미있는 사람이라는 사실 또한 그의 대사를 통하여 독자들이 알 것이라고 체호프는 가정한다. 작가는 이처럼 독자가 가지고 있는 지식에 대하여 암시적으로 칭찬하기도 한다. 또한 작가는 독자의 호기심과 욕구를 만족시켜줌으로써 독자가 작품에 보다 깊은 관심을 갖도록 만들기도 하며, 아울러 독자를 자극시키고 기쁘게 만드는 등의 독자에 대한 다양한 고려를 하게 된다.

3) 눈에 띄는 다른 주요한 태도를 파악하라

일반적인 작가의 어조를 넘어, 작품에 내재되어 있거나 극적으로 표현된 많은 태도들이 있다. 예를 들어, 로웰(Lowell)의 시, 「패턴」("Patterns")에서 화자는 고상한 상류층의 젊은 여자이다. 그러나 약혼자가 죽었다는 소식을 접하게 되자, 슬픔 속 명상을 통하여 그녀는 정원, "그늘 진 장소"에서 사랑을 나누기로 한 자신의 약혼자와의 약속을 떠올리게 된다(86행에서 89행까지). 그녀의 외적 모습을 통해서는 드러나지 않는 이러한 자신의 개인적인 고백을 통하여 시인은 그녀의 내적인 따뜻함을 보여주고 있다. 아울러, 이러한 내용은 시를 감정적으로보다는 애절한 분위기로 이끈다.

이외에도 등장인물들 사이의 상호 대사에 나타난 어조는 다른 등장인물과 상황에 대한 그들의 판단을 극적으로 보여준다. 맨스필드(Mansfield)의 「미스 브릴」("Miss Brill")에서 무뚝뚝한 젊은 여자는 미스 브릴의 모피로 만든 손 장갑을 "튀긴 민어"와 비교하고 있다(문단 14). 이러한 그녀의 대사에는 모욕, 무관심 그리고 잔인함이 나타나 있다. 글라스펠(Glaspell)의 『사소한 것들』(Trifles)에 등장하는 두 명의 주요 인물, 헤일 부인과 피터스 부인이 미니 라이트의 범법 사실을 은폐하기로 결심하는 장면의 경우, 어조가 복잡하게 통제되고 있음을 알 수 있다. 피터스 부인이 법의 집행을 방해하는 데 동의함에 따라, 위법적인 자신이 유발시킬지 모르는 당혹감에 대하여 그녀는 말하고 있다.

> 피터스 부인(병을 집어들고, 그것을 덮어씌울 무엇인가를 찾는다; 다른 방에서 가져온 옷 들 가운데 페티코트를 집어들어, 매우 다급하게 그것으로 병을 감싸기 시작한다. 거짓 목소리로.): "어머! 남자들이 우리 얘기를 들을 수 없었던 것이 잘된 일이야. 웃지나 않았을까! 하-안 마리 죽은 카나리아와 같은 사소한 일 때문에 모두가 호들갑을 떨었으니. 마치 그것이 뭐와 관계라도 있는 것처럼 말이지-그들이 웃지나 않았을까!

그녀의 말에 나타나 있듯이, 남자들이 여자의 관심거리, 예를 들어 미니의 퀼트 수공예를 조롱할 것이라는 사실을 피터스 부인은 알고 있기 때문에, 위의 인용문에서 그녀는 공개적으로 남자들의 즐거운 반응을 앞질러 말하고 있다는 점에 주목해야 한다. 그러나 독자는 그녀가 헤일 부인과 함께 미니에 대한 증거를 은폐하는 데 가담하고 있다는 것을 알고 있다.

2. 어조와 유머

어조의 주된 측면이 유머이다. 모든 사람은 웃기를 좋아하고, 웃음을 함께 한다는 것은 인간관계를 좋게 만드는 역할을 한다. 그러나 많은 사람들은 어떤 것이 왜 재미있는지 설명하지는 못한다. 이처럼 웃음에 대한 정밀한 분석은 불가능하다. 웃음은 계획되지 않게 일어나며, 개인적이고, 특유하며, 예측이 불가능한 것이다. 그럼에도 불구하고, 웃음에는 많은 보편적인 요소들이 있다:

① 웃을 대상이 있어야 한다. 사람, 사물, 상황, 습관, 대화 습관이나 방언을 사용하는 습관, 혹은 단어의 배열 등과 같은 웃을 대상이 있어야 한다.

② 웃음은 일반적으로 부조화라 일컫는, 어울리지 않음에서 나오는 것이다. 사람들은 정상적으로 주어진 상황아래서 무엇을 기대할 것인가를 알고 있으며, 이러한 기대들과는 상반된 어떤 것은 상황에 어울리지 않게 보이게 되며, 이로 인하여 사람들은 웃게 된다. 예를 들어, 기온이 화씨 100도인 날씨에, 사람들은 가볍게 옷을 입을 것이다. 그러나 두꺼운 코트, 따뜻한 모자, 머플러를 걸치고 큰 장갑도 끼고 있을 뿐만 아니라 몸을 따뜻하게 유지하기 위하여 손을 문지르며 발을 구르고 있는 사람을 본다고 가정해보자. 한마디로 이 사람은 일반사람들의 기대에 어긋나는 모습과 행동을 하고 있는 것이다. 그 사람의 행동과 모습은 부자연스럽게 보이거나 상황에 어울리지 않아 보이기 때문에, 사람들 눈에 그가 우습게 보이게 될 것이다. 작문시간에 한 학생이 "동사의 조합"에 관한 글과 "명사, 동사, 속담" 등으로 구성되어 있는 대화에 관하여 글을 썼다. 여기에서 당연히 그 학생은 동사의 활용과 부사 혹은 대명사에 관하여 말하고자 했을 것이다. 그러나 그 학생의 잘못된 이해로 인하여 웃음을 자아내는 부조화 현상이 발생하게 된 것이다. 동사를 사용하는 데 있어서 이러한 부주의한 실수를, 동음어 혼동에 의한 말의 우스꽝스런 오용(malapropisms)이라 부른다. 이 용어는 셰리단(Sheridan)의 18세기 연극,『경쟁자들』(The Rivals)에 나오는 멜라프롭 부인(Mrs. Malaprop)의 이름에서 나온 것이다. 멜라프로피즘의 사용은 독자와 작가를 즐겁게 하기 위한 수단으로서 그 어조는 화자를 향하고 있다.

③ 안전 혹은 선의로 인하여 해를 입지 않는 대신 웃음이 보장된다. 어떤 사람이 바나나 껍질에 미끄러져 허둥대는 모습을 볼 때, 그 사람이 우리 자신이 아니라는 조건하에서 웃음이 나오게 된다. 그 이유는 웃음이란 위험과 고통으로부터 벗어날 때 가능한 것이기 때문이다. 육체적인 피해를 포함하고 있는 우스꽝스런 상황들, 예를 들어 계단에서 굴러 넘어진다거나 크림 파이를 얼굴에 뒤집어쓰게 되는 상황들과 같은 피해는 결코 이러한 상황에 관련된 사람들에게 해를 입히지는 않는다. 이러한 상황이 자아내는 부조화를 인하여 사람들은 웃고 되며, 그러한 고통과 상처로부터 안전한 상황에 있기 때문에 사람들은 공포의 반응을 보이지 않는 것이다. 예를 들어 체호프(Chekhov)의 『곰』(The

Bear)에 나오는 스미르노프(Smirnov)와 포포프 부인(Mrs. Popov)과 같은 주요 등장인물들에 대하여 일반적으로 동정을 느끼게 되는 것처럼 독자는 이와 유사한 다른 작품들과 낭만적인 코메디 등에 나오는 주요 인물들에 대하여 동정심을 갖게 된다. 이는 유머에 선의가 들어가 있기 때문이다. 이러한 작품들에서 작가는 등장인물들이 사랑을 예상치 못한 상황에서 분출하게 만드는데, 이러한 상황은 행복감, 미소, 심지어는 정이 가득한 웃음을 독자들에게 부여한다.

④ 낯설음, 새로움, 독특함은 웃음을 자연적으로 유발시키는 데 필요한 것이다. 웃음은 어떤 새롭거나 독특한 것을 보게 될 때 혹은 익숙한 어떤 것을 새로운 시각에서 경험하게 될 때 나오게 되는 것이다. 웃음이란 심지어 독자가 이미 그들 자신들이 웃을 대상에 대하여 알고 있을 때조차도, 순간의 통찰력이나 뭔가를 갑작스럽게 앎으로 인하여 일어나기 때문에 웃음은 항상 자발적(자연적)인 것이라 말할 수 있다. 실제로 코믹한 작품을 쓰는 작가의 일은 일상적인 것들을 독자들이 접했을 때, 이로 인하여 독자들이 자발적으로 웃게 만드는 것이다. 프랭크 오코너(Frank O'Connor)의 「첫 고해성사」("First Confession")을 읽을 때마다, 독자들은 웃게 된다. 그 이유는 비록 무엇이 일어날지 독자가 이미 알고 있으나, 작품을 통하여 독자는 화해가 분노와 죄의 벽을 해체시켜나가는 방법을 수용해가기 때문이다. 젊은 재키(Jackie)의 경험은 자발적이며 상황에 어울리지 않기 때문에 우스꽝스럽고, 항상 우스꽝스러울 수밖에 없는 것이다.

3. 어조와 아이러니

사람이나 사물에 대해 한 가지 이상의 태도를 가질 수 있는 능력은 오직 인간에게만 주어진 특성이다. 인간은 완벽하지 않다는 것을 우리는 알고 있다. 그러나 우리는 그럼에도 불구하고 그러한 많은 사람들을 사랑하고 있다. 따라서 우리는 찬미와 사랑뿐만 아니라 악의 없는 놀림과 비난을 가지고서 그들에게 말을 건넨다. 때때로, 우리는 사랑하는 사람에게 다소 부드러운 투의 모욕적인 인사편지를 보낼 수도 있는데, 이는 상대를 모욕하기 위한 것이 아니라 즐겁게 만들기 위한 것이다. 이때 우리는 미소와 웃음을 상대방과 함께할 뿐만 아니라, 이로 인하여 상대방이 우리의 애정을 기억하게 만들 것이다.

아이러니는 그러한 모순되는 표현 혹은 상황을 표현하는 말이다. 삶의 모호함과 복잡함을 인식하는 인간에게 아이러니는 자연스러운 것이다. 삶이 항상 약속한 대로 이루어지는 것이 아니며, 친구와 사랑하는 사람이 때때로 서로에게 화를 내며, 우주에는 이해할 수 없는 불가사의가 존재하며, 사회적 그리고 정치적 구조는 인간을 자유롭게 만들기보다는 억압하고 있으며, 지식과 믿음의 확실성 안에조차도 의심이 존재하고 있으며, 인간의 성격이 경쟁과 칭찬을 통해서 뿐만 아니라 분노, 후회, 고통을 통하여 형성된다는 사실들의 인식으로부터 아이러니는 발전되는 것이다. 어떤 생각을 아이러니를 사용하여 전달할 때, 작가는 독자에게 최대한의 경의를 표하고 있는 셈이다. 다시 말해서, 아이러니를 사용할 때, 작가는 독자가 자신의 기묘하고 애매한 표현과 상황의 실질적인 의미를 발견할 충분한 지식과 능력을 갖추고 있다고 가정하기 때문이다.

1) 네 가지 종류의 아이러니: 언어적 아이러니(Verbal), 상황적 아이러니(Situational), 불가항력적(Cosmic) 아이러니, 그리고 극적(Dramatic) 아이러니

(1) 언어적 아이러니는 단어의 상호작용에 의존한다

언어적 아이러니란 말하여지는 것과 그것이 의미하는 바가 다를 때를 말한다. 예를 들어 이 장의 처음 시작 부분에서, 표를 구입하기 위해 두 시간을 기다린 후 메리가 표현하는 기쁨은 실제로 기쁨 그 자체가 아니라 넌더리가 난다는 것을 의미한다. 언어적 아이러니에는 중요한 몇 가지 종류가 있다. 축소해서 말하기(understatement)의 경우, 어떠한 표현이 상황의 중요성을 완전히 묘사하고 있지 않고, 암시를 통하여 이를 보여주는 경우를 말한다. 예를 들어 비어스(Bierce)의 「아울강 다리에서 생긴 일」("An Occurrence at Owl Creek Bridge")에서 교수형을 당하는 사람은 자신의 목을 맬 준비를 하는 병사들이 만들어놓은 장치에 대하여 생각에 빠지게 된다. 이러한 장치에 대하여 곰곰이 생각한 후 그가 보여주는 반응에 대하여 화자는 다음과 같이 말한다. "이 장치는 간단하고 효과적이라서 그가 판단하기에 (사형을 집행하기에) 잘 어울리는 것이었다"(문단 4). 이러한 표현은 일반적인 기계장치에 대한 평가로는 적합할 지라도, 이 장치로 인하여 죽게 될 사람이 장치에 대하여 이처럼 그 중요성을 가볍게 축소해서 말하는 것은 아이러니한 것이다.

이와는 반대로 과장해서 말하기(overstatement) 혹은 과장법(hyperbole)의 경우, 어떠한 상황을 묘사하는 단어들이 지나치게 과장되어 있어서 실제 의미는 말하여지는 것에 상당히 미치지 못한다는 사실을 독자 혹은 청자가 알아야 하는 경우를 말한다. 「첫 고해성사」에서 재키를 대하는 사제의 과장된 표현을 살펴보자(문단 38에서 50

까지). 자신의 할머니를 살해하겠다는 재키의 계획에 대하여 사제는 그 상황에 어울리지 않게 과장된 표현을 쓰고 있으나, 독자는 즉각적으로 그가 의미하는 것은 그러한 것이 아니다는 사실을 알게 된다. 말하여지는 것과 의미하는 것 사이의 이러한 차이는 미소와 웃음을 만들어낸다.

때때로 언어적 아이러니는 의미를 모호하게 만들기 때문에, 이중적 의미 혹은 이중적 의도(double entendre)를 지니기도 한다. 예를 들어, 「젊은 굿맨 브라운」("Young Goodman Brown")의 중간 부분에서 숲으로 안내하던 사람이 브라운을 혼자 남겨둔 채 다음과 같이 말하고 떠난다: "다시 움직이고 싶을 때, 자네를 도와줄 지팡이가 여기 있네"(문단 40). 여기서 "지팡이"는 매우 애매한 의미를 지니고 있다. 그 이유는 그것이 뱀과 매우 유사하기 때문이다. 따라서 위의 표현은 악마의 안내자가 브라운을 실제 지팡이와 함께 남겨두었을 뿐만 아니라 지팡이가 상징하는 악의 영혼(시편 23장에 나오는 안락함을 주는 신성의 "지팡이"와는 달리)을 함께 남겨두었다는 것을 암시하고 있다(문단 13). 물론 애매함이란 어떤 화제에도 연관해서 사용될 수 있는 것이다. 이중적 의도는 일반적으로 청자 혹은 독자를 즐겁게 하기 위한 목적으로 성과 관련하여 매우 자주 사용된다.

(2) 상황적 아이러니는 희망과 현실 사이의 차이를 메워준다

우리가 희망하거나 기대하는 것과 실제로 일어나는 일 사이의 차이를 말한다. 상황적 아이러니는 인간이란 자신의 삶 혹은 그밖의 다른 일에 대하여 통제할 능력이 없다는 사실을 강조하기 때문에 비관적인 느낌을 줄 때가 많다. 이러한 것에 대립하는 힘으로 심리적, 사회적, 문화적, 정치적, 혹은 환경적인 요소들을 들 수 있다. 그러한 상황은 또한 일시적이지 않고 지속적이며 보편적이라고 말할 수 있다. 이러한 예로서 과거, 현재, 미래, 그리고 어디에나 편재되어 있는 전쟁에 관한 소재를 담고 있는 하디(Hardy)의 「해협 사격」("Channel Firing")을 들 수 있다. 비록 상황적 아이러니에 이처럼 재난과 연관되어 있기는 하나, 항상 그렇지만은 않다. 예를 들어, 보다 행복한 상황적 아이러니가 체호프의 극, 『곰』에서 나타나고 있다. 이 작품에서 두 명의 등장인물은 "자신들보다 더 큰" 감정에 휩싸이게 됨에 따라 분노에서 사랑으로 그들의 감정은 변하게 된다.

(3) 불가항력적 아이러니는 우연 혹은 운명의 힘으로부터 나온다

삶에 있어서 비관적이며 운명적인 측면을 강조하는 특별한 종류의 상황적 아이러니가 바로 불가항력적 아이러니 혹은 운명적 아이러니이다. 불가항력적 아이러니의 기준에 의하면, 우주란 인간 개개인에 대하여 무심한 것이다. 다시 말해서, 인간 개개인은 맹목적인 운명, 우연, 통제할 수 없는 감정, 지속적인 불운, 불행에 속박되어 있는 것이다. 비록 사정이 일시적으로 좋아지는 것처럼 보이지만, 인간의 삶은 종국적으로 불행하게 끝나게 된다. 아울러 이러한 상황에 빠지지 않기 위하여 혹은 이러한 불행에서 벗어나기 위해서 인간이 어떠한 노력을 기울일지라도 이는 아무 소용이 없는 것이다. 불가항력적 아이러니를 보여주고 있는 작품의 예로서 글라스펠(Glaspell)의 『사소한 것들』(*Trifles*)을 들 수 있다. 미니 라이트(Minnie Wright)가 경험하는 농장의 지루하고 무의미한 상태로부터 작품은 전개된다. 외롭고 황량한 농장을 제외하곤 직업, 희망, 삶, 그 어떠한 것도 그녀에게는 존재하지 않는다. 이러한 비참한 생활을 30년간 지탱해온 그녀는 자신의 삶을 그나마 즐겁게 해주는 카나리아 한 마리를 사게 된다. 1년도 채 되지 않아서, 그녀의 거친 남편은 새의 목을 졸라 죽이고 만다. 그런 뒤 그녀는 자신의 남편에게 보복을 하게 된다. 그녀의 상황은 인간의 운명적 측면에서 볼 때 매우 아이러니컬한 것이다. 다시 말해서 인간은 벗어날 수 없는 불행한 환경의 거미줄에 잡혀 있다는 사실이 작품에 암시되어 있다.

(4) 극적 아이러니는 오해 그리고 지식의 부족에서 비롯된다

불가항력적 아이러니처럼, 극적 아이러니는 특별한 종류의 상황적 아이러니이다. 이는 한 등장인물이 상황에 대한 지식이 없거나 이에 대하여 잘못 판단하는 경우에 일어난다. 그러나 독자와 작품의 일부 등장인물들은 상황에 대한 모든 것을 완전하고 올바르게 알고 있다. 극적 아이러니의 예로서 소포클래스(Sophocles)의 고대 그리스 비극, 『오이디프스 왕』(*Oedipus the King*)을 들 수 있다. 이 작품에서 독자와 작품의 등장인물을 포함한 모든 사람들이 오이디프스가 알기 오래 전에 모든 사실에 관하여 알고 있다. 또 다른 예로서 쇼팽(Chopin)의 「한 시간의 이야기」("The Story of an Hour")에서 의사들은 남편이 죽었다는 소식에 대한 루이즈(Louise)의 진정한 반응에 대하여 알지 못하고 있다. 이에 반하여 우리 독자들은 그녀의 반응을 이미 알고 있기 때문에, 이들 의사들의 허영을 이해하게 된다.

4. 어조에 관한 글쓰기

신중하게 작품을 읽고, 태도를 전달해주는 작품 안의 요소들을 파악해본다. 작품은 진정으로 표출하고자하는 태도를 만들어내고 있는가 생각해본다. 예를 들어, 「아몬틸라도의 술통」("The Cask of Amontillado")에서 음산한 지하무덤은 공포의 감정을 진정으로 이끌어내고 있는가? 아니면 과장되어 보이는가? 메이스필드(Masefield)의 「뱃짐」("Cargoes")에서, 영국 연안무역선은 현대산업의 부정적인 면을 얼마나 적절하게 보여주고 있는가? 작품을 기초로 하여 아래와 같은 질문들을 생각해내거나 그러한 질문들에 대한 해답을 찾아감으로써 작가가 작품에서 어조를 어떤 식으로 조정해나가고 있는지를 이해할 수 있을 것이다. 스타일과 성격묘사 등 작품의 내적 특징들을 공부할 때 사용한 유사한 질문들을 적용해보라.

1) 아이디어를 찾기 위한 질문

- 얼마나 강력하게 작품에 반응하게 되는가? 작품에 대하여 어떤 태도를 갖게 되는가? 작품의 어떤 요소가 관심, 분노, 두려움, 근심, 기쁨 혹은 확신 등을 이끌어내는가?
- 무엇이 등장인물, 상황, 혹은 생각 등에 대하여 동정을 느끼도록 하거나 그렇지 않게 만드는가? 작품 안의 상황에 대하여 무엇이 감탄 혹은 이해할 수 있게 만드는가(혹은 한탄짓게 만드는가)?
- 소설과 드라마에서, 대사는 등장인물에 대한 작가의 태도에 관하여 무엇을 암시하고 있는가? 대사는 여러분의 태도에 어떠한 영향을 끼치는가? 시어가 지니고 있는 어떤 특징이 여러분의 반응을 가능하게 하며 이를 고무시키는가?
- 만약 똑같은 혹은 유사한 주제에 대하여 여러분이 과거에 지니고 있었던 어떠한 생각이 작품을 통하여 대체될 수 있다면, 어느 정도 대체가 가능한 것인가? 여러분의 태도가 변하게 되는 이유는 무엇이라 생각하는가?
- 극의 제재 혹은 소설의 제재에 대한 여러분의 태도에 내레이터/화자는 어떤 역할을 하고 있는가? 화자는 지적인가/어리석은가, 친근한가/불친절한가, 정신이 올바른가/정신이 나갔는가, 혹은 이상적인가/현실적인가?
- 재미있고 우스꽝스런 이야기에서 플롯, 등장인물 그리고 언어 가운데 어느 요소가 작품을 특히 우스꽝스럽게 만들고 있는가? 유머를 만들어내는 상황에 대하여 어느 정도 강하게 반응하게 되는가? 그 이유는?
- 작품에서 아이러니(언어적, 상황적, 불가항력적)를 찾을 수 있는가? 이러한 아이러니는 결혼, 가족, 사회, 정치, 종교 혹은 도덕에 관한 철학과 어떻게 연결되어 있는가?
- 운명, 사회적 혹은 인종적인 차별, 지적 한계, 경제적 혹은 정치적 불평등, 그리고 제한

된 기회 등에 의하여 등장인물들은 어느 정도 통제를 받고 있는가?

• 예를 들어 작가가 추측하기에 여러분이 알고 있다고 생각하는 방언, 다음 절의 단어 혹은 외국단어나 구문 등에 특이하거나 눈에 띄는 어떤 것이 있는가? 작품에 특별히 함축적 혹은 감정적 단어들이 있는가? 이러한 단어들은 여러분들에 대한 작가의 태도에 관련하여 무엇을 암시하고 있는가?

2) 어조에 대한 논문의 구성

서론

서론에서 작품의 전체적인 상황 그리고 작품에서 두드러지게 나타나는 분위기 혹은 인상, 예를 들어 「해협 사격」에서의 경우, 작품이 냉소적인 분위기로 이끌려간다거나, 『곰』에서는 우습고 즐거운 분위기로 작품이 흘러간다는 등의 내용이 기술되어야 한다. 작품의 어조를 설명하는 것과 관련된 문제들 또한 서론에서 소개되어야 할 것이다.

본론

논문의 목표는 작가가 작품 안에서 주요 분위기, 예를 들어, 「미스 브릴」에서의 날카로움 혹은 『곰』에서의 명랑함을 어떻게 형성해나가고 있는가를 보여주는 데 있다. 언어의 사용 혹은 오용을 통하여 작가는 이러한 분위기를 이끌어낼 수 있다. 이 외에도 가식적인 화자를 폭로시킴으로써, 그리고 정확하며 구체적인 묘사를 통하여, 주요 등장인물을 고립시킴으로써, 계획을 실패로 만듦으로써, 그리고 환멸로 가득한 세상에서 순수함을 지속시킴으로써 이러한 분위기를 이끌어낼 수 있다. 다음 가운데 편리한 하나의 접근 방법을 선택하여 사용할 수 있다.

① 관객, 상황, 등장인물. 화자가 어떤 사람이나 단체에 관하여 직접적으로 말하고 있는가? 어떤 태도(사랑, 존경, 공손함, 비밀스러움, 자신감)를 지니고 묘사하고 있는가? 작품에 나타난 기본적인 상황은 무엇인가? 아이러니를 찾을 수 있는가? 그렇다면, 어떤 종류의 아이러니가 사용되고 있는가? 아이러니는 무엇을 보여주고 있는가(예를 들면, 낙관론 혹은 비관론 등)? 독자의 반응을 만들어나가기 위하여 상황을 어떻게 통제하고 있는가? 다시 말해서, 행동, 상황, 혹은 등장인물이 작가의 태도를 표현하는 방법으로 간주될 수 있는가? 혹은 작가의 호의적 아니면 그 반대의 생각이나 관점을 형성해가기 위한 방법으로 볼 수 있는가? (극이나 소설에서의) 화자와 (시적) 화자의 본질은 무엇인가? 시적 화자는 왜 시인과 똑같이 말하는가? 시인의 태도를 표출시키고 이에 합당한 독자의 반

응을 이끌어내기 위하여 시적 화자의 성격(특징)이 어떻게 조종되고 있는가? 작품에서 등장인물 혹은 상황에 대하여 존경심, 찬양, 혐오, 혹은 기타 다른 느낌이 드러나고 있는가? 어떤 방법으로?

② 묘사, 언어. 작품에서 사용된 묘사 혹은 언어는 그 자체로써 분석되어서는 안되며, 이는 태도와 연관되어 이루어져야 한다. 묘사의 경우 자연의 묘사와 상태(예를 들어 눈보라, 추위, 비, 얼음, 강렬한 태양 빛)는 등장인물의 사정에 도움이 되는 혹은 반대가 되는 태도를 어느 정도 전달하고 있는가? 태도를 전체적으로 반영하는 색채, 소리, 혹은 소음에 대한 어떤 체계적인 언급이 있는가? 언어의 경우 단어의 함축적인 의미가 독자의 반응을 어떠한 방법으로든 통제하고 있는가? 작품에 사용된 언어를 이해하는 데 어느 정도의 폭넓은 어휘 혹은 기술적인 어휘를 독자는 가져야만 하는가? 대화의 형태 혹은 방언의 사용을 통하여 작가는 화자에 관하여 혹은 화자의 삶의 상태에 관한 자신의 태도를 표출하고 있는가? 작품에 사용되고 있는 언어의 수준이 평상적 언어인가, 은어인가, 표준어인가, 혹은 표준어 이하의 언어인가? 그러한 수준의 효과는 무엇인가? 특이하거나 특별히 눈에 띄는 표현이 있는가? 만약 있다면, 이를 통하여 작가는 어떠한 태도를 독자에게 보여주기 위한 것인가? 작가는 언어적 아이러니를 사용하고 있는가? 그 효과는 무엇인가?

③ 유머. 작품이 우스꽝스러운가? 얼마나, 어느 정도 우스꽝스러운가? 작품에서 유머는 어떻게 생기는가? 부조화로운 상황 혹은 언어, 혹은 이 두 가지로부터 유머는 발전되고 있는가? 유머의 기저에는 어떠한 공격이 있는가? 혹은 웃음의 대상이 비록 독자들의 웃음거리가 될지라도 여전히 독자들의 존경과 사랑을 받고 있는가?

④ 아이디어. 어떤 아이디어가 옹호되며, 부드럽게 방어되며, 혹은 공격받고 있는가? 작가는 이러한 아이디어에 대한 자신의 태도를 어떤 식으로(직접적으로 진술을 통하여, 혹은 간접적으로 억제하여 말함으로써, 과장하여 말함으로써 혹은 등장인물의 대사를 통하여) 밝히고 있는가? 어떤 방식으로 작품에서 작가와 독자 사이의 공감대가 이루어지고 있다고 보는가? 다시 말해서 역사, 종교, 정치, 도덕, 행동기준 등에 대한 어떤 보편적인 가정을 독자는 작품에서 찾을 수 있는가? 이러한 아이디어에 대하여 일시적 혹은 영구적으로 동의하기가 쉬운가? 혹은 작품에 접근하기 위하여 독자의 어떠한 양보가 필요한가? (예를 들어 『사소한 것들』의 중심 내용은 20세기 초기를 시대적 배경으로 고독하고 울적한 농장 생활이 한 여성에게 미치는 부정적인 효과에 관한 것이다. 극의 시대적 배경이 되고 있는 당시 이래로 사정은 변화해왔다. 아울러 여성의 그러한 삶 또한 분명 개선되었다. 그러나 작품의 내용에 동조하는 현대 독자는 극의 심리적인 상황을 기꺼이 이해할 수 있을 것이며 가능한 인간에 대한 많은 것을 알고 싶어하는 독자의 보편적인 욕망 때문에 미니 라이트의 상황이 중요하다는 사실을 발견할 수 있을 것이다.)

⑤ 작품의 독특한 특징. 각 작품에는 어조에 기여하는 독특한 특징이 있다. 예를 들어, 로제티(Rossetti)의 「메아리」("Echo")에서 화자는 죽은 자신의 연인을 기억하고 있으며, 그녀의 절망적이며 희망이 없는 상황을 암시하는 자세한 것들이 작품에 나타나 있다. 하디(Hardy)의 「해협 사격」("Channel Firing")의 경우, 해협에서의 사격이 너무 시끄러워 관에

누워 있는 시체들이 벌떡 일어난다는 우주적 사고에서 작품은 전개된다. 다른 일부 작품에는 특별하게 보이는 단어나 문구들 가운데 반복적으로 사용되는 것이 있을 수 있다. 예를 들어, 「니그로」("Negro")의 경우, "I am" 그리고 "I've been"으로 연들이 시작한다. 이를 통하여 휴즈(Hughes)는 자기 인식이 강한 화자의 주장에 무게와 힘을 주고 있다.

결론

결론 부분에서 지금까지 논한 주요 쟁점들을 요약, 정리한 다음, 서론에 언급한 어조에 관한 쟁점을 강화시키는 아이디어와 함께 어조에 대하여 다시 한번 정의를 내리고, 이에 대하여 설명하고, 아울러 어조에 대하여 후에 떠오른 새로운 생각 등을 정리해보라. 이 부분에서 작품의 어조에 관하여 본론에서 논하지 못한 다른 새로운 중요한 양상을 논할 수도 있다.

모범 논문의 예시
「한 시간의 이야기」("The Story of an Hour")에서 쇼핀(Chopin)의 아이러니 사용

[1] 어조에 대한 복잡한 통제를 보여주고 있는 케이트 쇼핀의 「한 시간의 이야기」는 눈에 띌 만큼 매우 짧은 소설이다. 작품에는 많은 아이러니가 있는데, 이들은 실수로 인하여, 오해로 인하여, 정확하지 않은 기대로 인하여, 그리고 어느 정도의 젠체하는 자만에서 나오는 것들이다.* 뿐만 아니라, 하나의 제도로서 결혼의 본질에 관한 아이러니한 질문이 작품에서 제기되고 있다. 짧은 이야기의 분량에 비추어볼 때, 이 모든 것은 대단한 정도이며, 어쨌든 이것들이 작품 안에 있다. 작품 안에는 상황적, 불가항력적, 그리고 극적 아이러니가 풍부하게 섞여 있다.**
[2] 상황적 아이러니의 중심에는 작품의 중심 인물인 루이즈 말라드(Louise Mallard)가 있다. 그녀의 성격에 대하여 많은 것이 나타나 있지는 않다. 다만 주요 상황을 통하여 알 수 있는 것은 그녀가 성실하며 헌신적인 가정주부라는 사실과 함께 심장병을 앓고 있다는 것이다. 남편이 죽었다는 소식을 전해 듣자 그녀의 상황은 위기에 달한다. 애정이 깊은 부인으로서 그녀는 소식을 접하게 되자 발작적으로 울기 시작한다. 그리고 자신의 방에 들어가 아마도 혼자서 슬퍼하게 된다. 전에는 생각지도 못했으며 알지도 못한 감정, 다시 말해서 이제는 자신이 "자유롭다"는 느낌을 그녀는 가지게 된다. 다시 말해서,

* 중심 아이디어
** 주제문

비록 자신의 남편이 "사랑스러운 눈으로 그녀를 바라보지 않을 때가 없었다"(문단 13)는 것을 알고는 있지만, 한편으로는 결혼이 자신을 지금까지 속박하고 있었다는 사실을 그녀는 깨닫게 된다. 처음으로 그녀는 자신의 삶과 자신 안에 감추어져 있는 희망과 기대 사이의 차이를 인식하게 된다. 실제 이것이 바로 상황적 아이러니의 정의이다.

[3] 상황적 아이러니와 불가항력적 아이러니의 초점은 루이즈와 가장 가까운 사람들에게 맞추어져 있다. 다시 말해서 그녀의 동생 조세핀(Josephine)과 브렌틀리 말라드(Brently Mallard)의 친구인 리처즈(Richards)에게 그 초점이 놓여 있다. 이들 모두는 친절하며 루이즈에 대하여 선의를 가지고 있다. 리처즈는 소식을 가지고 말라드의 집으로 오기 전에 철도 사고에 대한 사실을 입증해주며, 이를 조세핀에게 말한다. 차례로 조세핀은 이 소식을 부드럽게 루이즈에게 말해주는데, 루이즈에게 심각한 심장병을 유발시킬지 모르는 충격을 미리 예방하기 위하여 조세핀은 "반은 감추어진 상태로 은밀한 암시를 통하여"(문단 2) 이 소식을 루이즈에게 전하게 된다. 조세핀의 이러한 방법은 성공적으로 이루어지며, 아울러 루이즈가 슬픔으로 인하여 앓을 수 있다고(문단 17) 믿은 조세핀은 루이즈가 자신의 방에서 나오도록 간청하게 된다. 이러한 선의로 인하여, 브렌틀리 말라드가 현관문으로 막 들어오려는 순간, 조세핀은 물론 의도치 않게 루이즈를 그 문 앞으로 나타나게 만드는 역할을 하게 된다. 그리고 그를 보게 됨으로써 루이즈는 심장마비를 겪게 된다. 자신의 실수는 아니지만, 어쨌든 조세핀은 자신과 리차즈가 피하려고 했던 운명의 타격을 루이즈에게 가져다주게 된다.

[4] 작품에서 또 달리 중요한 불가항력적 아이러니는 소식이 정확지 못하고 신빙성이 없는 데서 비롯된다. 작품의 시대적 배경(1894년)을 고려해볼 때, 당시 먼 거리에 소식을 전하는 최상의 그리고 가장 현대적인 방법이 전보였다. 신문지국 사무실에 있던 리처즈는 "희생자 명단의 처음에 위치한 브렌틀리 말라드의 이름과 함께 철도 사고 소식을 받게 된다"(문단 2). 당시는 전보가 보편화되기 전이었기 때문에 소식이 그처럼 빨리 전달될 수 없었고, 이런 상태에서 남편의 죽음을 루이즈는 접할 수 없었을 것이며, 따라서 정확하지 않은 소식으로 인한 감정적인 위기를 루이즈는 결코 경험하지 못했을 것이라고 여겨진다. 소식의 부정확성은 인간의 실수에서 비롯되는 것이나, 그 결과는 루이즈, 그리고, 덧붙여 말하자면, 어떠한 상황도 알지 못한 채 집에 들어서자마자 아내의 갑작스런 죽음을 목격하게 되는 루이즈의 남편에게는 불가항력적인 것이다.

[5] 두 가지 사실에서 발견될 수 있는 극적 아이러니 또한 아이러니로 가득한 이 작품에 포함되어 있다. 작품의 등장인물들 가운데 어느 누구도 루이즈가 2층에 앉아서 무엇을 느끼기 시작했는지 이해하지 못하고 있다. 단순히 그들의 경험과 상상력을 통하여 루이즈의 감정을 파악한다는 것은 불가능한 일이다. 특별히 조세핀과 리처즈가 루이즈의 감정을 이해하지 못했다는 것은 슬픈 일이다. 왜냐하면 이들 두 사람은 루이즈와 가장 가까운 사람들이기 때문이다. 루이즈는 비록 자신을 가장 사랑한 사람들에 둘러싸여 있을지라도 결과적으로 외롭게 혼자 그녀는 죽게 된다. 루이즈의 사인을 규명하는 의사들의 경우, 이해의 부족으로 인하여 야기되는 아이러니가 신랄하다.

의사들이 와서 그녀가 사람을 죽일 정도의 기쁨으로 인한 심장병으로 죽은 것이라고 말했다(문단 23).

다소 잘난 체하는 의사들 또한 루이즈의 충격에 대한 진정한 이유를 상상하지 못한다. 다시 살아 돌아온 남편을 보고 루이즈가 느낀 기쁨 이외에 어떠한 다른 이유가 그녀의 신체에 그처럼 강한 충격을 가져다주었겠는가 라고 그들은 분명 생각하기 때문이다. 물론 「한 시간의 이야기」는 이처럼 냉혹하며 다소는 우스꽝스런 분위기로 끝난다.

[6] 작품에서 무엇보다 돋보이는 상황적 아이러니는, 이상으로서 결혼에 대한 정상적이며 관습적인 사고와 사실로서 결혼의 현실 사이의 차이에서 비롯된다. 루이즈가 다른 어떠한 사람을 만족시켜야 한다는 필요성에서 벗어나게 된 자신의 미래의 삶을 곰곰이 생각하는 부분에서, 우리는 불편한 현실을 강력히 주장하는 작가의 목소리를 느낄 수 있다:

맹목적인 고집으로 인하여 모든 남자와 여자는 자신의 개인적인 의지를 동료에게 부과할 권리를 가지고 있다고 믿는다. 이렇게 맹목적인 고집 안에 있는 그녀의 의지를 굽힐 강력한 의지는 없을 것이다(문단 14).

루이즈의 결혼생활이 지금까지 나쁘지는 않았으나, 이 부분에서 작품의 초점이 개인적인 자유와 결혼의 의무 사이의 갈등에 직접 맞추어져 있다. 특히 쇼핀이 여기에서 사용하고 있는 "맹목적인 고집"이라는 표현이 비록 저항은 아닐지라도 부정적인 태도를 확증하는 데 효과적이라고 볼 수 있다.

[7] 비록 「한 시간의 이야기」가 결혼에 반대하는 내용의 소책자로 여겨질 수 있지만, 무엇보다도 이 작품은 절묘하고 기술적으로 쓰여진 이야기이다. 23개의 문단 안에는 한 시간 동안 일어난 실수와 오해로 인하여 빚어지는 위기와 관련된 복합적이며 다양한 아이러니가 소개되고 있다. 이 모든 아이러니가 갑작스럽게 다 함께 일어나 루이즈 말라드에게 들이닥치며 이로 인하여 그녀는 파괴되고 만다. 그녀의 경우, 자신의 남편이 죽었다고 믿었으나, 곧바로 남편이 살아 있다는 사실을 발견하게 되는 순간, 이러한 아이러니가 모두 다 일어나기 시작한다. 삶에서 대부분의 사람들에게 그러한 위기가 결코 일어나지 않을지도 모른다. 일반적 원칙에 비추어볼 때, 살아가는 데 있어서 최상의 그리고 누구나 부러워할 상황에조차도 불완전한 것이 내재되어 있으며, 말로 표현할 수 없는 절망이 있고, 불행이 잠재되어 있다는 사실이 바로 이 작품에서 보여주는 주요 아이러니인 셈이다.

5. 논평

어조에 대한 이번 논문의 주제는 「한 시간의 이야기」에서 쇼핀이 복합적으로 사용하는 아이러니에 관한 내용이다. 논문 전체에 걸쳐서 작품의 많은 행동이 논의될 아이러니의 종류를 예시하는 데 사용되고 있다. 논문에서 문단과 문단을 연결시키는 고리 역할을 하는 문구로서 "비록", "역시", "무엇보다도 돋보이는", "또 다른", 그리고 "둘 다"가 사용되고 있다.

서론에 해당하는 첫 문단에 아이러니를 유발시키는 이유를 밝혀주는 중심 아이디어가 포함되어 있다. 주제문에는 상황적, 불가항력적, 그리고 극적 아이러니가 본론에서 탐색될 것임을 보여주고 있다. 두 번째 문단에서 상황적 아이러니가 주요 등장인물인 루이즈에게 어떻게 적용되고 있는가를 보여준다. 세 번째 문단에서 상황적 아이러니와 불가항력적 아이러니가 루이즈의 동생, 조세핀과 브렌틀리의 친구, 리처즈의 출연으로 인하여 이야기 안에 어떻게 들어가게 되는지 보여준다.

불가항력적 아이러니에 관한 추가적인 요소가 네 번째 문단에서 논하여진다. 전보와 관련된 실수는 전적으로 현대적인 것이며 과거 기술이 발달되지 않았던 시대에 이러한 실수는 결코 일어날 수 없는 것이었기 때문에, 이러한 종류의 아이러니는 작품의 주인공을 특별히 불운하게 만든다.

다섯 번째 문단에서 작품의 극적인 아이러니가 소개되고 있다. 이러한 아이러니는 루이즈와 가장 가까운 사람들의 이해 부족과 거만하며 지적으로 무지한 검안 의사들에 의해서 비롯된다. 여섯 번째 문단에서 결혼제도를 비판하는 쇼핀의 주요 견해가 소개되고 있다. 그러나 이러한 견해는 논문의 주요 목적과 연결시켜볼 때, 작품에 나타나는 중요한 상황적 아이러니와 결합되어 있다는 사실이 보여진다. 마지막 일곱 번째 문단은 하나의 이야기로서 작품에 기여하고 있으며, 어떻게 쇼핀이, 삶과 결혼에 관한 어려운 문제를 사실적으로 다루고 있는가에 대해 보여주고 있다.

6. 추가 논제

① 「첫 고해성사」("First Confession")에서 어른이 된 화자, 재키(Jackie)는 어린 시절 자신에게 일어났던 사건들을 기술하고 있다. 재키에 대한 여러분의 태도는 어떠한가? 재키에 대한 오코너(O'Connor)의 태도는 어떻다고 보는가? 재키는 자신의 유치한 감정으로부터 어느 정도 자신을 분리시키고 있는가? 그에게 남아 있는 어린 시절에 대한 반응을 재키는 어떻게 말하고 있는가? 그러한 논평이 있다면, 이것이 만들어내는 효과는 무엇인가?
② 작품에서 화자가 주요 등장인물로 나타나는 소설이나 시, 예를 들어 「아몬틸라도의 술

통」("The Cask of Amontillado"), 「첫 고해성사」("First Confession"), 「도버 해협」("Dover Beach"), 「황야」("Desert Places"), 「밝은 별」("Bright Star"), 「메아리」("Echo"), 「상자들」("Boxes") 과 같은 작품들을 고려해보라. 이러한 작품들에서 화자가 사용하는 언어가 화자 자신에 대한 독자의 태도에 어떠한 영향을 주고 있는가를 논문으로 써보라(다시 말해서, 화자에 대하여 독자의 동정심이라든가 이야기 혹은 상황에 대한 독자의 관심).

③ 다음 작품에 나오는 둘 혹은 그 이상의 여성 등장인물에 대한 비교 혹은 상반되는 태도에 관하여 논문을 써보라. 「한 시간의 이야기」("The Story of an Hour")에서 루이즈, 「목걸이」("The Necklace")에서 마틸드, 『곰』(Bear)에서 포포프 부인, 『사소한 일들』(Trifles)에서 미니 라이트, 「미스 브릴」("Miss Brill")에서 브릴. 이들 등장인물에 대한 작가의 묘사나 설명이 이들에 대한 독자의 이해를 어떻게 이끌어가고 있는가? 이런 작품들을 여성 중심의 비평에서 볼 때 어조에 관한 어떤 내용들이 중요한가?

④ 여러분 주변의 이야기의 일부분, 예를 들어, 어떤 학생, 어떤 상사, 혹은 어떤 정치인 등에 대하여 써보라. 극적 아이러니를 사용하여 선택한 등장인물을 다루어 보라. 다시 말해서, 선택한 등장인물은 자신이 어떤 한 상황에 대하여 모든 사실을 다 알고 있다고 생각하나 실제는 그렇지 않다는 내용으로 글을 전개하여 보라(다시 말해서, 한 남학생은 상대 여자가 이미 약혼을 한 상태라는 사실을 알지 못한 채 그녀에 대한 자신의 관심을 표명한다거나, 어떤 상사가 회사에서 가장 일을 잘하는 사람에 대하여 불신을 표출한다거나, 한 정치인이 자신의 반대자가 아닌 지지자가 한 행동을 자신의 반대자가 한 행동으로 오인하여 이를 비난하는 경우들이 좋은 예라 할 수 있다). 아이디어를 보다 명확하게 보여주기 위해서 어떠한 행동, 단어, 그리고 상황을 선택할 것인가?

⑤ 작품 안에 두 명의 인물을 포함시킨다는 계획 아래, 이들 두 인물과 행동에 관한 글을 써보라. 이들 두 인물을 묘사하는 데 있어서 혹은 이들의 행동을 기술하는 데 있어서, 한 사람의 경우는 긍정적으로, 그리고 다른 한 사람의 경우는 부정적으로 만든다. 그런 다음 이들 두 사람에 대한 대조적인 내용의 글에 사용된 단어를 분석해보라. 어떤 종류의 단어들이 선택되었는가? 어떤 원칙에 의해서? 중립적인 내용의 글을 쓸 경우 어떤 단어들을 선택하겠는가? 이런 질문에 대한 해답을 근거로, 소설 작가의 스타일을 발전시키는 것과 관련하여 독자는 어떤 결론을 내릴 수 있는가?

⑥ 도서관에서 『MLA 국제 참고문헌 목록』(MLA International Bibliography of Books and Articles on the Modern Languages and Literatures)를 참고하여 비어스(Bierce), 쇼팽(Chopin), 하디(Hardy), 맨스필드(Mansfield), 혹은 오코너(O'Connor)와 관련한 책과 논문의 짧은 목록을 작성해보라. 적어도 이들 작가의 세 개의 작품을 알아보라. 이와 함께 여러분자신의 통찰력을 이용하여 작가가 사용하고 있는 (불가항력적 혹은 중대한) 아이러니에 대하여 간단히 글을 써보라.

제11장
비교와 대조에 대한 글쓰기: 문학 작품을 함께 보는 훈련

비교/대조의 논문은 다른 작가나 한 작가가 쓴 두 개 이상의 작품, 또는 같은 작품의 서로 다른 원고, 또는 같은 작품이거나 다른 작품에 나타나는 등장인물이나 사건, 기교나 아이디어를 비교하고 서로 대비할 때 쓴다. 비교/대조의 유용성은 그렇게 함으로써 해당 작품에 대해 숙지할 수 있다는 데에 있다. 특정한 대상의 핵심적 요소를 가장 잘 파악하는 방법은 그것을 다른 것과 비교하는 것이기 때문에, 어떤 작품을 함께 고려하더라도 이러한 방법을 통해서 작품 개개의 특징을 따로 드러내고 잘볼 수 있을 것이다. 비교는 비슷한 점을 드러낼 것이고, 대조는 다른 점을 보여준다. 다시 말하면, 비교/대조를 통하여 특정 대상이 가지고 있지 않은 점을 알게 됨으로써 그 대상이 가지고 있는 것이 무엇인지 이해할 수 있다.

예를 들자면, 셰익스피어의 「소네트 30: When to the Sessions of Sweet Silent Thought」에 대한 이해는 이 작품을 크리스티나 로제티(Christina Rossetti)의 시 「메아리」와 비교할 때 더욱 증가될 수 있다. 두 시는 모두 독자가 아닌 청취자에게 화자가 자신의 과거에 대한 개인적 회상을 서술하는 형식을 취하고 있다. 또한 두 작품 모두 화자와 밀접한 관계에 있던, 지금은 죽은 인물에 대해 언급하고 있다. 이러한 관점에서 두 시는 서로 비교할 만하다.

이러한 유사성 외에도 중요한 차이점이 존재한다. 로제티는 화자가 사랑에 빠졌던 한 인물을 구체적으로 명시하는 데 반해서, 셰익스피어의 화자는 죽은 친구들에 대해 막연하게 슬퍼하고 있다. 로제티의 주제는 죽은 연인에 대한 슬픔과 돌이킬 수 없는 과거, 그리고 화자가 처한 현재의 외로움이다. 셰익스피어는 죽은 친구들을 언급하면서 현재의 슬픔을 다루고 있지만, 화자가 현재로 시야를 돌리면서 "절친한 친구"에 대해 떠오르는 생각이 과거의 "상실"을 회복하고 모든 "슬픔"을 끝나게 한다고 주장하고 있다. 로제티의 시에는 과거와 현재 사이의 화해가 존재하지 않는다. 오히려 화자는 현재의 슬픔에 완전히 초점을 맞추고 있다. 비록 두 시가 모두 과거 회상적이지만, 셰익스피어의 시는 현재를 향해 있고, 로제티의 작품은 과거를 돌아보고 있는 것이다. 이러한 차이점은 어떻게 시가 서로 대비될 수 있는지를 보여준다.

1. 비교/대조의 방법에 대한 길잡이

앞서 언급한 예는 비록 간단하기는 하지만 어떻게 비교/대조의 방법을 통해서 두 작품이 갖는 두드러지는 유사성과 차이점을 알 수 있게 되는지를 보여주고 있다. 흔히 다른 작품과 비교될 만한 주제를 잡아서 비교 및 대조를 함으로써 특정한 작품에서 부딪치는 어려움을 극복할 수 있다. 다음의 몇 가지 길잡이는 비교/대조의 논문을 어떻게 작성하는지에 대하여 도움이 될 것이다.

1) 자신의 의도를 분명히 할 것

비교/대조 논문을 쓸 때는 여러 가지 이유에서 이러한 방법을 선택할 수 있기 때문에 먼저 자신의 목적을 결정해야 한다. 그러한 목표는 "두 개 이상의 작품에 대한 상호간에 동일한 조명"일 수도 있을 것이다. 예컨대, 하디의 「세 명의 낯선 사람들」과 호손의 「젊은 굿맨 브라운」을 비교하는 논문은 다음과 같은 목표를 가질 수 있다. (1) 어느 한 작품을 강조하거나 지지하지 않고 두 작품에 나타난 아이디어나 인물, 또는 서술방식을 동일하게 비교하기 위한 것, 또는 (2) 「젊은 굿맨 브라운」을 강조하고 「세 명의 낯선 사람들」은 호손의 작품을 두드러지게 보이기 위한 도구로 사용하는 것이거나, 아니면 (3) 다른 작품을 비판함으로써 특정 작품이 좋다는 것을 보이기 위한 것이거나, (4) 특별히 주목할 만한 유효적절한 서술방식이나 아이디어를 강조하기 위한 것.

그러므로 첫 번째 과제는 무엇을 강조하기 위한 것인지 결정하는 일이다. 220-222쪽에 실린 모범 논문은 둘 중 어느 하나가 우수하다고 주장하지 않은 채, 다루고 있는 두 작품에 "동일한 시간"을 배당하고 있다. 여러분이 다른 종류의 논문을 쓰려는 것이 아니라면 이 논문은 대부분의 "비교"에 대해서 적절한 예문이 될 것이다.

2) 비교할 만한 공통적인 토대를 찾을 것

비교/대조 논문을 작성하는 두 번째 단계는 논의를 위한 공통적인 토대를 고르는 일이다. 서로 아주 다른 대상을 비교하는 것은 그에 따른 결론이 아무런 가치도 없을 것이기 때문에 무의미하다. 오히려 아이디어와 아이디어, 인물의 성격과 인물의 성격, 이미저리와 이미저리, 서술시각과 서술시각, 분위기와 분위기, 문제와 문제처럼 서로 같은 것을 비교해야 한다. 개인주의에 대한 오코너의 시각과 사랑에 대한 체호프의 관점을 비교해서는 별로 얻는 것이 없을 것이다. 그러나 오코너와 체호프에 나타난 성격과 신분에 따른 개인간의 관계를 비교하는 것은 공통적인 토대를 가지는 것이 되며, 서로 비슷한 점과 차이점을 살펴봄으로써 중요한 아이디어가 발전될 수 있는 가능성을 보이게 되는 것이다.

공통적 토대를 찾을 때는 창의적이고 독창적일 필요가 있다. 예를 들어서, 만일 모파상의 「목걸이」와 체호프의 『곰』을 비교한다면, 이 두 작품이 처음에는 아주 상이하게 보일 것이다. 그러나 자기기만에 대한 처방, 인간사에 있어서 우연의 효능, 또는 여성에 대한 작가의 견해 등 공통적인 토대를 찾을 수 있겠다. 다른 작품들은 이보다 더욱 상이하게 보일지도 모르지만 비교와 대조를 위한 공통적인 토대를 찾는 것은 대체로 가능하다. 이런 종류의 논문이 얼마나 성공하느냐 하는 것은 비교할 만한 작업환경, 즉 공통분모를 얼마나 잘 찾느냐 하는 데 달려 있는 것이다.

3) 비교의 기반을 통합할 것

이미 비교할 공통 분야를 확정하고 수사학적인 목표를 설정했다고 가정해보자.

이제 작품과 연구서도 읽었고, 기록도 마쳤으며, 무슨 말을 할지에 대한 대체적인 아이디어도 가지고 있다. 이제 남은 과제는 이러한 기초자료를 어떻게 다룰 것이냐 하는 문제이다.

한 가지 방법은 하나의 작품에 대하여 할 말을 먼저하고 그 다음 작품에 대해 언급하는 것이다. 불행히도 이러한 비교는 논문을 두 개의 개별적인 덩어리처럼 보이게 할 것이다.(첫 번째 작품이 논문의 반을 차지하고, 두 번째 작품이 다른 반쪽을 차지하게 되니까.) 또한 두 번째 작품을 다룰 때 이미 언급한 여러 가지 주제를 다시 반복해야 할 테니까 이러한 방법으로는 반복을 피할 수 없다.

그러므로 더 나은 방법은 자신의 주요 아이디어에 대한 중요한 관점들을 다루면서 두 작품 (또는 그 이상의 작품들)이 자신의 논점을 지원한다고 여겨질 때 수시로 작품을 언급하는 것이다. 이렇게 함으로써 두 작품을 지속적으로 언급하게 되고, 때로는 한 문장 안에서 두 작품을 언급하기도 하며, 독자에게 논점을 자꾸 상기시킬 수 있게 된다. 이러한 방법이 좋은 이유는 대체로 다음과 같다. (1) 논점을 언급하면서 발전시키게 되므로 불필요하게 자신의 논점을 반복할 필요가 없다. (2) 두 작품을 지속적으로 언급함으로써 기억력이 불충분한 독자가 앞선 부분을 다시 읽을 필요도 없이 자신의 논점을 피력할 수 있다.

모범 예문으로 여기 "프로스트의 「황야」와 셰익스피어의 「소네트 73: that Time of Year Thou Mayest in Me Behold」에 나타난 자연적인 언급의 비교" 중 한 문단을 소개한다. 이 문단의 좋은 점은 두 시에 있는 자료를 동시에(문장의 순서가 허용하는 한 최대한 가깝게) 이용하여 아이디어를 발전시키는 재료로 사용하고 있다는 것이다.

> (1) 두 작가는 모두 자신의 아이디어를 자연적 세상에서 일어나는 일과 연관시키고 있다. (2) 밤은 두 시에서 모두 죽음과 대등한 것으로 나타나는데, 프로스트는 첫 행에서 밤에 대해 언급하고 있고, 셰익스피어는 일곱 번째 행에서 밤을 소개하고 있다. (3) 프로스트는 밤과 함께, 겨울의 시작과 눈을 죽음과 황량함의 시간으로 강조하고 있다. (4) 이러한 자연적인 서술을 통해서 프로스트는 또한 내부 정신세계에 존재하는 공허하고, 은밀한, 죽음의 장소를 상징적으로 그리고 있다. 이는 매서운 겨울 눈보라가 무관심이나 이기심과 동일시되는 영혼의 틈새라 하겠다. (5) 대조적으로 셰익스피어는 진짜 죽음이 가까워졌다는 것과 그렇기 때문에 남아 있는 시간 동안 실컷 사랑해야 하는 필요성을 강조하기 위하여 노랗게 시들어 가는 나뭇잎과 날아가는 철새들이 있는 가을의 계절을 사용하고 있다. (6) 이처럼 두 시는 모두 죽음을 겨울의 공허함처럼 어쩔 수 없고 최종적

인 것으로 제시하고 있기 때문에 우울한 느낌을 공유하고 있다. (7) 그러나 셰익스피어의 소네트는 사랑하는 사람인 청취자에게 말하고 있기 때문에 프로스트의 내면적인 시보다는 좀 더 외향적이다. (8) 프로스트는 화자의 내면적 공허함을 보여주고, 또한 한 걸음 더 나아가서 많은 인간 영혼의 황량함을 보여주기 위하여 눈과 밤, 그리고 우주의 공허함을 내면적으로 바꾸고 있다. (9) 반면에 셰익스피어는 "열렬한" 사랑의 필요성을 강조하기 위하여 계절과 밤, 그리고 죽어가는 불꽃이 가지는 황량함을 사용하고 있다. (10) 두 시는 이처럼 각기 다른 목적과 효과를 위하여 공통적이고 비슷한 인용물을 사용하고 있는 것이다.

이 문단은 셰익스피어가 자연을 활용한 것과 프로스트가 활용한 것을 연결시키고 있다. 다섯 개의 문장은 두 작가를 함께 언급하고 있으며, 세 개는 프로스트만을, 두 개는 셰익스피어만을 다루고 있다. 그러나 모든 문장들은 주제상 통일되어 있는 것이다. 이처럼 유기적으로 구성된 언급은 필자가 두 시를 동시에 생각할 수 있을 만큼 충분히 알고 있다는 것을 가리키며, 또한 두 작품을 따로 다루는 경우보다도 글이 좀 더 날카롭고 명료해졌다는 것을 보여준다.

이러한 예문에서 다음과 같은 것을 배울 수 있을 것이다. 만일 두 개의 주제를 지속적으로 한데 묶어가며 논문을 발전시킨다면, 경제적이고 예리하게 글을 쓸 수 있을 것이다(논문뿐만 아니라 필기시험도 마찬가지다). 더 나아가서 위의 방법이 보여주는 것처럼 내용을 성공적으로 소화시킬 수 있다면, 주요한 교육의 목표, 즉 자료를 융화시켜 사용할 수 있는 능력을 성취했다는 점을 과시할 수 있는 것이다. 우리는 사물을 따로 따로 배우기 때문에(다른 작품들과 다른 과목, 그리고 다른 시간에), 대체로 대상을 따로 따로 구분하려는 경향이 있다. 그럴 것이 아니라 언제나 대상을 연결시키고, 조화시키려고 노력해야 한다. 비교와 대조는 이처럼 함께 두고, 사물을 개체로서가 아니라 전체의 일부로 보는 과정에 많은 도움이 되는 것이다.

4) "테니스 공" 방식을 피할 것

비교를 할 때 유기적인 연결방식과 "테니스 공" 방식을 혼동하지 말아야 한다. "테니스 공" 방식이란 자신의 관점을 네트 너머로 주고받는 것처럼 자신의 주제를 지속적이고 반복적으로 왕복시키는 방식을 말한다. 다음 예문은 마틸드(모파상의 「목걸이」)의 성격과 포포프 부인(체호프의 『곰』)의 성격을 비교하는 글인데 테니스 공

방식이 무엇인지를 보여주고 있다.

> 마틸드는 젊은 기혼여성이며, 포포프 부인은 역시 젊지만 과부이다. 마틸드는 비록 친구가 하나뿐이기는 하지만 적어도 특정한 종류의 사회적 생활을 영위하고 있다. 그러나 포포프 부인은 혼자만의 생활을 선택한다. 그러므로 마틸드는 자신의 부족함 때문에 불행하게 느낀다. 그러나 포포프 부인은 자신의 부족함에도 불구하고 구출받는다. 마틸드의 경우에는 불행을 야기시키고 또한 성격을 강하게 하는 역경에 초점이 맞추어져 있다. 비슷하게 포포프 부인의 경우에도 스스로를 나약하게 하는 의식적인 결심에도 불구하고 자신의 강함을 발견하는 강한 인간성에 초점이 맞추어져 있다.

이처럼 지루한 '1, 2, 1, 2, 1, 2'의 순서로 전체적인 논문이 쓰여져 있다면 어떨까 생각해 보아야 한다. 변화 없는 주제의 나열과 반복은 차지하고서라도 테니스 공 방식에서는 설명이 별로 발전되지 못한다. 너무 강박관념에 사로잡혀서 한 작가나 주제에 대한 자신의 관점을 둘 혹은 세 문장으로 발전시키지 못하고 즉시 다른 작가나 주제와 비교해야 한다고 느껴서는 안된다. 그러나 만일 프로스트와 셰익스피어에 관한 문단에서와 같이 비교되는 두 주제를 서로 엮을 수 있다면 이러한 방법은 여러분이 자신의 주제를 충분히 발전시킬 수 있는 여유를 줄 것이다.

2. 비교/대조에 관한 글쓰기

논문을 쓰기 전에 먼저 자신의 주제를 좁히고 단순하게 해서 편안하게 다룰 수 있도록 해야 한다. 자신의 주제가 두 시인을 비교하는 것이라면(220-222쪽에 있는 로웰과 오웬에 대한 비교/대조의 경우처럼), 각 시인의 시 중에서 같거나 유사한 주제를 담고 있는 한, 두편의 시를 선택하고 이러한 주제에 대해서 논문을 쓴다.

　　일단 관련이 있는 작품들과 논문 구성에 대한 원칙이 정해졌으면, 자신의 논문이 나아갈 방향을 재조정하고 거기에 초점을 맞춘다. 각 작품을 공부하면서 공통적이거나 대조적인 요소들을 따로 기록하고, 이것들을 이용하여 자신의 중심 아이디어를 구성한다. 동시에 자신의 주제를 가장 잘 드러내는 작품들을 골라서 전쟁, 사랑, 직업, 신뢰성, 또는 자기분석 같은 자신의 주제에 따라 분류해둔다.

1) 비교/대조에 관한 논문의 구성

서론

자신이 생각하고 있는 작품이나, 작가, 등장인물이나 아이디어를 명시하는 것으로 논문을 시작한 다음에 주제를 어떻게 좁혀왔는지를 밝힌다. 중심 아이디어는 비교와 대조를 수행할 공통적인 토대를 간단히 강조하여야 한다. 바로 두 작품이 모두 공통적인 주제를 다루고 있다든지 비슷한 아이디어를 보여준다든지, 유사한 형식을 사용한다든지, 아니면 동일한 견해를 피력하고 있다든지 하는 것들이다. 또한 중요하거나 사소한 차이점 역시 두 작품의 특성을 보여주는 데 도움이 될 것이다. 여러분이 만일 그렇게 판단하고 그것을 정당화할 수 있다면, 한 작품이 다른 작품보다 우월하다고 주장할 수도 있다.

본론

논문의 본론은 작품들과 비교의 근거, 즉 아이디어나 주제, 등장인물의 제시, 배경의 사용, 문체의 성격, 관점의 사용 등을 설명하는 것으로 채워진다. 그러한 근거에 대한 비교/대조를 하려면 현재 다루고 있는 두 작품, 혹은 더 많은 작품을 더 잘 조명하는 것이 목표가 되어야 할 것이다. 예를 들어서, 일인칭 화자의 관점에서 쓰여진 여러 작품을 살펴볼 수도 있겠는데(제5장을 볼 것), 이러한 주제를 갖는 논문은 각각의 작가가 유사하거나 독특한 효과를 나타내기 위해서 사용하는 서술관점을 서로 비교하게 된다. 아니면 유사한 이미지나 상징, 또는 아이러니컬한 방법을 사용한 몇 개의 시를 비교할 수도 있을 것이다. 때때로 이 과정은 여성이나 남성 주인공을 밝히고 그들의 성격이 발전되는 방식을 비교하는 단순한 방식이 될 수도 있다. 또 다른 접근 방법은 작품의 아이디어가 아니라 소재를 비교하는 것이다. 작품이 사랑, 죽음, 젊음, 인종, 또는 전쟁 같은 일반적인 소재를 다루고 있다는 것을 밝힐 수도 있다. 이러한 분류는 우수한 비교와 대조를 할 수 있는 기반을 제공한다.

논문을 발전시키면서 비교/대조가 최우선임을 항상 염두에 두어야 한다. 다시 말하면, 여러분의 논의는 서술관점이나 은유적 언어, 또는 그 어떤 것이라도 그 주제를 주제로서 설명하는 것보다는, 비교하고 있는 작품의 유사점과 상이점을 탐색하는 것이 되어야 하는 것이다. 예컨대 만일 주제가 아이디어라면 그러한 아이디어를 설명할 필요가 있겠지만, 그 설명은 다만 유사점과 상이점을 확보하기 위한 것이어야 한다. 이러한 논문을 발전시키면서 무대배경이나 등장인물의 설정, 리듬이나 각운, 상징, 서술관점이나 은유 같은 요소들과 어떤 연관을 갖는지 언급함으로써 자신의 논점을 설명할 수도 있을 것이다. 이처럼 새로운 주제를 소개할 때는 그러한 것을 비교에 한해 사용하여야 논문의 초점에서 벗어나지 않게 될 것이다.

결론

결론을 쓸 때 자신이 비교한 작품에 나타난 다른 아이디어나 기교에 대해서 숙고할 수도 있고, 비슷한 성격에 대한 자신의 견해를 피력하거나 자신이 비교한 토대에 대해서 간단히 요약할 수도 있겠다. 만일 여러분이 특별히 중요하게 논의한 것이 있다면 바로 그것을 결론에서 다시 한번 강조할 수도 있다. 또한 비교를 통해서 하나의 작품, 또는 한 그룹의 작품들이 다른 작품보다 우월하다는 결론에 도달할 수도 있다. 그러한 관점을 다시 한번 강조하는 것으로 효과적인 결론을 맺을 수 있을 것이다.

모범 논문의 예시
로웰의 「패턴」과 오웬의 「죽은 젊은이를 위한 진혼가」에 나타난 전쟁에 대한 반응

[1] 「패턴」과 「죽은 젊은이를 위한 진혼가」는 둘 다 전쟁에 대한 강렬하고 독특한 비판이다.* 오웬의 짧은 시는 전쟁의 추악함과 슬픔을 겪는 많은 사람들에 대해서 포괄적이고 보편적으로 서술하고 있는 데 반해, 좀 더 긴 로웰의 시는 단지 한 사람의 개인적 슬픔에 초점을 맞추고 있다. 어떤 면에서 로웰의 시는 오웬의 시가 끝나는 데에서 출발하는데, 이것이 두 작품의 유사점과 상이점에 대한 설명이 된다. 우리는 두 작품의 소재와 길이, 그리고 작품의 명료함과 공통적인 은유의 사용이라는 토대 위에서 반전의 주제를 서로 비교할 수 있는 것이다.**

[2] 「죽은 젊은이를 위한 진혼가」는 「패턴」보다는 더욱 직접적으로 전쟁을 공격하고 있다. "괴물 같은" 대포와 "미친 듯한 비명소리"에 대한 오웬의 관찰이 분명하게 전쟁의 공포를 비난하고 있는 반면, 그의 시작 행인 "What passing-bells for those who die as cattle?"은 전쟁 중에는 인간이 비인간화 되고, 고기를 만들기 위한 것처

* 중심 아이디어
** 주제문

럼 살육된다는 것을 암시하고 있다. 대조적으로 「패턴」에서 전쟁은 멀리 다른 대륙에서 벌어지며, 단지 전령이 화자의 약혼자가 전사했다는 편지를 전달함으로써 불거져 나온다 (63-64행). 집에 있는 이들이 사랑하는 사람의 전사를 어떻게 받아들이는지 조용히 서술하고 있는 오웬의 마지막 여섯 줄은 이와 비교할 만한 상황이 된다. 이처럼 「패턴」에 나타난 반전의 주제는 고요하고 평화로운 화자의 정원 생활과 그녀의 반응이 보여주는 고뇌가 대조됨으로써 나타난다. 「죽은 젊은이를 위한 진혼가」에서는 죽은 자들을 추앙하는 의식의 필요성을 부각시킴으로써 전쟁의 외적인 공포를 강조하고 있다.

[3] 또 다른 차이점은 오웬의 시는 길이가 로웰의 시의 칠분의 일보다도 짧다는 점이다. 「패턴」은 107행에 달하는 명상, 혹은 내부적인 독백이지만, 길이를 줄일 수 없는, 설득력이 있는 작품이다. 작품 안에서 화자는 과거를 생각하고 미래의 외로움에 대해서 숙고한다. 그녀의 마지막 울부짖음인 "Christ! What are patterns for?"는 그동안 그녀가 그처럼 길게 자신의 처지에 대한 설명을 하지 않았더라면 아무런 의미도 없었을 것이다. 한편, 「죽은 젊은이를 위한 진혼가」는 「패턴」보다 더욱 일반적이고 덜 개인적이기 때문에 짧다. 14줄의 소네트이다. 오웬의 화자가 커다란 동정심을 보여주고 있기는 하지만, 그는 슬퍼하는 여자의 마음과 영혼으로 막바로 들어가는 로웰의 경우와 달리, 거리를 두고 다른 이들의 슬픔을 관망하고 있다. 마지막 여섯 줄에서 오웬이 "tenderness of patient minds"나 "drawing down of blinds" 같은 구절을 사용한 것은 깊은 슬픔에 대한 강력한 표현이다. 비록 수천의 개인적인 이야기를 할 수도 있었겠지만 오웬은 더 이상 구체적인 상황을 설명하지 않는다. 대조적으로 로웰은 자신의 외로운 화자가 희망과 꿈을 상실한 것에 초점을 맞추고 그런 이야기 중의 하나를 털어놓는다. 이처럼 대조적인 두 시의 길이는 각 시인이 주제를 어떻게 다루는가에 의해서 결정되는 것이다.

[4] 길이와 접근방식이 이처럼 상이한데도 불구하고 두 시는 모두 구체적이고 사실적인 유사성을 가지고 있다. 오웬은 먼 전장터의 사실적인 장면과 소리에서부터 전투 중에 사망한 많은 병사들의 가정으로 움직여 간다. 그러나 로웰의 장면은 한 장소, 즉 화자의 집에 있는 정원에 국한되어 있다. 화자는 민들레와 나리꽃, 분수와 라임나무가 있는 정원의 길을 따라 사실적인 자갈길을 걷고 있다. 그녀는 자신의 의복과 리본 달린 구두, 그리고 또한 약혼자의 구두, 칼집, 단추들을 생각한다. 오웬의 시에 나타난 이미지들도 역시 사실적이기는 하지만 「패턴」에 있는 것처럼 개인적인 것과 연관되어 있지 않다. 따라서 오웬의 이미지는 가축, 종, 총소리, 탄피, 나팔, 촛불, 창문의 블라인더 등에 관한 것들이다. 두 시가 모두 현실을 반영하고 있지만, 오웬의 서술은 좀 더 일반적이고 공적인 것들인 반면, 로웰의 서술은 개인적이고 친밀한 것들이다.

[5] 이러한 구체성과 더불어 두 시는 하나의 중요한 은유를 공유하고 있다. 즉 문화적인 형식(patterns)이 인간의 소망과 바람을 조절하고 좌절시킨다는 점이다. 「패턴」에서 이러한 은유는 전쟁 그 자체에 나타나고 있는데(106행), 전쟁은 파멸을 위한

조직적인 인간의 패턴이 극치에 다다른 것이다. 이러한 은유에 대한 다른 예들을 우리는 다음과 같은 장면에서 찾을 수 있다. 의복에 대한 구체적인 서술(특히 5, 18, 21, 73, 101 행에 나타나는 화자의 뻣뻣하고 꼭 끼는 가운이라든지 46, 49행에 등장하는 연인의 군화에서), 화자가 걷고 있는 평범한 정원 길(1, 93 행), 연인의 죽음을 통보 받았을 때 겉으로 보이는 그녀의 자제력, 그리고 슬픔에도 불구하고 전령에게 마실 것을 제공하는 그녀의 예절(69행). 이처럼 고정된 형식 안에서, 정원의 "그늘진 자리"에서 그녀와 사랑을 나누겠다던 "연인의 계획"(85-89행)에 의해서 상징되는 육감적 즉흥성과 더불어 행복에 대한 그녀의 희망은 사라져버린다. 억제된 형식에 대한 은유는 「죽은 젊은이를 위한 진혼가」에서도 발견된다. 다만 이 시에서는 형식이 사랑과 결혼이 아니라 장례식인 점이 다를 뿐이다. 오웬의 화자는 고요하고 평화로운 "passing-bells"의 소리를 "monstrous anger of the guns," "the stuttering rifles' rapid rattle," 그리고 "the demented choirs of wailing shells"(2-8행)로 대표되는 전쟁의 끔찍한 소리와 대비시키고 있다. 결국 로웰이 전쟁에 의해서 파괴되는 희망과 욕망의 아이러니를 나타내기 위해서 은유를 사용하고 있다면, 오웬은 평화로운 의식을 부인하는 전쟁의 아이러니를 나타내기 위해서 은유를 사용하고 있는 것이다.

[6] 이와 같이 두 시가 공통된 주제와 특정한 접근방식을 공유하고 있기는 하지만, 두 작품은 서로 분명히 구별되고 개성이 있다. 「패턴」에는 시각적인 대상에 대한 언급이 많이 포함되어 있지만, 「죽은 젊은이를 위한 진혼가」는 소리(또는 고요함)를 강조하고 있다. 두 시는 비록 서로 다르기는 하지만 공통적으로 대단히 감정적으로 끝맺고 있다. 오웬의 시는 전쟁이 수많은 미혼자들에게 가져다주는 비애감과 슬픔을 다루고 있고, 로웰의 시는 괴로움과 슬픔에 홀로 빠져 있는 어느 여성의 가장 내밀한 생각을 표현하고 있다. 비록 두 시가 전쟁에 대한 상투적인 정당화(전시체제나 희생, 또는 싸움을 통해서 평화를 성취해야 할 필요성 등)를 비난하고 있는 것은 아니지만, 그러한 비난은 분명히 암시되어 있다. 왜냐하면 두 시는 인생을 살 가치가 있는 것으로 만들어주는 인간관계를 어떻게 전쟁이 파괴하는가를 강조함으로써 할 말을 하고 있기 때문이다. 이러한 이유로 서로의 상이점에도 불구하고 「패턴」과 「죽은 젊은이를 위한 진혼가」는 서로 병행하는 반전시이며, 둘 다 감정을 강렬하게 표현하고 있다.

3. 논평

예시된 논문은 연구되고 있는 두 작품에 어떻게 대체로 동일한 관심이 주어지는가를 보여주고 있다. 유사성을 강조하는 어휘로는 "공통적인", "공유하는", "동일하게", "병행하는", "둘 다", "유사하게", "또한"이 있으며, 차이점은 "반면에", "한편", "다른", "상이한", "대비되는", "비록", "다만" 등에 의해서 강조되고 있다. 문단과 문단으로 이어지는 전환(transitions)은 이런 종류의 논문이라고 해서 다른 논문과 다르지 않다. 결국 이 논문에서 사용된 "그럼에도 불구하고", "이와 함께", "이런 방식으로" 같은 구절은 같은 전환의 목적으로 다른 어디에서든지 사용될 수 있는 것들이다.

두 시가 공통으로 전쟁을 비난하고 있다는 중심 아이디어는, 둘 다 전사에 대한 반응을 보여주고 있기 때문에 두 작품은 서로 조화를 이룬다는 보조적인 아이디어와 함께 문단 1에 등장한다.

본론의 처음 부분인 문단 2는 각 시가 어떻게 전쟁을 공격하고 있는지 논의하고 있다. 문단 3은 관점의 차이가 갖는 기능에 따라서 두 시의 길이가 서로 다르다는 점을 설명하고 있다. 오웬의 소네트는 전쟁과 그 결과를 멀리서 보고 있기 때문에 짧지만, 로웰의 내부적 독백은 죽음을 긴밀하게 다루고 있기 때문에 좀 더 구체적이며, 그래서 긴 길이가 필요하다.

구체성과 사실성이라는 주제에 관한 문단 4는 두 작품이 테니스 공 방식으로 왔다 갔다 하지 않고 동일하게 주목받아야 한다는 것을 보여주고 있다. 이 문단의 세 개의 문장(3, 4, 6번)은 온전히 하나의 시에 대한 구체적인 사항들에 집중되어 있지만, 문장 1, 2, 5, 7번은 두 작품을 함께 언급하면서 폭넓게 혹은 구체적인 비교점을 강조하고 있다. 이러한 방식은 두 작품이 사실상 이 문단 안에서 서로 엮여져 있다는 것을 보여준다.

본문의 마지막 문단인 문단 5는 두 시가 문화적 형식에 대한 보편적인 은유를 다루고 있는 유사하거나 상이한 방식에 대하여 논하고 있다.

결론인 문단 6은 중심 아이디어를 요약하는 동시에 두 시가 비슷함에도 불구하고 독특하며 서로 분명히 구별된다는 점을 강조하고 있다.

4. 비교와 대조를 공부하기 위한 추가 논제

① 아놀드의 「도버 해협」과 휴즈의 「니그로」에 나타난 화자.
② 키츠의 「밝은 별」이나 셰익스피어의 「소네트 73: That Time of Year Thou Mayest in Me Behold」, 아놀드의 「도버 해협」이나 로웰의 「패턴」에 드러난 성실한 사랑에 대한 묘사.

③ 체호프의 『곰』과 모파상의 「목걸이」, 또는 글라스펠의 『사소한 것들』과 로제티의 「메아리」에 나타난 여성에 대한 관점.

④ 호손의 「젊은 굿맨 브라운」과 로웰의 「패턴」, 또는 포의 「아몬틸라도의 술통」과 비어스의 「아울강 다리에서 생긴 일」에 등장하는 풍경 묘사.

⑤ 하디의 「해협 사격」과 프로스트의 「황야」에 나타난, 불만의 상징.

⑥ 로제티의 「메아리」와 와그너의 「상자」에 나타나는 상실.

제12장

운율에 대한 글쓰기: 시에서의 소리, 리듬, 각운

운율(노래나 시의 소리표기)은 시적인 소리와 리듬을 연구하는 것을 설명하는 일반적인 용어이다. 보통 쓰이는 다른 말로는 '작시법', '운문화', '시의 형식' 또는 '시의 음악'이 있다. 대부분의 독자들은 시를 소리내어 읽을 때 행들을 분석하고 적절한 속도와 의사전달을 위한 표현방식을 발전시키는데, 이것이 적절한 리듬이다. 실제로 리듬과 소리가 음악적인 리듬과 속도를 전달하기 때문에 어떤 이들은 그것이 시의 음악성이라고 생각한다. 음악처럼 시도 종종 규칙적인 박자를 요구한다. 그러나 속도와 크기는 자유롭게 변화될 수 있으며, 독자는 소리를 반복하거나 어휘나 아이디어를 숙고하기 위해서 아무 때나 읽기를 멈출 수 있다.

　　시인은 특별히 언어에 예민하기 때문에 "소리"가 "의미를 반영"하도록 하기 위해서 단어와 아이디어를 혼합한다는 점을 인식하는 것이 중요하다. 그러므로 "운율의 기교가 시의 내용과 별개가 아니라는 것"을 규칙처럼 받아들여야 한다. 이런 이유 때문에 운율을 연구하면 시인이 어떻게 자신의 어휘를 조절하여 시의 소리가 감정과 아이디어를 보완하도록 하는지를 판단할 수 있게 되는 것이다.

1. 운율에 관한 중요한 개념들

　　운율을 연구하려면 몇 가지 기본적인 언어학적 사실을 알아야 한다. 각각의 소리가 합하여 음절(syllables)과 단어(words)를 구성하고, 각각의 단어들이 합하여 시의 행을 구성한다. 음절과 단어들은 분절음(segments), 또는 각각 의미를 갖는 소리(분절화된 음소)로 이루어져 있다. top라는 단어에는 t, o, p라는 세 개의 분절음이 있다. 이 세 개의 소리를 순서대로 들을 때 우리는 top이라는 단어를 인식하게 되는 것이다. top을 철자, 또는 모양으로 표현하려면 세 개의 알파벳 글자인 t, o, p가 필요한데, 이는 각 글자가 분절음과 같기 때문이다. 그러나 때때로 하나의 분절음을 표시하기 위해서 하나 이상의 글자가 필요한 경우도 있다. 예를 들어서 enough라는 단어에는 e, n, u, f라는 네 개의 분절음이 있는데, 바르게 철자로 표현하려면 e, n, ou, gh처럼 여섯 글자가 필요하다. 마지막 두 분절음(u와 f)은 각각 두 글자씩을 필요로 하기 때문이다(두 글자로 하나의 분절음을 이루는 것을 "이중음자"(digraph)라고 부른다). Through라는 단어는 세 개의 분절음이 있지만 일곱 글자로 되어 있다. 이 단어를 바른 철자로 표현하려면 긴 $\overline{oo}$ 분절음을 나타내는 데 네 글자(ough)가 필요하다. 그러나 flute라는 단어의 긴 $\overline{oo}$ 분절음은 한 글자 u만 있으면 된다. 시적 리듬과 연관된 다양한 분절음의 효과를 연구할 때, 우리는 소리를 다루는 것이며, 대체로 우리의 관심은 두운(alliteration), 유음(assonance), 또는 각운(rhyme) 같은 운율의 장치에 집중된다.

　　분절음이 의미 있게 조합되면 음절과 단어를 이룬다. 음절은 시나 산문에서 하나의 의미 있는 소리의 성분을 이루는데, "a table"에서 부정관사 a 나, "linen"에서 lin이나, "the little girls flounce into the room"에서 flounce 같은 것이 그러하다(부정관사 a 는 음절이면서 단어이지만 하나의 분절음으로 이루어져 있고, 두 음절로 이루어진 단어의 첫 번째 음절인 lin은* 세 개의 분절음을 가지고 있으며, flounce는 하나의 음절로 이루어진 단어이지만 f, l, ow, n, t, 그리고 s 여섯 개의 분절음을 가지고 있다) 대부분 시의 리듬은 강한 박자와 그보다 약한 박자의 음절이 조화를 이룸으로써 결정되기 때문에 무엇이 음절을 구성하고 있는지를 이해하는 것은 대단히 중요하다.

---

* lin은 결코 홀로 발생할 수 없으며, lingerie나 linoleum처럼 언제나 다른 음절과 합성하여 사용된다.

2. 소리와 철자

철자, 또는 모양새와 발음, 또는 음성체계를 구분하는 것은 극히 중요하다. 모든 영어의 소리와 철자가 top의 경우처럼 동일한 것은 아니다. 즉 하나의 글자는 sweet, sugar, flows라는 각기 다른 단어 속에서 s, sh('sharp'에서와 같은 소리), 그리고 z라는 세 개의 다른 소리를 갖는다. 한편 shape, ocean, nation, sure, fissure, Eschscholtzia, machine 같은 단어는 하나의 sh음을 표현하기 위하여 다른 글자와 글자의 조합들을 사용하는 것이다.

　　모음도 역시 각기 다른 철자로 표현될 수 있다. 예컨대 긴 ē음은 machine에서는 i로, speed에서는 ee로, eat에서는 ea로, even에서는 e로, funny에서는 y로 표현된다. 하지만 eat, break, bear에서 모음의 발음은 모두 똑같은 철자로 표현됨에도 불구하고 서로 다르다. 기억해야 할 것은 자음이나 모음의 발음에서 철자와 소리를 혼동하지 말아야 한다는 점이다.

3. 리듬

말에서 리듬은 음성의 속도, 고저, 시작과 정지, 열렬함과 느슨함, 긴장과 이완의 조합이다. 산문이나 일상적인 말에서 리듬은 아이디어의 흐름만큼 중요하지 않다. 시에서는 리듬이 아주 중요한데 그것은 시가 매우 감정에 차 있고, 간결하며 팽팽하기 때문이다. 시인은 우리가 시를 읽을 때 속도를 조절하도록 유도한다. 즉 어떤 단어나 소리에서는 천천히 느리게 읽고 다른 곳에서는 빠르게 나아가도록 하는 것이다. 시인은 또한 어떤 음절에서는 보통 이상의 음성적 무게와 강조를 주고, 다른 곳은 덜 강조하도록 유도한다. 강조되는 음절은 '강세' 음절이라고 부르는데, 시행에서 악센트(accent)와 비트(beat)를 결정하는 것이 바로 이 강세 음절인 것이다. 그보다 덜 강조되는 음절은 약세라고 한다. 전통적인 운문에서 시인은 '각'이라고 부르는 형식을 선택하는데, 각은 강세와 약세의 규칙적인 조합으로 이루어져 있다.

1) 시적 리듬의 조직적인 연구, 운율분석(scansion)

어떤 시에서건 운율의 형식을 연구하기 위해서는 시에 대한 운율분석이 필요하다. 운율을 분석하는 것(scansion)은 시가 어떤 운율적 형식을 중점적으로 사용하고 있는지, 또한 그러한 형식이 왜, 그리고 어떻게 변화하는지를 알 수 있게 해준다.

(1) 강세와 비트에 대한 판단

운율분석을 할 때는 강세와 악센트를 기록하는 일반적인 표시방식을 사용하는 것이 중요하다. 무겁거나 중요한 강세(강한 박자의 음절이라고도 부른다)는 보통 날카로운 악센트를 나타내는 (´) 표시로 표시된다. 약세 (약한 박자의 음절이라고도 하는)는 단음기호로서 부드러운 반원형의 기호 (˘)로 표시하는데, 때로는 위로 올라간 원형이나 온도표시 (°)를 쓰기도 한다. 하나의 각을 다른 각과 구분하기 위해서는 사선, 또는 빗금 (/)이 사용된다. 이런 식으로 콜리지(Coleridge)의 "늙은 수부의 노래"에 나오는 다음 행을 다음과 같이 공식적으로 운율분석할 수 있다.

Wa - ter, / wa - ter, / ev - ery where,

여기서 빗금은 이 시행이 두 음절의 각이 두 개 있고, 그 다음에 세 음절의 각이 있다는 것을 보여준다.

(2) 음보격(meter)과 선율(measure)에 대한 판단

운율분석에 관한 또 하나의 중요한 요소는 시의 음보, 또는 시행에 담긴 각의 숫자를 판단하는 것이다. 다섯 개의 각이 있는 행은 오음보(pentameter), 네 개는 사음보(tetrameter), 세 개는 삼음보(trimeter), 두 개는 이음보(dimeter), 그리고 하나는 일음보(monometer)라 한다(여기에 드물게 나타나는 행의 길이인 육음보(hexameter), 즉 여섯 개의 각이나 칠음보(heptameter 또는 septenary), 즉 일곱 개의 각, 또는 여덟 개의 팔음보(octameter)를 더할 수 있겠다). 악센트나 비트로 보면 삼음보인 행은 세 개의 비트(강세)가 있고, 오음보인 행은 다섯 개가 있는 셈이다.

2) 음절과 강세의 흐름에 따른 운보법

이러한 지식을 가지고 여러분은 시를 운율분석하고 각의 리듬이 갖는 형식을 판단할 수 있게 된다. 이 중에서 가장 중요한 형태는 두 음절의 각, 세 음절의 각과 한 음절 (또는 불완전한) 각으로서 이들의 구체적인 이름은 그리스 시에서 나온 것이다.

(1) 두 음절의 각
① 아이엠브(iamb): 약세/강세

영어에서 가장 중요한 두 음절의 각은 아이엠브인데, 이것은 약세 다음에 강세가 따라오는 형식을 취한다.

the winds

아이엠브는 영시에서 가장 일반적인 것으로서 일상적인 말을 시적인 것으로 승격시키면서도 자연스러운 말의 형태와 가장 비슷하다. 아이엠브는 영시의 각 중에서 가장 유연하며 다양하게 변화할 수 있는 형식이다. 같은 행에서조차 아이엠브 각은 강조점이 다양하기 때문에 시인이 구상한 의미의 음영을 지원하거나 지탱해줄 수 있다. 예를 들자면, 워스워드의 소네트 "The World Is Too Much with Us,"에서 따온 다음의 약강오음보격의 행에서는 각각의 각이 독특하다.

The winds / that will / be howl- / ing at / all hours.

비록 "will"과 "at"가 이들이 속한 아이엠브 각에서는 강세를 받지만 "winds"나 "howl-" 또는 "hours"만큼 강조되는 것은 아니다(이들은 마지막 아이엠브에서 약세를 받는 "all"보다도 덜 강한 강세를 받는 것이 사실이다). 실제 사용하는 말의 리듬과 강세를 모방하고 있는 이러한 다양성 때문에 아이엠브는 심각하거나 가벼운 운문에 둘 다 적합한 것이며, 그렇기 때문에 시인들이 아이디어와 감정에 좀 더 몰입할 수 있도록 돕는 것이다. 만일 시인들이 기술적으로 사용하기만 한다면 아이엠브는 결코 단조롭지 않을 것이다. 왜냐하면 아이엠브는 독자의 관심을 그 자체의 리듬에 집중하게 만듦으로써 독자의 주의를 흐트러뜨리지 않기 때문이다.

② 트로키(trochee): 강세/약세
트로키는 강세 다음에 약세가 오도록 구성되어 있다.

flow - er

리듬적으로 볼 때, water, snowfall, author, willow, morning, early, follow, singing, window, something 같은 어휘에서 볼 수 있듯이 대부분의 영어 단어는 트로키로 되어 있다. 그러나 sublime, because, impel처럼 접두어로 시작되는 두 음절 단어의 경우는 예외이다. 또 다른 예외는 프랑스에서 수입된 어휘인 machine, technique, garage, chemise처럼 외국어에서 유입되었지만 원래의 언어로 발음되는 두 음절 단어의 경우이다. 영어의 트로키적인 경향이 얼마나 강하냐 하면 language, very, nation, cherry 같이 600년 이전에 유입된 프랑스어 단어들 중 일부는 원래의 아이엠브 구조를 잃어버리고 트로키적으로 변화되었다.

아이엠브 리듬이 상승적이고, 올라가며, 심각하고, 절정에 이르는 경향이 있다고 알려져 있다면, 트로키 리듬은 내려가고, 죽어가며, 가볍거나, 하강세를 가지는 것으로 불리기 때문에, 시인들은 아이엠브 각을 선호해왔다. 그래서 시인들은 하나의 혹은 다수의 음절이 있는 단어를 다양한 위치에 배치하거나 다른 여러 가지 방법을 사용하여 강세의 음절이 각의 마지막에 오도록 하였는데, 다음 셰익스피어의 행이 이를 잘 보여준다.

With - in / his bend - / ing sick - / le's com - / pass come, /

여기서는 연달아 세 개의 트로키적인 단어들이 아이엠브 음보격에 맞도록 배열되어 있다.

③ 스폰디(spondee): 강세/강세

스폰디는 부유하는 악센트라고도 불리는데 셰익스피어의 행 중에서 "men's eyes"처럼 두 번 계속되는 같은 강세를 가지고 있다.

When, in / dis -grace / with For - / tune and / men's eyes.

계속되는 스폰디는 보통 아이엠브나 트로키로 변하기 때문에 영시에서 스폰디는 주로 다른 것을 대신하는 각이다. 전통적인 운율의 형태나 일반적인 영어의 구조에서 스폰디로 전체가 쓰여진 시는 거의 있을 수 없다. 그러나 대체물로서 스폰디는 강조점을 만들어준다. 스폰디적인 각을 가리키는 일반적인 방법은 (⋀)처럼 꺾쇠지붕 모양으로 두 음절을 연결시키는 것이다.

men's eyes

④ 피릭(pyrrhic): 약세/약세

피릭은 다음 포프(Pope)의 시행 중에서 "on their"처럼 두 개의 약세 음절로 구성된다(비록 둘 중의 하나는 보통의 강세가 있는 위치에 배열되어 있기는 하다).

Now sleep - / ing flocks / on their / soft flee - / ces lie.

피릭은 관사(the, a)나 전치사(on, to)처럼 약한 강세를 가진 단어들로 구성되어 있다. 스폰디처럼 피릭도 보통 아이엠브나 트로키의 대체로 사용되며, 그렇기 때문에 시 전체가 피릭으로 구성될 수는 없다. 그러나 대체 각으로서 피릭은 독자로 하여금 신속하게 다음의 무거운 강세 음절로 넘어가게 하는 운율적인 촉진제로서의 역할을 수행하며, 그렇게 함으로써 좀 더 중요한 단어에 의해서 전달되는 아이디어를 뒷받침한다.

(2) 세 음절의 각

① 아나페스트: 약세/약세/강세

아나페스트는 두 개의 약한 악센트 뒤에 하나의 강한 악센트가 따라오도록 구성되어 있다.

by the dawn's / ear - ly light. (Key)

② 댁틸: 강세/약세/약세

댁틸 각은 강세 뒤에 두 개의 약세가 따라온다.

green as our / hope in it, / white as our / faith in it. (Swinburne)

(3) 불완전한 각

하나에만 강세(ʹ)가 오거나 약세(˘)가 오는 음절은 그 자체로 불완전한 각을 구성한다. 이러한 각은 주요한 운격 중의 하나로 이루어진 운율형식을 가지고 있는 시 안에서 변화를 주거나 대체하는 형태로 나타난다. 예컨대 키(Key)의 「성조기 (The Star-Spangled Banner)」의 두 번째 행은 아나페스트이지만 마지막에 불완전한 각을 가지고 있다.

What so proud -/ ly we hailed/ at the twi-/ light's last gleam-/ing./

3) 시행이 잠시 멈추는 중간휴지(Caesura)

말을 할 때 우리는 단어들을 빠르게 쉬지 않고 이어간다. 그러나 중요한 요소나 구절 사이에서는 거의 알아차리지 못하게 잠시 말을 멈추게 된다. 이처럼 문법적으로나 리듬적으로 중요한 특징적인 요소가 '종지그룹(cadence group)'이다. 규칙적인 운격을 강조하는 시에서 종지그룹은 산문에서와 마찬가지로 아이디어를 잘 이해하게 하는 역할을 한다. 시적 리듬을 따라가면서도 우리는 각 구절 다음에 잠시 멈추고, 각 문장 다음에는 좀 더 길게 멈추는 것이다. 운율분석을 할 때 언어학적으로 '접합점(junctures)'이라고 부르는 이러한 정지를 중간휴지라고 한다. 시 행을 분석할 때 이러한 중간휴지는 두 개의 빗금 (//)으로 표시하여 각을 구분하는 한 개의 빗금과 구분한다. 윌리엄 블레이크의 다음 행의 두 번째 아이엠브의 마지막에서와 같이, 때때로 중간휴지는 특정한 각의 마지막과 일치하는 경우도 있다.

    With hands / di - vine // he mov'd / the gen - / tle Sod. /

그러나 중간휴지가 하나의 각 안에 올 수도 있으며, 한 줄에 하나 이상이 있을 수도 있다. 다음 벤 존슨의 시 행중 두 번째와 세 번째 아이엠브가 그 예이다.

    Thou art / not, //Pens - / hurst, // built / to en - / vious show./

중간휴지로 행이 끝나면, 이는 대체로 쉼표나, 세미콜론, 또는 마침표로 표시되는데, 그러한 행은 '종결되는(end-stopped)' 행으로서 다음 키츠의 「엔디미온」의 첫 행이 그러한 예이다.

    A thing / of beau - / ty // is / a joy / for - ev -er. /

만일 행의 마지막에 부호가 없이 다음 행으로 계속 이어진다면, 그것은 '연속되는 (run-on)' 행이라고 부른다. 이처럼 연속되는 행을 가리키는 용어로 '구 걸치기 (enjambment)'를 쓰기도 한다. 다음 인용문은 위의 키츠의 시 다음 부분으로서 세 개의 연속되는 행을 가지고 있다.

    Its loveliness increases; // it will never
    Pass into nothingness; // but still will keep
    A bower quiet for us, // and a sleep
    Full of sweet dreams, // . . .

4) 상이한 각을 사용하여 중심적인 각을 바꾸는 대체

리듬의 대체에는 형식적인 것과 수사학적인 것의 두 가지 종류가 있다.

(1) 형식적인 대체는 규칙적인 형식 안에서 하나의 상이한 각을 삽입하는 것이다
대부분의 규칙적인 시들은 우리가 여기서 논의한 각운에 따라서 분석될 수 있
는 형식적인 패턴을 따른다. 그러나 재미와 강조를 위해서(또한 어쩌면 영어의 자연
스런 리듬 때문에), 시인들은 시의 규칙적인 각을 다른 각으로 바꾸어놓을 수도 있
다. 예를 들어서, 다음 행은 에드먼드 스펜서의 『양치기 달력』(Shepherd's Calendar) 중
「일월」("January")에서 따온 행이다. 시의 형식은 약강오음보격(한 행에 다섯 개의 아
이엠브가 있는), 스펜서는 이 행에 두 개의 대체 각을 삽입하였다.

All in / a sun - / shine day, / as did / be - fall./

처음 각에서 All in은 트로키이며, shine day는 스폰디이다. 이러한 것이 바로 형식적
인 대체이다. 즉, 스펜서는 정상적인 아이엠브 각의 자리에 형식적으로 구성된 각을
대체시킨 것이다. 이는 독자가 단어의 소리를 즐기고 한 겨울에 예기치 않던 좋은
날씨에 관한 아이디어에 풍미를 더하도록 하기 위해서 All부터 sunshine day까지 빠
르게 움직이도록 하는 효과를 낸다.

(2) 수사학적 대체는 중간휴지를 조작하여 뚜렷하게 상이한 리듬을
만들어내는 것을 말한다
중간휴지를 조작함으로써 시인들은 형식적인 대체에 의한 것과 같은 효과를
만들어낸다. 만일 휴지가 각 안에 위치해 있다면, 비록 그 행이 기존의 운격에 준한
것으로 분석된다 할지라도 독자들이 사실상 트로키나 앰피브라크(amphibrachs), 또는
다른 상이한 각으로 듣게 할 수 있다. 이런 종류의 사실상(de facto)의 변화가 수사학
적 대체이다. 약강오음보격 행에 있는 주목할 만한 예로서는 다음의 포프의 『인간
에 대한 고찰』(Essay on Man)에서 따온 행이 있다.

His ac-/tions',//pas-/sions',//be-/ing's,//use/and end./

이런 종류의 행에 대한 이론은 중간휴지가 매 네 번째 음절에 와야 한다는 것이지만, 여기서 포프는 각각 강한 정지를 만들어내는 세 개의 중간휴지를 삽입하였다. 이 행은 규칙적인 아이엠브로 이루어져 있지만 실제로 읽거나 말할 때 생기는 효과는 다르다. 세 번째, 다섯 번째, 일곱 번째 음절 다음에 중간휴지가 오기 때문에 리듬은 다음과 같이 앰피브라크와 트로키, 또 다른 트로키, 그리고 앰피메이서(amphimacer)가 된다.

His ac-tions',//pas-sions',//be-ing's,//use and end./
AMPHIBRACH   TROCHEE TROCHEE   AMPHIMACER

이처럼 규칙적인 행에서 중간휴지에 의해 만들어지는 발음적 대체는 변환의 효과를 만들어내며 그렇기 때문에 긴장과 흥미를 유발하는 것이다.

리듬을 공부할 때, 대체를 발견할 수 있으려면 형식적인 운율의 패턴을 결정하고 나서 이러한 패턴에 대한 형식적이고 수사학적인 변화와 그 주된 기교, 그리고 그 효과에 주된 관심을 쏟아야 할 것이다. 이러한 변화가 시인으로 하여금 어떻게 자신의 의미를 전달하게 하고 강조점을 성취하게 하는지를 보여주도록 항상 노력하여야 한다.

4. 부분적인 시적 장치들

일단 리듬에 대한 분석을 마치고 나면, 여러분은 시의 부분적인 시적 장치를 고려해 볼 수 있겠다. 보통 이러한 장치들은 강조를 하기 위한 것이지만, 때때로 문맥 안에서 이들은 사건이나 사물을 모방하고 반영하기도 한다. 시에서 가장 흔한 부분적 장치로는 유음(assonance), 두운(alliteration), 의성(onomatopoeia)과 화음조(euphony)와 불협화음조(cacophony)가 있다.

1) 동일한 모음의 반복, 유음

유음은 같은 모음이 다른 단어에서 반복하여 나타나는 것을 가리킨다. 예컨대, "swift Camilla skims"에서 짧은 ĭ를 말한다. 다음 행에서 ŭ소리가 lull과 slumer라는 두 단어를 연결시켜주고 짧은 ĭ가 him과 in, 그리고 his를 연결시켜주는 것처럼 유음은 강조를 위한 좋은 방법이다.

And more, to lull him in his slumber soft. (Spencer)

2) 동일한 자음의 반복, 두운

유음처럼 두운도 같은 자음을 갖는 단어를 가지고 아이디어를 강조하기 위한 방법이다. 스펜서의 "Mixed with a murmuring wind"에서 반복되는 m이 그러하다. 또한 왈러(Waller)의 크롬웰에 대한 찬양인 "Your never-failing sword made war to cease"에서 s소리는 "sword"와 "cease"의 두 단어의 연결을 강조하는 효과가 있다.

두운에는 두 종류가 있다. 대체로 두운이라 하면 서로 가까이 있는 음절의 시작 부분에서 똑같은 자음이 반복되는 것을 가리킨다. 포프의 시 행, "Laborious, heavy, busy, bold, and blind,"나 "While pensive poets painful vigils keep" 같은 것이 좋은 예이다. 현명하게 사용하면 두운은 중심 단어를 강조함으로써 아이디어에 힘을 실어주게 되지만, 과도한 사용은 우습고, 구제불능의 결과를 초래할 수도 있다.

두운의 두 번째 종류는 시인이 음절의 시작 부분은 아니라 할지라도 일정한 형식이 만들어지도록, 동일하거나 비슷한 자음을 반복할 때 발생한다. 예를 들자면, "In these places freezing breezes easily cause sneezes," 같은 행에서 z부분이나 "The miserably mumbling and momentously murmuring beggar propels pegs and pebbles in the bubbling pool" 같은 행에서 m, b, p부분(이들은 모두 양순음, 즉 두 입술을 사용하여야 하는 소리이다)이 그러하다. 이처럼 분명히 의도적으로 구성된 패턴은 그냥 간과하기가 어렵다.

3) 사실적인 소리의 음성적 모방, 의성어

의성어는 상황이나 행동을 흉내내거나 암시하기 위하여 만들어진 자음과 모음의 혼합체이다. 많은 영어 단어가 근본적으로 메아리적(echoic)이기 때문에 시에서도 의성어를 사용할 수 있다. 즉 buzz, bump, slap, 등처럼 의성어는 그것들이 묘사하는 행동에 대한 음성적 메아리라는 것이다. 에드가 알렌 포는 잘 알려진 시 「종」("The Bells")에서 의성어의 효과를 만들기 위해서 위와 같은 단어들을 사용하였다. 그는 여기서 유음과 두운을 배합하여 그가 칭송하고 있는 종소리를 모방하고 있다. 그래서 결혼축하 종소리는 "molten golden notes"(o)를 부드럽게 울리고, 자명종은 "clang and clash and roar"(kl)하게 울리는 것이다.

4) 듣기 좋은 소리인 화음조와 거친 소리 불협화음조

특히 자음에서 오는 부드럽거나 깨지는 소리를 묘사하는 단어들을 화음조와 불협화음조라고 한다. 화음조(좋은 소리)는 발성된 소리가 쉽고 부드럽게 흘러가는 자음을 가지고 있는 단어를 지칭한다. 특정한 자음이 다른 자음보다 원래부터 더 듣기 좋다는 규칙이 있는 것은 아니지만, 시를 공부하는 학자들은 대체로 m, n, ng, l, v, z, 그리고 w와 y를 귀에 특히 부드럽게 들리는 소리라고 한다. 화음조의 반대는 불협화음조(나쁜 소리)로서 여기서는 딱딱하고 갈라지는 소리가 들뜨고 시끄러운 발성을 요구하게 된다. 혀를 꼬부려뜨리는 "black bug's blood"라든지 "shuffling shell-fish fashioned by a selfish sushi chef" 같은 것이 이에 해당한다. 물론 의도하지 않은 불협화음조는 불완전한 언어통제력을 나타낸다. 그러나 시인이 특정한 효과를 위해서 의도적으로 불협화음조를 만든다면 그것은 시적 기술이 탁월하다는 증거가 된다. 테니슨의 "The bare black cliff clang'd round him"이나, 포프의 "The hoarse, rough verse should like the torrent roar"(『비평에 대한 고찰』(An Essay on Criticism)), 또는 콜리지의 "Huge fragments vaulted like rebounding hail, / Or chaffy grain beneath the thresher's flail"(「쿠블라 칸」)이 좋은 예이다. 대체로 시인들은 부드럽게 흐르는 화음조 행을 만들려고 노력하지만 불협화음조도 시인의 의도와 주제에 따라서 제 역할이 있는 것이다.

5. 각운(rhyme): 소리의 유사성과 복제

각운은 똑같은 마지막 음절을 가지는 단어들을 지칭한다. 한 종류의 각운은 day, weigh, grey, bouquet, fiance, matinee에서와 같이 똑같은 마지막 모음을 가진 단어들로 구성된다. 각운의 두 번째 종류는 ache, bake, break, opaque나 turn, yearn, fern, spurn, adjourn, 또는 apple과 dapple, 그리고 slippery와 frippery처럼 동일한 자음으로 합성된 모음에 의해서 만들어진다. 이러한 각운은 그 운의 소리가 동일하기 때문에 "정확한 각운(exact rhymes)"이라고 부른다. 각운은 철자가 아니라 소리에서 오는 것이라는 점을 기억하는 것이 중요하다. 각운을 구성하기 위해서 단어들이 똑같은 철자를 갖거나 비슷하게 생길 필요는 없는 것이다. 예컨대 day와 각운을 이루는 모든 단어는 철자가 다 다르지만, 모두 같은 a소리를 가지고 있기 때문에 각운을 이루는 것이다.

무엇보다도 각운은 즐거움을 준다. 또한 각운은 시의 심리적인 효과도 증가시킨다. 우리의 마음에 메아리치고 울려퍼지는 비슷한 소리의 구성으로 인해서 각운은 느낌과 아이디어를 밀착시킴으로써 그것을 기억하게 해준다. 각운은 수백 년 동안 시의 중요한 요소였으며, 비록 많은 시인들이 제한적이고 인위적이라는 이유로 배척하였지만 각운은 특정한 시가 얼마나 우리 마음을 움직이는지 아니면 무감동인 채로 버려두는지 하는 것과 밀접한 관련이 있다.

대체로 각운은 각 행의 마지막에 온다. 예를 들어서, 이어지는 두 행이 각운을 이룰 수도 있으며, 한 줄씩 건너서 각운이 나타날 수도 있다. 또한 각운을 이루는 단어를 넷, 다섯, 또는 그 이상 되는 행에 도입할 수도 있다. 그러나 문제는 만일 각운을 이루는 소리가 서로 너무 멀리 떨어져 있으면 긴박성을 잃게 되고, 그렇게 되면 효과도 잃어버리게 된다는 것이다.

영어의 각운에는 거의 제한이 없다. 시인들은 명사와 다른 명사로 각운을 만들거나, 동사와 형용사, 아니면 품사에 상관없이 어떤 다른 단어와도 각운을 만들 수 있다. 물론 정확한 각운이 더 낫겠지만, 영어에서는 정확한 각운에 미치지 못하는 것으로도 많은 시인들이 창조적인 작업을 해왔다. 즉 정확히 일치하지는 않는 단어로 구성하는 각운(비껴간 각운)이나 비슷하게 생겼지만 다른 소리를 가진 단어들로 이루는 각운(시각적 각운) 같은 것들이 그것이다. 각운의 패턴을 이루기 위해 동일한 단어를 사용하는 것은 (동일한 각운) 좋은 각운이 주는 놀라움과 재미를 없애는 것이기는 하지만, 어떤 시인들은 기꺼이 그러한 각운을 사용한다.

각운의 형식인 각운체계(Rhyme Scheme)

각운체계는 각운을 이루는 소리의 패턴을 가리키는데, 이는 알파벳 철자로 표시된다. love와 dove처럼 처음 등장하는 각운의 소리는 a로 표시되고, swell과 fell처럼 그 다음에 나오는 각운의 소리는 b로, first와 burst같이 그 다음에 나타나는 소리는 c로 계속 진행된다. 이렇게 해서 love, moon, thicket, 그리고 dove, June, picket, 그 다음에 above, croon, wicket으로 끝나는 행들의 패턴은 a b c, a b c, a b c가 되는 것이다.

각운체계, 또는 패턴을 구성하려면 각 행에 들어 있는 운과 각의 숫자, 그리고 각운을 구성하는 글자들을 포함하여야 한다. 여기 그러한 구성의 예가 있다.

약강오음보격(Iambic pentameter): a b a b, c d c d, e f e f

이러한 체계는 시에 있는 모든 행이 각각 다섯 개의 각이 있는 아이엠브라는 것을 보여준다. 각 단위를 구분하는 쉼표는 네 줄로, 또는 사행시(quatrain)로 구성된 세 개의 단위를 나타내는데, 각운은 각 사행시의 첫째와 셋째, 그리고 둘째와 넷째줄에 위치하고 있다.

시나 연의 행에 포함된 행의 숫자가 다를 때에는 각 글자의 앞에 숫자를 써서 이러한 사실을 표기한다.

아이엠브: 4a 3b 4a 3b 5a 4b

위와 같은 구성체계는 일곱 행으로 된 연에 속한 각운의 복잡한 패턴과 행의 길이를 가리킨다. 첫째, 셋째, 다섯째, 여섯째 행이 각운을 이루고 있으나 네 개 혹은 다섯 개의 다양한 각을 가지고 있다는 뜻이다. 둘째, 넷째, 일곱째 행도 또한 각운을 이루고 세 개에서 네 개의 다양한 각을 가지고 있다.

각운을 이루는 소리가 없는 경우에는 x로 표시한다. 그래서 발라드 선율의 각운체계는 다음과 같이 구성하게 된다.

아이엠브: 4x 3a 4x 3a

이러한 구성체계는 사행시가 약강사음보격(iambic tetrameter)과 약강삼음보격

(trimeter)을 교대로 쓰고 있다는 것을 가리킨다. 이 발라드의 사행시에서는 단지 2행과 4행만이 각운을 이루며 1행과 3행에는 각운이 없다.

6. 운율에 대한 글쓰기

운율을 연구하려면 구체적인 사항들과 서술에 대하여 많이 알고 있어야 하기 때문에 연구를 짧은 시 한 편, 또는 긴 시의 짧은 구절 하나에 한정시키는 것이 가장 좋은 방법이다. 대체로 소네트 한 편, 서정시의 한 연, 또는 긴 시의 일부분이면 충분하다. 만일 일부분을 선택한다면 특정인의 대사 전부이거나 간단한 일화나 장면처럼 그 자체로 하나의 단위를 이루는 부분을 선택해야 한다(244-251쪽의 모범 예문 서두에 제시된 테니슨의 시가 좋은 예가 될 것이다).

그러나 짧은 시에 대한 분석도 길어질 수 있다. 왜냐하면 단어의 위치나 강세를 설명하거나 다양한 효과를 판단할 필요가 있기 때문이다. 이러한 이유 때문에 주제를 낱낱이 설명할 필요는 없다. 다만 가능한 대로 다루고 있는 시나 구절이 지니는 운율을 대표적으로 보여줄 수 있도록 해야 할 것이다.

논문을 준비하면서 처음에는 작품의 이해를 위해서 읽어야 한다. 두 번째와 세 번째 읽을 때는 시를 소리내어 읽으면서 소리와 악센트, 각운에 주목하라. 한 학생은 소리를 인식하기 위해서 혼자 거울 앞에서 과장스레 크게 작품을 읽었다. 만일 여러분이 혼자이고 자의식적이지 않다면, 같은 방법을 시도해보는 것도 괜찮겠다. 연기를 해보는 것이다. 극적으로 읽어가다 보면(어쩌면 동료들 앞에서 해도 좋겠다), 고조된 차원에서 읽는 것으로 중요한 아이디어에 대한 시인의 표현방식을 이해할 수 있게 될 것이다. 이러한 것들을 차후의 분석을 위해서 표시해두어서, 소리와 의미 사이의 관계에 대해서 강한 주장을 할 수 있도록 해야 한다.

계획 단계에서 자신의 관찰이 옳은 것인지 확인하기 위해서 연구 차트를 준비하는 것이 필수적이다. 왜냐하면 만일 자신의 사실적인 분석이 틀린다면 논문 역시 틀린 것이 될 것이기 때문이다. 경험에 의하면, 분석하려는 시나 구절에 대해서 세 개의 줄 간격이 있는 네 장의 사본을 만드는 것이 가장 좋다(복사를 해도 되겠다). 네 장의 사본은 리듬, 유음, 두운, 각운에 대한 개별적인 분석을 위한 것이다. 물론 이 중에서 어느 하나만 선택하여 분석한다면 사본은 하나면 된다. 음절과 단어 사이에 간격을 두어서 시가 가진 다양한 각을 표시하도록 한다. 궁극적으로 이 장에 실린 학생의 모범 논문처럼 자신의 표시가 기록된 이러한 사본이 논문의 첫째 장으로 포함되어야 할 것이다.

해당 구절에 대한 연구를 다음과 같은 방식으로 수행한다.

- 길이에 관계없이 구절의 모든 행에 1번부터 순서대로 번호를 매겨서 이 숫자를 논문에서 인용을 포기할 때 사용하도록 한다.
- 강세 음절에는 짧고 예리한 악센트나 강세 표시(ˊ)를, 악센트가 없거나 약세 음절에는 곡선 표시(˘)를 하면서 각의 형식적 패턴을 판단한다. 스폰디에는 윗꺾쇠 표시(⌃)를 한다.
- 빗금(/)을 사용하여 별개의 각을 표시한다. 이중 빗금(//)을 사용하여 중간휴지와 행의 마지막 휴지를 표시한다.
- 색연필을 사용하여 밑줄을 긋거나, 동그라미나 사각형을 그리거나, 또는 자신이 발견한 형식적이거나 수사학적인 대체를 표시한다. 그러한 대체가 시 전체에 있을 수 있기 때문에, 각 종류를 다른 숫자로 표시하는 방식을 개발한다(예컨대, 245쪽에 있는 작업표의 예와 같이 1=아나페스트, 6=트로키 등으로 표기한다). 페이지 하단에 자신이 부여한 숫자에 대한 해설을 덧붙인다.
- 두운, 유음, 의성어, 각운에 대해서도 똑같이 한다. 반복되는 소리를 연결시키는 선을 긋는 것은 특히 효과적이라고 알려져 있다. 왜냐하면 이러한 것들은 시 안에서 가까이 있게 마련이고 선으로 연결하는 것은 이러한 가까움을 극적인 것으로 만들어주기 때문이다. 서로 다른 체제에 각기 다른 색을 사용하면 다른 색상이 운율적인 구분이 분명하게 드러나도록 해주기 때문에 도움이 될 것이다.
- 독자들을 위해서 작업표를 참고로 덧붙이는 것이 좋다. 그러나 논문을 작성할 때는 모범 예문에 있는 것처럼 간단하게 예증할 수 있는 인용문을 삽입하여 구체적으로 예를 들어야 한다(적절한 표시가 있는 단어나 구절, 또는 행 전체). 행 번호에만 의존하지 말 것이다.

일단 작품의 다양한 운율체계에 대한 분석을 마쳤고 이러한 것들을 작업표와 노트에 기록하였다면, 여러분은 중심 아이디어와 논문의 구성을 만들어갈 준비가 된 것이다. 논문의 초점은 가장 두드러지는 운율적 특징을 시의 다른 요소들, 즉 화자나 분위기, 또는 아이디어 같은 것들과의 관계 속에서 설명하는 것이어야 한다.

1) 운율에 관한 논문의 구성

과제의 성격에 따라서, 리듬과 소리의 모든 요소들에 대해서 논할 수도 있지만, 시인이 사용한 규칙적인 음보격, 특정한 대체, 두운, 또는 유음 같은 어느 하나만 선택할 수도 있겠다. 예컨대, 논문 전체를 다음과 같은 주제에 대해서 쓰는 것도 가능하다. (1) 규칙적인 음보격, (2) 아나페스트나 스폰디 같이 음보격에 대한 특정한 변화, (3) 중간휴지, (4) 유음, (5) 두운, (6) 의성어, (7) 각운. 편의상 여기서는 리듬과 부분적 효과를 한 논문에, 그리고 각운은 다른 별개의 논문에서 다룬다.

서론

시에 대한 간단한 서술(작품이 소네트인지, 두 연의 서정시인지, 엉뚱한 해학적 시인지 등)을 한 다음 논문의 범위를 확정한다. 중심 아이디어는 운율분석을 통해서 숙고하고자 하는 생각을 정리하는 것이다. 예를 들자면, 규칙적인 운격이 사랑이나 인생에 대한 긍정적이고 확고한 시각과 잘 어울린다든지, 자주 사용되는 스폰디가 사랑에 대한 화자의 소망의 견실함을 강조한다든지, 또는 특정한 소리가 시에서 다루는 어떤 사건을 반영하고 있다는 것 등이다.

본론

본론에서는 주어진 과제에 따라서 다음 요소들 중의 하나, 혹은 모두를 다룰 수 있다.

① 리듬. 형식적인 운율 형식을 확정하라. 지배적인 운율의 각과 행의 길이는 어떠한가? 특정한 행이 지배적인 형식보다 짧은가? 다양한 행의 길이가 시의 주제와 어떤 관련이 있는가? 작품이 서정시이거나 소네트라면, 중요한 단어나 음절이 강세의 위치에 잘 배치되어 내용을 강조하고 있는가? 행의 길이를 주제의 제시, 아이디어의 전개, 감정의 기복 등과 연관지어 보려고 노력한다. 주제가 정점, 또는 클라이맥스를 향해 가면서 반복되거나 변화되는 운율의 형식을 찾아보는 것도 또한 중요하다. 전체적으로 형식적인 리듬의 패턴과 시인의 아이디어나 태도 사이의 연관성을 다루어야 할 것이다.
대체가 있는지 찾아보면서, 형식적인 변화와 이러한 변화가 갖는 주요 효과를 분석한다. 만일 하나의 대체에 초점을 맞추고자 한다면, 그러한 대체가 사용되는 눈에 띄는 패턴, 즉 위치, 등장하는 횟수, 그리고 의미에 주는 효과 등을 서술한다.
중간휴지의 경우에는 시인의 통제가 얼마나 효과적인 것인지를 다룬다. 중간휴지의 사용에 있어서 특정한 패턴을 찾을 수 있는가? 휴지가 규칙적인가 아니면 간헐적인가? 위치 설정에 두드러지는 원칙이 있다면 이를 설명하여야 한다. 예컨대 (1) 시의 여러 부분에 나타나는 리듬적 유사성의 창조, (2) 특정한 수사학적 효과의 전개, (3) 리듬의 다양성을 통해서 만들어지는 재미 등이 그것이다. 중간휴지가 중요한 아이디어나 태도를 반영하고 있는가? 모든 행들이 종결되는 행인가, 아니면 연속되는 행이 있는가? 이러한 리듬적 특성이 서술과 아이디어의 표현에 어떤 도움을 주는가?

② 부분적인 효과들. 여기서는 유음, 두운, 의성어, 불협화음, 화음 등의 사용과 효과에 대해서 통합하여, 또는 개별적으로 논의하게 될 것이다. 선택한 대상이 실제로 작품 안에서 패턴을 이룰 정도로 규칙적으로 발생하는지를 반드시 확인하여야 한다. 괄호 안에 관련된 단어를 삽입하여 소리를 표현한다. 두운, 유음, 또는 중요하게 여겨지는 다른 패턴에 대해서 각각 별도의 문단으로 구성할 수도 있겠다. 또한 논문이 너무 길어지지 않도록 하기 위해서, 전부를 다루기보다는 유음의 특정한 패턴처럼 하나의 특징 있는 효과에 집중할 수도 있다. 논의를 전개하면서 언제나 소리와 내용의 관계를 우선적으로 고려하여야 한다.

③ 각운. 각운에 관한 논문에서는 작품의 각운이 갖는 중요한 특성을 서술해야 하는데, 구체적으로 말하자면 각운의 체계나 변화, 각운을 이루는 단어의 길이와 리듬, 또는 두드러지는 부분적 특징 같은 것들이다. 각운의 문법을 논의하려면 각운을 이루기 위해 사용된 단어의 종류(동사, 명사 등)에 주목한다. 모두 같은 종류인가? 특정한 종류가 지배적인가? 다양성이 있는가? 각운을 이루는 단어들의 문법적 위치를 판단할 수 있는가? 이러한 특성들이 시의 주제나 아이디어와는 어떻게 연관이 되는가?

각운을 이루는 단어들의 성격에 대해서 논의할 수도 있을 것이다. 단어들은 구체적인가, 분명한가, 아니면 추상적인가? 두드러지는 각운이나 변화가 있는가? 특별히 기지에 넘치거나 재미있는 각운이 있는가? 각운끼리 독특한 비교나 대조를 이루는 경우가 있는가? 그렇다면 어떻게 그러한 효과를 내는가? 대체로 두드러지거나 독특한 각운의 효과에 주목할 필요가 있다. 지나치게 세밀하거나 억지스럽지 않으면서도 재미있고 유효한 결론을 얼마든지 이끌어낼 수 있다. 각운을 이루는 단어 중에서 어떤 소리가 시의 다른 곳에서 유음이나 두운의 패턴에서도 나타나는가? 해당 각운의 어떤 면이 특히 효과적으로 시에 나타난 사상과 분위기와 조화를 이루는가?

결론

결론에서는 시인의 운율적 기교에 대한 간단한 평가를 전개하도록 한다. 만일 시가 감정을 자극하는 것뿐만 아니라 정보를 제공하고 어떤 태도를 전달하기 위한 것이라는 가정을 받아들인다면, 작품의 운율적 기교가 이러한 목표를 달성하는 데 얼마나 기여하고 있는가? 지나치게 구체적으로 언급하지 말고(그렇게 되면 또 하나의 논문을 써야 할 것이다) 여기서 무엇을 더 논의할 수 있는지 생각해본다. 여러분의 연구가 작품을 이해하고 감상하는 데 어떤 기여를 했는가? 만일 자신의 분석이 시인의 기교에 대한 새로운 인식을 개발하는 데 도움이 되었다고 생각한다면, 자신이 배운 점이 무엇인지를 밝히는 것도 좋을 것이다.

첫 번째 모범 논문의 예시

「아서의 죽음」349-360행에 나타난 테니슨의 각운과 부분적 장치에
관한 연구

주목할 점: 효과적인 설명을 위해서 이 논문은 테니슨의 『왕의 이야기』의 일부분 중 한 구절을 분석하고 있다. 모두 469행으로 이루어진 「아서의 죽음」은 초기 영국의 전설적인 왕, 아서의 마지막 전투와 죽음을 묘사하고 있다. 이 전투에서 아서는 반역자 모드리드(Mordred)에게 치명적인 상처를 입고, 추종자인 베디비어(Vedivere) 경과 함께 둘만이 살아남는다. 아서는 베디비어에게 자신의 왕검인 엑스칼리버를 그가 처음 그 칼을 받았던 호수에 던지라고 명령한다. 많은 망설임과 잘못된 주장을 거친 후, 베디비어는 그 칼을 호수에 던지고, 어떤 손이 물에서 솟아나와 칼을 받는다. 베디비어는 아서를 호숫가로 데려가고, 죽어가는 왕은 거기서 신비한 장례선에 옮겨진다. 논의되고 있는 구절(349-360행)에서 테니슨은 베디비어가 언덕을 넘고 절벽을 지나 전장터에서 아래에 있는 호수까지 아서를 옮겨가는 것을 묘사하고 있다.

1. RHYTHMICAL ANALYSIS

But the o- / ther swift- /ly strode // from ridge / to ridge, //   1

Clothed with / his breath, // and look- / ing, // as / he walk'd, //   2

Lar-ger / than hu- / man // on / the fro- / zen hills. //   3

He heard / the deep / be-hind/ him, // and / a cry   4

Be-fore. // His own / thought drove / him // like / a goad. //   5

Dry clash'd / his har- / ness // in / the i /cy caves   6

And bar-ren / chasms, // and all / to left / and right   7

The bare / black cliff / clang'd round / him, // as / he based   8

His feet / on juts / of slip- / pe-ry crag // that rang   9

Sharp- smit- / ten// with / the / dint / of ar- / med heels— //   10

And on / a sud- / den, // lo! // the lev- / el lake, //   11

And the / long glor- / ies // of / the win- / ter moon. //   12

---

1 = Anapaest, or effect of anapaest.	4 = Effect of imperfect foot.	
2 = Amphibrach, or the effect of amphibrach.	5 = Pyrrhic.	
3 = Spondee.	6 = Trochee, or the effect of trochee.	

2. ALLITERATION

But the other (s) wiftly (s) trode from ridge to ridge, 1

Clothed with his breath, and looking, as (h) e walked, 2

Larger than (h) uman on the frozen (h) ills. 3

(H) e (h) eard the deep be (h) ind (h) im, and a cry 4

Before. (H) is own thought drove him like a goad. 5

Dry (c) lashed (h) is (h) arness in the icy (c) aves 6

And (b) arren (ch) asms, and all to left and right 7

The (b) are (b) (l) ack (c) (l) iff (c) (l) anged round him, as he (b) ased 8

His feet on juts of s (l) ippery (c) rag that rang 9

Sharp-smitten with the dint of armed heels— 10

And on a sudden, (l) o! the (l) evel (l) ake, 11

And the (l) ong g (l) ories of the winter moon. 12

⌣⌣⌣⌣⌣⌣⌣⌣ = s   ———————— = b

- - - - - - - - - - = h   ⌣⌣⌣⌣⌣⌣⌣⌣ = l as second consonant
                                          sound in words

· · · · · · · · · · · · = k   - — · — · — = l

3. ASSONANCE

But the other sw ⓘ ftly str ⓞ de from r ⓘ dge to r ⓘ dge,   1

Cl ⓞ thed w ⓘ th h ⓘ s breath, and looking, as he walked,   2

Larger than human on the fr ⓞ zen hills.   3

He heard the deep beh ⓘ nd him, and a cr ⓨ   4

Before. His ⓞⓦ n thought dr ⓞ ve him l ⓘ ke a g ⓞⓐ d.   5

Dr ⓨ clashed his harness in the ⓘ cy caves   6

And barren ch ⓐ sms, and all to left and r ⓘ ght   7

The bare bl ⓐ ck cliff cl ⓐ nged round him, as he based   8

H ⓘ s feet on juts of sl ⓘ ppery cr ⓐ g that r ⓐ ng   9

Sh ⓐⓡ p-sm ⓘ tten w ⓘ th the d ⓘ nt of ⓐⓡ med heels—   10

And on a sudden, lo, the level lake,   11

And the long glories of the winter moon!   12

——————— = ō*   ·—·—·— = ä

----------- = ī   ᵐᵐᵐᵐᵐᵐ = ĭ

·········· = ă

[1] 이 열두 줄에서 테니슨은 베디비어 경이 죽어가는 왕 아서를, 그가 치명상을 입은 산등성이에서부터 최후의 휴식을 취할 호수로 옮겨가면서 겪는 고난을 묘사하고 있다. 테니슨은 이 음산하고 황량한 경치가 주는 처절함과 삭막함을 특히 강조한다. 그가 사용하는 운율의 형식은 각운이 없는 약강오음보격, 즉 무운약강오음보격(blank verse)으로서 사건과 장면을 묘사하는 데 적절한 형태이다. 유효적절하게, 본 구절은 자연적인 서술을 증대시키면서 처음에는 베디비어의 긴장을, 그리고 그 다음에는 이완을 드러내고 있다.* 시인이 사용하는 리듬과 의성어를 포함한 부분적인 장치의 운영에서 보이듯이 테니슨은 소리와 의미가 진정으로 융합하도록 조절하고 있는 것이다.**

[2] 테니슨은 고된 노력과 분위기를 강조하기 위하여 자신의 음보격을 조절한다. 첫 행에서는 첫째 각의 아나페스트를 제외하면 규칙적인 음보격을 유지하고 있다. 이러한 규칙성은 베디비어의 신속함과 믿음직함을 강조하는 것이라고 해석될 수 있다. 그러나 그는 냉혹한 시험을 받게 되고, 리듬은 마치 베디비어의 고난을 묘사하기 위하여 오음보격의 시행을 비틀 듯이 금방 불규칙하게 바꾼다. 이처럼 테니슨은 중요 단어들을 집중 조명하기 위해서 변화를 이용하는 것이다. 예를 들어서, 여러 행에서 아나페스트의 효과를 이용한다. 둘째 행에서 그는 쌀쌀한 대기와 베디비어의 생명력을 다음과 같이 강조하고 있다:

Clothed with / his breath,//

여기에는 자신의 숨이 차가운 공기와 만나서 수증기가 되어 자신을 둘러싸고 있다는 이미지가 있으며, 리듬의 변화(첫째 각이 트로키로 대체된 것) 때문에 음성은 가장 효과적인 내부적 정점이라 할 수 있는 "breath"라는 단어를 향하여 나아가고 있는 것이다.

[3] 테니슨은 셋째 행에서도 동일한 종류의 리듬적 변화를 사용한다. 그는 세 번째 각의 중간에 중간휴지를 만들고 세 번째 각의 강세를 전치사 "on"에 둠으로써 "frozen hills"를 강조하고 있는데, 여기서는 "the"가 두 개의 약세 음절과 그 다음에 오는 "frozen"의 첫 번째 강세 음절로 이루어진 아나페스트의 효과를 만들어낸다. 그 결과로 음성은 "frozen"을 향하게 되고, 베디비어가 걷고 있는 험난한 상황을 강조하게 되는 것이다.

// on / the fro - / zen hills.//

---

* 중심 아이디어
** 주제문

본 구절에서 테니슨은 이와 같은 리듬의 효과를 열두 번 사용하고 있다. 이것은 그가 주로 사용하는 수사적 강조의 방법인 것이다.

[4] 테니슨의 가장 효과적인 운율적 변화는 스폰디로서, 이는 5, 6, 8(두 번), 10, 12행에 등장한다. 베디비어가 얼어붙은 언덕을 어떻게 헤치고 내려오는가를 대부분 묘사한 대목에 등장하는 이러한 대체는 다음과 같이 묘사적인 행이 두드러지게 만든다:

The bare / black cliff / clanged round /

그리고

Dry clashed / his har - / ness//

이러한 대체는 너무 강력해서 거의 문자 그대로 베디비어가 고생하는 실제적인 소리처럼 들린다. 이처럼 소리의 효과를 위해서 스폰디를 사용하는 것 외에도 5행에서는 심리적인 효과를 위해 스폰디를 독특하게 사용하고 있다. 여기서 강세는 "drove"라는 단어에서 정점을 이루는 베디비어의 고난을 내면적인 것으로 만든다:

His own / thought drove / him //

[5] 형식적이고 수사적인 대체는 더 있으며, 이러한 변화가 만들어내는 긴장감은 민감한 독자로 하여금 베디비어가 수행해야 할 과제를 계속해서 인식하게 한다. 이러한 변화 중 하나는 2, 3, 4, 6, 7, 11행에 나타나는 앰피브라크 리듬이다. 수사적인 아나페스트를 보완하는 형식에 의해서 이와 같은 효과가 나타나는 것이다. 각의 중간에 설정된 중간휴지는 그 이전에 있는 세 음절을 약, 강, 약의 앰피브라크 리듬 형태로 만든다. 예컨대 두 번째 행에서는 이렇게 나타난다:

// and look - / ing //

여섯 번째 행에서는 이런 형태를 취한다:

/ his har - / ness //

[6] 관련이 있는 또 하나의 변화는 5, 8, 11, 12 행의 노골적으로 불완전한 각에서 온다. 이들 불완전한 각은 8행에 있는 "him"의 경우처럼 음절을 고립시키는 중간 휴지에 의해서 만들어진다:

The bare / black cliff / clang'd round / him. //

11행에서는 음절("lo!"에 있는)이 두 개의 중간휴지로 둘러싸여 있기 때문에 강한 강세를 받는 위치로 밀리고 있다:

And on / a sud - / den // lo! // the lev - / el lake //

덜 중요한 다른 대체들로는 3행과 7행에 있는 트로키와 12행에 있는 피릭을 들 수 있다. 여기 언급된 모든 변화들은 베디비어가 영웅적인 과업을 수행하면서 내뿜는 에너지를 암시하고 있는 것이다.

[7] 많은 변화들은 테니슨의 문장구조에 의해서 만들어지는 것인데, 이러한 문장구조가 중간휴지를 자유롭게 배열하고 행의 종결과 연속을 자유롭게 사용하도록 하고 있다. 처음 다섯 행중 네 개는 종결되는 행이다(두 개는 쉼표로, 다른 두 개는 마침표로). 베디비어는 여기서 애를 쓰고 있으며 힘을 모으기 위해서 간단한 시험을 하고 있다. 다음 4행에서는 그가 위험하게 내려오는 모습이 묘사되고 있는데, 어떤 행도 종결되는 행이 아니다. 베디비어는 혼란스러워하지만("자기자신의 생각" 때문에 괴로워하며), 그는 계속 전진하여야 하며, 여기서 자유로운 문장구조와 자유로운 운율적 변화는 그의 육체적, 정신적 어려움을 강조하고 있다. 그러나 마지막 두 행에서 그가 호수에 도착했을 때, 중간휴지가 정확히 다섯 번째 음절에 오면서 행들은 "이완"된다. 다시 말하면, 마지막 두 행의 문장구조는 규칙적이며, 종전의 거친 혼돈 다음에 아름다움과 질서로 돌아오는 것을 암시하는 효과를 갖는다.

[8] 이러한 리듬의 묘기와 더불어 부분적 장치에 대한 탁월한 조절능력에 주목할 필요가 있다. 그중에서도 두운이 가장 뚜렷한데, 첫 행에서 swiftly strode의 s나, 7, 8행에서 barren, bare, black, and based의 b에서 보여지는 것처럼 테니슨은 두운으로 단어와 그 단어가 제시하는 동작을 한데 묶고 있다. 주목할 만한 또 다른 예로서는 2, 6행의 기식음 h(he, human, hills, heard, behind, him, his, harness), 6, 9행의 k(clashed, caves, chasms, cliff, clanged, crag), 또한 11, 12행의 l(lo, level, lake, long, glories)가 있다. 이러한 l음을 8, 9행에 있는 좀 더 고뇌에 찬 맥락의 l음과 비교해볼 수 있겠는데, 8, 9행에서는 소리가 강한 울림음이 있는 단어(black, cliff, clanged, slippery)의 두 번째 분절음에 나타난다. 소리도 같고 강조점도 비슷하지만 그 효과는 판이하다.

[9] 유음 또한 본 구절 전체에 산재해 있다. 예를 들면, 처음 다섯 행에서 긴 "ō"는

여섯 단어에서 나타난다. 처음 세 "o"는 서술적이거나 은유적인 단어(strode, clothed, frozen)에 들어 있고, 나머지 세 개는 베디비어의 고통과 고뇌를 묘사하는 단어(own, drove, goad)에 포함되어 있다. 이렇게 해서 "o"음은 육체적인 것을 심리적인 것과 묶는 것이다. 유음의 다른 패턴은 7, 8, 9행(chasms, clang'd, black, crag, rang)의 강한 "a"음과 10행(sharp, armed)의 부드러운 "a"음, 4, 7행(behind, cry, like, dry, icy, right)의 긴 "i"음, 그리고 1, 2, 9, 10행(swiftly, ridge, with, his, slippery, smitten, with, dint)의 짧은 "i"음에서 찾아볼 수 있다. 또한 잔잔한 호수와 달을 묘사하고 있는 마지막 두 행에서 테니슨은 여러 개의 이완된 "o"와 "oo," 그리고 비슷한 모음을 도입하고 있는 것에 주목할 필요가 있다:

> And on a sudden, lo! the level lake,
> And the long glories of the winter moon.

[10] 사실상 마지막 두 행에서는 의성어가 사용되고 있다고 할 수 있는데, 젖은 "l" 소리가 호숫가에 잔잔하게 부딪치는 파도소리를 암시하고 있기 때문이다. 의성어 사용의 다른 예도 있다. 둘째 행에서 테니슨은 찬 대기중에 서 있는 베디비어를 "Clothed with his breath"라고 묘사하고 있으며, 그 다음 다섯 행에서는 기식음 "h"를 가진 단어들(his harness 등)을 많이 사용하고 있다. 문맥을 생각해보면, 이러한 소리를 통해서 독자들은 주군을 업고가는 베디비어와 똑같은 광경과 소리를 보고 들을 수 있게 된다. 또한 6-10행의 끊기는 파열음 "b," "k," "d," "t"는 "미끄러운 바위산의 돌출부(juts of slippery crag)"를 걷는 베디비어의 발에서 나는 소리를 모방하고 있다.
[11] 이 간단한 구절은 시적 탁월함을 보여주는 많은 예들로 가득하다. 테니슨의 소리와 리듬은 사실상 의미를 지니고 말한다. 아서의 위엄과 충직한 그의 신하를 강조하고 있으며, 짧은 순간이지만 테니슨이 사라져버린 과거와 연관지었던 바로 그 신비스러움을 보여주고 있는 것이다.

7. 논평

이 논문은 테니슨의 시에서 온 구절의 운율에 대하여 전체적으로 자세히 취급하고 있다. 문단 2에서 7까지는 리듬과 내용의 관계를 다루고 있다. 운율이 독자적으로 논의되고 있는 것이 아니라, 사건과 장면에 대한 테니슨의 묘사를 보완하고 있다는 것에 주목해야 한다. 그래서 문단 4는 아이디어를 강조하기 위하여 스폰디가 대체각으로 쓰였다는 것을 언급하고 있다. 또한 같은 문단에서 테니슨이 탁월하게 서술한 방식에 대한 변화를 간단하게 비교하고 있다. 이처럼 가정적인 비교는 너무 자주 있어서는 안되겠지만 여기서는 스폰디를 강조의 방편으로 사용하는 테니슨의 능력을 부각시키는 데 효과적이다.

문단 8과 9는 해당 구절의 두운과 유음을 논하고 있고, 문단 10에서는 의성어를 다루고 있다.

가장 중요한 것은 논문의 명확성을 위해서 여백을 두고, 강조하고, 정확한 표시를 하고, 행 번호를 표기한 많은 예문을 제시하고 있다는 점이다. 그 어떤 것이라도 운율에 대한 논문에서는 그런 예문들이 작품에 존재하는 것으로서 제시되지 않는 한, 독자가 저자의 관찰을 잘 받아들이지 않는 경향이 있다는 것을 알아야 한다.

두 번째 모범 논문의 예시
크리스티나 로제티의 「메아리」에 나타난 각운

1	Come to me in the silence of the *n* night;	5a
2	Come in the speaking silence of a *n* dream;	5b
3	Come with soft rounded cheeks and eyes as *adj* bright	5a
4	As sunlight on a *n* stream;	3b
5	Come back in *n* tears,	2c
6	O memory, hope, love of finished *n* years.	5c
7	O dream how sweet, too sweet, too bitter *adj* sweet,	5d
8	Whose wakening should have been in *n* Paradise,	5e
9	Where souls brimful of love abide and *v* meet;	5d
10	Where thirsty longing *n* eyes	3e
11	Watch the slow *n* door	2f
12	That opening, letting in, lets out no *adv* more.	5f
13	Yet come to me in *v* dreams, that I may live	5g

14	My very life again though cold in death: *n*	5h
15	Come back to me in dreams, that I may give *v*	5g
16	Pulse for pulse, breath for breath: *n*	3h
17	Speak low, lean low, *adj*	2i
18	As long ago, my love, how long ago! *adj*	5i

Repeated words:
～～～ dream, dreams   n = noun
───── sweet   v = verb
─·─·─ breath   adj = adjective
············· low   adv = adverb
----- long ago
～～～ come

[1] 세 연으로 구성된 서정시 「메아리」에서 크리스티나 로제티는 현실에서 상실한 사랑을 꿈속에서 다시 찾을 수 있을지도 모른다는 것을 말하기 위한 방편으로 각운을 사용하고 있다.* 실제적인 사랑과 꿈 속에서의 사랑이 갖는 관계는 원래의 소리와 메아리의 관계와 같다. 이러한 연관성은 시의 제목과 로제티가 사용하는 독특한 각운의 기초가 된다. 여기서 살펴보아야 할 점은 서정적인 형식과 각운을 이루는 단어들의 형태와 특성, 그리고 반복의 독특한 사용이다.**

[2] 각운의 형태는 단순하며 일반적인 각운과 마찬가지로 메아리의 패턴을 가지고 있다고 생각할 수 있다. 각 연은 다음과 같이 교대로 각운을 이루는 네 개의 행과 결론을 이루는 2행대구(couplet)로 구성되어 있다:

아이엠브: 5a, 5b, 5a, 3b, 2c, 5c.

시에는 전체적으로 아홉 개의 각기 다른 각운이 있는데, 각 연에 세 개씩이다. 각각의 각운에는 단지 두 단어만이 사용되었으며 어떤 각운도 두 번 나타나지 않는다. 각운을 이루는 총 열여덟 개의 단어들 중에서 거의 대부분인 열여섯 개가 한 음절의 길이를 가지고 있다. 나머지 두 개는 둘, 혹은 세 개의 음절로 구성되어 있다. 아이엠브 각에서 강세가 오는 절반과 각 행의 마지막에서는 간단한 단어가 강조되고 있다.

[3] 각운을 이루는 단어들의 문법적 형태와 위치는 내면적인 주제를 보완하고 있다. 변화가 있기는 하지만, 각운을 이루는 단어의 절반 이상이 명사이다. 모두 열 개가 있는데 그 중에서 여덟 개가 전치사의 목적어에 위치하고 있다(예, of a dream, on a stream, of finished years). 전치사의 목적어가 아닌 명사들은 주어와 같은 종속절의 목적어이다(10, 11행). 분명한 것은 다음의 행에서 볼 수 있는 것처럼 시가 가지고

* 중심 아이디어
** 주제문

있는 소리의 에너지가 각 행의 첫 번째 부분에 나타나고, 각운은 수식어 부분에 나타난다는 것이다:

Come to me in the silence of the night; (1)
Yet come to me in dreams, that I may live (13)
My very life again though cold in death; (14)

대부분의 다른 각운도 이처럼 내면화된 위치에 설정되어 있다. 이러한 정교한 배열은 꿈속에서 다시 사랑하면서 살고자 하는 화자의 강조된 열망과 부합한다.

[4] 단어들의 성격 또한 시가 화자의 내면적 삶을 강조하는 것과 부합한다. 각운을 이루는 대부분의 단어들은 인상적이다. 구체적인 단어들(stream, tears, eyes, door, breath)조차도 화자의 정신적 상황을 반영하고 있다. 이런 점에서 볼 때, 1, 3행의 각운은 효과적이다. 이들은 night와 bright인데 화자의 외로운 상황이 주는 황량함과 내면적 삶의 생명감을 대조시키고 있다. 또 다른 효과적인 대조는 14, 16행에 나타나는데, death와 breath가 각운을 이룬다. 이러한 각운은 마치 원래의 소리가 사라진 후 메아리가 계속되는 것처럼, 비록 화자의 사랑이 사라졌다 해도 현재의 기억 속에 살아 있다는 슬픈 사실을 강조하고 있다.

[5] 어떻게 추억이 경험을 반영하는지 강조하기 위하여 로제티는 특별한 단어들을 사용하여 각운을 창조하고 있다. 그녀는 여러 가지 단어들을 기발하게 반복하고 있으며, 이들이 바로 시의 메아리이다. 메아리가 되는 주요 단어 중에 동사 come이 있는데, 1, 3연의 처음 행에서 무려 여섯 번이나 나온다. 그러나 각운을 이루는 어떤 단어들은 반복되기도 한다. 가장 뚜렷한 것은 2행에 있는 dream이다. 로제티는 7행에서 같은 단어를 반복하고, 13, 15행에서는 복수형 dreams를 사용하고 있다. 7행에 등장하는 각운을 이루는 단어 sweet는 세 번째 사용되는 단어인데 "how sweet, too sweet, too bitter sweet"라는 구절의 클라이맥스를 이룬다. 시를 종결하면서 로제티는 breath(16), low(17), 그리고 long ago(18)를 반복한다. 이처럼 반복되는 단어들은 「메아리」라는 제목을 정당화하고, 비록 꿈이 메아리에 지나지 않을지라도 경험은 추억 속에서만 현실성을 가질 수 있다는 중심 아이디어를 강조해준다.

[6] 이와 같이 「메아리」에서 각운은 단지 장식적인 것이 아니라 핵심적인 요소이다. 로제티가 사용한 각운의 편안함은 시의 일반적인 어휘선택과 마찬가지로 자기만족이 아닌 후회와 열망에 초점을 머물게 한다. 각운이 있는 모든 시가 그런 것처럼, 로제티의 각운은 행의 종결을 강조한다. 그러나 작품의 각운은 구성하는 단어들의 내면적인 반복, 즉 메아리 때문에 이러한 효과 이상을 갖는다. 「메아리」는 각운과 의미가 서로 불가분의 관계에 있는 시이다.

8. 논평

전체적으로 예를 든 단어들이 강조되었고 그러한 예문이 있는 행을 가리키는 숫자가 사용되었다. 서론 문단은 로제티의 시에서 각운이 핵심적이라는 것을 주장하고 있다. 또한 시의 제목인 「메아리」에 대해서도 설명을 시도하였다. 주제문은 본문에서 네 개의 주제가 다루어질 것이라는 것을 알려주고 있다.

문단 2는 시의 각운이 갖는 기계적이고 산술적인 면을 다루고 있다. 각운을 이루는 단음절의 단어가 많다는 것으로 상승하는 강세의 각운을 설명하고 있다.

문단 3은 각운의 문법을 다룬다. 예컨대, 분석과 계산을 통해서 각운을 이루는 열 개의 명사와 세 개의 동사를 드러낸다. 명령형 동사인 come을 언급함으로써 같은 그룹에서 각운을 이루는 대부분의 단어들이 이 단어를 수식하기 위한 것임을 보여주고 있다. 이렇게 해서 문법적인 분석이 시의 주제가 갖는 내면적인 성격과 관련이 있게 된다.

문단 4는 각운을 이루는 단어들의 인상적인 특성을 강조하고, 각운이 실제의 삶과 화자의 내면적인 삶이 갖는 대조를 강조하는 두 가지 예를 들고 있다. 문단 5는 로제티가 각운을 이루는 다섯 개의 단어들을 어떻게 반복하는지 밝히고 있다. 이러한 반복은 시의 제목과 부합하여 메아리의 패턴을 만드는 것이다.

결론에서는 로제티가 「메아리」 안에서 각운을 장식적인 것이 아니라 필수적인 것으로 사용하고 있다는 점을 요약한다. 덧붙여서 내면적인 각운, 또는 메아리가 로제티가 각운으로 사용한 기교의 또 다른 면이라는 점을 강조하고 있다.

9. 운율과 각운을 연구하기 위한 추가 논제

① 셰익스피어의 「소네트 73: That Time of Year Thou Mayst in Me Behold」에서 셰익스피어가 아이엠브를 만들어내는 방식을 분석해본다. 약세 음절과 강세 음절의 관계는 무엇인가? 강세가 있는 음절과 관련하여 셰익스피어는 관사(the), 대명사(this, his), 전치사(upon, against, of), 관계사(which, that), 부사절을 이끄는 어휘(as, when)를 어디에서 사용하고 있는가? 이러한 연구를 기초로 하여 셰익스피어가 아이엠브 각을 어떻게 조절하고 있는지 그 특징을 밝힌다.

② 셰익스피어의 소네트 중 하나, 콜리지의 「쿠블라 칸」, 또는 아놀드의 「도버 해협」이나

다른 시를 선택하여 각운을 분석한다. 각운을 이루는 다양한 단어들의 특징과 재미있는 점이 무엇인가? 각운과 시의 주제 사이에 어떤 연관성을 찾을 수 있는가?

③ 이 책에 있는 시 중에서 각운이 있는 작품 하나와 각운이 없는 작품 하나를 비교한다. 각운을 사용하는 것과 사용하지 않는 것 때문에 읽는 방식과 소리에 어떤 차이점이 있는지 찾아본다. 각운은 시에 어떤 혜택을 주는가? 각운이 없는 것은 어떤 효과를 주는가?

④ 「해협 사격」에서 하디가 사용한 각운을 분석한다. 트로키 리듬을 가진 단어들(hatter와 matters)로, 그리고 세음절 단어(댁틸 리듬)인 saner be와 century를 가지고 각운을 구성하여 그가 어떤 효과를 창조하고 있는가? 시 안에서 이러한 각운과 강세가 붙는 각운의 관계는 무엇인가?

⑤ computer, emetic, scholastic, remarkable, along with me, inedible, moron, anxiously, emotion, fishing 등, 트로키와 댁틸 리듬을 가진 단어로 각운을 만들어 자신만의 짧은 시를 써본다. 만일 정확한 각운을 만드는 것이 어렵다면 비껴간 각운과 시각적인 각운을 만들 수는 있는지 시도해본다. 중요한 것은 자신의 창의성을 발휘하는 일이다.

⑥ 도서관의 주제목록을 검색하여 운율에 관한 Harvey Gross의 *Sound and Form in Modern Poetry*(1968), 또는 *The Structure of Verse*(1966), Gay Wilson Allen의 *American Prosody*(1966) 같은 책을 대출한다. 형식적이거나 시험적인 운율 같은 주제나 프로스트나 아놀드, 셰익스피어나 블레이크 같은 시인을 선정하여, 그 주제에 대해서 작가들이 어떻게 사용하는지 관찰하고 그 결과를 요약해본다. 작가들이 운율과 자신의 아이디어 사이를 어떻게 연관시키고 있는가? 작가들은 어떻게 운율을 생각해낼까? 시인들이 아이디어와 이미지를 강조하는 방식은 무엇인가?

제13장

영화에 대한 글쓰기: 은막과 컬러 화면 위의 극

영화(Film)의 다른 이름으로 'picture,' 'cinema,' 그리고 'movie'라는 용어가 사용되기는 하나, 'film'은 'motion pictures'를 대신하여 흔히 사용되는 단어이다. 영화는 극에서처럼 대사, 독백, 행동의 기법 등을 활용한 특별한 형태의 극이라고 할 수 있다. 또한 극에서처럼 영화에서도 동작과 볼 만한 광경 등이 사용된다. 이러한 이유로 인하여 영화는 등장인물, 구조, 어조, 주제, 상징 등의 측면에서 연구된다. 그러나 극과는 달리, 영화는 사진과 관련된 기법, 필름화학, 소리, 그리고 편집 등을 포함하고 있다. 이러한 기법들은 특별히 다루어질 만큼 매우 전문적인 것이다.

1. 간단한 영화의 역사

영화는 19세기 후반에 발전하기 시작한 기술에서 비롯되었다. 이들 기술 가운데 하나가 유연성 물질인 셀룰로이드의 제조였다. 과거에 사진 작업을 할 때에 유리에만 사용되었던 화학유제가 셀룰로이드에 사용될 수 있게 되었던 것이다. 이외에 또 다른 중요한 발견으로 영화제작용 카메라와 영사기, 그리고 반사효과를 지니고 있는 요오드화은으로 겉칠을 입혀져 영화용 사진들이 투사되는 화면을 들 수 있다. 이러한 것들이 제자리를 잡아가고, 프로듀서들과 감독들이 장편의 극을 위한 매체를 사용하게 됨에 따라, 우리가 알고 있는 영화라는 것이 비로소 존재하게 되었던 것이다.

초창기 영화제작자들은 영화를 단순히 개인적인 유흥거리로써 생각했는지 모른다. 그러나 영화제작을 위한 대형 스튜디오, 영화의 국가적 차원의 분배 및 극장 체제 등의 발전으로 인하여 영화는 수익성이 매우 높은 산업으로 자리잡혀온 것이 사실이다. 따라서 영화의 역사는 영화와 관련된 극 그리고 연기의 발전과 예술의 역사와 함께 영화 산업의 역사만큼 오래된 것이다. 영화 산업의 거대한 가능성을 처음으로 보여주었던 예로 1915년에 제작된 그리피스(D. W. Griffith)의 기념비적 영화, <국가의 탄생>(Birth of a Nation)을 들 수 있다. 이 영화는 적은 투자로 어마어마한 수익을 올린 작품이었다.

최초의 작품은 흑백 화면에 무성 영화였다. 많은 수익을 남기기 위해서 관객들에게 "인기 있는" 잘 알려진 배우가 필요하다는 사실과 함께 "스타 체계"로 인하여 배우들 가운데 국가적으로 유명한 인물들, 예를 들면, 메리 픽포드(Mary Pickford), 찰리 채플린(Charlie Chaplin), 루돌프 발렌티노(Rudolph Valentino)가 탄생하게 된다는 사실을 프로듀서들은 인식하게 되었다. 1928년에 최초의 유성 영화, <뉴욕의 빛>(Lights of New York)이 만들어졌다. 최초로 컬러 영화가 제작된 이래로 색의 사용에 있어서 세련과 완벽을 위한 과정들이 진행되어지긴 하였으나, 오늘날 우리가 말하는 영화는 실제 1932년 최초로 컬러 화면으로 제작된 <라 쿠카라차>(La Cucaracha)였다.

제2차세계대전 후, 한동안 텔레비전의 발전으로 인하여 대형 스튜디오의 힘이 제지되었다. 그러나 곧 텔레비전을 위하여 특별히 제작된 많은 영화들이 나오기 시작하였으며, 텔레비전용으로 많은 유명한 영화들이 출시되었다. 지난 10년 동안 비디오 테이프와 레이저 기술의 도입으로 인하여 가정에서 영화를 보는 것이 미국 사람들의 일상적인 생활의 모습이 되어왔다. 오늘날 영화를 대여할 수 있는 장소가 쇼핑 구역 어디에서나 쉽게 눈에 띄며, 이로 인하여 대부분의 영화는 VCR과 TV 수상기를 가진 누구에게나 용이하게 제작되고 있다.* 초기 극작가들은 연속되는 수많은

---

* CD-ROM(Compact Disk-Read Only Memory)의 기술은 영화에 각별히 관심이 많은 사람들에게 추가적인 자료들을 제공해주고 있다. 많은 영화들이 오늘날에는 이러한 형태로 출시되고 있다. 예를 들어 비틀즈가 주인공으로 등장하는 <힘든 하룻밤>(A Hard Day's Night)에는 설명, 논평, 원형의 대본, 노래에 관한 짧은 설명, 그리고 여타 다른 내용 등과 함께 영화 자체(어느 위치에서나 영화가 멈추어질 수도 있으며, 앞 혹은 뒤로 움직여질

공연으로 인하여 극장이 수천 명에 달하는 많은 관객으로 가득 채워지길 꿈꾸어왔다. 그러나 오늘날 영화제작자들은 처음 작품이 처음 상영되는 극장에 수백만의 관객을 채우고 있을 뿐만 아니라, 텔레비전에서의 재상영 그리고 비디오 테이프를 통하여 이보다 훨씬 많은 관중을 확보하게 된다.

2. 무대 연극과 영화

영화가 극의 한 형태이기는 하나, 영화와 무대 연극 사이에는 중요한 많은 차이가 있다. 연극은 여러 차례, 많은 다른 장소에서, 많은 다른 사람들과 함께 무대에 올려질 수 있다. 극을 무대에 올리기 위해서 프로듀서와 감독은 배우, 무대예술가, 무대설계자, 목수, 화가, 조명기술자, 의상제작자, 안무가, 음악 감독, 그리고 음악가 등을 필요로 한다. 그러나 이러한 극을 실제로 공연하는 데 있어서 무대 자체는 할 수 있는 것을 제한한다. 다시 말해서 각 극장에서 공연을 하는 데 있어서 배우, 무대배경, 효과, 이 모든 것이 철저하게 무대에 국한되어 있다.

그러나 영화제작자의 무대는 실제로 무한하며, 어떠한 제한이 없기 때문에 필요한 어떠한 것, 예를 들어 자동차 추적, 물밑에서의 모험, 하늘을 나는 거위, 전투장면, 법률논쟁, 경영자토론, 거실의 장면, 법정, 권투경기장, 호텔객실, 미식축구운동장, 부엌, 그리고 도시와 시골의 장소들 혹은 국내 혹은 해외, 현대적인 혹은 낡고 오래된 장소들까지도 영화제작에 허용된다. 만약 영화의 배경이 사막으로 정해지면, 영화제작자는 그러한 장소까지 가서, 해변, 열대야자수나무, 오두막집, 원주민으로 분장한 배우를 이용하여 실제 모습 그대로 영화 영화에 담을 수 있다. 영화의 장소가 멀리 위치한 혹성이라면, 영화제작자는 스튜디오 안에 이에 적합한 장면, 소품, 효과, 조명, 그리고 우주 여행자에게 어울리는 복장을 갖춘 이국적인 모습의 혹성을 설치할 수도 있다. 이외에도 무대를 설정, 영화의 배경으로 삼는 데 있어서 때때로 지나칠 정도로 영화제작자들은 자유롭게 즐기기도 하는데, 이러한 자유를 현

수 있게 되어 있다를 포함하고 있다. DVD라 불려지는 신기술은 비록 가격은 비싸나 영화연구를 위한 CD-ROM을 보다 확충시키거나 아마도 이를 대체하게 될 것이다. CD-ROM의 특징을 포함하고 있는 DVD 기술은 테입 기술이나 현재의 레이저 디스크를 뛰어넘는 향상된 비디오 선명도를 보장한다. 영화연구를 위한 이러한 새로운 모든 기술이 특별히 디스크가 비싸지 않은 가격에 유통될 수만 있다면 압도적일 수밖에 없다는 것을 암시한다.

대의 컴퓨터화된 특수 효과가 제공해주기도 한다. 이러한 특수 효과는 대부분의 극장 역사에서 상상할 수 없었던 영화의 장면들을 가능케 하고 있다. 간단히 말해서, 영화제작자들이 즐기는 자유는 거의 무한한 수준으로, 극의 연출가가 누리는 자유를 넘어서고 있다. 그 어떤 것도 이제는 관객의 상상력 속에 머물러 있지는 않게 된다. 이처럼 두 가지 종류의 극의 제작, 다시 말해서 연극과 영화 사이에는 상당한 차이가 있다. 각 연극의 새로운 상연은 모든 다른 상연과는 다르다. 그 이유는 각 연극에 필요한 배우뿐만 아니라 무대 장치가 독특하기 때문이다. 예를 들어, 셰익스피어의 극,『햄릿』의 경우 16세기 초 글로브 극장(Globe Theater)에서 셰익스피어의 배우들이 처음으로 무대에 올린 뒤, 수 차례 걸쳐서 무대에 올려져 왔으며, 이에 대한 다양한 종류의 영화를 포함하여 연속되는 각각의 작품은 모든 다른 작품들과는 차이를 보여왔다.

역설적으로, 이 같은 다양성이 영화에서는 나타나지 않는다. 비록 영화제작자들이 각각의 영화를 만드는 데 엄청난 자유를 가지고 있기는 하나, 이러한 자유에는 그 자체적으로 한계가 있기 마련이다. 극도의 높은 제작비용과 광범위한 배포를 통하여 영화가 많은 관객에게 도달할 수 있도록 하기 위하여, 아마도 "개작"이나 외국 관객을 위하여 번안을 하는 경우를 제외하고는 영화는 일반적으로 한 종류로 제작, 출시된다. 따라서 오손 웰즈(Orson Welles)의 <시민 케인>(Citizen Kane, 1941)은 한 종류만이 있을 뿐이며, 비록 이 작품이 1991년에 복구되어 재편집이 되어 아무리 자주 상연되었을지라도 그 형태로 머물러 있게 되는 것이다. 재미있게도, 어느 누구도 『햄릿』의 모든 공연을 다 보았다고 주장할 수는 없으나, <시민 케인>을 본 모든 사람은 그 작품의 모든 상연을 다 보았다고 주장할 수 있는 것이다.

3. 영화의 미학

영화가 어느 정도 화면에 국한되어 있다고 볼 때, 영화는 시각적으로 화가와 스틸장면을 찍는 사진사의 예술에 비교될 수 있다. 영화는 시각적인 예술 언어를 사용하고 있다. 예술가가 보는 사람의 눈을 통제함에 따라 그림에서 한 물체는 다른 물체와 특별한 관계를 지니게 된다. 한 부분에서 사용되는 색채는 다른 부분에서의 이에 대한 보충색채 혹은 이와 똑같은 색채와 균형을 이루게 된다. 화가와 사진가는 어떤 색채나 대상을 상징으로써 작품에 소개하기도 하며, 신화적인 인물 혹은 일상적으로 잘 알려져 있는 대상을 포함시킴으로써 보는 사람에게 이에 대한 알레고리적 해석을 제시하기도 한다. 페인트만이 지니고 있는 독특한 결을 사용하거나 조리개의 속도, 초점, 그리고 다양한 현상 기법을 이용하여 특별한 효과들을 만들어내기도 한다. 이러한 기법과 효과는 광범위하다.

영화제작자들은 스틸장면을 찍는 사진사와 화가가 구사하는 이러한 기법의 대부분을 활용할 수 있으며, 이러한 기법을 또한 특수효과와 더불어 보다 확장시켜 사용할 수도 있다. 예술적으로 볼 때, 영화에서 가장 제약적인 요소가 바로 장방형의 화면이며, 이를 제외하고는 영화를 제작하는 데 있어서 제약이 되는 요소는 없다. 영화대본 혹은 촬영대본이라 불리는 극적 텍스트를 기초로 하고 있는 영화는 단어들과 이들이 주는 효과를 이용하나, 영화 또한 시각적 예술 언어와 함께 움직이는 그림이 부여하는 힘과 특별한 생동감을 이용한다. 영화를 고려할 때, 영화란 말을 통해서뿐만 아니라 다양한 시각적 기법을 통해서 관객에게 전달된다는 사실을 알아야 한다. 이러한 시각적인 표현은 영화 그 자체와 분리될 수 없는 것이다.

4. 영화의 기법

영화를 제작하는 데 사용되는 기법은 매우 많으며, 이러한 기법에 대한 설명과 기록 또한 매우 광범위한 편이다.* 그러나 영화를 평가하는 데 있어서 무엇보다도 영화에 대한 독자의 반응과 해석에 직접적인 관련이 있는 기법의 양상들에 독자는 익숙해질 필요가 있다.

---

* 영화에 대한 다음의 저서들을 참조할 것: Louis D. Giannetti, *Understanding Movies*, 7th ed.(Upper Saddle River, NJ: Prentice Hall, 1996); Ephraim Katz, *The Film Encyclopedia*, 3rd ed., revised by Fred Klein and Ronald Dean Nolan(New York: Harper Collins, 1998); Halliwell's Film and Video Guide 1998, John Walker ed.(New York: Harper Collins, 1997); James Monaco et al., *The Encyclopedia of Film*(New York: Perigee, 1991); James Monaco, *How to Read a Film*, rev. ed.(New York: Oxford UP, 1981); Roger Ebert, *Roger Ebert's Video Companion*, 1998(1997, published annually in the fall, for the next year, by Andrews and McMeel of Kansas City); Daniel Talbot, ed., *Film: An Anthology*(Berkeley: U of California P, 1969); and John Wyver, *The Moving Image*(Oxford: Basic Blackwell, 1989).

1) 편집 혹은 몽타주는 개별적인 부분을 조합, 연결시켜 완성된 영화를 만드는 기법이다

완성된 영화는 처음부터 끝까지 하나로 연결되어 찍은 연속적인 작업이 아니라, 합성된 것이다. 영화를 함께 묶어 합성하는 과정을 편집 혹은 몽타주(합성, 붙이기, 조합)라 하며, 이것은 기술적으로 잘라서 붙이는 작업인 셈이다. 영화대본의 유연성에 따라, 촬영에 들어가기 전에 영화의 다양한 장면들에 대한 계획이 이루어지나, 몽타주와 관련한 주요작업은 스튜디오에서 편집 전문가에 의해서 이루어진다.

여기서 다시 한번 무대연극과 영화를 비교해보자. 무대공연은 중간휴식과 장면이 바뀔 때 휴식을 제외하고는 어떠한 멈춤이 없이 지속적으로 진행된다는 것을 우리는 알고 있다. 오페라용 망원경이나 쌍안경을 이용할 경우도 있으나, 일반적으로 배우의 연기를 무대에서 멀리 떨어진 거리에서 우리는 보게 된다. 또한 우리의 눈이 한 등장인물에서 다른 등장인물로 옮겨갈 때조차도, 우리는 무대 전체를 다 볼 수 있다. 그러나 영화의 경우, 감독과 편집자는 다른 많은 부분들을 편집하여 우리가 연극에서처럼 지속적인 장면을 볼 수 있도록 해준다. 편집자는 많은 "촬영화면들"(똑 같은 장면을 찍은 다양한 종류의 영화를 포함한 각각의 장면에 대한 개별적인 영화)을 가지고 작업을 시작한다. 편집자들이 선택, 합성하게 되는 것이 바로 영화가 되며, 우리는 결코 편집 과정에서 버려진 장면을 볼 수 없게 되는 것이다. 한마디로, 모든 것을 함께 붙여나가는 작업을 편집이라 말할 수 있다.

(1) 몽타주는 내러티브의 지속성을 창출해낸다
이미 암시되었듯이, 몽타주의 첫 번째 사용 목적은 내러티브를 지속되게 만드는 데 있다. 예를 들어, 가파른 절벽을 오르는 모습이 밑 부분에서, 중간 부분에서, 그리고 꼭대기 부분에서 비쳐질 수 있다. 이와 더불어 화면은 다시 절벽 위에서 아래까지 비쳐줌으로써 관객들은 절벽 오르는 일의 위험을 알게 될 뿐만 아니라, 이를 보고 관객들은 한숨을 돌리게 된다. 내러티브의 그러한 모든 순서는 각각의 개별적인 필름, 다시 말해서 행동의 단계를 보여주는 각각의 필름들을 하나하나 조합함으로써 가능하게 된다. 하나의 내러티브를 형성하기 위하여 많은 수의 개별적인 부분들이 조합된 고전전인 예로서 알프레드 히치콕(Alfred Hitchcock)의 <사이코>(Psycho)에 나오는 한 장면으로 많은 사람에게 잘 알려진 샤워장 살인 장면을 들 수 있다.

이 장면은 45초 동안 진행되며, 78개의 개별적인 장면(샤워장에 있는 한 여인, 커튼 뒤에 숨어 있는 살인자, 살인자의 공격, 털썩 주저앉는 여인, 흘러내리는 물, 죽은 여인의 눈, 욕조 안의 물의 배수 등)으로 구성되어 있다.

(2) 몽타주는 등장인물과, 등장인물이 하는 행동의 동기를 설명해준다

현재의 지속적인 행동이나 특성을 설명하기 위한 '플래시백' 장면에서 혹은 등장인물의 생각이나 기억을 보여주기 위한 장면에서 혹은 기억상실증을 앓고 있는 등장인물의 잊혀진 과거를 보여주기 위한 몇 가지 장면에서 몽타주는 사용된다. 몽타주는 등장인물을 시각적인 장면을 통하여 보다 직접적으로 설명해준다. 그러한 유명한 예로서 웰즈의 <시민 케인>(모범 논문의 주제)을 들 수 있다. 이 작품의 마지막 부분은 케인이 모아놓은 많은 조각품과 기념품을 보여주고 있다. 바로 그 마지막 부분에서, 카메라의 초점은 훨훨 타오르는 벽난로에 맞추어져 있다. 그 벽난로 안에 일꾼들은 케인이 어린 시절 타고 놀던 썰매를 집어넣고 있는데, 그 썰매에 "장미봉오리"(rosebud, 우리는 영화 초반에서 잠깐 지나가는 장면으로나마 어린 케인이 이 썰매를 가지고 노는 모습을 보게 된다)라는 상품 이름이 찍혀져 있다. "장미봉오리"가 케인이 죽기 직전 남긴 말이며, 영화에 등장하는 모든 사람들 또한 그 의미를 알아내려고 애쓰고 있기 때문에, 죽어가는 케인은 부모로부터 버림받기 전의 자신의 잊혀진 어린 시절을 생각하고 있었으며, 케인의 불행한 삶은 그의 어린 시절 이러한 버림과 개인적 고통에서 비롯된다는 사실을 마지막 부분은 관객들에게 보여주고 있다.

(3) 몽타주는 감독의 해설을 용이하게 한다

이외에도 찰리 채플린의 <모던 타임즈>(*Modern Times*, 1936)의 시작 부분에서 볼 수 있듯이, 감독의 해설로써 몽타주는 상징적으로 사용되고 있다. 이 부분에서 많은 노동자 집단이 공장으로 달려가고 있는 모습이 관객의 눈에 비춰진다. 이 장면 후 곧바로 우글우글 쏟아져 나오는 큰 무리의 양떼의 모습이 나타난다. 이와 같은 상징적인 몽타주를 통하여, 채플린은 현대산업으로 인하여 짐승처럼 비인간화되어 가고 있는 인간의 모습을 보여주고 있다. 따라서 몽타주와 편집해설은 밀접한 관계에 놓여있는 셈이다.

(4) 몽타주는 이외에도 많은 다른 방법에 사용되고 있다

몽타주는 카메라 작업, 영화의 현상, 그리고 특수효과 등을 통하여 이외에 다른 특성들을 만들어낸다. 예를 들어, 영화제작자들은 어떤 행동을 거꾸로 만들어 그 행동에 내재되어 있는 비논리성 혹은 우스꽝스러움을 강조기도 한다. 편집을 통하여 제작자는 아주 심각한 것을 웃기게 만들기 위해서 어떤 한 행동 빠르게 진행시키거나 혹은 느리게 진행시키기도 한다. 또한 한 장면과 다른 장면을 섞거나, 두 개 혹은 그 이상의 행동을 병치하여 빠른 속도로 이를 연속하여 진행시킴으로써 제작자는 병치된 장면들이 분리되는 동안 사람들이 무엇을 하고 있는가를 보여준다. 한마디로 창의력과 혁신을 위한 영화의 가능성들은 무궁무진하다.

2) 영화는 많은 시각적 기법을 활용한다

(1) 카메라는 영화의 기본적인 도구이다

편집 혹은 몽타주가 영화작업의 마지막 기법이라면, 영화작업의 시작은 등장인물과 행동을 묘사하는 데 상당한 자유를 부여하는 카메라에서 비롯된다. 영화에서 시각적인 관점은 변할 수 있다. 영화 한 편이 원거리에 있는 배우를 마치 무대에 서 있는 배우의 모습처럼 찍는 '롱쇼트'(long shot)로 시작될 수 있다. 그런 다음 카메라는 대상을 확대하여 클로즈업을 시키거나 대상을 축소하여 대상 전체를 넓고 완전하게 다 보여 줄 수도 있다. 말을 하고 있는 배우가 일반적으로 클로즈업의 대상이 된다. 그러나 카메라는 클로즈업을 통하여 다른 배우들의 반응들 역시 포착해낸다. 우리들은 이러한 클로즈업과 롱쇼트의 효과를 해석해야 한다. 먼 거리에서 혹은 중간의 거리에서 대상을 카메라에 담아내는 방법을 영화감독들은 자주 사용하는데, 이를 통하여 영화감독은 등장인물과 상황에 대한 자신의 인지를 통제한다.

또한 카메라의 초점은 등장인물에서 등장인물로, 혹은 등장인물에서 물체로 움직일 수 있다. 이런 방법을 통하여, 영화는 일련의 반응을 기록할 수 있고, 우리의 관심을 어떤 한 등장인물의 태도에 집중시키거나 그 등장인물의 행동에 대한 시각적인 평가를 가능케 해준다. 예를 들어, 사랑에 빠져 있는 남녀를 카메라에 담을 경우, 카메라의 초점은 직접 혹은 몽타주를 통하여 두 사람에게서 꽃이나 나무로 움직여질 것이다. 이러한 움직임을 통하여 영화감독은 그들 두 사람의 사랑을 사랑과 성장의 대상물과 시각적으로 연관시키는 것이다. 그러나 만약 꽃이 시들고 나무에 잎이 없다고 가정해보자. 이는 그들의 사랑이 희망이 없이 끝날 것이라는 것을 시각적으로 설명해주고 있다.

카메라는 이외에도 다른 독특한 효과를 만들어낸다. 예를 들어 슬로모션(slow motion)의 경우, 그 초점은 한 개인이 가지고 있는 개성의 어떤 면모를 비추는 데 맞추어져 있다. 스티븐 스필버그(Steven Spielberg)가 만든 <컬러 퍼플>(*The Color Purple,* 1985)에서 한 어린아이가 초원에서 행복하게 뛰노는 장면에 카메라의 초점이 집중되고 있다. 이는 어린아이의 그러한 동작에 내재되어 있는 즐거움을 말해준다. 놀랍게도 카메라의 속도가 때때로 슬로모션으로 움직일 때가 있는데, 이는 휴 헛슨(Hugh Hudson)이 감독한 <불의 전차>(*Chariots of Fire,* 1981)의 달리는 장면에서처럼 근육에 힘을 잔뜩 넣어서 애쓰는 모습을 강조하기 위한 것이다.

카메라의 다른 많은 기법은 동작 그리고 등장인물과 연관되어 있다. 카메라의 초점이 어느 점에서는 또렷할 수 있으며, 다른 점에서는 불분명할 수도 있다. 말을 하고 있는 등장인물을 카메라의 초점에서 멀어지게 함으로써 영화감독은 그의 말을 듣고 있는 사람들이 지루함을 느끼고 있다는 것을 암시하기도 한다. 아울러 카메라의 초점을 또렷하게 혹은 흐릿하게 함으로써 감독은 한 등장인물이 사물을 정확하게 혹은 부정확하게 보고 있다는 사실을 보여줄 수도 있다. 연속적인 동작을 찍기 위하여 카메라가 움직이는 도구에 올려지기도 하는데, 이를 통하여 달리는 사람 혹은 말, 우디 알렌(Woody Allen)의 <애니 홀>(*Annie Hall*)에서처럼 빠르게 달리는 자전거나 자동차, 혹은 움직이는 항해용 보트, 카누, 속도용 보트, 혹은 노젓기용 보트 등을 추적, 이를 카메라에 담을 수 있다. 필요에 따라 촬영기사는 걸어서 대상을 추적하거나, 비행기에서 카메라를 통하여 지상의 움직임을 추적한다. 움직이는 사람이나 사물을 쫓기 위한 회전식 카메라를 이용하여 움직임을 포착하기도 한다. 반대로, 사물이나 사람이 한 곳에서 다른 곳으로 움직이는 동안 카메라를 한곳에 고정시켜 사용하기도 한다.

(2) 영화에서 영상은 빛, 그림자, 색채를 포함한다

연극에서처럼, 영화제작자는 자신의 생각을 부각시키기 위하여 그리고 사실적이며 상징적인 효과를 창출하기 위하여 빛, 그림자 그리고 색채를 사용한다. 색채를 필요로 하는 태양 아래의 한 장면과 비와 구름을 혹은 황혼을 배경으로 하는 어두운 분위기의 한 장면은 서로 다른 분위기를 만들어낸다. 밝은 빛을 배경으로 하고 있는 등장인물은 개방적이며 솔직하게 여겨지나, 그림자를 배경으로 하고 있는 등장인물은 특히 흑백 영화에 경우 무언가를 숨기고 있는 듯이 보인다. 영화제작용 섬광램프를 이용하여 등장인물 혹은 상황을 변화시키거나 불길하게 만들 수도 있다.

영화에 사용되는 색채의 의미는 다른 예술매체에 사용되는 색채의 의미와 물론 차이가 없다. 파란 하늘과 밝은 빛은 행복을 의미하는 반면에, 초록빛은 의시시한 분위기의 어떤 것을 나타낸다. 셀즈닉(David O. Selznick)의 <바람과 함께 사라지다>(Gone with the Wind, 1939)의 중간 부분에 해당하는, 스칼렛 오하라(Scarlett O'Hara)가 자신의 농장, 타라(Tara)에 있는 저택의 몰락을 되새기고 있는 장면에서 색채의 통제가 놀랄 만큼 잘되어 있다. 이 부분에서 스칼렛은 결코 다시는 배고픔을 느끼지 않을 것이라 다짐하는데, 그녀가 말하는 동안, 스칼렛의 모습은 어두운 오렌지 빛 하늘을 배경으로 윤곽만이 나타난다. 이러한 배경은 청춘시절 그녀가 알고 있었던 삶의 방식이 이제는 완전히 불태워져 사라졌음을 보여준다. 이러한 예에서 볼 수 있듯이, 색채가 영화의 내용을 보충해주는 역할을 하고 있는 것이다. 또 다른 예로, 서로 사랑하는 사람들은 같은 색채 혹은 서로를 보충해주는 색채의 옷을 입는 반면, 서로에게 "옳지" 않다고 여기는 사람들은 상충되는 색채의 옷을 입을 것이다.

3) 동작이 영화의 본질이다

영화의 힘은 직접적인 동작에 있다. 모든 종류의 동작, 예를 들어, 달리기, 수영, 자동차 운전, 싸움, 포옹과 입맞춤, 혹은 단순히 앉아 있는 것, 추격, 속임수의 효과, 매복 등의 모든 동작은 영화에 즉각적인 현실 감각을 부여해주며, 내러티브의 발전과도 밀접한 관계가 있다. 대사가 거의 없는 상태로 움직임과 관련한 장면이 몇 분간 진행되기도 하는데, 이는 등장인물의 관심과 능력에 대한 제작자의 생각 혹은 작품의 내용을 관객에게 전달하기 위하여 사용된다.

4) 영화는 육체와 머리의 많은 모습과 함께 배우의 동작을 보여준다

동물의 몸과 함께 인간의 몸, 육체적인 동작과 제스처 혹은 수화 등은 영화에서 동작의 묘사와 깊이 연관되어 있다. 영화제작자가 보여주는 관점이나 시각은 특히 중요하다. 팔과 다리가 없이 가슴 부분만이 나타나는 등장인물의 경우, 그 등장인물이 하는 이야기에 중심이 놓여 있게 마련이다. 그러나 등장인물의 머리 부분이 스크린에 가득 찰 정도로 클로즈업이 되어 있을 경우, 그 중심은 등장인물의 동기와 등장인물이 말하는 내용에 놓여 있다. 카메라는 또한 현실에서의 우리들의 일반적인 기대를 왜곡시키기도 한다. 예를 들어, 넓은 각도의 렌즈와 클로즈업을 이용하면 우디 알렌의 <황홀한 기억>(*Stardust Memories*, 1980)에서 군중들의 얼굴처럼 인간의 모습이 이상하고 괴기하게 보이게 된다. 때때로 카메라는 잉마르 베르히만(Ingmar Bergman)의 <처녀 샘>(*Virgin Spring*)에 나오는 숲속에 사는 사람의 손발을 확대시키거나 욕설을 퍼붓는 그의 입과 의심으로 가득 차 있는 그의 눈을 자연스럽지 못하게 돌출시키는 등 육체의 일부분을 왜곡시키기도 한다. 이러한 왜곡은 관객의 해석을 필요로 한다. 다시 말해서 겉으로는 정상적으로 보일지라도, 한 인간이 이상하며, 악의에 차 있고, 위협적이며 혹은 정신적으로 안정되지 못하다는 것을 이러한 왜곡을 통하여 영화제작자는 말하고 있는지도 모른다.

5) 영화는 소리와 관련된 많은 기법을 사용한다

대사와 음악은 영화를 극적으로 만드는 데 필수적인 것이다. 사운드 트랙의 첫 번째 작업은 대사의 처리로서, 편집과정에서 배우들의 대사는 '혼성되어' 그들의 행동에 맞게 다시 편집된다. 이외에도 사운드 트랙에는 다른 많은 요소들이 있다. 그 가운데 음악이 가장 중요한 것으로서 영화의 분위기를 창출하거나 고조시킨다. 장조 혹은 단조에서의 멜로디나 느리거나 빠른 속도에서의 멜로디는 관객들이 배우들의 행동을 이해하는 데 영향을 준다. 예를 들어, 어떤 등장인물이 무엇인가 곰곰이 생각하고 있을 경우, 이에 상응하는 음악으로 현악기의 조용한 소리가 적합할 것이다. 그러나 등장인물이 미쳐가고 있을 경우, 이에 해당하는 것으로 불협화음에 타악기의 소리가 어울릴 것이다.

가끔은 음악이 영화에 특별한 정체성을 부여하기도 한다. 예를 들어, 헛슨의 <불의 전차>는 밴젤리스 파파새나시우(Vangelis Papathanassiou)가 작곡한 음악을 포함하고 있다. 음악 그 자체가 유명한 곡이긴 하나, 이 음악은 항상 영화와 연관이 되어 있다. 뿐만 아니라 음악 연주는 대사 없이도 영화에 극적인 설명을 직접적으로 부여해준다. 웰즈의 <시민 케인>의 경우가 그러하다. 지금은 죽은 등장인물의 전기에서 발췌된 이야기의 일부로 작품은 시작하는데(첫 장면의 초점은 그의 조각상에 맞추어져 있다), 버나드 허만(Bernard Herrmann)에 의한 작품의 사운드 트랙은 죽은 이들을 위한 카톨릭 미사곡인 <디에스 이레>("Dies Irae")를 인용한 것이다. 이로 인하여 작품의 음악은 우스꽝스럽게 되며, 관객 또한 슬퍼하기보다는 웃게 된다. 이외에도 허만은 우스꽝스러운 효과를 만들어내기 위하여 이 주제곡을 작품의 곳곳에서 변주하여 사용하고 있다.

(1) 영화는 특별하며 가끔은 독창적인 소리효과를 사용한다

특별한 소리효과는 영화에서 배우들의 행동을 고조시키는 역할을 한다. 예를 들어, <록키>(Rocky)와 같이 권투장면이 있는 영화에서 주먹소리는 주먹의 힘에 비길만한 충격을 관객이 느낄 수 있도록 하기 위하여 전자음악을 통하여 높여진다. 때로는 울부짖는 소리, 삐걱거리거나 쾅 닫히는 문소리, 행진하는 발자국 소리, 움직이는 자동차 소리 등의 일부 소리는 전자음악을 통하여 여과되어 이상하고 기이한 효과를 만들어내기도 한다. 가끔은 등장인물의 말을 빠른 속도로 그리고 앓는 목소리로 반향시켜서 등장인물의 슬픔 혹은 절망을 보여준다. 한마디로, 소리는 영화의 필수적인 부분이다.

5. 영화에 대한 글쓰기

영화에 대한 글쓰기를 위하여 먼저 필요한 것은 물론 극장에서 혹은 비디오 테입을 통하여 작품을 보는 일이다. 보는 방법이 어떻든 간에, 최소한 작품을 두 번은 철저히 보면서 필기를 해두어야 한다. 이는 작품의 토론을 위해서 알고 있는 작품의 내용을 보다 철저하게 평가해야하기 때문이다. 대본작가, 감독, 작곡가, 특수효과 편집자, 촬영감독, 주요 배우들의 이름을 알아둘 필요가 있다. 일부 대사를 특별히 인용할 필요가 있을 경우, 인용과 관련된 주위 상황과, 필요에 따라서는 관련된 주요 핵심단어들 또한 기억해두라. 의상과 색채 혹은 영화가 흑백일 경우, 빛과 그림자에 대한 필기를 해두라. 극장에서 본 영화의 경우 기억력에 많은 것을 의존할 것이나, 비디오 테이프를 본 경우 중요한 내용을 쉽게 다시 조사, 확인해볼 수 있을 것이다.

1) 아이디어를 찾기 위한 질문

(1) 동작
- 동작이 얼마나 중요한가? 다시 말해서, 동작이 슬로모션이나 다른 각도에서 자주 반복되고 있는가? 배우(그리고 동물)가 가깝게 혹은 멀리 비춰지고 있는가? 그 이유는?
- 추적, 은닉, 총싸움, 사랑과 같은 동작들 가운데 어떤 동작이 강조되어 있는가? 이런 동작이 영화에 어떤 기여를 하고 있는가?
- 등장인물이나 등장인물의 동작, 예를 들어 미소, 웃음, 찡그림, 곁눈질, 근심 어린 표정 등의 동기에 대하여 클로즈업이 사용되고 있는가?
- 등장인물이 추워서 발을 구른다거나 더워서 코트나 셔츠를 벗는 행동에서처럼 영화에서 어떤 동작이 계절의 상태를 보여주는가? 이러한 동작은 영화가 전달하려는 전체적인 의미와는 어떤 관계가 있는가?
- 동작이 어떠한 분위기의 변화, 예를 들어 슬픔에서 행복으로 혹은 결정이 이루어지지 않은 상태에서 결정이 이루어진 상태로의 변화를 보여주는가?

(2) 영화촬영 기술
- 색채나 조명과 관련하여 눈에 띄는 기법이 사용되고 있는가? 이러한 기법이 영화의 특징 및 주제와 어떤 관계가 있는가?
- 카메라의 사용에 있어서 트래킹(tracking), 클로즈업, 롱쇼트, 카메라 각도 등 특징적인 것이 있는가? 카메라를 통한 이러한 투시는 영화의 주제와 플롯을 보강시키고 있는가 혹은 약화시키고 있는가?
- 장면을 연결시키는 편집과정을 통하여 영화의 내용과 주제가 어떻게 보강되고 있으며, 어떻게 약화되고 있는가?
- 영화촬영 기술이 영화의 주제, 플롯, 등장인물, 배경 등과 어떤 식으로 상호작용을 하고 있는가를 가장 잘 보여주고 있는 장면(들)은 어디인가? 그 이유는?

(3) 연기
- 배우는 영화라는 매체에 얼마나 잘 적응하고 있는가? 그들의 연기는 얼마나 그럴듯한가?
- 배우들은 자신들의 얼굴표정과 몸의 동작을 얼마나 제대로 통제하고 있는가? 이 모든 것이 우아한가? 어색한가?
- 배우의 모습이 관객이 이들의 성격을 이해하는 데 어떠한 도움을 주는가?
- 배우들은 그들의 역할을 제대로 창출해내고 있는 것처럼 보이는가, 아니면 단순히 역할을 읽고 있는 것처럼 보이는가?

2) 영화에 대한 논문의 구성

서론

중심 아이디어와 주제문을 밝혀주라. 논문의 본론 부분에서 언급될 주요 내용을 뒷받침하기 위하여 필요한 배경이 서론에 포함되어야 한다. 아울러 영화의 주요 제작자와 연기자의 이름이 여기에서 언급되어야 한다.

본론

이 책의 곳곳에서 언급되고 있는 핵심내용들, 예를 들어, 플롯, 구조, 등장인물, 아이디어(생각) 혹은 배경에 대한 논문을 구성하는 전략이 이러한 내용을 시각적인 맥락에서 고려해야 한다는 사실 외에 영화에 대한 논문에서도 똑같이 필요하다. 예를 들어, 등장인물이 플롯에 미치는 효과에 대하여 논할 경우, 카메라 기법, 몽타주, 소리효과 등과 같은 증거들을 사용하여 자신의 논지와 주장을 발전시킬 필요가 있다.

영화와 관련된 기법을 논할 경우, 자신의 주장을 뒷받침할 만한 내용을 정확하게 하기 위하여 잊지 않고 필기를 해두어야 할 것이다. 이를 위하여 좋은 방법은 단지 몇 개의 장면에 사용되고 있는 기법에 집중하는 것이다. 예를 들어 몽타주 기법의 효과를 분석하고자 할 때, 그 장면을 수십 번 반복하여 볼 수 있도록 비디어 테이프 재생기를 사용할 수도 있다.

결론

논문의 결론 부분에서 작품의 이야기와 주제를 전달하기 위한 매체로써 영화가 얼마나 효과적인가를 평가해볼 수도 있다. 영화에 사용된 모든 방법들이 가장 최상의 것들인가? 지나치게 과장되지는 않았는가? 실력 이하로 배우들이 연기하지는 않았는가? 전달하려는 요점에 영화가 잘 부합하고 있는가, 그렇지 않은가, 혹은 요점과 무관하게 진행되었는가? 영화에 변화가 있는가? 어떤 방법으로? 그 이유는?

모범 논문의 예시
웰즈의 <시민 케인>: 거인을 깎아내려 진상을 밝히기

[1] 흑백으로 만들어진 <시민 케인>(1941)은 기법상으로 최상의 영화이다. 대본은 허먼 맨키비츠(Herman Mankiewicz)와 오손 웰즈(Orson Welles)가 썼으며, 촬영은 그렉 톨랜드(Gregg Toland), 음악은 버나드 허먼(Bernard Herrman), 감독 및 제작은 웰즈(Welles)가 맡았으며, 영화의 주요 역할 또한 웰즈가 맡고 있다. 이 작품은 부유하며 힘있는 찰스 포스터 케인(Charles Foster Kane)이라는 사람의 이야기이다. 그는 경제적인 독립, 자결, 그리고 자신의 시대를 이룩하여 미국인의 꿈을 예시해주는 인물이다. 그러나 이 영화는 영웅의 '위대함'을 모색하고 있는 것이 아니라, 사랑을 돈으로 사며 현실을 개조하기 위하여 애쓰는, 그릇된 방향으로 이끌린 불행한 인간으로서 그를 보여주고 있다.* 영화의 모든 측면들, 예를 들어, 성격묘사, 구조, 기법 등이 이러한 목적에 맞추어져 있다.**

[2] 영화의 핵심은 최근에 죽은 신문재벌이며 백만장자인 케인의 타락에 놓여 있다. 그가 전적으로 모든 면에서 나쁜 사람은 아니다. 비극적으로 곤두박질치기 전에 그는 제대로 삶을 살았던 사람이었다. 예를 들어, 집으로부터 버려지기 전에 어린 시절 그의 모습은 관객의 동정을 불러일으킨다. 그후 젊은 시절 ≪인콰이어≫(Inquirer)라는 일간신문을 인수하는 이상적인 그의 모습을 관객은 보게 된다. 이러한 이상적인 모습으로 인하여 그가 대단하게 보이기도 하나, 이로 인하여 그의 타락이 비극적으로 여겨진다. 통찰력을 가지는 순간 그가 대처(Thatcher)에게 말하게 되는데, 이때만 하더라도 그는 부유하지는 않았으나 위대한 사람이었다. 그러나 그가 세상을 자신에게 맞추어 바꾸려는 시도, 예를 들어, 자신의 두 번째 부인 수잔을 오페라 가수로 만들려는 미친 시도와, 이와 관련하여 그녀에 대한 평단의 찬사를 형성하려는 시도에서 그의 타락은 시작된다. 비록 그가 그녀를 위해 오페라 하우스를 세우고, 또 많은 공연들을 후원하기도 하지만, 그는 현실을 바꾸지는 못한다. 진실을 변조하는 이러한 모습은 젊은 시절 지니고 있었던 정직함을 그가 완전히 잃었다는 사실을 말해준다.

[3] 그러한 사악함을 보여주기 위하여 영화의 구조는 점진적으로 이루어져 있다. 영화는 죽음을 알리는 뉴스 영화에서부터 시작한다. 뉴스를 통하여 관객들은 케인이 죽을 당시 남기는 마지막 말이 "장미봉오리"라는 사실을 알게 된다(이는 그가 어린 시절 타고 놀던 썰매의 상표이름이며, 영화의 시작 부분에서 클로즈업되어 비춰지는 케인의 입을 통하여 말해진다). 뉴스 제작자는 이와 관련된 숨겨진 이야기를 알고 싶어 톰슨(Thompson)이라는 리포터에게 "장미봉오리"에 대하여 알아보라고 지시한다. 톰슨의 조사를 통하여 영화의 나머지 부분은 진행된다. 그는 이곳저

* 중심 아이디어
** 주제문

곳을 다니면서 이 사람 저 사람을 만나 이에 관련된 자료를 수집하고 인터뷰를 하는데, 이 과정에서 케인의 이상스러운 면과 은둔성이 드러난다. 마지막에서, 카메라의 초점은 톰슨에서 벗어나 불타는 썰매에 맞추어지며, 비록 톰슨 자신은 "장미 봉오리"가 무엇을 의미하는가를 알지는 못하나, 케인의 타락을 밝혀내기 위한 그의 추적은 성공적이었다. 따라서 썰매 그리고 리포터는 영화의 많은 측면들과 연관되어 있다.

[4] 케인의 타락에 관한 이야기가 플래쉬백에 의해 전개될 수 있는 것은 다름 아닌 톰슨의 추적으로 가능한 것이다. 대처가 손으로 직접 쓴 내용을 포함하여 톰슨은 각각의 사람들과 인터뷰하는데, 이들 각각의 인터뷰는 그에게 뉴스의 내러티브와는 다른 어떤 것을 마련해준다. 그 이유는 케인과의 그들의 경험이 제각기 모두가 독특하였기 때문이다. 이러한 개인적인 관점의 결과로 인하여 이야기는 매우 복잡하게 되어진다. 예를 들어, 번스타인(Bernstein) 부분에서 제데디아(Jedediah)가 기사를 쓰기 위하여 진실을 밝히는 케인의 선언서 한 부를 자랑스럽게 구했다는 사실을 우리는 알게 된다. 그러나 제데디아와의 인터뷰에서 제데디아가 원칙을 어긴 케인을 기소하기 위하여 그 한 부를 케인에게 다시 되돌려보냈다는 사실을 우리는 알 수 없다. 오히려 이러한 반송에 대하여 수잔 자신은 전혀 알고 있지 않으나, 우리는 이러한 사실을 다름 아닌 수잔의 설명을 통하여 알게 된다. 영화의 전형적인 특징이라 할 수 있는 이러한 미묘함을 통하여 관객은 케인의 삶을 알 수 있게 된다.

[5] 따라서 케인과 관련된 내용을 진술해주는 이러한 등장인물들의 중요성은 케인의 붕괴를 폭로하고 비춰주는 데 있다. 제데디아(조셉 코턴)는 케인과 가까이 일했던 원리원칙주의자이다. 그러나 선거에서 패배한 후, 케인의 거짓된 사생활을 알게 된 제데디아는 케인에게 반기를 든다. 케인이 수잔의 공연에 대하여 세련치 못한 공격을 가하자, 제데디아는 케인과 완전히 결별하게 된다. 제데디아의 이러한 변화 혹은 원리원칙에 대한 그의 입장은 케인이 점차적으로 타락하고 있다는 사실을 보여준다. 케인의 두 번째 부인, 수잔(도로시 코민고어)는 순수하고, 성실하며 따뜻한 성품을 지녔다. 그러나 그녀의 술버릇, 자살 시도, 그리고 케인과의 마지막 결별은 케인의 왜곡된 이상이 그녀에게 준 피해를 말해준다. 톰슨이 처음으로 인터뷰를 하는 대상이 번스타인(에버렛 슬로안)이라는 사람인데, 그는 고독한 존재로서 케인에 대한 부정적인 태도를 지니고 있지는 않다. 그러나 케인의 동기를 둘러싸고 있는 비밀에 대하여 처음으로 언급하는 사람이 바로 번스타인이다. 흰옷을 입은 소녀에 대한 45년간의 기억을 통렬하게 털어놓을 때, 번스타인 역시 흥분하게 된다. 비록 그의 이러한 폭로는 간단하기는 하나, 그 안에 쌓여 있던 느낌과 갈망을 보여준다.

[6] 구조상의 이러한 특징 이외에, <시민 케인>은 영화기법 면에서 수작이다. 선명한 초점으로 카메라에 담아내는 이미지는 날카롭다. 케인의 몰락과 비밀을 부각시키기 위하여, 스크린은 좀처럼 밝지 않다. 대신, 영화에서 어두움과 대조를 상당히

많이 사용되고 있으며, 이는 거의 인물과 인물 사이의 구별이 모호할 정도로까지 만들고 있다. 그렉 톨랜드의 카메라 작업은 매우 독특하여 등장인물의 허리 높이 혹은 그 아래에서 찍은 많은 장면들로 이루어져 있으며, 등장인물의 머리를 멀리 떨어지게 함으로써 이들의 몸을 비틀어놓는다. 이를 통하여 톨랜드는 등장인물들이 자신의 일에 몰두하여 정상적인 관점(시각)에 대하여 망각하게 되는 모습을 보여준다. 선거에서 패배한 후, 빈방에 케인과 제데디아가 둘이 앉아, 제데디아가 케인에게 시카고로 떠날 수 있도록 허락해줄 것을 요구하는 장면에서 이러한 신체적인 왜곡이 그 어느 장면에서보다 가장 잘 나타난다.

[7] 중심인물에 의하여 지배되는 영화에서 흔히 기대할 수 있는 것처럼, 영화에 사용되고 있는 많은 상징은 등장인물에 대한 강력한 설명을 이끌어낸다. 영화에서 가장 두드러지게 나타나는 것은 "장미봉오리"라는 썰매로서, 어린 시절 사랑과 수용에 대한 필요성을 말해주는, 영화의 지배적인 상징물이다. 눈에 띄는 또 다른 상징물은 유리이며, 또 다른 장면에서 얼음으로 나타나고 있다. 파티가 열리는 장면에서, 얼음으로 만든 두 개의 조각품이 《인콰이어》 신문사 직원들의 전면에 서 있다. 또 다른 장면에서, 병 하나가 크게 확대되어 술 취한 제데디아 앞에 놓여 있다. 이외에도, 약병과 유리잔이 수잔 앞에 놓여 있는데, 이것들을 수잔은 자살을 시도할 때 사용하게 된다. 이렇게 신중하게 카메라에 찍힌 상징들은 인생이란 깨지기 쉬우며 한시적이라는 사실을 암시한다. 파티 장면에서의 기이한 연회는 특히 상징적이다. 케인이 춤과 노래를 하게 되는데, 그 모습은 케인이 삶에서 자신이 아닌 모습으로 혹은 자신을 알지 못한 채로 삶 안에서 단순히 한 역할만을 수행하고 있다는 것을 보여준다. 영화를 구성하고 있는 상징으로써 철조망과 작품의 시작과 마지막 부분에 비춰지는 "출입금지" 팻말이다. 이러한 상징들은 우리가 케인이나 그 밖의 다른 사람들에 대하여 조금은 알지 몰라도 그들 안에는 우리가 통과할 수 없는 경계, 다시 말해서 우리가 결코 도달할 수 없는 깊이가 존재한다는 사실을 암시하고 있다.

[8] 이외에도 케인뿐만 아니라 다른 등장인물의 축소를 의미하는 재미있는 상징들이 영화에 있다. 그 예로서 번스타인의 등높은 의자를 들 수 있다. 여기에 앉아 있는 번스타인의 모습은 어린아이와 흡사하다. 이와 유사하게, 상도(上都, Xanadu)에 있는 거대한 벽난로는 케인과 수잔을 난쟁이처럼 보이게 한다. 이는 케인의 엄청난 부을 왜소화시키며, 사람들을 비인간화시키는 상징이다. 특히, 상도에서 케인의 피크닉은 우스꽝스럽다. 시골로 나가는 피크닉인 데도 불구하고, 케인과 그의 친구들은 걷지 않고 긴 행렬의 자동차로 움직이고 있다. 이러한 장면은 피크닉이기보다는 장례행렬에 더욱 가깝게 여겨질 정도이다. 이들은 커다란 텐트에서 하룻밤을 머물게 된다. 케인과 그의 첫 부인, 에밀리(Emily) 사이에서 발전되어가는 결별을 묘사하고 있는, 잇달아 폭죽을 쏘아대는 장면에서 둘 사이의 거리가 점점 멀어져가고 있는 모습이 매우 재미있게 느껴진다. 이보다 더욱 재미있는 것은 상도에서 케인과 수잔이 그들의 생활을 함께 이야기 나누고 있을 때, 이들 둘 사이에

멀리 떨어진 간격이다. 둘 사이가 너무 멀리 떨어져 있어 소리를 쳐야만 상대방이 들을 수 있을 정도이다. 축소와 소외에 관련된 이러한 상징들은 관객들의 웃음을 자아내나, 다른 한편으로는 케인이 처음 자신의 두 부인들과 친밀했음을 생각해볼 때, 이러한 상징은 관객들의 동정을 불러일으킨다.

[9] 이러한 모든 측면을 고려해볼 때, <시민 케인>은 뛰어난 영화이다. 이는 등장인물이 매력적이라거나 우스꽝스러운 부분으로 인하여 영화가 희극처럼 보인다는 것을 말하기 위한 것이 아니다. 이 영화는 진실을 추구하며, 위대함과 부와 행복을 부여할 수 없다는 사실을 암시하고 있다. 이 영화는 주요 등장인물을 사정없이 깎아내리고 있다. 때때로 케인은 매력적이며, 퇴직수당으로 제데디아에게 2만 5천 불을 보내는 데서 알 수 있듯이 상당히 후한 사람이기도 하였다. 그러나 이처럼 값진 순간은 케인이 추락하는 깊이와 대조를 이루며, 힘이 있고 위대한 사람은 자신이 최고 순간에 이르렀을 때 타락할 수 있다는 보편적인 교훈을 보여준다. 영화의 시작 부분에서 뉴스 감독의 목적은 대중적인 한 인간의 '실제 이야기'를 알아내는 것이었다. 두 시간의 영화가 보여줄 수 있는 내용 그 이상의 것이 어느 사람에게 있기 마련이다. 그러나 그러한 한계 속에서도 <시민 케인>은 실제 이야기에 접근하고 있으며, 그 실제 이야기는 관객의 마음을 슬프고 혼란스럽게 만든다.

6. 논평

이 논문의 주제는 영화가 주요 등장인물, 케인을 깎아내리고 있다는 것이다. 이런 관점에서 논문은 제2장의 등장인물론을 따라 영화를 분석함으로써, 영화가 문학의 한 형태로서 어떻게 고려될 수 있는가를 강조해야 한다. 문학 분석을 위한 방법들, 예를 들어 5장의 구조와 10장의 상징과 같은 방법들 또한 위의 논문에 나타나 있다. 이러한 내용들 가운데, 상징은 영화에 시각적으로 제시되기 때문에 언어를 통하여 메시지를 전달하는 다른 문학 매체들에 비하여 영화의 경우 이러한 상징의 사용은 독특한 것이다.

논문에 언급된 어떠한 논제도 별도의 논문으로 발전될 수 있다. 예를 들어, 수잔의 성격에 관련한 하나의 완전한 논문을 쓸 수 있을 정도의 충분한 내용이 있다. 뿐만 아니라 영화의 구조에 관하여서도 광범위한 탐색이 이루어질 수 있다. <시민 케인>은 그 자체로서 영화 기법의 보고이기 때문에 이에 대한 내용 또한 한 권 분량이 될 정도로 충분하다.

위의 논문은 영화에 관한 것이기 때문에, 첫 문단의 독특한 점은 흑백의 매체를 강조하는 시작 부분의 간단한 내용과 함께 대본작가, 주요 촬영감독, 작곡가, 감독의 공로를 인정하는 내용이다. 한 작가가 쓴 작품과는 달리, 영화는 공동의 노력으로 이루어진 매체이기 때문에, 영화에 기여한 각각의 사람들의 개별적인 노력을 인정하는 것이 합당하다.

본론 부분은 두 번째 문단에서부터 시작하며, 두 번째 문단은 영화의 주요 등장인물에 대한 간단한 분석을 담고 있다. 세 번째 그리고 다섯 번째 문단은 주제문에서 언급된 두 번째 논제인 영화의 구조가 지니고 있는 다양한 측면들이 케인과 어떤 관계가 있는지 논하고 있다. 세 번째 문단에서 썰매와 리포터, 톰슨의 중요성이 설명된다. 네 번째 문단의 초점은 영화에서 사용되고 있는 구조적인 기법으로서 플래시백에 놓여 있다. 다섯 번째 문단은 플래시백을 통하여 의도적으로 혹은 자신도 모르게 케인의 결점을 폭로하는 세 명의 등장인물에 대하여 논한다. 여섯 번째에서 여덟 번째까지 문단의 논제는 주제문의 세 번째 그리고 마지막 논제에 해당하는 영화에 대한 기법이다. 여섯 번째 문단의 초점은 빛, 카메라의 각도, 그리고 등장인물의 몸을 비틀어 표현하는 것(왜곡)에 놓여 있다. 일곱 번째 문단에서는 시각적인 상징이 다루어지고 있다. 여덟 번째 문단에서 상징의 내용이 계속되는데, 이는 우스꽝스럽게 사용된 상징으로까지 연결이 된다. 마지막 문단에서 중심 아이디어가 다시 반복되고, 엄청난 부와 권력이 인간에게 어떠한 영향을 주는가 하는 보다 큰 문제를 타락의 주제와 관련되어 설명한다. 따라서 마지막 결론 부분은 지금까지 논문의 내용을 요약하고 있을 뿐만 아니라 영화가 전달하고자 하는 의미를 보여준다.

7. 추가 논제

① 색채의 사용, 빛의 통제 혹은 동작의 촬영과 같이 영화에 사용된 기법들 가운데 하나를 선택하여 이것이 어떻게 사용되고 있는가에 대하여 글을 써보라. 영화의 연구를 위해서 비디오 테이프를 이용하는 것이 최상의 결과를 이끌어낼 수 있을 것이다. 그 기법이 영화에서 어떻게 사용되고 있는가를 가능한 자세하고 많이 설명하도록 노력해보라. 계속적으로 나타나거나 대조적으로 나타나는 기법과 관련된 특징들을 찾아내며, 이러한 기법이 이야기나 등장인물 등을 발전, 전개시키는 데 어떠한 관계가 있는지 규명해보라.

② 특별한 부분이나 장면에서 영화의 기법, 예를 들어 카메라의 각도, 클로즈업 혹은 롱쇼트(long shot), 트래킹(tracking), 카메라 앞에서의 대사(on-camera speeches) 혹은 카메라 바

같에서의 대사(off-camera speeches), 빛, 초점 심도(深度) 등이 어떻게 사용되고 있는가를 설명하는 논문을 써보라. 이런 연구를 위해 해당하는 영화의 부분을 여러 차례 반복해서 볼 필요가 있다. 먼저 눈에 띄는 기법상의 요소들을 주목하고 처음 관찰된 이러한 내용들을 보강할 수 있도록 노력하라. 이러한 질문에 대한 보다 체계적인 연구를 위해 261쪽의 각주에 열거되어 있는 자네티(Giannetti), 핼리웰(Halliwell), 캐츠(Katz), 모나코(Monaco), 에버트(Ebert), 톨봇(Talbot), 위버(Wyver)의 책을 참고하라.

③ 뉴스 가운데 한 이야기를 골라서 이에 관한 극적인 장면을 써보라. 먼저 영화를 만들기 위하여 장면을 어떻게 쓸 것인지 생각하고, 배우와 카메라기사를 위한 지시문 (예를 들어, "등장인물 A가 말할 때, 그의 얼굴은 자신이 거짓말을 하고 있다는 것을 보여준다. 카메라는 초점을 흐리게 하여 그의 얼굴을 천천히 확대시킨다" 혹은 "등장인물 A가 말하는 동안 카메라의 초점은 등장인물 C와 표정을 주고받는 등장인물 B에 맞춘다") 또한 준비해보라. 이 작업을 다 마친 뒤, 영화의 내용과 영화에 등장하는 인물에 대한 세부항목들을 부각시키기 위하여 이러한 지시문을 어떻게 의도할 것인가를 설명하라.

제14장

참고문헌을 이용한 연구논문의 작성

넓은 의미로 연구는 체계적인 조사, 검사, 실험 행위를 말한다. 이것은 물리, 화학, 생물, 심리, 인류학, 역사, 문학을 포함한 모든 학문 분야에 종사하는 사람들에게 공통적인 지적 탐구 수단이다. 연구 덕택에 우리의 지식은 증가하고 문명은 발전한다. 연구 없이 이를 달성하기란 불가능하다.

연구의 목적은 새로운 영역의 지식을 탐구하는 것이다. 연구 과제를 수행할 때마다 연구자는 그 특정 과제로부터 지식을 얻을 뿐 아니라 차후 연구를 수행하기 위해 필요한 기술을 습득함으로써 더 많은 지식을 얻는 초석으로 삼을 수 있다. 어떤 연구자들의 과제는 비교적 단순한 것일 수 있는데 예를 들어 사전을 이용하여 단어의 뜻을 파악함으로써 중요한 문장의 뜻을 이해하도록 도움을 주는 것과 같은 경우를 말한다. 이보다 좀더 복잡한 연구는 백과사전, 전기, 입문서, 비평서, 서지학, 역사 등 여러 가지 분야의 연구결과를 참고하면서 수행된다. 연구를 시작할 때 여러분은 논제에 관해 별다른 지식이 없을 수 있지만 위와 같이 여러 분야의 참고문헌을 공부함으로써 비교적 짧은 시간에 많은 양의 전문 지식을 얻을 수 있다.

연구는 모든 학문 분야에 생명력을 불어넣는 불꽃과 같은 것이지만 이 장에서 다루는 것은 문학 연구에 관계되는 것으로서 문학적 과제를 수행하기 위해 1차 혹은 2차 참고문헌을 체계적으로 사용하는 방법이다. 문학 연구를 하기 위해서 우리는 개개의 문학 작품(1차 참고문헌)을 정독해야 할 뿐 아니라 그들 작품의 뜻을 밝히는 데 도움을 줄 수 있는 작품에 관한 책(2차 참고문헌)을 많이 읽어야 한다. 일반적으로 문학 연구의 목적은 특정 작품이나 그 작품이 쓰여진 시대에 관한 중요한 사실을 발견하거나, 작가의 생애, 경력, 혹은 작가의 다른 작품들에 관해 조사하고, 현대 혹은 과거의 비평가들의 평이나 판단을 알아내어 그것을 작품에 적용시켜보거나, 작품의 의미 파악에 도움이 되는 세부 내용을 찾아내며, 비평적 혹은 예술적 감각에 대해 배우는 것이다.

1. 주제의 선택

대부분의 경우 연구논문의 주제는 담당 교수가 구체적으로 정해준다. 그러나 때로는 여러분이 임의로 주제를 선정해야 할 경우도 있다. 이런 경우에 대비하여 가장 적당한 연구논문의 유형을 스스로 결정하는 데 도움이 될 만한 사항을 아래에 열거하였다.

① 특정 작품. 인물(예를 들어 「'곰'에 나타난 스미르노프의 성격」, 혹은 「젊은 굿맨 브라운은 영웅인가 혹은 얼간이인가에 관한 문제」), 어조(tone), 아이디어, 형식, 의문점 등에 관해 연구할 수 있다. 특정 작품에 대한 연구논문은 그 작품에 대한 일반적인 글과 유사하지만 전자는 기존의 연구 결과를 참고하여 연구한 것으로 후자보다 깊이 있는 분석과 폭 넓은 안목이 특징이다. 이 장의 마지막에 예시된 캐서린 맨스필드(Katherine Mansfield)의 「미스 브릴」("Miss Brill")에 대한 모범 연구논문(297쪽)은 연구논문 과제를 어떻게 수행해야 하는지에 관한 일례가 될 것이다.

② 특정 저자. 이러한 연구논문은 특정 작가의 아이디어나 스타일, 이미지, 배경, 어조에 관한 것인데 소설, 시, 희곡 등 그 작가가 쓴 여러 작품을 분석하며 연구한다. 예를 들면 「호손의 작품에 나타난 작가의 죄와 죄의식에 대한 생각」 혹은 「1920년 이전의 프로스트 시를 통하여 본 작가의 진정한 자아의식」 등이 있다. 이러한 유형의 연구논문은 비교적 짧은 여러 작품을 분석하는 데 적당하지만 한편의 중편소설이나 장편소설 혹은 희곡을 연구하는 데도 적용될 수 있다.

③ 비교와 대조 (제11장 참조). 여기에는 두 가지 유형이 있다:
- 두 명 이상의 작가에게 공통된 아이디어나 특징. 이러한 논문의 목적은 유사점이나 대조점을 보여주거나 한 작가의 작품이 다른 작가의 작품에 대한 비판으로 읽힐 수도 있다는 점을 드러내는 것이다. 전형적인 주제는 「호손과 맨스필드의 제3인칭 제

한적 관점의 사용」 혹은 「셰익스피어, 체호프, 단(Donne)에 나타난 사랑과 성의 주제」 등이 될 것이다.

- 한 작품이나 여러 작품에 대한 상이한 비평적 견해. 때때로 「포의 '아몬틸라도의 술통'의 의미」, 「호손의 '젊은 굿맨 브라운'에 대한 반대 견해」, 「'곰'에 나타난 체호프의 여성에 대한 태도」와 같은 주제에 대한 서로 다른 비평적 의견을 검토하면서 많은 정보를 얻을 수 있다. 이러한 연구는 어떤 비평적 의견이나 태도가 작품을 해석하는 데 가장 적절한지 파악하거나, 작품이 시대를 앞서간 것인지 혹은 시대에 뒤진 것인지에 대한 결론을 내리려고 한다.

④ 아이디어, 작가, 철학, 정치적 상황, 혹은 예술운동 등이 한 작가나 여러 작가의 특정 작품들에 끼친 영향. 영향에 관한 논문은 「휴즈의 '니그로'에 나타난 흑인의 삶」에서 보는 바와 같이 매우 직접적이거나, 「인종적 억압과 인종적 평등의 목표가 휴즈의 '니그로'의 화자에 끼친 영향」에서와 같이 추상적이고 비판적일 수 있다.

⑤ 한 작품이나 특정 유형의 작품의 기원. 이러한 유형의 논문을 쓰는 한가지 방법은 작품의 태동과 발전을 알아보기 위해 작가의 전기를 검토하는 것이다. 「콜리지의 독서의 결과로서 '쿠블라 칸'」은 이러한 유형의 논문의 예이다. 기원을 알아내는 또 다른 방법은 작품과 특정 형식 혹은 전통을 관련시키는 것이다. 「'아몬틸라도의 술통'과 포의 단편 소설론」 혹은 「'패턴'과 제1차세계대전 반전 문학의 관계」 등은 이러한 논문의 예이다.

이러한 유형들을 검토하다보면 어떤 것을 써야 하는지에 관한 아이디어가 나올 수 있다. 아마도 여러분은 특정한 한 작가나 여러 작가들을 좋아할지도 모르겠다. 만일 그렇다면 제1, 제2 혹은 제3 유형의 논문에 대해 심사숙고해보는 것이 좋다. 또 만일 영향이나 기원에 흥미를 가지고 있다면 제4, 제5 유형의 논문이 기호에 더 맞을 것이다.

만일 선택한 작품들을 여러 번 읽으면서도 주제를 결정하는 데 어려움을 겪는다면 학교 도서관을 찾는 것이 좋을 것이다. 컴퓨터나 카드 목록에서 선택한 작가(들)에 관해 찾아보라. 이 경우 우선적으로 찾아야 할 것은 비교적 최근에 대학 출판부에서 발행한 단행본 분량의 비평 서적이다. 이때 중요한 것은 그 책이 한 작품에 대한 것이 아니라 작가의 주요 작품들을 비교적 폭넓게 다루고 있어야 한다는 것이다. 책을 고른 후 선택한 작품과 관련된 부분을 읽어보라. 대부분의 비평가들은 보통 책을 쓴 목적이나 책의 개관을 서론이나 도입 부분에 써놓기 때문에 책의 처음 부분부터 읽기 시작하는 것이 좋다. 만일 자신이 선택한 작품을 다루는 독립된 장이 없을 경우에는 색인을 이용하여 관련된 부분을 찾는다. 이런 방법으로 비평서를 읽으면 작품의 주요 아이디어와 논쟁거리에 대한 충분한 지식을 얻게 될 것이고 이로부터 출발하면 논의할 가치가 있는 적당한 주제를 발견하게 될 것이다. 일단 주제를 결정하면 그 다음에는 연구를 위한 참고문헌 목록을 작성해야 한다.

2. 참고문헌 목록 만들기

책이나 논문 등 참고문헌 목록을 만드는 가장 좋은 방법은 작가(들)에 관한 주요 학술 연구부터 시작하는 것이다. 앞에서 설명한 바와 같이 도서관에 가서 대학 출판사가 출판한 책들을 찾아보도록 하라. 이러한 책들은 보통 포괄적인 참고문헌 목록을 가지고 있기 마련이다. 자신이 연구하고자 하는 작품(들)에 관한 장을 정독하면서 특히 각주나 미주를 잘 살펴보는 것이 중요하다. 왜냐하면 이러한 주석에 기록되어 있는 책이나 논문의 이름을 잘 적어두면 참고문헌 목록을 만드는 데 드는 시간을 절약할 수 있기 때문이다. 그런 다음 책의 마지막에 붙어있는 참고문헌 목록을 보면서 자신이 선택한 작품이나 주제와 관련된 책들을 찾아보도록 하라. 이제 찾아놓은 책들의 출판연도를 확인해보자. 만일 세 권의 책을 찾았는데 그 책들은 각각 1963년, 1987년, 그리고 1995년에 출판되었다고 가정해보자. 1995년에 출판된 책에 수록된 참고문헌 목록에는 1994년까지 출판된 관련 책이나 논문의 이름이 실려있을 가능성이 높다. 왜냐하면 책을 쓰는 사람은 늦어도 책이 출간되기 1년 전쯤에 원고를 완성하는 것이 보통이기 때문이다. 이렇게 일단 목록을 작성한 다음부터는 1994년 이후에 출판된 참고문헌들만 찾아 모으면 된다. 비평서의 저자가 그 전까지 출판된 주제와 관련된 책이나 논문의 목록을 그 책 속에 이미 완성해놓았다고 가정할 수 있기 때문이다.

참고문헌 길잡이 사용법

다행스럽게도 미국현대어문학회(the Modern Language Association of America)는 문학연구를 하는 사람들에게 매년 영국이나 미국문학뿐 아니라 그외의 다양한 언어로 된 문학에 관한 연구 업적 목록을 거의 완벽하게 제공한다. 이 책의 이름은 『MLA 국제 참고문헌 목록』(*MLA International Bibliography of Books and Articles on the Modern Languages and Literatures* 혹은 줄여서 *MLA Bibliography*)이다. 『MLA 국제 참고문헌 목록』

은 1950년대 후반에 완전한 형태를 갖추기 시작했다. 이 목록의 규모는 계속 확대되어 1969년에 이르러서는 여러 부분으로 나누어 출판되었는데 이 목록들은 책으로 묶여 도서관에 비치되었다. 대학 도서관에서는 개가식 서가와 책상 등 여러 곳에 이 책을 비치하고 있다. 최근들에 이 책은 CD-ROM으로도 만들어져 공급되고 있다.

　문학연구를 수행하는 학생들이 사용할 수 있는 참고문헌 목록은 이외에도 여러 가지가 있다. 예를 들어 『에세이와 일반문학 색인』(*Essay and General Literature Index*), 『국제색인』(*International Index*) 등이 그것이다. 그러나 학부 혹은 대학원 학생이 연구 과제를 수행할 때 참고문헌에 관한 책으로 『MLA 국제 참고문헌 목록』보다 더 좋은 것은 없을 것이다. 아울러 여러 가지 참고 서적을 읽어나가면서 주석에 적혀있는 책이나 논문의 이름을 정리해놓는 것도 참고서적 목록을 확장하는 좋은 방법이라는 사실을 기억해야 한다. 예를 들어 이 장에 예시된 모범 연구논문의 경우 많은 수의 참고서적이 참고서적에 관한 책에서가 아니라 비평서에 실린 참고문헌 목록에서 발견된 것들이다.

　『MLA 국제 참고문헌 목록』은 시대와 작가별로 편리하게 분류되어 있다. 예를 들어 만일 캐서린 맨스필드에 관해 찾는다면 『제1권: 영국과 아일랜드, 영연방, 영국, 카리브, 미국 문학』을 보아야 하는데 여기에는 셰익스피어(Shakespeare)와 포(Poe), 로웰(Lowell) 등에 관한 참고문헌이 수록되어 있다. 작가의 성을 찾으면 그곳에 찾고자 하는 대부분의 책이나 논문의 이름이 일목요연하게 정리되어 있을 것이다. 『MLA 국제 참고문헌 목록』에는 학술잡지명이 약자로 표기되는데 그것에 대한 설명은 각 권의 처음 부분에 실려 있다. 『MLA 국제 참고문헌 목록』을 이용하여 가장 최근에 출판된 서적과 논문을 찾은 다음 조금씩 뒤로 가다가 적당한 시점에서 멈추는 것이 좋다. 이때 중요한 것은 책이나 논문에 대한 정보를 하나도 빠짐없이 다 적어놓아야 한다는 것이다. 특히 권이나 호수, 출판년도는 중요하다. 목록이 완성되면 이제 목록에 있는 문헌을 찾아 읽으며 요점을 정리해야 한다.

3. 도서관의 온라인 서비스

오늘날 대부분의 도서관은 카탈로그를 자체적으로 전산화하여 보유하고 있다. 또한 많은 도서관에서는 지역, 국가, 혹은 다른 나라의 도서관 등과 연결되어 있어서 이용자들은 소속 도서관의 소장 자료를 포함한 엄청난 양의 자료를 검색하고 활용할 수 있다. 그리고 모뎀과 적절한 컴퓨터 프로그램, 올바른 아이디, 그리고 인내심을 가지고 프로그램에서 지시하는 대로 지속적으로 따라 하려는 의지와 능력을 가지기만 하면 자신의 컴퓨터를 이용하여 거대한 도서관의 카탈로그를 찾아볼 수 있다. 인터넷 검색 엔진을 통해서도 논문의 주제와 직접 관련된 특별한 자료, 예를 들어 시상기관, 특정 작가의 고향에 설치되어 있는 클럽이나 조직, 혹은 작가들과 관련된 각종 논제거리들을 발견할 수 있다.

인터넷으로 여러 도서관의 자료를 이용하는 작업은 도서관에 따라 쉬울 수도 어려울 수도 있다. 어떤 도서관의 카탈로그는 누구나 쉽게 이용할 수 있도록 되어 있는가 하면 다른 도서관의 카탈로그는 시행착오를 거치지 않고는 쉽게 접근할 수 없을 정도로 복잡한 경우가 있다. 대부분의 경우 원하는 자료를 찾기 위해서는 연습이 필요한데 그것은 소장 자료를 분류하는 데 사용되는 말의 뜻이 금방 드러나지 않는 경우가 많기 때문이다. 컴퓨터 검색을 통한 도서관 자료 이용의 효율을 극대화하기 위해 가장 중요한 것은 여러 종류의 컴퓨터 시스템을 사용하면서 경험을 축적하는 것이다.

일단 도서관의 컴퓨터 시스템에 접속하면 특정 작가나 주제를 통해 자료를 검색할 수 있다. 만일 논문의 주제가 셰익스피어라면 그가 쓴 특정 작품이나 그에 관한 책을 찾아볼 수 있다. 최근에 셰익스피어에 관한 비평이나 해설서를 찾아본 결과 출판 정보와 함께 577 항목이 검색되었다. 이 도서관은 셰익스피어의 가장 잘 알려진 연극 『햄릿』(Hamlet)만 다룬 책만도 167권을 소장하고 있다. 또 다른 대형 도서관에서는 셰익스피어에 대한 비평서만 2,412항목(영어뿐 아니라 다른 언어로 쓰여진 책도 포함)이 검색되었다. 일단 이 정도의 항목이 컴퓨터 모니터에 나타나면 그때부터는 가장 적절한 책을 선택하면서 목록을 만들어 가면 된다.

이런 과정을 거쳐 작성된 폭넓은 참고문헌 목록은 여러분이 직접 도서관을 방문하여 자료를 찾아 모으고 이용할 때 매우 유용하게 사용된다. 한 가지 편리한 점은 대부분의 큰 대학이나 지방 공립 도서관은 소장 자료를 공동으로 이용할 수 있도록 되어 있다는 것이다. 따라서 만일 공동망으로 운영되는 도서관 서비스가 시행되고 있다면 자신의 학교 본교나 분교에 없는 자료의 경우 다른 도서관을 통해 찾아 이용할 수 있다. 만일 다른 도서관과의 거리가 너무 멀어 이용하기가 불편하다면 도서관 상호대출제도(Interlibrary Loan Service)를 이용하여 우편으로 받아볼 수 있도록

컴퓨터를 통해 검색할 때 주의할 점

온라인상의 카탈로그는 입력된 상태대로 나타날 수밖에 없다는 점을 항상 염두에 두어야 한다. 만일 어떤 도서관에서는 특정 책을 "비평과 해설"의 카테고리에 수록해놓고 또 다른 도서관에서는 "인물"이라는 카테고리에 수록해놓았다면 첫 번째 도서관에서는 "비평과 해설"의 카테고리에서 찾을 수 있겠지만 두 번째 도서관에서도 같은 카테고리를 사용하면 찾을 수 없을 것이다. 어떤 때에는 작가의 이름 뒤에 곧 이어 작가의 출생과 사망 연대가 나올 경우가 있는데 이로 인해 검색이 잘 안될 수도 있다. 많은 검색 프로그램에서는 이용자가 철자를 잘못 입력할 것에 대비하여 입력된 철자 주변의 항목이 함께 화면에 뜨도록 되어 있지만 입력 잘못 때문에 검색에 실패할 수도 있다는 사실을 잊어서는 안된다. 아울러 온라인 서비스를 이용할 때 언제 발행된 자료부터 데이터베이스화되어 있는가를 알아야 한다. 도서관의 컴퓨터 검색용 카탈로그가 시작되는 시점이 서로 상이하기 때문에 완전한 검색을 하기 위해서는 도서관마다 특정 시점 이전에 발행된 자료를 찾는 방법을 알아야 한다.

얼마 전만 하더라도 연구 과제를 수행하는 학부 학생들이 편리하게 사용할 수 있을 정도로 컴퓨터를 이용한 검색이 가능하지 않았으나 오늘날 이러한 방식은 일반화된 현상이 되었다. 그러나 컴퓨터를 이용한 광범위한 자료 검색이 가능해졌다고 하더라도 실제로 책이나 학술논문을 손에 넣어 읽으며 정리하는 절차는 연구논문을 쓰는 데 없어서는 안될 필수 과정이다. 컴퓨터 검색은 자신이 원하는 자료가 어디에 있는지 알려줄 뿐 독서나 요점 정리 혹은 글쓰기를 대신해줄 수 없기 때문이다. 이 모든 중요한 과정의 성공적 수행여부는 오로지 자기자신에게 달려 있는 것이다.

담당자에게 신청할 수도 있다. 일반적으로 시간을 두고 도움을 요청하면 도서관에서는 이용자가 필요로 하는 자료를 제공해주기 위해 최선의 노력을 한다.

4. 요점 메모와 자신의 말로 자료 정리하기

컴퓨터를 이용하여 즉석에서 요점을 메모하는 방법을 비롯하여 요점 메모 방법이 많이 있지만 가장 좋은 방법은 역시 독서 카드를 이용하는 것이다. 여태껏 한번도 카드를 이용해본 적이 없다면 연구에 관한 지침서나 특별히 만들어진 워크북을 보는 것이 도움이 될 것이다.* 독서 카드를 이용할 때 얻는 가장 큰 장점은 분류를 할 수 있다는 점이다. 번호를 부여하거나 부여된 번호를 다시 고치고, 섞어서 다시 정리하고, 특정 카테고리로 분류했다가 빼고 다른 카테고리로 분류하거나 혹은 아예 폐기하며, 논문을 쓰기 시작할 때 순서대로 정리하는 등 독서카드는 연구의 모든 단계에서 편리하게 활용될 수 있다.

1) 요점을 잘 메모하는 것이 훌륭한 연구의 시작이다

(1) 각각의 카드에 출판 정보를 써놓는다

Donovan, Josephine, ed. <u>Feminist</u> Literary Criticism: Explorations in Theory. Lexington: The University Press of Kentucky, 1975. Donovan Card Catalogue, "Women"	PN 98 .W64 F4

요점을 메모할 때 카드마다 출판과 관련된 정보를 정확하게 기재해놓는 것이 중요하다. 처음에는 귀찮아 보이지만 논문을 쓸 때 도서관에 가서 다시 관련 자료를 찾으려고 하는 것보다 이렇게 하는 것이 훨씬 더 효율적이다. 만일 하나의 자료에 대해 마스터 카드를 만든 다음 그곳에 출판과 관련된 정보를 모두 적어놓고 차후에 그 자료에서 발췌한 내용을 독서 카드에 적을 때에 대비하여 그 자료를 표시하는 약자를 만들어놓으면 시간을 절약할 수 있다. 마스터 카드 작성의 예를 들면 위의 사례와 같은데 여기에는 해당 자료를 어디에서 찾았는지에 대한 정보(카드 카탈로그, 컴퓨터 검색, 단행본에 포함된 참고문헌 목록, 『MLA 국제 참고문헌 목록』 등)도 함께 기재되어 있다. 이때 작가의 성(姓)이 먼저 나온다는 것에 유의해야 한다. 이후 이 자료에서 발췌되거나 요약된 내용을 카드에 적을 때는 "Donovan"이라는 이

* 예를 들어 멜린다 G. 크레머(Melinda G. Kramer), 글렌 레게트(Glen Leggett), C. 데이비드 미드(C. David Mead), 『글쓰는 이들을 위한 프렌티스 홀 지침서』(Prentice Hall Handbook for Writers) 제12판 (잉글우드 클리프스, 뉴저지: 프렌티스 홀, 1995), 501-505쪽을 참조할 것.

름만 사용하여 출처를 표시하면 된다. 논문의 마무리 단계에서 인용문헌 목록을 작
성할 때 마스터 카드는 꼭 필요하므로 분실하지 않도록 주의해야 한다. 가능하면 완
전한 참고문헌 목록을 컴퓨터로 작성하여 저장해두는 것이 바람직하다.

(2) 요점을 메모할 때마다 해당 쪽수를 꼭 기재한다

카드에 쪽수를 기재하지 않아 당하는 고통과 불편함은 경험하지 않은 사람은
모를 정도로 심하다. 요점을 메모하기 전에 먼저 쪽수를 적어놓는 것은 물론 만약을
위해 메모를 한 다음에도 쪽수를 기재하는 것이 좋다. 만일 정리해야 할 내용이 자
료의 두 쪽에 걸쳐 있을 경우에는 다음 예에서 보듯이 쪽이 바뀌는 곳에 쪽수를 표
기해야 한다.

Heilbrun과 Stimson, Donovan의 책, 63-64쪽

[63] 페미니스트적 의식을 고양한 후 필요한 것은/ [64] 사회적 불평등에
대한 분노와 그것의 시정을 통한 "도덕적 인식의 성장"이다.

이렇게 쪽수를 표시해야 하는 이유는 나중에 이 카드에 적힌 내용 중 일부만을 이
용하게 될 때 정확한 쪽수를 알기 위함이다.

(3) 하나의 카드에는 하나의 사실이나 한 가지 의견만을 적는다

하나의 카드에는 오직 한 가지 내용, 즉 한 개의 인용문, 하나의 요약문, 혹은
한 가지 의견만을 적어야지 결코 두 가지 혹은 그 이상의 내용을 적어서는 안된다.
하나의 카드 전체를 서로 관련 없는 세부내용으로 가득 채우고자 하는 욕심이 생길
수 있으나 이렇게 카드를 아끼려는 생각에는 문제가 있다. 왜냐하면 여러 가지 내용
중 일부는 다른 카테고리로 분류되는 되는 것이 이용하기에 더 효과적일 때가 많기
때문이다. 하나의 카드에 한 가지의 내용만이 들어가 있을 때 이러한 문제는 해결되
며 카드를 주제별로 분류하는 데 훨씬 더 편리할 수 있다.

(4) 인용된 내용에는 항상 따옴표를 달아야 한다

요점을 메모할 때 직접 인용한 부분과 여러분 자신의 말을 구분하는 것이 매우

중요하다. 참고 자료에서 직접 인용하는 모든 인용 부분에는 따옴표를 붙여야 한다. 잊어버리기 전에 따옴표를 붙여서 카드를 볼 때마다 따옴표가 붙어있는 부분은 다른 사람의 말이라는 사실을 알 수 있도록 해야 한다.

요점을 메모할 때 일부는 자신의 말로 그리고 나머지는 다른 사람의 말로 하는 경우가 보통이다. 이와 같은 경우에는 더욱 조심해야 한다. 비록 자신이 정리한 요점이 흉하게 보이는 한이 있더라도 다른 사람에게서 직접 인용한 말이나 단어 하나하나에는 예외 없이 모두 따옴표를 첨가해야 한다. 후에 논문을 쓰기 시작할 때가 되면 무엇이 자신의 말이고 무엇이 다른 사람의 말인지에 대한 기억이 희미하게 될 것이고 만일 이때 다른 사람의 말을 자신의 말인 것처럼 사용하면 표절의 오명을 쓰게된다. 대부분의 경우 표절은 의도적으로 행해진다기보다 요점 메모를 허술하게 하여 생긴다.

2) 자신의 말로 필요한 자료의 내용을 요약하라

요점을 메모할 때 자료의 내용을 자신의 말로 요약하는 것이 가장 중요하다. 자신의 말로 내용을 다시 정리한다는 의미에서 이러한 요약 과정은 사실상 글쓰기의 첫 단계라고 할 수 있다. 요약을 할 때 가장 큰 문제는 저자의 말을 그대로 베끼지 않으면서 어떻게 저자의 아이디어를 간직할 수 있느냐 하는 것이다. 이를 위해 가장 좋은 방법은 요약할 글을 읽고 또 읽는 것이다. 그런 다음 책이나 저널을 접고 가능한 한 정확하게 읽은 내용이 담고있는 생각을 자신의 말로 쓴다. 일단 자기 나름대로 내용을 요약한 다음 원문과 대조해가면서 자신이 쓴 내용이나 강조한 부분에서 수정할 것이 있으면 수정한다. 만일 필요하다고 생각되면 짧은 직접 인용문을 첨가해도 좋으나 이 경우에는 반드시 따옴표를 붙여야 한다. 만일 내용 요약이 원문과 너무 흡사하다면 과감하게 카드를 버리고 다시 써보도록 하라. 이러한 노력은 충분한 가치가 있는데 그것은 요약한 내용의 전부 혹은 일부는 연구논문을 쓸 때 적절한 부분에서 직접 사용될 수 있기 때문이다.

내용 요약의 문제점을 파악하기 위해 논문의 일부를 먼저 보고 학생들이 그 내용을 어떻게 요약할 수 있는지 보도록 하자. 다음 문단은 1978년에 발간된 『현대소설 연구』(*Modern Fiction Studies*) 제24권 383쪽부터 394쪽까지 실린 리처드 F. 피터슨 (Richard F. Peterson)의 「진리의 순환논법: 캐서린 맨스필드와 메리 라빈」("The Circle of Truth: The Stories of Katherine Mansfield and Mary Lavin")이라는 논문의 일부이다. 다음에 인용된 문단에서 피터슨은 맨스필드의 단편소설 「행복」("Bliss")과 「미스 브릴」("Miss Brill")의 구조에 관해 논한다.

> 「행복」과 「미스 브릴」에는 흠이 있는데 그것은 이 소설의 주인공을 통해 드러나는 진리가 일반 독자들이 수용하기에는 너무도 잔인하거나 고통스럽기 때문이 아니다. 이 두 이야기의 클라이맥스는 독자들에게 강한 인상을 남기기에 충분할 정도로 잘 구성되었으나 문제는 그것이 현실적 삶에 대한 정확한 묘사가 아니라 작가의 영리함을 드러내기 위한 것이라는 점에 있다. 불행하게도 극적 효과나 폭로를 위한 구성이라는 전략은 캐서린 맨스필드에게서 흔히 볼 수 있는 것이다. 그녀의 작품에서 적절한 혹은 부적절한 순간에 던져지는 진술, 우연한 만남이나 발견, 무도회나 마드리드 카페에 뚱뚱한 모습을 하고 나타나 이야기에 개입하는 인물, 피고용자의 적시의 죽음, 배에서 죽어가는 낯선 사람, 두 마리의 비둘기 모양을 하고 나타난 초자연적 힘, 오이 초절임, 혹은 파리 등이/ [386] 등장인물이 경험하는 곤경을 표현하거나 이야기의 결과를 결정하는 데 과도한 역할을 하는 경우를 흔히 볼 수 있다. 385-386

내용의 요약은 필연적으로 원문의 내용을 축약하는 과정을 동반하기 때문에 연구자 스스로 식별하고, 판단하며 해석하고 선별해야 한다. 내용 요약을 잘하는 것은 그리 쉬운 일이 아니다. 그러나 참고 자료를 읽어감에 따라 요약하는 방법이 점차 습득될 것이다.

(1) 연구 목적을 항상 염두에 두라

요점을 메모하기 시작할 때에는 아마도 정확하게 무엇을 찾으려고 하는 것인지 모를 수도 있는데 그것은 여러분이 논문에 어떤 내용을 담아낼 수 있을지 아직 판단할 수 없기 때문이다. 연구는 발견의 한 형태이다. 여러 가지 참고문헌을 읽어감에 따라 그것들이 공통적으로 다루는 주제와 논제들이 있다는 것을 스스로 발견하게 된다. 이것들 중 한 가지를 자신의 논문 주제나 관심의 초점으로 정하고 그것을 길잡이로 하면 자료를 읽고 요점을 정리하는 데 큰 도움이 된다.

예를 들어 여러분이 캐서린 맨스필드의 「미스 브릴」에 관한 비평을 요약, 정리하며 읽어나가다가 작품의 구조에 초점을 맞추어 논문을 쓰기로 했다고 가정해보자. 이러한 결정은 연구의 방향을 제시하고 요점을 메모하는 데 길잡이가 된다. 예를 들어 리처드 피터슨이 맨스필드의 클라이맥스 처리 기법의 허점을 지적하는 내용은 여러분의 논문의 주제와 관련하여 메모해둘 만한 가치가 있다. 다음에 예시한 요점 메모는 간단하지만 관련 문단을 기억하게 해주는 역할을 하기에 충분하다.

피터슨 385   구조: 단점

피터슨은 맨스필드의 클라이맥스 처리 기술이 너무 인위적이고 비현실적이어서 현실이
라는 생각보다는 맨스필드의 '영리함'에 대한 깊은 인상을 줄 뿐이라고 주장한다. 385

이제 여러분이 좀더 상세한 내용, 즉 피터슨이 주장하는 포괄적 내용뿐 아니라 이를 뒷받침하는 세부 내용을 원한다고 가정 해보자. 이런 목적에서 요점 정리한 카드는 다음과 같은 모습이 될 것이다.

피터슨 385   구조: 단점

피터슨은 「행복」과 「미스 브릴」이 흠이 있다고 생각하는데 그 이유는 이들 작품이 "현
실적 삶에 대한 정확한 묘사"라는 점보다는 맨스필드의 "영리함"에 대한 깊은 인상을 남
겨주는, 조작된 종결부를 갖고 있기 때문이다. 피터슨에 의하면 그녀는 다른 여러 작품
에서와 마찬가지로 너무도 인위적으로 사건을 처리하는 기법을 사용한다. 우연한 진술,
발견, 혹은 만남과 그외의 예상치 못하거나 우연한 사건 혹은 물체 등은 좋은 예이다. 이
러한 장치는 이들 작품을 불완전한 것으로 만든다. 385

실제 연구논문에서 이 카드의 내용은 유용하게 사용될 수 있다. 이 카드는 거의 요점을 정리한 사람의 말로 작성되어 있으며 가끔씩 나오는 인용 부분은 따옴표로 표시되어 있다. 비평가 피터슨이 이 비평문의 저자라는 사실이 적절하게 표시되어 있기 때문에 논문을 작성할 때 이 카드의 내용을 손쉽게 논문의 일부로 사용할 수 있다. 중요한 것은 요점 정리를 할 때 자신이 수립한 논문 계획서를 충실하게 따라야 한다는 점이다.

요점 메모는 사고와 글쓰기 과정의 일부이다. 논문을 쓸 때 요점 메모 카드를 전부 이용할 수는 없으며 일부 카드는 그대로 폐기해버릴 수도 있다. 그러나 일단 논문의 목적을 정하고 나면 요점 메모 카드의 작성이 한결 쉬워진다는 점은 확실하다.

(2) 요점 메모 카드의 제목을 정하라

논문을 효과적으로 계획하고 발전시키기 위해서는 다음의 예에서 보듯이 각각의 카드에 제목을 붙이는 것이 좋다. 이러한 방법은 논문의 윤곽을 정하는 데 매우 효율적이다. 뒤에 예시된 모범 논문(293-302)의 실제 주제이기도 한 맨스필드의 작품「미스 브릴」의 구조에 대한 논의를 계속해보자. 연구를 해가면서 여러분은 작품의 마지막 부분을 어떻게 이해해야 할 것인지에 대한 다양한 비평적 견해가 있다는 사실을 발견하게 될 것이다. 이러한 다양한 해설 중 하나에 대해 작성한 카드의 예를 보면 다음과 같다.

데일리 90   마지막 문장

작품의 마지막에서 미스 브릴이 낡은 털목도리와 자신을 "완전하게" "일치"시키는 것을 보고 독자는 비록 그녀가 눈물을 흘리고 있지만 애써 이러한 사실을 인정하지 않는 것은 물론 이제 다시는 사람들 앞에서 그 털목도리를 하지 않을 것이라고 결론짓게 한다. 모든 것이 "아마도 마지막"일지도 모른다.

제목은 카드의 내용을 요약한 것이라는 점에 주목하라. 이렇게 카드를 주제별로 분류하면 같은 제목의 카드들을 한데 모을 수 있을 것이고 그렇게 모인 카드들은 「미스 브릴」의 마지막 문장을 어떻게 이해할 지에 관해 논의할 때 기초가 된다. 아울러 일단 마지막 문장에 대해 연구하기로 결정하면 여러 가지 참고문헌을 읽으며 요점을 정리하고 메모할 때 좋은 길잡이가 된다.(예시된 모범 논문의 문단 19부터 문단 24까지 참조.)

(3) 자신의 생각을 존중하라. 생각이 떠오를 때마다 기록해놓는다

요점을 메모하는 카드를 작성하면서 여러분은 자신의 반응과 생각들을 가지게 된다. 후에 또 기억이 나겠지 하며 이러한 생각을 그냥 지나치지 말고 즉시 기록해놓는 것이 좋다. 이렇게 하면서 참고문헌의 저자가 언급하지 않은 작품의 세부 내용을 발견하거나 비평가가 미처 생각하지 못한 내용에 대한 실마리를 얻는 경우가 흔히 있다. 또한 자신이 메모해놓은 요점들을 서로 연결시켜주거나 서론이나 결론 부분에서 독창적인 의견으로 사용할 수 있는 중요한 생각들을 얻을 수도 있다. 요점

메모 카드에 제목을 붙이고 자신의 생각이라는 점을 분명하게 표시해놓는다. 다음은 이러한 카드의 예인데 연구자는 「미스 브릴」에서 저자가 행위보다는 인물을 강조한다는 자신의 생각을 적어놓았다.

내 생각 　　　　　　　　　　　　　　　　　　　　　　　　　　　　　마지막 문장

　1921년 1월 17일자 맨스필드의 편지에 의하면 이 작품에서 행위 그 자체는 미스 브릴의 의견, 인상, 그리고 기분 등과 교감하도록 하는 것보다 중요하지 않다. 작가는 성격을 드러내기를 원했다.

예시된 논문의 문단 5를 보면 이 카드의 주된 내용(그리고 사용된 단어의 상당 부분까지도)이 맨스필드의 편지에서 한 문단을 인용한 후 새로운 논제를 도입하기 위한 수단으로 적절하게 사용된 것을 알 수 있다.

(4) 자신의 카드를 분류하여 정리하라

　카드 정리를 잘 하면 머리 속에는 이미 논문의 윤곽이 자리잡힌다. 카드의 제목은 곧 논문을 계획하거나 초고를 쓸 때 어떤 논제들을 다루어야 할 것인가를 보여주기 때문이다. 적절한 양(보통은 교수가 최소한 몇 권/편의 문헌을 참고해야 하는지 정해준다)의 참고문헌을 읽으며 정리해 모은 카드가 쌓이면 이제 그것들을 논제나 카드 제목에 따라 여러 그룹으로 분류하여 정리할 수 있게 된다. 예시된 논문을 작성하기 위해 여러 번에 걸쳐 재분류하고 제목도 수정하여 부여하는 등의 과정을 거친 결과 다음과 같이 여섯 가지 그룹이 생성되었다:

　① 글쓰기와 출판
　② 제목. 오락과 진지함
　③ 일반적 구조
　④ 세부구조. 계절, 하루 중 때, 잔인함의 정도, 미스 브릴 자신이 정한 계층적 비현실성
　⑤ 종결부. 특히 마지막 문장
　⑥ 결론

모범 논문의 주요 부분을 살펴보면 대부분의 논제들이 이러한 카드 그룹에서 나온 것이라는 점을 알 수 있다. 다시 말해 카드의 정리는 곧 연구논문의 윤곽을 잡고 구성하는 데 효과적인 수단인 것이다.

(5) 각각의 그룹에서 카드를 논리적 순서로 배열하라

매거레이너 39	구조: 일반적

매거레이너는 「미스 브릴」의 예를 들며 맨스필드의 형식에 대해 논하면서 맨스필드는 "무수히 많은 실마리들"로부터 나온 이야기들을 "엄격하게 구성된 전체" 속에 집어넣는 힘을 지니고 있다고 말한다. 39

이러한 "실마리들"에는 가을, 하루 중 특정한 시간, 불친절한 행동, 공원 벤치에 앉아 있는 사람들, 그리고 미스 브릴의 몽상 등이 포함되어 있다(소프 661 참조). 이들은 각각 분리된 것들이지만 함께 어울려 작품을 통일시키는 데 기여한다.

각각의 카드 그룹을 가지고 할 일이 아직 많이 남아 있다. 카드를 모을 때 우연히 부여된 순서대로 카드를 가지고 있으면서 그것들을 효과적으로 논문에 이용할 수는 없다. 자기 스스로 어떤 카드가 논문의 주제와 관련이 있는지 결정해야 한다. 카드의 제목을 바꾸어 그것을 다른 카드 그룹에 분류할 수도 있다. 남아 있는 카드들은 논문에서 활용할 순서를 생각하며 논리적으로 배열해야 한다.

일단 카드가 순서대로 정리되면 세부 내용을 읽어가며 그때그때 떠오르는 평이나 생각들을 직접 해당 카드에 적어놓아야 한다. 이때 가능하면 다른 색 잉크를 사용함으로써 원래 카드 내용과 자신이 첨가한 내용을 후에 구별할 수 있도록 하는 것이 좋다. 앞의 사례는 이렇게 "발전시킨" 카드의 예이다.
자신의 의견을 카드에 적어놓으면 초고를 쓰는 과정이 훨씬 간단해질 수 있다. 일반적으로 메모한 내용과 자신의 의견은 약간의 수정을 거치면 논문에 그대로 이용될 수 있기 때문이다. 위의 카드 내용 중 일부는 모범 논문의 문단 6에 나오며 여기 제시된 거의 모든 논제들은 문단 9에서 14 사이에서 다루어진다.

(6) 창의적이고 독창적이 되도록 노력하라. 자신의 생각을 자신의 글로 표현하라

스스로 정리해놓은 카드의 내용을 언제나 그대로 논문에 이용할 수는 없다. 연구논문을 쓸 때 빠지기 쉬운 함정은 참고문헌의 이용이 그 자체로 목적이 됨으로써 그것이 자신의 생각과 글쓰기를 대신하는 것이다. 흔히 학생들은 마치 연예 프로그램에서 사회자가 연예인을 소개하듯이 다른 사람의 글을 그대로 소개만 하는 실수를 범한다. 이런 자세는 바람직하지 못한데 그것은 참고문헌의 이용 그 자체가 중요한 것이 아닐 뿐더러 평가를 받아야 할 대상은 학생이기 때문이다. 이런 의미에서 창의적이며 독창적인 연구논문의 작성은 매우 중요하다. 논문을 쓸 때 아무리 많은 사람들의 연구결과를 참고한다고 하더라도 궁극적으로는 자신의 생각을 자신의 글로 담아내야 한다는 것을 잊어서는 안된다. 다음은 연구논문을 독창적으로 쓸 수 있는 다섯 가지 방법이다.

① 참고문헌 내용의 선택은 독창적인 것이다. 연구논문에는 참고문헌의 내용이 상당 부분 들어 있다. 창의적이 되기 위해서는 서로 다르지만 관련된 내용을 선택하고, 겹치거나 반복적인 내용은 피해야 한다. 얼마나 철저하게 서로 다른 세부 내용을 인용하면서 자신의 주장을 전개하는가가 논문 평가의 핵심이다(이것은 연구가 얼마나 완벽하게 수행되었는가를 보여준다). 비록 여러분이 기존 학자의 연구 결과를 인용하기 때문에 결코 독창적이라고 할 수 없지만 여러분의 선택 그 자체는 독창적인 것이다. 왜냐하면 이러한 여러 자료들을 한데 모은 것도 여러분이 처음일 것이고 논문을 쓰는 과정에서 참고문헌의 내용 중 어떤 부분은 강조하고 다른 부분은 경시하는 것도 여러분이 처음일 것이기 때문이다. 여러분이 한 것처럼 참고자료를 조합한 경우는 유일할 것이고 따라서 독창적인 것이다.

② 논문의 구조는 필자 자신의 것으로 독창적이다. 여러 논점들을 필자 자신의 방식대로 구성하여 논문을 썼다는 것은 논문이 독창적이라는 사실을 말해준다. 논문의 부분들이 일정한 질서를 가지고 배열되었고 그것으로부터 자연스럽게 결론이 도출된 것이다. 여러분은 참고문헌의 세부적 내용과 결론 그리고 논점 등을 제시하면서 그러한 자료에서와는 다른 증거를 사용함으로써 논문에 독창성을 부여할 수 있다. 또는 참고 자료에서는 별로 강조되지 않은 특정 논점을 강조할 수도 있다.

③ 자신의 말은 자신만의 것이다. 필자가 사용하는 언어는 당연히 독창적인 것이다. 예를 들어 주제문은 모두 필자 자신의 것이다. 여러 가지 세부 내용을 다루거나 결론을 내릴 때 논문의 부분과 부분을 자연스럽게 연결시켜주는 내용의 글, 즉 도입부와 논제의 전환을 위한 글을 써야 될 때가 있다. 다시 말해 논문을 쓴다는 것은 그저 여러 참고 자료에서 읽은 내용을 생각 없이 한 줄에 꿰어놓는 것이 아니라 적극적으로 생각하고 그 생각한 내용들을 여러 가지 창의적 방법으로 결합시켜 하나의 논리적 작품을 만드는 것

이다. 이렇게 노력하며 논문을 성공적으로 작성하면 그것이 곧 독창적 논문이다.

④ 논쟁의 여지가 있는 관점들을 서로 대조하거나 설명하며 논의하는 것은 독창적이다. 참고자료들 중 필요한 부분을 선택하다보면 하나의 논제에 대해 서로 상충되는 의견들을 발견하게 된다. 만일 이러한 관점들을 구분하여 묘사하고 차이가 발생하는 이유를 설명하면 자료를 독창적인 방법으로 이용하는 것이 된다. 상충되는 관점들을 어떻게 다루는 것이 좋을지에 관해서는 모범 논문 문단 19부터 21까지를 참조해보라.

⑤ 자신의 통찰력과 비평적 위치는 분명 자기 자신의 고유한 것이다. 여기에는 세 가지 가능성이 있는데 이는 여러분이 다루고자 하는 작품에 관한 비평가들의 견해를 얼마나 잘 이해하고 있는가와 밀접하게 관련되어 있다:

- 자신의 해석과 아이디어를 논문에 집어넣어라. 이런 내용은 독창적인 것이다. 카드에 요점을 정리해놓는 중요한 이유는 자신의 생각이 떠오를 때마다 지체 없이 적어놓기 위함이다. 이렇게 정리한 내용이 논문의 독창적인 내용으로 손색이 없을 경우가 많다. 독창성이 반드시 어떤 거창한 내용을 요구하는 것은 아니다. 매우 작은 통찰력 하나로도 충분할 경우가 많다. 다음은 이러한 점을 보여주는 예인데 이 카드는 「미스 브릴」의 구조에 관한 연구를 하던 중 작성된 것이다.

> 내 생각 미스 브릴의 비현실성
>
>   미스 브릴의 몽상이 절정에 달했을 때 젊은 남녀가 그녀의 옆자리에 앉는다는 사실은 아이러니컬하다. 이 때문에 미스 브릴은 그들의 이야기를 엿듣게 되고 그것은 곧 객관적 현실의 세계를 확인시켜준다. 그 결과 미스 브릴은 즉각적으로 황홀한 몽상의 세계에서 고통의 나락으로 추락하고 만다.

여기서 독창성은 미스 브릴의 들뜬 기분과 비정할 정도로 깊은 고통의 늪에 순식간에 빠지는 모습을 대조시킨 것에서 찾을 수 있다. 이러한 견해는 물론 그 자체로 매우 새롭거나 놀랍지는 않다. 그러나 그것은 독창적 생각을 향한 좋은 시도이다. 이 카드의 내용은 수정 과정을 거쳐 모범 논문의 문단 18에 상당 부분 들어가 있다. 이 문단을 자세히 살펴보면 "내 생각"을 써놓은 카드 내용이 연구논문의 초고 작성과정에서 얼마나 중요한 역할을 하는지 알 수 있을 것이다.

- 참고자료의 부족한 부분을 채워 넣을 때 자신의 독창적인 생각이나 통찰력이 발휘될 수 있다. 참고문헌을 읽어가면서 꼭 있어야 할 결론이 없거나 중요한 세부 사항이 생략되어 있는 것을 발견할 경우가 있다. 바로 여기에서 독창성이 발휘될 수 있다. 논문의 결론에는 구체적인 부분에 대한 해석이나 주요 대비점, 혹은 특별히 중요하지만 별로 강조되지 않은 점등이 포함될 수 있다. 예를 들어 예시된 모범 논문의 문단 21부터 문단 24까지에서 필자는 「미스 브릴」의 마지막 장면에 대해 비평가들이 간과

했거나 미처 언급하지 않은 것이 있다고 생각하며 논의를 이끌어간다. 여러분이 논문을 쓸 때도 이러한 비평적 진공 상태(물론 논제와 관련된 논문을 모두 읽을 수는 없는 일이기 때문에 자신의 생각을 누군가가 이미 논문에 발표했을 수 있다는 것을 전제로 할 수밖에 없다)를 발견하면 그것을 채우기 위해 필요한 의견을 제시하면서 논하는 것이 바람직하다.

• 참고문헌의 논점을 반박함으로써 독창적이 될 수 있다. 참고문헌의 내용 중 반박하고 싶은 것이 있을 수 있다. 이럴 경우 반대 의사를 논리적으로 전개함으로써 독창적이 될 수 있는데 그것은 필자 자신이 작품의 세부 내용을 자신이 반대하는 비평가와 다른 관점에서 보며 이용할 것이고 따라서 결론도 자신의 고유한 것이 될 것이기 때문이다. 이러한 방법으로 독창적이 되는 것은 마치 논쟁의 여지가 있는 여러 비평적 관점을 나열하는 것과 유사한데 다만 이 경우에는 글쓰는 이 자신이 하나의 반대 의견을 내는 것이 다를 뿐이다. 이 방법에는 한계가 있다. 왜냐하면 대부분의 비평적 견해의 경우 이미 그것과 반대되는 의견이 명시적으로 존재하며 따라서 반대 견해가 없는 비평적 견해를 찾아내는 것이 결코 용이한 일이 아니기 때문이다. 모범 연구논문의 문단 13은 어떻게 반대 의견이 독창적인 것은 아닐지라도 상이한 해석으로 귀결될 수 있는지 보여준다.

5. 아이디어 구성 전략

서론

연구논문의 경우 서론이 일반 논문에 비해 길 수 있는데 그것은 참고문헌을 통해 연구한 내용을 여러분의 주제와 연결시켜야 하기 때문이다. 서론에서 여러분은 관련된 역사적 혹은 전기적 정보(모범 논문의 예를 보라)를 제시해도 좋고 비평적 견해들을 요약하거나 기타 관련된 문제들을 소개해도 좋다. 중요한 것은 연구 중에 발견한 흥미롭고 중요한 자료들을 제공함으로써 독자들로 하여금 논문의 주제에 관심을 가지고 몰입할 수 있도록 유도하는 것이다. 논문을 쓸 때 길잡이가 되는 중심 아이디어나 주제문이 서론에 있어야 할 필수 요소임은 물론이다.

연구논문의 길이를 염두에 둔 일부 교수들은 실제적으로는 간략한 목차라고도 할 수 있는 논문의 개요를 요구하는 경우도 있다. 다음에 제시될 모범 논문은 이러한 경우를 상정하고 작성된 것이다. 개요의 유무는 담당 교수의 선택에 달린 문제이기 때문에 여러분이 실제로 논문을 작성할 때는 교수가 개요를 요구했는지 먼저 확인해야 한다.

본론과 결론

본론과 결론의 내용은 논문의 주제에 의해 결정된다. 이 책의 관련된 부분을 참고해 가면서 여러분이 선택한 한 가지 혹은 그 이상의 접근 방법(예를 들어 배경, 관점, 인물, 혹은 어조)을 적용하여 논문을 쓸 때 어떤 것을 논의에 포함시킬 것인지 스스로 결정하는 것이 좋다.

연구논문은 보통 5쪽에서 15쪽이지만 그 이상이 되는 경우도 있다. 한 작품에 관한 논문이 두 편 혹은 그 이상의 작품에 관한 논문보다 짧을 수 있다는 것은 당연하다. 만일 앞에서 제시한 대로 주제를 좁히면 교수가 정해준 양에 맞출 수 있을 것이다. 예를 들어 예시된 모범 연구논문은 첫 번째 접근방법을 사용한 것으로 작품의 구조적 면에 대한 논의에 초점을 맞추었다. 만일 맨스필드 혹은 다른 작가들이 쓴 여러 작품의 구조적 특징에 대한 비교 논의(두 번째 접근방법)에 초점을 맞춘다면 비교 연구를 강조하고 각각의 작품에 내재한 문제에 대해 지나칠 정도로 자세하게 세부 내용을 밝히는 방식을 피함으로써 논문의 전체 길이를 조절할 수 있을 것이다. 간단히 말해 자료의 중요성과 과제의 길이 제한과의 사이에서 현명하게 타협해가면서 자료를 취사선택할 수 있다.

교수와 상의하여 특정 주제를 결정한 후 연구를 수행하는 과정에서 여러분은 한 편 이상의 참고 자료를 사용하게 될 것이다. 이러한 참고 자료를 읽어감에 따라 주제에 대한 세부적인 지식과 자신의 생각을 갖게 되는 것은 자연스러운 일이다. 문제는 여러 논제들을 논의하는 과정에서 세부 내용을 지나칠 정도로 많이 인용하지도 말고 논제를 벗어나지도 말아야 한다는 것이다. 따라서 언제나 중심 아이디어에 가장 우선을 두는 것이 매우 중요하다. 왜냐하면 중심 아이디어는 자료의 경중을 가려 선택하는 기준이 되기 때문이다.

자신의 생각과 참고자료의 내용을 구분해야 한다는 것을 다시 한번 강조한다. 독자들은 특별히 밝히지 않는 한 논문의 모든 내용이 필자 자신의 것이라고 가정한다. 따라서 자신의 글과 참고자료의 글을 혼합할 때 인용한 것은 분명하게 밝혀야 한다. 모범 논문의 일부인 다음의 예시에서 보듯이 일반적으로 어떤 글의 세부 내용이나 사실을 제시할 때는 그대로 인용하고 괄호 안에 쪽수만 써도 무방하다.

체릴 핸킨(Cheryl Hankin)은 맨스필드의 구조가 의도적으로 짜여진 것이라기보다 "직관적"인 것(474)이라고 말하지만 마빈 매가레이너(Marvin Magalaner)는 「미스 브릴」을 예로 들면서 "수많은 실마리들을 하나의 단단한 전체"(39)로 짜 맞추는 작가의 능력에 대해 설명한다.

이 예문을 표절이라고 보는 사람은 아무도 없을 것이다. 왜냐하면 글쓴이의 이름과 쪽수가 분명하게 기재되어 있으며 참고 자료에서 인용한 중요한 단어나 구절에는 따옴표가 붙어있기 때문이다. 이와 같이 철저하게 표시하면서 인용하면 출처에 대한 혼란은 없을 것이다. 비록 논문을 쓰는 사람의 글로 각색되어 있지만 괄호 안에 구체적으로 표시된 근거는 이 글이 두 편의 참고 자료에서 인용된 것이라는 점을 분명하게 밝혀준다.

만일 글을 쓰는 사람이 어떤 비평가의 특정 해설을 사용하거나 참고자료를 상당 부분 인용하면서 논문을 작성하고 있다면 다음 문장에서 보는 것처럼 인용 사실을 논의의 핵심 부분으로 삼아야 한다.

새러린 데일리(Saralyn Daly)는 미스 브릴을 맨스필드의 "고립된 사람들", 즉 사람들과의 정상적인 접촉이 불가능한 채 격리된 사람(88)의 한 예로 언급하면서 한 쌍의 남녀가 내뱉은 모욕적 말로 인해 미스 브릴이 털목도리를 하고 바깥 세상을 보러 나오는 것은 이번이 "아마도 마지막"(90)일 것이라고 설명한다.

이 예문에는 비평가의 특정 생각이 구체적으로 인용되었다는 사실이 분명하게 드러나 있다. 이런 방식으로 인용 문헌에 대한 정보를 제공하면 독자들의 혼란은 있을 수 없을 것이다.

모범 연구논문
맨스필드의 「미스 브릴」의 구조
 I. 서론
    A. 「미스 브릴」의 저술
    B. "브릴"이라는 이름의 선택
    C. 작품의 구조
 II. 구조로서의 계절과 시간
 III. 구조로서의 냉혹한 혹은 잔인한 행위

I. 서론

A. 「미스 브릴」의 저술

[1] 캐서린 맨스필드(Katherine Mansfield)의 「미스 브릴」("Miss Brill")은 그녀의 짧은 생애 동안 발표된 88편의 단편 중 하나(매가레이너 5)인데 주인공의 내면 세계를 성공적으로 그려낸 작품으로 유명하며 이런 이유로 중요한 선집에 자주 포함되어왔다(가르거노). 그녀는 1920년 11월 11일에 이 작품을 썼을 것으로 추측되는데 이때 결핵을 치료하기 위해 필사적으로 노력하던 중 방문한 이태리 북부 휴양지인 이솔라 벨라(Isola Bella)섬에 머물고 있었다. 그녀는 스스로 작품을 쓰던 날 밤에 대해 다음과 같이 설명한다.

> 지난 밤 나는 이리저리 거닐다가 옛날 달을 팔로 껴안은 새 달과 물에 비친 빛, 그리고 별로 가득한 텅 빈 작은 웅덩이들을 보면서 신은 없다고 탄식했다. 그 대신 나는 방으로 들어와 미스 브릴을 썼는데 그것은 언제나 나의 보잘것없는 성모 마리아 송가로 남을 것이다. (『서한집』594)

런던에 머물고 있었던 그녀의 남편인 제이 미들턴 머리(J. Middleton Murry)는 이 작품을 자신이 편집하던 잡지인 ≪애서니엄≫(Athenaeum) 1920년 11월 26일 자에 게재하였다. 1922년 맨스필드는 「미스 브릴」을 자신의 작품집인 『가든파티와 그 외의 이야기들』(The Garden Party and Other Stories)에 포함시켰다(데일리 134).

[2] 병중임에도 불구하고 맨스필드는 「미스 브릴」을 집필할 당시 특별히 왕성한 창작 활동을 하여 훌륭한 단편소설들을 많이 집필하였다. 맨스필드의 전기작가인 안토니 앨퍼스(Antony Alpers)에 의하면 이때 쓰여진 작품들로는 「귀부인의 하녀」("The Lady's Maid"), 「젊은 아가씨」("The Young Girl"), 그리고 「죽은 대령의 딸들」("The Daughters of the Late Colonel") 등이 있다(304-305). 이러한 작품들은 모두 그녀의 초기 작품을 특징짓는 "가혹함이나 풍자"보다는 "사랑과 동정"이라는 보편적 결속의 고리를 공유한다(앨퍼스 305).

B. "브릴"이라는 이름의 선택

[3] 그러나 「미스 브릴」은 비록 미미하기는 하나 유머의 요소를 가지고 있다. 제임스 가르거노(James Gargano)는 표제인물인 미스 브릴의 이름이 볼품 없는 넙치에

서 따온 것이라고 설명한다. 시력이 특히 나쁜 이 물고기는 가자미나 민어와 관계가 있다(예의 없는 젊은 여자가 미스 브릴의 털목도리를 비교한 바로 그 물고기이다). 『옥스퍼드 영어사전』(*The Oxford English Dictionary*)은 넙치를 가리켜 가자미보다 "맛이 없는" 물고기라고 설명한다. 이러한 물고기를 주인공의 이름으로 사용하였다는 사실은 맨스필드가 주인공의 위상을 최소화하려했다는 것을 말해준다.

[4] 맨스필드가 물고기 이름을 사용하였다는 사실이 자칫 작품의 분위기를 가볍고 재미있게 만들 수 있다고 생각할지 모르나 사실 「미스 브릴」은 통렬하고도 강렬한 내용을 담고 있다. "여성적 세계"(모루아 337)에만 살고 있는 것으로 묘사되는 미스 브릴은 "공공의 역사"(구버 337)로부터 소외된 사람이다. 그녀의 주된 관심사는 권력이나 위대함이 아니라 오직 사생활을 유지하는 것인데 이러한 개인적 순간들은 약간의 비웃음만으로도 파괴될 수 있다(구버 38). 이 작품의 통렬함은 미스 브릴이 "자신을 무자비하게도 제외시키려는 현실의 일부"가 되고자 열심히 노력함으로써 스스로를 "외로운 여성을 다룬 캐서린 맨스필드의 작품들(에 나오는 모든 인물들 중에서) 가장 외로운" 여인으로 만들어버린다는 점에서 발견된다(풀브루크 103). 작품의 강렬함은 "일상의 표면 아래에 있는, 말로 표현되지 않은 갈망과 격렬한 감정"(맥로린 381)을 그려내는 맨스필드의 기법에서 나온다. 이러한 기법 중 한 가지는 주인공의 영혼으로 들어가서 그것을 "독자들이 보고 이해할 수 있도록 밖을 향하여"(머길 710) 뒤집어버리는 것이다. 클래어 토말린(Claire Tomalin)은 심지어 이 작품을 가리켜 "사실상 극적" 독백(213)이라고 선언한다. 「미스 브릴」의 저술 과정에 대한 맨스필드 자신의 설명은 이러한 주장을 뒷받침하는 것으로 그녀가 인물의 애처로운 내적 삶을 창조해내기 위해 얼마나 혼신의 힘을 다해 노력하였는가를 보여준다:

> 「미스 브릴」에서 나는 각 문장의 길이뿐 아니라 각 문장의 소리도 일일이 선택하였다. 나는 각 문단의 고저를 그녀에게 어울리도록 선택하였는데 특히 바로 그 날 그 순간의 그녀에게 어울리도록 신중하게 배려하였다. 작품을 쓴 다음에 나는 마치 작곡가가 자신의 작품을 연주해보듯이 그것을 소리내어 여러 번 읽으며 미스 브릴을 가장 잘 표현했다는 생각이 들 때까지 고치려고 노력하였다. (리차드 머리에게 1921년 1월 17일에 보낸 편지. 수엘(Sewell) 5-6쪽에서 재인용)

C. 작품의 구조

[5] 맨스필드의 묘사는 사건 그 자체보다 미스 브릴의 기분과 그녀가 받는 인상, 다른 말로 하면 인물의 깊은 내면이 더 중요하다는 사실을 강력하게 시사한다. 맨스필드의 이러한 전략은 독자들로 하여금 작품이 이미 만들어진 상태라기보다는 만들어지고 있으며, 계획에 의해서라기보다는 자유롭게 진전되어가고 있다고 결론을 내리도록 유도한다. 에드워드 웨이건네트(Edward Wagenknecht)는 맨스필드의 재능

에 대해 일반적으로 논의하면서 「미스 브릴」을 포함한 그녀의 작품은 "삽화적 사건이나 일화라고 보기 어려운데 그것은 이들 작품이 (사건대신) 경험의 일면에 대한 단상이나 기분을 표현하기 때문"(163)이라고 설명한다. 웨이건네트의 주장은 여러 가지 면에서 「미스 브릴」을 잘 설명한다. 인물의 내면으로부터 만들어진 것처럼 보이는 이 작품은 "작은 위기"와 삶이 변하고 모든 희망과 기대가 역전되는 "강렬한 순간"을 경험하는 한 개인의 느낌을 표현한다(핸킨 465).

[6] 맨스필드가 「미스 브릴」에서 이룩한 것은 매우 가슴 아프고 파괴적인 순간을 맞이하는 인물을 사실처럼 그럴듯하게 보이도록 만들어낸 것이다. 이 작품은 따라서 파국을 향한 움직임을 완성시키는 일련의 복잡한 구조를 가지고 있다.[*] 작품의 구조를 만들어가기 위해 어떤 방법을 쓰든지 간에 한 가지 확실한 것은 그녀의 이러한 능력이 대단한 것이라는 점이다. 마빈 매가레이너(Marvin Magalaner)는 「미스 브릴」을 예로 들면서 "수많은 실마리들을 하나의 단단한 전체"(39)로 짜 맞추는 맨스필드의 능력에 대해 설명한다. 구조를 구성하는 능력에 대해 주목하면서 체릴 핸킨(Cheryl Hankin)은 아마도 그녀의 구성이 의도적이기보다는 "직관적"일 것이라고 주장한다(474). 실마리, 국면, 혹은 "일정치 않은 길이"의 "단계들"(아르마트 49, 51)로 표현되는 소설의 구조를 완성시키는 요소에는 가을이라는 계절, 시간, 무감각하고 잔인한 행동, 미스 브릴 자신의 비현실적 인식, 그리고 마지막 부분 혹은 종말 등이 있다.[**]

II. 구조로서의 계절과 시간

[7] 맨스필드는 계절과 하루 중의 시간을 작품 구조의 주요 지지대로 사용한다. 가을이라는 계절은 주인공의 상황이 악화되어간다는 사실을 말해주는 데 핵심적 역할을 한다. 예를 들어 첫 번째 문단에서 작가는 공기 중에서 "약한 냉기"가 느껴진다고 말하는데 이러한 표현이 문단 10에서도 반복된다("Brill"과 운을 맞추기 위해 "냉기," 즉 "chill"을 의도적으로 선택했을지도 모른다). 작가는 일 년의 마지막을 상기시키는 가을이라는 계절적 이미지를 사용하여 희망이 소멸되고 있음을 상징적으로 보여준다. 이외에도 계절과 관계된 표현으로는 가지에 "매달려 시들어버린 노란 나뭇잎들", 혹은 "이따금씩" "하늘 어디에선가" 갑자기 떨어져 흩날리는 나뭇잎(문단 1) 등이 있다. 미스 브릴이 젊은 여인의 비웃음을 산 더러워진 털목도리를 꺼낸 것도 결국은 가을의 냉기 때문이다. 이렇게 볼 때 목도리와 함께 가을의 냉기는 작품에 등장하는 사건이나 분위기와 불가분의 관계에 있는 구조적 장치라고 할 수 있다. 이 작품은 털목도리로 시작하고 끝나는데(수엘 25) 그것은 마지막에 미스 브릴이 경험하는 깊은 상처의 직접적 원인이 된다.

[*] 중심 아이디어
[**] 주제문

[8] 계절의 경우와 마찬가지로 하루중의 시간도 희미해져가는 미스 브릴의 존재를 나타내는 효과적인 수단이다. 작품의 도입부에 나타난 시간은 "금가루를 뿌린 듯 환하게 갠 푸른 하늘"과 "백포도주와 같은 햇빛" 등의 표현에서 드러난다. 이러한 비유적 표현은 햇빛이 환하게 비추는 밝고 상쾌한 한낮의 느낌을 준다. 노랗게 물든 나뭇잎이 등장하는 문단 6에서 우리는 "금빛 구름이 광맥을 이루듯 떠 있는 푸른 하늘"이라는 표현을 접하게 되는데 이는 시간이 흘러 늦은 오후가 되면서 구름들이 점점 모이고 있다는 사실을 말해준다. 작품의 종결부에서 미스 브릴은 그녀의 "조그만 어두운 방"으로 돌아온다(문단 18). 다시 말해 이 작품에서 시간은 미스 브릴의 심리적 고통에 맞추어서 한낮에서 저녁으로, 빛에서 어둠으로 진행된다.

III. 구조로서의 냉혹한 혹은 잔인한 행위

[9] 맨스필드의 가장 중요한 구조적 장치는 냉혹한 혹은 잔인한 행위인데 지금까지 이러한 점을 강조한 비평가는 별로 없다. 햇빛이 밝게 비추는 일요일 오후 미스 브릴이 경험한 마음의 상처는 많은 사람들이 언제라도 경험할 수 있는 것이다. 맨스필드의 서술자의 목소리와 밀접하게 연관되어 있는 관찰자로서의 미스 브릴은 이러한 부정적인 예들을 독자에게 전하는 여과장치이다. 작품에 드러난 패턴을 고려할 때 우리는 맨스필드의 의도가 한낮의 아름다움이나 즐겁게 연주하는 악단과 공원에 나온 사람들의 냉혹함 혹은 비열함을 대조시키는 데 있다는 사실을 알 수 있다.

[10] 첫 번째 인물들은 미스 브릴의 벤치에 앉아 있는 말없는 남녀(문단 3)와 일주일 전에 그 벤치에 앉아있던 성격이 잘 맞지 않는 노부부(문단 4)이다. 너무도 평범한 일상의 인물인 이들이 잔인함과 거부의 근원이 된다는 것을 처음부터 상정하기란 매우 어려운 일이다. 그러나 일방적인 불만의 토로와 침묵이 암시하듯 상반되는 성격을 지닌 이들은 미스 브릴을 모욕하는 젊고 무감각한 연인과 구조적으로 평행을 이룬다. 이렇게 하여 처음 두 쌍의 남녀는 세 번째 인물의 등장을 예고하고 이들 모두 무감각한 행동의 정도가 점점 심해지고 있음을 보여준다.

[11] 거의 스치듯 지나가 잘 눈에 띄지는 않지만 "벤치와 푸른색 의자"에 앉아있는 한 무리의 "말없이 혼자 있는 대부분의 늙은"(문단 5) 사람들은 또 다른 차원의 거부를 나타낸다. 그들은 일요일 오후 풍경을 구성하는 지극히 정상적인 한 부분인 듯이 보인다. 그러나 이 사람들은 구조적으로 중요한 의미를 지니는데 그 이유는 미스 브릴이 이들을 보며 연상하는 "어둡고 작은 방들과 찬장"은 이야기의 종결부에서 묘사되는 그녀의 상황을 전하는 것이기 때문이다(문단 5, 18). 독자들은 조용히 엿듣는 미스 브릴의 모습에서 그녀 자신도 이 이름 없고 얼굴 없는 사람들, 단조로운 삶을 살아가는 사람들 중 하나라는 결론을 내릴 수 있다.

[12] 주인공에 대한 다차원적 거부의 분위기를 조성한 다음 맨스필드는 좀더 적극적

인 거부와 잔인함의 예를 제시한다. 제비꽃 한 다발을 던져버리는 아름다운 여인이 첫 번째 예이다(문단 8). 그녀의 경멸감의 원인은 확실하지 않으며 미스 브릴은 그 사건을 어떻게 보아야 할지 알지 못한다. 그러나 이러한 행위는 그 여자가 불행히도 누군가와 헤어진 것이 아닌가하는 추측을 불러일으킨다.

[13] 거부와 관련된 주요 인물은 모자를 쓴 여인인데 그녀는 구조적으로 미스 브릴의 닮은 꼴로 간주되어도 좋을 정도로 중요한 인물이다(문단 8). 그녀는 "회색 옷을 입은 신사"를 즐겁게 해주려고 노력하지만 그 남자는 그 여자의 얼굴에 담배 연기를 뿜어댄다. 피터 소프(Petyer Thorpe)가 설명하듯이 그 여인은 "분명히 창녀"(661)일 수도 있다. 그러나 이보다는 미스 브릴이 엿들은 대화로 미루어 볼 때 모자를 쓴 여인과 그 신사의 관계가 깨진 상태라고 보아야 한다. 그 남자의 일요일 습관을 알고있던 그 여인은 마치 우연인 것처럼 그를 만나 화해를 하기 위해 의도적으로 공원에 온 것이다. 거절을 당한 후 그녀는 "훨씬 더 좋은" 누군가를 만나기 위해 급히 자리를 떠나는데(맨스필드는 모자를 쓴 여인이 떠나는 장면을 묘사하면서 "마치"라는 표현을 쓰는데 이것은 이런 사람이 사실상 존재하지 않는다는 것을 나타내기 위함이다)이는 자신의 고통을 숨기기 위한 것이다. 이 두 사람이 정확하게 어떤 관계에 있는지는 확실하지 않으나 중요한 것은 맨스필드가 이러한 만남을 통하여 상처와 불친절, 비애를 나타내려고 했다는 사실이다.

[14] 이렇듯 중요한 사건을 설정한 맨스필드는 무감각함을 보여주는 두 가지 예를 더 보여준다. 문단 8의 마지막에서 절름거리며 걷는 "긴 구레나룻" 수염의 노인은 4명의 소녀들에 의해 거의 넘어질 뻔하는데 이 소녀들은 경멸까지는 아니더라도 거만한 태도를 드러낸다. 마지막 예는 미스 브릴 자신과 관련이 있는데 그녀가 가르치는 학생들의 무관심이나 그녀가 책을 읽어줄 때 "습관적으로 잠을 자는" 늙은 환자가 그것이다.

[15] 「미스 브릴」이라는 짧은 작품 속에서 맨스필드는 무례한 젊은 연인들에 의해 연출되는 갑작스러운 클라이맥스와 구조적으로 비슷한 많은 사건들을 적절하게 배치한다. 다시 말해 젊은 남녀는 작품의 종결부에 이르러서 비로소 등장하지만(문단 11-18) 그들의 행위와 유사한 행위는 작품의 모든 부분에 등장하면서 젊은 남녀의 행위를 구조적으로 예고한다. 맨스필드의 화자는 미스 브릴의 초라한 집을 보여줄 뿐 다른 희생자들의 가정을 우리에게 소개해주지는 않는다. 그러나 이 이야기는 말없는 부부, 불평하는 아내와 고통받는 남편, 젊은 여인에게 버림받은 보이지 않는 남자, 모자를 쓴 여인, 우스꽝스러운 신사, 그리고 마치 동상처럼 말없이 움츠린 채 공원에 앉아있는 많은 사람들이 모두 미스 브릴의 경우와 비슷하게 외로움과 개인적인 고통의 시간으로 돌아갈 것이라는 점을 분명하게 시사한다.

IV. 구조로서의 미스 브릴의 "계층적 비현실성"

[16] 「미스 브릴」의 구조상의 복잡성은 여기서 끝나지 않는다. 중요한 것은 이야기의 구조가 주인공의 성격을 드러내는 장치로 작용한다는 것이다. 피터 소프에 의하면 독자들은 "계층적 비현실성"을 통하여 미스 브릴의 처지를 인식하게 된다 (661). 이야기 속의 여러 행위와 사건들은 점진적으로 미스 브릴의 인식력과 이해력의 부족을 드러내는데 이런 점에서 볼 때 그녀는 이름이 의미하는 물고기 즉 넙치와도 같다고 할 수 있다(가르가노).

[17] 이러한 비현실성은 털목도리에 대한 미스 브릴의 천진한 몽상에서 시작한다. 이 장면은 그녀의 애처로운 내적 삶의 패턴을 드러내는 첫걸음이다. 공원의 밴드를 보며 "민감하고 감수성이 예민한 고독한 사람"(소프 661)이라고 상상하는 그녀를 보며 우리는 그녀가 평범한 음악가들로 이루어진 밴드에게 너무 많은 의미를 부여하고 있다는 사실을 알게 된다. 그녀는 비록 제비꽃을 든 젊고 아름다운 여인의 행동에 대해서는 설명할 수 없지만 모자를 쓴 여인과 회색 옷을 입은 신사의 만남을 보며 그들의 관계는 이제 끝났다는 것을 알아차린다. 그녀의 이런 판단은 옳은 것이지만 그런 다음 밴드의 북소리가 마치 "짐승! 짐승!"하는 소리로 들린다고 생각하는 그녀의 모습은 사건을 지나치게 극화하는 것이 아닌가하는 생각을 들게 한다. "계층적 비현실성의 정점"(소프 661)에는 공원의 모든 사람들이 공연하는 거대한 연극에서 자신이 핵심 역할을 맡고 있다는 그녀의 상상이 있다. 만일 자신이 공원에 나타나지 않으면 누군가가 자신을 그리워하며 기다릴 것이라고 생각하는 부분에서 미스 브릴의 몽상의 비현실성은 극치를 이룬다. 이러한 몽상은 그녀가 얼마나 현실로부터 멀리 떨어져 있는가를 보여준다.

[18] 이러한 비현실성의 계층 혹은 구조에 비추어 볼 때, 미스 브릴이 자신의 중요성에 관해 몽상하는 순간 젊은 한 쌍의 남녀가 그녀 옆에 앉는다는 사실은 아이러니컬하다고 하겠다. 그 소녀의 모욕적 말투는 그녀에게 객관적 현실을 철저하게 상기시키는 역할을 하는데 그 순간 그녀는 황홀경으로부터 고통의 나락으로 추락한다. 그 뒤를 이은 결론 부분의 두 문단은 미스 브릴의 외로움과 절망을 보여주는 대단원이다.

V. 작품의 결말

[19] 구조적으로 볼 때 「미스 브릴」에서 가장 중요한 부분은 미스 브릴이 자신의 초라하고 자그마한 방으로 돌아가는 마지막 두 문단, 즉 결말 혹은 대단원이다. 이 결말은 완전한 패배이다. 예를 들어 새러린 데일리(Saralyn Daly)는 미스 브릴을 맨스필드의 "고립된 사람들," 즉, 사람들과의 정상적인 접촉이 불가능한 채 격리된 사람(88)의 한 예로 언급하면서 한 쌍의 남녀가 내뱉은 모욕적 말로 인해 미스 브릴

이 털목도리를 하고 바깥 세상을 보러 나오는 것은 이번이 "아마도 마지막"(90)일 것이라고 설명한다. 유도라 웰티(Eudora Welty)는 미스 브릴은 "무방비 상태의 패배자"이며 그녀는 아마도 "언제나"(87) 패배할 것이라고 지적한다. 미스 브릴은 진맨(Zinman)이 말하는 맨스필드 소설에 공통으로 적용되는 하나의 양식, 즉 "외로움과 병, 죽음에 대한 두려움, 그들을 둘러싸고 있는 무심한 젊은이들이 뿜어대는 에너지"(457)에 의해 파괴되는 노인들의 전형이다. 주인공들이 경험하는 비극적 파국이라는 관점에서 볼 때 이 이야기는 앙드레 모루아(Andre Maurois)가 말하는 맨스필드 소설의 일반적 구조, 즉 "추함, 잔인함, 그리고 죽음과의 접촉에 의해 순식간에 깨어버리는 아름다운 순간들"(342-343)이라는 구조를 지닌 작품이라고 할 수 있다.

[20] 일부 비평가들은 미스 브릴의 추락이 불합리할 정도로 갑작스럽게 일어난다고 설명하면서 결말 부분을 비판한다. 예를 들어 피터슨(Peterson)은 젊은 연인들이 중요한 순간에 모욕적인 말을 하기 위해 나타난다는 그 자체가 있음직하지 않은 일이기 때문에 소설의 결말은 인위적이고 계획적인 것이라고 비판한다(385). 이와 비슷한 이유로 버크만(Berkman)은 종결 부분이 과장되고 기계적이며 노골적이라고 주장한다(162, 175).

[21] 그러나 체릴 핸킨(Cheryl Hankin)은 종결 부분을 다른 시각에서 볼 것을 주장하는데 그에 의하면 종결 부분이 이야기 전체를 반어적으로 만드는 것은 물론 우리로 하여금 쓴웃음을 짓게 한다고 설명한다. 맨스필드의 작품들 속에서 발견되는 일정한 패턴들에 대하여 설명하면서 핸킨은 다음과 같이 설명하는데 이것이 「미스 브릴」의 대단원의 의미를 설명해줄 수 있을 것이다.

> 숨가쁘게 다가오는 환멸 혹은 절망은 경험을 적극적으로 변형시키려는 주인공에 의해 잠시 주춤한다. (466)

물론 종결 부분은 미스 브릴이 완전히 파괴되었다는 사실을 분명히 보여준다. 그녀의 위축은 작은 "벽장"같은 자기 방으로 돌아가면서 보여준 침묵과 낙담을 통해 나타난다.

[22] 그러나 맨스필드의 마지막 문장은 미스 브릴이 자신의 필요에 따라 현실을 무시하는 초기의 습관으로 되돌아간다는 점을 암시하는 것으로 해석될 수 있는데 이것이 바로 핸킨이 말하는 적극적인 변형이다:

> 그러나 뚜껑을 닫았을 때 그녀는 무언가가 우는 소리를 들었다고 생각했다. (문단 18)

아이러니와 비애를 느끼지 않고 이 마지막 문장을 읽을 수는 없다. "무언가가 우는 소리"를 들으면서 미스 브릴은 그녀 자신이 아니라 털목도리가 손상되었다고 상상하고 있을지도 모르는 일이다. 우리는 경솔한 젊은 여자가 털목도리를 보며 튀긴 대구와 비슷하다고 빈정대며 웃는 모습을 기억한다(문단 14). 이 장면에 내포된 아이러니는 미스 브릴이 고통스러운 기억을 잊고 습관적으로 다시 방어적인 행동으로 돌아간다는 것이다.

[23] 이러한 회피의 유형은 미스 브릴의 성격과 완전히 일치한다. 가난과 외로움에도 불구하고 그녀는 직업을 갖고 있으며(아마도 프랑스인에게 영어를 가르치는 선생일 것이다) 정기적으로 병든 노인에게 책을 읽어주며 자원봉사를 한다. 그녀의 삶은 즐거움과는 거리가 먼 것이지만 일요일 오후마다 그녀는 남의 대화를 엿들으며 상상력을 동원하여 많은 다른 사람들의 삶을 공유한다(핸슨과 거르 81). 맨스필드는 이러한 대리 사교성을 미스 브릴의 주요 강점으로 설정하는데 핸슨과 거르(Hanson and Gurr)는 이것을 "그녀의 삶을 구원하는 은총"(81)이라고 부른다. 맨스필드의 수법은 미스 브릴을 이상하지만 연민의 정이 느껴지는 인물로 만든다. 이러한 틀 안에서 문단 13, 14에 나오는 모욕적 언사는 그녀로 하여금 자신이 지닌 상상력을 버리는 것이 아니라 오히려 더욱 강화시킴으로써 상황에 적응하려는 동기를 부여했을지도 모른다는 결론을 유도한다.

[24] 그러나 이것이 작품의 종결 부분을 미스 브릴이 연인의 모욕적 언행에 대한 기억을 털어 버렸다는 것을 의미하는 것으로 해석한다는 뜻이 아니다. 그녀는 다른 사람에 의해서는 아니라고 하더라도 상상력을 통한 자신의 현실 각색능력의 가장 큰 일차적 "희생자"(진맨 457)이다. 그러나 그녀는 긍정적인 성격의 인물로 묘사된다. 실제로 맨스필드는 ("브릴"이라는 이름에도 불구하고) 미스 브릴에 대해 개인적으로 호감을 가지고 있다고 스스로 밝힌 바 있다. 그녀의 남편인 제이 미들턴 머리(J. Middleton Murry)는 출판을 하기 위해 이 작품을 받아 본 후 아내에게 보낸 편지에서 그가 주인공 여인을 좋아한다는 내용을 쓴 적이 있다. 이 편지에 대한 1920년 11월 21일 자 답장에서 맨스필드는 그녀도 남편의 의견에 동감한다며 다음과 같은 글을 썼다:

> 어떤 사람이 글을 쓰는(존재하는 한 가지) 이유는 그 사람이 지닌 지고의 사랑을 보여주어야만 하기 때문입니다. (메가레이너 17 재인용)

물론 자신이 만들어낸 인물에 대한 작가의 사랑은 단순히 동정심의 발로일 수 있다. 그러나 만일 작가가 "있을 수 없고 참기 힘든 상황"(진맨 457)에 적응할 수 있는 주인공의 능력을 애처롭지만 용감한 것으로 간주하고 이를 인물의 강점으로 생각했다면 주인공에 대한 작가의 사랑은 또 다른 차원을 지니게 된다. 따라서 「미스 브릴」의 마지막 문장은 주인공의 생존 전략이 재개되었다는 것을 보여주기 위한 것이라고 해도 무방할 것이다.

VI. 결론

[25] 「미스 브릴」은 다중적 구조로 정교하게 쓰여진 짧은 이야기이다. 생동감이 넘치는 이 작품은 안토니 앨퍼스의 "작은 걸작"(305)이라는 찬사에 어울리는 작품이다. 주인공과 그녀를 둘러싼 세상의 구조적 대조는 맨스필드 자신이 깊이 느낀 삶의 모순성, 즉 한편으로 인간의 영혼은 아름다운 것이지만 동시에 인간은 종종 부도덕함으로 가득하게 된다는 사실에서 기인한 것이다(무어 245). 미스 브릴이 마지막 장면에서 피한 것은 바로 이러한 인간의 부도덕함이다.

[26] 따라서 「미스 브릴」의 더 큰 차원의 구조는 삶 그 자체에 대한 환멸감과 부정적인 시각이라고 할 수 있는데 그것은 외롭고 소외되고 상처받은 사람들이 더 상처받는다는 점을 부각시킨다. 사회의 배척은 외로운 사람들의 제한적인 일상적 삶에 영향을 줄 뿐 아니라 그들의 마음과 영혼에까지 직접적인 영향을 끼친다. 이러한 상황에서 미스 브릴은 비현실적인 내적 세계로 점점 더 깊숙이 들어갈 것이다. 그러나 비록 철저하게 패배한 상태이지만 그 제한적 세계에서 계속 살아갈 것이다. 이러한 독특한 반응에 대한 맨스필드의 "거의 신비에 가까울 정도로 깊은 통찰력"(핸킨 467)이야말로 「미스 브릴」의 구조를 결정하는 중요한 요소이며 그것의 탁월함을 설명해줄 수 있는 바탕이다.

인용문헌

Alpers, Antony. *Katherine Mansfield, A Biography*. New York: Knopf, 1953.

Berkman, Sylvia. *Katherine Mansfield, A Critical Study*. New Haven: Yale UP (for Wellesley College), 1951.

"Brill." *Oxford English Dictionary*. 1933 ed.

Daly, Saralyn R. *Katherine Mansfield*. New York: Twayne, 1965.

Fullbrook, Kate. *Katherine Mansfield*. Bloomington and Indianapolis: Indiana UP, 1986.

Gargano, James W. "Mansfield's Miss Brill." *Explicator* 19. 2 (1960): item 10 (one page, unpaginated).

Gubar, Susan. "The Birth of the Artist as Heroine: (Re)production, the Kunstler-roman Tradition, and the Fiction of Katherine Mansfield." *The Representation of Women in Fiction*. Ed. Carolyn Heilbrun and Margaret R. Higonnet. Selected Papers from the English Institute, 1981. Baltimore: Johns Hopkins UP, 1983, 19-58.

Hankin, Cheryl. "Fantasy and the Sense of an Ending in the Work of Katherine Mansfield." *Modern Fiction Studies* 24 (1978): 465-74.

Hanson, Clare, and Andrew Gurr. *Katherine Mansfield*. New York: St. Martin's, 1981.

Harmat, Andrée-Marie. "Essai D'Analyse Structurale D'Une Nouvelle Lyrique Anglaise: 'Miss Brill' de Katherine Mansfield." *Les Cahiers de la Nouvelle* 1 (1983): 49-74.

Heiney, Donald W. *Essentials of Contemporary Literature*. Great Neck: Barron's, 1954.

McLaughlin, Ann L. "The Same Job: The Shared Writing Aims of Katherine Mansfield and Virginia Woolf." *Modern Fiction Studies* 24 (1978): 369-82.

Magalaner, Marvin. *The Fiction of Katherine Mansfield*. Carbondale: Southern Illinois UP, 1971.

Magill, Frank N., ed. *English Literature: Romanticism to 1945*. Pasadena: Salem Softbacks, 1981.

Mansfield, Katherine. *Katherine Mansfield's Letters to John Middleton Murry*, 1913-1922. Ed. John Middleton Murry. New York: Knopf, 1951. Cited as "Letters."

_____. *The Short Stories of Katherine Mansfield*. New York: Knopf, 1967.

Maurois, André. *Points of View from Kipling to Graham Greene*. 1935. New York: Ungar, 1968.

Moore, Virginia. *Distinguished Women Writers*. 1934. Port Washington: Kennikat, 1962.

Peterson, Richard F. "The Circle of Truth: The Stories of Katherine Mansfield and Mary Lavin." *Modern Fiction Studies* 24 (1978): 383-94.

Sewell, Arthur. *Katherine Mansfield: A Critical Essay*. Auckland: Unicorn, 1936.

Thorpe, Peter. "Teaching Miss Brill." *College English* 23 (1962): 661-63.

Tomalin, Claire. Katherine Mansfield, *A Secret Life*. New York: Knopf, 1988.

Wagenknecht, Edward. *A Preface to Literature*. New York: Holt, 1954.

Welty, Eudora. *The Eye of the Story: Selected Essays and Reviews*. New York: Random House, 1977.

Zinman, Toby Silverman. "The Snail Under the Leaf: Katherine Mansfield's Imagery." *Modern Fiction Studies* 24 (1978): 457-64.

6. 논평

이 논문은 9-10쪽 정도의 분량으로 15-25편 정도의 문헌을 참고하여 쓴 논문의 예이다. 참고문헌 목록은 대학도서관의 카드 카탈로그와 비평서의 참고문헌 부분(메가레이너, 데일리, 버크만), 『MLA 국제 참고문헌 목록』(*MLA International Bibliography*), 그리고 『에세이와 일반문학 색인』(*Essay and General Literature Index*)을 이용하여 작성된 것이다. 참고문헌은 정선된 장서를 보유하고 있는 대학 도서관과 지역의 공공도서관에서 찾을 수 있었다. 희귀 논문이 한 편 있었는데 그 논문이 실린 학술잡지를 소장하고 있는 두 개의 미국 도서관 중 한곳으로부터 도서관 상호대출 제도를 통하여 복사본을 받아볼 수 있었다. 이 잡지를 소장한 도서관은 미국의 OCLS 온 라인 서비스를 이용하여 찾아내었다. 대부분의 대학 수업에서 요구하는 논문을 쓰기 위해서 이런 방법까지 동원해 참고문헌을 찾을 필요는 없을 것이다. 그러나 문제의 논문이 구체적으로 「미스 브릴」을 다루는 것이었기 때문에 한번 읽고 참고하는 것이 좋을 것이라고 판단되었다.

참고자료는 책, 논문, 책의 일부 혹은 장으로 구성되어 있다. 어떤 논문은 한 권의 소책자 형태로 출판된 것도 있다. 아울러 참고문헌들 중 하나는 문단에 번호가 매겨진 「미스 브릴」 작품 그 자체와 맨스필드의 편지, 그리고 단편소설들을 한데 묶은 책이었다. 이러한 참고 자료들은 사실과 해설, 결론의 강화, 그리고 일반적인 지침과 전거(典據)로 사용되었다. 모범 논문에는 일부 참고문헌의 결론과 대립하는 내용이 나오기도 한다. 모범 논문의 일반적인 구성과 내용의 전개를 비롯하여 논의를 위해 필요한 모든 장치는 독창적인 것이다. 참고자료를 이용하는 방법이나 연구논문을 쓰는 과정에 대한 좀더 자세한 내용은 요점 정리하기와 그와 관련된 문제를 논의한 이 장의 전반부에서 찾아볼 수 있다.

모범 논문의 서론은 작품의 집필과정과 제목에 대한 중요한 세부적 내용과 작품에 대한 비평적 견해를 명료하게 요약하여 담고 있다. 이 부분의 주된 내용은 이 작품이 처음에는 행복의 순간, 그것에 이어지는 고통의 순간에 대한 미스 브릴의 감정적 반응을 극적으로 표현한 것이라는 점이다. 중심 아이디어(문단 6)는 이러한 생각에서 발전된 것으로 작품 속에 묘사된 감정의 변화와 복잡하고 상호보완적인 일련의 구조가 서로 밀접하게 관련되어 있다는 점을 강조한다.

제2절에서 5절까지는 작품의 여러 요소와 미스 브릴의 감정 사이의 구조적 관계에 대한 고찰이다. 제2절은 배경으로 이용된 가을과 하루의 시간이 지닌 구조적 의미를 세부적으로 논의하면서 이들이 어떻게 그녀의 경험과 관계되는가를 지적한다. 가장 긴 절인 제3절(문단 9에서 15까지)은 참고자료에서 논의되지 않은 내용을 담고 있는데 그것은 곧 많은 인물들이 미스 브릴에게 닥친 것과 유사한 곤경과 참혹함을 겪는다는 점이다. 문단 10은 작품에 등장하는 세 쌍의 남녀를 그 예로 들고 있으며, 문단 11은 말없는 노인들, 문단 12는 제비꽃을 든 여인을 그 예로 들고 있다. 문단 13에서 저자는 일부 참고문헌의 주장을 반박하는데 이러한 반박은 비록 연구논문이 많은 참고자료에 근거한 것이지만 얼마든지 독창적이 될 수 있다는 사실을 보여준다. 문단 14에서는 미스 브릴을 포함한 무감각한 사람에 대한 의 두 가지

예가 추가된다. 문단 15은 작품에 등장하는 무감각함과 잔혹함에 대한 예들을 요약하여 제시하면서 결론을 내리는 데 다시 한번 이들과 미스 브릴의 상황이 밀접하게 연관되어 있다는 점을 강조한다.

제4절(16문단에서 18문단까지)은 참고자료들 중 하나에서 논의된 작품의 구조에 대한 내용에 근거하고 있다. 따라서 이 절은 이전의 절보다 좀더 많이 참고자료의 내용과 부합한다. 제5절(19문단에서 24문단까지)은 작품의 대단원에 대한 내용이다. 문단 19와 20은 종결 부분의 비평적 견해를 담고 있다. 그러나 문단 21은 참고문헌으로부터 실마리를 얻어 작품의 마지막 문장의 의미에 대해 논한다. 이러한 독창적 내용을 뒷받침하는 논의가 22문단에서 24문단까지 전개되는데 이 논의는 맨스필드가 주인공에 대해 호감을 가지고 있다고 언급하면서 끝맺는다.

결론인 제6절(25, 26문단)은 중심 아이디어와 전기적 사실과의 연관성을 좀더 확장시켜 설명한 다음 작품을 통해 드러난 작가로서 맨스필드의 위대함에 대해 논의한다. 여기서는 세 가지 참고문헌을 사용하였는데 그중 두 가지는 앞서 이미 인용했던 것이고 한 가지는 새로운 것이다.

인용된 문헌목록은 『연구논문 집필자를 위한 MLA 지침서』(*MLA Handbook for Writers of Research Papers*) 제4판에 제시된 원칙에 따라 모범 논문에 등장하는 모든 참고문헌에 관한 정보를 정리한 것이다. 이 목록을 이용하면 참고자료에 근거한 아이디어나 인용 부분에 관해 독자들이 좀더 알고자 할 경우 원전을 손쉽게 찾아내 검토하고 연구할 수 있다.

7. 추가 논제

이 장에서 논의된 내용을 참고하여 다음 주제 중 한 가지를 택해 연구를 시작해보라.
  ① 호손(Hawthorne), 포, 하디(Hardy), 맨스필드 작품의 공통 주제.
  ② 체호프(Chekhov)의 『곰』(*The Bear*)에 대한 다양한 비평적 견해
  ③ 『사소한 것들』(*Trifles*)에 나타난 글라스펠(Glaspell)의 이야기 소재 이용
  ④ 호손의 종교적 도덕적 소재의 이용
  ⑤ 소네트에 나타난 셰익스피어의 이미지
  ⑥ 쇼팽(Chopin), 글라스펠, 맨스필드, 키츠(Keats)에 나타난 여성관
  ⑦ 「아몬틸라도의 술통」("The Cask of Amontillado") 등 자신의 소설작품에서 작가 포가 보여주는 단편소설관

부록 1
문학의 중요한 비평적 접근방식

비평가와 학생들 모두에게 있어서 문학을 이해하고 해석하기 위한 비평이론과 접근방식에는 여러 가지가 있다. 이들은 대부분 자연과학이나 사회과학의 학문체계와 동등한 문학 연구체계를 만든다는 취지로 20세기에 개발된 것들이다. 문학비평가들은 종종 다른 학문체계(역사, 심리학, 인류학 등)를 자유롭게 빌려 썼으나, 근본적으로 문학을 그 자체로 연구할 수 있는 체계를 개발하는 데 힘을 기울여왔다.

다양한 비평적 접근방식의 근저에는 많은 근본적인 질문들이 깔려 있다. 문학은 무엇인가? 문학은 무엇을 하는 것인가? 문학은 단지 이야기를 하는 것이나 아니면 감정을 표현하는 것에만 관심이 있는가? 문학은 개인적인 것인가, 공적인 것인가? 문학은 어떻게 아이디어를 전달하는가? 아이디어를 표현하는 것 외에 문학이 하는 것은 무엇인가? 과거에 문학은 얼마나 가치가 있었으며, 현재에는 얼마나 가치 있는 것인가? 문학이 지적, 예술적, 사회적 역사에 어떤 공헌을 할 수 있는가? 어떤 점에서 문학이 지식을 전달하는 도구가 아니라 예술인가? 문학은 어떻게 사용되며, 어떻게 그리고 왜 잘못 사용되는가? 문학 연구를 활발히 하기 위해서는 어떤 이론적이고 기술적인 전문지식이 필요한가?

이와 같은 질문들은 문학비평이 소설, 시, 극본을 읽고 해석하는 것뿐만 아니라 이론적인 이해를 확립하는 것에도 관심이 있다는 것을 가리킨다. 이처럼 광범위한 목표 때문에 이러한 접근방식을 모두 설명하고 묘사하려면 긴 책을 가득 메워야 할 것이다. 그러므로 다음의 설명들은 간단한 소개 정도를 목적으로 하고 있다. 기억해야 할 것은 숙련된 비평가들의 손에서는 이러한 접근방식이 너무 섬세하고 정교하고 복잡하여 비평적인 태도일 뿐만 아니라 철학이 된다는 점이다.

비록 다양한 접근방식이 문학과 문학적 문제를 공부하기 위한 매우 다른 방법을 제공하고 있지만, 이들은 절대적인 기준보다는 주요 경향을 반영하고 있다. 모든 접근방식이 모든 작품에 적절한 것은 아니며, 이러한 접근방식들이 언제나 서로를 배격하는 것도 아니다. 특정 방식을 가장 열렬히 사용하는 사람들조차도 거기에 고정되어 있지 않다. 또한 어떤 접근방식은 특정한 종류의 발견에 대해서 다른 방식보다 더 '사용자에 친숙'하다. 그러므로 대부분의 비평가들은 적어도 어느 만큼은 기술적으로 하나, 혹은 그 이상의 다른 접근방식에 속하는 방법을 이용하고 있다. 예를 들어 주제적/역사적 접근방식을 강조하는 비평가도 신비평의 접근방식과 연관이 있는, 작품을 세밀하게 연구하는 방식을 도입할 수 있다. 같은 식으로 심리분석학비평가는 원형비평에 대한 구체적인 사항들을 포함시킬 수 있는 것이다. 간단히 말해서 문학비평은 대부분 고정적이라기보다는 실천적이고 절충적이다.

여기서 고려될 접근방식들은 다음과 같다: 도덕적/지적 비평, 주제적/역사적 비평, 신비평/형식주의, 구조주의, 여성주의, 경제결정론/맑시즘, 심리적/심리분석 비평, 원형/상징/신화적 비평, 해체주의, 그리고 독자수용이론.

이러한 접근방식을 배우는 목적은 이 책에 있는 다른 모든 것과 같이 자신만의 읽기와 쓰기를 개발하는 데 도움을 받기 위해서이다. 따라서 각 설명 다음에는 어떻게 호손의 「젊은 굿맨 브라운」이 특정한 접근방식으로 해석될 수 있는지 보여주는 간단한 문단이 제시되어 있다. 예컨대 구조주의를 논하는 문단 다음에 어떻게 구조주의적 접근방식이 굿맨 브라운과 그의 이야기에 적용될 수 있는지 보여주고 있으며, 여성주의적 접근방식이나 경제결정론의 접근방식, 그리고 다른 방식들 그렇게 구성되어 있다. 문학에 대한 글을 쓸 때마다 자신에게 도움이 된다고 여겨지는 방식을 과제의 일부나 전부에 자유롭고 다양하게 사용할 수 있을 것이다.

1. 도덕적/지적 비평

도덕적/지적 접근방식은 내용과 가치에 관심을 둔다(6장 참조). 이 방식은 문학 그 자체만큼 오래된 것이다. 왜냐하면 문학은 전통적으로 도덕, 철학, 종교를 전달하는 형식이기 때문이다. 도덕적/지적 비평의 관심은 의미를 찾는 것뿐만 아니라, 문학 작품이 진실하고 동시에 중요한지 아닌지를 판단하는 것에 있는 것이다.

그러므로 도덕적/지적 관점에서 문학을 연구하는 것은 그 작품이 어떤 교훈이나 메시지를 전달하고 있는지, 또한 그 작품이 독자로 하여금 더 좋은 삶을 살게 하고 세상에 대한 더 나은 이해를 하게 하는지를 판단하는 작업이다. 작품이 어떤 아이디어를 가지고 있는가? 그러한 아이디어를 얼마나 강력하게 보여주고 있는가? 그러한 아이디어가 작품의 등장인물과 상황에 어떻게 적용되는가? 그 아이디어는 얼마나 지적인가, 또는 도덕적인가? 이러한 질문에 기반을 둔 논의가 문학이 근본적으로 도덕적 지적 훈계를 전달하는 수단이라는 것은 아니다. 이상적으로 말하면, 도덕적/지적 비평은 독자가 언제나 작품의 내용대로 행동하거나 그 내용이 개인적으로 또는 도덕적으로 수용할 만한 것인지 결정해야 하는 정도의 설교와는 달라야 한다.

세련된 비평가들은 "메시지 사냥"이 작품을 마치 설교나 정치적 연설인 것처럼 취급하여 작품의 예술적 가치를 간과한다는 이유로 종종 도덕적/지적 접근방식을 깔보기도 한다. 그러나 이 방식은 독자가 문학을 자신의 삶에 적용하고자 하는 한, 그 가치를 유지할 것이다.

예문

「젊은 굿맨 브라운」은 식민치하의 살렘 지역에 있는 종교 조직 같이 인간의 성숙을 위해서 만들어진 제도가 얼마나 파괴적일 수 있는가 하는 문제를 제기한다. 그러한 실패는 조직 자체에서 오는 것인가, 아니면 그것을 잘못 이용하는 사람으로부터 오는 것인가? 브라운이 믿고 있는 종교에서의 진리는 사회적, 정치적 제도에서도 역시 진리인가? 어떤 특정한 종교적 정치적 철학이 선한 의지나 상호신뢰보다도 더 신임을 받을 수 있는 것인가? 「젊은 굿맨 브라운」의 중요한 가치는 작품이 이와 같은 질문을 제기하면서 동시에 여러 가지 만족스런 대답을 제공하고 있다는 데 있다. 특히 중요한 것은 종교적, 도덕적 믿음이 남을 비난하는 데 이용되어서는 안된다는 점이다. 또 하나의 중요한 대답은 브라운의 청교도적인 판단처럼 어떤 종교나 단체에 몸을 의탁하고 가하는 공격은 위험하다는 것인데, 왜냐하면 이것이 통용된다면 판사가 아무 생각 없이 그리고 개인적인 책임감도 없이 판결을 내릴 것이기 때문이다.

2. 주제적/역사적 비평

이 전통적인 접근방식은 문학과 그 역사적 시대와의 관계를 강조하는데, 그렇기 때문에 긴 수명을 가지고 있다. 많은 문학 작품이 다양한 장소와 시대에 적용될 수 있기는 하지만, 또한 많은 작품이 그 작가들이 살았던 지적, 사회적 세계를 직접적으로 반영한다. 작품이 언제 쓰여졌는가? 그 작품이 나온 정황은 무엇인가? 어떤 주요 과제를 다루고 있는가? 작품은 작가의 경력과 어떻게 연관되는가? 예컨대, 키츠의 시 「채프먼의 호머를 처음 읽고서」는 서구문명의 주요 문학 작품 중의 하나를 읽고 난 후 흥분된 반응을 담고 있다. 하디의 「해협 사격」은 20세기에도 계속되는 군비 증강과 전쟁준비에 대한 조소적 반응에 다름 아니다.

주제적/역사적 접근방식은 오늘날의 독자들이 즉각적으로 이해하지 못할 수도 있는 어휘나 사상을 밝혀내는 등 이런 종류의 관계를 탐구한다. 분명히 이 방식은 각주나 사전, 도서관의 목록이나 역사, 그리고 안내서 등의 도움을 필요로 한다.

주제적/역사적 접근방식을 채택하는 일반적인 비평은 극단적으로 말하면 문학 작품 자체보다는 배경지식을 다루는 것이 된다. 예를 들어서, 주제적/역사적 비평가가 작가의 인생, 작가가 작품을 쓴 기간, 그 시대의 사회적, 지적 아이디어 등을 서술하면서, 작품 그 자체의 의미나 중요성, 또는 가치에 대해서는 한 번도 숙고하지 않는 것도 가능한 일이다.

이처럼 역사적인 구체적 사실을 작품과 무관하게 사용하는 것에 반대하며 나온 반응이 보통 신역사주의라고 불리는 방식이다. 이 방식은 특정한 텍스트에 대한 이해와 통합함으로써만 역사적 지식의 사용이 정당화된다고 본다. 예를 들어서, 아놀드의 「도버 해협」의 독자는 때때로 "The Sea of Faith / Was once, too, at the full . . ."이라는 아놀드의 말을 온전히 이해하는 데 어려움을 느낀다. 그러나 만일 아놀드의 시대에 확립되었던 성서의 "한 차원 높은 비평"(Higher Criticism)에 대한 지식이 도입된다면 그의 아이디어가 무엇을 말하는지 분명해질 것이다. 당대에 성서는 절대적이고 아무 흠도 없는 신의 음성이라기보다는 역사적인 기록으로 간주되었기 때문이다. 이러한 역사적 자료의 도입이 이 시를, 그리고 그 당시의 다른 문학 작품을 잘 읽을 수 있게 하기 위하여 사용되기 때문에 신역사주의는 지식과 해설의 합치를 대변하고 있다. 원칙적으로 신역사주의는 가능한 한 많은 역사적 사실의 획득을 요구한다, 왜냐하면 문학 작품과 그 역사적 시대와의 관계에 대한 우리의 지식이란 결코 완전할 수가 없기 때문이다. 신역사주의의 실천자는 역사적 사실이 문학 작품과 연관이 있을것이라는 가정 아래 언제나 새로운 역사적 정보를 얻으려 한다.

예문

「젊은 굿맨 브라운」은 나다니엘 호손(1804-1864)이 쓴 알레고리적인 이야기이다. 그는 뉴잉글랜드 출신으로서 종교와 죄의식의 관계에 대하여 깊이 숙고한 작가이다. 그의 조상들은 살렘 마녀재판 같은 종교적 박해에 간여하였으며, 150년 후에 살았던 그는 자신이 달갑지 않게 상속받은 전통인, 이전 시대의 죄악에 물든 종교가 갖는 나약함과 불확실성을 분석하고자 하였다. 그러므로 「젊은 굿맨 브라운」이 청교도 식민치하의 살렘을 배경으로 한다는 점이나, 엄하고 고리타분한 종교가 개인과 가족의 관계를 파괴하는 것에 대한 호손의 판결이 엄격한 비판자의 태도와 같다는 것은 놀라운 일이 아니다. 비록 작품의 직접적인 주제가 사라져버린 시대에 속한다 하더라도, 호손이 다룬 문제는 아직도 현실성을 가진, 가치 있는 것이다.

3. 신비평/형식주의

신비평은 20세기의 문학연구를 지배하는 세력이었다. 문학 작품이 예술작품의 형식이라는 것에 초점을 맞추고 있다는 점에서, 신비평은 전통적인 주제적/역사적 접근방식과 다르다. 신비평이 제기하는 문제는 주제적/역사적 비평가들이 문학사를 다루면서 실제적인 텍스트와의 직접적인 접촉을 피한다는 것이다.

형식주의 또는 신비평 접근방식의 발상이 된 것은 프랑스에서 실행하던, 텍스트의 자세한 해석으로서, 이는 구체적인 조사와 설명을 강조하는 방식이다. 신비평은 시나 짧은 구절 같은 작은 단위에 대한 형식적인 분석에서 그 탁월성을 발휘한다. 더 큰 구조에 대한 분석에 있어서 신비평은 이 책에 수록된 각 단원들을 이루고 있는 기교를 많이 사용하고 있다. 예컨대, 서술관점, 분위기, 플롯, 등장인물, 구조에 대한 논의들은 문학 작품을 형식적으로 관찰하는 방식들인데, 모두 신비평에서 출발한 것이다.

문학을 형식적으로 연구하는 목적은 독자에게 작품의 내용을 설명하기 위한 방법(구체적으로 작품이 말하고자 하는 것이 무엇인가)을 제공할 뿐만 아니라 개개의 작품이나 작가의 예술적 특성(얼마나 효과적으로 그것이 표현되는가)을 판단하는 데 필요한 시각을 부여하기 위한 것이다. 신비평적 사고의 중요한 관점은 내용과 형식, 즉 모든 아이디어, 애매함, 섬세함, 그리고 분명한 모순조차도 처음부터 작가의 의식적, 무의식적 통제에서 온다는 것이다. 우연은 없다. 그러나 그렇다고 해서 오늘날의 비평가가 작가의 의도를 정확하게 정의할 수 있다는 것은 아니다. 그러한 의도를 파악하기 위해서는 결코 알 수 없는 작가의 전기적인 사항들에 대한 지식을 필요로 하기 때문이다. 그러므로 각 작품은 그 자체의 존재가치와 특성을 지니며, 비평가의 작업은 텍스트에 있는 사실을 설명할 수 있는 독서방식을 찾는 것이다. 신비평이 완벽한 해석을 주장하거나 한 작품에 대한 다양한 독서방식이 갖는 효용성을 배제하지도 않는다는 것에 주목해야 할 것이다.

신비평의 반대자들은 신비평이 역사와 전기가 문학 연구에 관련이 있는 지식을 제공한다는 것을 무시하는 경향이 있음을 지적해왔다. 또한 신비평은 텍스트 자체의 분석만을 강조함으로써 문학적 가치와 감상을 다루는 데 실패했다는 비난을 받아왔다. 다시 말해서 형식주의 비평가는 문학의 의미를 설명하면서 때때로 독자들이 문학을 자극적이고 가치 있는 것이라고 느끼는 이유를 간과하고 있다는 것이다.

예문

호손의 「젊은 굿맨 브라운」이 갖는 중요한 면은 구체적인 사실들이 애매하고 꿈과 같아서 많은 독자들이 어떤 일이 일어나고 있는지 잘 모른다는 것이다. 사건은 주인공인 젊은 굿맨 브라운이 밤에 깊은 숲속으로 걸어가서 신비스런 악마적 의식을 목격하고 냉혹하고 인간 혐오적인 인물이 되는 것이다. 이만큼은 분명한 것 같으나, 브라운의 경험이 구체적으로 무엇인지, 또한 그가 여행을 시작하면서 그를 동반하는 다른 이들(아버지, 마을의 원로, 악마)의 정체가 무엇인지는 불분명하다. 작품의 마지막에 호손의 서술자는 사건 전체가 꿈이거나 악몽에 지나지 않을 수도 있다고 말하고 있다. 그러나 아침이 오자, 브라운은 마치 밤새의 여행에서 돌아오는 것처럼 마을로 돌아오고, 자신의 아내인 페이스(Faith)나 다른 마을 사람들을 두려워하며 움츠러든다 (문단 70). 이런 그의 태도가 겨우 악몽으로부터 생긴 것일 수 있을까?

작품의 마지막에서도 이러한 불분명함은 그대로 유지된다. 이 때문에 우리는 어떻게 브라운 같은 사람이 자신 주위에 방어적인 판단의 벽을 쌓는지를 보여주기 위해서 호손이 일부러 불분명함을 창조하고 있다는 결론을 내릴 수도 있다. 이처럼 작품은 브라운이 느끼는 분노의 진정한 원천이 밤 여행만큼이나 애매한 것인데 그는 이것을 이해하지 못하고 있는 것을 암시한다. 브라운의 관점과 판단이 절대적이기 때문에 그는 그 대가가 냉혹한 의심과 정신적인 고독으로 점철된 삶인데도 불구하고 주위에 있는 모든 이들을 거부하는 것이다.

4. 구조주의

구조주의의 원칙은 서로 분리되고 격리된 것처럼 보이는 요소들 사이에서 상호관계와 연결고리를 찾는 시도에서부터 출발한다. 마치 물리학이 만유인력이나 전자석의 힘 같이 사물을 통합하는 보편적 원칙을 밝히듯이 (그리고 지속적으로 "분야를 통합하는 이론"을 탐구하듯이) 구조주의는 모든 문학을 통합하는 양식을 찾으려 한다. 따라서 모파상의 「목걸이」에 대한 구조주의적 서술은 주인공인 마틸드가 적극적인 인물로서 시험(또는 여러 가지의 시험들)을 거치고, 비록 자신이 처음 원했던 대로는 아니지만, 승리를 이끌어낸다는 것을 강조한다. 체호프의 『곰』에 등장하는 포포프 부인이나 스미르노프에 대해서도 같은 말을 할 수가 있다. 만일 같은 종류의 구조주의적 관점이 비어스의 「아울강 다리에서 생긴 일」에 적용된다면 주인공이 시험에서 실패했다고 할 수 있을 것이다. 일반적으로 구조주의적 접근방식은 이러한 패턴을 다른 문학 작품에 적용하여 어떤 주인공은 적극적이거나 복종적이고, 시험에 통과하거나 실패한다든지, 또는 다른 시련에 대해서 성공적이거나 패배한다고 판단한다. 중요한 것은 분명히 상관없는 많은 작품들이 많은 공통적 패턴을 보여주거나 다양한 변화가 있으면서도 유사한 구조를 가지고 있다는 점이다.

비평가가 서로 확연히 다른 문화와 역사적 시대를 갖는 작품들에 대해서 논의할 수 있게 해준다는 점에 구조주의적 접근방식의 중요성이 있다. 이 때문에 비평가들은 현대 인류학자들, 특히 클로드 레비스트로스(1908-1990)의 방식을 추종한다. 그러면서 비평가들은 민간설화나 동화를 깊이 있게 연구해 왔다. 예컨대 몇몇의 선구적인 구조주의 비평은 러시아의 민간설화에 담겨있는 구조주의적 원리를 밝히는 데 주력하였다. 이 방식은 또한 대중적인 문학과 심각한 문학을 구조주의적 서술에 관한 한, 거의 구분이 없는 것으로 연결하고 있다. 과연 구조주의는 비교문학에 이상적인 접근방식을 제공하고 있으며, 비평가들이 현대 로맨스, 탐정 이야기, 일일 연속극, 영화 같은 장르를 통합할 수 있도록 해준다.

신비평처럼 구조주의도 종합적인 서술을 목표로 하며, 많은 비평가들은 두 접근방식이 별개의 것이 아니라 서로 보완적이라고 주장한다. 차이점이라면 신비평은 작은 단위의 문학을 다루는 데 최선이지만, 구조주의는 서술양식을 분석하기 때문에 소설이나 신화나 이야기들 같은 큰 단위의 작품을 다루는 데 최선이라는 것이다. 구조주의는 어떻게 이야기가 여러 가지 전형적인 상황으로 조직되는지를 보여주기 때문에 원형적인 접근방식과 융합되며, 때로는 구조주의와 원형주의 사이에서 차이점을 찾기가 어려워지기도 한다.

그러나 구조주의는 서술구조뿐만 아니라, 어디에서 생기든지 간에 모든 형태의 구조를 다루고 있다. 예를 들어서, 구조주의는 언어학을 아주 많이 사용한다. 현대 언어학자들은 언어의 "심층구조"와 "표면구조" 사이에는 차이점이 있다고 받아들인다. 그래서 문체의 구조주의적 분석에서는 작가가 그러한 구조를 어떻게 사용하는지를 강조한다. 언어에 대한 구조주의적 해석은 또한 다양한 문학 형태에 반복해서 나타나는 언어의 독특한 '문법' 또는 형식을 파악한다. 예컨대 여러분이 다음과 같이 시작되는 구절을 대한다고 가정해보자:

옛날에 젊은 왕자가 젊은 공주를 사랑하게 되었다. 그는 자신의 사랑을 그녀에게 고백하기로 결심하고, 어느 날 아침 일찍 하얀 준마를 타고 성을 나서서 높은 산꼭대기에 있는 그녀의 성을 향하여 떠났다.

그날 아침 일찍이 알렌은 자신이 애니를 생각하고 있는 것을 알았다. 그녀가 자기를 사랑한다고 말했을 때 그는 그녀를 믿었으나 그녀에 대한 자신의 느낌은 분명치 않았으며, 생각을 하면서도 그는 아직 확신이 서질 않았다.

이 두 구절에 있는 어휘는 나타내는 바가 서로 다르고 개별적인 형태를 만들어낸다. 하나는 과거의 동화이고, 다른 하나는 현대적 느낌에 대한 내면적 반영이다. 그러므로 이 두 구절은 어떻게 언어가 이미 결정된 구조적 패턴에 맞아떨어지는지를 보여주고 있다. 비슷한 언어구조의 사용을 다른 형태의 문학에도 적용할 수 있다.

예문

젊은 굿맨 브라운은 능동적이 아닌, 수동적인 영웅이다. 그는 행위자라기보다는 증인이자 수용자이다. 숲으로 여행을 떠나는 그의 유일한 행동은 작품의 시작 부분에 나타난다. 그후부터 그는 더 이상 행동하지 않고 오히려 남의 행동을 수용하며, 그가 보는 것은 그가 평생 믿어온 것을 시험한다. 물론 많은 주인공들이 비슷한 시험을 거치고 (특히 끔찍한 용을 죽이고 희생자를 구원하는 등) 승리자가 된다. 굿맨 브라운은 그렇지 못했다. 그는 자신의 감각, 또는 잘못된 감각의 희생자가 되도록 놔둔 응답자인 것이다. 자신의 아내나 마을의 좋은 사람들과 겪은 모든 과거의 경험에도 불구하고, 그는 너무 성급하게 일반화하고 있다. 자신의 악몽에서 얻은 하나의 실망스런 경험이 타인에 대한 자신의 모든 관점을 지배하게 하였으며, 그래서 그는 시험에 실패하고, 자신의 인생 전체를 실패한 인생으로 만든 것이다.

5. 여성주의

여성주의적 접근방식은 대부분의 문학 작품이 남성적이고 가부장적인 견해를 제시하고 있으며, 문학 안에서 여성의 역할이 무시되거나 아니면 축소되었다고 주장한다. 정치에서의 여성주의적 운동과 연계하여, 문학의 여성주의 비평은 문학 작품 안에서 여성의 독특한 특성과 중요성에 대한 의식을 일깨우려고 노력한다.

　　구체적으로 여성주의적 관점은 다음과 같은 시도를 한다. (1) 전통적인 문학 작가들이 여성을 무시하고, 여성에 대한 편견적이고 오도된 견해를 전파하였다는 것을 보여준다. (2) 여성의 본성과 가치에 대한 조화로운 견해를 반영할 수 있는 비평적 환경을 만들어가도록 자극한다. (3) 과거 여성작가들의 작품을 복구하고 현재 여성작가들의 출판을 북돋아서 문학적 정전(canon)이 사상가이자 예술가로서의 여성을 인식할 만큼 확대되기를 꾀한다. (4) 언어학적 왜곡에서 출발한 불평등과 불공정을 말소하기 위하여 언어를 바꾸기를 촉구한다.

　　형식적으로 여성주의적 관점은 다양한 문학 작품을 여성을 어떻게 표현하는지 하는 관점에서 평가하려 한다. 「목걸이」(소설), 「패턴」(시), 『곰』(희곡) 같은 작품에서 여성주의 비평은 이러한 작품들이 여성을 어떻게 다루고 있으며 이러한 결과를 가지고 작가가 부족한지, 아니면 선구자적인지에 초점을 맞춘다. 여성 인물이 얼마나 중요한가, 또는 그들이 그들 자신으로서 얼마나 개성이 있는가? 그들이 자신의 존재와 자신의 성격을 가진 인물로 표현되고 있는가? 남자와의 관계에 있어서 그들은 어떻게 다루어지고 있는가? 동등한 위치를 부여받고 있는가, 아니면 무시되거나, 애처럼 보호되는가, 미친 것으로 취급되는가, 아니면 받들어 모셔지는가? 남성 인물들이 여성의 관심사에 대하여 얼마나 많은 흥미를 보이는가?

예문

「젊은 굿맨 브라운」의 시작 부분에서 브라운의 아내인 페이스(Faith)는 주변적인 인물에 불과하다. 아내가 부속물이라는 전통적인 가부장 정신에 따라서, 그녀는 남편에게 집에 머물기를 요구하지만 그 다음에는 그의 여행을 받아들인다. 그러나 호손은 그녀에게 자신의 관심사를 설명할 만한 지성이나 위엄을 부여하지 않았으며(또는 그녀가 하는 말에 그가 관심이나 기울였겠는가), 그래서 그녀는 자신의 독특한 특성인 양, 핑크색 머리 리본을 단 채, 뒤로 물러나 있다. 그녀는 숲 가운데 악마적 의식에서 다시 나타나며, 이때는 힘을 가지지만 그 힘은 단지 남편을 방황하게 하는 원인으로 작용할 뿐이다. 그녀가 악마주의를 실행하는 장소에 초보자로서 인도되어 나오자, 그녀의 남편은 막바로 그녀를 따른다. 불행히도 그녀를 따라감으로써 브라운은 그녀가 그렇게 하게 만들었다고 주장하며 편리하게 죄책감에서 자신을 용서하고 있다. 이는 마치 인간의 원죄에 대한 전통적인 견해대로 이브가 아담을 강요하여 사과를 먹게 했다는 것과 같다 (창세기 3:16-17). 다시 말하면, 남자 주인공에 대한 관심 때문에 호손은 여성의 역할을 왜곡하고 있다.

6. 경제결정론/맑시즘

문화적 경제적 결정론의 개념은 지난 세기의 가장 중요한 정치적 아이디어였다. 칼 맑스(1818-1883)는 삶에 가장 근본적인 영향을 주는 것이 경제라고 강조하면서, 사회를 자본가와 노동자들의 대립으로 보았다. 이런 종류의 분석에서 출발하는 문학은 계급투쟁에 속박된 개인의 모습을 제시한다. 종종 "프롤레타리아 문학"이라고 불리는 이 방식은 낮은 계층에 속한 인간들, 즉 인생을 끝없는 고역과 비참함 속에서 지내며, 자신의 처지에서 탈출하려는 시도가 또 다른 억압을 불러들이는, 가난하고 억눌린 사람들에 초점을 맞춘다.

맑스의 정치적 아이디어는 미국에서는 결코 광범위하게 받아들여지지 않았으며 소련의 정치적 몰락 이후로 더욱 쇠퇴하였다. 그러나 경제결정론의 아이디어는 아직 신뢰를 얻고 있다(그리고 비슷한 개념인 "사회적 다원주의"도). 그 결과, 많은 문학 작품은 경제적 관점에서 평가될 수 있게 되었다. 등장인물의 경제적 지위는 어떤가? 이러한 지위 때문에 그들에게 어떤 일이 일어나는가? 경제적 정치적 조건에 대해서 그들은 어떻게 반응하는가? 자신의 신분에서 오는 어떤 다른 환경을 작가가 강조하고 있는가(예컨대 열등한 교육, 영양실조, 열악한 보건진료, 기회의 상실 등)? 작품이 다루고 있는 문제의 경제적, 사회적, 정치적 암시를 간과함으로써 얼마나 실패하고 있는가? 어떤 다른 방식으로 경제적 결정론이 작품에 영향을 주고 있는가? 오늘날 선진국과 저개발국에서 독자들은 작품을 어떻게 받아들여야 하는가? 얼핏 보면 우리가 여기서 이제까지 분석해온 호손의 이야기 「젊은 굿맨 브라운」은 아무런 경제적 암시가 없는 것처럼 보인다. 그러나 경제적 경향의 논의는 다음과 같은 방향을 취할 수 있겠다.

예문

「젊은 굿맨 브라운」은 있는 그대로 훌륭한 이야기이다. 작품은 죄가 지배하는 종교를 비뚤어지게 받아들이는 데서 오는 잘못된 가치관을 다루고 있다. 그러나 작품은 이러한 상황이 주는 경제적 암시를 간과하고 있다. 굿맨 브라운이 사는 살렘이라는 작은 세상에서 벌어질 진짜 이야기는 생존과 사회로부터 소외된 구성원들이 만들어내는 질서와 괴라고 생각할 수도 있다. 타인에 대한 브라운의 불신과 비난이 병든 상상력이라는 자신만의 껍질 속으로 그를 몰아가게 한 후, 호손은 어떻게 그러한 반동적인 인물이 그 마을의 경제적 공공적 생활에 상처를 입히는가에 대해서 고려하지 않는다. 잠시 다음과 같은 것들을 고려해보아야 한다. 브라운이 경멸하며 멀리하려 하는 사람들은 왜 업무와 개인적인 문제들로써 그와의 관계를 유지하려는 것인가? 마을 회의에서 그들은 공적인 관심사와 투자의 중요한 문제들에 대한 그의 견해를 따를 것인가? 죄와 저주에 대한 집착은 가정 생활에서 그를 두려운 인물로 만들지 않겠는가? 그의 아내인 페이스는 집안일들을, 아니면 아이들을 어떻게 보살필 것인지를 그와 논의할 수 있을까? 물론 이런 질문들은 호손이 쓰지 않은 또 다른 이야기를 겨냥하고 있다. 이들은 또한 호손의 접근방식이 갖는 부족함을 가리키고 있기도 하다. 왜냐하면 젊은 굿맨 브라운이 이기적으로 악에 사로잡혀 있기 때문에 발생하는 중요한 결과는 그가 사는 작은 사회의 경제적, 정치적 사안들의 심각한 붕괴일 것이 분명하기 때문이다.

7. 심리적/심리분석 비평

마음에 대한 과학적 탐구는 지그문트 프로이트(1856-1939)에 의해서 확립된 정신역학 이론과 그의 추종자들이 실행했던 심리분석학 방법의 산물이다. 심리분석 비평은 행동이 숨겨진 무의식적 동기에 의해서 이루어진다고 주장하여 등장인물을 이해하는 데 새로운 열쇠를 제공하였다. 이는 거의 새로운 발견으로 환영받았으며, 당연히 20세기 문학에 깊은 영향을 주었다.

또한 그 대중적 인기는 심리적/심리분석적 비평을 만들어냈다(2장 등장인물에 대한 글쓰기: 문학 속의 인물들). 어떤 비평가들은 이러한 방식을 사용하여 허구적 인물의 성격을 설명하였는데, 셰익스피어의 햄릿이 오이디푸스 콤플렉스에 시달리고 있다고 지적한 프로이트와 어니스트 존스의 획기적인 해석이 대표적인 예이다. 또 다른 비평가들은 작가와 예술적 창작과정을 분석하는 방편으로 이를 이용한다.

예컨대, 존 리빙스턴 로위의 「제나두로 가는 길」은 「쿠블라 칸」(353쪽)의 저자인 콜리지의 마음과 독서, 그리고 심리상태에 대한 구체적인 관찰을 제시하고 있다.

심리분석 접근방식을 이용하는 비평가들은 무엇인가 치료중에 있는 환자에 대한 정보처럼 문학을 다룬다. 작품 자체에 등장인물의 말과 행동의 원인이 되는 분명하거나 숨겨진 동기는 무엇인가? 작가는 등장인물에 대해서 얼마나 많은 배경지식(억눌린 어린 시절의 충격이나 청소년기의 기억 등)을 제공하는가? 등장인물의 심리적 상태에 관한 이러한 정보가 얼마나 의도적인 것인가? 그것이 등장인물을 이해하고 분석하는 데 얼마나 중요한가?

작가에 관해서 비평가들은 심리분석적 모델을 사용하여 이와 같은 질문을 고려한다. 어떤 특별한 삶의 경험이 그 작가의 특이한 주제와 선입견을 설명하고 있는가? 작가의 생은 행복했는가, 불행했는가? 작가는 분노에 차 있는가, 외로운가, 아니면 사회적인가? 작가의 가족 중 누군가의 죽음이 작가의 작품 안에 있는 감상적인 상황과 관련이 있는가?(예컨대, 영국 시인 토마스 그레이의 11남매는 성인이 되기 전에 죽었다. 그레이는 혼자 살아남았다. 그의 시에서 그레이는 자주 죽음을 다루고 있으며, 그 때문에 그는 18세기의 '무덤 학파(Graveyard School)'에 속하는 시인으로 여겨지고 있다.)

예문

「젊은 굿맨 브라운」의 마지막에서 호손의 주인공은 더 이상 정상적인 생활을 할 수 없게 된다. 그의 악몽은 실생활에서 죄와 죄의식을 강조하는 청교도적 종교에 대한 평생 동안의 정신적 속박을 상징하는 것으로 보아야 한다. 만일 어떤 사람이 신이 자신을 용서하고 자비를 베푼다고 확신하고 있다면, 죄에 대한 그러한 강박관념은 심리적인 건강에 아무런 장애가 되지 않는다. 다른 사람들도 신의 용서하심에 대하여 똑같이 진실하게 믿고 있다는 것을 알고 있는 한, 이들이 다른 사람들을 대하는 방식은 건전하다. 그러나 만일 자신의 믿음이 약하거나 불분명하고 용서를 믿지 못하게 되면 이들은 자기 자신의 죄를 타인에게 투사하게 된다 (사실상 이것은 개인적인 공포의 한 형태이다). 이들은 자신의 죄를 계속 인식하고 있으나, 다른 사람들의 죄가 있다고 주장하는 것이 쉽다는 걸 알게 된다, 비록 남들의 영혼에 한 점 티가 없다 하더라도, 또한 자신에게 가장 가까운 가족의 일원이라 하더라도. 이러한 투사의 과정이 진행되면 이들은 자기 자신의 죄의식 때문에 다른 사람들을 비난할 합리화를 만들게 된다. 이들이 치러야 하는 대가는 우울한 삶으로서, 인간의 모습을 한 악마에 대한 악몽을 꾼 후의 굿맨 브라운에게 호손이 부여한 운명이 바로 그러하다.

8. 원형/상징/신화적 비평

스위스의 정신분석가인 칼 융(1875-1961)에서 출발한 원형적 접근방식은 인간의 삶이 다양한 문화와 역사적 시대를 통틀어서 비슷한 패턴, 또는 원형 ("처음의 형태" 또는 "처음 패턴")으로부터 형성된다는 가정을 가지고 있다. 이 방식은 구조주의적 문학분석과 유사한데, 둘 다 다른 시대와 아주 상이한 지역에서 출현한 문학 작품들 안에서 발견되는 관련성을 강조하고 있기 때문이다.

문학적 평가에 있어서, 원형적 접근방식은 최고의 문학 작품의 근원에는 원형적 패턴이 깔려 있다는 주장을 뒷받침하는 데 사용된다. 그러므로 원형 비평가는 신의 인간 창조, 영웅의 희생, 또는 낙원의 탐색 같은 원형을 찾는다. 어떻게 개인적인 이야기, 시, 또는 희곡이 원형적 패턴과 부합하는가? 이러한 상호관계는 어떤 진실을 제공하는가(특히 역사적, 국가적, 문화적 선을 넘나드는 진실)? 얼마나 밀접하게 작품이 원형에 부합하는가? 어떤 변화가 눈에 띄는가? 이러한 상호관계는 어떤 의미를 갖는가?

원형 비평에서 가장 취약한 면은 반복되는 패턴이 우리 모두가 인간이라는 이유 때문에 우리 마음과 피 속에 여전히 지니고 있는 "보편적인 인간 의식"에 대한 증거라는 융의 주장이다.

모든 비평가가 보편적 인간 의식이라는 가정을 받아들이는 것은 아니지만, 대부분 이러한 접근방식이 비교와 대조를 하는 데 중요하다고 여긴다(11장을 볼 것). 사춘기, 풋사랑, 성공의 추구, 부모와의 화해, 나이먹음과 죽음의 다가옴 같은 많은 인간적 상황들은 구조적으로 유사한 원형으로 분석될 수 있는 것이다. 예컨대 다음과 같은 상황들은 패턴이거나 초보적인 원형으로 볼 수 있다. 젊은이가 문학과 이해력의 힘을 발견한다(「채프먼의 호머를 처음 읽고서」). 인간이 불분명함 속에서 진리와 믿음의 중요성을 판단한다(「도버 해협」). 남자와 여자가 독립적으로 살기를 원함에도 불구하고 사랑에 빠진다(『곰』). 여성이 이전에는 알지 못했던 내부적 요소 때문에 힘과 성실함을 얻게 된다(「목걸이」). 원형적 접근방식은 같은 주제에 대한 다양한 분석을 장려하는데, 즉 글라스펠의 『사소한 것들』에서 두 여인이 범죄에 대한 즉흥적인 은폐를 시도(어떤 종류의 가입) 하고 자신들이 남편들로부터 독립적으로 자유로운 행동과 사고를 주장하기 시작하는 것(또 다른 종류의 가입) 등이다.

예문

젊은 굿맨 브라운이 정상적인 심리상태에서 경직된 상태로 변화하는 과정을 겪는다는 점에서 작품은 '가입의식'의 거꾸로 된 원형이다. 성공적인 '가입의식'의 원형에 따르면, 초보자는 자신이 사회의 정규적인 일원이 될 만한 가치가 있다는 것을 과시하고자 한다. 예컨대, 호머의『오디세이』에서 텔레마커스는 서사시가 진행되면서 여행, 토론, 전투라는 가입의식을 치르는 젊은이이다. 그러나「젊은 굿맨 브라운」에서 우리는 정반대의 가입의식을 보게 된다. 왜냐하면 성공적인 가입의 원형이 있는 반면에 브라운의 가입은 실패로 인도하기 때문이다. 행복 여부가 달린 개인적인 삶에서 그는 기준에 미치지 못한다. 그는 동료 마을 사람들에게서 악을 보고, 자신의 교구목사를 저주하며, 자신의 가족으로부터조차 움츠러든다. 그의 삶은 절망과 우울함으로 가득하다. 그의 의심은 오래 전에 청교도들이 가졌던 의심이지만, 호손의 작품이 갖는 영원성은 오해와 비난의 원형은 불변한다는 것에 기인한다. 오늘날 주요 뉴스가 되는 기근과 전쟁은 굿맨 브라운이 보여주었던 편협함과 같은 것에서 나오는 것이다.

9. 해체주의

해체주의자들은 해체주의적 접근방식을 접근방식이 아니라 오히려 하나의 행위라고 설명하고 있지만, 이 방식은 프랑스 비평가 자크 데리다(1930)에 의해 개발된 것이다. 1970년대와 1980년대에 이 방식은 중요하지만 동시에 논란이 많은 비평형태가 되었다. 문학이론으로서 해체주의는 애매함과 모순을 강조하는 분석을 제시한다.

　　해제주의의 주요한 원칙은 서구의 사고방식은 이성중심적(logocentric)인데 서구 철학자들은 자신의 사고를 중심 진리가 인식가능하고 완벽하다는 가정에 기초하고 있다는 것이다(해체주의자에 의하면 이러한 견해는 오류이다). 대신에 해체주의자의 시각으로는, 변화하며 때로는 작위적인 상황과 시대가 지성 세계를 다스리고 있기 때문에 중심 진리는 없다는 것이다. 이러한 분석은 "모든 해석은 잘못된 해석이다"라는 선언을 이끌어낸다. 다시 말하면, 문학 작품은 유기적으로 통합된 개체로 단정될 수 없으며, 그렇기 때문에 "하나의 올바른 해석"이 있는 것이 아니라 단지 각자 스스로 유효한 "해석들"이 존재할 뿐이라는 것이다.

　　그러므로 작품을 "해체"할 때 해체주의 비평가들은 다른 비평가들이 작품에 대해 주장하는 것에 대해서 의문을 제기한다. 어떤 시가 고전주의의 모델로 여겨지는가? 그렇다면 그 시는 낭만주의적인 성격도 보여준다. 젊은 미국 원주민이 학교에서 도망치는 이야기가 보통 현대 도시생활에 대한 비판으로 여겨지는가? 그렇다면 그 이야기는 또한 젊은이의 실패에 관한 이야기도 될 수 있다. 이러한 비평을 실행하면서 해체주의 비평가들은 양면성(ambivalence), 상이함(discrepancy), 수수께끼(enigma), 불분명함(uncertainty), 현혹(delusion), 미정(indecision), 우유부단(lack of resolution) 같은 어휘에 담겨 있는 아이디어를 특히 강조한다.

"올바르고"(correct), "특권적이거나"(privileged), "수용되는"(accepted) 독서방식에 대한 해체주의자의 공격도 바로 언어가, 또한 그래서 문학이 불안정한 것이라는 원칙과 관련이 있다. "언어학적 불안정성"은 단어에 대한 이해가 결코 정확하거나 온전할 수 없다는 뜻인데, 텍스트에 담긴 단어와 이들 의미의 다양한 농도 (미래의 가능한 의미를 포함하여) 사이에는 결코 끝나지 않는 "유희"(play)가 존재하기 때문이다. 다시 말하면, 단어들은 이미 고정되고 결정된 의미를 만드는 것이 아니라 의미의 "무한한 대체"의 가능성을 함축하고 있다는 것이다. 그러므로 각 문학 작품은 그 전체적인 의미가 계속해서 유보되기 때문에 애매하고 불확실한 것이다. 이러한 무한한 유희, 또는 의미론적 긴장이 언어를 불안정적으로 만들고, 올바르거나 수용되는 독서방식을 불가능하게 한다.

다른 모든 문학이론이 그렇지만, 해체주의는 때때로 이론 그 자체의 타당성이 부인될 정도로 심한 비판을 받아 왔다는 것이 사실이다. 많은 비평가들은 해체주의의 태도가 불분명하고 애매하다고 한다. 그들은 문학 작품이 종종 애매하고, 불분명하며, 뚜렷이 모순적이라는 것을 인정하지만, 그렇게 되는 원인이 언어학적 불안정성에 있는 것이 아니라 작가의 의도에 있다고 설명한다. 그들은 또한 해체주의자의 언어학적 분석이 파생적이고, 독창적이 아니며, 틀렸다고 지적한다. 또한 비평가들은 해체주의의 언어학적 관점이 언어학적 불안정성에 대한 해체주의자들의 주장을 전혀 뒷받침하지 않는다고 주장한다. 비평가들은 또한 해체주의가 "특권적 독서방식"이 존재하지 않는다는 그 자신의 주요 가정을 따르지 못한다는 점에 주의를 환기시킨다. 어떤 독서방식을 무효화하거나 "뒤집기" 위해서는 특권적 독서방식을 먼저 인정해야만 하기 때문이다.

예문

「젊은 굿맨 브라운」에는 많은 불분명함이 존재한다. 길에서 만나는 낯선 사람부터 시작해보면, 그가 브라운을 즉시 알아보고 그에게 유쾌하게 말을 걸기 때문에 그가 브라운의 아버지라는 결론을 내릴 수도 있다. 그러나 한편 낯선 사람은 흐물흐물하는 지팡이 때문에 악마로 볼 수도 있다(비평가 구디 클로이즈는 그를 악마로 본다). 사라진 다음에, 그는 또한 전지적인 사교의 지도자이자 예언자의 특성을 갖는다. 왜냐하면 악마적인 의식에서 그는 브라운의 이웃들과 뉴잉글랜드 지역사회가 저지른 모든 비밀스런 죄악을 낱낱이 알고 있기 때문이다. 또한 그는 사람들을 브라운이 빠진 독선적인 판단주의로 유도함으로써 그들을 호도하고 어리둥절하게 하려는 비틀린 양심을 대변할 수도 있다. 종교를 이용하여 사람들을 스스로 저주에 빠뜨리는 이 방법은 정말 악마적이라 할 수 있다. 그러므로 낯선 사람이 악한 세력이라는 것은 명확하다. 그러나 그가 어떻게 악마적인지는 명확하지 않다. 그는 보통 양심이 하는 방식으로 굿맨 브라운 같은 영혼에 접근하여 저주에 빠뜨리는 자신의 사명을 수행하는 것처럼 보인다. 만일 낯선 사람이 악마적 양심이라면 진짜 양심이라고 여겨지는 것에 대한 호손의 주장을 우리는 무엇이라고 가정할 수 있겠는가?

10. 독자수용이론

독자수용이론은 현상학에 뿌리를 두고 있는데, 현상학은 "사물이 드러나는 현상에 대한 이해"를 다루는 철학의 한 분파이다. 지식에 대한 현상학적 아이디어에 의하면 사실(reality)은 외부 세상에서 발견되는 것이 아니라 그러한 외부에 대한 정신적 인식(perception)에서 발견되는 것이다. 다시 말하면, 실제 지식, 즉 우리 인간들이 아는 모든 것은 세상에 대한 우리들의 개인적이고 집단적인 이해이며 그에 대한 우리들의 결론이라는 것이다.

현상학적 인식의 결과로, 독자수용이론은 문학 작품을 구성하고 있는 작가-텍스트-독자의 관계에서 독자가 꼭 필요한 한 부분이라고 주장한다. 다시 말해서 작품은 독자가 자신의 지식과 경험을 통해서 그것에 동화하고 현실화함으로써 작품과 교류하기 전까지는 모두 완성되지 않은 것이다. 이 이론의 대표적인 질문들은 다음과 같다. 내 현재의 지적, 도덕적 상태에서 이 작품은 내게 어떤 의미를 갖는가? 내 삶의 어떤 특정한 면이 내가 이 작품을 이해하고 감상하는 데 도움을 줄 수 있는가? 작품이 어떻게 내 이해를 증가시키고 내 시야를 넓혀줄 수 있는가? 증가된 나의 이해력이 어떻게 이 작품을 더 깊이 이해하는 데 도움을 줄 수 있는가? 이 이론에 의하면 이러한 질문들이 제기하는 자유로운 교류와 상호관계는 흥미와 성장을 유도하여, 독자들이 문학 작품에 동화되고 그것을 자기 삶의 일부로 받아들이게 한다.

처음 독서하는 방식으로서 독자수용 방법은 개인적이고 얘깃거리가 많을 수 있다. 또한 해석보다는 반응을 강조함으로써 이 이론의 대표적인 해설자(스탠리 피시)는 텍스트가 그 자체로 객관적인 정체성을 가질 수 있는가 하는 과격한 질문을 제기하였다. 이러한 면 때문에 이 방법이 부족하고 무의미하다는 지적이 있어왔다.

그러므로 독자수용 이론은 열린 체계라는 것에 주목하는 것이 중요하다. 이 이론은 초보적인 독자들이 문학 작품에 대해서 자신의 개인적인 반응을 제시하게 해주며, 또한 독자들의 기술과 안목을 증가시키는 목적을 가지고 있다. 독자들이 자신의 흥미와 훈련된 연구를 통해서 문학에 다가갈수록 그들의 반응은 더욱 "자신 있고" 종합적이 될 것이다. 축적된 경험을 가지고 훈련된 독자들은 습관적으로 새로운 작품에 적응하고 더욱 증가된 기술로 그러한 작품에 반응할 것이다. 만일 작품이 미술, 정치, 과학, 철학, 종교, 도덕 같은 분야의 특별한 지식을 요구한다면 자신 있는 독자들은 그러한 지식을 탐구할 것이고 자신의 반응을 개발하는 데 그것들을 이용할 것이다. 또한 학생들은 서로 비슷한 지적, 문화적 훈련을 경험하기 때문에, 반응들이 다양해지기보다는 합치하는 경향을 띄게 될 것이다. 이러한 합치의 경향은 개인적인 것이 아니라 문화적인 유사성에 기인한다. 그렇기 때문에 독자수용이론은 문학으로 향하는 구체적이고 박식한 길이 될 것이고 그렇게 되어야 한다. 그러나 우선적인 강조점은 독자와 문학 작품 사이의 "교류"(transaction)에 있는 것이다.

예문

「젊은 굿맨 브라운」은 선한 의도가 해로운 결과를 초래한다는 것을 너무도 불안하게 보여주고 있기 때문에 걱정스럽다. 내 생각에 너무 높은 기대감을 가진 사람은 굿맨 브라운처럼 실망하기 쉬운 것 같다. 사람들이 이 사람의 완벽에 대한 기준에 미치지 못하면 아무 가치 없는 것처럼 옆으로 제껴질 수 있다. 이들은 선한 사람들일 수 있으나, 그들이 과거에 저지른 실수 때문에 높은 기대를 가진 사람은 그들을 참을 수 없는 것이다. 나는 이런 경우가 내 친구들과 아는 사람들 사이에서, 특히 연애 관계에서 일어나는 것을 보았다. 완벽함을 기대하고 잘못을 알게 되면 차가워지는 굿맨 브라운은 같은 종류의 오판을 하고 있다. 그가 나쁜 사람이라는 것은 아니다. 왜냐하면 그는 처음에 믿음과 착실함을 가진 것으로 나타나기 때문이다. 그러나 그는 (부모를 포함한) 다른 모든 사람들이 악하다는 것을 보여주는 악몽을 비판 없이 받아들이고, 결국 이 근거 없는 의심 때문에 모든 사람을 불신하게 된다. 그는 이웃을 보기만 하면 "저주받은 사람"처럼 피하고, 자신의 아내마저도 "인사조차 하지 않고" 회피한다(문단 70). 브라운의 문제는 인간이라는 것을 무가치한 것과 동일시한다는 데 있다. 이처럼 왜곡된 판단기준에 의하면 우리 모두는 실패작이며, 이것이 작품을 그처럼 불안하게 만드는 것이다.

논문 작성법: 인용, 각주, 인용문헌 등

I. 전체적인 형식

1) 종이의 규격은 A4, 또는 Letter size로 통일한다. (다만 해당교수의 재량으로 다른 규격의 종이를 사용할 수도 있다.) 종이는 한 면만을 사용한다. 종이의 위, 아래, 좌, 우편에는 반드시 2.5cm 정도의 여백(margin)을 남겨두어야 한다. 특히 수기로 과제물을 작성하는 경우에는 여백의 설정에 유의하여야 한다.

2) 학위논문의 경우를 제외하고는 표지를 별도로 첨부하지 않으며, 첫 번째 페이지의 좌측 상단에 제출자의 이름(학번), 제출교수의 이름, 해당과목의 이름, 제출일자를 기록한다. 과제물의 제목은 한 줄 띈 다음 줄의 중간에 쓴다. 과제물의 제목은 별도의 " "나 밑줄, 또는 「 」, 『 』로 표시하지 않는다. 다만 책이름이나 장시(long poems)의 제목이 있을 때 그러한 제목에만 밑줄을 긋거나 이탤릭체, 또는 『 』로 표시하고, 단편소설이나 짧은 시의 제목이 들어가 있는 경우에는 역시 그 제목만을 " "

---

* 이 장은 원서에 수록된 논문 작성법이 영어로 논문을 작성할 때를 가정한 것이어서 우리의 실정에는 맞지 않는 점 때문에, New MLA 형식과 한국영어영문학회가 사용하는 논문작성 요령을 참고하여 별도로 만든 것이다.

나 「」로 표시한다.

　　3) 제목과 본문 사이는 한 줄의 공백을 둔다. 그밖에는 모든 줄 간격을 타자의 경우는 두 배 간격(Double space)으로, 워드프로세서의 경우는 기존 설정에 맞춘다 (사용하는 워드프로세서가 각각 고유의 글자크기와 줄 간격의 수치를 가지고 있으므로 일정하게 지정할 수는 없으나, 글자의 크기는 너무 크거나 작지 않게, 줄의 간격도 너무 넓거나 좁지 않게 하여야 한다. 미심쩍을 경우에는 타자의 글자크기와 줄 간격을 표준으로 삼는다.)

　　예)

김 선 녀(9010217)
영 문 과 교수님
영미소설개론
2005년 5월20일

소설의 발달
로빈슨 크루소를 중심으로

　　시나 드라마가 17세기에 이르기까지 문학에서 주도적인 역할을 담당해왔다면 오늘날에는 그 역할을 소설이 맡고 있다고 할 수 있을 것이다……

---

　　4) 과제물의 전체 길이가 세 쪽 이상일 경우에는 페이지번호를 넣는다.

　　II. 본문

　　1) 모든 과제물은 본문의 내용에 따라서 대체로 서론, 본론, 결론이 있으며, 그러한 구분이 외형적으로 꼭 필요한 경우에 한해서 I, II, III, 또는 <들어가는 말>, <맺는 말> 등을 사용할 수도 있다. 그러나 외형적인 구분이 없이도 서론, 본론, 결

론이 분명하게 내용에 드러나 있어야 한다. 우리말이든 영어든, 모든 산문은 문단(paragraph)을 중심으로 이루어진다. 문단이란 하나의 생각이 모아진 뜻덩어리(unit of idea)를 뜻하며, 보통 2개 이상 15개 미만의 문장으로 이루어져 있고, 외형적으로는 첫 행을 영어의 경우 5 spaces, 우리말의 경우 한 칸(타자나 워드의 2 spaces)만큼 들여 쓰기를 한다 (indentation).

2) 본문의 내용은 영어, 혹은 한글로 쓰는데, 한글로 쓰는 경우 외국어로 된 고유명사(인명이나 지명, 또는 책이나 작품의 제목, 등)는 우리말로 번역하거나 풀어서 쓰되 그러한 고유명사가 처음 등장할 때에만 괄호 안에 원어를 표시하도록 한다. (특히 인명의 경우 처음에는 가능한 한 Full name을 쓰도록 한다.)

3) 원문이나 참고문헌을 인용할 경우에도 모두 우리말로 번역하여 인용하도록 한다(이 경우 기왕의 번역을 인용한 경우는 번역자를, 자신이 직접 번역한 경우는 자신의 번역이라는 사실을 각주를 통해서 밝힌다). 특별한 이유가 없는 한, 번역문만 게재하고 원문은 제시하지 않는다. 다만, 원문이 시어(verse)이거나 원문의 제시가 꼭 필요한 경우에는 우리말 번역 다음에 원문을 괄호 안에 기록한다. 그러나 언어학의 경우에서처럼 특정한 구절이나 문장을 분석하는 경우처럼 원문만을 써야 하는 때에는 원문을 그대로 쓴다.

예)

그러나 소네트의 마지막 두 행에서 시인은 서로 적대관계에 놓여 있는 거미와 벌 사이에 화합과 평화가 이루어져 있다고 말한다. "그리고 모두들 거기에서 영원한 평화를 보게 되리니, / 다름아닌 바로 그 거미와 어여쁜 벌 사이에서 말이오(And all thensforth eternall peace shall see, / Between the Spyder and the gentle Bee)."* 서로 먹고 먹히는 관계에 있는 두 존재 사이에 영원한 평화가 있다는 말은 분명히 역설이다.

4) 인명이나 지명의 경우 해당 언어권의 발음을 존중하도록 하되, 결정이 어려울 때는 교육부 제정 외국어 발음 규정을 따른다.

* 본 논문에서 사용한 텍스트는 리처드 실베스타(Richard Sylvester)가 편집한 『16세기 영시 모음집』(*English Sixteenth-Century Verse: An Anthology*) New York: Norton, 1974에 의하며, 우리말 번역은 필자가 하였다.

5) 독립 인용문의 첫 문단은 인용문 자체가 문단의 시작인 경우를 제외하고는 들여쓰기를 하지 않는다. 독립 인용문 다음에 나오는 본문의 경우 기계적으로 들여쓰기하지 않도록 해야 하며, 새로운 문단이 시작되는 경우에만 들여쓰기를 한다.

예)

 이러한 사실은 구조주의 언어학자 로만 야콥슨(Roman Jakobson), 구조주의 정신분석가 자크 라캉(Jacques Lacan)에 의해서 크게 뒷받침되었다. 특히 라캉은 프로이트(Freud)의 압축과 전치 현상을 재해석하여 야콥슨이 말하는 언어의 두 축인 은유와 환유와 동일시함으로써 무의식이 언어와 같이 구조되어 있다는 명제의 근거로 삼았다. 또한 라이오넬 트릴링(Lionel Trilling)은 프로이트가 말하는 정신의 구조가 본질적으로 시적 구조하고 같은 것으로 보고, 다음과 같이 말했다.

> 18세기에 비코(Vico)는 문학의 초기 단계의 은유적, 심상적 언어에 대해서 말한 바 있다. 과학의 시대에 어떻게 우리는 아직까지도 비유적으로 형상화하여 느끼고 생각하는가를 발견하는 일, 그리고 정신분석학의 본질인 비유의, 은유와 그것의 변종인 제유와 환유의 과학을 창조해내는 일이 프로이트에게 맡겨졌다.(108)

이러한 트릴링의 견해는 우리에게 많은 것을 시사해준다.

III. 인용(documentation)

1) 인용에는 직접 인용(quotation), 의역(paraphrase), 내용의 요약(summary)의 세 가지가 있는데, 어느 경우든지 반드시 원전의 출처를 밝혀야 한다. 특히 의역의 경우와 내용을 요약한 경우에는 출처를 밝히지 않아도 된다고 생각하는 경우가 있는데, 그러한 경우에도 반드시 원전의 출처를 밝혀야 한다.

2) 표절 (plagiarism)은 다른 사람의 의견이나 표현을 출처를 명백히 밝히지 않고 마치 자기자신의 생각이나 표현인 것처럼 사용하는 행위를 가리키는 것으로서, 이는 부정행위에 해당하는 심각한 잘못이다. 설령 본인에게 표절의 의도가 없었다고 하더라도, 용서될 수 없는 행위이므로 적극적으로 피해야 한다.

3) 인용의 출처는 본문에 괄호를 사용하여 밝히며, 부득이한 경우 외에는 각주

를 사용하지 않는다.

4) 인용의 출처를 본문에서 밝히는 방법은 New MLA format 을 따르기로 하는
데, 본문에서 저자의 이름을 밝힌 경우에는 괄호 안에 페이지 번호만을 밝히고, 본
문에서 저자의 이름을 밝히지 않은 경우에는 괄호 안에 저자의 이름과 페이지 번호
를 밝힌다(이때 저자의 이름과 페이지 번호 사이에는 아무런 기호도 첨가하지 않는
다). 이때 외국인의 경우는 last name만을 쓰고, 한국인의 경우는 전체 이름을 밝힌
다. 다만, 같은 저자의 책이나 논문을 두개 이상 인용하여 단순히 이름만으로는 인
용문헌(Works Cited)에서 출처를 찾기 어려운 경우에는 책이름 (긴 경우에는 처음 한
두 어휘만을)을 함께 밝힌다. 원전이 다른 책에 인용되어 있는 것을 다시 인용했을
경우에는 자신이 인용한 책의 저자와 페이지번호만을 밝히고 "qtd." 또는 "재인용"
이라고 표시한다.

예) 본문에서 저자의 이름을 밝힌 경우
클리언스 브룩스(Cleanth Brookes)가 말했듯이 자기자신에 대하여 진실한 시인은 모두 갈
등과 대립의 언어, 즉 패러독스를 사용하게 마련이다 (107).

인용문헌

Brookes, Cleanth. "The Launguage of Paradox: 'The Cannonization'," *John Donne*.
        Helen Gardner. Englewood Cliffs: Prentice, 1962.

예) 본문에서 저자의 이름을 밝히지 않은 경우
그러나 크래쇼의 시는 헌신적이고 객관적이어서 자전적인 성격이 강한 허버트(George
Herbert)로부터 따온 것을 거의 찾아볼 수 없다는 것이다 (Warren 112).

인용문헌

Warren, Austin. *Richard Crashaw: A Study in Baroque Sensibility*. London:: Faber, 1939.

예) 같은 저자의 책이 두 권 이상 사용되었을 경우
해리 버거(Harry Berger Jr.)의 말대로 그는 "어린 아이처럼 순진하기만 한"(*The Allegorical*
47) 작가였다. 그렇지만 동시에 그가 놀라울 만큼 화려하고, 복잡한 기교를 구사할 수
있었던 것은 그가 살아가면서 겪은 여러 가지 역경에 대한 경험을 창조의 에너지로 전
환할 수 있었던 위대한 정신의 소유자였기 때문이었다 (Berger Spenser 118).

인용문헌

Berger, Harry Jr. *The Allegorical Temper: Vision and Reality in Book II of Spenser's Faerie Queene*.
　　New Haven: Yale UP, 1957.

_____.ed. Spenser: *A Collection of Critical Essays*. Englewood Cliffs: Prentice, 1968.

예) 재인용의 경우

핀터 자신이 말했던 것처럼 알 수 없음(ambiguity)이란 우리 삶의 한가운데에 자리잡고 있는 것이고 우리 모두가 어쨌거나 나누어 가지고 있는 것이다 (qtd. Salem 1).

5) 언어학 과제물의 경우에는 인용문 저자의 이름에 바로 괄호를 하고 그 안에 인용문의 출판연도를 쓰고 페이지번호를 기록한다. 이때 출판년도와 페이지 사이에는 콜론(:)을 삽입하며, 같은 해에 두개 이상의 출판물이 나왔을 경우에는 순서에 따라 a, b, c . . .로 구분한다.

예) 언어학 과제물의 경우

Klima(1964b: 270)의 주장에 따르면 문장부정을 문제의 문장 뒤에 'either-clause'나 'negative appositive tag(즉 not even),' 'the question tage without not'이 사용될 수 있는 경우에만 해당된다고 한다.

6) 인용의 출처를 밝히는 경우에 페이지를 표시하는 p, pp는 일체 쓰지 않으며, 저자의 이름과 페이지번호 사이에 아무런 부호를 쓰지 않는다.

7) 직접인용의 경우 인용문은 " "로 표시하고, 인용문이 3줄이 넘을 경우에는 별도의 인용문단(전체 문단을 왼쪽만 다섯 칸 들여쓰기하고, 영문의 경우에는 10 spaces를 indent함)으로 만든다. 별도의 인용문단을 만드는 경우에는 " " 표시를 하지 않는다. 시어(verse)를 인용할 때는 줄을 구분하기 위해서 / 표시를 하고 계속 이어서 쓰는데, 그렇게 이어 써서 3줄이 넘는 경우에는 역시 별도의 인용문단을 만든다. 운문을 별도의 인용문단으로 만드는 경우에는 원본과 같이 한 줄에 한 행씩 써서 운문임을 표시한다.

8) 인용문 안에서 생략한 부분이 있는 경우에는 생략된 부분이 하나의 문장을

넘지 않으면 '. . .' (한 칸씩 떨어진 세 개의 마침표)로 생략의 표시를 하며, 한 문장 보다 많은 부분을 생략한 경우에는 '. . . .' (한 칸씩 떨어진 네 개의 마침표)로 표시 한다. 모든 인용문에는 인용의 규정에 따라서 원전을 밝혀야 한다. 인용문과 본문 사이의 간격을 별도로 크게 하지 않으며, 인용문 안에서의 글자크기나 줄 간격을 별 도로 조절하지 않는 것을 원칙으로 한다(단, 출판을 목적으로 하는 경우 워드프로세 서의 특징에 따라서 인용문 자체의 글자크기나 줄 간격은 별도로 조절할 수 있다).

예)

조안 베네트(Joan Bennett)는 크래쇼를 가리켜 "보기 드물게 외골수적인 사고를 가지고 있는 인물"(97)이라고 했는데, 사실 크래쇼의 시에 동시에 나타나는 성스러움과 관능미 의 근원은 시인의 그러한 외골수적인 사고의 패턴에서 찾아야 할 것이다. 윌리암슨은 다음과 같이 말한다.

그의 시가 보여주는 것은 세상에 대항하여 싸우는 투쟁이 아니라 세상과 정반 대되는 세계 . . . 즉 고정된 믿음이 주는 행복, 혹은 오히려 기독교적인 헌신의 행위로 인하여 계속해서 되살아나는 신앙으로 인한 행복으로서, 시인은 그러한 행복감을 가지고 자신의 시를 쓰는 것이다. (124)

9) 의역(paraphrase)의 경우 인용문은 본문과 구분 없이 사용하지만, 문장의 끝에 원전의 출처를 밝혀야 한다. 따라서 두 문장 이상 계속해서 의역하여 인용하는 것은 피해야 한다. 계속해서 여러 문장을 의역하여 인용하여야 할 경우에는, 직접인용하 든지 한 문장으로 요약을 하고 그 문장의 끝에 원전의 출처를 밝힌다.

예)

많은 서술이론가들은 이러한 서술방법이 독자로 하여금 이야기에 더 적극적으로 참여하게 한다고 주장한다. 롤랑 바르트(Roland Barthes)는 텍스트 사이에 간격이 있을 때 에 독자는 즐거움을 느낀다고 언급하며 연계고리가 없는 서술의 전략을 정당화한다 (9).

10) 고전으로 일컬어지는 작품들을 인용할 때는 페이지번호를 생략하고 절이 나, 연, 행, 또한 희곡의 경우에는 막, 장, 행을 표시하여 출전을 밝힌다. 예컨대 호머 의 『오디세이』의 경우에는 (8.326)으로 표시하면 8권 326행을 가리키며, 스펜서의 『선녀여왕』의 경우 (II.iv.21)로 표시하면 2권 넷째 칸토 21연을 가리킨다. 또한 셰익 스피어의 『맥베스』의 경우 (III.i.32-37)로 표시하면 3막 1장 32행부터 37행까지를 가

리킨다.

IV. 주석(Notes)

1) 각주(footnote)는 본문 안에 잘 아우러지지 않는 설명을 해야 할 경우에만 사용하며 (explanatory note), 단순한 인용의 출처를 밝히는 데는 사용하지 않는 것을 원칙으로 한다. 해당교수의 특별한 지시가 없는 한, 미주(end notes)는 사용하지 않는다.

2) 사용하고 있는 텍스트가 무엇인지 밝히거나, 텍스트의 번역이 누구의 것이라는 것을 밝히고 차후부터는 본문에서 페이지번호로 대신하겠다고 하는 경우처럼, 단순한 인용의 출처를 밝히는 데 그치지 않고, 설명을 덧붙여야 하는 경우에는 각주를 사용한다.

예)

본 논문에서는 그동안 남성 중심의 플롯으로 오독되어온 『주홍글자』(The Scarlet Letter)를 여성이 주체가 된 시각에서, 남성 중심의 문학규범을 벗어나 여성의 고유한 체험과 여성 자신의 시각에서 읽어보도록 한다.[1]

----

1. 텍스트는 Seymour Gross et. al. ed. *The Scarlet Letter*(New York: Norton, 1988)를 사용하였으며, 이제부터 텍스트에 대한 모든 인용은 본문의 괄호 안에 페이지를 표시하는 것으로 대신함.

3) 각주의 내용 중 일부나 전체를 인용하여 그 출처를 밝혀야 하는 경우에도 본문에서 하는 것과 동일한 요령으로 괄호 안에서 처리한다.

V. 인용문헌(works cited)

1) 과제물을 작성하는 과정에서 실제로 어떠한 자료를 참조했던 간에, 사실상 본문에서 인용한 자료만을 밝혀 나열하고 인용문헌(Works Cited)으로 표기한다. 학

위논문의 경우를 제외하고는 참고문헌(Bibliography)은 쓰지 않는다.

2) 국내 문헌과 외국 문헌을 함께 인용문헌으로 사용한 경우, 국내 문헌을 저자의 이름에 따라 가나다순으로 먼저 열거한 다음, 외국 문헌은 저자의 last name에 따라서 알파벳순으로 열거한다.

3) 문헌의 표시가 두 줄 이상이 될 경우에 둘째 줄부터는 약 5칸(spaces) 정도로 들여쓰기를 한다.

4) 같은 저자가 계속 등장하는 경우에, 두 번째부터는 저자의 이름 대신에 다섯 칸에 해당하는 이음줄(hypen)을 그어서 표시한다.

5) 편, 저자가 두 명인 경우에는 두 사람 다 기록하는데, 두 번째 저자의 이름은 first name을 먼저 기록하고 이름과 성 사이에 쉼표를 쓰지 않는다.

6) 편, 저자가 세 명 이상인 경우에는 처음 한사람의 이름만을 기록하고, 우리말 이름의 경우에는 . . .외, 영어이름의 경우에는 ". . ., et. al."이라고 표시한다.

7) 책이름이나 장시의 경우 제목이 영문일 경우에는 밑줄을 치거나 이탤릭으로 쓴다. 책이름이나 장시의 제목이 우리말일 경우에는 밑줄을 치거나, 이탤릭, 또는 『 』를 사용하여 표시한다. 단편소설이나 짧은 시의 제목이 영문일 경우에는 " "를 사용하며, 우리말일 경우에는 " "나, 「 」를 사용하여 표시한다.

8) 우리말 논문이나 저서의 제목 안에 또 다른 작품의 제목이 등장할 때에는 「 」나 『 』안에 밑줄이나 이탤릭체의 사용으로 다른 작품의 제목을 표기한다. (예, 「멜빌의 *백경*에 나타나는 이미저리 연구」)

예)
단행본의 경우
최시한. 『수필로 배우는 글읽기』. 서울: 고려원미디어, 1994.

Frazer, James George. *The Golden Bough: A Study in Magic and Religion*.
    Abr. ed. Toronto: Macmillan, 1963.

같은 저자가 계속 등장하는 경우

Eagleton, Terry. *Literarary Theory: An Introduction*. Minneapolis: U of Minnesota P, 1983.
_____. *Marxism and Literary Criticism*. London: Oxford UP, 1976.

정기간행물의 경우 (편, 저자가 두 명인 경우)

최경도. 「간음의 문학」. 『영어영문학』 42 (1996): 323-343

조광순. 「최근의 Emblem 이론에 관한 연구」. 『Shakespeare Review』 29 (1996): 211-244.

김준오. 「한국 문학과 정신분석--수용사적 검토와 그 전망」. 『현대시사상』. 고려원
    (1989): 79-92.

Laplanche, Jean and Serge Leclaire. "The Unconscious: a psycholanalytic study." Tr. Patrick
    Coleman. *Yale French Studies*. 48(1972): 118-175.

정광숙. 「스카이 리의 *잔월루*에 나타난 포스트모던 이데올로기」. 『어문학논총』 숙명여
    자대학교 어문학연구소 7 (1994): 43-61.

학위논문의 경우

강석주. 「A Study of Villainy in Shakespeare: *Richard III*, *The Merchant of Venice*, *Othello*, *and*
    Macbeth」 박사논문. 서강대학교, 1994.

조미정. 「고딕소설의 현실인식: 메리 셸리의 *프랑켄슈타인*을 중심으로」. 석사논문.
    숙명여자대학교, 1997.

편, 저자가 세 명 이상인 경우

Sheridan, Marion C. et. al. *The Motion Picture and the Teaching of English*. New York: Appleton,
    1965.

논문 모음집(anthology)에 수록되어 있는 경우

박영인. 「맥베드에 나타난 셰익스피어의 영웅관」. 『셰익스피어를 어떻게 가르칠 것인
    가?』. 신웅재 편. 서울: 한신문화사, 1998, 76-97.

Trilling, Lionel. "Freud and Literature." *Freud: A Collection of Critical Essays*. Ed. Perry
    Meisel. Englewood Cliffs: Prentice, 1981, 95-111.

번역판의 경우

박거용 역. 『미국문학 사상의 배경』(*Backgrounds of American Literary Thought*)by Rod W.

Horton. 서울: 터, 1991.

Horton, Rod W. *Backgrounds of American Literary Thought*. 박거용 역. 서울: 터, 1991.

Lacan, Jacques. *Ecrits: A Selection*. Trans. Alan Sheridan. New York: Norton, 1977.

사전, 또는 백과사전의 경우

"Furies." *Dictionary of Symbolism: Cultural Icons and the Meanings behind Them*. By Hans Biedermann. Trans. James Hulbert. New York: Meridian, 1994.

Markov, Vladimir. "Russian Poetry." *Princeton Encyclopedia of Poetry and Poetics*. Ed. Alex Preminger. Enl. ed. Princeton: Princeton UP, 1974.

9) 기타 여기서 미처 설명하지 못한 여러 가지 사례에 대한 인용양식과 구체적인 인용의 사례, 또는 주석의 형식 등은 한국영어영문학회에서 발간한 『논문작성요령』 1995년 4월판에 준한다. 영어문헌의 경우에 더욱 구체적인 사례가 필요하면 최신판 *MLA Handbook for Writers of Research Papers*(New York: MLA, 1984) 또는 *The MLA Style Manual*(New York: MLA, 1985)을 참고할 것.

주요 작품들

I. STORIES

Ambrose Bierce (1842–1914?)

An Occurrence at Owl Creek Bridge   1891

A man stood upon a railroad bridge in northern Alabama, looking down into the swift water twenty feet below. The man's hands were behind his back, the wrists bound with a cord. A rope closely encircled his neck. It was attached to a stout cross-timber above his head and the slack fell to the level of his knees. Some loose boards laid upon the sleepers supporting the metals of the railway supplied a footing for him and his executioners—two private soldiers of the Federal army, directed by a sergeant who in civil life may have been a deputy sheriff. At a short remove upon the same temporary platform was an officer in the uniform of his rank, armed. He was a captain. A sentinel at each end of the bridge stood with his rifle in the position known as "support," that is to say, vertical in front of the left shoulder, the hammer resting on the forearm thrown straight across the chest—a formal and unnatural position, enforcing an erect carriage of the body. It did not appear to be the duty of these two men to know what was occurring at the center of the bridge; they merely blockaded the two ends of the foot planking that traversed it.

Beyond one of the sentinels nobody was in sight; the railroad ran straight away into a forest for a hundred yards, then, curving, was lost to view. Doubtless there was an outpost farther along. The other bank of the stream was open ground—a gentle acclivity topped with a stockade of vertical tree trunks, loopholed for rifles, with a single embrasure through which protruded the muzzle of a brass cannon commanding the bridge. Midway of the slope between the bridge and fort were the spectators—a single company of infantry in line, at "parade rest," the butts of the rifles on the ground, the barrels inclining slightly backward against the right shoulder, the hands crossed upon the stock. A lieutenant stood at the right of the line, the point of his sword upon the ground, his left hand resting upon his right. Excepting the group of four at the center of the bridge, not a man moved. The company faced the bridge, staring stonily, motionless. The sentinels, facing the banks of the stream, might have been statues to adorn the bridge. The captain stood with folded arms, silent, observing the work of his subordinates, but making no sign. Death is a dignitary who when he comes announced is to be received with formal manifestations of respect, even by those most familiar with him. In the code of military etiquette silence and fixity are forms of deference.

The man who was engaged in being hanged was apparently about thirty-five years of age. He was a civilian, if one might judge from his habit, which was that of a planter. His features were good—a straight nose, firm mouth, broad forehead, from which his long, dark hair was combed straight back, falling behind his ears to the collar of his well-fitting frock coat. He wore a mustache and pointed beard, but no whiskers; his eyes were large and dark gray, and had a kindly expression which one would hardly have expected in one whose neck was in the hemp. Evidently this was no vulgar assassin. The liberal military code makes provision for hanging many kinds of persons, and gentlemen are not excluded.

The preparations being complete, the two private soldiers stepped aside and each drew away the plank upon which he had been standing. The sergeant turned to the captain, saluted and placed himself immediately behind that officer, who in turn moved apart one pace. These movements left the condemned man and the sergeant standing on the two ends of the same plank, which spanned three of the cross-ties of the bridge. The end upon which the civilian stood almost, but not quite, reached a fourth. This plank had been held in place by the weight of the captain; it was now held by that of the sergeant. At a signal from the former the latter would step aside, the plank would tilt and the condemned man go down between two ties. The arrangement commended itself to his judgment as simple and effective. His face had not been covered nor his eyes bandaged. He looked a moment at his "unsteadfast footing," then let his gaze wander to the swirling water of the stream racing madly beneath his feet. A piece of dancing drift-wood caught his attention and his eyes followed it down the current. How slowly it appeared to move! What a sluggish stream!

He closed his eyes in order to fix his last thoughts upon his wife and children. The water, touched to gold by the early sun, the brooding mists under the banks at some distance down the stream, the fort, the soldiers, the piece of driftwood—all had distracted him. And now he became conscious of a new disturbance. Striking through the thought of his dear ones was a sound which he could neither ignore nor understand, a sharp, distinct, metallic percussion like the stroke of a blacksmith's hammer upon the anvil; it had the same ringing quality. He wondered what it was, and whether immeasurably distant or near by—it seemed both. Its recurrence was regular, but as slow as the tolling of a death knell. He awaited each stroke with impatience and—he knew not why—apprehension. The intervals of silence grew progressively longer; the delays became maddening. With their greater infrequency the sounds increased in strength and sharpness. They hurt his ear like the thrust of a knife; he feared he would shriek. What he heard was the ticking of his watch.

He unclosed his eyes and saw again the water below him. "If I could free my hands," he thought, "I might throw off the noose and spring into the stream. By diving I could evade the bullets and, swimming vigorously, reach the bank, take to the woods and get away home. My home, thank God, is as yet outside their lines; my wife and little ones are still beyond the invader's farthest advance."

As these thoughts, which have here to be set down in words, were flashed into the doomed man's brain rather than evolved from it the captain nodded to the sergeant. The sergeant stepped aside.

II

Peyton Farquhar was a well-to-do planter, of an old and highly respected Alabama family. Being a slave owner and like other slave owners a politician he was naturally an original secessionist and ardently devoted to the Southern cause. Circumstances of an imperious nature, which it is unnecessary to relate here, had prevented him from taking service with the gallant army that had fought the

5

disastrous campaigns ending with the fall of Corinth,[*] and he chafed under the inglorious restraint, longing for the release of his energies, the larger life of the soldier, the opportunity for distinction. That opportunity, he felt, would come, as it comes to all in war time. Meanwhile he did what he could. No service was too humble for him to perform in aid of the South, no adventure too perilous for him to undertake if consistent with the character of a civilian who was at heart a soldier, and who in good faith and without too much qualification assented to at least a part of the frankly villainous dictum that all is fair in love and war.

One evening while Farquhar and his wife were sitting on a rustic bench near the entrance to his grounds, a grayclad soldier rode up to the gate and asked for a drink of water. Mrs. Farquhar was only too happy to serve him with her own white hands. While she was fetching the water her husband approached the dusty horseman and inquired eagerly for news from the front.

10   "The Yanks are repairing the railroads," said the man, "and are getting ready for another advance. They have reached the Owl Creek bridge, put it in order and built a stockade on the north bank. The commandant has issued an order, which is posted everywhere, declaring that any civilian caught interfering with the railroad, its bridges, tunnels or trains will be summarily hanged. I saw the order."

"How far is it to the Owl Creek bridge?" Farquhar asked.

"About thirty miles."

"Is there no force on this side of the creek?"

"Only a picket post half a mile out, on the railroad, and a single sentinel at this end of the bridge."

15   "Suppose a man—a civilian and student of hanging—should elude the picket post and perhaps get the better of the sentinel," said Farquhar, smiling, "what could he accomplish?"

The soldier reflected "I was there a month ago," he replied "I observed that the flood of last winter had lodged a great quantity of driftwood against the wooden pier at this end of the bridge. It is now dry and would burn like tow."

---

* *Corinth*: In the northeast corner of Mississippi, near the Alabama state line, Corinth was the site of a battle in 1862 won by the Union army.

The lady had now brought the water, which the soldier drank. He thanked her ceremoniously, bowed to her husband and rode away. An hour later, after nightfall, he repassed the plantation, going northward in the direction from which he had come. He was a Federal scout.

III

As Peyton Farquhar fell straight downward through the bridge he lost consciousness and was as one already dead. From this state he was awakened— ages later, it seemed to him—by the pain of a sharp pressure upon his throat, followed by a sense of suffocation. Keen, poignant agonies seemed to shoot from his neck downward through every fiber of his body and limbs. These pains appeared to flash along well-defined lines of ramification and to beat with an inconceivably rapid periodicity. They seemed like streams of pulsating fire heating him to an intolerable temperature. As to his head, he was conscious of nothing but a feeling of fullness —of congestion. These sensations were unaccompanied by thought. The intellectual part of his nature was already effaced; he had power only to feel, and feeling was torment. He was conscious of motion. Encompassed in a luminous cloud, of which he was now merely the fiery heart, without material substance, he swung through unthinkable arcs of oscillation, like a vast pendulum. Then all at once, with terrible suddenness, the light about him shot upward with the noise of a loud plash; a frightful roaring was in his ears, and all was cold and dark. The power of thought was restored; he knew that the rope had broken and he had fallen into the stream. There was no additional strangulation; the noose about his neck was already suffocating him and kept the water from his lungs. To die of hanging at the bottom of a rive r!—the idea seemed to him ludicrous. He opened his eyes in the darkness and saw above him a gleam of light, but how distant, how inaccessible! He was still sinking, for the light became fainter and fainter until it was a mere glimmer. Then it began to grow and brighten, and he knew that he was rising toward the surface—knew it with reluctance, for he was now very comfortable. "To be hanged and drowned," he thought, "that is not so bad; but I do not wish to be shot. No; I will not be shot; that is not fair."

He was not conscious of an effort, but a sharp pain in his wrist apprised him that he was trying to free his hands. He gave the struggle his attention, as an idler might observe the feat of a juggler, without interest in the outcome. What splendid effort—what magnificent, what superhuman strength! Ah, that was a fine endeavor! Bravo! The cord fell away; his arms parted and floated upward, the hands dimly seen on each side in the growing light. He watched them with a new interest as first one and then the other pounced upon the noose at his neck. They tore it away and thrust it fiercely aside, its undulations resembling those of a water snake. "Put it back, put it back!" He thought he shouted these words to his hands, for the undoing of the noose had been succeeded by the direst pang that he had yet experienced. His neck ached horribly; his brain was on fire; his heart, which had been fluttering faintly, gave a great leap, trying to force itself out at his mouth. His whole body was racked and wrenched with an insupportable anguish! But his disobedient hands gave no heed to the command. They beat the water vigorously with quick, downward strokes, forcing him to the surface. He felt his head emerge; his eyes were blinded by the sunlight; his chest expanded convulsively, and with a supreme and crowning agony his lungs engulfed a great draught of air, which instantly he expelled in a shriek!

20   He was now in full possession of his physical senses. They were indeed, preternaturally keen and alert. Something in the awful disturbance of his organic system had so exalted and refined them that they made record of things never before perceived. He felt the ripples upon his face and heard their separate sounds as they struck. He looked at the forest on the bank of the stream, saw the individual trees, the leaves and the veining of each leaf—saw the very insects upon them: the locusts, the brilliant-bodied flies, the gray spiders stretching their webs from twig to twig. He noted the prismatic colors in all the dewdrops upon a million blades of grass. The humming of the gnats that danced above the eddies of the stream, the beating of the dragon flies' wings, the strokes of the water-spiders' legs, like oars which had lifted their boat—all these made audible music. A fish slid along beneath his eyes and he heard the rush of its body parting the water.

He had come to the surface facing down the stream; in a moment the visible world seemed to wheel slowly round, himself the pivotal point, and he saw the bridge, the fort, the soldiers upon the bridge, the captain, the sergeant, the two privates, his executioners. They were in silhouette against the blue sky.

They shouted and gesticulated, pointing at him. The captain had drawn his pistol, but did not fire; the others were unarmed. Their movements were grotesque and horrible, their forms gigantic.

Suddenly he heard a sharp report and something struck the water smartly within a few inches of his head, spattering his face with spray. He heard a second report, and saw one of the sentinels with his rifle at his shoulder, a light cloud of blue smoke rising from the muzzle. The man in the water saw the eye of the man on the bridge gazing into his own through the sights of the rifle. He observed that it was a gray eye and remembered having read that gray eyes were keenest, and that all famous marksmen had them. Nevertheless, this one had missed.

A counter-swirl had caught Farquhar and turned him half round; he was again looking into the forest on the bank opposite the fort. The sound of a clear, high voice in a monotonous singsong now rang out behind him and came across the water with a distinctness that pierced and subdued all other sounds, even the beating of the ripples in his ears. Although no soldier, he had frequented camps enough to know the dread significance of that deliberate, drawling, aspirated chant; the lieutenant on shore was taking a part in the morning's work. How coldly and pitilessly—with what an even, calm intonation, presaging, and enforcing tranquillity in the men—with what accurately measured intervals fell those cruel words:

"Attention, company! . . . Shoulder arms! . . . Ready! . . . Aim! . . . Fire!"

Farquhar dived—dived as deeply as he could. The water roared in his ears like the voice of Niagara, yet he heard the dulled thunder of the volley and, rising again toward the surface, met shining bits of metal, singularly flattened, oscillating slowly downward. Some of them touched him on the face and hands, then fell away, continuing their descent. One lodged between his collar and neck; it was uncomfortably warm and he snatched it out.

As he rose to the surface, gasping for breath, he saw that he had been a long time under water; he was perceptibly farther down stream—nearer to safety. The soldiers had almost finished reloading; the metal ramrods flashed all at once in the sunshine as they were drawn from the barrels, turned in the air; and thrust into their sockets. The two sentinels fired again, independently and ineffectually.

The hunted man saw all this over his shoulder; he was now swimming vigorously with the current. His brain was as energetic as his arms and legs; he thought with the rapidity of lightning.

"The officer," he reasoned, "will not make that martinet's error a second time. It is as easy to dodge a volley as a single shot. He has probably already given the command to fire at will. God help me, I cannot dodge them all!"

An appalling plash within two yards of him was followed by a loud, rushing sound, diminuendo, which seemed to travel back through the air to the fort and died in an explosion which stirred the very river to its deeps! A rising sheet of water curved over him, fell down upon him, blinded him, strangled him! The cannon had taken a hand in the game. As he shook his head free from the commotion of the smitten water he heard the deflected shot humming through the air ahead, and in an instant it was cracking and smashing the branches in the forest beyond.

30 "They will not do that again," he thought; "the next time they will use a charge of grape. I must keep my eye upon the gun; the smoke will apprise me—the report arrives too late; it lags behind the missile. That is a good gun."

Suddenly he felt himself whirled round and round—spinning like a top. The water, the banks, the forests, the now distant bridge, fort and men—all were commingled and blurred. Objects were represented by their colors only; circular horizontal streaks of color—that was all he saw. He had been caught in a vortex and was being whirled on with a velocity of advance and gyration that made him giddy and sick. In a few moments he was flung upon the gravel at the foot of the left bank of the stream—the southern bank—and behind a projecting point which concealed him from his enemies. The sudden arrest of his motion, the abrasion of one of his hands on the gravel, restored him, and he wept with delight. He dug his fingers into the sand, threw it over himself in handfuls and audibly blessed it. It looked like diamonds, rubies, emeralds; he could think of nothing beautiful which it did not resemble. The trees upon the bank were giant garden plants; he noted a definite order in their arrangement, inhaled the fragrance of their blooms. A strange, roseate light shone through the spaces among their trunks and the wind made in their branches the music of Æolian harps. He had no wish to perfect his escape—was content to remain in that enchanting spot until retaken.

A whiz and rattle of grapeshot among the branches high above his head roused him from his dream. The baffled cannoneer had fired him a random farewell. He sprang to his feet, rushed up the sloping bank, and plunged into the forest.

All that day he traveled, laying his course by the rounding sun. The forest seemed interminable; nowhere did he discover a break in it, not even a woodman's road. He had not known that he lived in so wild a region. There was something uncanny in the revelation.

By nightfall he was fatigued, footsore, famishing. The thought of his wife and children urged him on. At last he found a road which led him in what he knew to be the right direction. It was as wide and straight as a city street, yet it seemed untraveled. No fields bordered it, no dwelling anywhere. Not so much as the barking of a dog suggested human habitation. The black bodies of the trees formed a straight wall on both sides, terminating on the horizon in a point, like a diagram in a lesson in perspective. Overhead, as he looked up through this rift in the wood, shone great golden stars looking unfamiliar and grouped in strange constellations. He was sure they were arranged in some order which had a secret and malign significance. The wood on either side was full of singular noises, among which—once, twice, and again—he distinctly heard whispers in an unknown tongue.

His neck was in pain and lifting his hand to it found it horribly swollen. He knew that it had a circle of black where the rope had bruised it. His eyes felt congested; he could no longer close them. His tongue was swollen with thirst; he relieved its fever by thrusting it forward from between his teeth into the cold air. How softly the turf had carpeted the untraveled avenue—he could no longer feel the roadway beneath his feet!

Doubtless, despite his suffering, he had fallen asleep while walking, for now he sees another scene—perhaps he has merely recovered from a delirium. He stands at the gate of his own home. All is as he left it, and all bright and beautiful in the morning sunshine. He must have traveled the entire night. As he pushes open the gate and passes up the wide white walk, he sees a flutter of female garments; his wife, looking fresh and cool and sweet, steps down from the veranda to meet him. At the bottom of the steps she stands waiting, with a smile of ineffable joy, an attitude of matchless grace and dignity. Ah, how

35

beautiful she is! He springs forward with extended arms. As he is about to clasp her he feels a stunning blow upon the back of the neck; a blinding white light blazes all about him with a sound like the shock of a cannon—then all is darkness and silence!

Peyton Farquhar was dead; his body, with a broken neck, swung gently from side to side beneath the timbers of the Owl Creek bridge.

Kate Chopin (1851–1904)

The Story of an Hour   1894

Knowing that Mrs. Mallard was afflicted with a heart trouble, great care was taken to break to her as gently as possible the news of her husband's death.

It was her sister Josephine who told her, in broken sentences: veiled hints that revealed in half concealing. Her husband's friend Richards was there, too, near her. It was he who had been in the newspaper office when intelligence of the railroad disaster was received, with Brently Mallard's name leading the list of "killed." He had only taken the time to assure himself of its truth by a second telegram, and had hastened to forestall any less careful, less tender friend in bearing the sad message.

She did not hear the story as many women have heard the same, with a paralyzed inability to accept its significance. She wept at once, with sudden, wild abandonment, in her sister's arms. When the storm of grief had spent itself she went away to her room alone. She would have no one follow her.

There stood, facing the open window, a comfortable, roomy armchair. Into this she sank, pressed down by a physical exhaustion that haunted her body and seemed to reach into her soul.

5 She could see in the open square before her house the tops of trees that were all aquiver with the new spring life. The delicious breath of rain was in

the air. In the street below a peddler was crying his wares. The notes of a distant song which some one was singing reached her faintly, and countless sparrows were twittering in the eaves.

There were patches of blue sky showing here and there through the clouds that had met and piled one above the other in the west facing her window.

She sat with her head thrown back upon the cushion of the chair, quite motionless, except when a sob came up into her throat and shook her, as a child who has cried itself to sleep continues to sob in its dreams.

She was young, with a fair, calm face, whose lines bespoke repression and even a certain strength. But now there was a dull stare in her eyes, whose gaze was fixed away off yonder on one of those patches of blue sky. It was not a glance of reflection, but rather indicated a suspension of intelligent thought.

There was something coming to her and she was waiting for it, fearfully. What was it? She did not know; it was too subtle and elusive to name. But she felt it, creeping out of the sky, reaching toward her through the sounds, the scents, the color that filled the air.

Now her bosom rose and fell tumultuously. She was beginning to recognize this thing that was approaching to possess her, and she was striving to beat it back with her will—as powerless as her two white slender hands would have been.

When she abandoned herself a little whispered word escaped her slightly parted lips. She said it over and over under her breath: "free, free, free!" The vacant stare and the look of terror that had followed it went from her eyes. They stayed keen and bright. Her pulses beat fast, and the coursing blood warmed and relaxed every inch of her body.

She did not stop to ask if it were or were not a monstrous joy that held her. A clear and exalted perception enabled her to dismiss the suggestion as trivial.

She knew that she would weep again when she saw the kind, tender hands folded in death; the face that had never looked save with love upon her, fixed and gray and dead. But she saw beyond that bitter moment a long procession of years to come that would belong to her absolutely. And she opened and spread her arms out to them in welcome.

There would be no one to live for during those coming years; she would

10

live for herself. There would be no powerful will bending hers in that blind persistence with which men and women believe they have a right to impose a private will upon a fellow-creature. A kind intention or a cruel intention made the act seem no less a crime as she looked upon it in that brief moment of illumination.

15 And yet she had loved him—sometimes. Often she had not. What did it matter! What could love, the unsolved mystery, count for in face of this possession of self assertion which she suddenly recognized as the strongest impulse of her being!

"Free! Body and soul free!" she kept whispering.

Josephine was kneeling before the closed door with her lips to the keyhole, imploring for admission. "Louise, open the door! I beg; open the door—you will make yourself ill. What are you doing, Louise? For heaven's sake open the door."

"Go away. I am not making myself ill." No; she was drinking in a very elixir of life through that open window.

Her fancy was running riot along those days ahead of her. Spring days, and summer days, and all sorts of days that would be her own. She breathed a quick prayer that life might be long. It was only yesterday she had thought with a shudder that life might be long.

20 She arose at length and opened the door to her sister's importunities. There was a feverish triumph in her eyes, and she carried herself unwittingly like a goddess of Victory. She clasped her sister's waist, and together they descended the stairs. Richards stood waiting for them at the bottom.

Some one was opening the front door with a latchkey. It was Brently Mallard who entered, a little travel-stained, composedly carrying his grip-sack and umbrella. He had been far from the scene of accident, and did not even know there had been one. He stood amazed at Josephine's piercing cry: at Richards' quick motion to screen him from the view of his wife.

But Richards was too late.

When the doctors came they said she had died of heart disease—of joy that kills.

Thomas Hardy (1840–1928)

The Three Strangers   1888

Among the few features of agricultural England which retain an appearance but little modified by the lapse of centuries may be reckoned the high, grassy and furzy downs, coombs, or ewe-leases, as they are indifferently called, that fill a large area of certain counties in the south and southwest. If any mark of human occupation is met with hereon, it usually takes the form of the solitary cottage of some shepherd.

Fifty years ago such a lonely cottage stood on such a down, and may possibly be standing there now. In spite of its loneliness, however, the spot, by actual measurement, was not more than five miles from a county-town. Yet that affected it little. Five miles of irregular upland, during the long inimical seasons, with their sleets, snows, rains, and mists, afford withdrawing space enough to isolate a Timon or a Nebuchadnezzar; much less, in fair weather, to please that less repellent tribe, the poets, philosophers, artists, and others who "conceive and meditate of pleasant things."

Some old earthen camp or barrow, some clump of trees, at least some starved fragment of ancient hedge is usually taken advantage of in the erection of these forlorn dwellings. But, in the present case, such a kind of shelter had been disregarded. Higher Crowstairs, as the house was called, stood quite detached and undefended. The only reason for its precise situation seemed to be the crossing of two footpaths at right angles hard by, which may have crossed there and thus for a good five hundred years. Hence the house was exposed to the elements on all sides. But, though the wind up here blew unmistakably when it did blow, and the rain hit hard whenever it fell, the various weathers of the winter season were not quite so formidable on the coomb as they were imagined to be by dwellers on low ground. The raw rimes were not so pernicious as in the hollows, and the frosts were scarcely so severe. When the shepherd and his family who tenanted the house were pitied for their sufferings from the exposure, they said that upon the whole they were less inconvenienced by "wuzzes and flames" (hoarses and phlegms) than when they had lived by the stream of a snug neighboring valley.

The night of March 28, 182-, was precisely one of the nights that were wont to call forth these expressions of commiseration. The level rainstorm smote walls, slopes, and hedges like the clothyard shafts of Senlac and Crécy. Such sheep and outdoor animals as had no shelter stood with their buttocks to the winds; while the tails of little birds trying to roost on some scraggy thorn were blown inside-out like umbrellas. The gable-end of the cottage was stained with wet, and the eavesdroppings flapped against the wall. Yet never was commiseration for the shepherd more misplaced. For that cheerful rustic was entertaining a large party in glorification of the christening of his second girl.

The guests had arrived before the rain began to fall, and they were all now assembled in the chief or living room of the dwelling. A glance into the apartment at eight o'clock on this eventful evening would have resulted in the opinion that it was as cozy and comfortable a nook as could be wished for in boisterous weather. The calling of its inhabitant was proclaimed by a number of highly polished sheep crooks without stems that were hung ornamentally over the fireplace, the curl of each shining crook varying from the antiquated type engraved in the patriarchal pictures of old family Bibles to the most approved fashion of the last local sheep-fair. The room was lighted by half a dozen candles having wicks only a trifle smaller than the grease which enveloped them, in candlesticks that were never used but at high-days, holy-days, and family feasts. The lights were scattered about the room, two of them standing on the chimney piece. This position of candles was in itself significant. Candles on the chimney piece always meant a party.

On the hearth, in front of a back-brand to give substance, blazed a fire of thorns, that crackled "like the laughter of the fool."

Nineteen persons were gathered here. Of these, five women, wearing gowns of various bright hues, sat in chairs along the wall; girls shy and not shy filled the window-bench; four men, including Charley Jake the hedge-carpenter, Elijah New the parish-clerk, and John Pitcher, a neighboring dairyman, the shepherd's father-in-law, lolled in the settle; a young man and maid, who were blushing over tentative pourparlers on a life-companionship, sat beneath the corner-cupboard; and an elderly engaged man of fifty or upward moved restlessly about from spots where his betrothed was not to the spot where she was.

Enjoyment was pretty general, and so much the more prevailed in being unhampered by conventional restrictions. Absolute confidence in each other's good opinion begat perfect ease, while the finishing stroke of manner, amounting to a truly princely serenity, was lent to the majority by the absence of any expression or trait denoting that they wished to get on in the world, enlarge their minds, or do any eclipsing thing whatever—which nowadays so generally nips the bloom and bonhomie of all except the two extremes of the social scale.

Shepherd Fennel had married well, his wife being a dairyman's daughter from a vale at a distance, who brought fifty guineas in her pocket—and kept them there, till they should be required for ministering to the needs of a coming family. This frugal woman had been somewhat exercised as to the character that should be given to the gathering. A sit-still party had its advantages; but an undisturbed position of ease in chairs and settles was apt to lead on the men to such an unconscionable deal of toping that they would sometimes fairly drink the house dry. A dancing-party was the alternative; but this, while avoiding the foregoing objection on the score of good drink, had a counterbalancing disadvantage in the matter of good victuals, the ravenous appetites engendered by the exercise causing immense havoc in the buttery. Shepherdess Fennel fell back upon the intermediate plan of mingling short dances with short periods of talk and singing, so as to hinder any ungovernable rage in either. But this scheme was entirely confined to her own gentle mind: the shepherd himself was in the mood to exhibit the most reckless phases of hospitality.

The fiddler was a boy of those parts, about twelve years of age, who had a wonderful dexterity in jigs and reels, though his fingers were so small and short as to necessitate a constant shifting for the high notes, from which he scrambled back to the first position with sounds not of unmixed purity of tone. At seven the shrill tweedle-dee of this youngster had begun, accompanied by a booming ground-bass from Elijah New, the parish-clerk, who had thoughtfully brought with him his favorite musical instrument, the serpent. Dancing was instantaneous, Mrs. Fennel privately enjoining the players on no account to let the dance exceed the length of a quarter of an hour.

But Elijah and the boy, in the excitement of their position, quite forgot the injunction. Moreover, Oliver Giles, a man of seventeen, one of the dancers, who was enamored of his partner, a fair girl of thirty-three rolling years, had

10

recklessly handed a new crown-piece to the musicians, as a bribe to keep going as long as they had muscle and wind. Mrs. Fennel, seeing the steam begin to generate on the countenances of her guests, crossed over and touched the fiddler's elbow and put her hand on the serpent's mouth. But they took no notice, and fearing she might lose her character of genial hostess if she were to interfere too markedly, she retired and sat down helpless. And so the dance whizzed on with cumulative fury, the performers moving in their planet-like courses, direct and retrograde, from apogee to perigee, till the hand of the well-kicked clock at the bottom of the room had traveled over the circumference of an hour.

While these cheerful events were in course of enactment within Fennel's pastoral dwelling, an incident having considerable bearing on the party had occurred in the gloomy night without. Mrs. Fennel's concern about the growing fierceness of the dance corresponded in point of time with the ascent of a human figure to the solitary hill of Higher Crowstairs from the direction of the distant town. This personage strode on through the rain without a pause, following the little-worn path which, further on in its course, skirted the shepherd's cottage.

It was nearly the time of full moon, and on this account, though the sky was lined with a uniform sheet of dripping cloud, ordinary objects out of doors were readily visible. The sad, wan light revealed the lonely pedestrian to be a man of supple frame; his gait suggested that he had somewhat passed the period of perfect and instinctive agility, though not so far as to be otherwise than rapid of motion when occasion required. At a rough guess, he might have been about forty years of age. He appeared tall, but a recruiting sergeant, or other person accustomed to the judging of men's heights by the eye, would have discerned that this was chiefly owing to his gauntness, and that he was not more than five-feet eight or nine.

Notwithstanding the regularity of his tread, there was caution in it, as in that of one who mentally feels his way; and despite the fact that it was not a black coat nor a dark garment of any sort that he wore, there was something about him which suggested that he naturally belonged to the black-coated tribes of men. His clothes were of fustian, and his boots hobnailed, yet in his progress he showed not the mud-accustomed bearing of hobnailed and fustianed peasantry.

By the time that he had arrived abreast of the shepherd's premises the rain came down, or rather came along, with yet more determined violence. The outskirts of the little settlement partially broke the force of wind and rain, and this induced him to stand still. The most salient of the shepherd's domestic erections was an empty sty at the forward corner of his hedgeless garden, for in these latitudes the principle of masking the homelier features of your establishment by a conventional frontage was unknown. The traveler's eye was attracted to this small building by the pallid shine of the wet slates that covered it. He turned aside, and, finding it empty, stood under the pent-roof for shelter.

While he stood, the boom of the serpent within the adjacent house, and the lesser strains of the fiddler, reached the spot as an accompaniment to the surging hiss of the flying rain on the sod, its louder beating on the cabbage-leaves of the garden, on the eight or ten beehives just discernible by the path, and its dripping from the eaves into a row of buckets and pans that had been placed under the walls of the cottage. For at Higher Crowstairs, as at all such elevated domiciles, the grand difficulty of housekeeping was an insufficiency of water; and a casual rainfall was utilized by turning out, as catchers, every utensil that the house contained. Some queer stories might be told of the contrivances for economy in suds and dishwaters that are absolutely necessitated in upland habitations during the droughts of summer. But at this season there were no such exigencies; a mere acceptance of what the skies bestowed was sufficient for an abundant store.

At last the notes of the serpent ceased and the house was silent. This cessation of activity aroused the solitary pedestrian from the reverie into which he had elapsed, and, emerging from the shed, with an apparently new intention, he walked up the path to the house-door. Arrived here, his first act was to kneel down on a large stone beside the row of vessels, and to drink a copious draught from one of them. Having quenched his thirst, he rose and lifted his hand to knock, but paused with his eye upon the panel. Since the dark surface of the wood revealed absolutely nothing, it was evident that he must be mentally looking through the door, as if he wished to measure thereby all the possibilities that a house of this sort might include, and how they might bear upon the question of his entry.

In his indecision he turned and surveyed the scene around. Not a soul was anywhere visible. The garden path stretched downward from his feet, gleaming like the track of a snail; the roof of the little well (mostly dry), the well-cover, the top rail of the garden-gate, were varnished with the same dull liquid glaze; while, far away in the vale, a faint whiteness of more than usual extent showed that the rivers were high in the meads. Beyond all this winked a few bleared lamplights through the beating drops—lights that denoted the situation of the county-town from which he had appeared to come. The absence of all notes of life in that direction seemed to clinch his intentions, and he knocked at the door.

Within, a desultory chat had taken the place of movement and musical sound. The hedge-carpenter was suggesting a song to the company, which nobody just then was inclined to undertake, so that the knock afforded a not unwelcome diversion.

"Walk in!" said the shepherd, promptly.

20 The latch clicked upward, and out of the night our pedestrian appeared upon the door-mat. The shepherd arose, snuffed two of the nearest candles, and turned to look at him.

Their light disclosed that the stranger was dark in complexion and not unprepossessing as to feature. His hat, which for a moment he did not remove, hung low over his eyes, without concealing that they were large, open, and determined, moving with a flash rather than a glance round the room. He seemed pleased with his survey, and, baring his shaggy head, said, in a rich, deep voice: "The rain is so heavy, friends, that I ask leave to come in and rest awhile."

"To be sure, Stranger," said the shepherd. "And faith, you've been lucky in choosing your time, for we are having a bit of a fling for a glad cause— though, to be sure, a man could hardly wish that glad cause to happen more than once a year."

"Nor less," spoke up a woman. "For 'tis best to get your family over and done with, as soon as you can, so as to be all the earlier out of the fag o't."

"And what may be this glad cause?" asked the stranger.

25 "A birth and christening," said the shepherd.

The stranger hoped his host might not be made unhappy either by too many or too few of such episodes and, being invited by a gesture to a pull at the mug, he readily acquiesced. His manner, which, before entering, had been so dubious, was now altogether that of a careless and candid man.

"Late to be traipsing athwart this coomb—hey?" said the engaged man of fifty.

"Late it is, Master, as you say.—I'll take a seat in the chimney corner, if you have nothing to urge against it, Ma'am; for I am a little moist on the side that was next the rain."

Mrs. Shepherd Fennel assented, and made room for the self-invited comer, who, having got completely inside the chimney corner, stretched out his legs and arms with the expansiveness of a person quite at home.

"Yes, I am rather cracked in the vamp," he said freely, seeing that the eyes   30
of the shepherd's wife fell upon his boots, "and I am not well fitted either. I have had some rough times lately, and have been forced to pick up what I can get in the way of wearing, but I must find a suit better fit for working-days when I reach home."

"One of hereabouts?" she inquired.

"Not quite that—further up the country."

"I thought so. And so be I; and by your tongue you come from my neighborhood."

"But you would hardly have heard of me," he said quickly. "My time would be long before yours, Ma'am, you see."

This testimony to the youthfulness of his hostess had the effect of stopping   35
her cross-examination.

"There is only one thing more wanted to make me happy," continued the newcomer, "and that is a little baccy, which I am sorry to say I am out of."

"I'll fill your pipe," said the shepherd.

"I must ask you to lend me a pipe likewise."

"A smoker, and no pipe about 'ee?"

"I have dropped it somewhere on the road."   40

The shepherd filled and handed him a new clay pipe, saying, as he did so, "Hand me your baccy-box—I'll fill that too, now I am about it."

The man went through the movement of searching his pockets.

"Lost that too?" said his entertainer, with some surprise.

"I am afraid so," said the man with some confusion. "Give it to me in a screw of paper." Lighting his pipe at the candle with a suction that drew the whole flame into the bowl, he resettled himself in the corner and bent his looks upon the faint steam from his damp legs, as if he wished to say no more.

Meanwhile the general body of guests had been taking little notice of this visitor by reason of an absorbing discussion in which they were engaged with the band about a tune for the next dance. The matter being settled, they were about to stand up when an interruption came in the shape of another knock at the door.

At sound of the same the man in the chimney corner took up the poker and began stirring the brands as if doing it thoroughly were the one aim of his existence; and a second time the shepherd said, "Walk in!" In a moment another man stood upon the straw-woven door-mat. He too was a stranger.

This individual was one of a type radically different from the first. There was more of the commonplace in his manner, and a certain jovial cosmopolitanism sat upon his features. He was several years older than the first arrival, his hair being slightly frosted, his eyebrows bristly, and his whiskers cut back from his cheeks. His face was rather full and flabby, and yet it was not altogether a face without power. A few grog-blossoms marked the neighborhood of his nose. He flung back his long drab greatcoat, revealing that beneath it he wore a suit of cinder-gray shade throughout, large heavy seals, of some metal or other that would take a polish, dangling from his fob as his only personal ornament. Shaking the water drops from his low-crowned glazed hat, he said, "I must ask for a few minutes' shelter, comrades, or I shall be wetted to my skin before I get to Casterbridge."

"Make yourself at home, Master," said the shepherd, perhaps a trifle less heartily than on the first occasion. Not that Fennel had the least tinge of niggardliness in his composition; but the room was far from large, spare chairs were not numerous, and damp companions were not altogether desirable at close quarters for the women and girls in their bright-colored gowns.

However, the second comer, after taking off his greatcoat, and hanging his hat on a nail in one of the ceiling-beams as if he had been specially invited to put it there, advanced and sat down at the table. This had been pushed so closely into the chimney corner, to give all available room to the dancers, that its inner edge grazed the elbow of the man who had ensconced himself by the fire; and thus the two strangers were brought into close companionship. They nodded to each other by way of breaking the ice of unacquaintance, and the first stranger handed his neighbor the family mug—a huge vessel of brown ware, having its upper edge worn away like a threshold by the rub of whole generations of thirsty lips that had gone the way of all flesh, and bearing the following inscription burnt upon its rotund side in yellow letters:

THERE IS NO FUN

UNTIL i CUM.

The other man, nothing loth, raised the mug to his lips, and drank on, and on, and on—till a curious blueness overspread the countenance of the shepherd's wife, who had regarded with no little surprise the first stranger's free offer to the second of what did not belong to him to dispense.

"I knew it!" said the toper to the shepherd with much satisfaction. "When 50 I walked up your garden before coming in, and saw the hives all of a row, I said to myself, 'Where there's been there? honey, and where there's honey there's mead.' But mead of such a truly comfortable sort as this I really didn't expect to meet in my older days." He took yet another pull at the mug, till it assumed an ominous elevation.

"Glad you enjoy it!" said the shepherd, warmly.

"It is goodish mead," assented Mrs. Fennel, with an absence of enthusiasm which seemed to say that it was possible to buy praise for one's cellar at too heavy a price. "It is trouble enough to make—and really I hardly think we shall make any more. For honey sells well, and we ourselves can make shift with a drop o' small mead and metheglin for common use from the comb-washings."

"Oh, but you'll never have the heart!" reproachfully cried the stranger in cinder-gray, after taking up the mug a third time and setting it down empty. "I love mead, when 'tis old like this, as I love to go to church o' Sundays, or to relieve the needy any day of the week."

"Ha, ha, ha!" said the man in the chimney corner, who, in spite of the taciturnity induced by the pipe of tobacco, could not or would not refrain from this slight testimony to his comrade's humor.

Now the old mead of those days, brewed of the purest first-year or maiden 55 honey, four pounds to the gallon—with its due complement of white of eggs, cinnamon, ginger, cloves, mace, rosemary, yeast, and processes of working, bottling, and cellaring—tasted remarkably strong; but it did not taste so strong as it actually was. Hence, presently, the stranger in cinder-gray at the table, moved by its creeping influence, unbuttoned his waistcoat, threw himself back in his chair, spread his legs, and made his presence felt in various ways.

"Well, well, as I say," he resumed, "I am going to Casterbridge, and to Casterbridge I must go. I should have been almost there by this time; but the rain drove me into your dwelling, and I'm not sorry for it."

"You don't live in Casterbridge?" said the shepherd.

"Not as yet; though I shortly mean to move there."

"Going to set up in trade, perhaps?"

60 "No, no," said the shepherd's wife. "It is easy to see that the gentleman is rich, and don't want to work at anything."

The cinder-gray stranger paused, as if to consider whether he would accept that definition of himself. He presently rejected it by answering, "Rich is not quite the word for me, Dame. I do work, and I must work. And even if I only get to Casterbridge by midnight I must begin work there at eight tomorrow morning. Yes, het or wet, blow or snow, famine or sword, my day's work tomorrow must be done."

"Poor man! Then, in spite o' seeming, you be worse off than we," replied the shepherd's wife.

"'Tis the nature of my trade, men and maidens. 'Tis the nature of my trade more than my poverty. . . . But really and truly I must up and off, or I shan't get a lodging in the town." However, the speaker did not move, and directly added, "There's time for one more draught of friendship before I go; and I'd perform it at once if the mug were not dry."

"Here's a mug o' small," said Mrs. Fennel. "Small, we call it, though to be sure 'tis only the first wash o' the combs."

65 "No," said the stranger, disdainfully. "I won't spoil your first kindness by partaking o' your second."

"Certainly not," broke in Fennel. "We don't increase and multiply every day, and I'll fill the mug again." He went away to the dark place under the stairs where the barrel stood. The shepherdess followed him.

"Why should you do this?" she said, reproachfully, as soon as they were alone. "He's emptied it once, though it held enough for ten people; and now he's not contented wi' the small, but must needs call for more o' the strong! And a stranger unbeknown to any of us. For my part, I don't like the look o' the man at all."

"But he's in the house, my honey; and 'tis a wet night, and a christening. Daze it, what's a cup of mead more or less? There'll be plenty more next bee-burning."

"Very well—this time, then," she answered, looking wistfully at the barrel. "But what is the man's calling, and where is he one of, that he should come in and join us like this?"

"I don't know. I'll ask him again."   70

The catastrophe of having the mug drained dry at one pull by the stranger in cinder-gray was effectually guarded against this time by Mrs. Fennel. She poured out his allowance in a small cup, keeping the large one at a discreet distance from him. When he had tossed off his portion the shepherd renewed his inquiry about the stranger's occupation.

The latter did not immediately reply, and the man in the chimney corner, with sudden demonstrativeness, said, "Anybody may know my trade—I'm a wheelwright."

"A very good trade for these parts," said the shepherd.

"And anybody may know mine—if they've the sense the find it out," said the stranger in cinder-gray.

"You may generally tell what a man is by his claws," observed the   75
hedge-carpenter, looking at his own hands. "My fingers be as full of thorns as an old pincushion is of pins."

The hands of the man in the chimney corner instinctively sought the shade, and he gazed into the fire as he resumed his pipe. The man at the table took up the hedge-carpenter's remark, and added smartly, "True; but the oddity of my trade is that, instead of setting a mark upon me, it sets a mark upon my customers."

No observation being offered by anybody in elucidation of this enigma, the shepherd's wife once more called for a song. The same obstacles presented themselves as at the former time—one had no voice, another had forgotten the first verse. The stranger at the table, whose soul had now risen to a good working temperature, relieved the difficulty by exclaiming that, to start the company, he would sing himself. Thrusting one thumb into the armhole of his waistcoat, he waved the other hand in the air, and, with an extemporizing gaze at the shining sheepcrooks above the mantelpiece, began:

> *O my trade it is the rarest one,*
> > *Simple shepherds all—*
> *My trade is a sight to see;*
> *For my customers I tie, and take them up on high,*
> *And waft 'em to a far countree!*

The room was silent when he had finished the verse—with one exception, that of the man in the chimney corner, who at the singer's word, "Chorus!" joined him in a deep bass voice of musical relish:

> *And waft 'em to a far countree!*

Oliver Giles, John Pitcher the dairyman, the parish-clerk, the engaged man of fifty, the row of young women against the wall, seemed lost in thought not of the gayest kind. The shepherd looked meditatively on the ground, the shepherdess gazed keenly at the singer, and with some suspicion; she was doubting whether this stranger were merely singing an old song from recollection, or was composing one there and then for the occasion. All were as perplexed at the obscure revelation as the guests at Belshazzar's Feast, except the man in the chimney corner, who quietly said, "Second verse, stranger," and smoked on.

The singer thoroughly moistened himself from his lips inward, and went on with the next stanza as requested:

> *My tools are but common ones,*
> > *Simple shepherds all*
> *My tools are no sight to see:*
> *A little hempen string, and a post whereon to swing,*
> *Are implements enough for me!*

Shepherd Fennel glanced round. There was no longer any doubt that the stranger was answering his question rhythmically. The guests one and all started back with suppressed exclamations. The young woman engaged to the man of fifty fainted halfway, and would have proceeded, but finding him wanting in alacrity for catching her she sat down trembling.

"Oh, he's the————!" whispered the people in the background, mentioning the name of an ominous public officer. "He's come to do it! 'Tis to be at Casterbridge jail tomorrow—the man for sheep-stealing—he poor clockmaker we heard of, who used to live at Shottsford and had no work to d o—Timothy Summers, whose family were astarving, and so he went out of Shottsford by the highroad, and took a sheep in open daylight, defying the farmer and the farmer's wife and the farmer's lad, and every man jack among 'em. He" (and they nodded toward the stranger of the deadly trade) "is come from up the country to do it because there's not enough to do in his own county-town, and he's got the place here now our own county-man's dead; he's going to live in the same cottage under the prison wall."

The stranger in cinder-gray took no notice of this whispered string of observations, but again wetted his lips. Seeing that his friend in the chimney corner was the only one who reciprocated his joviality in any way, he held out his cup toward that appreciative comrade, who also held out his own. They clinked together, the eyes of the rest of the room hanging upon the singer's actions. He parted his lips for the third verse; but at that moment another knock was audible upon the door. This time the knock was faint and hesitating.

The company seemed scared; the shepherd looked with consternation toward the entrance, and it was with some effort that he resisted his alarmed wife's deprecatory glance, and uttered for the third time the welcoming words, "Walk in!"

The door was gently opened, and another man stood upon the mat. He, like those who had preceded him, was a stranger. This time it was a short, small personage, of fair complexion, and dressed in a decent suit of dark clothes.

"Can you tell me the way to————?" he began: when, gazing round the room to observe the nature of the company among whom he had fallen, his eyes lighted on the stranger in cinder-gray. It was just at the instant when the latter, who had thrown his mind into his song with such a will that he scarcely heeded the interruption, silenced all whispers and inquiries by bursting into his third verse:

> *Tomorrow is my working day,*
> > *Simple shepherds all*
> *Tomorrow is a working day for me:*
> *For the farmer's sheep is slain, and the lad who did it ta' en,*
> *And on his soul may God ha' merc-y!*

The stranger in the chimney corner, waving cups with the singer so heartily that his mead splashed over on the hearth, repeated in his bass voice as before:

> *And on his soul may God ha' merc-y!*

85   All this time the third stranger had been standing in the doorway. Finding now that he did not come forward or go on speaking, the guests particularly regarded him. They noticed to their surprise that he stood before them the picture of abject terror—his knees trembling, his hand shaking so violently that the door-latch by which he supported himself rattled audibly: his white lips were parted, and his eyes fixed on the merry officer of justice in the middle of the room. A moment more and he had turned, closed the door, and fled.

"What a man can it be?" said the shepherd.

The rest, between the awfulness of their late discovery and the odd conduct of this third visitor, looked as if they knew not what to think, and said nothing. Instinctively they withdrew further and further from the grim gentleman in their midst, whom some of them seemed to take for the Prince of Darkness himself, till they formed a remote circle, an empty space of floor being left between them and him—

> . . . *circulas, cujus centrum diabolus.*[*]

The room was so silent—though there were more than twenty people in

---

[*] *circulas...diabolus*: circles, whose center [is] the devil.

it—that nothing could be heard but the patter of the rain against the window-shutters, accompanied by the occasional hiss of a stray drop that fell down the chimney into the fire, and the steady puffing of the man in the corner, who had now resumed his pipe of long clay.

The stillness was unexpectedly broken. The distant sound of a gun reverberated through the air—apparently from the direction of the county-town.

"Be jiggered!" cried the stranger who had sung the song, jumping up.

"What does that mean?" asked several. 90

"A prisoner escaped from the jail—that's what it means."

All listened. The sound was repeated, and none of them spoke but the man in the chimney corner, who said quietly, "I've often been told that in this county they fire a gun at such times; but I never heard it till now."

"I wonder if it is *my* man?" murmured the personage in cinder-gray.

"Surely it is!" said the shepherd involuntarily. "And surely we've zeed him! That little man who looked in at the door by now, and quivered like a leaf when he zeed ye and heard your song!"

"His teeth chattered, and the breath went out of his body," said the 95
dairyman.

"And his heart seemed to sink within him like a stone," said Oliver Giles.

"And he bolted as if he's been shot at," said the hedge-carpenter.

"True—his teeth chattered, and his heart seemed to sink; and he bolted as if he'd been shot at," slowly summed up the man in the chimney corner.

"I didn't notice it," remarked the hangman.

"We were all awondering what made him run off in such a fright," faltered 100
one of the women against the wall, "and now 'tis explained!"

The firing of the alarm-gun went on at intervals, low and sullenly, and their suspicions became a certainty. The sinister gentleman in cinder-gray roused himself. "Is there a constable here?" he asked, in thick tones. "If so, let him step forward."

The engaged man of fifty stepped quavering out from the wall, his betrothed beginning to sob on the back of the chair.

"You are a sworn constable?"

"I be, Sir."

"Then pursue the criminal at once, with assistance, and bring him back 105 here. He can't have gone far."

"I will, Sir, I will—when I've got my staff. I'll go home and get it, and come sharp here, and start in a body."

"Staff!—never mind your staff; the man'll be gone!"

"But I can't do nothing without my staff—can I, William, and John, and Charles Jake? No; for there's the king's royal crown apainted on en in yaller and gold, and the lion and the unicorn, so as when I raise en up and hit my prisoner, 'tis made a lawful blow thereby. I wouldn't 'tempt to take up a man without my staff—no, not I. If I hadn't the law to gie me courage, why, instead o' my taking up him he might take up me!"

"Now, I'm a king's man myself, and can give you authority enough for this," said the formidable officer in gray. "Now then, all of ye, be ready. Have ye any lanterns?"

110 "Yes—have ye any lanterns?—I demand it!" said the constable.

"And the rest of you able-bodied—"

"Able-bodied men—yes—the rest of ye!" said the constable.

"Have you some good stout staves and pitchforks—"

"Staves and pitchforks—in the name o' the law! And take 'em in yer hands and go in quest, and do as we in authority tell ye!"

115 Thus aroused, the men prepared to give chase. The evidence was, indeed, though circumstantial, so convincing, that but little argument was needed to show the shepherd's guests that after what they had seen it would look very much like connivance if they did not instantly pursue the unhappy third stranger, who could not as yet have gone more than a few hundred yards over such uneven country.

A shepherd is always well provided with lanterns; and, lighting these hastily, and with hurdle-staves in their hands, they poured out of the door, taking a direction along the crest of the hill, away from the town, the rain having fortunately a little abated.

Disturbed by the noise, or possibly by unpleasant dreams of her baptism, the child who had been christened began to cry heart-brokenly in the room overhead. These notes of grief came down through the chinks of the floor to the ears of the women below, who jumped up one by one, and seemed glad of the excuse to ascend and comfort the baby, for the incidents of the last half-hour greatly oppressed them. Thus in the space of two or three minutes the room on the ground-floor was deserted quite.

But it was not for long. Hardly had the sound of footsteps died away when a man returned round the corner of the house from the direction the pursuers had taken. Peeping in at the door, and seeing nobody there, he entered leisurely. It was the stranger of the chimney corner, who had gone out with the rest. The motive of his return was shown by his helping himself to a cut piece of skimmer-cake that lay on a ledge beside where he had sat, and which he had apparently forgotten to take with him. He also poured out half a cup more mead from the quantity that remained, ravenously eating and drinking these as he stood. He had not finished when another figure came in just as quietly—his friend in cinder-gray.

"Oh—you here?" said the latter, smiling. "I thought you had gone to help in the capture." And this speaker also revealed the object of his return by looking solicitously round for the fascinating mug of old mead.

"And I thought you had gone," said the other, continuing his skimmer-cake with some effort.   120

"Well, on second thoughts, I felt there were enough without me," said the first confidentially, "and such a night as it is, too. Besides, 'tis the business o' the Government to take care of its criminals—not mine."

"True; so it is. And I felt as you did, that there were enough without me."

"I don't want to break my limbs running over the humps and hollows of this wild country."

"Nor I neither, between you and me."

"These shepherd-people are used to it—simple-minded souls, you know,   125
stirred up to anything in a moment. They'll have him ready for me before the morning, and no trouble to me at all."

"They'll have him, and we shall have saved ourselves all labor in the matter."

"True, true. Well, my way is to Casterbridge; and 'tis as much as my legs will do to take me that far. Going the same way?"

"No, I am sorry to say! I have to get home over there" (he nodded indefinitely to the right), "and I feel as you do, that it is quite enough for my legs to do before bedtime."

The other had by this time finished the mead in the mug, after which, shaking hands heartily at the door, and wishing each other well, they went their several ways.

130 In the meantime the company of pursuers had reached the end of the hog's-back elevation which dominated this part of the down. They had decided on no particular plan of action; and, finding that the man of the baleful trade was no longer in their company, they seemed quite unable to form any such plan now. They descended in all directions down the hill, and straightway several of the party fell into the snare set by Nature for all misguided midnight ramblers over this part of the cretaceous formation. The "lanchets," or flint slopes, which belted the escarpment at intervals of a dozen yards, took the less cautious ones unawares, and losing their footing on the rubbly steep they slid sharply downward, the lanterns rolling from their hands to the bottom, and there lying on their sides till the horn was scorched through.

When they had again gathered themselves together, the shepherd, as the man who knew the country best, took the lead, and guided them round these treacherous inclines. The lanterns, which seemed rather to dazzle their eyes and warn the fugitive than to assist them in the exploration, were extinguished, due silence was observed; and in this more rational order they plunged into the vale. It was a grassy, briery, moist defile, affording some shelter to any person who had sought it; but the party perambulated it in vain, and ascended on the other side. Here they wandered apart, and after an interval closed together again to report progress. At the second time of closing in they found themselves near a lonely ash, the single tree on this part of the coomb, probably sown there by a passing bird some fifty years before. And here, standing a little to one side of the trunk, as motionless as the trunk itself appeared the man they were in quest of, his outline being well defined against the sky beyond. The band noiselessly drew up and faced him.

"Your money or your life!" said the constable sternly to the still figure.

"No, no," whispered John Pitcher. "Tisn't our side ought to say that. That's the doctrine of vagabonds like him, and we be on the side of the law."

"Well, well," replied the constable, impatiently; "I must say something, mustn't I and if you had all the weight o' this undertaking upon your mind, perhaps you'd say the wrong thing, too!—Prisoner at the bar, surrender in the name of the Father—the Crown, I mane!"

The man under the tree seemed now to notice them for the first time, and, giving them no opportunity whatever for exhibiting their courage, he strolled slowly toward them. He was, indeed, the little man, the third stranger; but his trepidation had in a great measure gone. 135

"Well, travelers," he said, "did I hear you speak to me?"

"You did; you've got to come and be our prisoner at once!" said the constable. "We arrest 'ee on the charge of not biding in Casterbridge jail in a decent proper manner to be hung tomorrow morning. Neighbors, do your duty, and seize the culprit!"

On hearing the charge, the man seemed enlightened, and, saying not another word, resigned himself with preternatural civility to the search-party, who, with their staves in their hands, surrounded him on all sides, and marched him back toward the shepherd's cottage.

It was eleven o'clock by the time they arrived. The light shining from the open door, a sound of men's voices within, proclaimed to them as they approached the house that some new events had arisen in their absence. On entering they discovered the shepherd's living-room to be invaded by two officers from Casterbridge jail, and a well-known magistrate who lived at the nearest county-seat, intelligence of the escape having become generally circulated.

"Gentlemen," said the constable, "I have brought back your man—not without risk and danger; but everyone must do his duty! He is inside this circle of able-bodied persons, who have lent me useful aid, considering their ignorance of Crown work.—Men, bring forward your prisoner!" And the third stranger was led to the light. 140

"Who is this?" said one of the officials.

"The man," said the constable.

"Certainly not," said the turnkey; and the first corroborated his statement.

"But how can it be otherwise?" asked the constable. "Or why was he so terrified at sight o' the singing instrument of the law who sat there?" Here he related the strange behavior of the third stranger on entering the house during the hangman's song.

"Can't understand it," said the officer coolly. "All I know is that it is not the condemned man. He's quite a different character from this one; a gauntish 145 fellow, with dark hair and eyes, rather good-looking, and with a musical bass voice that if you heard it once you'd never mistake as long as you lived."

"Why, souls—'twas the man in the chimney corner!"

"Hey—what?" said the magistrate, coming forward after inquiring particulars from the shepherd in the background. "Haven't you got the man after all?"

"Well, Sir," said the constable, "he's the man we were in search of, that's true; and yet he's not the man we were in search of. For the man we were in search of was not the man we wanted, Sir, if you understand my everyday way; for 'twas the man in the chimney corner!"

"A pretty kettle of fish altogether!" said the magistrate. "You had better start for the other man at once."

The prisoner now spoke for the first time. The mention of the man in the chimney corner seemed to have moved him as nothing else could do. "Sir," he said, stepping forward to the magistrate, "take no more trouble about me. The time is come when I may as well speak. I have done nothing; my crime is that the condemned man is my brother. Early this afternoon I left home at Shottsford to tramp it all the way to Casterbridge jail to bid him farewell. I was benighted, and called here to rest and ask the way. When I opened the door I saw before me the very man, my brother, that I thought to see in the condemned cell at Casterbridge. He was in this chimney corner; and jammed close to him, so that he could not have got out if he had tried, was the executioner who'd come to take his life, singing a song about it and not knowing that it was his victim who was close by, joining in to save appearances. My brother looked a glance of agony at me, and I know he meant, 'Don't reveal what you see; my life depends on it.' I was so terror-struck that I could hardly stand, and, not knowing what I did, I turned and hurried away."

The narrator's manner and tone had the stamp of truth, and his story made a great impression on all around. "And do you know where your brother is at the present time?" asked the magistrate.

"I do not. I have never seen him since I closed this door."

"I can testify to that, for we've been between ye ever since," said the constable.

"Where does he think to fly to?—what is his occupation?"

150

"He's a watch-and-clock-maker, Sir"

"A said 'a was a wheelwright—a wicked rogue," said the constable.

"The wheels of clocks and watches he meant, no doubt," said Shepherd Fennel. "I thought his hands were palish for's trade."

"Well, it appears to me that nothing can be gained by retaining this poor man in custody," said the magistrate; "Your business lies with the other, unquestionably."

And so the little man was released off-hand; but he looked nothing the less sad on that account, it being beyond the power of magistrate or constable to raze out the written troubles in his brain, for they concerned another whom he regarded with more solicitude than himself. When this was done, and the man had gone his way, the night was found to be so far advanced that it was deemed useless to renew the search before the next morning.

Next day, accordingly, the quest for the clever sheep-stealer became general and keen, to all appearance at least. But the intended punishment was cruelly disproportioned to the transgression, and the sympathy of a great many country-folk in that district was strongly on the side of the fugitive. Moreover, his marvelous coolness and daring in hob-and-nobbing with the hangman, under the unprecedented circumstances of the shepherd's party, won their admiration. So that it may be questioned if all those who ostensibly made themselves so busy in exploring woods and fields and lanes were quite so thorough when it came to the private examination of their own lofts and outhouses. Stories were afloat of a mysterious figure being occasionally seen in some old overgrown trackway or other, remote from turnpike roads, but when a search was instituted in any of these suspected quarters nobody was found. Thus the days and weeks passed without tidings.

In brief, the bass-voiced man of the chimney corner was never recaptured. Some said that he went across the sea, others that he did not, but buried himself in the depths of a populous city. At any rate, the gentleman in cinder-gray never did his morning's work at Casterbridge, nor met anywhere at all, for business purposes, the genial comrade with whom he had passed an hour of relaxation in the lonely house on the coomb.

The grass has long been green on the graves of Shepherd Fennel and his frugal wife; the guests who made up the christening parry have mainly followed their entertainers to the tomb; the baby in whose honor they all had met is a matron in the sere and yellow leaf. But the arrival of the three strangers at the shepherd's that night, and the details connected therewith, is a story as well-known as ever in the country about Higher Crowstairs.

Nathaniel Hawthorne (1804–1864)

Young Goodman Brown   1835

Young Goodman Brown came forth at sunset, into the street of Salem village,[*] but put his head back, after crossing the threshold, to exchange a parting kiss with his young wife. And Faith, as the wife was aptly named, thrust her own pretty head into the street, letting the wind play with the pink ribbons of her cap, while she called to Goodman Brown.

"Dearest heart," whispered she, softly and rather sadly, when her lips were close to his ear, "prithee, put off your journey until sunrise, and sleep in your own bed tonight. A lone woman is troubled with such dreams and such thoughts, that she's afeared of herself, sometimes. Pray, tarry with me this night, dear husband, of all nights in the year!"

"My love and my Faith," replied young Goodman Brown, "of all nights in the year; this one night must I tarry away from thee. My journey, as thou callest it, forth and back again, must needs be done 'twixt now and sunrise. What, my sweet, pretty wife, dost thou doubt me already, and we but three months married!"

"Then God bless you!" said Faith with the pink ribbons, "and may you find all well, when you come back."

5   "Amen!" cried Goodman Brown. "Say thy prayers, dear Faith, and go to

[*] *Selem village*: in Massachusetts, about, fifteen miles north of Boston. The time of the story is the seventeenth or early eighteenth century.

370

bed at dusk, and no harm will come to thee."

So they parted; and the young man pursued his way, until, being about to turn the corner by the meeting-house, he looked back and saw the head of Faith still peeping after him, with a melancholy air, in spite of her pink ribbons.

"Poor little Faith!" thought he, for his heart smote him. What a wretch am I, to leave her on such an errand! She talks of dreams, too. Methought, as she spoke, there was trouble in her face, as if a dream had warned her what work is to be done tonight. But no, no! 'twould kill her to think it. Well, she's a blessed angel on earth; and after this one night, I'll cling to her skirts and follow her to Heaven."

With this excellent resolve for the future, Goodman Brown felt himself justified in making more haste on his present evil purpose. He had taken a dreary road, darkened by all the gloomiest trees of the forest, which barely stood aside to let the narrow path creep through, and closed immediately behind. It was all as lonely as could be; and there is this peculiarity in such a solitude, that the traveller knows not who may be concealed by the innumerable trunks and the thick boughs overhead; so that, with lonely footsteps, he may yet be passing through an unseen multitude.

"There may be a devilish Indian behind every tree," said Goodman Brown to himself; and he glanced fearfully behind him, as he added, "What if the devil himself should be at my very elbow!"

His head being turned back, he passed a crook of the road, and looking forward again, beheld the figure of a man, in grave and decent attire, seated at the foot of an old tree. He arose at Goodman Brown's approach, and walked onward, side by side with him. 10

"You are late, Goodman Brown," said he. "The clock of the Old South[*] was striking, as I came through Boston; and that is full fifteen minutes agone."

"Faith kept me back a while," replied the young man, with a tremor in his voice, caused by the sudden appearance of his companion, though not wholly unexpected.

It was now deep dusk in the forest, and deepest in that part of it where these two were journeying. As nearly as could be discerned, the second traveller

*   *Old South*: The Old South Church, in Boston, is still there.

was about fifty years old, apparently in the same rank of life as Goodman Brown, and bearing a considerable resemblance to him, though perhaps more in expression than features. Still, they might have been taken for father and son. And yet, though the elder person was as simply clad as the younger, and as simple in manner too, he had an indescribable air of one who knew the world, and would not have felt abashed at the governor's dinner-table, or in King William's* court, were it possible that his affairs should call him thither. But the only thing about him that could be fixed upon as remarkable, was his staff, which bore the likeness of a great black snake, so curiously wrought, that it might almost be seen to twist and wriggle itself like a living serpent. This, of course, must have been an ocular deception, assisted by the uncertain light.

"Come, Goodman Brown!" cried his fellow-traveller, "this is a dull pace for the beginning of a journey. Take my staff, if you are so soon weary."

15
"Friend," said the other, exchanging his slow pace for a full stop, "having kept covenant by meeting thee here, it is my purpose now to return whence I came. I have scruples, touching the matter thou wot'st of."*

"Sayest thou so?" replied he of the serpent, smiling apart. "Let us walk on, nevertheless, reasoning as we go, and if I convince thee not, thou shalt turn back. We are but a little way in the forest, yet."

"Too far, too far!" exclaimed the goodman, unconsciously resuming his walk. "My father never went into the woods on such an errand, nor his father before him. We have been a race of honest men and good Christians, since the days of the martyrs.* And shall I be the first of the name of Brown that ever took this path and kept—"

"Such company, thou wouldst say," observed the elder person, interrupting his pause. "Well said, Goodman Brown! I have been as well acquainted with your family as ever a one among the Puritans; and that's no trifle to say. I helped your grandfather, the constable, when he lashed the Quaker woman so smartly through the streets of Salem. And it was I that brought your father a

---

* *King William*: William III was king of England from 1688 to 1701 (the time of the story). William IV was king from 1830 to 1837 (the period when Hawthorne wrote the story).

* *thou wot'st*: you know (thou knowest).

* *days of the martyrs*: the period of martyrdom of Protestants in England during the reign of Queen Mary (1553-1558)

pitch-pine knot, kindled at my own hearth, to set fire to an Indian village, in King Philip's war.[*] They were my good friends, both; and many a pleasant walk have we had along this path, and returned merrily after midnight. I would fain be friends with you, for their sake."

"If it be as thou sayest," replied Goodman Brown, "I marvel they never spoke of these matters. Or, verily, I marvel not, seeing that the least rumor of the sort would have driven them from New England. We are a people of prayer, and good works to boot, and abide no such wickedness."

"Wickedness or not," said the traveller with twisted staff, "I have a very general acquaintance here in New England. The deacons of many a church have drunk the communion wine with me; the selectmen, of divers towns, make me their chairman; and a majority of the Great and General Court are firm supporters of my interest. The governor and I, too—but these are state secrets." 20

"Can this be so!" cried Goodman Brown, with a stare of amazement at his undisturbed companion. "Howbeit, I have nothing to do with the governor and council; they have their own ways, and are no rule for a simple husbandman like me. But, were I to go on with thee, how should I meet the eye of that good old man, our minister, at Salem village? Oh, his voice would make me tremble, both Sabbath-day and lecture-day!"

Thus far, the elder traveller had listened with due gravity, but now burst into a fit of irrepressible mirth, shaking himself so violently, that his snakelike staff actually seemed to wriggle in sympathy.

"Ha! ha! ha!" shouted he, again and again; then composing himself, "Well, go on, Goodman Brown, go on; but, prithee, don't kill me with laughing!"

"Well, then, to end the matter at once," said Goodman Brown, considerably nettled, "there is my wife, Faith. It would break her dear little heart; and I'd rather break my own!"

"Nay, if that be the case," answered the other, "e'en go thy ways, Goodman Brown. I would not, for twenty old women like the one hobbling before us, that Faith should come to any harm." 25

[*] *King Philip's war*: This war (1675-1676), infamous for the atrocities committed by the New England settlers, resulted in the suppression of Indian tribal life and prepared the way for unlimited settlement of New England by European immigrants. "Philip" was the English name of Chief Metacomet of the Wampanoag tribe.

As he spoke, he pointed his staff at a female figure on the path, in whom Goodman Brown recognized a very pious and exemplary dame, who had taught him his catechism in youth, and was still his moral and spiritual adviser, jointly with the minister and Deacon Gookin.

"A marvel, truly, that Goody[*] Cloyse should be so far in the wilderness, at night-fall!" said he. "But, with your leave, friend, I shall take a cut through the woods, until we have left this Christian woman behind. Being a stranger to you, she might ask whom I was consorting with, and whither I was going."

"Be it so," said his fellow-traveller. "Betake you to the woods, and let me keep the path."

Accordingly, the young man turned aside, but took care to watch his companion, who advanced softly along the road, until he had come within a staff's length of the old dame. She, meanwhile, was making the best of her way, with singular speed for so aged a woman, and mumbling some indistinct words, a prayer, doubtless, as she went. The traveller put forth his staff, and touched her withered neck with what seemed the serpent's tail.

30 "The devil!" screamed the pious old lady.

"Then Goody Cloyse knows her old friend?" observed the traveller, confronting her, and leaning on his writhing stick.

"Ah, forsooth, and is it your worship, indeed?" cried the good dame. "Yea, truly is it, and in the very image of my old gossip,[*] Goodman Brown, the grandfather of the silly fellow that now is. But, would your worship believe it? My broomstick hath strangely disappeared, stolen, as I suspect, by that unhanged witch, Goody Cory,[*] and that, too, when I was all anointed with the juice of smallage and cinquefoil and wolf's-bane—"[*] "Mingled with fine wheat and the fat of a new-born babe," said the shape of old Goodman Brown.

"Ah, your worship knows the recipe," cried the old lady, cackling aloud. "So, as I was saying, being all ready for the meeting, and no horse to ride on,

* *Goody*: shortened form of "goodwife," a respectful name for a married woman of low fank. A "Goody Cloyse" was one of the women sentenced to execution by Hawthorne's great-grandfather, Judge John Hathorne.

* gossip: from "good sib" of "good relative."

* *Goody Cory*: the name of a woman who was also sent to execution by Judge Hathorne.

* *smallage and cinquefoil and wolf's-bane*: plants commonly used by witches in making ointments.

I made up my mind to foot it; for they tell me there is a nice young man to be taken into communion tonight. But now your good worship will lend me your arm, and we shall be there in a twinkling."

"That can hardly be," answered her friend. "I will not spare you my arm, Goody Cloyse, but here is my staff, if you will." ^{35}

So saying, he threw it down at her feet, where, perhaps, it assumed life, being one of the rods which its owner had formerly lent to the Egyptian Magi.
[*] Of this fact, however, Goodman Brown could not take cognizance. He had cast up his eyes in astonishment, and looking down again, beheld neither Goody Cloyse nor the serpentine staff, but his fellow-traveller alone, who waited for him as calmly as if nothing had happened.

"That old woman taught me my catechism!" said the young man; and there was a world of meaning in this simple comment.

They continued to walk onward, while the elder traveller exhorted his companion to make good speed and persevere in the path, discoursing so aptly, that his arguments seemed rather to spring up in the bosom of his auditor, than to be suggested by himself. As they went he plucked a branch of maple, to serve for a walking-stick, and began to strip it of the twigs and little boughs, which were wet with evening dew. The moment his fingers touched them, they became strangely withered and dried up, as with a week's sunshine. Thus the pair proceeded, at a good free pace, until suddenly, in a gloomy hollow of the road, Goodman Brown sat himself down on the stump of a tree, and refused to go any farther.

"Friend," said he, stubbornly, "my mind is made up. Not another step will I budge on this errand. What if a wretched old woman do choose to go to the devil, when I thought she was going to Heaven! Is that any reason why I should quit my dear Faith, and go after her?"

"You will think better of this by and by," said his acquaintance, composedly. "Sit here and rest yourself a while; and when you feel like moving again, there is my staff to help you along." ^{40}

Without more words, he threw his companion the maple stick, and was as speedily out of sight as if he had vanished into the deepening gloom. The young

---

* *lent to the Egyptian Magi*: See Exodus 7:10-12.

man sat a few moments by the roadside, applauding himself greatly, and thinking with how clear a conscience he should meet the minister, in his morning walk, nor shrink from the eye of good old Deacon Gookin. And what calm sleep would be his, that very night, which was to have been spent so wickedly, but purely and sweetly now, in the arms of Faith! Amidst these pleasant and praiseworthy meditations, Goodman Brown heard the tramp of horses along the road, and deemed it advisable to conceal himself within the verge of the forest, conscious of the guilty purpose that had brought him thither, though now so happily turned from it.

On came the hoof-tramps and the voices of the riders, two grave old voices, conversing soberly as they drew near. These mingled sounds appeared to pass along the road, within a few yards of the young man's hiding-place; but owing, doubtless, to the depth of the gloom, at that particular spot, neither the travellers nor their steeds were visible. Though their figures brushed the small boughs by the wayside, it could not be seen that they intercepted, even for a moment, the faint gleam from the strip of bright sky, athwart which they must have passed. Goodman Brown alternately crouched and stood on tiptoe, pulling aside the branches, and thrusting forth his head as far as he durst, without discerning so much as a shadow. It vexed him the more, because he could have sworn, were such a thing possible, that he recognized the voices of the minister and Deacon Gookin, jogging* along quietly, as they were wont to do, when bound to some ordination or ecclesiastical council. While yet within hearing, one of the riders stopped to pluck a switch.

"Of the two, reverend Sir," said the voice like the deacon's, "I had rather miss an ordination dinner than tonight's meeting. They tell me that some of our community are to be here from Falmouth and beyond, and others from Connecticut and Rhode Island; besides several of the Indian powwows,* who, after their fashion, know almost as much deviltry as the best of us. Moreover, there is a goodly young woman to be taken into communion."

"Mighty well, Deacon Gookin" replied the solemn old tones of the minister.

---

* *jogging*: riding a horse at a slow trot; not to be confused with the current meaning of "jogging," which refers to running slowly on foot.
* *powwows*: a Narragansett Indian word describing a ritual ceremony of dancing, incantation, and magic.

"Spur up, or we shall be late. Nothing can be done, you know, until I get on the ground."

The hoofs clattered again, and the voices, talking so strangely in the empty air, passed on through the forest, where no church had ever been gathered, nor solitary Christian prayed. Whither, then, could these holy men be journeying, so deep into the heathen wilderness? Young Goodman Brown caught hold of a tree, for support, being ready to sink down on the ground, faint and over-burthened with the heavy sickness of his heart. He looked up to the sky, doubting whether there really was a Heaven above him. Yet, there was the blue arch, and the stars brightening in it.

"With Heaven above, and Faith below, I will yet stand firm against the devil!" cried Goodman Brown.

While he still gazed upward, into the deep arch of the firmament, and had lifted his hands to pray, a cloud, though no wind was stirring, hurried across the zenith, and hid the brightening stars. The blue sky was still visible, except directly overhead, where this black mass of cloud was sweeping swiftly northward. Aloft in the air, as if from the depths of the cloud, came a confused and doubtful sound of voices. Once, the listener fancied that he could distinguish the accents of town's people of his own, men and women, both pious and ungodly, many of whom he had met at the communion-table, and had seen others rioting at the tavern. The next moment, so indistinct were the sounds, he doubted whether he had heard aught but the murmur of the old forest, whispering without a wind. Then came a stronger swell of those familiar tones, heard daily in the sunshine, at Salem village, but never, until now, from a cloud at night. There was one voice, of a young woman, uttering lamentations, yet with an uncertain sorrow, and entreating for some favor, which, perhaps, it would grieve her to obtain. And all the unseen multitude, both saints and sinners, seemed to encourage her onward.

"Faith!" shouted Goodman Brown, in a voice of agony and desperation; and the echoes of the forest mocked him, crying—"Faith! Faith!" as if bewildered wretches were seeking her, all through the wilderness.

The cry of grief, rage, and terror was yet piercing the night, when the unhappy husband held his breath for a response. There was a scream, drowned immediately in a louder murmur of voices fading into far-off laughter, as the

45

dark cloud swept away, leaving the clear and silent sky above Goodman Brown. But something fluttered lightly down through the air, and caught on the branch of a tree. The young man seized it and beheld a pink ribbon.

"My Faith is gone!" cried he, after one stupefied moment. "There is no good on earth, and sin is but a name. Come, devil! for to thee is this world given."

And maddened with despair, so that he laughed loud and long, did Goodman Brown grasp his staff and set forth again, at such a rate, that he seemed to fly along the forest path, rather than to walk or run. The road grew wilder and drearier, and more faintly traced, and vanished at length, leaving him in the heart of the dark wilderness, still rushing onward, with the instinct that guides mortal man to evil. The whole forest was peopled with frightful sounds; the creaking of the trees, the howling of wild beasts, and the yell of Indians; while, sometimes, the wind tolled like a distant church bell, and sometimes gave a broad roar around the traveller, as if all Nature were laughing him to scorn. But he was himself the chief horror of the scene, and shrank not from its other horrors.

"Ha! ha! ha!" roared Goodman Brown, when the wind laughed at him. "Let us hear which will laugh loudest! Think not to frighten me with your deviltry! Come witch, come wizard, come Indian powwow, come devil himself! and here comes Goodman Brown. You may as well fear him as he fear you!"

In truth, all through the haunted forest, there could be nothing more frightful than the figure of Goodman Brown. On he flew, among the black pines, brandishing his staff with frenzied gestures, now giving vent to an inspiration of horrid blasphemy, and now shouting forth such laughter, as set all the echoes of the forest laughing like demons around him. The fiend in his own shape is less hideous than when he rages in the breast of man. Thus sped the demoniac on his course, until, quivering among the trees, he saw a red light before him, as when the felled trunks and branches of a clearing have been set on fire, and throw up their lurid blaze against the sky, at the hour of midnight. He paused, in a lull of the tempest that had driven him onward, and heard the swell of what seemed a hymn, rolling solemnly from a distance, with the weight of many voices. He knew the tune. It was a familiar one in the choir of the village meeting-house. The verse died heavily away, and was lengthened by a chorus, not of human voices, but of all the sounds of the benighted wilderness, pealing in awful harmony together. Goodman Brown cried out; and his cry was lost to his own ear, by its unison with the cry of the desert.

In the interval of silence, he stole forward, until the light glared full upon his eyes. At one extremity of an open space, hemmed in by the dark wall of the forest, arose a rock, bearing some rude, natural resemblance either to an altar or a pulpit, and surrounded by four blazing pines, their tops aflame, their stems untouched, like candles at an evening meeting. The mass of foliage, that had overgrown the summit of the rock, was all on fire, blazing high into the night, and fitfully illuminating the whole field. Each pendent twig and leafy festoon was in a blaze. As the red light arose and fell, a numerous congregation alternately shone forth, then disappeared in shadow, and again grew, as it were, out of the darkness, peopling the heart of the solitary woods at once.

"A grave and dark-clad company!" quoth Goodman Brown. 55

In truth, they were such. Among them, quivering to-and-fro, between gloom and splendor, appeared faces that would be seen, next day, at the council-board of the province, and others which, Sabbath after Sabbath, looked devoutly heavenward, and benignantly over the crowded pews, from the holiest pulpits in the land. Some affirm that the lady of the governor was there. At least, there were high dames well known to her, and wives of honored husbands, and widows a great multitude, and ancient maidens, all of excellent repute, and fair young girls, who trembled lest their mothers should espy them. Either the sudden gleams of light, flashing over the obscure field, bedazzled Goodman Brown, or he recognized a score of the church members of Salem village, famous for their especial sanctity. Good old Deacon Gookin had arrived, and waited at the skirts of that venerable saint, his reverend pastor. But, irreverently consorting with these grave, reputable, and pious people, these elders of the church, these chaste dames and dewy virgins, there were men of dissolute lives and women of spotted fame, wretches given over to all mean and filthy vice, and suspected even of horrid crimes. It was strange to see, that the good shrank not from the wicked, nor were the sinners abashed by the saints. Scattered, also, among their pale-faced enemies, were the Indian priests, or powwows, who had often scared their native forest with more hideous incantations than any known to English witchcraft.

"But, where is Faith?" thought Goodman Brown; and, as hope came into his heart, he trembled.

Another verse of the hymn arose, a slow and mournful strain, such as the pious love, but joined to words which expressed all that our nature can conceive of sin, and darkly hinted at far more. Unfathomable to mere mortals is the lore of fiends. Verse after verse was sung, and still the chorus of the desert swelled between, like the deepest tone of a mighty organ. And, with the final peal of that dreadful anthem, there came a sound, as if the roaring wind, the rushing streams, the howling beasts, and every other voice of the unconverted wilderness were mingling and according with the voice of guilty man, in homage to the prince of all. The four blazing pines threw up a loftier flame, and obscurely discovered shapes and visages of horror on the smoke-wreaths, above the impious assembly. At the same moment, the fire on the rock shot redly forth, and formed a glowing arch above its base, where now appeared a figure. With reverence be it spoken, the apparition bore no slight similitude, both in garb and manner, to some grave divine of the New England churches.

"Bring forth the converts!" cried a voice, that echoed through the field and rolled into the forest.

60   At the word, Goodman Brown stepped forth from the shadow of the trees, and approached the congregation, with whom he felt a loathful brotherhood, by the sympathy of all that was wicked in his heart. He could have well-nigh sworn, that the shape of his own dead father beckoned him to advance, looking downward from a smoke-wreath, while a woman, with dim features of despair, threw out her hand to warn him back. Was it his mother? But he had no power to retreat one step, nor to resist, even in thought, when the minister and good old Deacon Gookin seized his arms, and led him to the blazing rock. Thither came also the slender form of a veiled female, led between Goody Cloyse, that pious teacher of the catechism, and Martha Carrier, who had received the devil's promise to be queen of hell. A rampant hag was she! And there stood the proselytes, beneath the canopy of fire.

"Welcome, my children," said the dark figure, "to the communion of your race! Ye have found, thus young, your nature and your destiny. My children, look behind you!"

They turned; and flashing forth, as it were, in a sheet of flame, the fiend-worshippers were seen; the smile of welcome gleamed darkly on every visage.

"There," resumed the sable form, "are all whom ye have reverenced from youth. Ye deemed them holier than yourselves, and shrank from your own sin, contrasting it with their lives of righteousness and prayerful aspirations heavenward. Yet, here are they all, in my worshipping assembly! This night it shall be granted you to know their secret deeds; how hoary-bearded elders of the church have whispered wanton words to the young maids of their households; how many a woman, eager for widows's weeds, has given her husband a drink at bedtime, and let him sleep his last sleep in her bosom; how beardless youths have made haste to inherit their father's wealth; and how fair damsels—blush not, sweet ones!—have dug little graves in the garden, and bidden me, the sole guest, to an infant's funeral. By the sympathy of your human hearts for sin, ye shall scent out all the places—whether in church, bed-chamber, street, field, or forest—where crime has been committed, and shall exult to behold the whole earth one stain of guilt, one mighty blood-spot. Far more than this! It shall be yours to penetrate, in every bosom, the deep mystery of sin, the fountain of all wicked arts, and which inexhaustibly supplies more evil impulses than human power—than my power, at its utmost!—can make manifest in deeds. And now, my children, look upon each other."

They did so; and, by the blaze of the hell-kindled torches, the wretched man beheld his Faith, and the wife her husband, trembling before that unhallowed altar.

"Lo! there ye stand, my children," said the figure, in a deep and solemn tone, almost sad, with its despairing awfulness, as if his once angelic nature* could yet mourn for our miserable race. Depending upon one another's hearts, ye had still hoped that virtue were not all a dream! Now are ye undeceived!— Evil is the nature of mankind. Evil must be your only happiness. Welcome, again, my children, to the communion of your race!"

"Welcome!" repeated the fiend-worshippers, in one cry of despair and triumph.

* *once angelic nature*: Lucifer ("light carrier"), another name for the Devil, led the traditional revolt of the angels and was thrown into hell as his punishment. See Isaiah 14:12-15

And there they stood, the only pair, as it seemed, who were yet hesitating on the verge of wickedness, in this dark world. A basin was hollowed, naturally, in the rock. Did it contain water, reddened by the lurid light? or was it blood? or, perchance, a liquid flame? Herein did the Shape of Evil dip his hand, and prepare to lay the mark of baptism upon their foreheads, that they might be partakers of the mystery of sin, more conscious of the secret guilt of others, both in deed and thought, than they could now be of their own. The husband cast one look at his pale wife, and Faith at him. What polluted wretches would the next glance show them to each other, shuddering alike at what they disclosed and what they saw!

"Faith! Faith!" cried the husband. "Look up to Heaven, and resist the Wicked One!"

Whether Faith obeyed, he knew not. Hardly had he spoken, when he found himself amid calm night and solitude, listening to a roar of the wind, which died heavily away through the forest He staggered against the rock, and felt it chill and damp, while a hanging twig, that had been all on fire, besprinkled his cheek with the coldest dew.

70   The next morning, young Goodman Brown came slowly into the street of Salem village staring around him like a bewildered man. The good old minister was taking a walk along the grave-yard, to get an appetite for breakfast and meditate his sermon, and bestowed a blessing, as he passed, on Goodman Brown. He shrank from the venerable saint, as if to avoid an anathema. Old Deacon Gookin was at domestic worship, and the holy words of his prayer were heard through the open window. "What God doth the wizard pray to?" quoth Goodman Brown. Goody Cloyse, that excellent old Christian, stood in the early sunshine, at her own lattice, catechising a little girl, who had brought her a pint of morning's milk. Goodman Brown snatched away the child, as from the grasp of the fiend himself. Turning the corner by the meetinghouse, he spied the head of Faith, with the pink ribbons, gazing anxiously forth, and bursting into such joy at the sight of him that she skipt along the street, and almost kissed her husband before the whole village. But Goodman Brown looked sternly and sadly into her face, and passed on without a greeting.

Had Goodman Brown fallen asleep in the forest, and only dreamed a wild dream of a witch-meeting?

Be it so, if you will. But, alas! it was a dream of evil omen for young Goodman Brown. A stern, a sad, a darkly meditative, a distrustful, if not a desperate man did he become, from the night of that fearful dream. On the Sabbath day, when the congregation were singing a holy psalm, he could not listen, because an anthem of sin rushed loudly upon his ear, and drowned all the blessed strain. When the minister spoke from the pulpit, with power and fervid eloquence, and with his hand on the open Bible, of the sacred truths of our religion, and of saint-like lives and triumphant deaths, and of future bliss or misery unutterable, then did Goodman Brown turn pale, dreading lest the roof should thunder down upon the gray blasphemer and his hearers. Often, awaking suddenly at midnight, he shrank from the bosom of Faith, and at morning or eventide, when the family knelt down in prayer, he scowled, and muttered to himself, and gazed sternly at his wife, and turned away. And when he had lived long, and was borne to his grave, a hoary corpse, followed by Faith, an aged woman, and children and grandchildren, a goodly procession, besides neighbors not a few, they carved no hopeful verse upon his tombstone; for his dying hour was gloom.

Katherine Mansfield (1888–1923)

Miss Brill*   1920

Although it was so brilliantly fine—the blue sky powdered with gold and great spots of light like white wine splashed over the Jardins Publiques* —Miss Brill was glad that she had decided on her fur. The air was motionless, but when you opened your mouth there was just a faint chill, like a chill from a glass of

* *Miss Brill*: Brill is the name of a common deep-sea flatfish.
* *Jardins Publiques*: public gardens or park. The setting of the story is apparently French seaside town.

iced water before you sip, and now and again a leaf came drifting—from nowhere, from the sky. Miss Brill put up her hand and touched her fur. Dear little thing! It was nice to feel it again. She had taken it out of its box that afternoon, shaken out the moth-powder, given it a good brush, and rubbed the life back into the dim little eyes. "What has been happening to me?" said the sad little eyes. Oh, how sweet it was to see them snap at her again from the red eiderdown! . . . But the nose, which was of some black composition, wasn't at all firm. It must have had a knock, somehow. Never mind—a little dab of black sealing-wax when the time came—when it was absolutely necessary. . . . Little rogue! Yes, she really felt like that about it. Little rogue biting its tail just by her left ear. She could have taken it off and laid it on her lap and stroked it. She felt a tingling in her hands and arms, but that came from walking, she supposed. And when she breathed, something light and sad—no, not sad, exactly—something gentle seemed to move in her bosom.

There were a number of people out this afternoon, far more than last Sunday. And the band sounded louder and gayer. That was because the Season had begun. For although the band played all the year round on Sundays, out of season it was never the same. It was like some one playing with only the family to listen; it didn't care how it played if there weren't any strangers present. Wasn't the conductor wearing a new coat, too? She was sure it was new. He scraped with his foot and flapped his arms like a rooster about to crow, and the bandsmen sitting in the green rotunda blew out their cheeks and glared at the music. Now there came a little "flutey" bit—very pretty!—a little chain of bright drops. She was sure it would be repeated. It was; she lifted her head and smiled.

Only two people shared her "special" seat: a fine old man in a velvet coat, his hands clasped over a huge carved walking-stick, and a big old woman, sitting upright, with a roll of knitting on her embroidered apron. They did not speak. This was disappointing, for Miss Brill always looked forward to the conversation. She had become really quite expert, she thought, at listening as though she didn't listen, at sitting in other people's lives just for a minute while they talked round her.

She glanced, sideways, at the old couple. Perhaps they would go soon. Last Sunday, too, hadn't been as interesting as usual. An Englishman and his wife, he wearing a dreadful Panama hat and she button boots. And she'd gone on the whole time about how she ought to wear spectacles; she knew she needed them; but that it was no good getting any; they'd be sure to break and they'd never keep on. And he'd been so patient. He'd suggested everything—gold rims, the kind that curved round your ears, little pads inside the bridge. No, nothing would please her. "They'll always be sliding down my nose!" Miss Brill had wanted to shake her.

The old people sat on the bench, still as statues. Never mind, there was 5 always the crowd to watch. To and fro, in front of the flower-beds and the band rotunda, the couples and groups paraded, stopped to talk, to greet, to buy a handful of flowers from the old beggar who had his tray fixed to the railings. Little children ran among them, swooping and laughing; little boys with big white silk bows under their chins, little girls, little French dolls, dressed up in velvet and lace. And sometimes a tiny staggerer came suddenly rocking into the open from under the trees, stopped, stared, as suddenly sat down "flop," until its small high-stepping mother, like a young hen, rushed scolding to its rescue. Other people sat on the benches and green chairs, but they were nearly always the same, Sunday after Sunday, and—Miss Brill had often noticed—there was something funny about nearly all of them. They were odd, silent, nearly all old, and from the way they stared they looked as though they'd just come from dark little rooms or even—even cupboards!

Behind the rotunda the slender trees with yellow leaves down drooping, and through them just a line of sea, and beyond the blue sky with gold-veined clouds.

Tum-tum-tum tiddle-um! tiddle-um! tum tiddle-um tum ta! blew the band.

Two young girls in red came by and two young soldiers in blue met them, and they laughed and paired and went off arm-in-arm. Two peasant women with funny straw hats passed, gravely, leading beautiful smoke-coloured donkeys. A cold, pale nun hurried by. A beautiful woman came along and dropped her bunch of violets, and a little boy ran after to hand them to her, and she took them and threw them away as if they'd been poisoned. Dear me! Miss Brill didn't know whether to admire that or not! And now an ermine toque* and

* *ermine toque*: close-fitting hat made of the white fur of an ermine; here the phrase stands for

a gentleman in grey met just in front of her. He was tall, stiff, dignified, and she was wearing the ermine toque she'd bought when her hair was yellow. Now everything, her hair, her face, even her eyes, was the same colour as the shabby ermine, and her hand, in its cleaned glove, lifted to dab her lips, was a tiny yellowish paw. Oh, she was so pleased to see him—delighted! She rather thought they were going to meet that afternoon. She described where she'd been— everywhere, here, there, along by the sea. The day was so charming—didn't he agree? And wouldn't he, perhaps? . . . But he shook his head, lighted a cigarette, slowly breathed a great deep puff into her face, and, even while she was still talking and laughing, flicked the match away and walked on. The ermine toque was alone; she smiled more brightly than ever. But even the band seemed to know what she was feeling and played more softly, played tenderly, and the drum beat, "The Brute! The Brute!" over and over. What would she do? What was going to happen now? But as Miss Brill wondered, the ermine toque turned, raised her hand as though she'd seen some one else, much nicer, just over there, and pattered away. And the band changed again and played more quickly, more gaily than ever, and the old couple on Miss Brill's seat got up and marched away, and such a funny old man with long whiskers hobbled along in time to the music and was nearly knocked over by four girls walking abreast.

Oh, how fascinating it was! How she enjoyed it! How she loved sitting here, watching it all! It was like a play. It was exactly like a play. Who could believe the sky at the back wasn't painted? But it wasn't till a little brown dog trotted on solemn and then slowly trotted off, like a little "theatre" dog, a little dog that had been drugged, that Miss Brill discovered what it was that made it so exciting. They were all on the stage. They weren't only the audience, not only looking on; they were acting. Even she had a part and came every Sunday. No doubt somebody would have noticed if she hadn't been there; she was part of the performance after all. How strange she'd never thought of it like that before! And yet it explained why she made such a point of starting from home at just the same time each week—so as not to be late for the performance—and it also explained why she had quite a queer, shy feeling at telling her English pupils

the woman wearing the hat.

how she spent her Sunday afternoons. No wonder! Miss Brill nearly laughed out loud. She was on the stage. She thought of the old invalid gentleman to whom she read the newspaper four afternoons a week while he slept in the garden. She had got quite used to the frail head on the cotton pillow, the hollowed eyes, the open mouth and the high pinched nose. If he'd been dead she mightn't have noticed for weeks; she wouldn't have minded. But suddenly he knew he was having the paper read to him by an actress! "An actress!" The old head lifted; two points of light quivered in the old eyes. "An actress—are ye?" And Miss Brill smoothed the newspaper as though it were the manuscript of her part and said gently: "Yes, I have been an actress for a long time."

The band had been having a rest. Now they started again. And what they   10
played was warm, sunny, yet there was just a faint chill—something, what was it?—not sadness—no, not sadness—a something that made you want to sing. The tune lifted, lifted, the light shone; and it seemed to Miss Brill that in another moment all of them, all the whole company, would begin singing. The young ones, the laughing ones who were moving together, they would begin, and the men's voices, very resolute and brave, would join them. And then she too, she too, and the others on the benches—they would come in with a kind of accompaniment—something low, that scarcely rose or fell, something so beautiful—moving. . . . And Miss Brill's eyes filled with tears and she looked smiling at all the other members of the company. Yes, we understand, we understand, she thought—though what they understood she didn't know.

Just at that moment a boy and girl came and sat down where the old couple had been. They were beautifully dressed; they were in love. The hero and heroine, of course, just arrived from his father's yacht. And still soundlessly singing, still with that trembling smile, Miss Brill prepared to listen.

"No, not now," said the girl, "Not here, I can't."

"But why? Because of that stupid old thing at the end there?" asked the boy. "Why does she come here at all—who wants her? Why doesn't she keep her silly old mug at home?"

"It's her fu-fur which is so funny," giggled the girl. "It's exactly like a fried whiting."

"Ah, be off with you!" said the boy in an angry whisper. Then: "Tell me,   15
ma petite chérie—"

"No, not here," said the girl. "Not *yet*."

On her way home she usually bought a slice of honeycake at the baker's. It was her Sunday treat. Sometimes there was an almond in her slice, sometimes not. It made a great difference. If there was an almond it was like carrying home a tiny present—a surprise—something that might very well not have been there. She hurried on the almond Sundays and struck the match for the kettle in quite a dashing way.

But to-day she passed the baker's by, climbed the stairs, went into the little dark room—her room like a cupboard—and sat down on the red eiderdown. She sat there for a long time. The box that the fur came out of was on the bed. She unclasped the necklet quickly; quickly, without looking, laid it inside. But when she put the lid on she thought she heard something crying.

Edgar Allan Poe (1809–1849)

The Cask of Amontillado   1846

The thousand injuries of Fortunato I had borne as I best could; but when he ventured upon insult, I vowed revenge. You, who so well know the nature of my soul, will not suppose, however, that I gave utterance to a threat. At length I would be avenged: this was a point definitively settled—but the very definitiveness with which it was resolved, precluded the idea of risk. I must not only punish, but punish with impunity. A wrong is unredressed when retribution overtakes its redresser. It is equally unredressed when the avenger fails to make himself felt as such to him who has done the wrong.

It must be understood, that neither by word nor deed had I given Fortunato cause to doubt my good-will. I continued, as was my wont, to smile in his face, and he did not perceive that my smile now was at the thought of his immolation.

He had a weak point—this Fortunato—although in other regards he was a man to be respected and even feared. He prided himself on his connoisseurship in wine. Few Italians have the true virtuoso spirit. For the most part their enthusiasm is adopted to suit the time and opportunity—to practice imposture upon the British and Austrian millionaires. In painting and gemmary Fortunato, like his countrymen, was a quack—but in the matter of old wines he was sincere. In this respect I did not differ from him materially: I was skillful in the Italian vintages myself, and bought largely whenever I could.

It was about dusk, one evening during the supreme madness of the carnival season, that I encountered my friend. He accosted me with excessive warmth, for he had been drinking much. The man wore motley. He had on a tight-fitting parti-striped dress, and his head was surmounted by the conical cap and bells. I was so pleased to see him, that I thought I should never have done wringing his hand.

I said to him: "My dear Fortunato, you are luckily met. How remarkably   5 well you are looking today! But I have received a pipe of what passes for Amontillado, and I have my doubts."

"How?" said he. "Amontillado? A pipe? Impossible! And in the middle of the carnival!"

"I have my doubts," I replied; "and I was silly enough to pay the full Amontillado price without consulting you in the matter. You were not to be found, and I was fearful of losing a bargain."

"Amontillado!"

"I have my doubts."

"Amontillado!"   10

"And I must satisfy them."

"Amontillado!"

"As you are engaged, I am on my way to Luchesi. If anyone has a critical turn, it is he: He will tell me—"

"Luchesi cannot tell Amontillado from Sherry."

"And yet some fools will have it that his taste is a match for your own."   15

"Come, let us go."

"Whither?"

"To your vaults."

"My friend, no; I will not impose upon your good nature. I perceive you have an engagement. Luchesi—"

"I have no engagement;—come."

"My friend, no. It is not the engagement, but the severe cold with which I perceive you are afflicted. The vaults are insufferably damp. They are encrusted with nitre."

"Let us go, nevertheless. The cold is merely nothing. Amontillado! You have been imposed upon. And as for Luchesi, he cannot distinguish Sherry from Amontillado."

Thus speaking, Fortunato possessed himself of my arm. Putting on a mask of black silk, and drawing a *roquelaure*[*] closely about my person, I suffered him to hurry me to my palazzo.

There were no attendants at home; they had absconded to make merry in honor of the time. I had told them that I should not return until the morning, and had given them explicit orders not to stir from the house. These orders were sufficient, I well knew, to insure their immediate disappearance, one and all, as soon as my back was turned.

25   I took from their sconces two flambeaux, and giving one to Fortunato, bowed him through several suites of rooms to the archway that led into the vaults. I passed down a long and winding staircase, requesting him to be cautious as he followed. We came at length to the foot of the descent, and stood together on the damp ground of the catacombs of the Montresors.

The gait of my friend was unsteady, and the bells upon his cap jingled as he strode.

"The pipe?" said he.

"It is farther on," said I; "but observe the white webwork which gleams from these cavern walls."

He turned toward me, and looked into my eyes with two filmy orbs that distilled the rheum of intoxication.

30   "Nitre?" he asked, at length.

"Nitre," I replied. "How long have you had that cough?"

"Ugh! ugh! ugh!—ugh! ugh! ugh!—ugh! ugh! ugh!—ugh! ugh! ugh!—

---

[*] *roquelaure*: a type of cloak.

ugh! ugh! ugh!"

My poor friend found it impossible to reply for many minutes.

"It is nothing," he said at last.

"Come," I said, with decision, "we will go back; your health is precious. 35
You are rich, respected, admired, beloved; you are happy, as once I was. You
are a man to be missed. For me it is no matter. We will go back; you will
be ill, and I cannot be responsible. Besides, there is Luchesi—"

"Enough," he said; "the cough is a mere nothing; it will not kill me. I shall
not die of a cough."

"True—true," I replied; "and, indeed, I had no intention of alarming you
unnecessarily; but you should use all proper caution. A draught of this Medoc
will defend us from the damps."

Here I knocked off the neck of a bottle which I drew from a long row
of its fellows that lay upon the mould.

"Drink," I said, presenting him the wine.

He raised it to his lips with a leer. He paused and nodded to me familiarly, 40
while his bells jingled.

"I drink," he said, "to the buried that repose around us."

"And I to your long life."

He again took my arm, and we proceeded.

"These vaults," he said, "are extensive."

"The Montresors," I replied, "were a great and numerous family." 45

"I forget your arms."

"A huge human foot *d'or*, in a field azure; the foot crushes a serpent
rampant whose fangs are imbedded in the heel."

"And the motto?"

"*Nemo me impune lacessit.*"*

"Good!" he said. 50

The wine sparkled in his eyes and the bells jingled. My own fancy grew
warm with the Medoc. We had passed through walls of piled bones, with casks
and puncheons intermingling, into the inmost recesses of the catacombs. I paused
again, and this time I made bold to seize Fortunato by an arm above the elbow.

* *Nemo me impune lacessit:* No one attacks me with impunity.

"The nitre!" I said; "see, it increases. It hangs like moss upon the vaults. We are below the river's bed. The drops of moisture trickle among the bones. Come, we will go back ere it is too late. Your cough—"

"It is nothing," he said; "let us go on. But first, another draught of the Medoc."

I broke and reached him a flagon of De Grâve. He emptied it at a breath. His eyes flashed with a fierce light. He laughed and threw the bottle upward with a gesticulation I did not understand.

55 I looked at him in surprise. He repeated the movement—a grotesque one.

"You do not comprehend?" he said.

"Not I," I replied.

"Then you are not of the brotherhood."

"How?"

60 "You are not of the Masons."

"Yes, yes," I said; "yes, yes."

"You? Impossible! A Mason?"

"A Mason," I replied.

"A sign," he said.

65 "It is this," I answered, producing a trowel from beneath the folds of my *roquelaure.*

"You jest," he exclaimed, recoiling a few paces. "But let us proceed to the Amontillado."

"Be it so," I said, replacing the tool beneath the cloak, and again offering him my arm. He leaned upon it heavily. We continued our route in search of the Amontillado. We passed through a range of low arches, descended, passed on, and descending again, arrived at a deep crypt, in which the foulness of the air caused our flambeaux rather to glow than flame.

At the most remote end of the crypt there appeared another less spacious. Its walls had been lined with human remains, piled to the vault overhead, in the fashion of the great catacombs of Paris. Three sides of this interior crypt were still ornamented in this manner. From the fourth the bones had been thrown down, and lay promiscuously upon the earth, forming at one point a mound of some size. Within the wall thus exposed by the displacing of the bones, we perceived a still interior recess, in depth about four feet, in width three, in height

392

six or seven. It seemed to have been constructed for no especial use within itself, but formed merely the interval between two of the colossal supports of the roof of the catacombs, and was backed by one of their circumscribing walls of solid granite.

It was in vain that Fortunato, uplifting his dull torch, endeavored to pry into the depth of the recess. Its termination the feeble light did not enable us to see.

"Proceed," I said; "herein is the Amontillado. As for Luchesi—" 70

"He is an ignoramus," interrupted my friend, as he stepped unsteadily forward, while I followed immediately at his heels. In an instant he had reached the extremity of the niche, and finding his progress arrested by the rock, stood stupidly bewildered. A moment more and I had fettered him to the granite. In its surface were two iron staples, distant from each other about two feet, horizontally. From one of these depended a short chain, from the other a padlock. Throwing the links about his waist, it was but the work of a few seconds to secure it. He was too much astounded to resist. Withdrawing the key I stepped back from the recess.

"Pass your hand," I said, "over the wall; you cannot help feeling the nitre. Indeed it is very damp. Once more let me *implore* you to return. No? Then I must positively leave you. But I must first render you all the little attentions in my power."

"The Amontillado!" ejaculated my friend, not yet recovered from his astonishment.

"True," I replied; "the Amontillado."

As I said these words I busied myself among the pile of bones of which 75 I have before spoken. Throwing them aside, I soon uncovered a quantity of building stone and mortar. With these materials and with the aid of my trowel, I began vigorously to wall up the entrance of the niche.

I had scarcely laid the first tier of the masonry when I discovered that the intoxication of Fortunato had in a great measure worn off. The earliest indication I had of this was a low moaning cry from the depth of the recess. It was not the cry of a drunken man. There was then a long and obstinate silence. I laid the second tier, and the third, and the fourth; and then I heard the furious vibrations of the chain. The noise lasted for several minutes, during which, that

I might hearken to it with the more satisfaction, I ceased my labors and sat down upon the bones. When at last the clanking subsided, I resumed the trowel, and finished without interruption the fifth, the sixth, and the seventh tier. The wall was now nearly upon a level with my breast. I again paused, and holding the flambeaux over the mason-work, threw a few feeble rays upon the figure within.

A succession of loud and shrill screams, bursting suddenly from the throat of the chained form, seemed to thrust me violently back. For a brief moment I hesitated—I trembled. Unsheathing my rapier, I began to grope with it about the recess; but the thought of an instant reassured me. I placed my hand upon the solid fabric of the catacombs, and felt satisfied. I reapproached the wall. I replied to the yells of him who clamored. I reechoed—I aided—I surpassed them in volume and in strength. I did this, and the clamorer grew still.

It was now midnight, and my task was drawing to a close. I had completed the eighth, the ninth, and the tenth tier. I had finished a portion of the last and the eleventh; there remained but a single stone to be fitted and plastered in. I struggled with its weight; I placed it partially in its destined position. But now there came from out the niche a low laugh that erected the hairs upon my head. It was succeeded by a sad voice, which I had difficulty in recognizing as that of the noble Fortunato. The voice said—

"Ha! ha! ha!—he! he!—a very good joke indeed—an excellent jest. We will have many a rich laugh about it at the palazzo—he! he! he!—over our wine— he! he! he!"

"The Amontillado!" I said.

"He! he! he!—he! he! he!—yes, the Amontillado. But is it not getting late? Will not they be awaiting us at the palazzo, the Lady Fortunato and the rest? Let us be gone."

"Yes," I said, "let us be gone."

"*For the love of God, Montresor!*"

"Yes," I said, "for the love of God!"

But to these words I hearkened in vain for a reply. I grew impatient. I called aloud:

"Fortunato!"

No answer. I called again:

"Fortunato!"

No answer still. I thrust a torch through the remaining aperture and let it fall within. There came forth in return only a jingling of the bells. My heart grew sick—on account of the dampness of the catacombs. I hastened to make an end of my labor. I forced the last stone into its position. I plastered it up. Against the new masonry I reerected the old rampart of bones. For the half of a century no mortal has disturbed them. *In pace requiescat!*[*]

---

[*] *In pace requiescat*: May he rest in peace.

II. POEMS

Matthew Arnold (1822–1888)

Dover Beach   1849

The sea is calm to-night.
The tide is full, the moon lies fair
Upon the straits:—on the French coast the light
Gleams and is gone; the cliffs of England stand,
5 Glimmering and vast, out in the tranquil bay.
Come to the window, sweet is the night air!
Only, from the long line of spray
Where the sea meets the moon-blanched land,
Listen! You can hear the grating roar
10 Of pebbles which the waves draw back, and fling,
At their return, up the high strand,
Begin, and cease, and then again begin,
With tremulous cadence slow, and bring
The eternal note of sadness in.

15 Sophocles long ago
Heard it on the Ægean, and it brought
Into his mind the turbid ebb and flow
Of human misery; we
Find also in the sound a thought,
20 Hearing it by this distant northern sea.
The Sea of Faith
Was once, too, at the full, and round earth's shore

Lay like the folds of a bright girdle furled.
But now I only hear
Its melancholy, long, withdrawing roar,   25
Retreating, to the breath
Of the night wind, down the vast edges drear
And naked shingles of the world.

Ah, love, let us be true
To one another! for the world, which seems   30
To lie before us like a land of dreams,
So various, so beautiful, so new,
Hath really neither joy, nor love, nor light,
Nor certitude, nor peace, nor help for pain;
And we are here as on a darkling plain   35
Swept with confused alarms of struggle and flight
Where ignorant armies clash by night.

William Blake (1757–1827)

The Tyger[*]   1794

Tyger! Tyger! burning bright
In the forests of the night,
What immortal hand or eye
Could frame thy fearful symmetry?

5   In what distant deeps or skies
Burnt the fire of thine eyes?
On what wings dare he aspire?
What the hand, dare seize the fire?

And what shoulder, & what art,
10   Could twist the sinews of thy heart?
And when thy heart began to beat,
What dread hand? & what dread feet?

What the hammer? what the chain?
15   In what furnace was thy brain?
What the anvil? what dread grasp
Dare its deadly terrors clasp?

When the stars threw down their spears,
And water'd heaven with their tears,
Did he smile his work to see?
20   Did he who made the Lamb make thee?

Tyger! Tyger! burning bright
In the forests of the night,

---

* *Tyger*: Tyger here means not only a tiger but a larger wild cat.

What immortal hand or eye
Dare frame thy fearful symmetry?

Samuel Taylor Coleridge (1772–1834)

Kubla Khan   1816

In Xanadu did Kubla Kahn
A stately pleasure dome decree:
Where Alph, the sacred river, ran
Through caverns measureless to man
5   Down to a sunless sea.
So twice five miles of fertile ground
With walls and towers were girdled round:
And there were gardens bright with sinuous rills,
Where blossomed many an incense-bearing tree;
And here were forests ancient as the hills,
10 Enfolding sunny spots of greenery.

But oh! that deep romantic chasm which slanted
Down the green hill athwart a cedarn cover!
A savage place! as holy and enchanted
15 As e'er beneath a waning moon was haunted
By woman wailing for her demon lover!
And from this chasm, with ceaseless turmoil seething,
As if this earth in fast thick pants were breathing,
A mighty fountain momently was forced:
20 Amid whose swift half-intermitted burst
Huge fragments vaulted like rebounding hail,
Or chaffy grain beneath the thresher's flail;
And 'mid these dancing rocks at once and ever
It flung up momently the sacred river.
25 Five miles meandering with a mazy motion
Through wood and dale the sacred river ran,
Then reached the caverns measureless to man,

And sank in tumult to a lifeless ocean:
And 'mid this tumult Kubla heard from far
Ancestral voices prophesying war!   30
   The shadow of the dome of pleasure
   Floated midway on the waves;
   Where was heard the mingled measure
   From the fountain and the caves.
It was a miracle of rare device,   35
A sunny pleasure dome with caves of ice!

   A damsel with a dulcimer
   In a vision once I saw:
   It was an Abyssinian maid,
   And on her dulcimer she played,   40
   Singing of Mount Abora.
Could I revive within me
Her symphony and song,
To such a deep delight 'twould win me,
That with music loud and long,   45
I would build that dome in air,
That sunny dome! those caves of ice!
And all who heard should see them there,
And all should cry, Beware! Beware!
His flashing eyes, his floating hair!   50
Weave a circle round him thrice,
And close your eyes with holy dread,
For he on honeydew hath fed,
And drunk the milk of Paradise.

Robert Frost (1875–1963)

Desert Places   1936

Snow falling and night falling fast, oh, fast
In a field I looked into going past,
And the ground almost covered smooth in snow,
But a few weeds and stubble showing last.

5   The woods around it have it—it is theirs.
All animals are smothered in their lairs.
I am too absent-spirited to count;
The loneliness includes me unawares.

And lonely as it is that loneliness
10 Will be more lonely ere it will be less—
A blanker whiteness of benighted snow
With no expression, nothing to express.

They cannot scare me with their empty spaces
Between stars—on stars where no human race is.
15 I have it in me so much nearer home
To scare myself with my own desert places.

Thomas Hardy (1840–1928)

Channel Firing   1914

That night your great guns unawares,
Shook all our coffins as we lay,
And broke the chancel window squares.
We thought it was the Judgment-day

And sat upright. While drearisome   5
Arose the howl of wakened hounds:
The mouse let fall the altar-crumb,
The worms drew back into the mounds.

The glebe cow drooled. Till God called, "No;
It's gunnery practice out at sea   10
Just as before you went below;
The world is as it used to be:

"All nations striving strong to make
Red war yet redder. Mad as hatters
They do no more for Christés sake   15
Than you who are helpless in such matters.

"That this is not the judgment-hour
For some of them's a blessed thing,
For if it were they'd have to scour
Hell's floor for so much threatening . . .   20

"Ha, ha. It will be warmer when
I blow the trumpet (if indeed
I ever do; for you are men,

And rest eternal sorely need).”

25 So down we lay again. “I wonder,
    Will the world ever saner be,”
    Said one, “than when He sent us under
    In our indifferent century!”
35 And many a skeleton shook his head.
    “instead of preaching forty year,”
    My neighbor Parson Thirdly said,
    “I wish I had stuck to pipes and beer.”

    Again the guns disturbed the hour,
    Roaring their readiness to avenge,
    As far inland as Stourton Tower,
    And Camelot, and starlit Stonehenge.

Langston Hughes (1902–1967)

Negro　　　　1958

I am a Negro:
　Black as the night is black,
　Black like the depths of my Africa.

I've been a slave:
　Caesar told me to keep his door-steps clean.　　　　5
　I brushed the boots of Washington.

I've been a worker:
　Under my hand the pyramids arose.
　I made mortar for the Woolworth Building

I've been a singer:　　　　10
　All the way from Africa to Georgia
　I carried my sorrow songs.
　I made ragtime.

I've been a victim:
　The Belgians cut off my hands in the Congo.　　　　15
　They lynch me still in Mississippi.

I am a Negro:
　Black as the night is black,
　Black like the depths of my Africa.

John Keats (1795–1821)

Bright Star   1819

Bright star! would I were steadfast as thou art—
   Not in lone splendor hung aloft the night,
And watching, with eternal lids apart,
   Like Nature's patient, sleepless eremite,*
5   The moving waters at their priestlike task
   Of pure ablution round earth's human shores,
Of gazing on the new soft-fallen mask
   Of snow upon the mountains and the moors;
No—yet still steadfast, still unchangeable,
10   Pillowed upon my fair love's ripening breast,
To feel forever its soft fall and swell,
   Awake forever in a sweet unrest,
Still, still to hear her tender-taken breath,
And so live ever—or else swoon to death.

---

* *eremite*: hermit

Irving Layton (b. 1912)

Rhine Boat Trip*   1977

The castles on the Rhine
are all haunted
by the ghosts of Jewish mothers
looking for their ghostly children

And the clusters of grapes   5
in the sloping vineyards
are myriads of blinded eyes
staring at the blind sun

The tireless Lorelei*
can never comb from their hair   10
the crimson beards
of murdered rabbis

However sweetly they sing
one hears only
the low wailing of cattle-cars*   15
moving invisibly across the land

---

* *Rhine Boat Trip*: The Rhine, Germany's best-known river, is virtually synonymous with German national history.
* *Lorelei*: mythical shore nymphs who lured passing rivermen to their doom; subject of a famous poem by Heinrich Heine (1797-1856).
* *cattle-cars*: During the Holocaust in World War II, the Nazis crowded their victims together into cattle cars and transported them by rail to concentration and extermination camps in Germany and neighboring countries.

Amy Lowell (1874–1925)

Patterns   1916

I walk down the garden paths,
And all the daffodils
Are blowing, and the bright blue squills.
I walk down the patterned garden-paths
5   In my stiff, brocaded gown.
With my powdered hair and jewelled fan,
I too am a rare
Pattern. As I wander down
The garden paths.

10   My dress is richly figured,
And the train
Makes a pink and silver stain
On the gravel, and the thrift
Of the borders.
15   Just a plate of current fashion
Tripping by in high-heeled, ribboned shoes.
Not a softness anywhere about me,
Only whalebone* and brocade.
And I sink on a seat in the shade

20   Of a lime tree. For my passion
Wars against the stiff brocade.
The daffodils and squills
Flutter in the breeze
As they please.
25   And I weep;

* *whalebone*: used as a stiffener in tightly laced corsets.

For the lime-tree is in blossom
And one small flower has dropped upon my bosom.

And the plashing of waterdrops
In the marble fountain
Comes down the garden-paths.   30
The dripping never stops.
Underneath my stiffened gown
Is the softness of a woman bathing in a marble basin,
A basin in the midst of hedges grown
So thick, she cannot see her lover hiding.   35
But she guesses he is near,
And the sliding of the water
Seems the stroking of a dear
Hand upon her.
What is Summer in a fine brocaded gown!   40
I should like to see it lying in a heap upon the ground.
All the pink and silver crumpled up on the ground.
I would be the pink and silver as I ran along the paths,
And he would stumble after,   45
Bewildered by my laughter.
I should see the sun flashing from his sword-hilt and buckles on his shoes.
I would choose
To lead him in a maze along the patterned paths,
A bright and laughing maze for my heavy-booted lover.
Till he caught me in the shade,   50
And the buttons of his waistcoat bruised my body as he clasped me,
Aching, melting, unafraid.
With the shadows of the leaves and the sundrops,
And the plopping of the waterdrops,
All about us in the open afternoon—   55
I am very like to swoon
With the weight of this brocade,
For the sun sifts through the shade.

60   Underneath the fallen blossom
In my bosom,
Is a letter I have hid.
It was brought to me this morning by a rider from the Duke.
Madam, we regret to inform you that Lord Hartwell
Died in action Thursday se'nnight.[*]
65   As I read it in the white, morning sunlight,
The letters squirmed like snakes.
"Any answer, Madam," said my footman.
"No," I told him.
"See that the messenger takes some refreshment.

70   No, no answer."
And I walked into the garden.
Up and down the patterned paths,
In my stiff, correct brocade.
The blue and yellow flowers stood up proudly in the sun,
75   Each one.
I stood upright too,
Held rigid to the pattern
By the stiffness of my gown.
Up and down I walked.
80   Up and down.
In a month he would have been my husband.
In a month, here, underneath this lime,
We would have broken the pattern;
He for me, and I for him,
85   He as Colonel, I as Lady,
On this shady seat.
He had a whim
That sunlight carried blessing.

*   *se'nnight*: i.e., a week ago (seven nights) last Thursday.

And I answered, "It shall be as you have said."
Now he is dead.   90

In Summer and in Winter I shall walk
Up and down
The patterned garden-paths
In my stiff, brocaded gown.
The squills and daffodils   95
Will give place to pillared roses, and to asters, and to snow.
I shall go
Up and down,
In my gown.   100
Gorgeously arrayed,
Boned and stayed.
And the softness of my body will be guarded from embrace
By each button, hook, and lace.
For the man who should loose me is dead,
Fighting with the Duke in Flanders,*   105
In a pattern called a war.
Christ! What are patterns for?

---

* *Flanders*: a place of frequent warfare in Belgium. The speaker's clothing (lines 5, 6) suggests
the time of the Duke of Marlborough's Flanders campaigns of 1702-1710. The Battle of
Waterloo (1815) was also fought nearby underthe Duke of Wellington. During World War
Ⅰ, fierce fighting against the Germans occurred in Flanders in 1914 and 1915, with great
loss of life.

John Masefield (1878–1967)

Cargoes 1902

Quinquereme* of Nineveh* from distant Ophir,*
Rowing home to haven in sunny Palestine,
With a cargo of ivory,
And apes and peacocks,*
5 Sandalwood, cedarwood,* and sweet white wine.

Stately Spanish galleon coming from the Isthmus,*
Dipping through the Tropics by the palm-green shores,
With a cargo of diamonds,
Emeralds, amethysts,
10 Topazes, and cinnamon, and gold moidores.*

Dirty British coaster with a salt-caked smoke-stack,
Butting through the Channel in the mad March days,
With a cargo of Tyne coal,*
Road-rails, pig-lead,
15 Firewood, iron-ware, and cheap tin trays.

* *quinquereme*: the largest of the ancient ships. It was powered by three tiers of oars and was maned "quinquereme" because five men operated each vertical oar station. The top two oars were each taken by two men, while one man alone took the bottom oar.
* *Nineveh*: capital of ancient Assyria, an " exceeding great city" (Jonah3:3).
* *Ophir*: Ophir probably was in Africa and was known for its gold (1 Kings 10:22; 1 Chron. 29:4). Masefield echoes some of the biblical verses in lines 4 and 5
* *apes and peacocks*: 1 King 10:22 and 2 Chron. 9:21
* *cedarwood*: 1 King 9:11
* *Isthmus*: the Isthmus of Panama.
* *moidores*: coins used in Portugal and Brazil at the time the New World was being explored.
* *Tyne coal* coal from Newcastle upon Tyne, in northen England, renowned for its coal production.

Wilfred Owen (1893–1918)

Anthem for Doomed Youth   1920

What passing-bells* for these who die as cattle?
Only the monstrous anger of the guns.
Only the stuttering rifles' rapid rattle
Can patter out their hasty orisons.*
No mockeries for them from prayers or bells,   5
Nor any voice of mourning save the choirs—
The shrill, demented choirs of wailing shells;
And bugles calling for them from sad shires.*

What candles may be held to speed them all?
Not in the hands of boys, but in their eyes   10
Shall shine the holy glimmers of good-byes.
The pallor of girls' brows shall be their pall;
Their flowers the tenderness of patient minds,
And each slow dusk a drawing-down of blinds.

---

* *passing-bells*: church bells that are tolled at the entry of a funeral cortege into a church cemetery.
* *orisons*: prayers
* *shires:* British countries

William Shakespeare (1564–1616)

Sonnet 73: That Time of Year Thou Mayest in Me Behold   1609

That time of year thou mayest in me behold,
When yellow leaves, or none, or few do hang
Upon those boughs which shake against the cold,
Bare ruined choirs, where late the sweet birds sang.
5   In me thou seest the twilight of such day,
As after Sunset fadeth in the West;
Which by and by black night doth take away,
Death's second self that seals up all in rest.
In me thou seest the glowing of such fire,
10   That on the ashes of his youth doth lie,
As the death bed, whereon it must expire,
Consumed with that which it was nourished by.
   This thou perceiv'st, which makes thy love more strong.
   To love that well, which thou must leave ere long.

Sonnet 116: Let Me Not to the Marriage of True Minds   1609

Let me not to the marriage of true minds
Admit impediments; love is not love
Which alters when it alteration finds
Or bends with the remover to remove.
5   O no, it is an ever fixèd mark
That looks on tempests and is never shaken;
It is the star to every wandering bark
Whose worth's unknown, although his height be taken.
Love's not Time's fool, though rosy lips and cheeks

Within his bending sickle's compass come;   10
Love alters not with his brief hours and weeks.
But bears it out even to the edge of doom:
  If this be error and upon me proved,
  I never writ, nor no man ever loved.

Shelly Wagner (b. ca. 1950)

The Boxes   1991

When I told the police I couldn't find you,
they began a search that included everything—
even the boxes in the house:
the footlockers of clothes in the attic,
5   the hamper in the bathroom,
and the Chinese lacquered trunk by the sofa.
They made me raise every lid.
I told them you would never stay in a box,
not with all the commotion.
10   You would have jumped out,
found your flashlight
and joined the search.

Poor Thomas, taking these men
who don't know us
15   through our neighbors' garages
where you never played,
hoping they were right
and we were wrong
and he would find you and
20   snatch you home by the hand

so the police cars could
get out of our driveway
and the divers would
get out of our river
25   because it was certainly
past our bedtime.

We would double-bolt our doors
like always,
say longer prayers than usual
and go to bed. But during the night   30
I would have sat till morning
beside my sleeping boys.
But that's not what happened.
Thomas is still here, now older.
I still go to his room   35
when he is sleeping
just to look at him.
I still visit the cemetery,
not as often,
but the urge is the same: 40
to lie down on the grass,
put my arm around the hump of ground
and tell you, "Get out of this box!
Put a stop to this commotion. Come home.
You should be in bed."   45

III. PLAYS

Anton Chekhov (1860–1904)

The Bear: A Joke in One Act   1888

Cast of Characters

> Mrs. Popov. *A widow of seven months, Mrs. POPOV is small and pretty, with dimples. She is a landowner. At the start of the play, she is pining away in memory of her dead husband.*
>
> Grigory Stepanovich Smirnov.   *Easily angered and loud, SMIRNOV is older. He is a landowner, too, and a man of substance.*
>
> Luka.   Luka *is* Mrs. POPOV'S *footman (a servant whose main tasks were to wait table and attend the carriages, in addition to general duties). He is old enough to feel secure in telling* Mrs. Popov *what he thinks.*
>
> Gardener, Coachman, Workmen, *who enter at the end.*

Scene. *The drawing room of Mrs. POPOV'S country home.*

[*Mrs. POPOV, in deep mourning, does not remove her eyes from a photograph.*]

LUKA. It isn't right, madam . . . you're only destroying yourself. . . . The chambermaid and the cook have gone off berry picking; every living being is rejoicing; even the cat knows how to be content, walking around the yard catching birds, and you sit in your room all day as if it were a convent, and you don't take pleasure in anything. Yes, really! Almost a year has passed since you've gone out of the house!

MRS. POPOV. And I shall never go out. . . . What for? My life is already ended. He lies in his grave; I have buried myself in these four walls . . . we are both dead.

LUKA. There you go again! Your husband is dead, that's as it was meant to be, it's the will of God, may he rest in peace. . . . You've done your mourning and that will do. You can't go on weeping and mourning forever. My wife died when her time came, too. . . . Well? I grieved, I wept for a month, and that was enough for her; the old lady wasn't worth a second more. [*Sighs.*] You've forgotten all your neighbors. You don't go anywhere or accept any calls. We live, so to speak, like spiders. We never see the light. The mice have eaten my uniform. It isn't as if there weren't any nice neighbors—the district is full of them . . . there's a regiment stationed at Riblov, such officers—they're like candy—you'll never get your fill of them! And in the barracks, never a Friday goes by without a dance; and, if you please, the military band plays music every day. . . . Yes, madam, my dear lady: you're young, beautiful, in the full bloom of youth—if only you took a little pleasure in life . . . Beauty doesn't last forever, you know! In ten years' time, you'll be wanting to wave your fanny in front of the officers—and it will be too late.

MRS. POPOV. [*Determined.*] I must ask you never to talk to me like that! You know that when Mr. Popov died, life lost all its salt for me. It may seem to you that I am alive, but that's only conjecture! I vowed to wear mourning to my grave and not to see the light of day. . . . Do you hear me? May his departed spirit see how much I love him. . . Yes, I know, it's no mystery to you that he was often mean to me, cruel . . . and even unfaithful, but I shall remain true to the grave and show him I know how to love. There, beyond the grave, he will see me as I was before his death. . . .

LUKA. Instead of talking like that, you should be taking a walk in the garden or have Toby or Giant harnessed and go visit some of the neighbors . . .

MRS. POPOV. Ai! [*She weeps.*]

LUKA. Madam! Dear lady! What? the matter with you! Christ be with you!

MRS. POPOV. Oh, how he loved Toby! He always used to ride on him to visit the Korchagins or the Vlasovs. How wonderfully he rode! How graceful he was when he pulled at the reins with all his strength! Do you remember? Toby, Toby! Tell them to give him an extra bag of oats today.

LUKA. Yes, madam.

[*Sound of loud ringing.*]

MRS. POPOV. [*Shudders.*] Who's that? Tell them I'm not at home!

LUKA. Of course, madam. [*He exits.*]

MRS. POPOV. [*Alone. Looks at the photograph.*] You will see, Nikolai, how much I can love and forgive . . . my love will die only when I do, when my poor heart stops beating. [*Laughing through her tears.*] Have you no shame? I'm a good girl, a virtuous little wife. I've locked myself in and I'll be true to you to the grave, and you . . . aren't you ashamed, you chubby cheeks? You deceived me, you made scenes, for weeks on end you left me alone. . . .

LUKA. [*Enters, alarmed.*] Madam, somebody is asking for you. He wants to see you. . . .

MRS. POPOV. But didn't you tell them that since the death of my husband, I don't see anybody?

LUKA. I did, but he didn't want to listen; he spoke about some very important business.

MRS. POPOV. I am not at home!

LUKA. That's what I told him . . . but . . . the devil . . . he cursed and pushed past me right into the room . . . he's in the dining room right now.

MRS. POPOV. [*Losing her temper.*] Very well, let him come in . . . such manners! [*Luka goes out.*] How difficult these people are! What does he want from me? Why should he disturb my peace? [*Sighs.*] But it's obvious I'll have to go live in a convent. . . . [*Thoughtfully.*] Yes, a convent. . . .

SMIRNOV. [*Enters while speaking to LUKA.*] You idiot, you talk too much. . . . Ass! [*Sees MRS. POPOV and changes to dignified speech.*] Madam, may I introduce myself: retired lieutenant of the artillery and landowner, Grigory Stepanovich Smirnov! I feel the necessity of troubling you about a highly important matter. . . .

MRS. POPOV. [*Refusing her hand.*] What do you want?

SMIRNOV. Your late husband, whom I had the pleasure of knowing, has remained in my debt for two twelve-hundred-ruble notes. Since I must pay the interest at the agricultural bank tomorrow, I have come to ask you, madam, to

10

20

420

pay me the money today.

MRS. POPOV. One thousand two hundred. . . . And why was my husband in debt to you?

SMIRNOV.   He used to buy oats from me.

MRS. POPOV.   [*Sighing, to LUKA.*] So, Luka, don't you forget to tell them to give Toby an extra bag of oats.

[*Luka goes out.*]

[To SMIRNOV.] If Nikolai, my husband, was in debt to you, then it goes without saying that I'll pay; but please excuse me today. I haven't any spare cash. The day after tomorrow, my steward will be back from town and I will give him instructions to pay you what is owed; until then I cannot comply with your wishes. . . . Besides, today is the anniversary—exactly seven months ago my husband died, and I'm in such a mood that I'm not quite disposed to occupy myself with money matters.

SMIRNOV.   And I'm in such a mood that if I don't pay the interest   25
tomorrow, I'll be owing so much that my troubles will drown me. They'll take away my estate!

MRS. POPOV.   You'll receive your money the day after tomorrow.

SMIRNOV.   I don't want the money the day after tomorrow. I want it today.

MRS. POPOV. You must excuse me. I can't pay you today.

SMIRNOV.   And I can't wait until after tomorrow.

MRS. POPOV. What can I do, if I don't have it now?   30

SMIRNOV.   You mean to say you can't pay?

MRS. POPOV. I can't pay. . . .

SMIRNOV.   Hm! Is that your last word?

MRS. POPOV. That is my last word.

SMIRNOV.   Positively the last?   35

MRS. POPOV. Positively.

SMIRNOV.   Thank you very much. We'll make a note of that.   [Shrugs his shoulders.] And people want me to be calm and collected! Just now, on the way here, I met a tax officer and he asked me: why are you always so angry,

Grigory Stepanovich? Goodness' sake, how can I be anything but angry? I need money desperately . . . I rode out yesterday early in the morning, at daybreak, and went to see all my debtors; and if only one of them had paid his debt . . . I was dog-tired, spent the night God knows where—a Jewish tavern beside a barrel of vodka. . . . Finally I got here, fifty miles from home, hoping to be paid, and you treat me to a "mood." How can I help being angry?

MRS. POPOV. It seems to me that I clearly said: My steward will return from the country and then you will be paid.

SMIRNOV. I didn't come to your steward, but to you! What the hell, if you'll pardon the expression, would I do with your steward?

MRS. POPOV. Excuse me, my dear sir, I am not accustomed to such profane expressions nor to such a tone. I'm not listening to you any more. [Goes out quickly.]

SMIRNOV. [Alone.] Well, how do you like that? "A mood." . . . "Husband died seven months ago"! Must I pay the interest or mustn't I? I ask you: Must I pay, or must I not? So, your husband's dead, and you're in a mood and all that finicky stuff . . . and your steward's away somewhere; may he drop dead. What do you want me to do? Do you think I can fly away from my creditors in a balloon or something? Or should I run and bash my head against the wall? I go to Gruzdev—and he's not at home; Yaroshevich is hiding, with Kuritsin it's a quarrel to the death and I almost throw him out the window; Mazutov has diarrhea, and this one is in a "mood." Not one of these swine wants to pay me! And all because I'm too nice to them. I'm a sniveling idiot, I'm spineless, I'm an old lady! I'm too delicate with them! So, just you wait! You'll find out what I'm like! I won't let you play around with me, you devils! I'll stay and stick it out until she pays. Rrr! . . . How furious I am today, how furious! I'm shaking inside from rage and I can hardly catch my breath. . . . Damn it! My God, I even feel sick! [He shouts.] Hey, you!

LUKA. [Enters.] What do you want?

SMIRNOV. Give me some beer or some water! [LUKA exits.] What logic is there in this! A man needs money desperately, it's like a noose around his neck—and she won't pay because, you see, she's not disposed to occupy herself with money matters! . . . That's the logic of a woman! That's why I never did like and do not like to talk to women. I'd rather sit on a keg of gunpowder than talk to a woman. Brr! . . . I even have goose pimples, this broad has put me in such a rage! All I have to do is see one of those spoiled bitches from a distance, and I get so angry it gives me a cramp in the leg. I just want to shout for help.

LUKA.   [*Entering with water.*] Madam is sick and won't see anyone.

. SMIRNOV.   Get out! [*LUKA goes.*] Sick and won't see anyone! No need   45
to see me . . . I'll stay and sit here until you give me the money. You can stay sick for a week, and I'll stay for a week. . . . If you're sick for a year, I'll stay a year. I'll get my own back, dear lady! You can't impress me with your widow's weeds and your dimpled cheeks . . . we know all about those dimples! [*Shouts through the window.*] Semyon, unharness the horses! We're not going away quite yet! I'm staying here! Tell them in the stable to give the horses some oats! You brute, you let the horse on the left side get all tangled up in the reins again! [*Teasing.*] "Never mind" . . . I'll give you a never mind! [*Goes away from the window.*] Shit! The heat is unbearable and nobody pays up. I slept badly last night and on top of everything else this broad in mourning is "in a mood" . . . my head aches . . . [*Drinks, and grimaces.*] Shit! This is water! What I need is a drink! [*Shouts.*] Hey, you!

LUKA.   [*Enters.*] What is it?

SMIRNOV.   Give me a glass of vodka. [*LUKA goes out.*] Oaf! [*Sits down and examines himself.*] Nobody would say I was looking well! Dusty all over, boots dirty, unwashed, unkept, straw on my waistcoat. . . . The dear lady probably took me for a robber. *Yawns.*] It's not very polite to present myself in a drawing room looking like this; oh well; who cares? . . . I'm not here as a visitor but as a creditor, and there's no official costume for creditors.

LUKA.   [*Enters with vodka.*] You're taking liberties, my good man. . .

SMIRNOV.   [*Angrily.*] What?

LUKA.   I . . . nothing . . . I only . . .   50

SMIRNOV.   Who are you talking to? Shut up!

LUKA.   [*Aside.*] The devil sent this leech. An ill wind brought him. . . . [*LUKA goes out.*]

SMIRNOV.   Oh how furious I am! I'm so mad I could crush the whole world into a powder! I even feel faint! [*Shouts.*] Hey, you!

MRS. POPOV. [*Enters, eyes downcast.*] My dear sir, in my solitude, I have long ago grown unaccustomed to the masculine voice and I cannot bear shouting. I must request you not to disturb my peace and quiet!

55   SMIRNOV.   Pay me my money and I'll go.

MRS. POPOV. I told you in plain language: I haven't any spare cash now; wait until the day after tomorrow.

SMIRNOV.   And I also told you respectfully, in plain language: I don't need the money the day after tomorrow, but today. If you don't pay me today, then tomorrow I'll have to hang myself.

MRS. POPOV. But what can I do if I don't have the money? You're so strange!

SMIRNOV.   Then you won't pay me now? No?

60   MRS. POPOV. I can't. . . .

SMIRNOV.   In that case, I can stay here and wait until you pay. . . . [*Sits down.*]   You'll pay the day after tomorrow? Excellent! In that case I'll stay here until the day after tomorrow. I'll sit here all that time . . . [*Jumps up.*] I ask you: Have I got to pay the interest tomorrow, or not? Or do you think I'm joking?

MRS. POPOV. My dear sir, I ask you not to shout! This isn't a stable!

SMIRNOV.   I wasn't asking you about a stable but about this: Do I have to pay the interest tomorrow or not?

MRS. POPOV. You don't know how to behave in the company of a lady!

65   SMIRNOV.   No, I don't know how to behave in the company of a lady!

MRS. POPOV. No, you don't! You are an ill-bred, rude man! Respectable people don't talk to a woman like that!

SMIRNOV.   Ach, it's astonishing! How would you like me to talk to you? In French, perhaps? [*Lisps in anger.*] *Madame, je vous prie*[*] . . . how happy I am that you're not paying me the money. . . . Ah, pardon, I've made you uneasy! Such lovely weather we're having today! And you look so becoming in your mourning dress. [*Bows and scrapes.*]

MRS. POPOV. That's rude and not very clever!

SMIRNOV.   [*Teasing.*] Rude and not very clever! I don't know how to

* *Madame, je vous prie:* Madam, I beg you.

behave in the company of ladies. Madam, in my time I've seen far more women than you're seen sparrows. Three times I've fought duels over women; I've jilted twelve women, nine have jilted me! Yes! There was a time when I played the fool; I became sentimental over women, used honeyed words, fawned on them, bowed and scraped. . . . I loved, suffered, sighed at the moon; I became limp, melted, shivered. . . . I loved passionately, madly, every which way, devil take me, I chattered away like a magpie about the emancipation of women, ran through half my fortune as a result of my tender feelings; but now, if you will excuse me, I'm on to your ways! I've had enough! Dark eyes, passionate eyes, ruby lips, dimpled cheeks; the moon, whispers, bated breath—for all that I wouldn't give a good goddamn. Present company excepted, of course, but all women, young and old alike, are affected clowns, gossips, hateful, consummate liars to the marrow of their bones, vain, trivial, ruthless, outrageously illogical, and as far as this is concerned [taps on his forehead.], well, excuse my frankness, any sparrow could give pointers to a philosopher in petticoats! Look at one of those romantic creatures: muslin, ethereal demigoddess, a thousand raptures, and you look into her soul—a common crocodile! [Grips the back of a chair; the chair cracks and breaks.] But the most revolting part of it all is that this crocodile imagines that she has, above everything, her own privilege, a monopoly on tender feelings. The hell with it—you can hang me upside down by that nail if a woman is capable of loving anything besides a lapdog. All she can do when she's in love is slobber! While the man suffers and sacrifices, all her love is expressed in playing with her skirt and trying to lead him around firmly by the nose. You have the misfortune of being a woman, you know yourself what the nature of a woman is like. Tell me honestly: Have you ever in your life seen a woman who is sincere, faithful, and constant? You never have! Only old and ugly ladies are faithful and constant! You're more liable to meet a horned cat or a white woodcock than a faithful woman!

MRS. POPOV. Pardon me, but in your opinion, who is faithful and   70
constant in love? The man?

SMIRNOV. Yes, the man!

MRS. POPOV. The man! [Malicious laugh.] Men are faithful and constant in love! That's news! [Heatedly.] What right have you to say that? Men are faithful and constant! For that matter, as far as I know, of all the men I have known and now know, my late husband was the best. . . . I loved him passionately, with all my being, as only a young intellectual woman can love; I gave him my youth, my happiness, my life, my fortune; he was my life's breath; I worshipped him as if I were a heathen, and . . . and, what good did it do—this best of men himself deceived me shamelessly at every step of the way. After his death, I found his desk full of love letters; and when he was alive—it's terrible to remember—he used to leave me alone for weeks at a time, and before my eyes he flirted with other women and deceived me. He squandered my money, made a mockery of my feelings . . . and, in spite of all that, I loved him and was true to him . . . and besides, now that he is dead, I am still faithful and constant. I have shut myself up in these four walls forever and I won't remove these widow's weeds until my dying day. . . .

SMIRNOV. [*Laughs contemptuously.*] Widow's weeds! . . . I don't know what you take me for! As if I didn't know why you wear that black outfit and bury yourself in these four walls! Well, well! It's no secret, so romantic! When some fool of a poet passes by this country house, he'll look up at your window and think: "Here lives the mysterious Tamara, who, for the love of her husband, buried herself in these four walls." We know these tricks!

MRS. POPOV. [*Flaring.*] What? How dare you say that to me?

75 SMIRNOV. You may have buried yourself alive, but you haven't forgotten to powder yourself!

MRS. POPOV. How dare you use such expressions with me?

SMIRNOV. Please don't shout. I'm not your steward! You must allow me to call a spade a spade. I'm not a woman and I'm used to saying what's on my mind! Don't you shout at me!

MRS. POPOV. I'm not shouting, you are! Please leave me in peace!

SMIRNOV. Pay me my money and I'll go.

80 MRS. POPOV. I won't give you any money!

SMIRNOV. Yes, you will.

MRS. POPOV. To spite you, I won't pay you anything. You can leave me in peace!

SMIRNOV. I don't have the pleasure of being either your husband or your fiancé so please don't make scenes! [*Sits down.*] I don't like it.

85 MRS. POPOV. [*Choking with rage.*] You're sitting down?

426

SMIRNOV.   Yes, I am.

MRS. POPOV. I ask you to get out!

SMIRNOV.   Give me my money. . .   [*Aside.*] Oh, I'm so furious! Furious!

MRS. POPOV. I don't want to talk to impudent people! Get out of here! [*Pause.*] You're not going? No?

SMIRNOV.   No.

MRS. POPOV. No?

SMIRNOV.   No!

MRS. POPOV. We'll see about that.   [*Rings.*]

[*LUKA enters.*]

Luka, show the gentleman out.

LUKA.   [*Goes up to SMIRNOV.*] Sir, will you please leave, as you have been asked. You mustn't . . .

SMIRNOV.   [*Jumping up.*] Shut up! Who do you think you're talking to? I'll make mincemeat out of you!

LUKA.   [*His hand to his heart.*] Oh my God! Saints above!   [*Falls into chair.*]   Oh, I feel ill! I feel ill! I can't catch my breath!

MRS. POPOV. Where? Dasha? Dasha!   [*She shouts.*] Dasha! Pelagea! Dasha!   [*She rings.*]

LUKA.   Oh! They've all gone berry picking . . . there's nobody at home . . . I'm ill! Water!

MRS. POPOV. Will you please get out!

SMIRNOV.   Will you please be more polite?

MRS. POPOV.   [*Clenches her fist and stamps her feet.*] You're nothing but a crude bear! A brute! A monster!

SMIRNOV.   What? What did you say?

MRS. POPOV. I said that you were a bear, a monster!

SMIRNOV.   [*Advancing toward her.*] Excuse me, but what right do you have to insult me?

MRS. POPOV. Yes, I am insulting you . . . so what? Do you think I'm afraid of you?

105   SMIRNOV.   And do you think just because you're one of those romantic creations, that you have the right to insult me with impunity? Yes? I challenge you!

LUKA.   Lord in Heaven! Saints above! . . . Water!

SMIRNOV.   Pistols!

MRS. POPOV. Do you think just because you have big fists and you can bellow like a bull, that I'm afraid of you? You're such a bully!

SMIRNOV.   I challenge you! I'm not going to let anybody insult me, and I don't care if you are a woman, a delicate creature!

110   MRS. POPOV.   [*Trying to get a word in edgewise.*] Bear! Bear! Bear!

SMIRNOV.   It's about time we got rid of the prejudice that only men must pay for their insults! Devil take it, if women want to be equal, they should behave as equals! Let's fight!

MRS. POPOV. You want to fight! By all means!

SMIRNOV.   This minute!

MRS. POPOV. This minute! My husband had some pistols. . . . I'll go and get them right away.   [*Goes out hurriedly and then returns.*] What pleasure I'll have putting a bullet through that thick head of yours! The hell with you!   [*She goes out.*]

115   SMIRNOV.   I'll shoot her down like a chicken! I'm not a little boy or a sentimental puppy. I don't care if she is delicate and fragile.

LUKA.   Kind sir! Holy father!   [*Kneels.*] Have pity on a poor old man and go away from here! You're frightened her to death and now you're going to shoot her?

SMIRNOV.   [*Not listening to him.*] If she fights, then it means she believes in equality of rights and emancipation of women. Here the sexes are equal! I'll shoot her like a chicken! But what a woman!   [*Imitates her.*] "The hell with you! . . . I'll put a bullet through that thick head of yours! . . ." What a woman! How she blushed, her eyes shone . . . she accepted my challenge! To tell the truth, it was the first time in my life I've seen a woman like that. . . .

LUKA.   Dear sir, please go away! I'll pray to God on your behalf as long as I live!

SMIRNOV.   That's a woman for you! A woman like that I can

understand! A real woman! Not a sour-faced nincompoop but fiery, gunpowder! Fireworks! I'm even sorry to have to kill her!

LUKA. [*Weeps.*] Dear sir . . . go away!   120

SMIRNOV.   I positively like her! Positively! Even though she has dimpled cheeks, I like her! I'm almost ready to forget about the debt. . . . My fury has diminished. Wonderful woman!

MRS. POPOV. [*Enters with pistols.*] Here they are, the pistols. Before we fight, you must show me how to fire. . . . I've never had a pistol in my hands before . . .

LUKA.   Oh dear Lord, for pity's sake. . . . I'll go and find the gardener and the coachman. . . . What did we do to deserve such trouble? [*Exit.*]

SMIRNOV.   [*Examining the pistols.*] You see, there are several sorts of pistols . . . there are special dueling pistols, the Mortimer with primers. Then there are Smith and Wesson revolvers, triple action with extractors . . . excellent pistols! . . . they cost a minimum of ninety rubles a pair. . . . You must hold the revolver like this . . . [*Aside.*]   What eyes, what eyes! A woman to set you on fire!

MRS. POPOV. Like this?   125

SMIRNOV.   Yes, like this . . . then you cock the pistol . . . take aim . . . put your head back a little . . . stretch your arm out all the way . . . that's right . . . then with this finger press on this little piece of goods . . . and that's all there is to do . . . but the most important thing is not to get excited and aim without hurrying . . . try to keep your arm from shaking.

MRS. POPOV. Good . . . it's not comfortable to shoot indoors. Let's go into the garden.

SMIRNOV.   Let's go. But I'm giving you advance notice that I'm going to fire into the air.

MRS. POPOV. That's the last straw! Why?

SMIRNOV.   Why? . . . Why . . . because it's my business, that's why.   130

MRS. POPOV. Are you afraid? Yes? Aahhh! No, sir. You're not going to get out of it that easily! Be so good as to follow me! I will not rest until I've put a hole through your forehead . . . that forehead I hate so much! Are you afraid?

SMIRNOV.   Yes. I'm afraid.

MRS. POPOV. You're lying! Why don't you want to fight?

SMIRNOV. Because . . . because you . . . because I like you.

135   MRS. POPOV. [*Laughs angrily.*] He likes me! He dares say that he likes me! [*Points to the door.*] Out!

SMIRNOV. [*Loads the revolver in silence, takes cap and goes; at the door, stops for half a minute while they look at each other in silence; then he approaches MRS. POPOV hesitantly.*] Listen. . . . Are you still angry? I'm extremely irritated, but, do you understand me, how can I express it . . . the fact is, that, you see, strictly speaking. . . [*He shouts.*] Is it my fault, really, for liking you? [*Grabs the back of a chair, which cracks and breaks.*] Why the hell do you have such fragile furniture! I like you! Do you understand? I . . . I'm almost in love with you!

MRS. POPOV. Get away from me—I hate you!

SMIRNOV. God, what a woman! I've never in my life seen anything like her! I'm lost! I'm done for! I'm caught like a mouse in a trap!

MRS. POPOV. Stand back or I'll shoot!

140   SMIRNOV. Shoot! You could never understand what happiness it would be to die under the gaze of those wonderful eyes, to be shot by a revolver which was held by those little velvet hands. . . . I've gone out of my mind! Think about it and decide right away, because if I leave here, then we'll never see each other again! Decide . . . I'm a nobleman, a respectable gentleman, of good family. I have an income of ten thousand a year. . . . I can put a bullet through a coin tossed in the air . . . I have some fine horses. . . . Will you be my wife?

MRS. POPOV. [*Indignantly brandishes her revolver.*] Let's fight! I challenge you!

SMIRNOV. I'm out of my mind . . . I don't understand anything . . . [*Shouts.*] Hey, you, water!

MRS. POPOV. [*Shouts.*] Let's fight!

SMIRNOV. I'm gone out of my mind. I'm in love like a boy, like an idiot! [*He grabs her hand, she screams with pain.*] I love you! [*Kneels.*] I love you as I've never loved before! I've jilted twelve women, nine women have jilted me, but I've never loved one of them as I love you. . . . I'm weak, I'm a limp rag. . . . I'm on my knees like a fool, offering you my hand. . . . Shame, shame! I haven't been in love for five years, I vowed I wouldn't; and suddenly I'm in love, like a fish out of water. I'm offering my hand in marriage. Yes or no? You don't want to? You don't need to! [*Gets up and quickly goes to the door.*]

MRS. POPOV. Wait!

SMIRNOV. [*Stops.*] Well?

MRS. POPOV. Nothing . . . you can go . . . go away . . . wait . . . No, get out, get out! I hate you! But—don't go! Oh, if you only knew how furious I am, how angry! [*Throws revolver on table.*] My fingers are swollen from that nasty thing. . . . [*Tears her handkerchief furiously.*] What are you waiting for? Get out!

SMIRNOV. Farewell!

MRS. POPOV. Yes, yes, go away! [*Shouts.*] Where are you going? Stop. . . . Oh, go away! Oh, how furious I am! Don't come near me! Don't come near me!

SMIRNOV. [*Approaching her.*] How angry I am with myself! I'm in love like a student. I've been on my knees. . . . It gives me the shivers. [*Rudely.*] I love you! A lot of good it will do me to fall in love with you! Tomorrow I've got to pay the interest, begin the mowing of the hay. [*Puts his arm around her waist.*] I'll never forgive myself for this. . . .

MRS. POPOV. Get away from me! Get your hands away! I . . . hate you! I . . . challenge you!

[*Prolonged kiss, LUKA enters with an ax, the GARDENER with a rake, the COACHMAN with a pitchfork, and WORKMEN with cudgels.*]

LUKA. [*Catches sight of the pair kissing.*] Lord in heaven! [*Pause.*]

MRS. POPOV. [*Lowering her eyes.*] Luka, tell them in the stable not to give Toby any oats today.

CURTAIN

Susan Glaspell (1882–1948)

Trifles   1916

Cast of Characters

George Henderson, *county attorney*
Henry Peters, *sheriff*
Lewis Hale, *a neighboring farmer*
Mrs. Peters
Mrs. Hale

Scene. *The kitchen in the now abandoned farmhouse of* JOHN WRIGHT, *a gloomy kitchen, and left without having been put in order—unwashed pans under the sink, a loaf of bread outside the breadbox, a dish-towel on the table—other signs of incompleted work. At the rear the outer door opens and the* SHERIFF *comes in followed by the* COUNTY ATTORNEY *and* HALE. *The* SHERIFF *and* HALE *are men in middle life, the* COUNTY ATTORNEY *is a young man; all are much bundled up and go at once to the stove. They are followed by the two women—the* SHERIFF's *wife first; she is a slight wiry woman, a thin nervous face.* MRS. HALE *is larger and would ordinarily be called more comfortable looking, but she is disturbed now and looks fearfully about as she enters. The women have come in slowly, and stand close together near the door.*

COUNTY ATTORNEY. [*Rubbing his hands.*] This feels good. Come up to the fire, ladies.

MRS. PETERS. [*After taking a step forward.*] I'm not—cold.

SHERIFF. [*Unbuttoning his overcoat and stepping away from the stove as if to mark the beginning of official business.*] Now, Mr. Hale, before we move things about, you explain to Mr. Henderson just what you saw when you came here yesterday morning.

COUNTY ATTORNEY. By the way, has anything been moved? Are things just as you left them yesterday?

SHERIFF. *[Looking about.]* It's just the same. When it dropped below 5
zero last night I thought I'd better send Frank out this morning to make a fire
for us—no use getting pneumonia with a big case on, but I told him not to
touch anything except the stove—and you know Frank.

COUNTY ATTORNEY. Somebody should have been left here yesterday.

SHERIFF. Oh—yesterday. When I had to send Frank to Morris Center
for that man who went crazy—I want you to know I had my hands full
yesterday. I knew you could get back from Omaha by today and as long as I
went over everything here myself—

COUNTY ATTORNEY. Well, Mr. Hale, tell just what happened when you
came here yesterday morning.

HALE. Harry and I had started to town with a load of potatoes. We came
along the road from my place and as I got here I said, "I'm going to see if
I can't get John Wright to go in with me on a party telephone." I spoke to
Wright about it once before and he put me off, saying folks talked too much
anyway, and all he asked was peace and quiet—I guess you know about how
much he talked himself; but I thought maybe if I went to the house and talked
about it before his wife, though I said to Harry that I didn't know as what
his wife wanted made much difference to John—

COUNTY ATTORNEY. Let's talk about that later, Mr. Hale. I do want 10
to talk about that, but tell now just what happened when you got to the house.

HALE. I didn't hear or see anything; I knocked at the door, and still it
was all quiet inside. I knew they must be up, it was past eight o'clock. So I
knocked again, and I thought I heard somebody say, "Come in." I wasn't sure,
I'm not sure yet, but I opened the door—this door *[Indicating the door by which
the two women are still standing.]* and there in that rocker— *[Pointing to it.]* sat
Mrs. Wright.

[They all look at the rocker.]

COUNTY ATTORNEY. What—was she doing?

HALE. She was rockin' back and forth. She had her apron in her hand and
was kind of—pleating it.

COUNTY ATTORNEY. And how did she—look?

15   HALE. Well, she looked queer.

COUNTY ATTORNEY. How do you mean—queer?

HALE. Well, as if she didn't know what she was going to do next. And kind of done up.

COUNTY ATTORNEY. How did she seem to feel about your coming?

HALE. Why, I don't think she minded—one way or other. She didn't pay much attention. I said, "How do, Mrs. Wright, it's cold, ain't it?" And she said, "Is it?" —and went on kind of pleating at her apron. Well, I was surprised; she didn't ask me to come up to the stove, or to set down, but just sat there, not even looking at me, so I said, "I want to see John." And then she—laughed. I guess you would call it a laugh. I thought of Harry and the team outside, so I said a little sharp: "Can't I see John?" "No," she says, kind o' dull like. "Ain't he home?" says I. "Yes," says she, "he's home." "Then why can't? I see him?" I asked her, out of patience. "Cause he's dead," says she. "*Dead?*" says I. She just nodded her head, not getting a bit excited, but rockin' back and forth. "Why—where is he?" says I, not knowing what to say. She just pointed upstairs—like that.   [*Himself pointing to the room above.*]   I got up, with the idea of going up there. I walked from there to here—then I says, "What did he die of?" "He died of a rope round his neck," says she, and just went on pleatin' at her apron. Well, I went out and called Harry. I thought I might— need help. We went upstairs and there he was lyin'—

20   COUNTY ATTORNEY. I think I'd rather have you go into that upstairs, where you can point it all out. Just go on now with the rest of the story.

HALE. Well, my first thought was to get that rope off. It looked . . . [*Stops, his face twitches.*] . . . but Harry, he went up to him, and he said, "No, he's dead all right, and we'd better not touch anything." So we went back downstairs. She was still sitting that same way. "Has anybody been notified?" I asked. "No," says she, unconcerned. "Who did this, Mrs. Wright?" said Harry. He said it businesslike—and she stopped pleatin' of her apron. "I don't know," she says. "You don't know?" says Harry. "No," says she. "Weren't you sleepin' in the bed with him?" says Harry. "Yes," says she, "but I was on the inside." "somebody slipped a rope round his neck and strangled him and you didn't wake up?" says Harry. "I didn't wake up," she said after him. We must 'a looked as if we didn't see how that could be, for after a minute she said, "I

434

sleep sound." Harry was going to ask her more questions but I said maybe we ought to let her tell her story first to the coroner, or the sheriff, so Harry went fast as he could to Rivers' place, where there's a telephone.

COUNTY ATTORNEY. And what did Mrs. Wright do when she knew that you had gone for the coroner?

HALE. She moved from that chair to this one over here [*Pointing to a small chair in the corner.*] and just sat there with her hands held together and looking down. I got a feeling that I ought to make some conversation, so I said I had come in to see if John wanted to put in a telephone, and at that she started to laugh, and then she stopped and looked at me—scared. [*The COUNTY ATTORNEY, who has had his notebook out, makes a note.*] I dunno, maybe it wasn't scared. I wouldn't like to say it was. Soon Harry got back, and then Dr. Lloyd came, and you, Mr. Peters, and so I guess that's all I know that you don't.

COUNTY ATTORNEY. [*Looking around.*] I guess we'll go upstairs first—and then out to the barn and around there. [*To the SHERIFF.*] You're convinced that there was nothing important here—nothing that would point to any motive.

SHERIFF.   Nothing here but kitchen things.   25

[*The COUNTY ATTORNEY, after again looking around the kitchen, opens the door of a cupboard closet. He gets up on a chair and looks on a shelf. Pulls his hand away, sticky.*]

COUNTY ATTORNEY. Here's a nice mess.

[*The women draw nearer.*]

MRS. PETERS.   [*To the other woman.*] Oh, her fruit; it did freeze. [*To the Lawyer.*]   She worried about that when it turned so cold. She said the fire'd go out and her jars would break.

SHERIFF.   Well, can you beat the women! Held for murder and worryin' about her preserves.

COUNTY ATTORNEY. I guess before we're through she may have

something more serious than preserves to worry about.

30   HALE. Well, women are used to worrying over trifles.

[*The two women move a little closer together.*]

COUNTY ATTORNEY. [*With the gallantry of a young politician.*] And yet, for all their worries, what would we do without the ladies? [*The women do not unbend. He goes to the sink, takes a dipperful of water from the pail and pouring it into a basin, washes his hands. Starts to wipe them on the roller-towel, turns it for a cleaner place.*] Dirty towels! [*Kicks his foot against the pans under the sink.*] Not much of a housekeeper, would you say, ladies?

        MRS. HALE.   [*Stiffly.*] There's a great deal of work to be done on a farm.

        COUNTY ATTORNEY. To be sure. And yet   [*With a little bow to her.*] I know there are some Dickson county farmhouses which do not have such roller towels.

[*He gives it a pull to expose its full length again.*]

        MRS. HALE. Those towels get dirty awful quick. Men's hands aren't always as clean as they might be.

35   COUNTY ATTORNEY.   Ah, loyal to your sex, I see. But you and Mrs. Wright were neighbors. I suppose you were friends, too.

        MRS. HALE. [*Shaking her head.*] I've not seen much of her of late years. I've not been in this house—it's more than a year.

        COUNTY ATTORNEY. And why was that? You didn't like her?

        MRS. HALE. I liked her all well enough. Farmers' wives have their hands full, Mr. Henderson. And then—

        COUNTY ATTORNEY. Yes?

40   MRS. HALE. [*Looking about.*] It never seemed a very cheerful place.

        COUNTY ATTORNEY. No—it's not cheerful. I shouldn't say she had the homemaking instinct.

        MRS. HALE. Well, I don't know as Wright had, either.

        COUNTY ATTORNEY. You mean that they didn't get on very well?

MRS. HALE. No, I don't mean anything. But I don't think a place'd be any cheerfuller for John Wright's being in it.

COUNTY ATTORNEY. I'd like to talk more of that a little later. I want to get the lay of things upstairs now.   45

[He goes to the left, where three steps lead to a stair door.]

SHERIFF.   I suppose anything Mrs. Peters does'll be all right. She was to take in some clothes for her, you know, and a few little things. We left in such a hurry yesterday.

COUNTY ATTORNEY. Yes, but I would like to see what you take, Mrs. Peters, and keep an eye out for anything that might be of use to us.

MRS. PETERS. Yes, Mr. Henderson.

[The women listen to the men's steps on the stairs, then look about the kitchen.]

MRS. HALE. I'd hate to have men coming into my kitchen, snooping around and criticizing.

[She arranges the pans under the sink which the Lawyer had shoved out of place.]

MRS. PETERS. Of course it's no more than their duty.   50

MRS. HALE. Duty's all right, but I guess that deputy sheriff that came out to make the fire might have got a little of this on.   *[Gives the roller towel a pull.]* Wish I'd thought of that sooner. Seems mean to talk about her for not having things slicked up when she had to come away in such a hurry.

MRS. PETERS.   *[Who had gone to a small table in the left rear corner of the room, and lifted one end of a towel that covers a pan.]* She had bread set.

[Stands still.]

MRS. HALE. *[Eyes fixed on a loaf of bread beside the breadbox, which is on a low shelf at the other side of the room. Moves slowly toward it.]* She was going to put this in there.   *[Picks up loaf, then abruptly drops it. In a manner of returning to familiar things.*] It's a shame about her fruit. I wonder if it's all gone. [*Gets up on the chair and looks.*] I think there's some here that's all right, Mrs. Peters. Yes—here; [*Holding it toward the window.*] this is cherries, too. [*Looking again.*] I declare I believe that's the only one. [*Gets down, bottle in her hand. Goes to the sink and wipes it off on the outside.*] She'll feel awful bad after all her hard work in the hot weather. I remember the afternoon I put up my cherries last summer.

[*She puts the bottle on the big kitchen table, center of the room. With a sigh, is about to sit down in the rocking-chair. Before she is seated realizes what chair it is; with a slow look at it, steps back. The chair which she has touched rocks back and forth.*]

MRS. PETERS. Well, I must get those things from the front room closet. [*She goes to the door at the right, but after looking into the other room, steps back.*] You coming with me, Mrs. Hale? You could help me carry them.

[*They go in the other room; reappear, MRS. PETERS carrying a dress and skirt, MRS. HALE following with a pair of shoes.*]

55   MRS. PETERS. My, it's cold in there.

[*She puts the clothes on the big table, and hurries to the stove.*]

MRS. HALE.   [*Examining the skirt.*] Wright was close. I think maybe that's why she kept so much to herself. She didn't even belong to the Ladies Aid. I suppose she felt she couldn't do her part, and then you don't enjoy things when you feel shabby. She used to wear pretty clothes and be lively, when she was Minnie Foster, one of the town girls singing in the choir. But that—oh, that was thirty years ago. This all you was to take in?

MRS. PETERS. She said she wanted an apron. Funny thing to want, for there isn't much to get you dirty in jail, goodness knows. But I suppose just to make her feel more natural. She said they was in the top drawer in this cupboard. Yes, here. And then her little shawl that always hung behind the door. [*Opens stair door and looks.*] Yes, here it is.

[*Quickly shuts door leading upstairs.*]

MRS. HALE. [*Abruptly moving toward her.*] Mrs. Peters?

MRS. PETERS. Yes, Mrs. Hale?

MRS. HALE. Do you think she did it?   60

MRS. PETERS. [*In a frightened voice.*] Oh, I don't know.

MRS. HALE. Well, I don't think she did. Asking for an apron and her little shawl. Worrying about her fruit.

MRS. PETERS.   [*Starts to speak, glances up, where footsteps are heard in the room above. In a low voice.*] Mr. Peters says it looks bad for her. Mr. Henderson is awful sarcastic in a speech and he'll make fun of her sayin' she didn't wake up.

MRS. HALE. Well, I guess John Wright didn't wake when they was slipping that rope under his neck.

MRS. PETERS. No, it's strange. It must have been done awful crafty and   65
still. They say it was such a—funny way to kill a man, rigging it all up like that.

MRS. HALE. That's just what Mr. Hale said. There was a gun in the house. He says that's what he can't understand.

MRS. PETERS. Mr. Henderson said coming out that what was needed for the case was a motive; something to show anger, or—sudden feeling.

MRS. HALE. [*Who is standing by the table.*] Well, I don't see any signs of anger around here. [*She puts her hand on the dish towel which lies on the table, stands looking down at table, one half of which is clean, the other half messy.*] It's wiped to here. [*Makes a move as if to finish work, then turns and looks at loaf of bread outside the breadbox. Drops towel. In that voice of coming back to familiar things.*] Wonder how they are finding things upstairs. I hope she had it a little more red-up* up there. You know, it seems kind of sneaking. Locking her up in town and then coming out here and trying to get her own house to turn against her!

MRS. PETERS. But Mrs. Hale, the law is the law.

* *red-up*: neat, arranged in order.

MRS. HALE. I s'ose 'tis. [*Unbuttoning her coat.*] Better loosen up your things. Mrs. Peters. You won't feel them when you go out.

[*MRS. PETERS takes off her fur tippet,** goes to hang it on hook at back of room, stands looking at the under part of the small corner table.*]

MRS. PETERS. She was piecing a quilt.

[*She brings the large sewing basket and they look at the bright pieces.*]

MRS. HALE. It's log cabin pattern. Pretty, isn't it? I wonder if she was goin' to quilt it or just knot it?

[*Footsteps have been heard coming down the stairs. The SHERIFF enters followed by HALE and the COUNTY ATTORNEY.*]

SHERIFF.   They wonder if she was going to quilt it or just knot it!

[*The men laugh; the women look abashed.*]

COUNTY ATTORNEY. [*Rubbing his hands over the stove.*] Frank's fire didn't do much up there, did it? Well, let's go out to the barn and get that cleared up.

[*The men go outside.*]

MRS. HALE.   [*Resentfully.*] I don't know as there's anything so strange, our takin' up our time with little things while we're waiting for them to get the evidence. [*She sits down at the big table smoothing out a block with decision.*] I don't see as it's anything to laugh about.

MRS. PETERS.   [*Apologetically.*] Of course they've got awful important things on their minds.

* *tippet*: scarf-like garment of fur or wool for the neck and shoulders.

[*Pulls up a chair and joins MRS. HALE at the table.*]

MRS. HALE.　[*Examining another block.*] Mrs. Peters, look at this one. Here. this is the one she was working on, and look at the sewing! All the rest of it has been so nice and even. And look at this! It's all over the place! Why, it looks as if she didn't know what she was about!

[*After she has said this they look at each other, then start to glance back at the door. After an instant MRS. HALE has pulled at a knot and ripped the sewing.*]

MRS. PETERS. Oh, what are you doing, Mrs. Hale?

MRS. HALE.　[*Mildly.*] Just pulling out a stitch or two that's not sewed very good.　[*Threading a needle.*] Bad sewing always made me fidgety.

MRS. PETERS.　[*Nervously.*] I don't think we ought to touch things.　80

MRS. HALE. I'll just finish up this end.　[*Suddenly stopping and leaning forward.*]　Mrs. Peters?

MRS. PETERS. Yes, Mrs. Hale?

MRS. HALE. What do you suppose she was so nervous about?

MRS. PETERS.　　　Oh—I don't know. I don't know as she was nervous. I sometimes sew awful queer when I'm just tired. [MRS. HALE starts to say something, looks at MRS. PETERS, then goes on sewing.] Well I must get these things wrapped up. They may be through sooner than we think.
　[*Putting apron and other things together.*] I wonder where I can find a piece of paper, and string.

MRS. HALE. In that cupboard, maybe.　85

MRS. PETERS.　[*Looking in cupboard.*] Why, here's a birdcage.　[*Holds it up.*] Did she have a bird, Mrs. Hale?

MRS. HALE. Why, I don't know whether she did or not—I've not been here for so long. There was a man around last year selling canaries cheap, but I don't know as she took one; maybe she did. She used to sing real pretty herself.

MRS. PETERS.　　　[*Glancing around.*] Seems funny to think of a bird here. But she must have had one, or why would she have a cage? I wonder what happened to it.

MRS. HALE.   I s'pose maybe the cat got it.

90   MRS. PETERS.   No, she didn't have a cat. She's got that feeling some people have about cats—being afraid of them. My cat got in her room and she was real upset and asked me to take it out.

MRS. HALE.   My sister Bessie was like that. Queer, ain't it?

MRS. PETERS.   [*Examining the cage.*] Why, look at this door. It's broke. One hinge is pulled apart.

MRS. HALE.   [*Looking too.*] Looks as if someone must have been rough with it.

MRS. PETERS. Why, yes.

[*She brings the cage forward and puts it on the table.*]

95   MRS. HALE.   I wish if they're going to find any evidence they'd be about it. I don't like this place.

MRS. PETERS. But I'm awful glad you came with me, Mrs. Hale. It would be lonesome for me sitting here alone.

MRS. HALE. It would, wouldn't it?   [*Dropping her sewing.*] But I tell you what I do wish, Mrs. Peters. I wish I had come over sometimes when she was here. I— [Looking around the room.] I—wish I had.

MRS. PETERS. But of course you were awful busy, Mrs. Hale—your house and your children.

MRS. HALE.   I could've come. I stayed away because it weren't cheerful—and that's why I ought to have come. I—I've never liked this place. Maybe because it's down in a hollow and you don't see the road. I dunno what it is, but it's a lonesome place and always was. I wish I had come over to see Minnie Foster sometimes. I can see now—

[*Shakes her head.*]

100   MRS. PETERS. Well, you mustn't reproach yourself, Mrs. Hale. Somehow we just don't see how it is with other folks until—something comes up.

MRS. HALE.   Not having children makes less work—but it makes a quiet house, and Wright out to work all day, and no company when he did come in. Did you know John Wright, Mrs. Peters?

MRS. PETERS. Not to know him; I've seen him in town. They say he was a good man.

MRS. HALE. Yes—good; he didn't drink, and kept his word as well as most, I guess, and paid his debts. But he was a hard man, Mrs. Peters. Just to pass the time of day with him— [*Shivers.*] Like a raw wind that gets to the bone. [*Pauses, her eye falling on the cage.*] I should think she would 'a wanted a bird. But what do you suppose went with it?

MRS. PETERS. I don't know, unless it got sick and died.

[*She reaches over and swings the broken door, swings it again, both women watch it.*]

MRS. HALE. You weren't raised round here, were you? [MRS. PETERS shakes her head.] You didn't know—her?　　　　　　　　　　　　　　105

MRS. PETERS. Not till they brought her yesterday,

MRS. HALE. She—come to think of it, she was kind of like a bird hersel f—real sweet and pretty, but kind of timid and—fluttery. How—she—did— change. [*Silence; then as if struck by a happy thought and relieved to get back to everyday things.*] Tell you what, Mrs. Peters, why don't you take the quilt in with you? It might take up her mind.

MRS. PETERS. Why, I think that's a real nice idea, Mrs. Hale. There couldn't possibly be any objection to it, could there? Now, just what would I take? I wonder if her patches are in here—and her things.

[*They look in the sewing basket.*]

MRS. HALE. Here's some red. I expect this has got sewing things in it. [*Brings out a fancy box.*] What a pretty box. Looks like something somebody would give you. Maybe her scissors are in here. [*Opens box. Suddenly puts her hand to her nose.*] Why— [MRS. PETERS *bends nearer, then turns her face awa y.*] There's something wrapped up in this piece of silk.

MRS. PETERS. Why, this isn't her scissors.　　　　　　　　　　　　　　110

MRS. HALE. [*Lifting the silk.*] Oh, Mrs. Peters—it's—

[MRS. PETERS *bends closer.*]

MRS. PETERS. It's the bird.

MRS. HALE. [*Jumping up.*] But, Mrs. Peters—look at it! Its neck! Look at its neck! It's all—other side to.

MRS. PETERS. Somebody—wrung—its—neck.

[*Their eyes meet. A look of growing comprehension, of horror. Steps are heard outside. MRS. HALE slips box under quilt pieces, and sinks into her chair. Enter SHERIFF and COUNTY ATTORNEY. MRS. PETERS rises.*]

115   COUNTY ATTORNEY.   [*As one turning from serious things to little pleasantries.*] Well, ladies, have you decided whether she was going to quilt it or knot it?

MRS. PETERS. We think she was going to—knot it.

COUNTY ATTORNEY.   Well, that's interesting, I'm sure. [*Seeing the bird-cage.*] Has the bird flown?

MRS. HALE. [*Putting more quilt pieces over the box.*] We think the—cat got it.

COUNTY ATTORNEY.   [*Preoccupied.*] Is there cat?

[*MRS. HALE glances in a quick covert way at MRS. PETERS.*]

120   MRS. PETERS. Well, not now. They're superstitious, you know. They leave.

COUNTY ATTORNEY.   [*To SHERIFF PETERS, continuing an interrupted conversation.*] No sign at all of anyone having come from the outside. Their own rope. Now let's go up again and go over it piece by piece. [*They start upstairs.*] It would have to have been someone who knew just the—

[*MRS. PETERS sits down. The two women sit there not looking at one another, but as if peering into something and at the same time holding back. When they talk now it is in the manner of feeling their way over strange ground, as if afraid of what they are saying, but as if they cannot help saying it.*]

MRS. HALE. She liked the bird. She was going to bury it in that pretty box.

MRS. PETERS. [*In a whisper.*] When I was a girl—my kitten—there was a boy took a hatchet, and before my eyes—and before I could get there— [*Covers her face an instant.*] If they hadn't held me back I would have— [*Catches herself, looks upstairs where steps are heard, falters weakly.*] —hurt him.

MRS. HALE. [*With a slow look around her.*] I wonder how it would seem never to have had any children around. [*Pause.*] No, Wright wouldn't like the bird—a thing that sang. She used to sing. He killed that, too.

MRS. PETERS. [*Moving uneasily.*] We don't know who killed the bird. 125

MRS. HALE. I knew John Wright.

MRS. PETERS. It was an awful thing was done in this house that night, Mrs. Hale. Killing a man while he slept, slipping a rope around his neck that choked the life out of him.

MRS. HALE. His neck. Choked the life out of him.

[*Her hand goes out and rests on the birdcage.*]

MRS. PETERS. [*With rising voice.*] We don't know who killed him. We don't know.

MRS. HALE. [*Her own feeling not interrupted.*] If there'd been years and 130 years of nothing, then a bird to sing to you, it would be awful—still, after the bird was still.

MRS. PETERS. [*Something within her speaking.*] I know what stillness is. When we homesteaded in Dakota, and my first baby died—after he was two years old, and me with no other then—

MRS. HALE.— [Moving.] How soon do you suppose they'll be through, looking for the evidence?

MRS. PETERS. I know what stillness is. [*Pulling herself back.*] The law has got to punish crime, Mrs. Hale.

MRS. HALE. [Not as if answering that.] I wish you'd seen Minnie Foster when she wore a white dress with blue ribbons and stood up there in the choir and sang. [*A look around the room.*] Oh, I wish I'd come over here once in a while! That was a crime! That was a crime! Who's going to punish that?

MRS. PETERS. [*Looking upstairs.*] We mustn't—take on.

MRS. HALE. I might have known she needed help! I know how things can be—for women. I tell you, it's queer, Mrs. Peters. We live close together and we live far apart. We all go through the same things—it's all just a different kind of the same thing. [*Brushes her eyes; noticing the bottle of fruit, reaches out for it.*] If I was you I wouldn't tell her her fruit was gone. Tell her it ain't. Tell her it's all right. Take this in to prove it to her. She—she may never know whether it was broke or not.

MRS. PETERS. [*Takes the bottle, looks about for something to wrap it in; takes petticoat from the clothes brought from the other room, very nervously begins winding this around the bottle. In a false voice.*] My, it's a good thing the men couldn't hear us. Wouldn't they just laugh! Getting all stirred up over a little thing like a— dead canary. As if that could have anything to do with—with—wouldn't they laugh!

[*The men are heard coming down stairs.*]

MRS. HALE. [*Under her breath.*] Maybe they would—maybe they wouldn't.

COUNTY ATTORNEY. No, Peters, it's all perfectly clear except a reason for doing it. But you know juries when it comes to women. If there was some definite thing. Something to show—something to make a story about—a thing that would connect up with this strange way of doing it—

[*The women's eyes meet for an instant. Enter HALE from outer door.*]

HALE. Well, I've got the team* around. Pretty cold out there.

COUNTY ATTORNEY. I'm going to stay here a while by myself. [*To the SHERIFF.*] You can send Frank out for me, can't you? I want to go over everything. I'm not satisfied that we can't do better.

SHERIFF. Do you want to see what Mrs. Peters is going to take in?

---

* *team*: a team horses for drawing a sleigh or wagon.

[*The COUNTY ATTORNEY goes to the table, picks up the apron, laughs.*]

COUNTY ATTORNEY. Oh, I guess they're not very dangerous things the ladies have picked out. [*Moves a few things about, disturbing the quilt pieces which cover the box. Steps back.*] No, Mrs. Peters doesn't need supervising. For that matter, a sheriff's wife is married to the law. Ever think of it that way, Mrs. Peters?

MRS. PETERS. Not—just that way.

SHERIFF. [*Chuckling.*] Married to the law. [*Moves toward the other room.*] I just want you to come in here a minute, George. We ought to take a look at these windows.

COUNTY ATTORNEY. [*Scoffingly.*] Oh, windows!   145

SHERIFF.   We'll be right out, Mr. Hale.

[*HALE goes outside. The SHERIFF follows the COUNTY ATTORNEY into the other room. Then MRS. HALE rises, hands tight together, looking intensely at MRS. PETERS, whose eyes make a slow turn, finally meeting Mrs. HALES. A moment Mrs. HALE holds her, then her own eyes point the way to where the box is concealed. Suddenly MRS. PETERS throws back quilt pieces and tries to put the box in the bag she is wearing. It is too big. She opens box, starts to take bird out, cannot touch it, goes to pieces, stands there helpless. Sound of a knob turning in the other room. MRS. HALE snatches the box and puts it in the pocket of her big coat. Enter COUNTY ATTORNEY and SHERIFF.*]

COUNTY ATTORNEY.   [*Facetiously.*] Well, Henry, at least we found out that she was not going to quilt it. She was going to—what is it you call it, ladies?

Mrs. HALE. [*Her hand against her pocket.*] We call it—knot it, Mr. Henderson.

CURTAIN

한울아카데미 426

영문학의 이해와 글쓰기

지은이 | 에드가 V. 로버츠
옮긴이 | 강자모·이동춘·임성균
펴낸이 | 김종수
펴낸곳 | 한울엠플러스(주)

초판 1쇄 발행 | 2001년 9월 10일
초판 10쇄 발행 | 2019년 4월 2일

주소 | 10881 경기도 파주시 광인사길 153 한울시소빌딩 3층
전화 | 031-955-0655
팩스 | 031-955-0656
홈페이지 | www.hanulmplus.kr
등록번호 | 제406-2015-000143호

Printed in Korea.
ISBN 978-89-460-6636-6 94840

* 가격은 겉표지에 표시되어 있습니다.